Das Buch

Laut Bram Stokers anämischem Klassiker war das Ende der großen Blutsaugerdynastie aus Transylvanien gekommen, als der Vampirexperte Van Helsing dem Grafen Dracula den Pflock durchs Herz trieb. Aber: Die Geschichte verlief in Wirklichkeit ganz anders, da Van Helsing versagte …

Der Graf überlebte, machte kurze Zeit später der frisch verwitweten Queen Victoria den Hof und stieg unerwartet zum britischen Prinzgemahl auf. Während Dracula die berühmte Königin wie ein Haustier hält, versetzt seine karpatische Prätorianergarde London in Blut und Schrecken. Dennoch leben in der neuen Hauptstadt der Nacht Warmblüter und Nicht-Tote in einer Art friedlicher Koexistenz – wäre da nicht auf einmal ein geheimnisvoller Mörder namens ›Silver Knife‹ alias ›Jack the Ripper‹, der durch seine Metzeleien von leichten Vampirmädchen die verschiedensten Interessengruppen stört.

Da die Polizei des Mörders nicht habhaft wird, nehmen sich zwei außergewöhnliche Gestalten des Falls an: Geneviève Dieudonné, die aus einem ehrwürdigen alten Vampirgeschlecht stammt und nun im Londoner East End als Engel der Armen arbeitet, und Charles Beauregard, der im Dienst des mysteriösen Diogenes Clubs abenteuerlichen Geschäften nachgeht.

Als Protagonisten in diesem blutwarm-pulsierenden Handlungsgeflecht treten unter anderem auf: Wedekinds Lulu Schön, Oscar Wilde, Doyles Inspector Lestrade und Professor Moriaty, Bram (gepfählt) und Florence Stoker, James A. Whistler, Dr. Jekyll, G. B. Shaw, Beatrix Potter, Fu-Manchu, Henry Irving, Benjamin Disraeli, der Elephantenmensch, kurz: die ganze hohe und niedere, reale und fiktive Gesellschaft des spätviktorianischen Londons.

Der Autor

Kim Newman wurde 1959 geboren und wuchs in Somerset auf. Er begann seine Karriere als halbprofessioneller Trötenbläser und lebt heute als freier Schriftsteller und Filmkritiker in London.

KIM NEWMAN

ANNO DRACULA

Roman

Aus dem Englischen
von Thomas Mohr

WILHELM HEYNE VERLAG
MÜNCHEN

HEYNE ALLGEMEINE REIHE
Nr. 01/10515

Titel der Originalausgabe
ANNO DRACULA
erschien 1992 bei Simon & Schuster Ltd., London

Umwelthinweis:
Das Buch wurde auf
chlor- und säurefreiem Papier gedruckt.

Einzig berechtigte Taschenbuchausgabe
Wilhelm Heyne Verlag GmbH & Co. KG, München
Printed in Germany 1998
Umschlagillustration: Stephen Player
Umschlaggestaltung: Atelier Ingrid Schütz, München
Satz: Pinkuin Satz- und Datentechnik, Berlin
Druck und Bindung: Ebner Ulm

ISBN 3-453-13098-7

Für Steve Jones,
den großen Buchhalter der Vampire

»Wir Szekler dürfen zu Recht stolz sein, denn in unseren Adern strömt das Blut einer Vielzahl tapferer Geschlechter, die wahre Löwenkämpfe um die Herrschaft ausfochten. Hier, in den Strudel europäischer Völker, brachte der Stamm der Ugrier von Island her den Kampfgeist, den Thor und Wodan ihm eingepflanzt hatten. Mit ungeheurer Grausamkeit überschwemmten diese Berserker die Gestade Europas, ja die Asiens und Afrikas dazu, so daß die Leute glaubten, ein Heer von leibhaftigen Werwölfen sei über sie hereingebrochen. Hier auch trafen sie bei ihrer Ankunft auf die Hunnen, deren wilde Streitlust einer lodernden Flamme gleich über die Erde hinweggefegt war, bis die sterbenden Völker wähnten, in ihren Adern flösse das Blut der alten Hexen, die, aus dem Skythenland vertrieben, sich dereinst in der Wüste mit den Teufeln paarten. Narren, Narren! Welcher Teufel, welche Hexe war so groß wie Attila, dessen Blut in unseren Adern kreist? Was Wunder, daß wir ein Geschlecht von Eroberern waren, voller Stolz, die Magyaren, die Lombarden, die Awaren, die Bulgaren und die Türken, die zu Tausenden über unsere Grenzen strömten, in die Flucht getrieben zu haben! Was Wunder, daß Arpad hier an der Grenze auf uns stieß, als er mit seinen Legionen durch das Vaterland der Ungarn zog! Und als die Ungarnflut schließlich nach Osten zu verebbte, erkannten die siegreichen Magyaren die Szekler als Blutsverwandte an, und man übertrug uns auf Jahrhunderte hinaus, die Grenze zum Türkenlande zu bewachen, ja mehr noch, bestallte uns mit endlosem Wachdienst an der Grenze, denn wie der Türke sagt: ›Das Wasser schläft, der Feind jedoch schläft nie.‹ Welches der vier Völker hätte das ›blutige Schwert‹ froheren Herzens entgegengenommen als wir, wer eilte auf seinen Kriegsruf hin rascher zu den Fahnen des Königs? Wann wurde die große Schmach meines Volkes gesühnt, die Schmach von Cassova, wo die Banner der Walachen und Magyaren vor dem Halbmond in den Staub sanken? Einer von meinem Geschlecht war's, der die Donau als Woiwode überschritt und den Türken auf eigenem Grund und Boden schlug! Ein Dracula, fürwahr! Welch ein Jammer, daß, nachdem dieser gefallen war, der eigene unwürdige Bruder sein Volk an die Türken verschacherte und es der Schmach der Knechtschaft aussetzte! … Als wir nach der Schlacht von Mohács zu guter Letzt das ungarische Joch abwarfen, waren wir vom Geblüt der Dracula aufs neue unter ihren Führern, denn unser stolzer Geist ertrug es nicht, unfrei zu sein. Ja, junger Herr, die Szekler – und die Dracula als deren Hirn, Herzblut und Schwert – dürfen sich einer Vergangenheit rühmen wie keines jener jüngst emporgekommenen Geschlechter der Habsburger oder Romanows. Die Zeit der Kriege ist vorbei. Blut ist etwas gar zu Kostbares in diesen schändlichen Zeiten des Friedens; und der Ruhm großer Geschlechter gleicht nur mehr einem oft erzählten Märchen.«

Graf Dracula

»Seit sie in meine Hände gelangten, habe ich alle Papiere, die sich mit diesem Monstrum befassen, ein über das andere Mal studiert; und je länger ich sie studierte, desto dringender scheint mir die Notwendigkeit, es vollends zu vernichten. Auf jeder Seite finden sich Spuren seines Fortkommens, nicht nur seiner Macht, sondern seines Wissens um dieselbe. Wie ich, dank der Nachsuchungen meines Freundes Arminius aus Budapest, in Erfahrung bringen konnte, war Dracula zu Lebzeiten ein überaus bewunderungswürdiger Mensch. Soldat, Staatsmann, Alchimist – womit er sich damals auf dem Gipfel wissenschaftlicher Erkenntnis befand. Er verfügte über einen gewaltigen Verstand, eine unvergleichliche Gelehrsamkeit sowie ein Herz, das weder Furcht noch Reue kannte. Nicht einmal vor der Scholomantik schreckte er zurück, und keinen Zweig der Wissenschaft gab es, auf dem er sich nicht versuchte. Nun, in ihm haben die Kräfte des Gehirns den physischen Tod überdauert; wenngleich es scheint, als ob das Gedächtnis nicht ganz lückenlos erhalten sei. In mancherlei Hinsicht war und ist er kaum mehr als ein Kind; doch ist er im Wachsen begriffen, und gewisse Dinge, die zunächst noch kindlich schienen, sind nun zu Mannesgröße herangereift. Er macht seine Erfahrungen, und er weiß sie zu benutzen; und hätten wir nicht seine Pfade gekreuzt, so würde er – *und wird es gar, wenn wir denn scheitern* – zum Vater und Förderer einer neuen Spezies von Wesen, deren Weg sie, statt durchs Leben, durch den Tod führt.«

Dr. Abraham Van Helsing

I

Im Nebel

Dr. Sewards Tagebuch
(auf einem Phonographen festgehalten)

17. SEPTEMBER

Die Entbindung der vergangenen Nacht ging leichter als die anderen. Viel leichter als die der vergangenen Woche. Mit ein wenig mehr Übung und Geduld geht womöglich alles leichter. Wenn auch niemals leicht. Niemals … leicht.

Pardon: Es fällt schwer, in geordneten Bahnen zu denken, und dieser staunenswerte Apparat ist unversöhnlich. Weder kann ich gar zu voreilig gesetzte Worte mit Tinte ausstreichen noch eine mißratene Seite aus der Heftung reißen. Die Walze dreht sich, die Nadel graviert, und mein weitschweifiger Monolog ist auf alle Zeit unbarmherzig in Wachs eingegraben. Staunenswerte Apparate sind, wie Wunderheilmittel, mit unvorhersehbaren Nebenwirkungen behaftet. Womöglich werden im zwanzigsten Jahrhundert neuartige Verfahren, die Gedanken der Menschen festzuhalten, zu einer Lawine unnützen Geredes führen. *Brevis esse laboro,* wie es schon bei Horaz sehr treffend heißt. Ich weiß, wie eine Krankengeschichte vorgetragen werden muß. All dies wird für die Nachwelt von Interesse sein. Einstweilen arbeite ich jedoch *in camera* und verwahre die mir verbliebenen Walzen mit den Aufzeichnungen meiner früheren Berichte an einem geheimen Ort. Wie die Dinge stehen, liefe ich Gefahr an Leib und Leben, würden diese Journale der Öffentlichkeit zu Gehör gebracht. Eines Tages aber hoffe ich, meine Motive und Methoden vor aller Welt bekannt gemacht zu sehen.

Nun denn.

Subjekt: weiblich, dem Anschein nach über die Zwanzig. Noch nicht sehr lange tot, würde ich meinen. Beruf: unverkennbar. Ort: Chicksand Street. Ecke Brick Lane, der Flower & Dean Street gegenüber. Zeit: kurz nach fünf Uhr *ante meridiem.*

Ich war gut eine Stunde im Nebel, dick wie saure Milch, umhergewandert. Der Nebel ist meinen nächtlichen Geschäften in höchstem Maße förderlich. Je weniger man sieht von dem, wozu die Stadt in diesem Jahr verkommen ist, desto besser. Wie so viele habe ich mir die Gewohnheit zu eigen gemacht, tags zu schlafen und nachts zu arbeiten. Meist falle ich in einen leichten Dämmer; es scheint Jahre her, daß ich zuletzt die Wonnen wirklichen Schlafes genossen habe. Dunkle Stunden sind zu wachen Stunden geworden. Aber das war hier in Whitechapel eigentlich nie anders.

In der Chicksand Street hängt eine jener verfluchten blauen Gedenktafeln, an Nummer 197, einem der Schlupfwinkel des Grafen. Dort standen sechs der Kisten voller Erde, denen er und Van Helsing solch abergläubische und, wie es sich ergab, unberechtigte Bedeutung beimaßen. Lord Godalming sollte sie vernichten; doch wie so oft erwies mein adeliger Freund sich als der Aufgabe nicht gewachsen. Ich stand, unfähig, die Inschrift zu entziffern, vor der Tafel und sann über unser Scheitern nach, als das tote Mädchen meine Aufmerksamkeit zu erregen suchte.

»Mister ...«, rief sie. »*Missssster ...*«

Wie ich mich umwandte, ließ sie ihre Federboa auf die Schultern sinken. Hals und Busen waren weiß wie Schnee. Eine lebende Frau hätte gezittert vor Kälte. Sie stand unter einer Treppe, die zu einer Tür im ersten Stockwerk hinaufführte, über der eine rote Laterne brannte. Hinter ihr, von den Stufen mit Balken verschattet, befand sich eine zweite Tür, auf halber Höhe unter dem Trottoir. Weder in diesem noch einem anderen in Sehweite gelegenen Haus schien eine Lampe. Wir weilten auf einer hellichten Insel in einem dunsttrüben Meer.

Ich ging quer über die Straße hin, und meine Stiefel rührten den tiefliegenden Nebel in fahlgelben Wirbeln auf. Es war niemand in der Nähe. Zwar hörte ich Passanten, doch standen wir wie hinter einem Vorhang. Bald sollten die ersten Dornen der Dämmerung auch die letzten Neugeborenen von den Straßen vertreiben. Das tote Mädchen war für seinesgleichen spät noch auf den Beinen. Gefährlich spät. Ihre Sucht nach Geld, nach Trunk war offenbar immens.

»Was für ein hübscher Gentleman«, girrte sie. Sie wedelte mit der Hand, und ihre spitzen Nägel rissen Nebelschwaden in Fetzen.

Ich bestrebte mich, ihr Gesicht auszumachen, und wurde belohnt mit einem Anblick hagerer Niedlichkeit. Sie legte den Kopf ein wenig schief, mich zu betrachten, und eine Strähne pechschwarzen Haars fiel von ihrer weißen Wange. In ihren schwarzroten Augen stand Interesse – und Verlangen. So wie eine Art von halbgewahrem Amüsement, das direkt an Verachtung grenzt. Dieser Blick ist unter Frauenzimmern, einerlei welchen Gewerbes, durchaus nichts Ungewöhnliches. Als Lucy – Miß Westenra, Gott sei ihrer lieben Seele gnädig – meinen Antrag abwies, blitzte ein ähnlicher Funke auf in ihren Augen.

»… und noch dazu um diese Zeit.«

Sie war keine Engländerin. Ihrem Akzent nach zu urteilen, mochte sie aus Deutschland oder Österreich gebürtig sein. Der Hauch eines ›tsch‹ bei ›Tschentleman‹, ein ›diese‹, das beinahe wie ›dieße‹ klang. Das London unseres Prinzgemahls, vom Buckingham-Palast bis hinunter zu Buck's Row, ist das Senkloch Europas, verstopft mit den *ejecta* zweier Dutzend Fürstentümer.

»Kommen Sie, Sir, geben Sie mir einen Kuß.«

Einen Augenblick lang stand ich schlicht da und schaute. Sie war in der Tat ein auffallend niedliches Ding. Ihr glänzendes Haar war kurzverschnitten und gefirnißt, fast wie das einer Chinesin, eine Stirnlocke wie die Backenstütze eines Römerhelms. Im Nebel erschienen ihre roten Lippen durch und durch schwarz. Unzweideutig eine von *ihnen*, setzte sie ein gar zu leutseliges Lächeln auf, das spitze Zähne weiß wie Perlsplitter entblößte. Ihren Geruch zu verbergen, war sie in eine Wolke billigen Parfüms von widerlicher Süßigkeit gehüllt.

Die Straßen sind voller Unrat, offene Kloaken des Lasters. Die Toten sind überall.

Das melodiöse Lachen des Mädchens klang, als habe man es einem Mechanismus entrungen, und es winkte mich heran, ließ seine zerlumpten Federn tiefer über die Schultern gleiten. Bei ihrem Lachen mußte ich abermals an Lucy denken. Die Lucy, die von Leben sprühte, nicht jenes blutsaugerische Ding, dem wir auf dem Friedhof von Kingstead den Garaus machten. Vor drei Jahren, als nur Van Helsing daran glaubte …

»Nun gib mir schon ein Küßchen«, trällerte sie. »Nur ein klitzekleines Küßchen.«

Sie schürzte die Lippen zu einem Herz. Erst berührten ihre Nägel meine Wange, dann ihre Fingerspitzen. Mir war kalt, sie war kalt; mein Gesicht war eine Maske aus Eis, ihre Finger Nadeln, die gefrorene Haut durchbohrten.

»Was hat dich nur so weit gebracht?« fragte ich.

»Glück und wohlwollende Herren.«

»Bin ich ein wohlwollender Herr?« fragte ich und packte das Skalpell in meiner Hosentasche.

»Aber ja, sehr wohlwollend sogar. Für so was hab' ich einen guten Blick.«

Ich preßte die Fläche des Instruments gegen meinen Schenkel, spürte das kühle Prickeln des Silbers noch durch das teure Tuch.

»Ich hab' ein paar Misteln bei mir«, sagte das tote Mädchen, löste einen kleinen Zweig von seinem Mieder und hob ihn über seinen Kopf. »Einen Kuß?« fragte sie. »Ein Kuß kostet nur einen Penny.«

»Für Weihnachten ist es noch etwas früh.«

»Zeit für einen Kuß ist immer.«

Sie schüttelte den Zweig, und die Beeren schaukelten wie stumme Glöckchen. Ich hauchte einen kalten Kuß auf ihre rotschwarzen Lippen und zog mein Messer hervor, hielt es unter dem Mantel umfaßt. Ich spürte die Schärfe der Klinge durch meinen Handschuh. Ihre Wange war kühl an meiner Haut.

Die der vergangenen Woche, in der Hanbury Street –

Chapman mit Namen, so stand es in der Zeitung, Annie oder Anne –, hat mich gelehrt, mein Geschäft mit Schnelligkeit und Präzision zu verrichten. Kehle. Herz. Eingeweide. Dann herunter mit dem Kopf. Und schon ist die Kreatur erledigt. Reines Silber und ein reines Gewissen. Geblendet von Symbolismus und Legenden, sprach Van Helsing zwar immerzu vom Herzen, doch erfüllen alle wichtigen Organe ihren Zweck. Die Nieren sind am bequemsten zu erreichen.

Ich hatte sorgfältige Vorbereitungen getroffen, ehe ich mich aus dem Hause wagte. Eine halbe Stunde saß ich da und ließ mich der Schmerzen gewahr werden. Renfield ist tot – wirklich tot –, doch hat der Wahnsinnige die Male seines Kiefers in meiner rechten Hand zurückgelassen. Der Halbkreis tiefer Einzähnungen ist seither oftmals verschorft, aber nie gänzlich verheilt. Bei der Chapman war ich betäubt von dem Laudanum, das ich einzunehmen pflege, und ging nicht mit der erforderlichen Präzision zu Werke. Auch daß ich das Messer linkshändig zu führen lernte, hat nichts geholfen. Ich verfehlte die Hauptschlagader, was dem Ding Zeit ließ zu schreien. Ich fürchte, ich verlor die Beherrschung und tat wie ein Schlächter, was ich richtig hätte tun sollen wie ein Chirurg.

Vergangene Nacht ging es erheblich besser. Zwar hielt das Mädchen ebenso hartnäckig am Leben fest, doch nahm es mein Geschenk gebührend an. Am Ende war sie wohl erleichtert, ihre Seele geläutert zu wissen. Silber ist inzwischen schwer zu beschaffen. Sämtliche Münzen sind aus Gold oder Kupfer. Während der Geldumstellung hortete ich Threepennies und opferte das Tafelbesteck meiner Mutter. Die Instrumente besitze ich seit meiner Zeit in Purfleet. Nun sind die Klingen plattiert, ein hartstählerner Kern, umhüllt von todbringendem Silber. Dieses Mal wählte ich das Obduktionsskalpell. Es ist nur recht und billig, meine ich, sich eines Werkzeugs zu bedienen, das dazu bestimmt ist, in Leichen zu wühlen.

Das tote Mädchen lockte mich zu seiner Tür und raffte die Röcke hoch über schlanke, weiße Beine. Ich benutzte den Augenblick, ihre Bluse zu öffnen. Brennend vor Schmerz, tasteten meine Finger ungeschickt umher.

»Deine Hand?«

Ich hob die plumpe, behandschuhte Faust und versuchte ein Lächeln. Sie küßte meine geballten Knöchel, und ich ließ die andere Hand unter dem Mantel hervorgleiten, das Skalpell fest umklammernd.

»Eine alte Wunde«, sagte ich. »Nichts weiter.«

Sie lächelte, und rasch zog ich meine Silberklinge unter festem Druck des Daumens quer über ihren Hals, schnitt tief in makelloses, totes Fleisch. Ihre Augen weiteten sich vor Schreck – Silber tut *weh* –, und sie stieß einen langgezogenen Seufzer aus. Schmale Blutrinnsale tröpfelten wie Regen gegen eine Fensterscheibe und befleckten die Haut über dem Schlüsselbein. Ein einzelner Blutstropfen trat aus ihrem Mundwinkel hervor.

»Lucy«, sagte ich, voll der Erinnerung …

Ich hielt das Mädchen aufrecht, beschirmte es mit meinem Körper vor den Blicken von Passanten und stieß ihm das Skalpell durch den Schnürleib ins Herz. Ich spürte, wie sie erschauerte und leblos hinsank. Aber da ich um die Zähigkeit der Toten weiß, gab ich mir alle Mühe bei der Verrichtung meines Geschäfts. Ich legte sie nieder im Treppenraum unter dem Trottoir und führte die Entbindung zu Ende. Sie hatte nur wenig Blut in sich; sie war heute abend offenbar ohne Nahrung geblieben. Nachdem ich ihr das Korsett vom Leib geschnitten hatte – die Klinge ging mit Leichtigkeit durch den billigen Stoff –, legte ich das durchbohrte Herz frei, löste die Eingeweide vom Gekröse, entwirrte gut ein Yard des Grimmdarms und entfernte die Nieren sowie einen Teil des Uterus. Dann vergrößerte ich die erste Inzision. Nachdem ich die Wirbelsäule freigelegt hatte, zerrte ich den baumelnden Kopf hin und her, bis die Nackenknochen brachen.

2

Geneviève

Lautes Hämmern drang in ihre Finsternis. Beharrliche, wiederholte Schläge. Fleisch und Knochen gegen Holz.

Im Traum war Geneviève in ihre Mädchenjahre im Frankreich des Spinnenkönigs, der *Pucelle* und des monströsen Gilles zurückgekehrt. Zu Lebzeiten war sie die Tochter des Feldscherers gewesen und nicht eine von Chandagnacs Geblüt. Vor ihrer Verwandlung, vor dem Dunklen Kuß …

Ihre Zunge glitt über schlafverklebte Zähne. Sie hatte den Geschmack ihres eigenen Blutes im Munde, anekelnd und leicht erregend.

Das Hämmern in ihrem Traum rührte von einem Klöppel her, mit dem auf die Spitze eines entzweigebrochenen Bauernspießes eingedroschen wurde. Der englische Captain mordete ihren Vater in Finsternis wie einen Schmetterling, nagelte Chandagnac an die blutgetränkte Erde. Eines der wenigen denkwürdigen Scharmützel des Hundertjährigen Krieges. Barbarische Zeiten, die sie der verdienten Vergessenheit anheimgefallen hoffte.

Das Hämmern hielt an. Sie öffnete die Augen und suchte sich auf das getrübte Glas des Oberlichts zu konzentrieren. Die Sonne war noch nicht vollends versunken. In einem Nu verflog ihr Traum, und sie war wach, als hätte man ihr eine Gallone Eiswassers ins Gesicht geklatscht.

Das Hämmern verstummte. »Mademoiselle Dieudonné«, brüllte jemand. Es war nicht der Direktor, der sie mit dringenden Gesuchen für gewöhnlich aus dem Schlaf riß, und doch kam ihr die Stimme bekannt vor. »Öffnen Sie die Tür. Scotland Yard.«

Sie setzte sich auf, und das Bettuch glitt ihr von den

Schultern. Sie schlief in ihren Unterkleidern auf dem Fußboden, auf einer Decke, die über die grob behauenen Dielen ausgebreitet lag.

»Silver Knife hat wieder zugeschlagen.«

Sie hatte sich in ihrer winzigen Amtsstube in Toynbee Hall zur Ruhe gelegt. Hier konnte sie gefahrlos wie sonst nirgends die wenigen Tage des Monats verbringen, an denen die Mattigkeit sie überkam und sie den Schlaf der Toten schlief. Unmittelbar unter dem Dach des Gebäudes gelegen, verfügte das Zimmer allein über ein winziges Oberlicht, und die Tür ließ sich von innen verschließen. Es genügte ihren Zwecken, ebenso wie Särge und Grüfte denen vom Geblüt des Prinzgemahls genügten.

Sie stieß einen beschwichtigenden Seufzer hervor, und das Hämmern blieb aus. Sie räusperte sich. Ihr seit Tagen ruhender Körper knarrte in den Gelenken, als sie sich reckte. Eine Wolke schob sich vor die Sonne, und einen Moment lang ließen die Schmerzen nach. Sie stand im Dunkeln auf und fuhr sich mit den Fingern durch das Haar. Die Wolke zog vorüber, und ihre Kraft schwand dahin.

»Mademoiselle?«

Das Hämmern begann von neuem. Die Jugend war voller Ungestüm. Einst war sie ebenso gewesen.

Geneviève nahm einen Schlafrock aus chinesischer Seide von einem Haken und warf ihn sich über. Dies war zwar nicht eben die von der Etikette vorgeschriebene Kleidung, um Herrenbesuch zu empfangen, würde jedoch fürs erste genügen müssen. Die Etikette, vor wenigen Jahren noch von allergrößter Wichtigkeit, verlor immer mehr an Bedeutung. In Mayfair schliefen sie in mit Erde ausgekleideten Särgen, und auf der Pall Mall gingen sie in Rudeln auf die Jagd. In diesem Jahr galt der korrekten Form der Anrede eines Erzbischofs schwerlich übermäßiges Interesse.

Schlaftrunken schob sie den Riegel zurück. Draußen neigte sich der Nachmittag dem Ende zu; ihre Verfassung würde sich erst bessern, wenn die Nacht sie wiederhatte. Sie zog die Tür auf. Ein gedrungener Neugeborener stand im Flurgang; er trug den langen Mantel lose um die Schultern, und seine Finger spielten nervös mit einem Bowler.

»Sie gehören gewiß nicht zu jenen Menschen, die eine Einladung benötigen, um ihren Antrittsbesuch abzustatten, nicht wahr, Lestrade?« erkundigte sich Geneviève. »Das wäre auch überaus hinderlich für einen Mann Ihres Faches. Nun gut, kommen Sie herein, kommen Sie herein ...«

Sie trat beiseite und ließ den Mann von Scotland Yard ein. Scharfgezackte Zähne ragten aus seinem Mund, die auch der kümmerliche Schnurrbart nicht verbergen konnte. Schon zu Lebzeiten hatte er ausgesehen wie eine Ratte; die spärlichen Barthaare nun machten ihn zu deren vollkommenem Ebenbild. Seine Ohren veränderten sich, sie wurden lang und spitz. Wie die meisten Neugeborenen vom Geblüt des Prinzgemahls hatte er seine endgültige Gestalt noch nicht gefunden. Obgleich er eine Rauchglasbrille trug, ließen karmesinrote Punkte hinter den Linsengläsern lebhafte Augen erahnen.

Er legte seinen Hut auf ihren Schreibtisch.

»Letzte Nacht«, begann er hastig, »in der Chicksand Street. Die reinste Metzelei.«

»Letzte Nacht?«

»Verzeihung.« Sich auf ihre Ruhezeit besinnend, holte er Atem. »Heute ist der siebzehnte September.«

»Dann habe ich drei Tage geschlafen.«

Geneviève öffnete ihren Schrank und betrachtete die wenigen Kleidungsstücke darin. Zu feierlichen Anlässen fehlte ihr die passende Garderobe. Es stand indessen schwerlich zu erwarten, daß sie in naher Zukunft zu einem Empfang in den Palast geladen würde. Das einzige ihr verbliebene Schmuckstück war das winzige Kruzifix ihres Vaters, das sie allerdings nur selten trug, aus Angst, ein empfindsamer Neugeborener könne auf dumme Gedanken kommen.

»Ich hielt es für das Beste, Sie zu wecken. Alles befindet sich in hellstem Aufruhr. Die Gemüter sind erhitzt.«

»Das war sehr vernünftig von Ihnen«, sagte sie und rieb

sich den Schlaf aus den Augen. Noch die letzten Splitter Sonnenlichts, die durch das getrübte Glasgeviert hereinfielen, waren wie Eiszapfen, die ihr in die Stirn getrieben wurden.

»Sowie die Sonne untergegangen ist«, sagte Lestrade soeben, »bricht die Hölle los. Die Sache könnte sich zu einem zweiten Blutsonntag auswachsen. Man munkelt sogar, Van Helsing sei zurückgekehrt.«

»Das würde dem Prinzgemahl gewiß gefallen.«

Lestrade schüttelte den Kopf. »Nichts als ein Gerücht. Van Helsing ist tot. Sein Kopf steckt fest auf seinem Pfahl.«

»Haben Sie das überprüfen lassen?«

»Der Palast steht unter ständiger Bewachung. Der Prinzgemahl hat seine Karpater um sich versammelt. Unsereins kann gar nicht vorsichtig genug sein. Wir haben viele Feinde.«

»Unsereins?«

»Die Nicht-Toten.«

Geneviève hätte beinahe laut aufgelacht. »Ich gehöre nicht zu Ihresgleichen, Inspektor. Sie stammen von Vlad Tepes ab, ich von Chandagnac. Wir sind bestenfalls entfernte Verwandte.«

Der Detective zuckte schnaubend mit den Achseln. Ihre Abstammung bedeutete den Vampiren Londons nicht sehr viel, dessen war sich Geneviève bewußt. Ob dritten, zehnten oder zwanzigsten Verwandtschaftsgrades, Vlad Tepes war ihrer aller Vater in Finsternis.

»Wer?« fragte sie.

»Eine Neugeborene namens Schön, Lulu. Gewöhnliche Prostituierte, wie die anderen auch.«

»Das wäre dann die ...vierte?«

»Darüber besteht noch keine Gewißheit. Die Sensationspresse hat jede unaufgeklärte Bluttat ausgegraben, die in den vergangenen dreißig Jahren im East End verübt wurde, und sie dem Whitechapel-Mörder zur Last gelegt.«

»In wie vielen Fällen ist sich die Polizei denn sicher?«

Lestrade schnaubte. »Bis die gerichtliche Untersuchung abgeschlossen ist, sind wir uns nicht einmal bei der Schön sicher, obwohl ich glatt meine Pension auf sie verwetten würde. Ich komme geradewegs aus dem Leichenschauhaus. Die Handschrift ist unverkennbar. Wie bei Annie Chapman in der letzten und Polly Nichols in der vorvergangenen Woche. In zwei anderen Fällen sind die Meinungen geteilt. Emma Smith und Martha Tabram.«

»Was meinen Sie?«

Lestrade knabberte an seiner Unterlippe. »Nur die drei. Die drei wenigstens, von denen wir Kenntnis haben. Die Smith wurde von Gesindel aus dem Jago überfallen, ausgeraubt und mit einem Pflock gespießt. Geschändet noch dazu. Typisch für eine verrohte Diebesbande, unser Mann geht ganz anders zu Werke. Und die Tabram war warmblütig. Silver Knife ist ausschließlich an uns interessiert. An Vampiren.«

Geneviève verstand.

»Dieser Mann steckt voller *Haß*«, fuhr Lestrade fort, »voller Haß und Leidenschaft. Die Morde können nur in absoluter Raserei begangen worden sein, und doch eignet ihnen ein gewisser Kaltsinn. Er tötet auf offener Straße, in finsterster Dunkelheit. Er metzelt nicht einfach, er *seziert*. Dabei sind Vampire mitnichten leichte Beute. Unser Mann ist kein Verrückter. Er hat ein *Anliegen.*«

Lestrade fühlte sich von den Verbrechen persönlich getroffen. Der Whitechapel-Mörder hinterließ tiefe Wunden. Die Neugeborenen waren hin und her gerissen wegen eines Irrtums, krümmten und wanden sich vor dem Kruzifix wegen einer mißverstandenen Legende.

»Hat sich die Nachricht schon verbreitet?«

»Wie ein Lauffeuer«, erwiderte der Detective. »Alle Abendausgaben haben etwas darüber gebracht. Inzwischen wird es in ganz London herum sein. Unter den Warmblütern gibt es viele, die uns nicht sehr wohlgesinnt sind, Mademoiselle. Ebenjene triumphieren jetzt natürlich. Wenn die Neugeborenen hervorkommen, könnte eine Panik ausbrechen. Ich habe angeregt, Truppen einzusetzen, aber Warren ist mißtrauisch. Und ich muß sagen, nach der Sache im vergangenen Jahr ...«

Sie konnte sich noch gut daran erinnern. Da es nach der königlichen Hochzeit in wachsendem Maße zu öffentlichen Tumulten gekommen war, hatte Sir Charles Warren, der Commissioner der Metropolitan Police, vorsorglich ein Verbot politischer Versammlungen auf dem Trafalgar Square erlassen. Dem zum Trotz hatte sich eines schönen Novembernachmittags eine Anzahl warmblütiger Rebellen zusammengefunden, um wider die Krone und die neue Regierung zu eifern. Unterstützt von dem radikalen Parlamentsabgeordneten Robert Cunninghame Graham sowie Annie Besant von der Nationalen Freidenker-Gesellschaft stritten William Morris und H. M. Hyndman vom Sozial-Demokratischen Bund für die Proklamation einer Republik. Es entbrannte eine hitzige, ja gewaltsame Debatte. Geneviève verfolgte sie aus sicherem Abstand von der Treppe der Nationalgalerie aus. Sie war nicht der einzige Vampir, der mit dem Gedanken an eine Republik liebäugelte. Man brauchte kein Warmblüter zu sein, um Vlad Tepes für ein Monstrum zu halten. Eleanor Marx, selbst Neugeborene und neben Dr. Edward Aveling Verfasserin des Buches *Zur Vampirfrage,* verlangte in einer zündenden Rede die Abdankung Königin Viktorias und die Ausweisung des Prinzgemahls.

»... kann ich ihm das nicht verdenken. Dennoch ist Abteilung H für einen Aufruhr nicht gerüstet. Der Yard hat mich geschickt, um den Gaunern dieser Gegend kräftig heimzuleuchten, dabei sind wir bereits vollauf damit beschäftigt, den Mörder zu suchen, ohne uns auch noch mit einer Sicheln und Spieße schwingenden Rotte herumplagen zu müssen.«

Geneviève war neugierig, wie Sir Charles sich wohl entschließen würde. Im November hatte Warren – einst erst Soldat, dann Polizist, nun erst Vampir und dann Soldat – die Armee zu Hilfe gerufen. Und noch ehe ein verwirrter obrigkeitlicher Beamter die Aufruhrakte vollständig verlesen konnte, befahl ein Dragoneroffizier seinen Männern, unter denen sich Vampire wie auch Warmblüter befanden, den Square zu räumen. Nach dieser Attacke machte die

Karpatische Garde des Prinzgemahls sich über die Menge her und richtete mit Zähnen und Klauen größeren Schaden an als die Dragoner mit aufgepflanzten Bajonetten. Es gab nur wenige Tote, dafür aber viele Verletzte; hernach gab es nur wenige Prozesse, dafür aber viele ›Vermißte‹. Der 13. November 1887 ging als ›Blutsonntag‹ in die Geschichte ein. Geneviève verbrachte eine Woche im Guy's Hospital und half, die Leichtverwundeten zu pflegen. Viele spuckten sie an oder verwahrten sich dagegen, von einer wie ihr umsorgt zu werden. Hätte nicht die Königin höchstselbst sich ins Mittel geschlagen und beruhigend auf ihre ergebenen Untertanen eingewirkt, wäre das Empire womöglich explodiert wie ein Faß Schießpulver.

»Und was, bitte, soll ich tun«, fragte Geneviève, »um den Zwecken des Prinzgemahls zu dienen?«

Lestrade kaute an seinem Schnurrbart; seine Zähne schimmerten, und seine Lippen waren schaumgesprenkelt.

»Sie werden womöglich gebraucht, Mademoiselle. Toynbee Hall wird bald aus allen Nähten platzen. Manche weigern sich, das Haus zu verlassen, solange der Mörder sein Unwesen treibt. Andere verbreiten Angst und Schrekken, werden Feuer und Flamme für die Pöbeljustiz.«

»Ich bin nicht Florence Nightingale.«

»Sie verfügen über Einfluß ...«

»Was Sie nicht sagen.«

»Ich wollte ... ich möchte Sie in aller Bescheidenheit ersuchen ... Ihren Einfluß geltend zu machen, damit die Lage sich beruhigt. Bevor es zu einer Katastrophe kommt. Bevor noch mehr Unschuldige ihr Leben lassen müssen.«

Geneviève scheute sich nicht, ihre Überlegenheit gehörig auszukosten. Sie streifte ihren Schlafrock ab; der Kriminalbeamte war entsetzt. Auch Tod und Wiedergeburt hatten es nicht vermocht, ihm die Vorurteile seiner Epoche auszutreiben. Lestrade versteckte sich hinter seiner Rauchglasbrille, während sie sich rasch ankleidete. Mit zierlichen, spitzen Fingern verschloß sie die kleinen Haken und Knöpfe an ihrem flaschengrünen Kostüm, deren Zahl in die Hunderte zu gehen schien. Ihr war, als sei die Kleidung ihrer warmblütigen Tage, schwer und verfänglich wie eine Ritterrüstung, einzig aus dem Grund wieder *en vogue*, sie fürchterlich zu quälen. Als Neugeborene hatte sie voller Erleichterung die schlichten Kittelgewänder und karierten Hosen getragen, welche die Jungfrau von Orléans wenn schon nicht in die Mode, so doch in die Gesellschaft eingeführt hatte, und geschworen, sich nie wieder in Abendgarderobe zwängen zu lassen, die ihr den Atem abschnürte.

Der Inspektor war zu bleich, um angemessen zu erröten. Dennoch erschienen auf seinen Wangen Flecke von der Größe eines Pennys, und er begann unwillkürlich zu schnaufen. Wie so mancher Neugeborene verhielt sich Lestrade ihr gegenüber, als sei sie tatsächlich ebenso alt, wie sie auch aussah. Sechzehn Jahre hatte sie gezählt, als sie von Chandagnac den Dunklen Kuß bekam. Sie war wenigstens zehn Jahre älter als Vlad Tepes. Zu einer Zeit, da er als warmblütiger Christenfürst sein Leben fristete, den Türken die Turbane an den Schädel nagelte und seine Landsleute auf gespitzte Pfähle spießte, war sie bereits eine Neugeborene gewesen und hatte sich jene Fertigkeiten angeeignet, die sie nun zur Langlebigsten ihres Stammes machten. Nach viereinhalb Jahrhunderten hatte sie Mühe, ihren Zorn zu unterdrücken, wenn soeben auferstandene Tote, deren Blut noch kaum erkaltet war, sie gönnerhaft behandelten.

»Silver Knife muß ausfindig und unschädlich gemacht werden«, sagte Lestrade. »Bevor er von neuem zu morden beginnt.«

»Zweifellos«, pflichtete Geneviève bei. »Das klingt ganz nach einem Fall für Ihren alten Kampfgefährten, den beratenden Detektiv.«

Dank ihrer hellwachen Sinne, die ihr auch verrieten, daß die Nacht hereinbrach, spürte sie förmlich, wie das Blut des Inspektors gefror.

»Mr. Holmes steht es momentan nicht frei, Nachforschungen anzustellen, Mademoiselle. Er hat gewisse Differenzen mit der gegenwärtigen Regierung.«

»Sie meinen, man hat ihn, wie so viele unserer klügsten Köpfe, in eines der Gefängnisse in den Sussex Downs verbracht? Wie nennt sie die ›Pall Mall Gazette‹ doch gleich, Konzentrationslager?«

»Sein Mangel an Voraussicht ist bedauerlich ...«

»Wo ist er? In Devil's Dyke?«

Lestrade nickte, beinahe beschämt. Der Mensch in seinem Innern lebte fort. Neugeborene hielten hartnäckig an ihrem warmblütigen Dasein fest, ganz so, als ob sich nichts verändert hätte. Wie lange es wohl dauerte, bis sie wurden wie die Vampirmetzen, die der Prinzgemahl aus dem Land jenseits der Berge herbeigeschafft hatte, bestrumpfte Begierde, die ohne Sinn und Verstand auf Raub ausging?

Geneviève strich ihre Manschetten glatt und wandte sich mit leicht ausgestreckten Armen zu Lestrade um. Eine aus vielen Leben ohne Spiegel geborene Gewohnheit, immerzu ein Urteil über ihr Äußeres einholen zu müssen. Mißmutig bekundete der Kriminalbeamte seine Zustimmung. Sie raffte einen Kapuzenmantel um ihre Schultern und verließ, gefolgt von Lestrade, das Zimmer.

Die Gaslampen auf dem Flurgang waren schon entzündet. Draußen erstickte heraufziehender Nebel die letzten Sonnenstrahlen. Durch ein offenes Fenster drang kühle Luft herein. Geneviève schmeckte das Leben darin. Sie mußte frische Nahrung finden, binnen zwei oder drei Tagen. So war es ein jedes Mal nach ihrer Ruhezeit.

»Die gerichtliche Untersuchung im Falle Schön ist für den morgigen Abend anberaumt«, sagte Lestrade, »im Arbeiterverein. Es wäre von Vorteil, wenn Sie dabeisein könnten.«

»Sehr gern, aber darüber muß ich mich erst mit dem Direktor besprechen. Schließlich brauche ich einen Vertreter, der währenddessen meine Pflichten wahrnimmt.«

Sie waren auf der Treppe. Das Haus erwachte zum Leben. Einerlei, welche Veränderungen der Prinzgemahl in London auch herbeiführte, Toynbee Hall – begründet von Reverend Samuel Barnett zu Ehren des verstorbenen Philanthropen Arnold Toynbee – war unentbehrlich. Die Armen benötigten Obdach, Nahrung, ärztliche Hilfe und Unterricht. Den aller Möglichkeit nach unsterblichen, hilf- und mittellosen Neugeborenen erging es kaum besser als ihren warmblütigen Brüdern und Schwestern. Vielen unter ihnen war das East End letzter Zufluchtsort. Geneviève fühlte sich wie Sisyphos, der bis in alle Ewigkeit einen Felsblock den Berghang hinaufwälzte, als würde sie mit jedem Schritt nach vorn drei Schritte zurückfallen.

Auf dem Treppenabsatz im ersten Stockwerk saß ein kleines dunkelhaariges Mädchen mit einer Stoffpuppe auf dem Schoß. Einer ihrer Arme war verschrumpft, und darunter hing ein faltiger Klumpen ledriger Membranen. Ihr schmutzfarbenes Kleid hatte man aufgetrennt, um ihr Bewegungsfreiheit zu verschaffen. Lily lächelte; ihre spitzen Zähne waren schief verwachsen.

»Gené«, sagte Lily, »schau nur ...« Lächelnd streckte sie den spindeldürren Arm aus. Er wurde länger, kräftiger; der behaarte, graubraune Hautsack straffte sich. »Ich hab' mit meinen Flügeln geübt. Bald flieg' ich bis zum Mond und wieder zurück.«

Geneviève wandte sich fort und sah, daß auch Lestrade interessiert die Deckentäfelung betrachtete. Sie kehrte sich wieder zu Lily um, ging in die Knie und streichelte ihren Arm. Die dicke Haut fühlte sich unecht an, als wollten die Muskeln darunter in entgegengesetzte Richtungen ziehen. Weder Ellbogen noch Handgelenk griffen eigentlich ineinander. Vlad Tepes konnte mühelos seine Gestalt wechseln, die Neugeborenen von seinem Geblüt hingegen hatten den Kniff noch nicht heraus. Was sie jedoch nicht daran hinderte, es immer wieder zu versuchen.

»Ich bring dir ein bißchen Käse mit«, sagte Lily, »als Geschenk.«

Geneviève strich über Lilys Haar und erhob sich. Die Tür des Direktorzimmers stand offen. Sie trat ein, klopfte im Vorübergehen mit dem Fingerknöchel gegen das Holz. Der Direktor saß hinter seinem Schreibtisch und besprach mit Morrison, seinem Sekretär, den Stundenplan. Der Direktor war recht jung, und noch floß warmes Blut in seinen

Adern, doch sein Gesicht war zerfurcht, das Haar mit grauen Strähnen durchsetzt. Viele derer, welche die Verwandlung vollzogen hatten, sahen aus wie er, älter, als sie eigentlich waren. Lestrade folgte Geneviève in die Amtsstube. Der Direktor erwiderte den Gruß des Beamten. Morrison, ein stiller junger Mann mit einem Faible für japanische Drucke und die Literatur, trat in den Schatten zurück.

»Jack«, sagte sie, »Inspektor Lestrade möchte, daß ich morgen einer gerichtlichen Untersuchung beiwohne.«

»Es hat wieder einen Mord gegeben«, erwiderte der Direktor, mehr eine Feststellung denn eine Frage.

»Eine Neugeborene«, sagte Lestrade. »In der Chicksand Street.«

»Lulu Schön«, ergänzte Geneviève.

»War sie uns bekannt?«

»Gut möglich, wenn auch wahrscheinlich unter einem anderen Namen.«

»Arthur soll in den Unterlagen nachsehen«, sagte der Direktor. Er blickte Lestrade an, deutete jedoch auf Morrison. »Sie werden sich gewiß für die Einzelheiten interessieren.«

»Wieder ein Straßenmädchen?« fragte Morrison.

»Ja, natürlich«, antwortete Geneviève.

Der junge Mann blickte zu Boden. »Ich glaube, sie war schon einmal bei uns«, sagte er. »Eine von Booths verlorenen Seelen.« Als er den Namen des Generals aussprach, verzog er angewidert das Gesicht. Für die Heilsarmee waren die Nicht-Toten rettungslos verloren, schlimmer noch als andere Trunkenbolde. Obgleich warmblütig, konnte Morrison sich diesem Urteil nicht anschließen.

Der Direktor trommelte mit den Fingern auf seinen Schreibtisch. Er vermittelte wie gewohnt den Anschein, als habe sich soeben unvermutet die Last der Welt auf seine Schultern gesenkt.

»Können Sie mich entbehren?«

»Wenn er von seinem Kricketausflug zurück ist, kann Druitt an Ihrer Stelle den Rundgang machen. Und wenn die Vorlesungspläne unter Dach und Fach sind, kann Arthur übernehmen. Wir hatten Sie, äh, ohnehin nicht vor zwei oder drei Nächten zurückerwartet.«

»Vielen Dank.«

»Nicht der Rede wert. Halten Sie mich auf dem laufenden. Was ist das nur für eine gräßliche Geschichte.«

Geneviève dachte ebenso. »Ich will sehen, was ich tun kann, um die Einheimischen zu beruhigen. Lestrade rechnet fest mit einem Aufruhr.«

Der Polizist machte einen unsteten, verlegenen Eindruck. Einen Moment lang kam Geneviève sich schäbig vor, weil sie mit dem Neugeborenen ihren Spott getrieben hatte. Sie tat ihm unrecht.

»Vielleicht kann ich ja tatsächlich etwas unternehmen. Mit einigen der neugeborenen Mädchen reden. Ihnen einschärfen, sich vorzusehen, sich umzutun, ob womöglich jemand etwas weiß.«

»Nun denn, Geneviève. Viel Glück. Guten Abend, Lestrade.«

»Gute Nacht«, erwiderte der Kriminalbeamte und setzte seinen Hut auf, »Dr. Seward.«

3

Soirée Noire

Florence Stoker läutete zaghaft ihr Glöckchen, jedoch nicht etwa, um das Dienstmädchen herbeizurufen, sondern, um die Aufmerksamkeit ihrer Salongäste für sich zu gewinnen. Das kleine Schmuckstück bestand aus Aluminium, *nicht* aus Silber. Jäh verstummten Plaudereien und Geschirrgeklapper. Die Teegesellschaft merkte auf, der Hausherrin Gehör zu schenken.

»Es erwartet Sie nun eine wichtige Bekanntmachung«, verkündete Florence mit derartigem Entzücken, daß der Singsang von Clontarf, den sie gewöhnlich rigoros zu unterdrücken verstand, sich unbemerkt in ihre Stimme schlich.

Von einem Augenblick zum anderen war Beauregard in sich gefangen. Zwar konnte er mit Penelope an seiner Seite kaum umhin, die Hürde zu nehmen, doch hatte sich die Lage unversehens geändert. Seit einigen Monaten schon schwankte er am Rande eines Abgrunds. Nun aber stürzte er, innerlich schreiend, auf die zweifelsohne zerklüfteten Felsen zu.

»Penelope, Miß Churchward«, begann er und hielt inne, sich zu räuspern, »hat mir die Ehre erwiesen ...«

Alle Anwesenden hatten sogleich begriffen, dennoch mußte er die Worte über die Lippen bringen. Ihn dürstete nach einem weiteren Schluck von dem dünnen Tee, den Florence nach Art der Chinesen in exquisiten Schälchen servierte.

Voller Ungeduld brachte Penelope den Satz an seiner Statt zu Ende. »Wir wollen uns vermählen. Kommenden Frühling«

Mit schlanken Fingern umklammerte sie seine Hand.

Als sie noch ein Kind gewesen war, hatte der meistgehörte Satz aus ihrem Munde gelautet: »Ich will aber *jetzt.*«

Er war gewiß puterrot angelaufen. Dies ging gegen jegliche Vernunft. Er taugte schwerlich für den Part des ohnmächtigen Jünglings. Er war bereits einmal verheiratet gewesen ... Vor Penelope, mit Pamela. Der anderen, der älteren Miß Churchward. Das mußte ja Anlaß zu Gerede geben.

»Charles«, sagte Arthur Holmwood – Lord Godalming –, »meinen Glückwunsch.«

Mit sarkastischem Grinsen schüttelte ihm der Vampir überschwenglich die freie Hand. Beauregard war überzeugt, daß der Nicht-Tote wußte, wie leicht er ihm mit seinem Händedruck die Knochen hätte brechen können.

Seine Verlobte stand ein wenig abseits, von Damen umringt. Kate Reed, die dank Brille und widerspenstiger Frisur wie geschaffen schien, Penelopes engste Vertraute abzugeben, half ihr, Platz zu nehmen, und fächelte sie voller Bewunderung. Sie schalt ihre Freundin, weil diese es unterlassen hatte, sie in ihr Geheimnis einzuweihen. Penelope beschwichtigte sie mit honigsüßer Stimme und entgegnete, sie solle doch nicht solch ein Spielverderber sein. Kate gehörte zu den Neuen Frauen, schrieb für ›Titbits‹ Artikel über das Zweiradfahren und war in jüngster Zeit ganz außer sich vor Begeisterung über den sogenannten ›pneumatischen Reifen‹.

Penelope wurde bestürmt, als habe sie soeben annonciert, sie sei entweder todkrank oder aber guter Hoffnung. Wenn Penelope in Beauregards Nähe weilte, war die Erinnerung an Pamela nicht fern, die bei der Niederkunft gestorben war, ihre großen Augen im Schmerz fest verschlossen. Vor sieben Jahren, in Jagadhri. Das Kind, ein Junge, hatte seine Mutter um kaum eine Woche überlebt. Beauregard dachte nur ungern daran zurück, daß man ihn gewaltsam hatte hindern müssen, jenen Narren von Bezirksarzt auf der Stelle zu erschießen.

Florence besprach sich mit Bessie, der letzten ihr verbliebenen Hausangestellten. Sie betraute das dunkeläugige Mädchen mit einem Geheimauftrag.

Whistler, der ewig grinsende Maler aus Amerika, drängte sich neben Godalming und versetzte Beauregard einen scherzhaften Knuff in die Seite.

»Charlie, Sie sind ein hoffnungsloser Fall«, sagte er und fuchtelte mit einer dicken Zigarre vor Beauregards Gesicht umher wie mit einem Messer. »Wieder einmal ist ein braver Mann dem Feind in die Hände gefallen.«

Mit Mühe brachte Beauregard ein Lächeln zuwege. Er hatte durchaus nicht die Absicht gehabt, bei Mrs. Stokers *soirée noire* seine Verlobung bekanntzugeben. Seit seiner Rückkehr nach London war er ein seltener Gast bei ihren nächtlichen Zusammenkünften. Obgleich das Rätsel ihres verschwundenen Gatten weiterhin der Lösung harrte, blieb Florence' Stellung als Gastgeberin illustrer Modehelden und Berühmtheiten unangefochten. Niemand schien wagemutig oder gewissenlos genug, sich nach Brams Verbleib zu erkundigen, der Gerüchten zufolge ob eines Wortstreits mit dem Haushofmeister in einer Frage staatlicher Zensur nach Devil's Dyke verbracht worden war. Allein der ausgezeichneten Intervention durch Henry Irving, Stokers Brotherrn, war es zu verdanken, daß Bram das Schicksal erspart blieb, die Nachfolge seines Freundes Van Helsing auf einem Pfahl vor den Toren des Palastes anzutreten.

Von Penelope in diesen kleinen Kreis gelockt, bemerkte Beauregard, daß auch andere nicht erschienen waren. Mit Ausnahme Godalmings war kein einziger Vampir zugegen. Viele von Florence' früheren Gästen – allen voran Irving und seine Primadonna, die unvergleichliche Ellen Terry – hatten die Verwandlung vollzogen. Andere mochten vermutlich nicht einmal gerüchteweise mit dem republikanischen Gedanken in Verbindung gebracht werden, obgleich die Hausherrin, die bei ihren *soirées noires* zu Debatten ausdrücklich ermunterte, nicht selten ihr Desinteresse an der Politik bekundete. Florence – deren unermüdliche Anstrengungen, sich mit Männern zu umgeben, die sie an Brillanz weit übertrafen, und Frauen, die es an Schönheit schwerlich mit ihr aufzunehmen vermachten, Beauregard als etwas ärgerlich empfand, wie er sich eingestehen mußte – stellte das Herrschaftsrecht der Königin nicht im mindesten in Frage, ebensowenig wie sie das Recht der Erde hinterfragte, um die Sonne zu kreisen.

Bessie kam mit einer verstaubten Champagnerflasche zurück. Diskret entledigte man sich der Teeschälchen und Untertassen. Florence gab ihrer Bedienten einen winzigen Schlüssel, und das Mädchen öffnete einen kleinen Schrank, worauf ein wahrer Gläserwald zum Vorschein kam.

»Einen Toast«, insistierte Florence, »auf Charles und Penelope.«

Penelope war an seine Seite zurückgekehrt, drückte seine Hand, führte ihn den Gästen vor.

Florence bekam die Flasche gereicht. Sie betrachtete sie, als könne sie sich nicht entsinnen, an welchem Ende sie zu öffnen sei. Gewöhnlich pflegte ein Butler die Flaschen zu entkorken. Einen Moment lang war sie ratlos. Godalming sprang ihr bei, machte sich mit überaus lebhafter Anmut, in der sich Schnelligkeit und offensichtliche Begierde paarten, ans Werk und ergriff die Flasche. Zwar war er mitnichten der erste Vampir, den Beauregard zu Gesicht bekam, doch war er der einzige, der sich seit seiner Verwandlung derart augenscheinlich verändert hatte. Die meisten Neugeborenen haderten mit ihren begrenzten Fähigkeiten, Seine Herrlichkeit aber hatte sich, dank der Ausgeglichenheit und Ruhe, die in seiner Herkunft gründete, mühelos damit zurechtgefunden.

»Sie gestatten«, sagte er und drapierte wie ein Kellner eine Serviette über seinen Arm.

»Ich danke Ihnen, Art«, plapperte Florence. »Ich bin einfach zu schwach ... «

Er setzte ein schiefes Lächeln auf, das einen langen Augenzahn entblößte, stieß einen Fingernagel in den Korken und schnippte ihn aus dem Flaschenhals, als wolle er eine Münze in die Luft werfen. Der Champagner schäumte hervor, und Godalming füllte die Gläser, die Florence unter die Flasche hielt. Seine Herrlichkeit quittierte den verhaltenen Applaus mit einem stattlichen Grinsen. Für einen Toten strotzte Godalming nachgerade vor Leben. Die anwesenden Frauen hatten nur noch Augen für den Vampir. Penelope machte da keine Ausnahme, wie Beauregard unwillig bemerkte.

Seine Verlobte war ihrer Cousine nicht sehr ähnlich. Gleichwohl überraschte sie ihn bisweilen mit einer Redensart Pamelas oder vollführte eine triviale Geste, die eine Manieriertheit seiner verstorbenen Gattin auf das genaueste kopierte. Als er sich vor elf Jahren das erstemal vermählt hatte, war Penelope neun Jahre alt gewesen. Er entsann sich eines recht boshaften kleinen Mädchens mit Matrosenhut und Schürzenkleid, das seine Familie geschickt manipulierte, so daß sich im ganzen Hause alles nur um das Kind drehte. Er entsann sich, daß er mit Pamela auf der Terrasse gesessen und der kleinen Penny zugesehen hatte, wie sie den Gärtnerjungen mit Hohn und Spott zu Tränen trieb. Auch jetzt noch verbarg sich eine scharfe Zunge im samtenen Mund seiner zukünftigen Braut.

Die Gläser wurden verteilt. Penelope brachte es fertig, ihres entgegenzunehmen, ohne seine Hand auch nur einen Augenblick loszulassen. Nun, da sie ihren Preis errungen hatte, ließ sie ihn sich nicht mehr nehmen.

Es blieb selbstredend Godalming vorbehalten, den Toast auszubringen. Er hob sein Glas, die Luftblasen brachen das Licht, und sprach: »Was mich betrifft, so ist dies ein trauriger Moment, denn ich erleide einen großen Verlust. Erneut hat mir mein guter Freund Charles Beauregard das Nachsehen gegeben. Ich werde es wohl nie verwinden, und doch muß ich anerkennen, daß Charles der Bessere von uns beiden ist. Ich hoffe zuversichtlich, daß er meiner allerliebsten Penny zur Seite stehen wird, wie es sich für einen guten Ehemann gebührt.«

Beauregard befand sich im Blickpunkt des Interesses, und ihn beschlich leises Unbehagen. Es widerstrebte ihm, auf diese Weise angestarrt zu werden. Für einen Mann seines Faches war es unklug, auch nur die geringste Aufmerksamkeit auf sich zu lenken.

»Auf die wunderschöne Penelope«, brachte Godalming

eine Gesundheit aus, »und den beneidenswerten Charles ...«

»Penelope und Charles«, hallte es von allen Seiten wider.

Penelope schnurrte wie eine Katze, denn die Luftblasen kitzelten sie in der Nase; Beauregard nahm einen unvermutet kräftigen Schluck. Alle tranken, mit Ausnahme Godalmings, der sein Glas unberührt auf das Tablett zurückstellte.

»Pardon«, sagte Florence, »ich hatte ganz vergessen.«

Die Hausherrin rief abermals nach Bessie.

»Lord Godalming trinkt keinen Champagner«, erklärte sie. Verständig knöpfte das Mädchen die Manschette seiner Bluse auf.

»Danke, Bessie«, sagte Godalming. Er nahm ihre Hand, als wollte er sie küssen, dann kehrte er sie nach oben, wie um daraus wahrzusagen.

Beauregard konnte sich eines schwachen Ekelgefühls nicht erwehren, doch niemand sonst verlor auch nur ein Wort darüber. Er fragte sich, wessen Gleichmut vorgespiegelt sein mochte und wer tatsächlich mit den Gewohnheiten jener Kreatur vertraut war, in die Arthur Holmwood sich verwandelt hatte.

»Penelope, Charles«, sagte Godalming, »auf ihr Wohl ...«

Dank eines Mundwerks wie das einer Kobra riß Godalming den Schlund weit auf, faßte Bessies Handgelenk, ritzte mit seinen spitzen Schneidezähnen leicht die Haut und leckte ein schmales Blutrinnsal fort. Die Gesellschaft war wie verzaubert; Penelope schmiegte sich näher an Charles. Sie preßte die Wange gegen seine Schulter, ohne den Blick von Godalming und dem Dienstmädchen zu wenden. Entweder war Bessies Seelenruhe geheuchelt, oder es scherte sie wahrhaftig nicht, daß der Vampir sich von ihr nährte. Während Godalming noch schlürfte, begann sie unsicher zu wanken. Ihre Lider flatterten, gefangen zwischen Lust und Schmerz. Schließlich sank das Mädchen ohne einen Laut in Ohnmacht, und Godalming ließ von ihrem Handgelenk ab, bremste ihren Sturz mit der Gewandtheit eines hingebungsvollen Don Juan und hielt sie aufrecht.

»So wirke ich auf Frauen nun einmal«, sagte er, und seine Zähne waren blutgerändert, »eine überaus lästige Angelegenheit.«

Er fand einen Diwan und bettete die bewußtlose Bessie darauf. Aus der Wunde des Mädchens trat kein Blut hervor. Godalming hatte ihr allem Anschein nach nicht sehr viel entnommen. Beauregard kam der Gedanke, daß man sie nicht das erstemal zur Ader gelassen hatte, andernfalls hätte sie sich gewiß nicht derart ungerührt in ihr Los geschickt. Florence, die Godalming mit solcher Selbstverständlichkeit die Gastfreundschaft ihres Dienstmädchens angetragen hatte, nahm neben Bessie Platz und band ein Schnupftuch um ihr Handgelenk. Sie ging dabei zu Werke, als legte sie einem Pferd die Zügel an, voller Güte zwar, doch ohne übermäßiges Interesse.

Plötzlich befiel Beauregard ein leichter Schwindel.

»Was hast du, Herzliebster?« fragte Penelope und schlang einen Arm um ihn.

»Der Champagner«, log er.

»Ob es bei uns auch Champagner geben wird?«

»Wann immer du ihn trinken möchtest.«

»O Charles, du bist ja so gut zu mir.«

»Schon möglich.«

Florence hatte ihr Mädchen versorgt und mischte sich wieder unter die Gäste.

»Na, na«, sagte sie, »dafür bleibt nach der Trauung noch Zeit genug. Einstweilen seien Sie nicht so selbstsüchtig und machen Sie uns die Freude Ihrer Gesellschaft.«

»Wohl wahr«, setzte Godalming hinzu. »Fürs erste möchte ich mein Recht als edelmütiger Verlierer einfordern.«

Beauregard war verwirrt. Zwar hatte Godalming sich das Blut mit einem Schnupftuch von den Zähnen gewischt, doch auch jetzt noch schimmerte sein Mund, und seine Oberzähne waren von einer rosigen Färbung.

»Ein Kuß!« rief Godalming aus und nahm Penelope bei den Händen. »Ich fordere einen Kuß der Braut!«

Beauregards Hand, die Godalming zum Glück nicht sehen konnte, ballte sich zur Faust, wie um das Heft seines Stockdegens zu umfassen. Er witterte Gefahr, ebenso gewiß wie in Natal, als eine schwarze Mamba, das tödlichste Reptil auf Erden, sich seinem ungeschützten Bein genähert hatte. Mit einem diskreten Hieb seines Messers hatte er der Giftschlange den Kopf abgetrennt, noch ehe sie ihm etwas antun konnte. Damals hatte er guten Grund gehabt, für seine Seelenstärke dankbar zu sein; nun jedoch, sagte er sich, ging seine Reaktion über die Maßen.

Godalming zog Penelope an sich, und sie bot ihm ihre Wange. Einen langen Augenblick preßte er seine Lippen auf ihr Gesicht. Dann ließ er von ihr ab.

Die anderen, Männer wie Frauen, umringten sie und erboten sich ebenfalls, sie zu küssen. Penelope wurde geradezu überschüttet mit Bewunderung. Sie ließ es sich wohl gefallen. Nie war sie schöner, Pamela ähnlicher gewesen.

»Charles«, sagte Kate Reed und trat auf ihn zu, »Sie wissen schon ... ähm, meinen herzlichen Glückwunsch ... und so weiter. Ausgezeichnete Neuigkeiten.«

Das arme Ding bekam einen hochroten Kopf, ihre Stirn war ganz feucht.

»Danke, Katie.«

Er küßte sie auf die Wange, und sie sagte: »Herr im Himmel.«

Verlegen grinsend deutete sie auf Penelope. »Charles, ich muß ... Penny möchte ...«

Sie wurde herbeigerufen, den wunderbaren Ring an Penelopes zierlichem Finger zu bestaunen.

Beauregard und Godalming standen, ein wenig abseits des Getümmels, am Fenster. Der Mond war aufgegangen, ein schwacher Schimmer hoch über dem Nebel. Beauregard konnte zwar den Zaun erkennen, der das Stokersche Anwesen begrenzte, doch wenig sonst. Er selbst wohnte in einem Haus ein Stück den Cheyne Walk hinab; es lag hinter einer fahlgelb wirbelnden Wand verborgen, ganz so, als ob es nicht mehr existierte.

»Noch einmal, Charles«, sagte Godalming, »meine aufrichtige Gratulation. Sie und Penny müssen wirklich glücklich sein. Das ist ein Befehl.«

»Danke, Art.«

»Wir brauchen mehr Männer wie Sie«, sagte der Vampir. »Sie müssen sich so bald wie nur möglich verwandeln. Die Dinge geraten allmählich in Bewegung.«

Es war nicht das erstemal, daß die Rede darauf kam. Beauregard zögerte.

»Und Penny ebenfalls«, beharrte Godalming. »Sie ist wunderschön. Solche Schönheit darf nicht der Zeit geopfert werden. Das käme einem Verbrechen gleich.«

»Wir werden darüber nachdenken.«

»Denken Sie nicht zu lange. Die Jahre vergehen wie im Flug.«

Beauregard wollte, er hätte etwas Stärkeres zu trinken als Champagner. So nahe bei Godalming konnte er den Atem des Neugeborenen nachgerade schmecken. Zwar entsprach es nicht ganz der Wahrheit, daß Vampire stinkende Wolken ausstießen. Aber es lag etwas in der Luft, süß und beißend in einem. Zudem erschienen bisweilen rote Punkte in Godalmings Augen, wie winzige Blutstropfen.

»Penelope wünscht sich Familie.« Vampire, so wußte Beauregard, waren außerstande, auf natürlichem Wege zu gebären.

»Kinder?« fragte Godalming und blickte Beauregard unverwandt an. »Wer das ewige Leben hat, braucht keine Kinder.«

Beauregard war unbehaglich zumute. Insgeheim hegte auch er Zweifel, was Familie anbetraf. Sein berufliches Schicksal war ungewiß, und nach allem, was mit Pamela geschehen war …

Der Kopf wurde ihm schwer, als wollte Godalming ihm die Lebenskraft aussaugen. Manche Vampire konnten sich nähren, ohne Blut zu trinken, indem sie durch psychische Osmose die Energien anderer absorbierten.

»Wir brauchen Männer Ihres Schlages, Charles. Wir besitzen die einmalige Gelegenheit, dieses Land groß zu machen. Ihre Fähigkeiten werden dringend benötigt.«

Hätte Godalming geahnt, welche Fähigkeiten er sich im Dienst der Krone angeeignet hatte, wäre der Lord, davon war Beauregard fest überzeugt, gewiß erstaunt gewesen. Nach seinem Aufenthalt in Indien war er zunächst in der internationalen Niederlassung von Shanghai und danach in Ägypten gewesen, wo er unter Lord Cromer gearbeitet hatte. Der Neugeborene schlug Beauregard die Klauen in den Arm. Er konnte seine eigenen Finger kaum noch spüren.

»In Großbritannien wird es zwar niemals Sklaven geben«, fuhr Godalming fort, »aber all jene, die Warmblüter bleiben, werden uns instinktiv dienen, wie die treffliche Bessie gerade mir gedient hat. Sehen Sie sich vor, sonst werden Sie noch enden wie ein schäbiger Wasserträger der Armee.«

»In Indien kannte ich einen Wasserträger, der es mit den meisten von uns an Menschlichkeit bequem aufnehmen konnte.«

Florence befreite ihn aus seiner mißlichen Lage und geleitete ihn zu den anderen zurück. Whistler berichtete soeben vom letzten Abtausch seiner nicht enden wollenden Fehde mit John Ruskin und schüttete beißenden Spott über den Kritiker aus. Voll der Dankbarkeit, dem Rampenlicht entronnen zu sein, postierte Beauregard sich nahe einer Wand und verfolgte die Vorstellung des Malers. Da er bei Florence' *soirées noires* nur allzugern den leuchtenden Stern am Künstlerhimmel gab, war Whistler offensichtlich hocherfreut, daß sich die Aufregung, die durch Beauregards Bekanntmachung entstanden war, gelegt hatte. Penelope war im Gedränge verschwunden.

Wiederum fragte er sich, ob er den richtigen Weg eingeschlagen, ja, ob er überhaupt Anteil an dieser Entscheidung gehabt hatte. Er war das Opfer einer Verschwörung mit dem Ziel, ihn in die Fänge der Weiblichkeit zu treiben, angesiedelt zwischen chinesischem Tee und Spitzendeckchen. Das London, wohin er im Mai zurückgekehrt war, hatte kaum noch etwas mit jener Stadt gemein, die er drei Jahre zuvor verlassen hatte. Ein patriotisches Gemälde hing über dem Kamin; Viktoria, feist und jung wie nie zuvor, und, rotäugig und mit wildem Schnurrbart, ihr Gemahl. Der namenlose Künstler verfügte kaum über ausreichendes Talent, Whistler den Rang streitig zu machen. Charles Beauregard diente seiner Königin; da mußte er wohl oder übel auch ihrem Gatten dienen.

Just als Whistler zu einer amüsanten Spekulation über die lange zurückliegende Annullierung der Ehe seines Kontrahenten anhob, die der vorwiegend weiblichen Zuhörerschaft womöglich wenig angemessen war, läutete es an der Tür. Aufgebracht ob dieser Unterbrechung, setzte der Maler seine Rede erst wieder fort, als Florence – ebenfalls aufgebracht, da Bessie außerstande schien, ihren Bedientenpflichten nachzukommen – davoneilte, die Tür zu öffnen.

Beauregard erblickte Penelope auf einem der vorderen Plätze und sah sie artig lachen, als verstünde sie Whistlers Anspielungen. Godalming stand hinter ihrem Stuhl und hielt die Hände im Rücken unter seinem Bratenrock verschränkt, so daß seine spitzen Finger den Stoff beulten. Das war nicht mehr der Arthur Holmwood, den Beauregard gekannt hatte, als er England verließ. Kurz vor seiner Verwandlung war es zu einem Skandal gekommen. Wie auch Bram Stoker hatte Godalming es mit der falschen Partei gehalten, als der Prinzgemahl in London eintraf. Nun mußte er seine Loyalität an die neue Regierung unter Beweis stellen.

»Charles«, sagte Florence leise, um Whistler kein zweites Mal zu unterbrechen, »draußen ist jemand für Sie. Von Ihrem Club.«

Sie reichte ihm eine Visitenkarte. Statt eines Namens trug sie die simple Aufschrift DIOGENES CLUB.

»Dies ist so etwas wie eine Zitation«, erklärte er. »Bitte entschuldigen Sie mich bei Penelope.«

»Charles …?«

Er war bereits in der Diele; Florence folgte auf dem Fuße. Er nahm Umhang, Hut und Stock. Bessie würde ihre Pflichten fürs erste nicht erfüllen können. Florence zuliebe hoffte er, daß das Mädchen in der Lage wäre, sich ihrer Gäste anzunehmen, wenn der Zeitpunkt zum Aufbruch gekommen war.

»Art wird sie bestimmt nach Hause begleiten«, sagte er und bereute seinen Vorschlag sogleich. »Oder Miß Reed.«

»Ist das Ihr Ernst? Sie werden uns doch so früh noch nicht verlassen wollen ...?«

Der Bote, ein verschwiegener Bursche, wartete am Straßenrand. Neben ihm, am Bordstein, stand ein Wagen.

»Ich kann nicht immer frei über meine Zeit verfügen, Florence.« Er küßte ihr die Hand. »Haben Sie herzlichen Dank für Ihre freundliche Einladung.«

Er verließ das Haus der Stokers, schritt über das Trottoir und bestieg den Wagen. Der Bote, der ihm den Schlag geöffnet hatte, tat es ihm nach. Der Kutscher kannte ihr Ziel und fuhr unverzüglich los. Beauregard sah Florence die Tür vor der Kälte verschließen. Der Nebel wurde dichter, und Beauregard wandte den Blick vom Haus, ließ sich vom gleichmäßigen Rhythmus des Fuhrwerks tragen. Der Bote sprach kein Wort. Eine Zitation des Diogenes Clubs hatte gewiß nichts Gutes zu bedeuten, und doch war Beauregard erleichtert, Florence' Salon und die Gesellschaft hinter sich lassen zu können.

4

Commercial Street Blues

Auf der Polizeiwache Commercial Street machte Lestrade sie mit Frederick Abberline bekannt. Zum Leidwesen des stellvertretenden Commissioners Dr. Robert Anderson und Chefinspektors Donald Swanson bearbeitete Inspektor Abberline den vorliegenden Mord. Da er bereits in Sachen Annie Chapman und Polly Nichols – mit der ihm eigenen Beharrlichkeit, jedoch ohne ein bemerkenswertes Resultat – ermittelt hatte, war der warmblütige Beamte nun auch mit dem Mordfall Lulu Schön und allen, die noch folgen mochten, betraut worden.

»Wenn ich Ihnen behilflich sein kann ...«, erbot sich Geneviève.

»Sagen Sie nicht nein, Fred«, meinte Lestrade, »sie weiß, wovon sie spricht.«

Abberline war offensichtlich unbeeindruckt, dennoch wußte er, daß Höflichkeit nie fehl am Platze war. Ebenso wie Geneviève begriff er jedoch nicht, weshalb Lestrade derart darauf erpicht war, daß sie sich mit dem Fall befaßte.

»Betrachten Sie Mademoiselle als Sachverständige«, sagte Lestrade. »Sie kennt sich mit Vampiren aus. Und in diesem Fall geht es um Vampire.«

Der Inspektor winkte ab, doch einer der anwesenden Sergeanten – William Thick, den alle nur ›Johnny Upright‹ nannten – nickte zustimmend. Er hatte Geneviève nach dem ersten Mord vernommen und schien seinem Ruf entsprechend ehrlich und gescheit, wenngleich er in seinem Geschmack, was Kleidung anbetraf, zu jämmerlichen Karomustern neigte.

»Silver Knife ist ohne den geringsten Zweifel ein Vampirmetzler«, gab Thick zu bedenken. »Und keineswegs ein verkommener Straßenräuber, der nur tötet, um einen Diebstahl zu vertuschen.«

»Das wissen wir nicht«, fuhr Abberline ihn an, »und ich will es auch nicht in der ›Police Gazette‹ lesen.«

Obschon er überzeugt war, daß er recht hatte, schwieg Thick. Während der Vernehmung hatte der Sergeant kein Hehl aus seiner Überzeugung gemacht, daß Silver Knife dem Irrglauben erliege, Vlad Tepos' Brut habe ihm übel mitgespielt – oder, wahrscheinlicher noch, die Vampire hatten ihm tatsächlich übel mitgespielt. Geneviève wußte nur allzugut, was ihresgleichen einem Menschen anzutun vermochte, und pflichtete ihm bei. Sie war sich jedoch ebenso bewußt, daß es sinnlos wäre, ausgehend von dieser Theorie eine Liste von Verdächtigen zu erstellen, da die Beschreibung auf unzählige Bewohner Londons zutraf.

»Ich glaube, Sergeant Thick hat recht«, erklärte sie den Polizisten.

Lestrade bekundete seine Zustimmung, doch Abberline wandte sich fort, um seinem *protégé*, Sergeant George Godley, einen Befehl zu erteilen. Geneviève bedachte Thick mit einem Lächeln und sah, daß ein Schauder ihn durchlief. Wie die meisten Warmblüter wußte er noch weniger über Abstammung, Rangordnung und die unendliche Vielfalt der Vampire als die dunklen Scharen von Neugeborenen des Prinzgemahls. Thick blickte sie an und sah einen Vampir ... vom gleichen Schlage wie der Blutsauger, der seine Tochter verwandelt, seine Frau geschändet, seine Beförderung vereitelt, seinen Freund getötet hatte. Zwar war ihr seine Vergangenheit gänzlich unbekannt, doch nahm sie an, daß seine Theorie auf persönlichen Erfahrungen beruhte, daß er dem Mörder dieses Motiv nur unterstellte, weil er es nachempfinden konnte.

Abberline hatte zunächst jene Constables befragt, die als erste am Schauplatz des Verbrechens eingetroffen waren, bevor er selbst den Tatort inspizierte. Auch auf den zweiten Blick hatte er nichts von Belang zu entdecken vermocht und zögerte sogar, sich zu der Aussage hinreißen zu lassen, Lulu Schön sei wahrhaftig ein weiteres Opfer des sogenannten Whitechapel-Mörders. Auf ihrem kurzen Gang von Toynbee Hall waren sie zahllosen Zeitungsjungen begegnet, die aus vollem Hals die neuesten Erkenntnisse in Sachen Silver Knife verkündet hatten; den amtlichen Verlautbarungen zufolge waren jedoch nur die Chapman und die Nichols nachweislich durch dieselbe Hand ums Leben gekommen. Bei einigen anderen ungelösten Fällen – darunter die Tabram, die Smith und nun auch noch die Sache Lulu Schön –, zwischen denen die Presse einen Zusammenhang herstellte, konnte es sich ebensogut um gänzlich abgesonderte Verbrechen handeln. Silver Knife verfügte schwerlich über das Patent auf Mord, schon gar nicht in dieser Gegend.

Lestrade und Abbedine gingen davon, sich zu beraten. Wann immer er in die Verlegenheit geriet, einem Vampir die Hand schütteln zu müssen, begann Abberline – wahrscheinlich unbewußt – ausladend mit den Armen zu fuchteln. Er steckte sich eine Pfeife an und lauschte, während Lestrade einen Streitpunkt nach dem anderen an den Fingern abzählte. Es stand durchaus zu erwarten, daß es zwischen Abberline, dem Leiter der Abteilung H des CID, und Lestrade früher oder später zu einem Machtkampf kommen würde. Man munkelte, Swanson habe den Mann von Scotland Yard eingeschleust, um im Auftrag Dr. Andersons die Schutzpolizei auszuspionieren, mit der Weisung, einzuschreiten, sowie es Lorbeeren zu ernten gab, jedoch in der Anonymität zu verbleiben, wenn es an Resultaten mangelte. Anderson, Swanson und Lestrade waren der Irländer, der Schotte und der Engländer aus den Varieté-Geschichten, wie Weedon Grossmith sie in ›Punch‹ gezeichnet hatte, die zum Mißvergnügen eines Constables, der Fred Abberline recht ähnlich sah, am Tatort umherschlumperten und Spuren verwischten. Geneviève überlegte, wie sie – schwerlich Inbegriff des französischen Mädchens aus eben jenen Geschichten – ins Bild paßte. Hegte Lestrade vielleicht die Absicht, sie als Druckmittel zu mißbrauchen?

Sie blickte sich in dem geschäftigen Empfangsraum um. Fortwährend wurden Türen aufgestoßen, Nebelschwaden strömten herein, und die Türen fielen wieder zu. Draußen standen mehrere Abordnungen interessierter Parteien. Ein mit flatterndem St.-Georgs-Kreuz bewehrtes Heilsarmee-Korps leistete einem Prediger der Kreuzfahrer Christi Beistand, der Gott anrief, wider die Vampire dieser Welt Gerechtigkeit zu üben, und Silver Knife als das wahre Werkzeug Jesu pries. Ein paar berufsmäßige Aufwiegler, Langhaarige in zerrissenen Hosen von dieser oder jener sozialistischen oder republikanischen Parteifarbe, hänselten den Hyde-Park-Torquemada, und ein Pulk grellgeschminkter Vampirfrauen, die teure Küsse und eine schnelle Verwandlung feilboten, verspottete ihn. Viele Neugeborene bezahlten, um zum Sproß einer dahergelaufenen Straßenschlunze zu werden, erkauften sich um die Kleinigkeit von einem Shilling ewiges Leben.

»Wer ist denn dieser komische Heilige?« erkundigte sich Geneviève. Thick warf einen Blick zu dem Pöbel hinaus und stöhnte. »Ein fürchterlicher Quälgeist, Miß. John Jago mit Namen, so nennt er sich jedenfalls.«

Das Jago war ein berüchtigtes Elendsviertel am oberen Ende der Brick Lane, ein verbrecherischer Dschungel von winzigen Gäßchen und übervölkerten Zimmern. Ohne Zweifel das übelste Massenquartier im gesamten East End.

»Da kommt er wenigstens her. Er redet wie der Teufel, bis es den Leuten nur allzu recht und billig scheint, die nächstbeste Schlampe mit einem Pflock zu spießen. Er ist das ganze Jahr lang bei uns ein und aus gegangen wegen seiner Hetztiraden, Trunkenheit, Störung der öffentlichen Ordnung und der einen oder anderen Handgreiflichkeit.«

Jago war ein wildäugiger Eiferer, und doch lauschte ein gut Teil der Menge gebannt seinen Worten. Vor wenigen Jahren noch wäre er wahrscheinlich gegen die Juden, die Fenier oder die Gelben Heiden zu Felde gezogen. Nun waren es die Vampire.

»Feuer und Pfahl«, kreischte Jago. »Sündhafte Blutsauger, Ausgestoßene der Hölle, blutgeblähter Unflat. Sie alle müssen umkommen durch das Feuer und den Pfahl. Sie alle müssen geläutert werden.«

Der Prediger ließ einige Männer mit Mützen herumgehen und Spenden sammeln. Ihr gemeingefährlicher Anblick genügte, den geringen Unterschied zwischen Erpressung und Kollekte vergessen zu machen.

»Es fehlt ihm nicht an ein paar Pennys«, bemerkte Thick.

»Genug, sein Brotmesser versilbern zu lassen?«

Daran hatte Thick auch schon gedacht. »Fünf Kreuzfahrer Christi behaupten, er habe sich die Seele aus dem Leib gepredigt, just, als Polly Nichols ausgeweidet wurde. Dasselbe gilt für Annie Chapman. Und für die von letzter Nacht, darauf wette ich jede Summe.«

»Sonderbare Tageszeit für eine Predigt, meinen Sie nicht?«

»Zwischen zwei und drei Uhr morgens beim ersten und zwischen fünf und sechs beim zweiten Mord«, pflichtete Thick bei. »Beinahe ein wenig zu perfekt und unangreifbar, nicht wahr? Aber heutzutage wird man ja unweigerlich zum Nachtvogel.«

»Sie sind wahrscheinlich des öfteren die ganze Nacht lang auf den Beinen. Würden Sie sich um fünf Uhr morgens Gott und Gloria anhören wollen?«

»Heißt es nicht, so kurz vor Sonnenaufgang sei die Nacht am finstersten?« Schnaubend setzte Thick hinzu: »Im übrigen würde ich mir John Jago zu keiner Tages- oder Nachtzeit anhören wollen. Schon gar nicht sonntags.«

Thick trat hinaus und mischte sich unter die Menge, um sich einen Überblick über die Lage zu verschaffen. Ungewiß, was nun zu tun sei, fragte sich Geneviève, ob sie nach Toynbee Hall zurückkehren sollte. Der diensthabende Sergeant sah auf seine Uhr und gab Befehl, die Stammgäste der Wache hinauszuwerfen. Ein paar zerlumpte Männer und Frauen wurden aus ihren Zellen geholt, kaum nüchterner als zu dem Zeitpunkt, da man sie verhaftet hatte. Sie stellten sich in einer Reihe auf, um von Amts wegen auf freien Fuß gesetzt zu werden. Die meisten waren Geneviève bekannt: Für viele unter ihnen – Warmblüter wie

Vampire – war die Nacht ein einziges Hin und Her zwischen der Ausnüchterungszelle, dem Krankenasyl des Armenhauses und Toynbee Hall, eine fortwährende Suche nach einem Bett und einer freien Mahlzeit.

»Miß Dee«, sagte eine Frau. »Miß Dee ...«

Da manch einer seine Mühe hatte, »Dieudonné« richtig auszusprechen, beließ sie es nicht selten bei ihrem Initial. Wie so viele Bewohner Whitechapels hatte sie mehr Namen als gemeinhin üblich.

»Cathy«, erwiderte sie den Gruß der Neugeborenen, »wirst du gut behandelt?«

»Bestens, Miß, bestens«, sagte sie und bedachte den Diensthabenden mit einem törichten Grinsen, »is wie 'n zweites Zuhause hier.«

Cathy Eddowes sah als Vampir wenig besser aus als zu Lebzeiten. Der Gin und die Nächte auf der Straße waren ihr deutlich anzusehen; der rötliche Glanz ihrer Augen, ihres Haars vermochte die fleckige Haut unter der dicken Puderschicht nicht wettzumachen. Wie so viele ihres Gewerbes bot Cathy ihren Körper feil, um den Roten Durst zu stillen. Das Blut ihrer Kunden enthielt wahrscheinlich ebensoviel Alkohol wie der Gin, der sie zu Lebzeiten in den Ruin getrieben hatte. Die Neugeborene richtete ihr Haar, zupfte ein purpurrotes Band zurecht, das ihre dichten Locken im Nacken zusammenhielt. An ihrem Handrücken befand sich eine nässende Wunde.

»Laß mich das anschauen, Cathy.«

Geneviève erblickte derlei nicht zum erstenmal. Neugeborene mußten überaus vorsichtig sein. Zwar waren sie kräftiger als Warmblüter, doch zuviel dessen, wovon sie sich ernährten, war verdorben. Es bestand zu jeder Zeit die Gefahr einer Krankheit; der Dunkle Kuß des Prinzgemahls hatte, auch nach vielen Generationen noch, eine seltsame Wirkung auf Krankheiten, die ein Mensch aus seinem warmblütigen Leben in sein Dasein als Nicht-Toter hinüberschleppte.

»Hast du noch mehr solcher Wunden?«

Cathy schüttelte den Kopf, doch Geneviève wußte, daß

sie log. Eine klare Flüssigkeit tränte aus der offenen roten Stelle an ihrem Handrücken. Feuchte Flecke auf ihrem Mieder ließen weitere Schwären erahnen. Sie hatte sich den Schal so umgelegt, daß er Hals und *décolletage* bedeckte. Als Geneviève den Wollfetzen beiseite schob, kamen mehrere naßglänzende Wunden zum Vorschein, aus denen übelriechender Eiter quoll. Cathy Eddowes fehlte etwas, doch wollte sie aus lauter Furcht und Aberglaube gar nicht wissen, was es war.

»Melde dich heut' abend in der Hall. Frag nach Dr. Seward. Er weiß besser Bescheid als die Ärzte im Asyl. Er kann dir helfen. Das verspreche ich dir.«

»Ach, ich werd' schon wieder, Liebchen.«

»Nicht ohne ärztliche Hilfe, Cathy.«

Mit einem gekünstelten Lachen wankte Cathy auf die Straße hinaus. Da ihr ein Stiefelabsatz fehlte, waren ihre Schritte nur mehr ein burleskes Humpeln. Hocherhobenen Hauptes warf sie sich den Schal um, als sei er die Pelzstola einer Herzogin, und wackelte herausfordernd an Jagos Kreuzfahrern Christi vorüber, bis sie im Nebel verschwand.

»Die hat höchstens noch ein Jahr zu leben«, bemerkte der Diensthabende, ein Neugeborener, dessen Gesicht ein rüsselartiger Auswuchs zierte.

»Das werden wir ja sehen«, sagte Geneviève.

5

Der Diogenes Club

Beauregard wurde in das schmucklose Foyer unweit der Pall Mall vorgelassen. Durch die Tür dieser Institution kamen und gingen die weltflüchtigsten und ungeselligsten Männer der Stadt. In ihrem Mitgliederverzeichnis fand sich die größte Ansammlung von Exzentrikern, Misanthropen, grotesken Gestalten und regelrechten Geisteskranken außerhalb des Oberhauses. Er reichte dem Diener Handschuhe, Hut und Stock, und dieser reihte sie wortlos an dem in einer Nische stehenden Kleiderrechen auf. Als er ihm ehrerbietig den Umhang abnahm, stellte der Diener geübten Blickes fest, daß Beauregard darunter weder Degen noch Revolver trug.

Obgleich es auf den ersten Blick der Bequemlichkeit jener Sorte Mensch diente, die sehnlichst in vermögender Abgesondertheit von ihren Zeitgenossen zu leben wünscht, handelte es sich bei diesem unscheinbaren, am Rande von Whitehall gelegenen *établissement* in Wahrheit doch um ungleich mehr als das. Absolute Stille war oberstes Gebot; ein Verstoß gegen diese Regel, und sei es nur ein halblaut dahingemurmelter Gedanke beim Lösen eines Kreuzworträtsels, wurde unbarmherzig mit Ausschluß geahndet, ohne Rückerstattung der Jahresgebühr. Ein leises Knarren minderwertigen Stiefelleders genügte, die Mitgliedschaft des Übeltäters für die Dauer von fünf Jahren auszusetzen. Manche Angehörige des Clubs, die seit sechzig Jahren einander vom Ansehen kannten, waren gänzlich unwissend, was die Identität ihres Gegenübers anbetraf. All dies war selbstverständlich widersinnig und absurd. Beauregard versuchte sich vorzustellen, was wohl geschehen würde, wenn im Lesezimmer ein Feuer ausbräche: Da niemand Alarm zu geben wagte, säßen die altehrwürdigen Herren wahrscheinlich starrköpfig im Rauch, während die Flammen ringsum höherschlügen.

Gespräche waren lediglich in zwei Räumen gestattet: im Gästezimmer, wo die Clubmitglieder bisweilen lästige Besucher empfingen, und, was nur wenigen bekannt war, in der schalldichten Suite im obersten Stockwerk. Diese war der ausschließlichen Nutzung durch die herrschende Clique des Clubs vorbehalten, eine Gruppe von Personen, die allesamt, zumeist in subordinierter Stellung, für die Regierung Ihrer Majestät der Königin tätig waren. Die herrschende Clique rekrutierte sich aus Ehrenmännern, die wechselweise den Vorsitz übernahmen. In den vierzehn Jahren, die Beauregard dem Diogenes Club zu Diensten stand, hatten der Clique alles in allem neun Würdenträger angehört. Wenn ein Mitglied verschied und diskret ersetzt wurde, so geschah dies immer über Nacht.

Während man ihn warten ließ, wurde Beauregard von unsichtbaren Augen aufmerksam beobachtet. Zu der Zeit, da die Fenier ihre Sprengstoffattentate verübten, war Ivan Dragomiroff mit dem Auftrag, die gesamte Clique auszulöschen, in den Club eingedrungen. Von einem Portier im Foyer festgehalten, wurde der selbsternannte Verschwörer lautlos garottiert, um das Zartgefühl der gemeinen Mitglieder nicht zu beleidigen, geschweige denn ihr Interesse zu erwecken. Nach ein oder zwei Minuten – keinerlei Uhrenticken störte den Frieden – hob der Diener wie auf telepathischen Befehl das purpurrote Seil, das die unauffällige Treppe versperrte, die geradewegs ins oberste Stockwerk hinaufführte, und nickte ihm verstohlen zu.

Während er die Stufen erklomm, entsann Beauregard sich der verschiedenen Gelegenheiten, bei denen man ihn vor die Clique berufen hatte. Eine solche Zitation führte unweigerlich zu einer Reise in einen entlegenen Winkel dieser Welt und schloß vertrauliche Angelegenheiten in sich ein, welche die Interessen Großbritanniens berührten. Beauregard wähnte sich gleichsam eine Kreuzung aus Kurier und Diplomat, obgleich er auch schon als Forscher,

Einbrecher, Betrüger oder Staatsbeamter hatte tätig werden müssen. Bisweilen bezeichnete man die Geschäfte des Diogenes Clubs in der Öffentlichkeit als das Große Spiel. Die geheimen Geschäfte der Regierung – die nicht etwa in Parlamenten und Palästen, sondern in den Gassen Bombays und den Spielhöllen an der Riviera geführt wurden – hatten ihm zu einer wechselvollen und faszinierenden Laufbahn verholfen, wenngleich er nach seiner Pensionierung schwerlich davon würde profitieren können, seine Memoiren zu verfassen.

Während Beauregard fortgewesen war, jenes Große Spiel zu spielen, hatte Vlad Dracula London eingenommen. In seiner Eigenschaft als Fürst der Walachei und König der Vampire hatte er Viktoria umworben und für sich gewinnen können, indem er sie beschwatzte, die schwarze Tracht der trauernden Witwe endgültig abzulegen. Dann hatte er das größte Empire auf dem Erdball nach seinem Gusto umgestaltet. Beauregard hatte sich geschworen, nicht einmal der Tod könne seiner Loyalität an die Königin Eintrag tun, war jedoch überzeugt gewesen, es handele sich um seinen eigenen Tod.

Die mit Teppich ausstaffierten Stufen knarrten nicht. Durch die dicken Mauern drang kein Laut des geschäftigen Treibens der Stadt nach innen. Den Diogenes Club zu betreten, vermittelte dem Besucher ein Gefühl, als sei er stocktaub.

Großbritannien wurde nun vom Prinzgemahl regiert, der zudem den Titel eines Lordprotektors angenommen hatte, und seine Brut gehorchte seinen Wünschen und wunderlichen Launen. Eine Elitetruppe, die sogenannte Karpatische Garde, patrouillierte rings um den Buckingham-Palast und verbreitete mit ihren wüsten Trinkgelagen im gesamten West End heiligen Schrecken. Heer, Marine, Diplomatisches Corps, Polizei und Kirche befanden sich allesamt in Draculas Gewalt, und bei jeder sich bietenden Gelegenheit wurden den Warmblütern Neugeborene vorgesetzt. Während vieles beim alten blieb, gab es doch auch einige Veränderungen: Menschen verschwanden aus dem privaten sowie öffentlichen Leben, Lager wie Devil's Dyke wuchsen in entlegenen Gegenden des Landes aus dem Boden, und nicht zuletzt der Apparat eines Regimes – Geheimpolizei, unvermittelte Festnahmen, willkürliche Hinrichtungen –, was Beauregard nicht mit der Königin, sondern Zaren und Schahs verbunden sah. In den finstersten Tiefen Schottlands und Irlands spielten republikanische Horden Robin Hood, waren kreuzschwenkende Pfaffen in einem fort bestrebt, Provinzbürgermeister mit dem Kainsmal zu zeichnen.

Am Kopf der Treppe stand ein Mann mit soldatischem Schnurrbart, dessen Hals ebenso dick war wie sein Schädel und der selbst in Zivil das vollkommene Ebenbild eines Sergeant-Major bot. Nachdem die Wache Beauregard einer gründlichen Visitation unterzogen hatte, öffnete sie die wohlvertraute grüne Tür und trat beiseite, um dem Clubmitglied Einlaß zu gewähren. Er befand sich bereits im Innern der Suite, die bisweilen die ›Sternkammer‹ genannt wurde, als ihm einfiel, daß es sich bei dem wachhabenden Sergeant Dravot um einen Vampir handelte, den einzigen, den er im Diogenes Club je zu Gesicht bekommen hatte. Einen entsetzlichen, angsterfüllten Moment lang glaubte er, wenn seine Augen sich an das Halbdunkel im Innern der Sternkammer gewöhnt hätten, werde sein Blick auf fünf aufgeblähte Sauger fallen, mit scharfen Klauen bewehrte Schreckensgestalten, rotgesichtig von erbeutetem Blut. Wenn die Clique des Diogenes Clubs fiel, hatte die lange Herrschaft der Lebenden wahrhaftig ihr Ende gefunden.

»Beauregard«, ertönte eine Stimme, die nach der kurzen Stille im Club trotz ihres durchaus nicht ungewöhnlichen Tonfalls wie ein Donnerschlag Gottes klang. Seine Angst verflog, und an ihre Stelle trat gelinde Verwirrung. Zwar befand sich kein Vampir im Raum, doch hatte sich etwas verändert.

»Herr Vorsitzender«, erwiderte er den Gruß.

Obgleich es sich traditionsgemäß verbat, die Mitglieder der Clique in ihrer Suite mit Namen oder Titel anzureden, wußte Beauregard, daß er Sir Mandeville Messervy gegenüberstand, einem scheinbar außer Dienst gestellten Admiral, der sich zwanzig Jahre zuvor mit der Unterbindung des Sklavenhandels im Indischen Ozean einen Namen gemacht hatte. Ebenfalls anwesend waren Mycroft, ein ungeheuer korpulenter Gentleman, der bei Beauregards letztem Besuch den Vorsitz geführt hatte, und Waverly, ein onkelhafter Charakter, der, wenn Beauregard nicht alles täuschte, die persönliche Verantwortung für den Sturz Oberst Ahmed Arabis und die Besetzung Kairos im Jahre 1882 trug. Zwei Stühle an dem runden Tisch waren leer.

»Leider Gottes treffen Sie uns in geschwächtem Zustand an. Wie Sie wissen, hat es einige Veränderungen gegeben. Der Diogenes Club ist nicht mehr, was er einmal war.«

»Zigarette?« fragte Waverly und zog ein silberverziertes Etui hervor.

Obschon Beauregard verneinte, warf Waverly ihm das Etui zu. Er war flink genug, es aufzufangen und zurückzureichen. Lächelnd schob Waverly das Etui in seine Brusttasche.

»Blankes Silber«, erklärte er.

»Das wäre wirklich nicht nötig gewesen«, sagte Messervy. »Bitte verzeihen Sie. Dennoch, eine äußerst eindrucksvolle Demonstration.«

»Ich bin kein Vampir«, sagte Beauregard und zeigte ihnen seine unverletzten Finger. »Das dürfte eindeutig auf der Hand liegen.«

»Es sind heimtückische Wesen, Beauregard«, entgegnete Waverly.

»Sie wissen hoffentlich, daß eines von ihnen vor der Tür steht.«

»Dravot ist ein Sonderfall.«

Früher hatte Beauregard die herrschende Clique des Diogenes Clubs für unbezwingbar gehalten, für das unermüdlich schlagende Löwenherz Britanniens. Nun, und nicht zum erstenmal seit seiner Rückkehr aus dem Ausland, konnte er nicht umhin, sich einzugestehen, welch radikalen Veränderungen das Land unterworfen war.

»Sie haben in Shanghai gute Arbeit geleistet, Beauregard«, lobte der Vorsitzende. »Überaus geschickt. Was wir von Ihnen jedoch selbstverständlich auch nicht anders erwartet hatten.«

»Vielen Dank, Herr Vorsitzender.«

»Ich denke, es werden einige Jahre vergehen, bis wir Neues von den Gelben Teufeln der Si-Fan zu hören bekommen.«

»Ich wollte, ich könnte Ihre Zuversicht teilen.«

Messervy nickte verständig. Der verbrecherische *tong* ließ sich ebensowenig ausrotten und vernichten wie ein gemeines Unkraut.

Waverly hatte einen kleinen Stapel Papiere vor sich liegen. »Sie sind viel herumgekommen«, sagte er. »Afghanistan, Mexiko, Transvaal.«

Obgleich er sich fragte, wohin das alles führen mochte, pflichtete Beauregard ihm bei.

»Sie haben der Krone in zahlreichen Ländern dieser Welt große Dienste erwiesen. Nun aber benötigen wir Sie ein wenig näher der Heimat. Sehr nah, um genau zu sein.«

Mit einem Mal beugte sich Mycroft, der bei aller Aufmerksamkeit, die er Beauregard zu widmen schien, ebensogut mit offenen Augen geschlafen haben mochte, nach vorn. Der neue Vorsitzende war es offenbar gewohnt, sich dem Willen seines Kollegen zu fügen, so daß er sich zurücklehnte und ihn das Ruder führen ließ.

»Beauregard«, sagte Mycroft, »haben Sie von den Bluttaten in Whitechapel gehört? Den sogenannten Silver-Knife-Morden?«

6

Die Büchse der Pandora

»Was sollen wir denn machen?« rief ein Neugeborener mit Schiebermütze. »Wie sollen wir denn verhindern, daß dieser Satansbraten weiter unsere Frauen abschlachtet?«

Wütend versuchte Coroner Wynne Baxter der Unruhe Herr zu werden. Er war ein großspuriger Politiker in mittleren Jahren und, so hatte Geneviève gehört, bei den Leuten nicht eben beliebt. Anders als ein Richter am Hohen Gerichtshof hatte er keinen Hammer und war daher gezwungen, mit der flachen Hand auf sein Holzpult einzuschlagen.

»Sollte es noch einmal zu einer derartigen Störung kommen«, rief Baxter mit wildem Blick, »sähe ich mich genötigt, den Saal räumen zu lassen.«

Der mürrische Rohling, der auch zu Lebzeiten schon wie ein Hungerleider ausgesehen haben mochte, trottete zu seiner Bank zurück. Er saß umringt von ähnlichem Gesindel. Diese Sorte war Geneviève nur allzu vertraut: lange Schals, zerrissene Röcke mit von Büchern ausgebeulten Taschen, schwere Stiefel, dünne Bärte. In Whitechapel tummelten sich die Anhänger von allerlei Rotten republikanischer, anarchistischer, sozialistischer oder sonstwie aufrührerischer Konfession.

»Ich danke Ihnen«, sagte der Coroner mit spöttischer Stimme, während er seine Notizen ordnete. Der Unruhestifter fletschte die Fangzähne und murmelte wütend vor sich hin. Den Neugeborenen mißfiel es außerordentlich, wenn ein Warmblüter das Sagen hatte. Doch lebenslange Katzbuckelei schon beim leisesten Stirnrunzeln eines Beamten hinterließ nun einmal ihre Spuren.

Heute war der zweite Tag der Untersuchung. Gestern hatte Geneviève an der Rückseite des Saals gesessen, während die verschiedensten Zeugen zu Herkunft und Werdegang Lulu Schöns aussagten. Sie ragte deutlich aus dem Gros der East-End-Dirnen heraus. Die Gräfin Geschwitz, eine männische Vampirfrau, behauptete, sie sei mit dem Mädchen aus Deutschland gekommen, und geizte nicht mit allerlei Einzelheiten aus Lulus Vergangenheit: eine unablässige Folge falscher Namen, halbseidener Bekanntschaften und verstorbener Ehemänner. Falls man ihr bei der Geburt einen Namen gegeben hatte, so war er niemandem bekannt. Einem Telegramm aus Berlin zufolge wurde sie im Zusammenhang mit der Erschießung eines ihrer letzten Gatten noch immer von der deutschen Polizei gesucht. Sämtliche Zeugen – eingeschlossen die Geschwitz, die sie auch verwandelt hatte – waren unzweifelhaft in Lulu verliebt oder begehrten sie doch wenigstens über die Maßen. Die Neugeborene hätte es gewiß zu einer der *grandes horizontales* Europas bringen können, doch hatten Torheit und Unglück sie dazu verdammt, ihre Freier auf den ärmlicheren Straßen Londons für vier Pence mit einer Stehpartie beglücken zu müssen und sie schließlich in die todbringenden Arme von Silver Knife getrieben.

Während der gesamten Aussage überlegte Lestrade halblaut, wie die Büchse der Pandora wohl zu öffnen sei. Es stand beinahe zweifelsfrei fest, daß die einzige Verbindung zwischen dem Whitechapel-Mörder und seinen Opfern erst im Augenblick ihres Todes zustande kam, und doch durfte die Polizei bei ihren Ermittlungen die Möglichkeit nicht außer acht lassen, daß es sich um die vorbedachte Tötung bestimmter Frauen handelte. In der Commercial Street waren Abberline, Thick und die anderen damit beschäftigt, die Biographien der Nichols, der Chapman und der Schön, die es an Detailgenauigkeit mit jeglicher Lebensbeschreibung eines großen Staatsmannes aufzunehmen vermochten, zusammenzutragen und zu vergleichen. Wenn sie zwischen den Frauen eine Verbindung herstellen könnten, die über die Tatsache hinausging, daß es sich bei allen dreien um Vampirprostituierte handelte, führte sie das vielleicht zu ihrem Mörder.

Sowie die Untersuchung, die am Nachmittag begonnen hatte, in den Abend hineinreichte, interessierte Baxter nur mehr, was die Schön in der Nacht ihres Todes getrieben hatte. Mit vor frischem Blut nachgerade strotzendem Gesicht sagte die Geschwitz aus, Lulu habe ihren gemeinsamen Dachboden zwischen drei und vier Uhr morgens verlassen. Die Leiche war von Constable George Neve entdeckt worden, als dieser um kurz nach sechs Uhr seinen Rundgang machte. Nachdem Lulu vermutlich mitten auf der Chicksand Street verstümmelt worden war, hatte der Mörder ihre Leiche vor der Türe einer Kellerwohnung deponiert, in der sich zu diesem Zeitpunkt eine polnischjüdische Familie aufhielt, deren jüngste Tochter allein annähernd so etwas wie Englisch sprach. Sie alle gaben an, wie das Kind nach einem wirren, auf jiddisch geführten Wortstreit übersetzte, sie hätten nichts gehört, bis Constable Neve sie aus dem Schlaf riß, indem er ihnen gleichsam die Haustüre einschlug. Rebecca Kosminski, die selbstgewisse Sprecherin, war der einzige Vampir der Familie. Geneviève sah ihresgleichen nicht zum erstenmal; Melissa d'Acques, die Chandagnac verwandelt hatte, war eine wie sie gewesen. Zwar mochte Rebecca durchaus zur großmächtigen Matriarchin einer weitverzweigten Sippe aufsteigen, doch würde sie niemals erwachsen werden.

Nervös umherzappelnd schimpfte Lestrade in einem fort über den ›Bauernschwank‹, welcher ihm hier geboten werde. Es wäre ihm weitaus lieber gewesen, den Schauplatz des Verbrechens abzusuchen, statt auf einer harten, für Zwölfjährige mit zähem Hinterteil und kurzen Beinen bestimmten Holzbank zu sitzen, doch durfte er sich Fred Abberline nicht allzu häufig in den Weg stellen. Schwermütig berichtete er Geneviève, daß Baxter für die Ausführlichkeit seiner Befragungen bekannt sei. Charakteristisch für die Herangehensweise des Coroners waren ein obsessives, um nicht zu sagen ermüdendes Beharren auf unwichtigen Einzelheiten und die derbe Resolutheit seiner Resümees. In seiner Schlußbemerkung zum Falle Annie Chapman hatte Baxter auf Grund von im Middlesex Hospital zufällig abgelauschten Klatschgeschichten die Theorie entwickelt, daß ein amerikanischer Arzt entweder selbst der Mörder sei oder aber in den Diensten des Mörders stehe. Gerüchten zufolge hatte der unbekannte Arzt, der die Physiognomie der Nicht-Toten erforschte, zwanzig Guineas für ein frisches Vampirherz geboten. Dies verursachte vorübergehend großen Aufruhr, da Abberline den Ausländer aufzuspüren versuchte; schließlich jedoch ergab es sich, daß Vampirherzen, wenn auch leicht versehrt, unter der Hand in jedem Leichenhaus schon um die geringe Summe von Sixpence zu haben waren.

Baxter hatte die Untersuchung kurz vor Mitternacht vertagt und die Befragung am Morgen wiederaufgenommen. Inzwischen lag auch das Obduktionsergebnis vor, und auf der Tagesordnung standen in der Hauptsache die Aussagen einiger Ärzte, die sich in der Leichenhalle des Armenhauses von Whitechapel gedrängelt hatten, die sterblichen Überreste Lulu Schöns zu untersuchen.

Als erster trat Dr. George Bagster Phillips, der – in Toynbee Hall wohlbekannte – Polizeiarzt von Abteilung H, in den Zeugenstand, der sowohl die vorläufige Untersuchung der Leiche in der Chicksand Street wie auch ihre Obduktion vorgenommen hatte. Seine Aussage brachte jedoch nichts weiter zutage, als daß Lulu Schön durch einen Stich ins Herz getötet und nachher ausgeweidet und enthauptet worden sei. Es bedurfte einiger Hiebe auf das Richterpult, um der Empörung Herr zu werden, die sich auf diese nicht ganz unerwarteten Enthüllungen erhob.

Nach dem Gesetz waren gerichtliche Untersuchungen an einem öffentlichen Orte durchzuführen und der Presse freier Zugang zu gewähren. Da Geneviève bereits einige Male als Zeugin ausgesagt hatte, wenn ein Almosenempfänger in Toynbee Hall verstorben war, wußte sie, daß sich die Zuhörerschaft gewöhnlich auf einen verdrossenen Lohnschreiber der Central News Agency und den einen oder anderen Freund oder Verwandten des Verschiedenen beschränkte. Heute jedoch war der Vorlesungssaal noch übervölkerter als gestern. Die Bänke waren so dicht besetzt, als lieferten Con Donovan und Monk sich auf der Bühne einen Revanchekampf um die Meisterschaft im Federgewicht. Neben den Reportern, welche die vorderen Plätze mit Beschlag belegten, bemerkte Geneviève eine Horde hagerer, vorwiegend nicht-toter Frauen in buntfarbigem Aufzug, ein Häuflein vornehm gekleideter Herren, einige uniformierte Kollegen Lestrades sowie eine Handvoll Sensationssüchtige, Geistliche und Sozialreformer.

In der Saalmitte saß, trotz der überzähligen Besucher umringt von freien Stühlen, ein langhaariger Vampirkriegsmann. Er war kein Neugeborener und trug die Uniform der Karpatischen Garde des Prinzgemahls samt stählerner Harnischbrust und – zum Zeichen der besonderen Gunst seines Gebieters – bequastetem Fes. Sein Gesicht war verwittertes weißes Pergament, und seine Augen, blutrote Murmeln in diesem Meer aus toter Haut, schnellten unentwegt hin und her.

»Wissen Sie, wer das ist?« fragte Lestrade.

Geneviève wußte es nur zu gut. »Kostaki, einer von Vlad Tepes' Gefolgsleuten.«

»Bei denen kommt mir das kalte Gruseln«, meinte der neugeborene Kriminalbeamte. »Die Ältesten.«

Geneviève hätte beinahe laut aufgelacht. Kostaki war jünger als sie. Er hatte sich schwerlich aus Neugierde hierherbegeben. Der Palast nahm Interesse an Silver Knife.

»Nacht für Nacht sterben in Whitechapel Menschen Tode, wie nicht einmal Vlad Tepes sie ersinnen könnte, oder leben ein Leben, das schlimmer ist als jeder Tod«, sagte Geneviève, »dennoch tun wir von einem Jahr aufs nächste gerade, als sei London uns ebenso fern wie Borneo. Aber geben Sie ihnen eine Handvoll blutiger Morde, und Sie können vor lauter Schaulustigen und lüsternen Philanthropen keinen Fuß mehr vor den anderen setzen.«

»Vielleicht hat es damit ja auch sein Gutes«, erwiderte Lestrade.

Baxter dankte Dr. Bagster Philips, entließ ihn und rief Henry Jekyll, MD, DCL, LLD, FRS *et cetera,* in den Zeugenstand. Ein würdevoller, ehemals offenbar ansehnlicher, bartloser Mann von etwa fünfzig Jahren näherte sich dem Richterpult und leistete den Eid.

»Wo immer ein Vampir getötet wird«, erklärte Lestrade, »ist Jekyll nicht weit. Er hat schon etwas recht Verwunderliches an sich, wenn Sie verstehen, was ich meine ...«

Dem Naturforscher, der zunächst eine ausführliche und anatomisch genaue Schilderung der Grausamkeiten vortrug, warmes Blut zu attestieren, hatte nur insofern seine Berechtigung, als daß er kein Vampir war. Dr. Jekylls außerordentliche Selbstbeherrschung ließ einen beängstigenden Mangel an Mitgefühl für den menschlichen Gegenstand dieser Untersuchung vermuten, doch lauschte Geneviève voller Interesse – welches gewiß größer war als das der gähnenden Reporter in der ersten Reihe – den Erklärungen, um die Baxter ihn ersuchte.

»Wir wissen noch zuwenig darüber, präzise, welche Veränderungen die sogenannte ›Verwandlung‹ des Lebenden in einen Nicht-Toten beim Menschen hervorruft. Exakte Kenntnisse sind schwer zu erlangen, und der Aberglaube schwebt über diesem Thema wie der Nebel über London. Die Öffentlichkeit ist meinen Studien mit Indifferenz, ja sogar Feindseligkeit begegnet. Wir alle könnten aus der Forschung unseren Nutzen ziehen. Vielleicht versetzte sie uns in den Stand, jene Klassen, die für solch tragische Vorfälle wie den Tod dieses Mädchens die Verantwortung tragen, aus unserer Gesellschaft zu tilgen.«

Unter den Anarchisten wurde Unmut laut. Ohne Klassen war all ihr Tun und Handeln sinnlos.

»Ein gut Teil dessen, was wir über den Vampirismus zu wissen glauben, ist nichts weiter als Legende«, fuhr Dr. Jekyll fort. »Der Pflock durchs Herz, die silberne Sichel. Zwar ist der Leib eines Vampirs von bemerkenswerter Zähigkeit, doch scheint jede schwerer wiegende Verletzung der lebenswichtigen Organe zum wirklichen Tode zu führen, wie in diesem Fall geschehen.«

Baxter machte »Hm« und fragte den Arzt: »Dann ist der Mörder Ihres Erachtens also nicht nach der womöglich als abergläubisch zu bezeichnenden Methode des gewöhnlichen Vampirmetzlers zu Werke gegangen?«

»Das will ich meinen. Ich möchte einige Umstände zu Protokoll geben, und sei es, um unverantwortlichem Journalismus *a priori* einen Riegel vorzuschieben.«

Bei einigen Reportern regte sich leiser Widerspruch. Ein Schnellzeichner, der unmittelbar vor Geneviève Platz genommen hatte, fertigte mit flinken Fingern ein Porträt Dr. Jekylls, das zweifellos in der Illustriertenpresse Verbreitung finden würde. Er setzte dunkle Schatten unter die Augen des Zeugen, um ihn unglaubwürdiger erscheinen zu lassen.

»Wie auch die Nichols und die Chapman wurde die Schön nicht mit einem hölzernen Pflock oder Spieß durchbohrt. Ihr wurden weder Knoblauchzehen noch Teile einer Hostie oder gar aus einer Heiligen Schrift herausgerissene Seiten in den Mund gestopft. Weder bei noch in der Nähe ihrer Leiche wurde ein Kruzifix oder sonst ein kreuzförmiger Gegenstand gefunden. Die Feuchtigkeit ihrer Röcke sowie die Wassertropfen in ihrem Gesicht rührten allem Anschein nach von der Kondensierung des Nebels her. Es ist höchst unwahrscheinlich, daß der Leichnam mit Weihwasser besprengt wurde.«

Der Künstler, vermutlich der Mann von der ›Police Gazette‹, zeichnete Dr. Jekyll buschige Augenbrauen und versuchte das dichte, gleichwohl makellos frisierte Haar des Zeugen filziger aussehen zu lassen. Er trieb es jedoch zu weit mit der Entstellung seines Modells, riß das Blatt schimpfend ob seines Übereifers von seinem Block, knüllte es in seine Tasche und begann von vorn.

Baxter machte sich einige Notizen, ehe er mit der Befragung fortfuhr. »Würden Sie so weit gehen zu behaupten, daß der Mörder mit den Funktionen des menschlichen Körpers – ob Vampir oder Warmblüter – vertraut war?«

»Ja, Coroner. Zwar läßt das Ausmaß der Verletzungen auf gesteigerten Enthusiasmus schließen, doch wurden die eigentlichen Wunden – man möchte fast sagen: Inzisionen – mit einigem Geschick beigebracht.«

»Verdammich, Silver Knife is Arzt«, rief der Anführer der Anarchisten.

Sogleich befand sich der Gerichtssaal ein zweites Mal in hellem Aufruhr. Die Anarchisten, je zur Hälfte Warmblüter und Neugeborene, stampften schreiend mit den Füßen, während andere lauthals zu debattieren begannen. Kostaki sah sich um und brachte mit eisigem Blick zwei Geistliche zum Schweigen. Baxter verletzte sich an der Hand, als er zum wiederholten Male auf sein Pult einhieb.

Geneviève bemerkte einen Mann an der Rückseite des Gerichtssaals, der den Aufruhr mit kühlem Interesse verfolgte. Wie er dort stand, in vornehmer Kleidung, mit Umhang und Zylinder, hätte man ihn für einen sensationslüsternen Zuschauer halten mögen, wäre seine entschlossene Miene nicht gewesen. Er war kein Vampir, dennoch – anders als der Coroner oder Dr. Henry Jekyll – schien er keineswegs beunruhigt, sich in Gesellschaft so vieler Nicht-Toter zu befinden. Er stützte sich auf einen schwarzen Stock.

»Wer ist denn das?« fragte sie Lestrade.

»Charles Beauregard«, antwortete der neugeborene Kriminalbeamte und verzog verächtlich die Lippen. »Haben Sie noch nie vom Diogenes Club gehört?«

Sie schüttelte den Kopf.

»Wenn man von ›höchster Stelle‹ spricht, so ist der Club damit gemeint. Offenbar nehmen wichtige Leute Interesse an dem Fall. Und Beauregard holt für sie die Kastanien aus dem Feuer.«

»Ein stattlicher Mann.«

»Wenn Sie meinen, Mademoiselle.«

Der Coroner hatte die Ordnung wiederhergestellt. Ein Gerichtsdiener hatte sich soeben aus dem Saal gestohlen und kehrte nun mit sechs neugeborenen Constables zurück. Sie stellten sich, wie eine Ehrengarde, in einer Reihe an der Wand auf. Die Anarchisten brüteten dumpf vor sich hin. Ihre Absicht war es offenbar, genug Unruhe zu stiften, die Stimmung aufzuheizen, jedoch nicht genug, damit der Coroner ihre Namen zu Protokoll nehmen ließ.

»Falls man es mir gestatten möchte, würde ich die sich aus der Äußerung dieses Gentleman ergebende Frage gern beantworten«, sagte Dr. Jekyll. Baxter nickte. »Allein die Kenntnis von der Lage der wichtigen Organe läßt nicht unbedingt auf eine medizinische Vorbildung des Täters schließen. Sofern es lediglich in seiner Absicht liegt, einen Lebenden zum wirklichen Tode zu befördern, vermag ein jeder Schlächter die Nieren durchaus ebenso sauber zu entfernen wie ein Chirurg. Dazu braucht es nichts weiter als eine ruhige Hand und eine scharfe Klinge, und beides findet man in Whitechapel zuhauf.«

»Haben Sie eine Vermutung bezüglich des Werkzeugs, dessen der Mörder sich bedient hat?«

»Offenbar irgendein Messer. Versilbert.«

Bei diesem Wort ging ein Aufschrei des Entsetzens durch die Bänke.

»Stahl oder Eisen hätte schwerlich solchen Schaden tun können«, fuhr Dr. Jekyll fort. »Die Physis der Vampire ist dergestalt beschaffen, daß mit gewöhnlichen Waffen beigebrachte Wunden binnen kürzester Zeit verheilen. Gewebe und Knochen werden neu gebildet, ebenso wie einer Eidechse der Schwanz nachwachsen kann. Silber wirkt diesem Prozeß entgegen. Allein Silber vermag einem Vampir solch dauerhafte, tödliche Verletzungen zuzufügen. Insofern findet sich die Fantasie des Volkes, das dem Mörder den Namen ›Silver Knife‹ gegeben hat, in den vorliegenden Tatsachen auf das trefflichste bestätigt.«

»Sie sind mit den Fällen Mary Ann Nichols und Eliza Anne Chapman vertraut?« fragte Baxter.

Dr. Jekyll nickte. »Ja.«

»Sind Sie nach Vergleich dieser Vorfälle zu einem eindeutigen Schluß gelangt?«

»Jawohl. Alle drei Morde sind ohne den geringsten Zweifel das Werk ein und derselben Person. Es handelt sich um einen linkshändigen Mann von durchschnittlicher Größe, dessen Körperkraft die Norm bei weitem übersteigt ...«

»Mr. Holmes hätte aus einem Aschekrümel seiner Zigarre den Mädchennamen seiner Mutter herauslesen können«, murmelte Lestrade.

»... möchte ich hinzufügen, daß, betrachtet man den Fall mit den Augen eines Außenstehenden, der Mörder nach meinem Dafürhalten kein Vampir ist.«

Der Anarchist war aufgesprungen, doch ehe er auch nur den Mund auftun konnte, hatten die Constables des Coroners ihn schon umringt. Da es ihm zu guter Letzt gelungen war, das Publikum zu bändigen, notierte Baxter diebisch grinsend den abschließenden Punkt von Dr. Jekylls Aussage und dankte dem Zeugen.

Geneviève bemerkte, daß der Mann, nach dem sie Lestrade befragt hatte, gegangen war. Sie überlegte, ob Beauregard wohl auch von ihr Notiz genommen haben mochte. Ihrerseits war eine Verbindung hergestellt. Entweder hatte sie eine ihrer ›Einsichten‹, oder sie war zu lange ohne Nahrung geblieben. Nein, es gab keinen Zweifel. Der Mann vom Diogenes Club – worum auch immer es sich dabei handeln mochte – war wesentlich in die Angelegenheit des Whitechapel-Mörders verstrickt, sie wußte nur noch nicht, in welcher Eigenschaft.

Der Coroner begann sein wohlgefeiltes Resümee, beschied auf ›vorsätzlichen Mord durch eine oder mehrere unbekannte Personen‹ und setzte hinzu, bei dem Mörder Lulu Schöns handele es sich aller Wahrscheinlichkeit nach um denselben Mann, der am 31. August Mary Ann Nichols und am 8. September Eliza Anne Chapman um ihr Leben gebracht hatte.

7

Der Premierminister

»Wußten Sie«, begann Lord Ruthven, »daß es auf diesen unseren Inseln Menschen gibt, deren alleiniger Einwand gegen die Vermählung unserer werten Königin – Victoria Regina, Kaiserin von Indien *et cetera* – mit Vlad Dracula – alias Tepes, ehemals Fürst der Walachei – darin besteht, daß der glückliche Bräutigam weiland zufällig, auf Grund von Umständen, die zu begreifen ich nicht einmal vorzugeben mich erdreisten möchte, ein Römisch-Katholischer war?«

Der Premierminister schwenkte einen Brief, den er offenbar willkürlich aus den Stapeln von ungeöffneter Post hervorgezogen hatte, mit denen die Tische seines Empfangszimmers in der Downing Street übersät waren. Godalming hütete sich, Ruthven in einer seiner Anwandlungen von Geschwätzigkeit zu unterbrechen. Für einen Neugeborenen, der eifrig darauf bedacht war, in die Geheimnisse der Ältesten eingeweiht zu werden, war die Möglichkeit, einem seiner jahrhundertealten Genossen Gehör zu schenken, ein wertvolles, ja unentbehrliches Mittel, etwas zu lernen. Wenn Ruthven zu einem Wortschwall anhob, offenbarte eine Fülle uralter Wahrheiten längst vergessene Zauberformeln der Macht. Es kostete Mühe, sich dem Sog seiner Persönlichkeit zu widersetzen, sich nicht von den Schwingen seiner Rede forttragen zu lassen.

»Ich habe hier«, spann Ruthven seinen Faden weiter, »das Sendschreiben einer jämmerlichen Gesellschaft, die sich der Wahrung des unerheblichen Andenkens jenes widerwärtigen Konstitutionellen Walter Bagehot verschrieben hat. Die Herren führen eine kaum verhohlene Klage darüber, daß zwischen dem Zeitpunkt, da der Fürst sich in die Arme der Anglikanischen Kirche begab, und jenem, da er sich von der Königin in die Arme schließen ließ, eine unangemessen kurze Frist verstrichen sei. Unser Korrespondent besitzt sogar die Frechheit anzudeuten, Vlad könne es dem Anschein nach nicht allzu ernst damit gewesen sein, dem Papst von Rom abzuschwören, weshalb mit ihm und seinem heimlichen Beichtvater Kardinal Newman die perfide Verderbtheit Leos des Dreizehnten Einzug ins Königshaus gehalten habe. Mein lockenköpfiger Freund, so manchem Dummbart erscheint ein Faible für das Blut einer Jungfrau verzeihlicher als ein Schluck aus dem Abendmahlskelch.«

Ruthven zerfetzte den Brief. Die Papierschnitzel fielen auf den Teppich, der bereits mit dem Konfetti anderer verlachter Dokumente bedeckt war. Er grinste und atmete schwer, wenngleich seine milchweißen Wangen keinerlei Anzeichen seiner offensichtlichen Erregung erkennen ließen. Godalming kam der Gedanke, daß die Zornesausbrüche des Premierministers geheuchelt waren, Vorspiegelungen eines Mannes, der Leidenschaft eher fingierte denn tatsächlich erlebte. Ruthven ballte die Fäuste hinter dem Rücken und schritt im Zimmer auf und ab, seine grauen Augen wie feinbewimperte Murmeln.

»Unser Fürst hat schon einmal den Glauben gewechselt, müssen Sie wissen«, bemerkte er, »und zwar aus demselben Grund. Im Jahre 1473 entsagte er der Orthodoxie und wurde Katholik, damit er die Schwester des ungarischen Königs ehelichen konnte. Dieser Winkelzug brachte ihm nach zwölf Jahren der Gefangenschaft am Hofe Matthias' die Freiheit und bot ihm Gelegenheit, den walachischen Thron wiederzuerlangen, um den er sich dank seiner vermaledeiten Torheit selbst gebracht hatte. Daß er es in den folgenden vier Jahrhunderten mit Rom gehalten hat, spricht Bände über die angeborene Dummheit dieses Mannes. Wenn Sie die wahre Seele des Konservativismus ergründen möchten, brauchen Sie nicht weiter zu gehen als bis zum Buckingham-Palast.«

Indessen richtete der Premierminister seine Worte nicht

mehr an Godalming, sondern an ein Porträt. Das dort abgebildete adlerähnliche Profil war einem Gemälde der Königin zugekehrt, das dieselbe Wand schmückte. Godalming war Dracula bislang erst einmal begegnet; der Prinzgemahl und Lordprotektor, damals noch ein einfacher Graf namens de Ville, besaß keine allzu große Ähnlichkeit mit dem stolzen Geschöpf, das Mr. G. F. Watts auf die Leinwand gebannt hatte.

»Stellen Sie sich diesen Rohling doch nur einmal vor, Godalming. Vierhundert Jahre lang brütete er in seiner stinkenden Ruine von einem Schloß dumpf vor sich hin. Fluchend und zähneknirschend schmiedete er dunkle Ränke, weste er in mittelalterlichem Aberglauben. Ließ wunderliche, vertrocknete Bauern zur Ader. Ging raubend und mordend mit dem Getier auf die Brunst. Stillte mit jenen nichttoten Tieren, die er Ehefrauen nennt, sein derbes Verlangen. Wechselte die Gestalt wie ein werwölfischer Scharlatan ...«

Obschon der Prinzgemahl sich persönlich für die Ernennung des Premierministers ausgesprochen hatte, waren die über Jahrhunderte gewachsenen Beziehungen zwischen den Vampirältesten nicht eben freundschaftlich zu nennen. Gleichwohl stellte Ruthven in der Öffentlichkeit die erwartete Lehenstreue zu jenem Ältesten zur Schau, der bereits König der Vampire gewesen war, lange bevor man ihn zum Gebieter über Großbritannien gekrönt hatte. Die Nicht-Toten bildeten seit]ahrtausenden ein unsichtbares Königreich; der Prinzgemahl hatte mit einem Streich reinen Tisch gemacht, so daß er nun über Warmblüter und Vampire gleichermaßen herrschte. Ruthven, der seine Jahrhunderte mit Reisen und Tändeleien zugebracht hatte, wurde mit den anderen Ältesten ans Licht gezerrt. Zwar mochten manche sagen, daß ein chronisch verarmter Edelmann – der einmal bemerkte, für seinen Titel und seine wüsten Ländereien in Schottland könne er sich eine Kuchensemmel im Wert von einem halben Penny kaufen, so er denn einen halben Penny hätte – aus all den Veränderungen guten Gewinn geschlagen habe. Doch Seine Herrlichkeit, ein Mann, dessen Titel einem Vergleich mit dem Godalmings schwerlich standzuhalten vermochte, war ein Nörgler.

»Inzwischen kennt Dracula seinen *Bradshaw* in- und auswendig und schimpft sich einen ›Neueren‹. Er kann Ihnen sagen, zu welchen Zeiten an den Bankfeiertagen die Züge zwischen St. Pancras und Norwich verkehren. Aber er begreift einfach nicht, daß die Erde sich gedreht hat, seit er den Tod fand. Wissen Sie, wie er gestorben ist? Er verkleidete sich als Türke, um den Feind auszuspionieren, und wie er ins Lager zurückkehren wollte, brachen ihm seine eigenen Leute das Genick. Der Same war bereits in ihm, eingebracht von irgendeinem närrischen *nosferatu*, und so kroch er wieder aus der Erde. Er ist ohne feste Herkunft. Und wie er seine Heimaterde liebt, er schläft bei jeder Gelegenheit darin. Grabesfäule ist in seinem Blut, Godalming. Das ist die Krankheit, die er überall verbreitet. Sie dürfen sich glücklich schätzen, daß Sie von meinem Geblüt sind. Es ist rein. Wir mögen uns nicht in Wölfe und Fledermäuse verwandeln können, mein Sohn in Finsternis, dafür verfaulen wir aber auch nicht an den Knochen oder verlieren den Verstand in mörderischer Raserei.«

Godalming hegte die feste Überzeugung, Ruthven habe ihn nur deshalb auserkoren und zum Vampir gemacht, weil er in eine Affäre verstrickt war, die gemeinhin als heimtükkische Verschwörung gegen das Königshaus galt. Zu Lebzeiten hatte Godalming die ersten britischen Nachkommen Draculas höchstselbst vernichtet. Das machte ihn zu einem aussichtsreichen Kandidaten für den Pfahl, gleich nach Van Helsing und jenem kleinen Sachwalter Harker. Schaudernd gedachte er der donnernden Schläge, mit denen er den Pflock ins Herz seiner über alles geliebten Lucy getrieben hatte, und verspürte bitteren Haß gegen den Holländer, von dem er zu dieser Ungeheuerlichkeit angestiftet worden war. Er hatte eine verbrecherische Torheit begangen und war nun voll der Begierde, seine Untat wiedergutzumachen. Dank seiner Verwandlung und Ruthvens Bereitschaft, ihn unter seine Fittiche zu nehmen, brauchte er um sein Herz einstweilen nicht zu fürchten, doch wußte er nur allzugut um des Prinzgemahls Flatterhaftigkeit und Rachgier. Überdies war auch sein Vater in Finsternis nicht eben für Verläßlichkeit und ausgeglichenes Temperament bekannt. Wenn er in dieser veränderten Welt ein sicheres Plätzchen finden wollte, mußte er auf der Hut sein.

»Seine Denkungsart wurde noch zu Lebzeiten geprägt«, fuhr Ruthven fort, »als man ein Land mit Schwert und Pfahl regieren konnte. Er hat die Renaissance, die Reformation, die Aufklärung, die Französische Revolution, den Aufstieg der beiden Amerikas und den Niedergang der Osmanen versäumt. Er will den Tod unseres tapferen Generals Gordon rächen, indem er eine Rotte raubgieriger Vampiridioten in den Sudan entsendet, das Land zu verwüsten und all jene zu pfählen, die dem Mahdi treu ergeben sind. Ich sollte ihn wohl nicht daran hindern. Wir können gut ohne seine karpatischen Kameraden leben, die nichts tun, als das Staatssäckel zu leeren. Sowie gescheite Muselmanen auch nur hundert dieser Tölpel niedermachen, auf daß sie in der Sonne faulen, werden alle Schankmädchen in Piccadilly und Soho voll der Dankbarkeit den Halbmond hissen.«

Ruthven strich mit der Hand an einen zweiten Stapel Briefe hin, der rings um ihn zu Boden regnete. Mit seinen kalten grauen Augen und dem totenbleichen Gesicht vermittelte der Premierminister den Eindruck, als sei er kaum über die Zwanzig. Auch wenn er frisches Blut getrunken hatte, verriet seine Haut nicht die leiseste Rötung. Trotz seiner Schwäche für zarte junge Mädchen zog er talentierte junge Männer von Stand als Nachkommen vor. Er betraute seine neugeborenen Kinder in Finsternis mit Regierungsämtern, ja beförderte sogar den Wettbewerb unter ihnen. Godalming – ob seines Titels für niedrigere Tätigkeiten untauglich und dennoch kaum für einen Kabinettsposten geeignet – war Ruthven gegenwärtig der liebste seiner Nachkommen und diente ihm insgeheim als Privatkurier und Sekretär. Er besaß seit jeher eine praktische Ader, eine natürliche Gabe, die Einzelheiten komplizierter Pläne auszuknobeln. Selbst Van Helsing hatte ihn mit einem gut Teil der Vorarbeiten seines Feldzuges betraut.

»Und haben Sie schon von seinem neuesten Erlaß gehört?« Ruthven hielt eine mit scharlachrotem Band verschnürte amtliche Pergamentrolle in die Höhe. Er löste die Schleife, und Godalming erblickte den Kupferstich eines Palastsekretärs. »Er will dem, was er als ›widernatürliche Verirrung‹ zu bezeichnen pflegt, den Kampf ansagen und hat bestimmt, daß Päderastie künftig mit sofortiger Hinrichtung zu ahnden sei. Selbstverständlich nach seiner altbewährten Methode, durch den Pfahl.«

Godalming überflog das Dokument. »Päderastie? Warum sollte das den Prinzgemahl derart erzürnen?«

»Sie vergessen eines, Godalming. Dracula verfügt mitnichten über die Toleranz eines Engländers. Er hat einige Jahre seiner Jugend in türkischer Gefangenschaft verbracht, und wir dürfen getrost annehmen, daß sich seine Aufseher von Zeit zu Zeit an ihm gütlich taten. Überdies fand sein Bruder Radu, den man bezeichnenderweise den ›Schönen‹ nannte, durchaus Gefallen an derlei männlichen Liebesdiensten. Und da Radu ihn im Zuge einer ihrer unzähligen Familienintrigen ans Messer lieferte, hat der Prinzgemahl beschlossen, hinsichtlich gleichgeschlechtlicher Dinge äußerste Härte walten zu lassen.«

»Das scheint mir trotz alledem eine recht unbedeutende Angelegenheit.«

Ruthven blähte die Nasenflügel. »Ihr Verstand ist offenbar begrenzt, Godalming. Bedenken Sie doch: Es gibt kaum ein aufrechtes Parlamentsmitglied, das nicht zu dieser oder jener Gelegenheit bei einem Telegrafenjungen den eigenen Vorteil hintangesetzt hätte. Kommenden Dezember wird Dracula ein paar wohlbekannte Tanten langsam auf Christbäume spießen, sie sozusagen zur Krönung auf die Spitze treiben.«

»Ein sonderbares Bild, Mylord.«

Der Premierminister machte eine wegwerfende Handbewegung; seine rautenförmigen Nägel spiegelten das Licht.

»Tscha, Godalming, tscha! Es ist natürlich durchaus

möglich, daß unser listiger Walachenfürst beabsichtigt, mehrere Fliegen mit einer Klappe zu schlagen.«

»Will sagen?«

»Will sagen, daß es in dieser Stadt einen gewissen neugeborenen Dichter gibt, einen Irländer, der für seine erotischen Präferenzen ebenso berühmt ist wie für seine unkluge Beziehung zu einem Landsmann, dessen Andenken in nicht eben hoher Gunst steht. Und der, wie ich wohl sagen darf, für beide Attribute weitaus besser bekannt ist als für seine Verse.«

»Sie sprechen von Oscar Wilde?«

»Selbstverständlich spreche ich von Wilde.«

»Er war in jüngster Zeit nicht sehr oft zu Gast bei Mrs. Stoker.«

»Dasselbe möchte ich auch Ihnen raten, falls Ihnen Ihr Herz lieb ist. Ich kann für Ihren Schutz nicht garantieren.«

Godalming nickte gravitätisch. Er hatte gute Gründe, Florence Stokers *soirées noires* weiterhin zu besuchen.

»Ich habe irgendwo einen Bericht über die Unternehmungen von Mr. Oscar Wilde«, sagte Ruthven und deutete auf eine weitere Pyramide von Papieren, »den ich in meiner Eigenschaft als *homme de lettres* habe anfertigen lassen, dem am Wohlergehen unserer größten schöpferischen Geister überaus gelegen ist. Es wird Sie freuen zu hören, daß Wilde sich voller Enthusiasmus in den Stand eines Vampirs begeben hat. Neuerdings besteht sein liebster Zeitvertreib darin, junge Männer zur Ader zu lassen, was seinen ästhetischen Eifer zwar ein wenig bremst, seiner Liebäugelei mit dem Fabianismus, die ihn zu Jahresbeginn bedauerlicherweise ein gut Teil seiner Zeit kostete, jedoch ein Ende gemacht hat.«

»Sie haben offenbar einen Narren an dem Burschen gefressen. Ich für meinen Teil finde es ermüdend, wie er hinter vorgehaltener Hand kichert, um seine schlechten Zähne zu verbergen.«

Ruthven ließ sich in einen Sessel fallen und fuhr sich mit den Fingern durch das halblange Haar. Der Premierminister war selbst ein leidlicher Dandy von einer gewissen

Neigung zu ausgefallenen Halsbinden und Manschetten. ›Punch‹ nannte ihn einen ›vollendeten Murgatroyd‹.

»Sollten sich unsere finstersten Befürchtungen bewahrheiten, so wird uns der schauderhafte Alfred Lord Tennyson auf Jahrhunderte hinaus als *Poeta laureatus* erhalten bleiben. Bei Gott, stellen Sie sich das vor: *Locksley Hall – Sechshundert Jahre* danach! Lieber tränke ich Essig, als in einem England zu leben, das etwas so Entsetzliches zuläßt, und so habe ich mich denn nach einer gnädigen Alternative umgetan. Wäre es anders gekommen, Godalming, hätte ich wohl den Beruf des Dichters ergriffen, doch hat ein grausames Schicksal, nicht zuletzt mit hilfreicher Unterstützung durch den Prinzgemahl, mich an den Fels der Bürokratie gekettet, wo mir der Adler der Politik die Leber aus dem Leib reißt.«

Ruthven stand auf und wanderte zu seinen Büchergestellen, wo er innehielt, seine geliebten Bände zu betrachten. Der Premierminister war ohne weiteres in der Lage, längere Passagen von Shelley, Byron, Keats und Coleridge aus dem Stegreif herzusagen, und brachte sogar die eine oder andere Sentenz von Goethe oder Schiller auf deutsch über die Lippen. Seine gegenwärtige Vorliebe galt den Franzosen und der *décadence.* Baudelaire, de Nerval, Rimbaud, Rachilde, Verlaine, Mallarme; die meisten von ihnen, wenn auch nicht alle, hätte der Prinzgemahl wahrscheinlich mit Freuden gepfählt. Godalming entsann sich, wie Ruthven verkündet hatte, ein dem Vernehmen nach skandalöser Roman – *A Rebours* von J. K. Huysmans – solle jedem Schulkind in die Hand gegeben werden; überdies würde er, Ruthven, in einem Utopia allein Dichter und Maler zu Vampiren machen. Es hieß indes, ein bezeichnender Umstand des Nicht-Toten-Daseins sei der, daß die schöpferischen Fähigkeiten dahinschwanden. Als stolzer Philister, der seine heimischen vier Wände lieber mit Jagdszenen schmückte als mit einer William-Morris-Tapete, hatte Godalming nie etwas verspürt, das auch nur im entferntesten an eine künstlerische Neigung gemahnte, und konnte dieses Phänomen daher auch nicht bestätigen.

»Aber«, sagte der Premierminister und wandte sich um, »wer sonst unter uns Ältesten besitzt genug Verstand, zwischen Fürst Dracula und seinen Untertanen zu vermitteln, sein neues Reich der Lebenden und der Toten zusammenzuhalten? Der irrsinnige Sir Francis Varney vielleicht, den wir nach Indien verfrachtet haben? Wohl kaum. Ebensowenig unsere heldenhaften Karpater: Iorga nicht, von Krolock nicht, Meinster nicht, Tesla nicht, Brastoff nicht, Mitterhaus nicht, Vulkan nicht. Und wie ist es mit dem Händeküsser Saint-Germain, dem vorwitzigen Villanueva, diesem Parvenü von Collins, dem unergründlichen Weyland, jenem Hanswurst von Barlow, dem schmierigen Duval? *›I hai me doots‹*, wie der Schotte sagt, wahrlich, *›I hai me doots‹*. Wer also bleibt? Der blasse, uninteressante Karnstein, der noch immer um sein gespeilertes, spinnertes Mädel trauert? Und wo wir schon einmal dabei sind, wie steht es mit den Frauen? Gott, diese Vampirfrauen! Welch ein Pack schäumender Katzen! Lady Ducayne und Gräfin Sarah Kenyon stammen wenigstens aus England, auch wenn sie zusammen über keine Unze Hirn verfügen. Aber Gräfin Zaleska von Rumänien, Ethelind Fionguala von Irland, Gräfin Dolingen zu Graz, Prinzessin Asa Vajda aus der Moldau, Elisabeth Bathory von Ungarn? Ich glaube, keine dieser blaublütigen Bordellieren wäre wohl willkommen, weder dem Prinzgemahl noch den Völkern Großbritanniens. Da könnte man die Aufgabe ja gleich jenen geistlosen Frauendingern antragen, die Dracula verschmähte, um sich mit der dicken Vicky zu vermählen. Nein. Von den Ältesten bleibt niemand außer mir. Hier stehe ich: Lord Ruthven, Wanderer zwischen den Welten, Schwärmer und Schöngeist. Ein Engländer, arm an Grund und Boden, lange fern von seiner Heimat, zurückbeordert, seinem Vaterland zu dienen. Wer hätte gedacht, daß ich je das Amt von Pitt und Palmerston, Gladstone und Disreali bekleiden würde? Und wer wollte mir darin wohl folgen? *Après moi, le déluge,* Godalming. Nach mir die Sintflut.«

8

Das Rätsel des Hansom

Beauregard schlenderte durch den Nebel, um all das zu verdauen, was er bei der gerichtlichen Untersuchung erfahren hatte. Er würde der herrschenden Clique vollständigen Rapport erstatten müssen; er mußte die vorliegenden Tatsachen in eine Ordnung bringen.

Seine Unternehmungen waren keineswegs ziellos: Vom Arbeiterverein ging er die Whitechapel Road hinab, bog rechts in die Great Garden Street und schließlich links in die Chicksand Street. Er ließ sich zu jenem Ort hinziehen, an dem der letzte Mord geschehen war. Trotz des wallenden Nebels und der Angst vor Silver Knife waren die Straßen zum Bersten voll. Sowie es auf Mitternacht ging, kamen die Nicht-Toten hervor. In den hell erleuchteten Schenken und Varieté-Theatern wimmelte es von lachenden und grölenden Gestalten. Fliegende Händler verhökerten Notenblätter, Phiolen voller ›Menschenblut‹, Scheren und *souvenirs* mit dem Abbild der königlichen Familie. In der Old Montague Street wurden über einem Tonnenfeuer geröstete Kastanien an Warmblüter wie auch Neugeborene verkauft. Zwar benötigten Vampire keine feste Nahrung, doch war gegen die Macht der Gewohnheit nur schwer anzukommen. Knaben boten fantasievoll illustrierte Flugschriften feil, welche die grausigen Einzelheiten der Untersuchung des Falles Lulu Schön brühheiß schilderten. Es waren ungleich mehr uniformierte Polizisten im Einsatz als sonst, zumeist Neugeborene. Beauregard nahm an, daß man Befehl gegeben hatte, eine jede verdächtige Gestalt, die in Whitechapel umherbummelte, einer genauen Prüfung zu unterziehen, was die Polizei vor ein verzwicktes Problem stellte, da der Bezirk vor verdächtigen Gestalten aus allen Nähten platzte.

Ein Leierkasten spielte die Arie ›Nimm ein rotes Augenpaar‹ aus der Oper *Die Vampyre von Venedig, oder: Die Maid, der Schatten und das Messer* von Gilbert und Sullivan. Das schien durchaus angemessen. Die Maid – wenngleich es um ihre Jungfernschaft eher schlecht als recht bestellt gewesen war – und das Messer spielten in diesem Fall eine nur allzu offenkundige Rolle. Der Schatten war der Mörder, verborgen hinter einem Schleier aus Blut und Nebel.

Ungeachtet der Zeugenaussage Dr. Jekylls erwog Beauregard die Möglichkeit, daß es sich bei den Verbrechen um das Werk verschiedener Täter handelte, um Ritualmorde etwa, wie die Erdrosselungen der Thags oder die Exekutionen der Camorra. Das Ausmaß der Verstümmelungen überstieg ihre Notwendigkeit, falls der Mörder nichts anderes im Sinn hatte, als sein Opfer zum wirklichen Tode zu befördern. Spekulationen der ›Pall Mall Gazette‹ zufolge gemahnten die wilden Exzesse der Verbrechen an einen Ritus der Azteken. Mehr noch, Beauregard gemahnten sie an Vorfälle in China, Ägypten und Sizilien, die mit Geheimbünden im Zusammenhang standen. Derlei Grausamkeiten dienten nicht nur dazu, einen Feind zu liquidieren, sondern übermittelten gleichzeitig eine Botschaft an die Bundesgenossen des Opfers und all jene, die auf seine Seite sich zu schlagen entschlossen waren. Die Hauptstadt wimmelte von Geheimbünden und ihren Agenten; es schien ihm nicht allzu unwahrscheinlich, daß die eine oder andere Freimaurerloge bereits geschworen hatte, Abraham Van Helsings Kreuzzug gegen den Prinzgemahl und seine Brut fortzuführen. Als Agent des Diogenes Clubs war Beauregard in gewissem Sinne sogar Mitglied solch einer Vereinigung; die Clique war in sich gespalten, hin und her gerissen zwischen ihrer Loyalität zur Königin und der Beargwöhnung des Lordprotektors.

Scharfe Augen nahmen seine vornehme Kleidung ins Visier, ihre Besitzer jedoch gingen ihm zumeist aus dem Weg. Beauregard war sich der Uhr in seiner Weste und der

Börse in der Innentasche seines Rockes wohl bewußt. Allenthalben schwärmte es von flinken Fingern und langen Krallen. Blut war nicht das einzige, worauf die Neugeborenen es abgesehen hatten. Entschlossen schwang er seinen Stock, das Böse abzuwehren.

Der Stelle gegenüber, wo Lulu getötet worden war, schlumperte ein dickhalsiger Vampir mit übergroßen Stiefeln umher. Halbherzig versuchte er den Eindruck zu vermeiden, er sei ein Constable, welcher ob der vagen Möglichkeit dort postiert worden war, daß sich die alte Sage vom Mörder bewahrheitete, der an den Ort seines Verbrechens zurückkehrt. Polizisten und Andenkenjäger hatten alle Spuren rings um den Türeingang der Kosminskis beseitigt. Er suchte sich die letzten Augenblicke des Vampirmädchens zu vergegenwärtigen. Nun, da die morbiden Interessen eines Mannes im Umhang der Eintönigkeit seines Dienstes ein Ende bereitet hatten, kam der Constable schwerfällig auf ihn zu. Beauregard hatte sogleich seine Karte zur Hand. Der Neugeborene las die Worte DIOGENES CLUB und vollführte ein sonderbares Tänzchen mit Händen und Gesicht, halb Ehrengruß, halb Zähnefletschen. Dann trat er vor den Türeingang und beschirmte Beauregard vor den Blicken der Passanten wie einen Einbrecher.

Er stand just an der Stelle, wo das Mädchen gestorben war, und fühlte nichts als die Kälte. Hellseherische Medien waren dem Rufe nach imstande, einen Menschen an Hand unsichtbarer ektoplasmischer Rückstände aufzuspüren, wie ein Bluthund sich auf eine Fährte setzt. Diejenigen jedoch, die der Metropolitan Police ihre Dienste anerboten hatten, waren zu keinerlei bemerkenswerten Ergebnissen gelangt. Das Loch, in dem Silver Knife sein Werk verrichtet hatte, war winzig. Selbst einer kleinen Frau wie Lulu Schön hatte man sämtliche Gliedmaßen verrenken müssen, um sie dort hineinzustopfen. Reingewaschene Ziegel, die an der rußgeschwärzten Mauer ebenso anstößig wirkten wie das Weiß eines freiliegenden Knochens, ließen keinen Zweifel daran, wo sich die Blutflecke befunden hatten.

Mehr, so dachte Beauregard, war mit diesem makabren Besuch nicht zu gewinnen.

Er wünschte dem Constable eine gute Nacht und begab sich auf die Suche nach einer Droschke. In der Flower & Dean Street versprach ihm eine Vampirhure für ein oder zwei Unzen seines Blutes ewiges Leben. Er schnippte ihr eine Kupfermünze hin und ging seines Weges. Wie lange noch würde er die Kraft besitzen, ihnen zu widerstehen? Schon jetzt, mit fünfunddreißig Jahren, bemerkte er, wie er von Tag zu Tag schwächer wurde. In der Kälte spürte er seine Wunden. Ob ihm sein Entschluß, warmen Blutes ins Grab zu fahren, mit fünfzig oder sechzig womöglich lächerlich, pervers erscheinen würde? Oder gar sündhaft? War seine Verweigerung des Vampirismus moralisch am Ende dem Selbstmord vergleichbar? Sein Vater war mit achtundfünfzig Jahren gestorben.

Die Vampire waren auf die Hilfe und den Lebenssaft der Warmblüter angewiesen, wollten sie die Stadt über die Tage retten. Anders als in den Salons von Mayfair waren sie hier im East End bereits nichttot und hungerten, wie die Armen immer schon gehungert hatten. Wie lange würde es noch dauern, bis man die ›dringlichen Maßnahmen‹, für die Sir Danvers Carew im Parlament gestritten hatte, ernsthaft in Betracht zog? Carew vertrat die Ansicht, man solle noch mehr Warmblüter einsperren – nicht nur Verbrecher, sondern jedes greifbare gesunde Exemplar –, um jenen hochstehenden Vampiren als Vieh zu dienen, die für die Regierung des Landes unentbehrlich waren. Aus Devil's Dyke verlauteten Geschichten, die Beauregard das Blut gefrieren ließen. Schon jetzt war die Strafbarkeit so weit gefaßt, daß sie allzu viele anständige Männer und Frauen in sich schloß, die schlichtweg außerstande waren, mit dem neuen Regime ihr Abkommen zu treffen.

Endlich fand er einen Hansom und bot dem Kutscher zwei Gulden, ihn nach Cheyne Walk zurückzubringen. Der Fuhrmann hob die Peitsche an die Krempe seines Zylinders. Beauregard nahm hinter der zweiflügeligen Halbtür Platz. Mit seinem rotgepolsterten *intérieur,* das Beauregard an die mit Plüsch ausgekleideten Särge in den Auslagen der Oxford Street gemahnte, stellte der Hansom ein für dieses Viertel viel zu extravagantes Transportmittel dar. Er fragte sich, ob er nicht einen distinguierten Fahrgast auf der Suche nach amourösen Abenteuern hierher befördert haben mochte. Die Häuser im Bezirk hatten für jeden Geschmack etwas zu bieten. Frauen und Knaben, einerlei ob Warmblüter oder Vampire, waren für wenige Shilling reichlich zu haben. Gemeine Dirnen wie Polly Nichols und Lulu Schön verkauften sich schon für ein paar Kupfermünzen oder einen Schuß Blutes. Womöglich war der Mörder jemand, der nicht aus dieser Gegend stammte, nichts weiter als ein Stutzer unter vielen, die seltsamen Gelüsten frönten. In Whitechapel war alles zu bekommen, ob man nun dafür bezahlte oder es sich einfach nahm.

Seine Geschäfte hatten ihn an weitaus schlimmere Orte geführt. Er hatte mehrere Wochen als einäugiger Bettler in Afghanistan verbracht, auf der Fährte eines russischen Gesandten, der im Verdacht stand, die in den Bergen ansässigen Stämme aufzuwiegeln. Während des Burenaufstands hatte er einen Vertrag mit den Amahagger ausgehandelt, deren Vorstellung von einer gelungenen Abendunterhaltung sich darin erschöpfte, die Köpfe ihrer Gefangenen in Tonkrügen zu garen. Dennoch hatte es ihn ungemein erstaunt, London nach einem längeren Auslandsaufenthalt im geheimen Auftrag Ihrer Majestät in eine Stadt verwandelt vorzufinden, die noch seltsamer, gefährlicher und bizarrer war als alle, die er je gesehen hatte. Einstmals Herz des Empire, war sie nun ein Schwamm, der das Blut des Reiches in sich aufsog, bis er platzte.

Die Räder der Droschke klapperten über das Pflaster und machten ihn schläfrig wie das sanfte Brechen der Wellen unter dem Bug eines Schiffes. Abermals gedachte Beauregard der Möglichkeit eines Geheimbundes; der ›Hermetische Orden des Pfahls‹ vielleicht oder die ›Freunde Van Helsings‹. In einer Hinsicht jedenfalls hatten die Verbrechen nichts mit Ritualmorden gemein: In derartigen Fällen war es von entscheidender Bedeutung, eine unverwechselbare Signatur zu hinterlassen, wie die fünf Orangenkerne, die der Ku-Klux-Klan einem Verräter übersandte, oder die toten Fische neben einem Sizilianer, der sich von der Mafia losgesagt hatte. Hier war die einzige Signatur so etwas wie kalkulierte Raserei. Dies war das Werk eines Wahnsinnigen, keines Rebellen. Was jedoch keinen jener hochtrabenden Straßenschwätzer, welche die Untersuchung gestört hatten, daran hindern würde, die elenden Ausweidungen als Siege der Warmblüter zu feiern. Viele Geheimbünde waren durchaus in der Lage, sich eines hoffnungslosen Irren zu bedienen, einen Menschen systematisch in den Wahnsinn zu treiben, wie eine Waffe auf ein Ziel zu richten, um ihn schließlich auf der Straße loszulassen, sein blutiges Geschäft zu verrichten.

Gern wäre er in Schlaf gesunken, um sich vor seiner Haustüre vom Klopfen des Kutschers aufwecken zu lassen, doch etwas irritierte ihn. Er hatte gelernt, seinen gelegentlichen Gefühlen der Irritation zu vertrauen. Sie hatten ihm mehr als einmal das Leben gerettet.

Die Droschke befand sich in der Commercial Road und fuhr nach Westen statt nach Osten. Nach Limehouse zu. Beauregard schmeckte den Geruch der Docks. Er beschloß, die Sache bis an ihr Ende zu verfolgen. Die Angelegenheit hatte eine bestechende Wendung genommen. Er hoffte, daß der Kutscher nicht allein die Absicht hatte, ihn zu ermorden und auszurauben.

Vorsichtig schob er den Haken am Griff seines Stockes zur Seite und ließ einige Zoll schimmernden Stahls aus dem hölzernen Schaft hervorgleiten. Der Degen würde sich bequem herausziehen lassen, falls er ihn benötigte. Dennoch, er war nur aus Stahl.

9

Das karpatische Quartett

Ehe sie nach der Hall zurückkehrte, schaute Geneviève auf einen Sprung in die Schenke, die dem Spitalfields Market gegenüber lag. Sie war dort wohlbekannt, ebenso wie in den anderen lärmenden Wirtshäusern innerhalb der sogenannten ›schrecklichen Viertelmeile‹. Wie Angela Burdett-Coutts bewiesen hatte, genügte es keineswegs, umringt von hocherbaulichen Traktätchen und von Seifenduft umnebelt in einer behaglichen Kirche zu sitzen und darauf zu warten, daß die Gefallenen hereinkamen, um sich bekehren zu lassen. Wer Reformen wollte, mußte noch mit dem abscheulichsten Senkloch von Trunk und Verderbnis vertraut sein. Natürlich wirkten die Ten Bells wochennachts im Jahre 1888 im Vergleich zu einem Marseiller Bordell des Jahres 1786, einem St. Petersburger Palast zu Zeiten Katharinas der Großen oder dem Chateau des Gilles de Rais im Jahre 1437 wie ein Tea-Room der Aerated Bread Company. Wenn all jene glücklosen Frauenzimmer ihre Miß Dee in früheren Jahren hätten sehen können, als die Wechselfälle eines langen Lebens sie in niedrige Verhältnisse gestürzt hatten, wären sie wahrscheinlich entsetzt gewesen. Es gab Zeiten, da hätte sie zu Polly Nichols oder Lulu Schön aufgeblickt wie eine Scheuermagd zu einer Herzogin.

Die Luft in den Ten Bells war dampfendheiß, geschwängert von Tabak, Bier und vergossenem Blut. Als sie durch die Türe trat, glitten ihre Augenzähne aus den Kieferscheiden. Sie kniff den Mund zu und atmete durch die Nase. Die hinter dem Tresen festgezurrten Tiere versuchten winselnd ihre Lederriemen abzustreifen. Woodbridge, der dickbäuchige Aufwärter, packte eine Sau bei den Ohren und riß ihren Kopf herum: Der Zapfen des Hahns, den man ihr in den Hals getrieben hatte, war verstopft. Er stach das geronnene Blut mit einem Meißel heraus und drehte die Leitung auf, worauf sich ein schäumendes Rinnsal in einen gläsernen Trinkkrug ergoß. Während er zapfte, machte er in breitem Devon-Dialekt seine Scherze mit einem neugeborenen Markthelfer. Geneviève kannte den Wildgeschmack von Schweineblut nur allzugut. Es konnte den Roten Durst zwar lindern, doch nicht löschen. Sie schluckte. Dieser Nächte hatte sie wenig Gelegenheit, Bindungen einzugehen. Ihre Arbeit nahm so viel Zeit in Anspruch, daß sie nur selten Nahrung fand, die sie dann auch nicht recht befriedigte. Obgleich die Jahrhunderte sie stark gemacht hatten, gab es Dinge, die sie unmöglich über sich brachte. Sie brauchte einen willigen Gefährten und den Geschmack von Menschenblut im Munde.

Die meisten Stammgäste waren Geneviève, vom Ansehen wenigstens, bekannt. Rose Mylett, eine warmblütige Prostituierte, die sie für Lilys Mutter hielt, ritzte sich soeben mit einem Federmesser den Finger und ließ ihren Lebenssaft in winzige Gingläser rinnen, die sie dann für einen Penny verkaufte. Woodbridges Sohn Georgie, ein Knabe mit sanften Gesichtszügen und einer leichten Hasenscharte, flitzte mit einer Schürze bekleidet zwischen den Tischen umher, sammelte die leeren Gläser ein und wischte Blutringe fort. Johnny Thain, ein Constable mit einem Tweedmantel über der Uniform, der zahlreiche Überstunden abgeleistet hatte, seit es ihm vergönnt gewesen war, das in Augenschein zu nehmen, was Silver Knife von Polly Nichols übriggelassen hatte, stand mit einigen Kriminalbeamten um einen Ecktisch versammelt. Die Laufkundschaft gliederte sich offenbar in drei Gruppen: Wanderarbeiter, die sich eine Schicht auf dem Markt erhofften, Seeleute und Soldaten, die nach dem einen oder anderen Mädchen Ausschau hielten, und Neugeborene, die es nach mehr als flüssigem Schwein gelüstete.

Am Tresen stand Cathy Eddowes und lächelte einfältig zu einem hünenhaften Mann hinauf, strich über sein zerzaustes Haar, preßte die Wange an seine stämmige Schulter. Sie wandte sich von ihrem aussichtsreichen Kunden fort und winkte Geneviève. Ihre Hand war mit Tuch umwickelt, die Finger ragten steif aus dem Bündel hervor. Hätte sie mehr Zeit gehabt, wäre Geneviève besorgt gewesen. Mick Ripper, ein Messerschleifer und dem Rufe nach der beste dreifingerige Taschendieb von ganz London, schlich sich an Cathys Courmacher heran. Als er ihm so nahe gekommen war, daß er sein Gesicht erkennen konnte, schob er die Hände tief in die Taschen und trat den Rückzug an.

»'n Abend, Miß Dee«, sagte Georgie. »Volles Haus hamwa heut.«

»Das sehe ich«, sagte sie. »Ich hoffe, wir dürfen dich zu unseren neuen Vorlesungen in Toynbee Hall begrüßen.«

Georgie schaute zweifelnd drein, dann lächelte er. »Wenn Dad mir 'n Abend freigehm tut. Un' wemman sich nachts wieder aufe Straße raustraun kann.«

»Im neuen Jahr wird Mr. Druitt am Vormittag unterrichten, Georgie«, sagte sie. »Mathematik. Du bist einer unserer vielversprechendsten Schüler. Vergiß nicht, was in dir steckt.«

Der Bursche hatte eine Begabung für Zahlen; er konnte die Einzel- und Gesamtbeträge dreier Lagen verschiedenster Getränke im Kopf behalten. Mit dieser Fähigkeit, die Druitt in seinem Unterricht beförderte, konnte er es vielleicht zu etwas bringen. Womöglich gelang es Georgie gar, die Hochwassermarke seines Vaters noch zu übertreffen und Schankwirt zu werden statt ein einfacher Aufwärter.

Geneviève setzte sich allein an einen kleinen Tisch, bestellte jedoch nichts. Sie war eingekehrt, um ihre Rückkunft nach der Hall hinauszuschieben. Sie würde Jack Seward ausführlichen Bericht über die Untersuchung erstatten müssen, dachte im Moment aber nur ungern an die letzten Augenblicke im Leben Lulu Schöns. Während ein Akkordeonspieler den ›kleinen Vogel‹ hinmordete, versuchten ein paar weinerliche Trunkenbolde mit leidlichem Erfolg, sich auf den Text des Liedes zu besinnen.

»Leb wohl, kleiner Vogel mein«,
summte Geneviève vor sich hin,
»ich fliege wieder fort,
denn bleib ich hier, wird zum Kerker mir
der goldene Käfig dort.»

Eine Gruppe krakeelender Neuankömmlinge kam durch die Tür getorkelt und brachte einen heftigen Stoß nachtkalter Luft mit herein. Einen Augenblick lang legte sich der Wirtshauslärm, dann brach er noch mal so laut von neuem los.

Cathys Courschneider wandte sich vom Tresen fort und stieß die Neugeborene grob beiseite. Sie raffte einen Schal um ihre schorfbedeckten Schultern und marschierte, so gravitätisch, wie der fehlende Stiefelabsatz es ihr erlaubte, davon. Der Mann war Kostaki, der Karpater, der bei der Zeugenbefragung zugegen gewesen war. Bei den dreien, die soeben hereingekommen waren, handelte es sich um seine Kameraden, abscheuliche Exemplare jener barbarischen Spezies Vampir, die Vlad Tepes aus den Bergen seines Heimatlandes hierherverbracht und auf die Straßen Londons losgelassen hatte. Sie erkannte Ezzelin von Klatka, einen graugesichtigen Österreicher mit kurzverschnittenem Haar und moosdickem schwarzem Bart. Er war für seine Künste als Tierbändiger berühmt.

Kostaki und von Klatka umarmten sich, und ihrer beider Brustharnische krachten aneinander, als sie sich grunzend auf deutsch begrüßten, der bevorzugten Sprache jener ausgearteten Mitteleuropäer, aus denen die Karpatische Garde sich rekrutierte. Aus Kostakis Worten schloß Geneviève, daß es sich bei den anderen um Martin Cuda handelte, einen mehr oder minder neu Geborenen, der sein erstes Jahrhundert noch nicht hinter sich gebracht hatte, sowie Graf Vardalek, einen weibischen, schlangenartigen Ungarn, der unter den vieren den höchsten Rang bekleidete.

Woodbridge offerierte den Gardisten einen guten Schluck vom Schwein, und von Klarka brachte ihn mit starrem Blick zum Schweigen. Das Regiment des Prinzgemahls hatte für Tierblut wenig übrig. Der Garde eignete der Schlendergang, den Geneviève mit Preußen oder Mongolen verbunden sah, die ewiggleiche Haltung der Offiziere eines Besatzungsheeres. Die Karpater kamen in eine Wolke der Vermessenheit gehüllt daher und blickten auf Neugeborene wie auch Warmblüter herab.

Von Klatka wählte einen Tisch in der Mitte des Schankraums, an dem zwei Matrosen saßen, und stierte sie an, bis sie beschlossen, sich an den Tresen zurückzuziehen, ohne ihre Huren mit sich zu nehmen. Der Ritter schickte zwei der Mädchen fort, eine Neugeborene und eine warmblütige Dirne ohne Zähne, ließ die letzte, eine bedächtige Zigeunerin, welche die Narben an ihrem Hals voller Stolz zur Schau trug, jedoch sitzen.

Die Karpater nahmen Platz und lehnten sich auf ihren Stühlen zurück, ganz offensichtlich wohlgefällig und zufrieden. Sie waren die unrechtmäßigen Kinder von Bismarck und Geronimo: Sie alle trugen auf Hochglanz polierte Stiefel und wuchtige Säbel, doch ihre Uniformen waren mit Krimskrams und Kinkerlitzchen verziert, die sie im Laufe der Jahrhunderte zusammengetragen hatten. Um von Klatkas Hals lag eine vergoldete Schnur, auf die er verdorrte Fleischstücke gereiht hatte, die Geneviève auf den zweiten Blick als Menschenohren erkannte. Cudas Helm war mit einem Wolfspelz geschmückt: Der Kopf ruhte auf seiner Spitze, das Visier war mit Zähnen bekrönt, die Augen mit rotem Zwirn vernäht. Das dichte Fell reichte ihm bis auf den Rücken, und der lange Schweif baumelte beinahe bis zum Boden.

Vardalek bot den außergewöhnlichsten Anblick von allen: Seine Jacke war nichts weiter als ein aufgeblasenes Sammelsurium von Falbeln und Falten, übersät mit kaleidoskopischen Mustern aus Flitter und Flimmer. Sein Gesicht war gepudert, um seine schwärende Haut zu verbergen. Possenhaft anmutende, kreisrunde *rouge*-Flecken bedeckten seine Wangen, und ein scharlachroter Amorsbogen prangte über den Lippen, die sich dank der zwei Zoll langen Fangzähne niemals gänzlich schlossen. Sein goldenes Haar war drahtig, kunstvoll gelockt und onduliert, und zwei Zöpfe baumelten ihm wie Rattenschwänze auf den Rücken. Dies war das Detachement des Grafen, die anderen eskortierten ihn auf seinem Gang zu den Fleischtöpfen. Vardalek gehörte zu jenen Vampiren, die ein großes Wesen darum machten, wie nahe sie dem Prinzgemahl doch stünden, und neben der offenkundigen Blutsverwandtschaft eine dynastische Verbindung für sich beanspruchten. Noch der fadenscheinigste Vorwand diente ihm zum Anlaß, den Namen Seiner Königlichen Hoheit binnen einer Minute nicht weniger als dreimal zu erwähnen, ein jedes Mal garniert mit scheinbar beiläufig vorangeschickten Bemerkungen wie: »Und ich sagte Dracula ja bereits ...«, oder: »Wie unser werter Fürst doch neulich nachts meinte ...«

Der Ungar blickte sich im Schankraum um, brach in schrilles Kichern aus und verbarg den Mund hinter einer zarten Hand mit grünen Nägeln, die aus dem wahrhaften Strauß von Spitze an seinen Manschetten hervorragte. Er flüsterte von Klatka etwas zu, worauf dieser barbarisch grinste und Woodbridge ein Zeichen machte.

»Der Junge«, sagte von Klatka in leidlichem Englisch, wobei er mit einer Kralle auf Georgie deutete. »Wieviel für der Junge?«

Der Aufwärter murmelte, Georgie stehe nicht zum Verkauf.

»Dummkopf, du nix verstehn«, beharrte von Klatka. »Wieviel?«

»Er ist mein Sohn«, widersprach Woodbridge.

»Dann solltest du dich erst recht geehrt fühlen«, fistulierte Vardalek, »wenn dein feistes Bürschchen das Interesse solch vornehmer Herren erweckt.«

»Das ist Graf Vardalek«, erläuterte Cuda, den Geneviève sogleich als den nasetriefenden Speichellecker der Gruppe erkannt hatte. »Ein enger Vertrauter des Prinzgemahls.«

Allein Kostaki schwieg; sein Blick war wachsam.

Unterdessen waren die anderen Gäste verstummt und lauschten. Mit Bedauern stellte Geneviève fest, daß Thain und die Kriminalbeamten bereits gegangen waren, wenngleich sich diese Tyrannen von einfachen Polizisten wohl kaum hätten einschüchtern lassen.

»Was für ein hübscher Knabe«, sagte Vardalek und versuchte den Jungen auf seinen Schoß zu zerren. Georgie war starr vor Schreck, und der Älteste hatte kräftige Hände. Eine lange, rote Zunge schoß aus seinem grellgeschminkten Mund und kratzte über Georgies Wange.

Von Klatka zog eine Geldbörse dick wie eine Fleischpastete hervor. Er schleuderte Woodbridge eine Wolke aus Geldscheinen ins Gesicht. Der rotwangige Aufwärter erbleichte; er hatte Tränen in den Augen.

»Wieso gebt's 'n ihr euch auch mit so'm Jung' ab?« fragte Cathy Eddowes, quetschte sich zwischen von Klatka und Cuda und schlang ihnen die Arme um die Hüften. »Was euch fehlt, is 'ne richtige Frau, 'ne Frau, an der wo alles *dran* is.«

Von Klatka stieß Cathy grob beiseite, und sie stürzte auf die steinernen Bodenfliesen. Cuda klopfte seinem Kameraden auf die Schulter. Von Klatka funkelte Cuda erbost an, und der jüngere Vampir wich zurück, sein Gesicht ein versteinertes weißes Dreieck.

Vardalek hätschelte Georgie in einem fort und schnurrte ihm magyarische Koseworte ins Ohr, die zu würdigen man dem Jungen aus Devonshire schwerlich abverlangen konnte. Cathy kroch zum Tresen und zog sich daran hoch. Die Pusteln in ihrem Gesicht waren geplatzt, und farbloser Schleim troff ihr ins Auge.

»Exzellenzen«, begann Woodbridge, »bitte ...«

Cuda stand auf und packte den Aufwärter. Zwar war der Karpater gut einen Fuß kleiner als der vierschrötige Warmblüter, doch ließ das rote Feuer in seinen Augen keinen Zweifel daran, daß er durchaus imstande war, Woodbridge in Stücke zu reißen und auf der Stelle zu verschlingen.

»Wie heißt du denn, mein Kleiner?« fragte Vardalek.

»G-G-Georgie … «

»Aha, wie geht doch gleich der hübsche Reim? *›Georgie-Porgie, pudding and pie‹?«*

Sie mußte einschreiten. Seufzend erhob sich Geneviève.

»Pudding and pie, du wirst mir schmecken«, gurrte Vardalek und nagte an Georgies dickem Hals.

»Meine Herren«, begann sie, »bitte gestatten Sie diesen Leuten, ungestört ihren Geschäften nachzugehen.«

Die Karpater verstummten wie auf einen Schlag. Vardaleks Kiefer klappte herunter; mit Ausnahme der Fangzähne war sein Gebiß eine einzige grünliche Ruine.

»Zurück, Neugeborene«, rief Cuda höhnisch, »wenn dir dein Herz lieb ist.«

»Sie ist keine Neugeborene«, murmelte Kostaki.

»Wer ist diese impertinente kleine Person?« fragte Vardalek. Er leckte Tränen von Georgies Wangen. »Und warum ist sie immer noch nicht-tot, wo sie mich doch soeben beleidigt hat?«

Cuda ließ von Woodbridge ab und stürzte sich auf sie. Mit der Schnelligkeit eines überdrehten Lebensrades neigte sie sich zur Seite und rammte ihm einen Ellbogen in die Rippen, als er an ihr vorüberstolperte, so daß er quer durch den Schankraum flog. Bei seinem Sturz verlor er den Wolfshelm, und es war wohl nicht allein dem Zufall zu verdanken, daß jemand eine Kanne Spülichts hineinplumpsen ließ.

»Ich bin Geneviève Sandrine de l'Isle Dieudonné«, verkündete sie, »vom reinen Geblüt Chandagnacs.«

Wenigstens Kostaki war beeindruckt. Mit großen, blutunterlaufenen Augen setzte er sich auf, als wollte er Haltung annehmen. Von Klatka bemerkte, welche Veränderung in seinem Kameraden vor sich gegangen war, und beschloß, ohne sich vom Fleck zu rühren, von einer Auseinandersetzung abzulassen. Vor einigen Jahren hatte Geneviève in einem Spielsalon in Arizona etwas Ähnliches erlebt, als ein Zahnarzt, den man des Betrugs bezichtigte, sich den drei stämmigen Viehtreibern, die ungeschickt nach ihren Revolvern tasteten, beiläufig als Holiday zu erkennen gab. Zwei der Cowboys hatten daraufhin dieselbe Miene aufgesetzt, wie sie von Klatka und Kostaki nun an die Nacht legten. Als der dritte begraben wurde, hatte sie Tombstone bereits den Rücken gekehrt.

Nur Graf Vardalek wollte sich nicht geschlagen geben.

»Laß den Jungen los«, rief sie, *»Neugeborener!«*

Der Zorn schlug Funken in den Augen des Ungarn, als er Georgie von sich stieß und aufstand. Er war größer als sie und fast ebenso alt. Seine Arme strotzten vor Kraft. Seine schwellenden Nägel verwandelten sich in Dolchspitzen, der Firnis schmolz wie Butter in der Pfanne. Eine Schlange hätte keinen Lidschlag tun können, so rasch war er bei ihr. Er war zwar flink, doch war er ebenso vom befleckten Geblüt des Prinzgemahls. Genevièves Hände schnellten hervor, ergriffen seine Gelenke und brachten seine messerscharfen Finger einen Zoll von ihren Augen zum Stillstand.

Vardalek knurrte, und Schaum sprenkelte sein gepudertes Kinn, troff auf seine wulstige Halskrause. Sein Atem war ein sprichwörtlicher Pesthauch von moderiger Grabesschwere. Seine steinharten Muskeln wanden sich wie Pythonen in ihrer Umklammerung, doch sie ließ nicht locker. Langsam preßte sie seine Hände von ihrem Gesicht fort und hob seine Arme in die Höhe, als wollte sie die Zeiger einer riesigen Uhr auf zehn Minuten vor zwei stellen.

In niedrigstem Magyarisch ließ Vardalek vernehmen, Geneviève pflege regelmäßig geschlechtlichen Umgang mit Schafen. Daß die Milch ihrer Brüste die Katzen vergifte, die sie dort gewöhnlich säuge. Daß in den Haaren ihrer nichtsnutzigen Jungfernschaft sieben Generationen von Mistkäfern hausten. Sie sog die Luft durch die Zähne und drückte, hörte, wie seine Knochen zu knirschen begannen, bis ihre scharfen Daumenspitzen die dünnen Adern an seinen Handgelenken ritzten.

So leise, daß nur er es hören konnte, gab sie ihm in seiner eigenen Zunge zu verstehen, daß seine Vorfahren ohne den geringsten Zweifel allenfalls in der Liebe zur Bergziege bewandert gewesen seien, und verlieh der hohen Wahrscheinlichkeit Ausdruck, daß sein Fortpflanzungsorgan ebenso schlaff sei wie eine frischgestochene Pestbeule. Sie fragte ihn, wes sich der Teufel wohl an Stelle eines Arsches bediene, wo Vardalek jenen zarten Teil der diabolischen Anatomie doch als Gesicht beanspruche.

»Laß ihn los«, sagte von Klatka ohne besonderen Nachdruck.

»Reiß ihm sein verdorbnes Herz raus«, rief jemand in einem Anfall von Wagemut, nun, da ein anderer sich dem Ungarn entgegenstellte.

Vardaleks Knie gaben nach, als Geneviève ihn rückwärts zu Boden stieß. Er knickte ein und sackte zusammen, doch sie hielt ihn auf den Beinen. Sie zwang ihn auf die Knie, und er begann zu wimmern, blickte ihr fast mitleidheischend ins Gesicht. Als sie die trockene Luft an ihren Eckzähnen spürte, wußte sie, daß ihre Miene sich zu einer tierähnlichen Fratze verzerrt hatte.

Vardaleks Kopf sank nach hinten, und Blut sickerte in seine Augen. Sein goldener Kopfputz verrutschte und entblößte die wundrote Haut darunter. Geneviève ließ den Ältesten los, und er brach zusammen. Kostaki und von Klatka halfen ihm auf; beinahe zärtlich rückte Kostaki die Perücke des Grafen zurecht. Auch Cuda war aufgestanden und hatte seinen Säbel gezogen. Die Klinge warf das Licht zurück, und das Eisen erstrahlte in silbrigem Glanz. Angewidert befahl ihm Kostaki, die Waffe einzustecken.

Woodbridge hatte die Tür geöffnet, um die Karpater hinauszuwerfen. Georgie eilte davon, Vardaleks Speichel abzuwaschen. Geneviève spürte, wie ihre Gesichtszüge sich glätteten. Der Wirtshauslärm erhob sich von neuem, und der Akkordeonspieler, dessen Repertoire allem Anschein nach begrenzt war, stimmte ›Sie war ein Vöglein klein in einem goldenen Käfig‹ an.

Von Klatka brachte Vardalek auf die Straße hinaus, und Cuda folgte auf dem Fuße, den schmutzigen Schweif hinter sich herziehend wie eine Schleppe. Zögerlich betrachtete Kostaki die Bescherung. Als er zu der Stelle blickte, wo von Klatka seine Banknoten hingeworfen hatte, verzerrte er den Mund schnaubend zu einem halbherzigen Grinsen.

Das Geld war ebenso rasch verschwunden wie vergossenes Bier in einem Schwamm. Das Zigeunermädchen hielt sich wohlweislich von der Stelle fern, wo die Scheine sich befunden hatten. Die Falten im kreideweißen Antlitz des Gardisten barsten, als er das Gesicht verzog, doch die Risse verheilten in einem Nu.

»O Älteste«, sagte Kostaki und salutierte vor ihr, ehe er sich zum Gehen wandte, »meine Verehrung.«

10

Spinnen im Netz

Er befand sich in Limehouse, unweit des Basin. Soviel Beauregard wußte, hatte sich dieser Bezirk seinen bösen Namen wohlverdient. In einer beliebigen Nacht wurden hier mehr namenlose Leichen an die morastigen Kanalufer gespült, als Silver Knife in drei Monaten zuwege gebracht hätte. Knarrend, klappernd und schlingernd suchte sich der Hansom seinen Weg durch einen Bogengang, dann blieb er ruckartig stehen. Der Kutscher hatte sich tief dukken müssen, um den Bogen mit dem Scheitel nicht zu streifen.

Beauregard ergriff das Heft seines Stockdegens. Der Schlag wurde geöffnet, und rote Augen glommen im Dunkel.

»Bitte verzeihen Sie die Ungelegenheiten, Beauregard«, schnurrte eine seidenweiche Stimme, die zwar einem Mann zu gehören schien, jedoch nicht allzu männlich klang, »aber Sie werden sicherlich Verständnis dafür haben. Das Spiel steht nicht zum besten …«

Beauregard stieg aus dem Wagen und befand sich in einem Hof abseits des Straßengewirrs nahe den Docks. Hier hing der Nebel in Fetzen, wie unterseeische Wedel fahlgelber Gaze. Alles war voller Leute. Der Mann, der ihn angesprochen hatte, war Engländer, ein Vampir mit vornehmem Rock und Zylinder, dessen Gesicht die Dunkelheit verbarg. Seine Haltung, deren Weichlichkeit wie einstudiert wirkte, deutete auf einen Athleten im Ruhestand hin; es hätte Beauregard gar nicht gefallen, mit ihm über vier Runden gehen zu müssen. Bei den anderen handelte es sich um bezopfte, bucklichte Chinesen, welche die Hände gegen die Kühle in ihre Hemdsärmel geschoben hatten. Die meisten von ihnen waren Warmblüter, bei dem mächtigen Burschen neben dem Kutschschlag allerdings handelte es sich zweifellos um einen Neugeborenen, der den Oberkörper entblößt hatte, um mit seinen Drachentätowierungen zu prahlen und seine Unempfindlichkeit gegen die Herbstkälte zu beweisen.

Als der Engländer hervortrat, fiel das Mondlicht auf sein jugendliches Gesicht. Seine wunderschönen langen Wimpern gemahnten an die einer Frau, und Beauregard erkannte ihn sogleich.

»Ich habe Sie anno '85 mit sechs Bällen sechs Sechsen schlagen sehen«, sagte er. »In Madras. Die Gentlemen gegen die Players.«

Der Sportsmann zuckte bescheiden mit den Achseln. »Ich sage immer, man muß die Bälle spielen, wie sie kommen.«

Er hatte den Namen des Neugeborenen in der Sternkammer gehört, im Zusammenhang mit tollkühnen, doch durchaus amüsanten Juwelendiebstählen. Der Umstand, daß der Sportsmann an dieser offenkundigen Entführung nicht eben geringen Anteil hatte, bestärkte Beauregard in seiner Annahme, daß er tatsächlich für jene verbrecherischen Kabinettstückchen verantwortlich zeichnete. Beauregard hegte die feste Überzeugung, daß selbst ein Gentleman einem Beruf nachgehen solle, und hielt daher in aller Regel mit den Gentlemen gegen die Players.

»Hier entlang«, sagte der *amateur*-Einbrecher und wies auf eine regennasse Brandmauer. Der neugeborene Chinese drückte auf einen Ziegel, und ein Teil der Mauer klappte nach oben und gab eine Öffnung frei, die einer Halbtür ähnelte. »Ziehen Sie den Kopf ein, sonst prellen Sie sich noch den Schädel. Verteufelt klein, diese Schlitzaugen.«

Beauregard folgte dem Neugeborenen, der im Dunkeln besser zu sehen vermochte als er, wiederum gefolgt von den Chinesen. Da sie einen abschüssigen Gang hinabschritten, mußten sie sich unterhalb der Straße befinden. Wände und Boden glänzten feucht, und die Luft war kalt und faulig: Diese Gemäuer konnten nicht allzu weit vom Fluß gelegen sein. Entferntes Wasserplätschern, das aus einem Schacht heraufdrang, erinnerte Beauregard unwillkürlich an die namenlosen Leichen, und er vermutete, daß nicht wenige von ihnen hier ihre Reise angetreten hatten. Der Durchgang erweiterte sich, woraus er schloß, daß dieser Teil des Labyrinths bereits vor Jahrhunderten erbaut worden war. An wichtigen Gabelungen befanden sich *objets d'art*, zumeist asiatisch anmutende Antiquitäten. Nach all den Biegungen, Abstiegen und Türen waren seine Entführer offenbar gewiß, daß er den Weg zurück an die Oberfläche ohne Begleiter nie und nimmer finden werde. Es erfüllte ihn mit einiger Genugtuung, daß man ihn unterschätzte.

Hinter einer Mauer schnatterte etwas, und Beauregard schreckte zurück. Er hatte nicht die leiseste Ahnung, von welchem Tier die Laute stammen mochten. Der Neugeborene kehrte sich dem Geräusch zu und zog am Kopf einer Jade-Raupe. Eine Tür öffnete sich, und Beauregard wurde in einen dämmrigen, prachtvoll möblierten Raum geleitet. Es gab keine Fenster, nur Wandschirme mit Chinoiserien. In der Mitte stand ein riesiger Schreibtisch, an dem ein uralter Chinese saß. Mit langen, harten Fingernägeln trommelte er auf die Schreibunterlage. Seine Spießgesellen saßen in bequemen Lehnstühlen im Halbkreis um den Tisch versammelt. Das unsichtbare schnatternde Ding verstummte.

Einer der Männer wandte den Kopf, und seine rotglühende Zigarrenspitze verwandelte sein Gesicht in eine teuflische Fratze. Anders als der Chinese war er ein Vampir.

»Mr. Charles Beauregard«, begann der Greis aus dem Reich des Himmels, »Sie waren so gütig, sich in unsere armselige, nichtswürdige Runde zu begeben.«

»Sie waren so gütig, mich einzuladen.«

Der Chinese klatschte in die Hände und nickte seinem Diener zu, einem Burmesen mit versteinerter Miene.

»Nimm unserem Gast Umhang, Hut und *Stock* ab.«

Beauregard wurde von seiner Last befreit. Als der Burmese auf ihn zutrat, bemerkte Beauregard den Ring in seinem Ohr und die rituelle Tätowierung um den Hals.

»Ein *dacoit?*« erkundigte er sich.

»Sie sind sehr aufmerksam«, bestätigte der Chinese.

»Ich habe ein wenig Erfahrung, was die Welt der Geheimbünde betrifft.«

»Das läßt sich wohl sagen, Mr. Beauregard. Unsere Wege haben sich dreimal gekreuzt: in Ägypten, Kaschmir und Shanghai. Sie haben mir die eine oder andere kleine Ungelegenheit bereitet.«

Beauregard erkannte, mit wem er es zu tun hatte, und versuchte ein Lächeln. Er war aller Voraussicht nach so gut wie tot.

»Ich bitte um Vergebung, Doktor.«

Der Chinese tickte mit den Fingernägeln und beugte sich vor, so daß Licht auf sein Gesicht fiel. Er besaß die Stirne eines Shakespeare und ein Lächeln, das Beauregard an einen selbstzufriedenen Satan gemahnte.

»Grämen Sie sich nicht.« Er wischte Beauregards Entschuldigung beiseite. »Das waren unbedeutende Angelegenheiten, nichts, was über das Gewöhnliche hinausginge. Ich hege keineswegs die Absicht, in dieser Sache weitere Schritte zu unternehmen.«

Beauregard suchte seine Erleichterung zu verbergen. Was immer man ihm sonst auch nachsagen mochte, der verbrecherische Mandarin war bekannt als ein Mann, der sein Wort hielt. Man nannte ihn den ›Teufelsdoktor‹ oder auch den ›Herrn der seltsamen Tode‹. Er gehörte dem Rat der Sieben an, der Führungsriege der Si-Fan, eines *tong*, dessen Einfluß bis in die entlegensten Winkel der Erde reichte. Mycroft zählte den Chinesen zu den drei gefährlichsten Männern der Welt.

»Gleichwohl«, setzte der Alte hinzu, »fände dieses Zusammentreffen weiter östlich statt, wäre sein Verlauf vermutlich weder für Sie noch, wie ich gestehen muß, für mich besonders angenehm. Haben Sie verstanden?«

Beauregard verstand nur allzugut. Sie trafen unter der Flagge des Waffenstillstands zusammen, die jedoch unvermittelt eingeholt werden würde, wenn der Diogenes Club erneut von ihm verlangte, gegen die Si-Fan zu intrigieren.

»Diese Angelegenheiten sind für uns gegenwärtig nicht von Interesse.«

Der *amateur*-Einbrecher drehte die Gaslampe hoch, und Flammenschein erhellte die Gesichter. Das schnatternde Ding brach in lautes Geschrei aus, doch ein milder Blick des Teufelsdoktors genügte, es zum Schweigen zu bringen. In einer Ecke befand sich ein riesiger goldener Käfig, gebaut wie für einen Papagei von sechs Fuß Spannweite, in dem ein langschwänziger Affe saß. Er fletschte gelbe Zähne, die in hellrosigem Zahnfleisch staken, das gut zwei Drittel seines Gesichts in Anspruch nahm. Der Chinese war bekannt für seinen ausgefallenen Geschmack, was Schoßtiere anbetraf, wie sich Beauregard ein jedes Mal erinnerte, wenn er seinen Stiefelfuchs mit dem Griff aus Schlangenleder zur Hand nahm.

»Kommen wir zum Geschäft«, schnaubte ein militärisch anmutender Vampir. »Zeit ist Geld, vergessen Sie das nicht ...«

»Ich bitte tausendfach um Vergebung, Colonel Moran. Im Osten herrschen andere Sitten und Gebräuche. Hier jedoch haben wir uns selbstverständlich Ihren westlichen Gepflogenheiten zu fügen, müssen um Eile und Emsigkeit bemüht sein, müssen hetzen und hasten.«

Der Zigarrenraucher stand auf und erwies sich als hagere Gestalt, deren schlabbernder Gehrock rings um die Taschen Kreidespuren aufwies. Der Colonel lenkte ein und lehnte sich mit gesenktem Blick zurück. Der Kopf des Rauchers schnellte hin und her wie der einer Eidechse, und seine Augenzähne ragten über die Unterlippe hervor.

»Mein Mitgenosse ist Geschäftsmann«, erklärte er zwischen zwei Zügen an seiner Zigarre, »unser kricketspielender Freund ist ein Dilettant, Griffin dort drüben ist Wissenschaftler, Captain Macheath – der sich, nebenher gesagt, entschuldigen läßt – ist Soldat, Sikes führt das Geschäft seiner Familie fort, ich bin Mathematiker, Sie aber, werter Doktor, sind ein Künstler.«

»Der Professor schmeichelt mir.«

Beauregard hörte nicht zum erstenmal von dem Professor. Mycrofts Bruder, der beratende Detektiv, hegte ein gewisses Faible für ihn. Er mochte gut und gern der übelste Engländer sein, der des Galgens harrte.

»Wenn zwei der drei gefährlichsten Männer dieser Welt in einem Raum versammelt sind«, bemerkte Beauregard, »stellt sich mir sogleich die Frage, wo der dritte stecken mag.«

»Wie ich sehe, sind Sie mit unseren Namen und unserer Stellung wohlvertraut, Mr. Beauregard«, sagte der Chinese. »Dr. Nikola ist unglücklicherweise außerstande, uns mit seiner Anwesenheit zu beehren. Wenn mich nicht alles täuscht, dürfte er vor der tasmanischen Küste zu finden sein, wo er einige Nachsuchungen hinsichtlich versunkener Schiffe anstellt. Uns ist an ihm nicht weiter gelegen. Er verfolgt eigene Interessen.«

Beauregard nahm die anderen, bislang nicht erklärten Mitglieder dieser kleinen Versammlung in Augenschein: Griffin, den der Professor bereits erwähnt hatte, war ein Albino, der sich wie ein Chamäleon seiner Umgebung anzupassen schien. Sikos war ein schweinsgesichtiger Mann, warmblütig, klein, dickbäuchig und brutal. Mit seiner grellgestreiften Jacke und dem mit billigem Öl getränkten Haar wirkte er in solch vornehmer Gesellschaft außerordentlich fehl am Platze. Als einziger in dieser Runde bot er den Anblick eines typischen Verbrechers.

»Professor, wenn Sie unserem verehrten Gast erklären möchten ... «

»Ich danke Ihnen, Doktor«, erwiderte der Mann, den man mitunter den »Napoleon des Verbrechens« nannte. »Mr. Beauregard, wie Ihnen schwerlich entgangen sein dürfte, haben wir – und ich begreife Sie da durchaus ein – uns keineswegs einer gemeinsamen Sache verschrieben. Wir gehen unserer eigenen Wege. Wenn sich diese zufällig kreuzen ... nun ja, dann führt das nicht selten zu Unstimmigkeiten. Zwar hat es unlängst einige Veränderungen gegeben, doch, gleich welcher persönlichen Metamorphose jeder einzelne von uns den Vorzug gegeben haben mag, unser Geschäft ist im wesentlichen dasselbe geblieben. Wir sind, nicht anders als zuvor, eine Schattengesellschaft. Bis zu einem gewissen Grad haben wir eine Übereinkunft erzielt. Wir messen unsere geistigen Kräfte, aber wenn die Sonne aufgeht, ziehen wir eine Grenze. So war es gut genug und brauchte besser nicht zu werden. Es bereitet mir großen Kummer, das sagen zu müssen, doch diese Grenze scheint nun überschritten ...«

»Die Polente veranstaltet Razzien im ganzen East End«, fuhr Sikes dazwischen. »Dieser bekloppte Charlie Warren hat schon wieder zu 'ner Kavallerieattacke geblasen. Jahrelange Arbeit, in 'ner einzigen Nacht beim Deubel. Meine ganzen Freudenhäuser hatter mir dichtgemacht. Spielhöllen, Opium, Mädels: dem is nix heilich. Wir führn anständige Geschäfte, un' dann komm' plötzlich so 'ne verfluchte Greifer daher un' machen uns 'n dicken Strich durch die Rechnung.«

»Ich pflege keinerlei Verbindungen zur Polizei«, sagte Beauregard.

»Halten Sie uns bitte nicht für naiv«, entgegnete der Professor. »Wie alle Agenten des Diogenes Clubs bekleiden Sie selbstverständlich keine offizielle Position. Doch das Offizielle und die Wirklichkeit sind zweierlei Dinge.«

»Diese Beeinträchtigung unserer Interessen wird so lange andauern«, sagte der Doktor, »wie jener Gentleman, welcher als Silver Knife bekannt ist, sich auf freiem Fuß befindet.«

Beauregard nickte. »Das will ich gern glauben. Aber es besteht immer noch die Möglichkeit, daß die Polizei den Mörder bei einer Razzia dingfest macht.«

»Er ist keiner von uns«, schnaubte Colonel Moran.

»Er is 'n verdammter Irrer, das isser. Also, wir sind ja nu nich' grad zimperlich – wenn Se kapieren, was ich mein –, aber der Bursche treibt's 'n büschen zu weit. Wenn mir 'ne Nutte zu fidel wird, geh' ich der mit 'nem Messer anne Visage, aber doch nich anne Kehle.«

»Soweit mir bekannt ist, gibt es bislang nicht den geringsten Hinweis darauf, daß einer von Ihnen etwas mit den Morden zu schaffen haben könnte.«

»Darum geht es nicht, Mr. Beauregard«, fuhr der Professor fort. »Unser Schattenimperium ist wie ein Spinnennetz. Es erstreckt sich über die ganze Welt, doch sein Mittelpunkt liegt hier, in dieser Stadt. Es ist dicht, verschlungen und von erstaunlich feiner Webart. Wenn eine gewisse Anzahl von Fäden durchtrennt ist, wird es in sich zusammenfallen. Und Fäden werden allenthalben durchtrennt. Wir haben seit dem Mord an Mary Ann Nichols nicht geringen Schaden erlitten, und die Ungelegenheiten werden sich mit jeder neuen Schreckenstat verdoppeln. Ein jeder Hieb, den der Mörder gegen die Öffentlichkeit führt, ist auch ein Schlag gegen uns.«

»Meine Pferdchen wolln nich' aufe Straße raus, solang der durch die Gegend streicht. Ich spür's im Beutel. Langsam gehn mir die Moneten aus.«

»Ich bin sicher, daß die Polizei den Mann ergreifen wird. Auf jeden Hinweis steht eine Belohnung von fünfzig Pfund.«

»Und wir haben eine Belohnung in Höhe von tausend Guineas ausgesetzt, bislang ohne jeden Erfolg«

»Von weeng, alle Halunken sinn sich dicke wie de Itzichs, nix da! Wenn wir Silver Knife zwischen de Finger krieng, sitzt der schneller hinter schwedische Gardin', als wie 'n irländischer Langfinger 'nem Suffkopp 'n Sack leert.«

»Wie belieben?«

»Mr. Beauregard«, sagte der Doktor, »was unser Mitgenosse anzuregen sich erfrecht, ist die Unterstützung Ihrer überaus geschätzten Polizei durch die allzu bescheidenen Bemühungen, die zu leisten wir imstande uns befinden. Ich verpfände mein Wort, daß eine jede vertrauliche Nachricht, die in unsere Hände gelangt – wie so viele Nachrichten in so vielen Angelegenheiten es so häufig tun –, geradewegs an Sie weitergeleitet werden wird. Im Gegenzug möchten wir Sie ersuchen, das persönliche Interesse an dieser Sache, welches der Diogenes Club – wie wir wohl wissen – zu nehmen Sie gebeten hat, mit äußerster Tatkraft zu verfolgen.«

Obschon er es krampfhaft zu verbergen suchte, war

Beauregard zutiefst entsetzt, daß der Herr der seltsamen Tode selbst über die geheimsten Vorgänge innerhalb der herrschenden Clique Bescheid wußte. Demnach hatte der Chinese offenbar genaue Kenntnis von der Unterredung, zu der er vor kaum zwei Tagen geladen worden war. Dieselbe Unterredung, bei der man die Annahme geäußert hatte, von den Si-Fan werde wohl auf Jahre hinaus nichts mehr zu hören sein.

»Der Bursche verstößt gegen jede Spielregel«, sagte der *amateur*-Einbrecher, »und deshalb wäre es das beste, wenn er seine weißen Plünnen auszieht und sich schleunigst vom Platz schleicht.«

»Wir haben tausend Guineas für jeden Hinweis auf die Identität des Mörders ausgesetzt«, warf der Colonel ein, »und zweitausend auf seinen verlausten Kopf.«

»Anders als die Polizei haben wir nicht die geringsten Schwierigkeiten mit lügenhaften Individuen, die mit falschen Hinweisen an uns herantreten, in der Hoffnung, uns eine Belohnung abgaunern zu können. Derlei Individuen erfreuen sich in unserem Spinnennetz keines allzu langen Lebens. Haben wir uns verstanden, Mr. Beauregard?«

»Durchaus, Professor.«

Der Neugeborene bedachte ihn mit einem schmallippigen Lächeln. Ein gemeiner Mörder bedeutete diesen Männern nicht sehr viel, ein wildgewordener Vandale jedoch war eine Ungelegenheit, die zu dulden sie keinesfalls bereit waren.

»Und wenn der Whitechapel-Mörder gefaßt wird?«

»Dann ist wieder alles beim alten«, meinte Moran.

Der Doktor nickte weise, und Sikos stieß hervor: »Wo drauf de ein' lassen kanns.«

»Ist unsere Übereinkunft hinfällig geworden«, verkündete der Chinese, »werden wir in unsere alten Gefechtspositionen zurückkehren. Und ich möchte Ihnen anraten, sich mit Ihrer Miß Chorchward einzurichten und die Angelegenheiten meiner Landsleute anderen zu überlassen. Sie hatten kein Glück mit Ihren Ehefrauen und haben sich ein paar Jahre der Ruhe und Zufriedenheit redlichst verdient.«

Beauregard unterdrückte seinen Zorn. Die Drohung hinsichtlich Penelopes war zuviel.

»Was mich betrifft«, sagte der Professor mit loderndem Blick, »so hoffe ich, mich zur Ruhe setzen und die Leitung meiner Organisation Colonel Moran übertragen zu können. Ich befinde mich nunmehr in der glücklichen Lage, noch einige Jahrhunderte zu leben, was mir die erforderliche Zeit verschafft, mein Modell des Universums ein wenig zu verfeinern. Ich beabsichtige, eine Reise in die reine Mathematik zu unternehmen, eine Reise, die mich über die schnöde Geometrie des Raumes hinaustragen wird.«

Der Doktor lächelte, hob die Brauen und kräuselte den schmalen Schnurrbart. Er schien der einzige unter den Anwesenden, der die grandiosen Pläne des Professors zu würdigen wußte. Die anderen erweckten den Anschein, als hätten sie faule Eier gegessen, während die Augen des Professors zu leuchten begannen bei dem Gedanken an eine unendliche Anzahl sich vervielfachender Theoreme, die sich ausdehnten, den gesamten Raum zu erfüllen.

»Stellen Sie sich vor«, sagte der Professor, »ein Theorem, das *alles* in sich begreift.«

»Ein Wagen wird Sie nach Cheyne Walk zurückbringen«, erklärte der Alte aus dem Reich des Himmels. »Unser Zusammentreffen ist beendet. Dienen Sie unseren Zwekken, so werden wir Sie reich belohnen. Enttäuschen Sie uns, so werden die Folgen ... weit weniger angenehm ausfallen.«

Mit einem Wink wurde Beauregard entlassen.

»Empfehlen Sie uns Ihrer Miß Churchward«, sagte Moran mit einem frivolen Seitenblick. Beauregard vermeinte, im sprichwörtlich unergründlichen Antlitz des Chinesen einen Hauch von Abscheu entdeckt zu haben.

Während der Sportsmann ihn durch die Gänge zurück an die Oberfläche führte, überlegte Beauregard, mit wie vielen Teufeln er sich wohl verbünden mußte, um sich seiner soeben eingegangenen Verpflichtung zu entbinden. Er widerstand dem Drang, seine Bravour zu beweisen, indem er sich nach vorn durchschlug und seinen Führer zum Eingang geleitete. Er hätte dieses kleine Kunststück ohne weiteres vollbringen können, doch mochte es ihm ebenso wohl anstehen, wenn der Limehouse-Ring ihn weiterhin gering einschätzte.

Als sie ins Freie gelangten, dämmerte es bereits. Die ersten blaugrauen Streifen zogen von Osten herauf, und die Seemöwen, welche die Themse landeinwärts lockte, kreischten hungrig nach Frühstück.

Der Hansom stand unverändert im Hof, und der Kutscher hockte, in schwarze Decken gehüllt, auf dem Bock. Beauregards Hut, Stock und Umhang erwarteten ihn im Innern des Wagens.

»*A dieu,* Verehrtester«, sagte der Kricketspieler, und seine roten Augen funkelten. »Man trifft sich auf dem Lord's.«

11

Belanglosigkeiten

»Warum so schweigsam, Penny?«

»Was?« platzte sie heraus, urplötzlich aus ihrer zornigen *rêverie* gerissen. Einen Augenblick lang schien der Lärm im Foyer überwältigend, verlor sich dann jedoch in einem leisen, theaterhaften Stimmengewirr.

Mit vorgespiegelter Entrüstung wies Art sie zurecht. »Penelope, mir scheint, Sie haben geträumt. Seit einigen Minuten schon beehre ich Sie nun mit meinen dürftigen Geistreicheleien, und doch ist offenbar kein Wort zu Ihnen durchgedrungen. Wenn ich amüsant zu sein versuche, murmeln Sie, aus tiefstem Herzen seufzend: ›O wie wahr‹, und wenn ich meiner Rede eine ernstere Note zu geben versuche, um mich Ihres Mitgefühls zu versichern, lachen Sie höflich hinter vorgehaltenem Fächer.«

All ihr Hoffen war dahin. Es hatte ihr erster gemeinsamer Ausflug in die Öffentlichkeit werden sollen, ihr erster Auftritt als Charles' Verlobte. Sie hatte Wochen mit den Vorbereitungen verbracht, mit der Auswahl des passenden Kleides, der korrekten Korsage, des richtigen Anlasses, der geeigneten Gesellschaft. Charles' geheimnisumwobene Dienstherren hatten alles zunichte gemacht. Sie war den ganzen Abend schon verstimmt gewesen, krampfhaft bemüht, nicht in ihre alte Gewohnheit zurückzufallen und unentwegt die Stirn zu runzeln. Ihre Gouvernante, Madame de la Rougierre, hatte sie oftmals ermahnt, falls der Wind drehte, werde ihr diese Miene noch erhalten bleiben; wenn sie sich heute im Spiegel betrachtete, ohne auch nur die Spur einer Falte entdecken zu können, wurde ihr bewußt, daß die alte Schachtel gut daran getan hatte.

»Sie haben recht, Art«, gestand sie und suchte die innere

Wut zu unterdrücken, die sie ein jedes Mal befiel, wenn nicht alles nach ihrem Gusto geriet, »ich war abwesend.«

»Das spricht schwerlich für meine vampirischen Verführungskünste.«

Wenn er den Beleidigten spielte, ragten die Spitzen seiner Zähne hervor wie Reiskörner, die an seiner Unterlippe klebten.

Auf der gegenüberliegenden Seite des Hotel-*restaurant* unterhielt sich Florence angeregt mit einem beschwipsten Gentleman, den Penelope sogleich als den Kritiker des ›Telegraph‹ erkannte. Von Rechts wegen bildete Florence die Spitze dieser kleinen Expedition in feindliches Gebiet – ihre Sympathien lagen naturgemäß beim Lyceum, während sie sich im Criterion befanden –, dennoch hatte sie ihre Mitstreiter sich selbst überlassen. Das war typisch für Florence. Sie war höchst leichtsinnig und, trotz ihres vorgerückten Alters von dreißig Jahren, eine gefallsüchtige Person. Was Wunder, wenn ihr Gatte verschwunden war. Ebenso wie Charles sich heute abend davongestohlen hatte.

»Dachten Sie an Charles?«

Sie nickte und fragte sich, ob an den Geschichten über die Fähigkeiten der Vampire, die Gedanken ihres Gegenübers zu lesen, etwas Wahres sein mochte. Ihre Gedanken, so mußte sie sich eingestehen, waren just in diesem Augenblick gewiß mit Leichtigkeit zu entziffern. Sie durfte keinesfalls die Stirne runzeln, wenn sie nicht enden wollte wie die arme, törichte Kate, deren Gesicht vom vielen Lachen und Weinen schon jetzt, nach nur zweiundzwanzig Jahren, gänzlich aus der Form geraten war.

»Selbst wenn ich Sie ganz für mich allein habe, steht Charles doch immer zwischen uns. Zum Teufel mit ihm.«

Charles, der an der Premierenfeier hatte teilnehmen sollen, sandte seinen Diener mit einer Nachricht, worin er sich entschuldigte und Penelope für den heutigen Abend Florence' Obhut überließ. Er war im Auftrag der Regierung unterwegs, womit sich näher zu befassen man nicht von ihr erwartete. Es war in höchstem Maße ärgerlich. Sofern sie ihre Überzeugungskraft nicht unterschätzte, würde nach der Trauung einiges anders werden im Hause Beauregard.

Ihr Schnürleib war so eng, daß sie kaum Atem schöpfen konnte, und ihre *décolletage so* tief, daß die Haut zwischen Kinn und Busen ganz taub war vor Kälte. Und was sollte sie mit ihrem Fächer anderes anfangen, als in einem fort damit zu wedeln? Sie konnte es schließlich keinesfalls riskieren, ihn auf einen Stuhl zu legen, damit sich am Ende womöglich ein angetrunkener Trottel darauf niederließ.

Eigentlich war es an Art gewesen, Florence zu begleiten, doch hatte sie ihn ebenso versetzt, wie Penelope von ihrem Verlobten im Stich gelassen worden war. Demzufolge fühlte er sich offenbar verpflichtet, wie ein feuriger Korydon umherzubummeln. Zweimal schon waren sie von Bekannten angesprochen worden, die sie zunächst beglückwünschten und sodann mit den peinlichen Worten »Ist das der Glückliche?« auf Art deuteten. Lord Godalming trug es mit bemerkenswerter Fassung.

»Ich wollte nicht schlecht von Charles reden, Penny. Bitte verzeihen Sie.«

Seit der Bekanntgabe hatte Art sich überaus fürsorglich gezeigt. Einst war er selbst verlobt gewesen, mit einem Mädchen, dessen Penelope sich noch recht gut entsinnen konnte, doch hatte die Sache ein fürchterliches Ende gefunden. Art war mühelos zu verstehen, insbesondere im Vergleich zu Charles. Ihr Verlobter hielt ein jedes Mal inne, ehe er sie mit Namen anredete. Zwar hatte er sie niemals Pamela genannt, doch harrten sie beide voller Grauen jenes unheilvollen, unausweichlichen Moments. Zeit ihres Lebens hatte sie sich in den Fußstapfen ihrer brillanten Cousine dahingeschleppt, war innerlich erstarrt, wann immer jemand wortlos sie mit Pam verglich, in dem Bewußtsein, daß sie auf ewig als die Geringere der beiden Misses Churchward gelten werde. Doch im Gegensatz zu Pamela war sie am Leben. Inzwischen war sie älter als ihre Cousine damals, als sie von ihnen gegangen war.

»Sie dürfen gewiß sein, daß jegliche Angelegenheit, deretwegen Charles sich entschuldigen läßt, von allergrößter Wichtigkeit ist. Sein Name mag nicht in den Parlamentslisten auftauchen, aber in Whitehall ist er wohlbekannt, wenn auch nur den Besten unter den Besten, und hochgeschätzt.«

»Sie bekleiden doch sicher eine ebenso wichtige Stellung, Art?«

Art zuckte mit den Achseln, und seine Locken bebten. »Ich bin nichts weiter als ein Botenjunge von Stand und Lebensart.«

»Aber der *Premierminister* ...«

»Ich bin diesen Monat Ruthvens Schoßkind, aber das will nicht allzuviel besagen.«

Florence kehrte mit einem fachmännischen Urteil über das Stück zurück. Es trug den Titel *Clarimonde's Coming-Out* und stammte von Henry A. Jones, dem berühmten Verfasser von *Der Krösus* und *Halunken und Heilige.*

»Mr. Sala meint: ›Die Wolken tun sich auf, ein Lichtblick ist am trüben Himmel des Theaters, und es will nachgerade den Anschein haben, als hätten die Belanglosigkeiten allemal ein Ende.‹«

Bei dem Stück handelte es sich um eine jener ›derben Komödien‹, für die das Criterion berühmt war. Die neugeborene Hauptfigur war eine Dame mit Vergangenheit, deren scheinbarer Vater, bei dem es sich in Wirklichkeit um ihren Gatten – einen zynischen Kronanwalt – handelte, dazu neigte, seine Sarkasmen unmittelbar an den ersten Rang zu richten, was dem Schauspieler-Prinzipal Charles Wyndham Gelegenheit verschaffte, sein aphoristisches Talent unter Beweis zu stellen. Wiederholte Wechsel der Kostüme und Kulissen führten das Personal von London auf das Land hinaus, nach Italien, in ein Geisterhaus und wieder zurück. Als der Vorhang fiel, waren die Liebenden vereint, die Philister um ihr Geld gebracht, die Güter rechtmäßig verteilt und alle Geheimnisse ohne Schaden enthüllt. Kaum eine Stunde war seit dem letzten Akt vergangen, und Penelope konnte zwar ein jedes Gewand der Heroine bis in die kleinste Einzelheit auf das genaueste beschreiben, war jedoch beim besten Willen nicht imstande, sich auf den Namen der Schauspielerin zu besinnen.

»Penny, Liebes«, ertönte ein kratziges Stimmchen. »Florence, Lord Godalming. Gott grüße Sie.«

Es war Kate Reed. Sie trug ein enganschließendes, schmutzfarbenes Kleid und hatte einen dickwangigen Neugeborenen im Schlepptau, den Penelope sogleich als Kates Onkel Diarmid erkannte. In seiner Eigenschaft als altgedienter Redakteur der Central News Agency suchte er die sogenannte Laufbahn des armen Mädchens als Skribentin für wohlfeile Kolportageblätter zu befördern. Er genoß einen Ruf als der Schmierigste aller Schmieranten der schmierakulösen Grub Street. Jedermann außer Penelope fand ihn überaus amüsant, und so wurde er zumeist geduldet.

Art nahm sich die kostbare Zeit, einen Kuß auf Kates knochige Hand zu hauchen, und sie wurde rot wie eine Runkelrübe. Diarmid Reed begrüßte Florence mit bierseligem Rülpsen und erkundigte sich nach ihrer Gesundheit, eine im Falle Mrs. Stokers äußerst unratsame Taktik, da sie durchaus imstande war, ihre diversen Gebrechen *in extenso* zu schildern. Gnädigerweise schlug sie einen anderen Kurs ein und fragte Mr. Reed, weshalb er ihre *soirées noires* in jüngster Zeit nicht mit seiner Anwesenheit beehrt habe.

»Wir vermissen Sie sehr bei uns in Cheyne Walk, Mr. Reed. Sie wissen immer die unglaublichsten Geschichten über die Höhen und Tiefen des Lebens zu erzählen.«

»Bedauerlicherweise habe ich unlängst insbesondere die Tiefen ausloten müssen, Mrs. Stoker. Die Silver-Knife-Morde in Whitechapel.«

»Gräßliche Geschichte«, entfuhr es Art.

»Das will ich meinen. Aber verteufelt gut für das Geschäft. Der ›Star‹, die ›Gazette‹ und all die anderen Revolverblätter haben ihre Spürhunde auf die Sache angesetzt. Die Agentur kann ihnen gar nicht genug Futter bieten. Sie fressen fast alles.«

Penelope hegte wenig Interesse für derlei Gerede über

Mord und Niedertracht. Sie machte sich nichts aus Zeitungen und beschränkte ihre Lektüre auf erbauliche Bücher.

»Miß Churchward«, wandte sich Mr. Reed an sie, »wenn mich nicht alles täuscht, ist ein Glückwunsch am Platze.«

Sie lächelte, unentwegt darauf bedacht, daß ihr Gesicht keine Falten warf.

»Wo ist Charles?« fragte Kate in ihrer gewohnt tölpelhaften Art. Manche Mädchen sollte man regelmäßig schlagen, dachte Penelope, ausklopfen wie Teppiche.

»Charles hat uns versetzt«, sagte Art. »Höchst unklug, wie ich finde.«

Penelope brannte innerlich und hoffte sehnlichst, daß man es ihr nicht ansah.

»Charles Beauregard, hä?« sagte Mr. Reed. »Der Helfer in der Not. Ich könnte schwören, daß ich den Burschen gestern abend erst in Whitechapel gesehen habe. In Gesellschaft einiger Beamter, die in Sachen Silver Knife ermitteln.«

»Das halte ich für äußerst unwahrscheinlich«, entgegnete Penelope. Sie war nie in Whitechapel gewesen, einem Bezirk, wo nicht selten Menschen ermordet wurden. »Ich kann mir beim besten Willen nicht vorstellen, was Charles in solch eine Gegend führen könnte.«

»Ich weiß nicht«, sagte Art. »Der Diogenes Club verfolgt sonderbare Interessen, in allerlei sonderbaren Gegenden.«

Penelope wollte, Art hätte besagte Institution unerwähnt gelassen. Mr. Reed spitzte die Ohren und war eben im Begriff, Art mit neugierigen Fragen zu löchern, als ein weiterer Neuankömmling Penelope aus ihrer mißlichen Lage befreite.

»Sehen Sie nur«, quiekte Florence entzückt, »wer dort kommt, um uns wieder einmal mit seiner Unverbesserlichkeit zu geißeln. Oscar!«

Ein großer, augenscheinlich wohlgenährter Neugeborener mit wallender Mähne und grüner Nelke am Revers kam zu ihnen herübergeschlendert, ohne die Hände aus den Taschen zu nehmen, die den Latz seiner gestreiften Hosen beulten.

»'n Abend, Wilde«, sagte Art.

Der Dichter erwiderte den Gruß mit einem knappen, verächtlichen »Godalming« und machte Florence dann nachgerade ausschweifend den Hof, überschüttete sie mit solchen Mengen seines Charmes, daß ein wenig davon naturgemäß auf Penelope und nicht zuletzt auch Kate hinüberschwappte. Dem Vernehmen nach hatte Mr. Oscar Wilde vor Jahren, als sie noch Miß Balcombe aus Dublin gewesen war, um Florence' Hand angehalten, doch hatte Bram, dessen Namen auszusprechen Wilde indessen strengstens sich verbat, ihm das Nachsehen gegeben. Penelope verfiel auf den Gedanken, daß er einer ganzen Reihe von Personen allein deshalb einen Antrag gemacht haben mochte, weil eine jede Abweisung seinem unkonventionellen Witz neue Nahrung bot.

Florence bat ihn um seine Meinung zu *Clarimonde's Coming-Out*, worauf Wilde bemerkte, er sei überaus dankbar für die Existenz des Stückes, welches einem gewitzten Kritiker, wofür er sich offenbar erachtete, Ansporn sein könne, auf seinen Ruinen ein Werk von wahrhafter Genialität zu errichten.

»Aber Mr. Wilde«, sagte Kate, »das klingt ja gerade so, als stellten Sie den Kritiker über den Künstler.«

»In der Tat. Die Kritik selbst ist eine Kunst. Und ebenso wie die künstlerische Schöpfung die Arbeit des kritischen Geistes in sich schließt, und es läßt sich schwerlich sagen, daß sie ohne ihn überhaupt existiert, so ist die Kritik schöpferisch in der höchsten Bedeutung des Wortes. Die Kritik ist in der Tat beides, sie ist schöpferisch und unabhängig«

»Unabhängig?« erkundigte sich Kate, obgleich sie wohl wußte, daß sie auf diese Weise einen Vortrag nachgerade herausforderte.

»Jawohl, unabhängig. Ebenso wie aus den zügellosen, sentimentalen *amours* der törichten Gattin eines unbedeutenden Landarztes in dem schmutzigen Dorf Yonville-l'Abbaye unweit Rouens Flaubert ein klassisches Werk zu erschaffen vermochte, ein wahres Meisterstück des Stils, so kann der echte Kritiker mit intellektuellem Zartgefühl, sofern es ihm Vergnügen bereitet, seine Begabung zur Kontemplation darauf zu richten oder zu verschwenden, aus Dingen von geringer oder gar keiner Bedeutung, wie etwa aus den diesjährigen Bildern der Royal Academy oder auch den Bildern der vergangenen Jahre, aus den Gedichten eines Mr. Lewis Morris oder den Stücken eines Mr. Henry Arthur Jones, ein Werk von makelloser Schönheit und Instinktsicherheit erschaffen. Die Glanzlosigkeit ist immer eine unwiderstehliche Versuchung zu glänzen, und die Dummheit ist die immerwährende *bestia trionfans*, welche die Klugheit aus der Höhle lockt.«

»Aber was halten Sie denn nun von dem Stück, Wilde?« fragte Mr. Reed.

Wilde wedelte mit der Hand und verzog das Gesicht, ein Zusammenspiel von Gestik und Mimik, das weitaus mehr besagte als seine kleine Rede, die selbst Penelope als, auf gleichwohl außerordentlich elegante Weise, abwegig empfand. Die Aussage, so hatte Wilde dereinst verkündet, sei ein läßlicher Brauch, dem man nicht im Übermaße frönen solle.

»Lord Ruthven läßt sich empfehlen«, sagte Art.

Der Dichter war beinahe geschmeichelt, daß ihm solche Aufmerksamkeit zuteil wurde. Als er von neuem zu einer hochamüsanten, wenngleich unnützen Bemerkung anhob, beugte Art sich zu ihm hin und sagte mit gedämpfter Stimme, so daß nur Penelope und Wilde ihn hören konnten: »Und er würde es überaus begrüßen, wenn Sie beim Besuch eines gewissen Hauses in der Cleveland Street äußerste Vorsicht walten ließen.«

Wilde bedachte Art mit einem bösartigen, zutiefst ablehnenden Blick. Er geleitete Florence davon, um sich mit Frank Harris von der ›Fortnightly Review‹ zu besprechen.

Seit seiner Verwandlung trug Mr. Harris Bockshörner, die Florence Entsetzen einjagten.

Kate trippelte dem Dichter hinterdrein in der Hoffnung, sich dem Herausgeber so weit nähern zu können, daß dieser sie vielleicht mit der Abfassung eines Artikels über das Frauenwahlrecht oder derlei Torheiten beauftragte. Doch selbst ein begeisterter *libertin,* der dem Ruf von Mr. Morris anhing, hätte Kate vermutlich für einen allzu kümmerlichen Fisch gehalten, als daß zu angeln er sich lohnte, und ihn in die See zurückgeworfen.

»Was, um alles in der Welt, haben Sie bloß zu Wilde gesagt, ihn derart zu erzürnen?« fragte Mr. Reed. Er witterte eine Geschichte. Und tatsächlich begannen seine Nüstern ein jedes Mal zu zucken, wenn er sich auf der Fährte einer Quisquilie wähnte, die womöglich das Zeug zu einer Nachricht hatte.

»Nichts als eine Grille Ruthvens«, erklärte Art.

Der Neuigkeitskrämer starrte Art unverwandt an, seine Augen waren wie Nagelbohrer. Viele Vampire besaßen solch einen durchdringenden Blick. Bei geselligen Zusammenkünften ließ sich oftmals beobachten, wie sie, gleich einem Paar verkeilter Elche, alles daransetzten, einander durch Anstarren aus der Fassung zu bringen. Mr. Reed verlor den Wettstreit und begab sich auf die Suche nach seiner widerspenstigen Nichte.

»Ein gerissenes Frauenzimmer«, sagte Art und nickte Kate hinterdrein.

»Pfui«, erwiderte Penelope kopfschüttelnd. »Nur Mädchen, die keinen Ehemann bekommen, ergreifen einen Beruf.«

»Miau.«

»Bisweilen habe ich so ein Gefühl, als ginge all das über meine Begriffe«, klagte sie.

»Darüber sollten Sie sich nicht Ihr hübsches Köpfchen zerbrechen«, sagte er und wandte sich wieder zu ihr um.

Art kitzelte sie unter dem Kinn und hob ihren Kopf, so daß er ihr in die Augen blicken konnte. Einen Moment lang glaubte sie, er wolle sie küssen – hier, in aller Öffentlichkeit, vor der versammelten Londoner Theatergesellschaft –, doch das tat er keineswegs. Statt dessen lachte er und ließ dann von ihr ab.

»Charles sollte sich beizeiten vergegenwärtigen, daß es nicht ganz ungefährlich ist, Sie unbeaufsichtigt zu lassen.

Sonst wird Sie am Ende jemand wegstehlen, um Sie dem neuen Babylon als Jungfrauenopfer darzubringen.«

Sie kicherte, wie man es sie zu tun gelehrt hatte, wann immer jemand etwas sagte, das sie nicht recht verstand. In Lord Godalmings pechschwarzen Augen blitzte etwas auf. Penelope spürte, wie ein winziges Feuer in ihrer Brust wuchs, und fragte sich, wo all das hinführen mochte.

12

Dämmerung der Toten

Die Dämmerung tränkte den Nebel mit Blut. Sowie die Sonne aufging, eilten die Neugeborenen in ihre Särge und Schlupfwinkel. Ohne Furcht vor den fliehenden Schatten schlenderte Geneviève allein nach Toynbee Hall zurück. Wie Vlad Tepes war sie alt genug, nicht in der Sonne zu verschrumpfen wie die empfindlicheren Neugeborenen, und doch schwand die Kraft, die ihr der Lebenssaft des warmblütigen Mädchens verliehen hatte, mit Tagesanbruch allmählich dahin. In der Commercial Road traf sie auf einen warmblütigen Polizisten und grüßte ihn mit einem Nicken. Er wandte sich fort und ging seiner Wege. Das unbestimmte Gefühl, daß just außer Sehweite jemand sie auf Schritt und Tritt verfolgte, kehrte zurück; eine Sinnestäuschung, wie man ihr in diesem Viertel fortwährend erlag.

Während der vergangenen zwei Wochen hatte sie mehr Zeit auf Silver Knife verwandt als auf ihr Nachtwerk. Druitt und Morrison verrichteten doppelte Arbeit, jonglierten mit der begrenzten Anzahl von Schlafstätten, um zunächst den Bedürftigsten Beistand leisten zu können. Obgleich es sich bei der Hall zuallererst um ein Bildungsinstitut handelte, ähnelte sie zusehends einem Feldlazarett. Da sie einem Sicherheitsausschuß beisaß, hatte Geneviève an so vielen lärmenden Versammlungen teilnehmen müssen, daß ihr die Worte jetzt noch in den Ohren hallten, wie Musik jenen Konzertbesuchern in den Ohren klang, die allzu nahe beim Orchester Platz genommen hatten.

Sie blieb stehen und lauschte. Wieder glaubte sie sich verfolgt. Ihre Vampirsinne waren hellwach, und sie hatte das schemenhafte Abbild eines in gelbe Seide gewandeten

Etwas vor Augen, das sich mit Hilfe sonderbarer lautloser Sprünge vorwärts bewegte, die langen Arme wie ein Schlafwandler ausgestreckt. Sie starrte in den Nebel, doch nichts war zu sehen. Vielleicht hatte sie eine Erinnerung oder Fantasie der Warmblüterin absorbiert, die sie nun plagen würde, bis das Blut des Mädchens aus ihrem Körper gewichen war. Sie kannte dieses Gefühl.

George Bernard Shaw und Beatrice Potter hielten Reden in der ganzen Stadt, benutzten die Morde, um auf die Zustände im East End aufmerksam zu machen. Keiner der beiden Sozialisten war ein *nosferatu*; und wenn Geneviève nicht alles täuschte, hatte Shaws Name mitunter in Zusammenhang mit einer republikanischen Rotte Erwähnung gefunden. In der ›Pall Mall Gazette‹ zog W. T. Stead gegen Silver Knife vom Leder, wie er es bereits bei seinen früheren Feldzügen gegen Ausbeutung und Kinder-Vampirismus getan hatte. In Ermangelung des Täters schien er der Gesellschaft die Schuld geben zu wollen. Toynbee Hall erhielt derzeit so viele wohltätige Spenden, daß Druitt sich zu dem Vorschlag verleitet sah, die Umtriebe des Mörders zu befördern, um so an weitere Geldmittel zu gelangen. Eine Anregung, die einen ernsten Menschen wie Jack Seward nicht besonders amüsierte.

Ein Anschlagzettel an der Rückseite eines Mietstalls versprach eine neuerliche Belohnung für jeden Hinweis, welcher zur Ergreifung des Whitechapel-Mörders führe. Rivalisierende Bürgergarden, die sich aus Warmblütern wie Neugeborenen rekrutierten, streunten mit Knüppeln und Rasiermessern bewaffnet durch die Straßen, prügelten einander und fielen über scheinbar verdächtige Passanten her. Nachdem die Bürgerwehren inzwischen all jene belästigten, die auf der Suche nach einer Frau nach Whitechapel kamen, klagten die Straßenmädchen nun weniger über die Bedrohung durch den Mörder als vielmehr über den merklichen Rückgang an Kundschaft. Die Geschäfte der Huren in Soho und Covent Garden hingegen blühten und gediehen. Ebenso ihre Schadenfreude.

Sie vernahm ein Stöhnen aus einer nahegelegenen Gasse. Ihre Eckzähne schossen hervor wie die Klinge eines Springmessers, und sie erschrak. Sie trat in den verschatteten Durchgang und erblickte einen Mann, der eine rothaarige Frau gegen die Mauer preßte. Geneviève hatte die beiden fast erreicht, wollte den Mörder schon ergreifen, als sie sah, daß es sich bei dem Mann um einen Soldaten im langen Mantel handelte. Die Hose baumelte um seine Knöchel, und er stieß mit den Lenden in sie, nicht mit einem Messer. Er bewegte sich mit verzweifelter Hast, gelangte jedoch nicht an sein Ziel. Die Frau, deren Röcke sich um ihre Taille knäulten wie ein Rettungsgürtel, stand in eine Ecke gedrängt, zerrte seinen Kopf in den Nacken und preßte sein Gesicht an ihre federgeschmückte Schulter.

Die Hure war eine hübsche Neugeborene, die von allen nur ›Carroty Nell‹ genannt wurde. Während ihrer Verwandlung war sie in die Hall gekommen, und Geneviève hatte ihr beigestanden, als sie erst erkaltet, dann in Fieberwahn gefallen war und ihr neue Zähne wuchsen. Ihr eigentlicher Name, so vermeinte Geneviève sich zu erinnern, war Frances Coles oder Coleman. Ihr Haar war viel dichter geworden, eine pfeilförmige Strähne reichte ihr fast bis zum Nasenbein. Drahtige fuchsrote Borsten wuchsen an ihren nackten Armen und Handrücken.

Carotty Nell leckte die Schürfwunden am Hals ihres Freiers. Sie erblickte Geneviève, erkannte sie jedoch offenbar nicht wieder, und zeigte dem Störenfried eine Reihe zaunspfahldicker Fangzähne; aus ihren rotgeränderten Augen rannen blutige Tränen. Lautlos zog Geneviève sich zurück. Schimpfend trieb die Neugeborene den Soldaten an, endlich seine vier Pence zu verschleudern. »Mach schon, du Schandkerl«, sagte sie, »komm, komm …« Keuchend hob ihr Kunde die Hand und vergrub sie in ihrem Haar, während er immer heftiger zustieß.

Auf der Straße angekommen, blieb Geneviève stehen und wartete, bis ihre Augenzähne in die Kieferscheiden zurückgeglitten waren. Ihre Angriffslust ging über alle Maßen. Der Mörder machte sie ebenso nervös wie die Bürgerwehren.

Geneviève hatte gehört, Silver Knife sei ein lederbeschürzter Schuster, ein Ritualmörder polnisch-jüdischer Herkunft, ein malaiischer Seemann, ein Wahnsinniger aus dem West End, ein portugiesischer Viehknecht, der Geist von Van Helsing oder Charley Peace. Es sei ein Arzt, ein Hexer, eine Hebamme, ein Priester. Mit jedem neuen Gerücht wurden dem Pöbel neue Unschuldige zum Fraß vorgeworfen. Sergeant Thick sperrte einen warmblütigen Stiefelmacher namens Pizer zu seinem eigenen Schutz hinter Gitter, da jemand auf den irrwitzigen Gedanken verfallen war, die Worte ›Silver Nyfe‹ an seine Ladentür zu schmieren. Nachdem Jago, der Kreuzfahrer Christi, öffentlich verkündet hatte, der Täter könne nur deshalb ungehindert durch die Gegend streifen und nach Gutdünken morden, weil er Polizist sei, zerrte man einen neugeborenen Constable mit Namen Jonas Mizen in einen Hof unweit der Coke Street und spießte ihn mit einem Holzpflock. Auch Jago saß im Gefängnis, wenngleich Lestrade meinte, er solle demnächst auf freien Fuß gesetzt werden, da er für den Zeitpunkt von Mizens Tod ein unangreifbares Alibi vorweisen könne. Dem Reverend John Jago mangelte es offensichtlich nicht an Alibis.

Sie kam an dem Türeingang vorbei, wo Lily schlief. Das neugeborene Kind lag in ein paar zerfetzte Decken gehüllt, die es in der Hall bekommen hatte. Zum Schutz gegen das Sonnenlicht hatte es seinen winzigen Leib eingewickelt wie eine ägyptische Mumie. Der verschrumpfte Arm des Mädchens war schlimmer geworden, der nutzlose Flügel erstreckte sich von der Hüfte bis zur Achselgrube. Eine Katze lag an Lilys Gesicht geschmiegt; sie hatte dem halbtoten Tier die Zähne in den Hals geschlagen.

Abberline und Lestrade hatten Dutzende von Verhören geführt, doch keinerlei brauchbare Hinweise erhalten. Die Polizeiwachen wurden ohne Unterlaß von im Streit liegenden Schreihälsen belagert. Hellseherische Medien wie Lees und Carnacki waren hinzugezogen worden. Eine Reihe beratender Detektive – Martin Hewitt, Max Carrados, August van Dusen – hatte sich in Whitechapel auf Spurensuche begeben. Selbst der ehrwürdige Hawkshaw war aus dem Ruhestand zurückgekehrt. Da der anerkannte Meister ihres Faches jedoch in Devil's Dyke weilte, schwand der Enthusiasmus der Detektive schnell dahin, und so war noch immer keine Lösung gefunden. Man hatte einen Verrückten namens Cotford aufgegriffen, der wie ein Bänkelsänger mit schwarzbraun bemaltem Gesicht umherkreuchte und behauptete, er sei ein ›verkleideter‹ Detektiv. Er war zur Untersuchung nach Colney Hatch verbracht worden. Die Geisteskrankheit, so meinte Jack Seward, könne durchaus ansteckend sein.

In ihrer Tasche fand Geneviève einen Shilling und steckte ihn in eine Falte von Lilys Decke. Die Neugeborene murmelte im Halbschlaf vor sich hin, erwachte aber nicht. Als ein Hansom vorüberklapperte, erhaschte Geneviève einen flüchtigen Blick auf das Profil eines dämmernden Fahrgastes, dessen Hut im Rhythmus des Wagens hin und her schwankte. Wahrscheinlich ein Spätheimkehrer von einer Nacht im Freudentempel. Da erkannte sie den Passagier. Es war Beauregard, der Mann, der ihr bei der Zeugenbefragung in Sachen Lulu Schön aufgefallen war, der Mann aus dem Diogenes Club. Glaubte man Lestrade, so war seine Gegenwart ein sicheres Anzeichen dafür, daß man an höchster Stelle Interesse nahm an Silver Knife. Die – neuerblühte – Königin hatte öffentlich ihrer Besorgnis über ›diese gräßlichen Morde‹ Ausdruck verliehen, nicht jedoch Graf Dracula, der, wie Geneviève vermutete, dem Leben einiger Straßenmädchen – einerlei ob Warmblüter oder Vampire – ebenso große Bedeutung beimaß wie dem eines Mistkäfers.

Der Wagen rollte in den Nebel davon. Wieder hatte sie das Gefühl, als stünde jemand dort draußen hinter einer fahlgelben Wand verborgen, der sie beobachtete und nur auf eine Gelegenheit wartete, zuschlagen zu können. Das Gefühl ging vorüber.

Allmählich wurde ihr bewußt, daß sie gegen die Taten jenes unbekannten Irren nicht das geringste auszurichten vermochte, und endlich begriff sie auch, welche Bedeutung dieser Fall bekommen hatte. Alle Welt verkündete mit felsenfester Überzeugung, hier gehe es um mehr als nur drei Dirnenmorde. Es gehe um die ›beiden Nationen‹ Disraelis; es gehe um die bedauerliche Verbreitung des Vampirismus bei den unteren Klassen; es gehe um den Niedergang der öffentlichen Ordnung; es gehe um das empfindliche Gleichgewicht innerhalb des verwandelten Königreiches. Die Morde waren nichts als Funken, Großbritannien aber war ein Pulverfaß.

Sie brachte viel Zeit unter Huren zu – sie hatte selbst lange Zeit als Ausgestoßene gelebt, so daß sie sich ihnen in gewisser Art verbunden fühlte – und teilte ihre Befürchtungen. Heute nacht, kurz vor Tagesanbruch, hatte sie im Haus der Mrs. Warren unweit von Raven Row ein Mädchen gefunden und von ihm getrunken, weil es die Not erforderte, nicht zum Vergnügen. Die Warme Annie hielt sie sanft umschlungen und bot ihr das zarte Fleisch an ihrem Hals wie eine Säugamme. Nachher gab Geneviève ihr eine halbe Krone. Es war zuviel, doch sie konnte nicht anders. Der einzige Schmuck im Zimmer der Warmen Annie war ein billiger Druck von Vlad Tepes auf seinem Ritt in die Schlacht. Die einzigen Möbelstücke waren ein Waschtisch und ein großes Bett, dessen Laken man so oft gereinigt hatte, daß sie dünn waren wie Papier; die Matratze war mit formlosen braunen Flecken übersät. In Bordellen wie diesem gab es schon seit langem keine reichverzierten Spiegel mehr.

Nach all den Jahren hätte Geneviève ihr räuberisches Leben eigentlich gewohnt sein müssen, doch der Prinzgemahl hatte die ganze Welt auf den Kopf gestellt, und wieder war sie voller Scham: nicht etwa der Dinge wegen, die sie tun mußte, um sich am Leben zu erhalten, sondern jener Dinge wegen, welche die Vampire von Vlad Tepes' Geblüt anrichteten. Die Warme Annie war nicht zum erstenmal gebissen worden. Früher oder später würde sie sich verwandeln. Weil sie aber ohne feste Herkunft war, mußte sie sich auf eigene Faust durchs Leben schlagen, so daß sie entweder wie Cathy Eddowes dem Suff erliegen, wie Polly

Nichols einem wahnsinnigen Mörder zum Opfer fallen oder wie Carroty Nell als Tier enden würde. Ihr schwirrte der Kopf von dem Gin, den das warmblütige Mädchen getrunken hatte. Deshalb also litt sie an Halluzinationen. Die ganze Stadt schien vom Siechtum befallen.

13

Seltsamer Ahnung Spiel

26. SEPTEMBER

Des Morgens herrscht in der Hall vollkommene Stille. Von Sonnenaufgang bis zur dereinst so genannten Mittagszeit liegt Whitechapel in tiefem Schlummer. Die Neugeborenen eilen zu ihren mit Erde angefüllten Kisten. Die Warmblüter dieser Gegend waren dem Tag noch nie sehr wohlgesinnt. Ich gebe Morrison Anweisung, man möge mich unter keinen Umständen stören, und ziehe mich mit meiner scheinbaren Arbeit in diese Amtsstube zurück. Buchführung, erkläre ich ihm. Was übrigens keineswegs eine Lüge ist. Ich pflege eine alte Gewohnheit und führe Buch. Wie wir es damals alle taten. Jonathan Harker, Mina Harker, Van Helsing. Selbst Lucy schrieb lange Briefe in ihrer wunderschönen Handschrift, trotz ihrer greulichen Orthographie. Der Professor war allerdings rigide, was die Dokumente anbetraf. Geschichte schreiben immer nur die Sieger; Van Helsing hegte von Anfang an die Absicht, die Papiere mit Hilfe seines Freundes Stoker zu publizieren. Wie sein Rivale war er bestrebt, sich ein Denkmal zu setzen; ein Bericht über die erfolgreiche Behandlung eines wissenschaftlich verbürgten Falles von Vampirismus im ausgehenden neunzehnten Jahrhundert hätte seinem Ruf neuen Glanz verliehen. Doch wie die Dinge stehen, hat der Prinzgemahl für die Auslöschung unserer Geschichte nachdrücklich Sorge getragen: Mein Tagebuch wurde in Purfleet ein Raub der Flammen, und Van Helsing gilt als zweiter Judas.

Damals war er noch nicht der Prinzgemahl, sondern hieß Graf Dracula. Er geruhte, unsere kleine Familie mit seiner Aufmerksamkeit zu beehren; einen Streich über den anderen führte er gegen uns, bis wir zerschmettert und zerstreut am Boden lagen. Ich besitze ungeordnete Notizen, Zeitungsausschnitte und Erinnerungen, die ich hier, hinter Schloß und Riegel, aufbewahre. Es scheint mir dringend geboten, die ursprünglichen Aufzeichnungen zu rekonstruieren – zu meiner etwaigen Rechtfertigung. Dieser Arbeit will ich mich in meinen stillen Stunden widmen.

Wer wollte sagen, womit alles seinen Anfang nahm? Mit Draculas Tod? Seiner Auferstehung? Dem Ersinnen seiner ungeheuren Intrigen gegen Großbritannien? Mit Harkers schrecklichen Erlebnissen auf Schloß Dracula? Dem Wrack der *Demeter*, wie es in Whitby an Land gespült wurde, ein toter Mann mit einem Tau ans Steuerrad gebunden? Oder vielleicht mit dem ersten Blick des Grafen auf Lucys Gestalt? Miß Lucy Westenra. Westenra. Ein Name, wie er einzig ist in seiner Art: Er bedeutet ›Licht des Westens‹. Ja, Lucy. Was mich betrifft, so nahm damit alles seinen Anfang. Mit Lucy Westenra. Lucy. Am 24. Mai 1885. Ich kann es kaum fassen, daß der Jack Seward jenes Morgens, neunundzwanzig Jahre alt und soeben zum Leiter der Irrenanstalt von Purfleet ernannt, jemals existierte. Alles, was dem vorausging, erscheint mir nur mehr wie ein goldener Nebel, spärliche Fetzen der Erinnerung an Knabenabenteuer und medizinische Lehrbücher. Ich erfreute mich, wie man mir versicherte, einer überaus glänzenden Laufbahn: Ich forschte und studierte; ich reiste; ich hatte einflußreiche Freunde. Aber dann kam alles anders.

Ich bin fest überzeugt, daß ich mich erst *nach* meiner Abweisung eigentlich in Lucy verliebte. Ich war an jenem Punkt in meinem Leben angekommen, an dem ein Mann ernstlich erwägen sollte, eine eheliche Bindung einzugehen; unter all meinen Bekannten kam sie meinem Wunschbild am nächsten. Art stellte uns vor. Damals noch Arthur Holmwood, heute Lord Godalming Zunächst hielt ich sie für oberflächlich. Um nicht zu sagen, albern. Doch nach all den Tagen, die ich unter kreischenden Verrückten zugebracht hatte, empfand ich ihre schiere Albernheit als überaus anziehend. Die Irrungen und Wirrungen eines komplizierten Geistes – ich halte es immer noch für einen groben

Irrtum, Wahnsinnige als *einfache* Geister abzutun – brachten mich dazu, die Aussicht auf ein Mädchen, das mir so offen und unverstellt schien wie Lucy, als ideal zu erachten. An besagtem Tag wollte ich ihr meinen Antrag unterbreiten. Aus irgendeinem Grunde trug ich eine Lanzette in der Tasche, mit der ich während der gesamten Präliminarien spielte. Aber noch ehe ich meine sorgfältig vorbereitete Rede – darüber, wie teuer sie mir sei, obgleich ich sie so wenig kannte – zu Ende gebracht hatte, wußte ich, daß all mein Hoffen fruchtlos war. Sie begann zu kichern und suchte ihr verlegenes Amüsement hinter erzwungenen Tränen zu verbergen. Ich rang ihr das Geständnis ab, daß ihr Herz vergeben sei. Ich wußte sofort, daß Art mich ausgestochen hatte. Zwar nannte sie ihn nicht beim Namen, doch darüber bestand kein Zweifel. Später, bei Quincey Morris – es scheint unglaublich, doch auch er gehörte zu den Opfern unserer arglosen Lucy –, mußte ich den ganzen Abend lang Arts Geplapper über ihrer beider zukünftiges Glück ertragen. Der Texaner war ein freigebiger, hochanständiger Kerl. Er beglückwünschte Art und schlug ihm auf die Schulter. Töricht grinsend stürzte ich Glas um Glas von Quinceys Whisky hinunter und blieb dennoch nüchtern, während die lieben Freunde sich scherzend dem Zustand der Trunkenheit näherten. Lucy stahl sich unterdessen fort nach Whitby, um Mina eine angemessene Zeitlang ihre Schadenfreude spüren zu lassen. Sie hatte sich den späteren Lord Godalming geangelt, während ihre Freundin, die Schullehrerin, nichts Besseres hatte an Land ziehen können als einen kleinen Sachwalter aus Exeter.

Ich warf mich in die Arbeit, die klassische Heilmethode bei gebrochenem Herzen. Ich hoffte, mir mit Hilfe des armen Renfield einen Namen machen zu können. Meine Entdeckung der pathologischen Zoophagie sollte mich als einen aufstrebenden Wissenschaftler ausweisen. Leider ziehen wohlgesittete Damen bei Erwägung der Meriten zu gewärtigender Verlöbnisse unerklärlicherweise immer noch einen ererbten Titel und unverdienten Reichtum der Isolierung bislang ungekannter Spielarten geistiger Verwirrung vor. In jenem Sommer folgte ich der verqueren Logik von Renfields Manie, die ihn winzige Lebewesen sammeln ließ. Zunächst verfuhr er dabei nach dem wohlbekannten Kinderlied: verfütterte Fliegen an Spinnen, Spinnen an Vögel, Vögel an eine Katze. Er hegte die Absicht, von dieser akkumulierten Lebensenergie zu zehren, indem er die Katze verspeiste. Als sich dies als untunlich erwies, aß er alles Lebendige, was ihm in die Fänge geriet. Bei dem Versuch, Vogelfedern auszuspeien, wäre er beinahe erstickt. Meine Monographie nahm allmählich Gestalt an, als ich eine zweite, mit der Zoophagie vermischte Obsession bemerkte, nämlich eine fixe Idee hinsichtlich des verfallenen Gebäudes auf dem Grundstück, das unmittelbar an das der Anstalt grenzte. Wie heute wohl ein jeder der Vergnügungsreisenden weiß, die um eine Groschenführung anstehen, war Carfax das erste englische Domizil des Grafen. Es gelang Renfield mehrmals, zu entfliehen und zur Kapelle zu eilen, wo er etwas von der Ankunft seines Meisters, von Seelenrettung und der Verteilung guter Gaben faselte. Mit einiger Enttäuschung nahm ich an, daß er einem gänzlich ordinären religiösen Wahn verfiel, indem er das unbewohnte Haus von neuem mit seinem heiligen Zweck bekleidete. Zum erstenmal in diesem Fall saß ich einem fatalen Irrtum auf. Der Graf hatte den Wahnsinnigen in seine Gewalt gebracht und gebrauchte ihn als Werkzeug. Wäre Renfield nicht gewesen, hätte er nicht seine vermaledeiten Zähne in meine Hand geschlagen, wäre womöglich alles anders gekommen. Wie heißt es doch bei Franklin noch so schön: »In Ermangelung eines Nagels …«

In Whitby wurde Lucy krank. Wir wußten es damals zwar noch nicht, doch Art war seinerseits ausgestochen worden. In dieser Welt der Adelstitel ist ein walachischer Fürst von höherem Wert als ein englischer Lord. Der Graf, welcher soeben von der *Demeter* an Land gegangen war, faßte Lucy ins Visier und machte sie allmählich zum Vampir. Zweifellos waren dem flatterhaften Mädchen seine Avancen hochwillkommen. Nachdem man sie nach London verbracht und Art mich herbeigerufen hatte, sie zu untersuchen, stellte ich fest, daß ihr das Hymen zerrissen worden war. Ich hielt Art für ein Schwein reinsten Wassers, sich sein eheliches Recht auf diese Weise im voraus erkauft zu haben. Da ich mit dem späteren Lord Godalming die ganze Welt bereist hatte, hegte ich keinerlei Illusionen, was seine Achtung für die Unverletzlichkeit der Jungfernschaft betraf. Heute bin ich geneigt, Mitleid zu empfinden für den Art aus jenen Tagen, krank vor Sorge um sein unwürdiges Mädchen, ebenso wie ich zum Narren gehalten vom Licht des Westens, das sich bei Nacht der Bestie des Ostens hingab.

Es ist durchaus möglich, daß Lucy wahrhaftig glaubte, sie sei in Art verliebt. In diesem Fall war ihre Liebe jedoch, auch vor der Ankunft des Grafen schon, wohl äußerst oberflächlich. Unter den von Van Helsing zusammengetragenen Briefen findet sich auch Lucys an Mina – die alle orthographischen Fehler pflichtschuldig mit grüner Tinte korrigierte – gerichtete, überschwengliche Schilderung des Tages, an dem sie angeblich drei Heiratsanträge erhielt. Der dritte kam von Morris, der, wie ich vermute, schmatzend und ein Priemchen Tabak von einem Mundwinkel zum anderen schiebend, im Salon der Westenras saß, peinlich berührt nach einem Spucknapf Ausschau hielt und den Eindruck eines langgehörnten Idioten vermittelte. Lucy verwendet reichlich Worte, Mina zu beeindrukken, und indem sie die Vorkommnisse einer ganzen Woche in einem einzigen Tage zusammenfaßt, übertreibt sie doch beträchtlich, was den Ereignisreichtum ihres arbeitsfreien Lebens anbetrifft. In der Tat ist sie derart darauf bedacht, das Bravourstück der drei Anträge zu preisen, daß sie kaum Platz findet, allein in einem eiligen Postskriptum zu erwähnen, welchen ihrer Freier sie anzunehmen gedachte.

Lucys Symptome, die heute so vertraut uns scheinen, waren mir damals ein völliges Rätsel. Die perniziöse Anämie und die physischen Veränderungen, die mit ihrer Verwandlung einhergingen, deuteten auf ein Dutzend verschiedener Krankheiten hin. Die Wunden an ihrem

Hals wurden allerlei Dingen zugeschrieben, angefangen von einer Broschennadel bis hin zu einem Bienenstich. Ich schickte nach meinem alten Lehrer Van Helsing aus Amsterdam; er eilte nach England herüber und stellte eine Diagnose, die er uns jedoch verschwieg. Mit dieser Entscheidung richtete er großen Schaden an, wenngleich ich eingestehen muß, daß wir blödsinnigem Geschwätz über Vampire vor kaum drei Jahren wenig Glauben beigemessen hätten. Wie ich heute weiß, bestand sein gewichtigster Irrtum in einem altmodischen, ja beinahe alchimistischen Vertrauen in Volkssagen und Legenden, die ihn trieben, sich mit Knoblauchblüten, Hostien, Weihwasser und Kruzifixen zu umgeben. Hätte ich damals schon geahnt, daß es sich beim Vampirismus zuallererst um einen physischen und keinen spirituellen Zustand handelt, wäre Lucy vielleicht heute noch nicht-tot. Der Graf selbst teilte, und tut dies wahrscheinlich heute noch, viele der irrigen Ansichten des Professors.

Trotz aller Bemühungen Van Helsings, trotz aller Bluttransfusionen, trotz allen religiösen Brimboriums starb Lucy. Doch war sie nicht die einzige, die starb. Arts gottloser Vater erlag zu guter Letzt seinem Leiden, machte seinen Sohn zum Lord und hinterließ ihm jenen erstaunlich hohen Anteil seines Vermögens, der nicht seiner Verschwendungssucht anheimgefallen war. Lucys Mutter erlitt beim Anblick eines Wolfes in ihrem Schlafzimmer einen Schock und wurde von einem Herzschlag dahingerafft. Auch sie war bei der Abänderung ihres Testaments ein wenig voreilig zur Tat geschritten, so daß nun ihr gesamter Besitz in Arthurs Hände überging, was sich als ungemein peinlich hätte erweisen können, wäre er, aus Zorn über Lucys Verkehr mit dem Grafen, von der Verlobung zurückgetreten.

Ohne Zweifel war Lucy – wenigstens für kurze Zeit – wirklich tot. Van Helsing und ich bestätigten ihr Ableben. Heute jedoch muß ich, so sehr es mich auch schmerzt, die Möglichkeit einräumen, daß ihr Tod, der ihren Geist anscheinend noch ärger zugerichtet hat als die Verwandlung, weniger auf den Grafen als vielmehr auf Van Helsings Transfusionen zurückzuführen ist. Diese Prozedur ist für ihre Gefährlichkeit bekannt. ›The Lancet‹ brachte im vergangenen Jahr eine Reihe von Artikeln über das Blut, ein Thema, das beim Ärztestand in neuerer Zeit auf gewaltiges Interesse stößt. Ein junger Spezialist wirft darin die Frage auf, ob es nicht Unterkategorien des Blutes gebe, die eine herkömmliche Transfusion allein zwischen Angehörigen derselben Gruppe ermöglichen. Es ist durchaus denkbar, daß mein eigenes Blut das Gift war, das zu ihrem Tode führte. Andererseits gibt es in unserer Mitte viele, die sich Blut zuführen, ohne auch nur einen einzigen Gedanken an Unterkategorien zu verschwenden.

Wie dem auch sei – und die wiederholten Aufmerksamkeiten des Grafen werden schwerlich zu ihrem Wohlergehen beigetragen haben –, Lucy starb und wurde in der Familiengruft der Westenras auf dem Friedhof von Kingstead nahe Hampstead Heath beigesetzt. Dort erwachte sie in ihrem Sarg und feierte als Neugeborene ihre Auferstehung von den Toten, kam bei Nacht hervor wie ein Gespenst im Drury Lane und begab sich auf die Suche nach Kindern, um bei ihnen ihre neugefundenen Gelüste zu befriedigen. Wie Geneviève mir berichtete, ist es durchaus möglich, ohne eine Periode wirklichen Todes vom warmblütigen in den nicht-toten Zustand hinüberzuwechseln. In ihrem Fall ging die Verwandlung allem Anschein nach stufenweise vonstatten. Vlad Tepes wurde getötet, begraben und – wie es heißt – *enthauptet,* dennoch vermochte er sich selbst nach seinem Tod noch zu verwandeln. Seine Nachkommen pflegen zu sterben, bevor sie neu geboren werden, obgleich dies nicht in jedem Falle zutrifft. Art zum Beispiel ist meines Wissens nicht gestorben. Es ist durchaus möglich, daß der Tod eine wesentliche Rolle bei der Prägung des *Typus* eines künftigen Vampirs spielt. Verwandeln tun sie sich zwar alle, doch ist der Grad der Verwandlung nicht bei allen gleich. Die Lucy, die zurückkam aus dem Reich der Toten, war eine ganz andere als die Lucy, die von uns gegangen war.

Eine Woche nach Lucys Tod begaben wir uns bei Tageslicht zu ihrem Grab, um sie zu untersuchen. Sie sah aus, als ob sie schliefe; ich muß gestehen, daß sie mir schöner schien als je zuvor. Alle Plattheit war verschwunden; an ihrer Stelle stand eine gewisse Grausamkeit in den Gesichtszügen, die eine verstörende, nachgerade sinnliche Wirkung auf mich hatte. Später, an jenem Tag, der für ihre Vermählung bestimmt gewesen war, beobachteten wir aus sicherem Versteck, wie die Neugeborene in ihre Gruft zurückkehrte. Sie behelligte Art mit einigen Avancen und fügte ihm womöglich sogar leichte Bisse zu. Ich erinnere mich noch gut an das Rot ihrer Lippen und das Weiß ihrer Zähne, an ihren festen, schlanken Leib, in ein zartes Sterbehemd gehüllt. Wenn ich an Lucy denke, so denke ich an den Vampir, nicht an das warmblütige Mädchen. Sie war das erste Wesen dieser Art, das ich je gesehen habe. Merkmale, die heute ganz alltäglich sind – das Nebeneinander von scheinbarer Mattigkeit und Ausbrüchen von schlangenartiger Gewandtheit, die plötzliche Verlängerung der Zähne und Nägel, das charakteristische Fauchen des Roten Durstes –, waren überwältigend in ihrem Zusammenspiel. Bisweilen erblicke ich Lucy in Geneviève, mit ihrem findigen Lächeln und den spitzen Augenzähnen.

Am Morgen des 29. sperrten wir sie ein und machten ihr den Garaus. Wir fanden sie in jener todesgleichen Trance, welche die Neugeborenen bei Tageslicht befällt, Mund und Kinn mit Blut befleckt. Art schritt zur Tat und trieb ihr den Pflock ins Herz. Ich trennte ihr den Kopf ab. Van Helsing füllte ihr den Mund mit Knoblauch. Nachdem wir das obere Ende des Pflockes abgesägt hatten, verlöteten wir den bleiernen Innensarg und schraubten den hölzernen Deckel fest. Der Prinzgemahl hat ihre Gebeine exhumieren und in der Westminster-Abtei beisetzen lassen. Eine über ihrem Grab angebrachte Gedenktafel verurteilt Van Helsing als Mörder und nennt – was vermutlich Arthur zu verdanken ist – allein Quincey und Harker, die beide den sicheren Tod gefunden haben, als Verbündete. Ehe wir uns auf den Weg machten, sagte Van Helsing:

»So, meine Freunde, der erste Schritt unserer Arbeit ist getan, der Schritt, der uns am wehesten tat. Nun aber steht uns eine weit größere Aufgabe bevor: nämlich den Urheber von all diesem Leid ausfindig zu machen und ihn zu vernichten.«

14

Penny zeigt die Zähne

Er erwachte am frühen Nachmittag und ging hinunter, um sein Frühstück – *kedgeree* und Kaffee – einzunehmen und die Post zu studieren, die sein Diener Bairstow auf dem Tisch im Salon ausgebreitet hatte. Die einzige Sendung von Interesse war ein nicht unterschriebenes Telegramm, das aus nur drei Worten bestand: ›VERGESSEN SIE PIZER.‹ Was aller Voraussicht nach bedeutete, daß der Limehouse-Ring berechtigten Grund hatte, den kürzlich verhafteten Stiefelmacher im Falle Silver Knife als Täter auszuschließen. Der Diogenes Club hatte ihm per Boten Duplikate der Polizeiberichte und Vernehmungsprotokolle zukommen lassen. Beauregard überflog sämtliche Papiere, konnte jedoch nur wenig Neues entdecken.

Die ›Gazette‹ meldete ›die Ermordung und Verstümmelung einer Vampirfrau am gestrigen Tage nahe Gateshead‹ und wagte die Vorhersage, daß mit dieser neuerlichen Greueltat ›der Schrecken, welcher in London allmählich seinem Ende zuging, in der Provinz seine Auferstehung‹ feiern werde. Der Rest war heiße Luft – zwischen den Zeilen vermeinte Beauregard herauszulesen, daß die Neugeborene von ihrem Gatten vernichtet worden war, der sich ihrem Versuch widersetzt hatte, ihrer beider Kinder in Vampire zu verwandeln –, obgleich das Blatt zu der durchaus vernünftigen Feststellung gelangte, daß es entgegen allen Vermutungen, ›die blutgierige Bestie von Whitechapel‹ habe sich in den Norden aufgemacht, weitaus wahrscheinlicher sei, daß ›es sich bei dem Mord von Bitley nicht um eine Wiederholung, sondern eine Nachahmung der Bluthaten von Whitechapel handelt. Eine der unumgänglichen Folgen der Publicität besteht in der Verbreitung einer Epidemie. Eben so wie die Vermeldung eines Selbstmords oftmals zu einem zweiten Selbstmorde führt, so zieht die Herausgabe der Einzelheiten eines Mordes häufig deren Wiederholung in einem anderen Mordfalle nach sich. Das Lesen vom Bösen macht mitunter böse Thaten erst geschehen.‹ Wenn die Silver-Knife-Panik denn ihr Gutes hatte, so war es die endgültige Widerlegung des herrschenden Volksglaubens, daß ein Vampir nicht zu töten sei. Zwar mochte Silber schwer zu beschaffen sein, doch konnte jedermann ein Tischbein oder einen Spazierstock spitzen und ihn einem Neugeborenen ins Herz stoßen. Die Frau in Bitley war durch einen entzweigebrochenen Besenstiel umgekommen.

In allen Zeitungen fanden sich an anderer Stelle Kommentare, die dem jüngsten Erlaß des Prinzgemahls hinsichtlich ›widernatürlicher Verirrung‹ Unterstützung boten. Während der Rest der Welt sich mit Riesenschritten dem zwanzigsten Jahrhundert näherte, fiel Britannien in ein mittelalterliches Rechtssystem zurück. Zu Lebzeiten hatte Vlad Tepes gemeine Diebe mit derartiger Grausamkeit verfolgt, daß es dem Rufe nach wohl möglich war, seinen goldenen Trinkbecher unbesorgt am Dorfbrunnen zurückzulassen. Draculas zweite Leidenschaft galt derzeit dem Bemühen, den Eisenbahnverkehr den Fahrplänen gemäß zu regeln; die ›Times‹ meldete die Ernennung eines neugeborenen Amerikaners namens Jones zum Vorsitzenden einer Kommission zur umfassenden Verbesserung des Zugbetriebes. Der Prinzgemahl selbst verfügte über eine Privatlokomotive, den ›Fliegenden Karpater‹, und wurde von ›Punch‹ gerne mit übergroßer Mütze auf dem Kopf am Regulatorhebel stehend porträtiert, wie er die Pfeife tuten und den Kessel schnaufen ließ.

Es gab Gerüchte über vampirfeindliche Unruhen in Indien und die brutalen Methoden, derer sich Sir Francis Varney wider die Aufständischen bediente. Während der Prinzgemahl wie eh und je dem Pfahl den Vorzug gab, bestand Varneys liebste Hinrichtungsmethode darin, warmblütige wie nicht-tote Verbrecher in befeuerte Gruben zu werfen. Die einheimischen Vampire unter den Meuterern wurden vor die Mündung eines Artilleriegeschützes gebunden, und dann schoß man ihnen silberäderige Felssplitter durch die Brust.

Bei dem Gedanken an Indien hob er unwillkürlich den Blick von der Zeitung und sah zu der schwarzgerahmten Fotografie von Pamela auf dem Kaminsims hin. Sie stand lächelnd und mit ihrem weißen Musselinkleid angetan in der indischen Sonne, ihrer beider Kind unter dem Herzen; ein Augenblick, der Zeit entrissen.

»Miß Penelope«, meldete Bairstow.

Beauregard erhob sich und begrüßte seine Verlobte. Penelope rauschte in den Salon, hob den Hut von ihren Locken und schnippte sorgsam ein imaginäres Staubkorn vom Gefieder des ausgestopften Vogels, welcher auf der Krempe thronte. Sie trug ein enganschließendes Hemdblusenkleid mit Ballonärmeln.

»Charles, du hast ja noch deinen Schlafrock an, dabei ist es fast drei Uhr nachmittags.«

Sie gab ihm einen Kuß auf die Wange, nicht ohne ihn darauf hinzuweisen, daß sein Gesicht binnen der letzten Stunden wohl kaum Bekanntschaft mit einem Rasiermesser gemacht habe. Er schickte nach frischem Kaffee. Penelope nahm neben ihm Platz und legte ihren Hut feierlich auf die Zeitungen, die sie daraufhin gedankenverloren zu einem ordentlichen Stapel zusammenraffte. Der ausgestopfte Vogel wirkte ein wenig verschreckt angesichts der mißlichen Lage, in der er sich unvermittelt wiederfand.

»Ich weiß nicht einmal, ob es überhaupt schicklich von dir ist, mich in solch einem Aufzug zu empfangen«, sagte sie. »Schließlich sind wir noch nicht verheiratet.«

»Meine Liebe, du hast mir nicht allzuviel Zeit gelassen, mir Gedanken über Schicklichkeit zu machen.«

Sie schluckte, war jedoch bemüht, keine Miene zu verziehen. Bisweilen setzte sie alles daran, den Anschein vollkommener Ausdruckslosigkeit zu vermitteln.

»Wie war das Criterion?«

»Entzückend«, sagte sie; eine unverhohlene Lüge. Sie

zog die Mundwinkel herunter, und in einem Nu hatte sich das Churchwardsche Lächeln in einen bedrohlichen Flunsch verwandelt.

»Bist du mir etwa böse?«

»Ich glaube, ich habe allen Grund dazu, Herzliebster«, erwiderte sie mit trotzig vorgeschobener Unterlippe. »Der gestrige Abend war schon seit Wochen geplant. Du wußtest doch, wie wichtig er mir war.«

»Meine Pflichten …«

»Ich wollte dich unseren Freunden, der Gesellschaft vorführen. Statt dessen wurde ich gedemütigt.«

»Ich glaube kaum, daß Art oder Florence das zulassen würden.«

Bairstow kehrte zurück und stellte das Kaffeegeschirr – eine Kanne aus Keramik, nicht aus Silber – auf den Tisch. Penelope schenkte sich eine Tasse ein und gab Milch und Zucker hinzu, ohne ihre Kritik seines Benehmens auch nur einen Augenblick zu unterbrechen.

»Lord Godalming war reizend wie immer. Nein, die Demütigung, von der ich spreche, hat mir Kates grauenhafter Onkel angetan.«

»Diarmid Reed? Der Zeitungsschreiber?«

Penelope nickte heftig. »Dieser niederträchtige Schuft. Er besaß doch tatsächlich die Stirn – in aller Öffentlichkeit, wohlgemerkt –, anzudeuten, du seist in Begleitung mehrerer Polizisten in einem grausigen, schmutzigen, niederen Teil der Stadt gesehen worden.«

»Whitechapel?«

Sie nahm einen Schluck heißen Kaffees. »Ebendort. Wie absurd, wie gemein, wie –«

»Wahr, fürchte ich. Wenn mich nicht alles täuscht, habe ich Reed sogar gesehen. Ich muß ihn demnächst einmal fragen, ob er nicht vielleicht eine Idee hat.«

»Charles!« Ein winziger Muskel an Penelopes Hals begann zu zucken. Sie setzte ihre Tasse ab, hielt den Henkel jedoch fest umschlossen …

»Kein Grund zur Aufregung, Penelope. Ich habe mich im Auftrag des Diogenes Club nach Whitechapel begeben.«

»Ach, *die.*«

»So ist es, und ihre Geschäfte sind, wie du wohl weißt, ebenso die der Königin und ihrer Minister.«

»Ich bezweifle, daß der Sicherheit des Reiches oder dem Wohlergehen der Königin auch nur im mindesten gedient ist, wenn du mit den unteren Klassen umherstreunst und die Schauplätze sensationeller Abscheulichkeiten ausspionierst.«

»Ich darf mit niemandem über meine Arbeit sprechen, auch nicht mit dir. Das weißt du doch.«

»Allerdings.« Sie seufzte. »Charles, bitte verzeih. Aber ... nun ja, ich bin so stolz auf dich, und da dachte ich, es sei eine gute Gelegenheit, ein wenig mit dir zu prahlen, den Neidern einen Blick auf meinen Ring zu gönnen, damit sie ihre Schlüsse ziehen können.«

Ihr Zorn schmolz dahin, und sie wurde wieder zu dem törichten kleinen Mädchen, dem er den Hof gemacht hatte. Auch Pamela hatte dann und wann die Beherrschung verloren. Er entsann sich, daß sie einen regelrechten Lumpen von einem Corporal die Reitpeitsche hatte spüren lassen, weil er die Schwester des *bhisti* belästigt hatte. Ihr Zorn jedoch war anderer Natur gewesen: angespornt durch tatsächliches Unrecht, das einem ihrer Mitmenschen widerfuhr, und nicht durch eingebildete Ränke gegen sie selbst.

»Ich habe mit Art gesprochen.«

Beauregard bemerkte, daß Penelope etwas im Schilde führte. Er kannte die Symptome. Eines davon war ein unwohles Gefühl in seiner Magengrube.

»Es geht um Florence«, sagte sie, »Mrs. Stoker. Wir müssen die Verbindung zu ihr lösen.«

Beauregard war entsetzt. »Was redest du da? Sie mag hin und wieder ein wenig langweilig sein, aber sie meint es nur gut. Wir sind seit Jahren mit ihr bekannt.«

Er hatte Florence für Penelopes engste Vertraute gehalten. In der Tat hatte Mrs. Stoker sich als äußerst geschickt erwiesen, wenn es darum ging, Situationen herbeizuführen, bei denen das Paar ungestört allein sein konnte, so daß es womöglich zu einem Heiratsantrag kam. Und als Penelopes Mutter mit Fieber zu Bett lag, hatte sie darauf bestanden, sich ihrer anzunehmen.

»Um so wichtiger ist es, daß wir uns öffentlich von ihr distanzieren. Art meint –«

»Stammt die Idee von Godalming?«

»Nein, von mir«, erwiderte sie bedachtsam. »Zuweilen habe auch ich meine Ideen, wie du hoffentlich weißt. Art hat mir von Mr. Stokers Affären …«

»Armer Bram.«

»Armer Bram! Der Mann hat die Königin verraten, der du zu dienen vorgibst. Er wurde zu seinem eigenen Wohl in ein Arbeitslager gesteckt und kann jeden Tag hingerichtet werden.«

Soviel hatte Beauregard bereits vermutet. »Weiß Art, wo Bram festgehalten wird? Wie geht es ihm?«

Penelope wischte seine Frage unwillig beiseite. »Früher oder später wird auch Florence in Schwierigkeiten geraten. Und sei es wegen ihres Umgangs.«

»Ich kann mir Florence nur schwer als Aufständische vorstellen. Was könnte sie schon tun, Teegesellschaften für Scharen abscheulicher Vampirmetzler organisieren? Mit einfältigem Lächeln die Aufmerksamkeit von Staatsmännern auf sich lenken, während heimtückische Attentäter aus dem Gebüsch hervorkriechen?«

Penelope versuchte, eine geduldige Miene aufzusetzen. »Wir dürfen nicht mit den falschen Leuten gesehen werden, Charles. Wenn uns an unserer Zukunft liegt. Ich bin zwar nur eine Frau, aber so viel begreife selbst ich.«

»Woher dieser plötzliche Sinneswandel, Penelope?«

»Betrachtest du mich etwa als unfähig, einen ernsthaften Gedanken zu fassen?«

»Nein …«

»Pamela hast du jedenfalls nie für einen solchen Hohlkopf gehalten.«

»Aha …«

Sie drückte seine Hand. »Bitte verzeih. Das wollte ich nicht sagen. Pam hat damit nichts zu schaffen.«

Er blickte seine Verlobte an und fragte sich, wie gut er sie tatsächlich kannte. Die Zeit der Schürzenkleider und Matrosenhüte lag weit zurück.

»Und noch etwas sollten wir im Hinblick auf das Kommende bedenken. Charles, nach unserer Heirat müssen wir uns verwandeln.«

»Verwandeln?«

»Art wird das für uns besorgen, wenn wir ihn nur darum bitten. Eine gute Herkunft ist von allergrößter Wichtigkeit, und sein Blut ist das beste. Er ist von Ruthvens Geblüt und nicht von dem des Prinzgemahls. Art meint, das Blut des Prinzgemahls sei fürchterlich befleckt, Ruthvens hingegen engelsrein.«

In ihrem Gesicht erkannte Beauregard schon jetzt den Vampir, in den sie sich einst verwandeln würde. Als sie sich zu ihm hinneigte, schienen ihre Züge sich zu einer Schnauze auszustülpen. Sie hauchte einen blutvollen Kuß auf seine Lippen.

»Du bist nicht mehr der Jüngste. Und ich werde bald zwanzig. Wir haben die einmalige Gelegenheit, die Uhr anzuhalten.«

»Penelope, eine so wichtige Entscheidung darf man nicht allzu leichtfertig treffen.«

»Die Zukunft gehört den Vampiren, Charles. Und bei den Vampiren stehen die Neugeborenen nicht eben in hoher Gunst. Wenn wir uns jetzt nicht verwandeln, werden wir einer wahrhaften Legion erfahrener Nicht-Toter gegenüberstehen, die auf uns herabblicken wie die Karpater auf sie und die Neugeborenen auf die Warmblüter.«

»So einfach ist das nicht.«

»Unsinn. Art hat mir erklärt, wie es vonstatten geht. Es scheint mir ein bemerkenswert simpler Vorgang. Ein einfacher Austausch von Körpersäften. Der sich auch ohne unmittelbaren Kontakt vornehmen läßt. Man kann das Blut in Trinkgläser füllen. Betrachte es um meinetwillen als einen Toast auf unsere Vermählung.«

»Nein, es gibt noch andere Bedenken.«

»Nämlich ...?«

»Niemand weiß genug über die Verwandlung, Penelope. Hast du nicht bemerkt, wie viele Neugeborene aus der Art geschlagen sind? Etwas Tierisches befällt sie und formt sie nach seinem Vorbild.«

Penelope lachte verächtlich. »Das sind gewöhnliche Vampire. So gewöhnlich werden wir nicht sein.«

»Das liegt nicht allein an uns, Penelope.«

Sie ließ von ihm ab und erhob sich. Die Augen wollten ihr überquellen. »Charles, es bedeutet mir sehr viel.«

Darauf wußte er nichts zu sagen.

Sie lächelte, legte den Kopf schief und blickte ihn schmollend an. »Charles?«

»Ja.«

Sie schloß ihn in die Arme und drückte seinen Kopf an ihre Brust. »Bitte, Charles. Bitte, bitte, bitte …«

15

Das Haus in der Cleveland Street

»Genau wie zu Lebzeiten, was?« sagte von Klatka. Seine Wölfe zerrten an ihren Leinen. »Als wir gegen den Türk zu Felde zogen?«

Kostaki erinnerte sich noch gut an an die Schlachten, in denen er gekämpft hatte. Als Fürst Dracula, jener genialische Stratege, den Rückzug über die Donau antrat, um zu einem neuerlichen Schlag auszuholen, überließ er einige Soldaten – unter ihnen auch Kostaki – den Krummsäbeln des Sultans. Im Laufe jenes letzten Handgemenges biß ihm etwas Nicht-Totes die Gurgel durch und trank sein Blut, blutete aus seinen Wunden in Kostakis Mund. Er erwachte neugeboren unter einem Haufen walachischer Toter. Da ihn seine zahlreichen Leben jedoch nicht allzuviel gelehrt hatten, folgte Kostaki nun abermals den Fahnen des Pfählers.

»Das waren noch ordentliche Gefechte, mein Freund«, fuhr von Klatka mit loderndem Blick fort.

Sie waren mit ihrer Wagenladung zehn Fuß langer Pflöcke in der Osnaburgh Street angekommen. Das Holz hätte genügt, eine Arche zu bauen. Mackenzie vom Yard erwartete sie mit seinen uniformierten Constables. Der warmblütige Polizist stampfte mit den Füßen wegen der Kälte, die Kostaki schon seit Jahrhunderten nicht mehr verspürte. Vor lauter Ungeduld strömte ihm der Dampf aus Mund und Nase.

»Heil dir, Engländer«, sagte Kostaki und legte salutierend die Hand an seinen Fes.

»Schotte, wenn's beliebt«, erwiderte der Inspektor.

»Ich bitte um Vergebung.« Als moldauischer Überlebender der Wirren des Osmanischen Reiches, das nun

Österreich-Ungarn hieß, wußte Kostaki um die Bedeutung der Unterschiede zwischen kleineren Staaten.

In seiner Eigenschaft als Hauptmann der Karpatischen Garde war Kostaki gleichsam eine Kreuzung aus Verbindungsoffizier und Aufseher. Wenn er entsprechende Weisungen aus dem Palast erhielt, nahm er Interesse an polizeilichen Belangen. Die Königin und ihr Prinzgemahl bekümmerten sich sehr um Recht und Ordnung. Vergangene Woche erst war Kostaki in Whitechapel umhergewandert, auf den Spuren jenes schurkischen Barbaren, der als Silver Knife bekannt war. Nun half er bei der Razzia an einer berüchtigten Adresse.

Sie reihten sich links und rechts des Wagens auf; Makkenzies Männer, vorwiegend Neugeborene, und ein Detachement der Karpatischen Garde. Heute nacht würden sie beweisen, daß es sich bei den weithin verbreiteten Erlassen Draculas mitnichten um des Spaßes halber auf Pergament gebannte Grillen handelte.

Als Mackenzie ihm die Pranke schüttelte, enthielt sich Kostaki wohlweislich des eisernen Händedrucks eines *nosferatu*.

»Wir haben alle Ausgänge mit Beamten in Zivil besetzt«, erklärte der Inspektor, »das Haus ist also umstellt. Wir gehen durch die Vordertür hinein, durchsuchen es von oben bis unten und versammeln die Gefangenen auf der Straße. Den Vollziehungsbefehl habe ich bei mir.«

Kostaki nickte. »Kein schlechter Plan, Schotte.«

Wie so viele Bewohner dieses trostlosen Landes besaß Mackenzie keinen Funken von Humor. Ohne eine Miene zu verziehen, fuhr er fort: »Ich bezweifle, daß wir auf allzu großen Widerstand treffen werden. Diese Invertierten haben nicht den Schneid, sich gegen uns zu stellen. Der gemeine englische Wackelpopo ist für seine Mannhaftigkeit nicht eben berühmt.«

Von Klatka spuckte Blut in die Gosse und schnaubte: »Entarteter Abschaum!« Seine Wölfe Berserker und Albert gierten danach, ihre Zähne in ein saftiges Stück Fleisch zu schlagen.

»Wohl wahr«, pflichtete der Polizeibeamte bei. »Also bringen wir die Sache hinter uns.«

Sie gingen zu Fuß voran, der Wagen folgte. Der übrige Verkehr machte ihnen Platz. Sowie sie auftauchten, beeilten sich die Leute, die Straße zu räumen. Kostaki war voller Stolz. Der Ruf der Karpatischen Garde eilte ihnen voraus.

Noch vor wenigen Jahren war er nichts weiter gewesen als ein nicht-toter Zigeuner, der Europa alle Jahrhunderte durchstreifte, sich mästete, wann immer ihm Beute in die Fänge geriet, mit jedem Menschenalter in sein Schloß zurückkehrte, um es in noch kläglicherem Zustand vorzufinden, und auf alle Zeit verurteilt schien, als weitläufiger Abkömmling zu figurieren. Heute konnte er unbehelligt eine Londoner Hauptstraße hinuntergehen, ohne sich verstellen zu müssen. Und Fürst Dracula sei Dank wurde sein Roter Durst regelmäßig gestillt.

Sie marschierten in die Cleveland Street, und Mackenzie hielt Ausschau nach Haus Nummer 19. Das Gebäude unterschied sich kaum von den umstehenden, die respektable Familien und die Kanzleien alteingesessener Sachwalter beherbergten. Im Gegensatz zum East End war dies ein sauberer, hell erleuchteter Bezirk. Einen Moment lang stutzte Kostaki über die eigentümlich windschiefen Drahtgebilde auf den Dächern, die er aus den Augenwinkeln erblickte, verwarf den Gedanken daran jedoch sogleich wieder.

Von Klatka zog klirrend sein Schwert aus der Scheide. Kostakis Kamerad war ein unermüdlicher Kriegsmann, jederzeit zum Kampf bereit. Es war ein Wunder, daß er die Jahrhunderte, die seit seinem Tod vergangen waren, überdauert hatte. Mackenzie trat beiseite und ließ Kostaki zur Eingangstür marschieren. Der hob eine mit Stulphandschuh versehene Pranke und ergriff den Klopfer, der in seiner Faust entzweiging. Gorcha, der törichte Korporal, kicherte hinter seinem Schnurrbart, und Kostaki schleuderte das zerbrechliche Spielzeug in die Gosse. Mackenzie hielt den Atem an, der Dampf rings um ihn her zerstob. Kostaki ersuchte mit einem Blick um seine Billigung: Der

Polizist war mit diesen Leuten, dieser Stadt vertraut und verdiente es demnach, mit Respekt behandelt zu werden. Auf das Nicken des Inspektors ballte Kostaki die Hand zu einer mächtigen Faust, und seine Adern schwollen an. Die Nähte seines Handschuhs waren zum Platzen gespannt.

Er versetzte der farblosen Stelle, wo der Klopfer sich befunden hatte, einen Hieb, der glatt die Tür einschlug. Er zwängte sich zwischen den gesplitterten Bruchstücken hindurch und bahnte sich einen Weg in das Foyer. Mit einem Blick sondierte er die Lage. Der zwergenhafte junge Mann in Bediententracht bot keinerlei Bedrohung, doch der kahlhäuptige Neugeborene in Hemdsärmeln würde sich nicht kampflos ergeben. Gendarmen und Gardisten stürmten hinter ihm herein und drängten ihn vorwärts nach der Treppe.

Der Neugeborene hob die Fäuste, und von Klatka ließ Albert und Berserker auf ihn los. Die Wölfe faßten ihn am Schienbein, und als er zu schreien begann, schlug von Klatka mit dem Schwert zu. Das Haupt des Vampirs löste sich unter wutentbranntem Blinzeln von den Schultern und landete kopfüber zu Füßen des Bedienten. Mackenzie öffnete den Mund, um von Klatka einen Verweis zu erteilen, der unterdessen den kopflos schwankenden Leib ergriffen hatte und sich an der blutigen Fontäne labte wie an einem öffentlichen Brunnen. Kostaki gab dem Polizisten durch Gebärden zu verstehen, dies sei nicht der rechte Zeitpunkt für Meinungsverschiedenheiten.

»Grundgütiger«, sagte ein warmblütiger Constable angewidert.

Mit einem Aufschrei des Triumphes stieß von Klatka den ausblutenden Leichnam von sich. Er wischte sich das Rot aus den Augen. Die Wölfe fielen ein in sein Geheul.

»Blut von Neugeborenen ist ranzig«, sagte er.

Kostaki legte dem Bedienten eine schwere Hand auf die Schulter. Sein Rückgrat war verkrümmt, und er besaß das Antlitz eines Knaben.

»Du«, sagte Kostaki, »wie heißt du?«

»Or-Or-Orlando«, erwiderte die Kreatur, die – so erkannte Kostaki aus der Nähe – Puder und Schminke aufgetragen hatte.

»So geleite uns wohl, Orlando.«

Er haspelte. »Ja, hoher Herr.«

»Kluges Jungchen.«

Mackenzie zog ein Dokument hervor. »Ich habe hier einen Vollziehungsbefehl, der uns ermächtigt, dieses Haus auf den Verdacht hin zu durchsuchen, daß hier unsittliche und widernatürliche Handlungen vonstatten gehen, die von seinem Eigentümer, einem gewissen ... ähm«, er warf einen Blick auf das Papier, »Charles Hammond wissentlich und aus purer Gewinnsucht gebilligt werden.«

»Mr. Hammond weilt in Frankreich, Euer Gnaden«, sagte Orlando. Er rieb sich nervös die Hände und versuchte es mit einem einschmeichelnden Lächeln. Kostaki schmeckte die Furcht, die der Junge verströmte.

Brüllend wie ein Bär und wild mit dem Schwert umherfuchtelnd stürmte Gorcha in die Küche. Sie hörten Töpferzeug in Scherben gehen und kurz darauf ein schwaches Winseln.

»Was soll dieser Unsinn?« rief jemand oben von der Treppenruhe.

Kostaki sah hinauf und erblickte einen hageren, eleganten Neugeborenen mit pomadisiertem Haar, der einen blitzsauberen Gesellschaftsanzug trug. Neben ihm stand ein Knabe im besudelten Nachthemd. »Mylord«, sagte Orlando, »diese Herren ...«

Ohne den Bedienten eines Blickes zu würdigen, verkündete der Neugeborene: »Ich bin Unterstallmeister Seiner Hoheit Prinz Albert Viktor Christian Edward, dem Präsumptiverben des Throns. Sollten Sie Ihr unbefohlenes Eindringen nicht auf der Stelle rückgängig machen, wird das für Sie höchst unangenehme Folgen haben.«

»Sag ihm, wir haben einen Befehl«, bemerkte von Klatka.

»Mylord, ich bin Kostaki von der Karpatischen Garde, dem persönlichen Regiment Seiner Hoheit Vlad Dracula, auch bekannt als Tepes der Pfähler, dem Prinzgemahl der Königin Viktoria dieser unserer Inseln.«

Der Lord glotzte Kostaki mit großen Augen an; er war offenkundig entsetzt. Diese Engländer gerieten ein jedes Mal außer sich, wenn man sie auf frischer Tat ertappte. Sie glaubten, ihre bloße Stellung gewähre ihnen Schutz. Kostaki rief Gorcha von den Küchenmädchen fort und schickte ihn die Treppe hinauf, den Unterstallmeister und seinen Lustknaben nach unten zu schaffen.

»Alles durchsuchen«, befahl Mackenzie. Seine Constables erwachten aus ihrer Starre, stürmten die Stiege hinauf, platzten in jedes Zimmer. Unterdessen hallte das ganze Haus von Schreien und Protestgeheul. Die Wölfe hatten sich verlaufen, anderswo Unheil zu stiften.

Zwei nackte Knaben mit goldfarbigen Gesichtern kamen aus einem Hinterzimmer gelaufen. Lorbeer flog von ihrer Stirne. Von Klatka breitete die Arme aus und fing beide zugleich vom Boden. Sie zappelten wie Fische, und von Klatka lachte höhnisch über ihre sinnlosen Bemühungen.

»Hübsche Zwillinge«, sagte er. »Ich habe Zwillinge.«

Kostaki verließ das Foyer, um nachzusehen, wie die Arbeit auf der Straße voranging. Man hatte Steine aus dem Pflaster gebrochen, und nun wurden in aller Eile Löcher für die Pfähle ausgehoben. Einige der langen Pflöcke waren bereits in Stellung, die Verbrecher aufzunehmen. Auf der gegenüberliegenden Straßenseite hatte sich eine kleine Schar von Neugierigen versammelt, die nun wüst durcheinanderschwatzten. Er knurrte, und sie suchten eilig das Weite.

»Macht durstig, die Arbeit«, sagte einer der neugeborenen Handlanger, indem er seinen Pfahl in ein Loch rammte.

Schon wurden die Gefangenen vor dem Haus zusammengetrieben. Von Klatka hatte die Führung übernommen, ließ die Fläche seiner Klinge auf bloße Hinterteile klatschen und verspottete die Invertierten. Im ersten Stockwerk wurde ein Fenster geöffnet, und ein dicker Mann versuchte sich hinauszustürzen; seine bloßen Fettpolster wabbelten. Er wurde wieder ins Zimmer gezogen.

»Du!« rief der Unterstallmeister, wobei er mit dem Finger auf ihn deutete. »Du wirst mir diese Schandtat büßen.«

Von Klatka hieb hinterrücks nach den Beinen des Unterstallmeisters und traf ihn unmittelbar über den Kniekehlen. Die versilberte Klinge drang tief ein; Knochen krachten. Der Neugeborene fiel auf die Knie wie zum Gebet. Als ihn der Schmerz ereilte, suchte er die Gestalt zu wechseln. Das Gesicht stülpte sich aus zu einer haarlosen Schnauze; die Ohren glitten nach hinten und erweiterten sich ganz wie bei einem Wolf. Seine Hemdbrust platzte, und die Knöpfe sprangen ab, während die Rippen sich neu fügten. Die Arme wurden zu krallenbewehrten Vorderfüßen, doch seiner verletzten Knie wegen ging unterhalb der Taille kaum eine Veränderung vonstatten. Das glatte Haar an seinem hundsförmigen Schädel richtete sich auf und entblößte die rosige Kopfhaut. Der Unterstallmeister riß seinen zahnlückigen Schlund auf und heulte.

»Pfählt ihn, von Klatka.«

Gorcha und von Klatka ergriffen je einen Vorderfuß und hievten den Unterstallmeister auf ihre Schultern. Seine Beine baumelten, und seine Hosen waren blutgetränkt. Er gewann seine ursprüngliche Gestalt zurück. Die Karpater setzten Seine Herrlichkeit auf die erstbeste Spitze, und er sank mit dem Unterleib voran auf sie hinunter. Seine Hosennähte platzten auf, als die Pike in ihn drang, und ein Schwall von heißem Blut und Scheiße spritzte an dem hölzernen Pfahl hinab, während sein eigenes Gewicht ihn spießte. Da der Pflock nicht allzu tief in der Erde stak, begann er zu wanken und drohte beinahe umzustürzen. Gorcha und von Klatka hielten den Pfahl aufrecht, und ein Arbeiter stapelte Pflastersteine in das Loch, bis er für sich alleine stehen konnte.

Sie ließen Gnade walten. War das Pfahlende gerundet statt gespitzt, konnte es leicht eine Woche dauern, bis der Tod eintrat, wurden die Organe des Opfers nicht durchbohrt, sondern beiseite geschoben. Der Unterstallmeister jedoch würde sterben, sowie die Spitze in sein Herz drang.

Kostaki blickte sich um. Mackenzie stand gegen eine Wand gestützt und erbrach seine letzte Mahlzeit. Vor vielen Jahren war es ihm ebenso ergangen, als er zum erstenmal hatte mitansehen müssen, wie Fürst Dracula mit seinen Widersachern auf jene Art und Weise verfuhr, die ihm seinen Beinamen eingetragen hatte.

Als die versammelten Urninge sahen, wie dem Unterstallmeister geschah, gerieten sie in Panik. Sie mußten mit Schwertern gebändigt werden. Hie und da entkam ein Knabe, indem er unter den Armen der Karpater hindurchschlüpfte. Es war Kostaki einerlei, ob einige wenige sich in alle Winde zerstreuten. Der Zweck dieser Razzia war es, die Besucher des Hauses Cleveland Street Nummer 19 zu ergreifen, und nicht die Unglücksraben, die dort in den Dienst gezwungen wurden. Ein mit den Überresten kirchlicher Gewänder angetaner Mann lag auf den Knien und betete laut – ein christlicher Märtyrer. Ein grellgeschminkter Knabe stand stolz mit verschränkten Armen, seine vergoldete Nacktheit wie kaiserliche Kleider, und suchte seine Verfolger durch Anstarren aus der Fassung zu bringen.

»Um Himmels willen«, sagte ein vornehmer Passant zu seiner neugeborenen Gemahlin, »der Mann ist Mitglied meines Clubs.«

Mackenzie war indessen außer sich, ohrfeigte die Invertierten, beschimpfte sie grob auf schottisch. Ein schnurrbärtiger Mann im roten Waffenrock eines ranghohen Offiziers drückte Mackenzie eine Pistole in die Hand und bat darum, ordentlich erschossen zu werden, wie es sein gutes Recht sei. Der Polizist entleerte die Waffe in die Luft, warf sie fort und spuckte hinterdrein.

Drei neugeborene Knaben drängten sich zusammen, denn sie zitterten in ihrem Damennachtzeug, und sogen die kalte Luft durch zierliche Fangzähne. Mit ihren bartlosen Gesichtern und weibischen Leibern gemahnten sie Kostaki an Fürst Draculas Konkubinen.

Erst als Mackenzie sich wieder in der Gewalt hatte, begann er, seine Beute gründlich zu inspizieren. Er legte den Gefangenen ihre Todesurteile vor; sie waren bereits unterzeichnet, nur die Namen waren noch nicht eingetragen. Diese Angelegenheit mußte streng nach dem Gesetz gehandhabt werden.

»Hoher Herr«, schmeichelte ein Stimmchen. Es war Orlando. »Herr, wenn Ihr mir die Bemerkung gestattet, einer ist Eurer Justiz entschlüpft. Eine wichtige Persönlichkeit findet in einer geheimen Kammer dieses Hauses sein unreines Vergnügen an zwei armen Burschen, die er von der Straße fortgestohlen hat.«

Kostaki blickte auf den buckligen Bedienten hinab. Unter dem Puder war seine Haut mit Pockennarben übersät.

»Sollten wir zu einem gütlichen Ausgleich gelangen, Herr, sähe ich mich womöglich in der Lage, Euch, Herr, bei der Erfüllung Eurer, wenn ich so sagen darf, heiligen Pflicht gegenüber Seiner hochwohllöblichen Hoheit dem Prinzgemahl zu dienen, Gott segne ihn und behüte ihn in seinem Palast, Herr.«

Die Adern am Hals des warmblütigen jungen Mannes strotzten vor Blut. Kostaki hatte seine Gelüste heute nacht noch nicht gestillt. Er packte Orlando bei der Kehle und drückte mit dem Daumen zu.

»Heraus damit, du Wurm!«

Er lockerte seinen Griff, damit das Männlein sprechen konnte.

»Hinter der Treppe, hoher Herr, befindet sich eine Geheimtür. Und ich bin der einzige, der um dieses Geheimnis weiß.«

Kostaki ließ ihn los und stieß ihn quer über die Straße hin.

»Herr, der, den ich meine, ist von übermenschlicher Kraft, hoher Herr, und ich glaube, selbst Ihr wäret alleine nicht imstande, ihn zu überwältigen.«

Kostaki detachierte Gorcha und einen gedrungenen neugeborenen Polizei-Sergeant von dem Pfählungspeloton. Schon wurden die nächsten Invertierten auf Pflöcke gehievt. Ihre Todesschreie gellten durch die ganze Stadt. Im Buckingham-Palast erhob Fürst Dracula gewiß einen Becher Jungfrauenweins auf die Durchsetzung seines Edikts.

Orlando eilte ihnen bei der Suche nach seiner Geheimtür voran wie eine Ratte. Kostaki kannte diese Sorte nur zu gut: Unter den Warmblütern gab es viele, die überaus begierig waren, den Nicht-Toten zu dienen, ebenso wie es Walachen gegeben hatte, die dem Türken dienten.

»Bedenket, Herr, daß ich Euch das Geheimnis aus freien Stücken anvertraut habe.«

Orlando zog an einem Hebel, und ein Teil des Paneels sprang aus der Wand hervor. Der kupferige Geruch von Blut wehte sie aus der Öffnung an, versetzt mit Weihrauch und Parfüm. Kostaki trat als erster durch die Tür. Der Raum, in den er nun gelangte, war verziert wie eine Gartenlaube; die Wände zierten gemalte Bäume, kreppenes Laub hing von der Deckentäfelung, und trockene Blätter lagen überall verstreut. Hie und da bedeckten die zu Brei zerquetschten Überreste eines Korbes voller Früchte den gefirnißten Dielenboden. Neben der Tür lag in sich verkrümmt ein toter Knabe: Sein nackter Leib war mit klaffenden, ausgefransten Wunden übersät, sein Gesicht tiefblau verfärbt. Es war wohl möglich, daß er sich verwandelte, doch glaubte Kostaki, er sei wahrscheinlich zu sehr verstümmelt, um noch als Vampir zu taugen.

»Hier, hoher Herr, sehet die brünstige Bestie, wie sie ihren widerwärtigen Gelüsten frönt!«

In der Mitte des Raumes, umringt von orientalischen Kissen, tummelte sich ein reptilienhaftes Wesen, das zwei Leiber zu besitzen schien. Unter einem sich windenden Vampir kauerte ein winselnder Knabe mit blutverschmiertem Rücken. Die wichtige Persönlichkeit nahm den Jungen, wie ein Mann eine Frau besitzt, während sie sich an großen Güssen Blutes labte, die aus den offenen Adern ihres Opfers hervorströmten. Es war Graf Vardalek, und sein Rückgrat war noch mal so lang wie sonst. Schlangenzähne sprossen aus der unteren Hälfte seines Gesichts. Kinn und

Lippen waren gesprenkelt, und seine Fangzähne brachen durch das Fleisch. Seine grüngelben Augen waren verschwommen, die Pupillen auf die Größe eines Stecknadelkopfes geschrumpft.

Der Graf sah auf und spuckte Gift.

»Seht Ihr, Herr«, sagte Orlando grinsend, »wahrlich, eine überaus wichtige Persönlichkeit, hoher Herr.«

»Kostaki«, herrschte Vardalek ihn an, »was hat diese verfluchte Störung zu bedeuten?«

Seine Bewegungen glichen noch immer denen eines Reptils, sein Körper klatschte gegen den des Knaben wie der einer Schlange. Seine Flanken waren bedeckt mit zarten Schuppen, die das Licht buntschillernd reflektierten.

»Hauptmann Kostaki«, sagte Gorcha, der mit seiner schweren Muskete Achtung gab, »was sollen wir tun?«

»Hinaus, ihr Narren«, brüllte Vardalek.

Kostaki faßte einen Entschluß. »Wir können keine Ausnahme machen.«

Vardalek schnappte geifernd nach Luft. Er ließ von dem erschöpften Knaben ab, stand auf und raffte einen wattierten Mantel um sich; sein Rückgrat gewann an Festigkeit, während er auf seine eigentliche Größe zusammenschrumpfte. Rasch fand sein Gesicht zu menschlicher Gestalt zurück. Mit spitzen Fingern setzte er sich die goldfarbige Perücke auf den schweißglänzenden Schädel.

»Kostaki, wir sind doch beide ...«

Kostaki wandte sich von seinem Kameraden fort und befahl: »Schafft ihn hinaus zu den anderen.«

Von Klatka machte große Augen, als er sah, daß man den Grafen zum Pfahl hinausführte.

Kostaki blickte gen Himmel. In den Bergen seiner Heimat war er die hellen Punkte der Sterne gewohnt. Hier beraubten ihn Gaslicht, Nebel und mächtige Regenwolken der tausend Augen der Nacht.

Gorcha und der Sergeant mußten Vardalek stützen. Kostaki und von Klatka bauten sich vor dem Gefangenen auf. Dieser lächelte, doch verrieten seine Augen nackte Furcht. Er war nicht dumm. Sein langes Leben war vorüber. Für Graf Vardalek war es mit gazellenschlanken Jünglingen ein für allemal vorbei.

»Uns bleibt keine andere Wahl«, erklärte Kostaki. »Vardalek, Sie kennen Fürst Dracula. Wenn wir Sie verschonen, werden wir gepfählt.«

»Kameraden, dies geht gegen jegliche Vernunft.«

Von Klatka trat von einem Fuß auf den anderen wie ein warmblütiger Narr. Er wollte einschreiten, doch er wußte, daß Kostaki recht hatte. Der Fürst war stolz auf seinen Ruf, hart, aber gerecht zu sein. Sein Regiment mußte seinen Geboten noch strenger gehorchen als irgend jemand sonst.

»Auf ein paar Knaben mehr oder weniger kommt es doch nicht an«, sagte Vardalek.

»Herr, hoher Herr ...«

Kostaki hob die Hand. Ein Gardist ergriff Orlando und brachte ihn zum Schweigen.

»Ich bedaure dies zutiefst«, erklärte er.

Vardalek zuckte mit den Achseln, in dem Bemühen, seine Würde zu bewahren. Kostaki kannte den Vampir seit dem 17. Jahrhundert. Er hatte den herablassenden Ungarn zwar nie recht leiden mögen, achtete ihn jedoch als einen beharrlichen und tapferen Mann. Daß Vardalek Knaben bevorzugte, schien ihm nicht weiter bemerkenswert, aber Fürst Dracula hegte nun einmal sonderbare Vorurteile.

»Eines sollen Sie wissen«, sagte der Graf. »Diese verhurte Älteste neulich nachts, diese Ausgeburt Dieudonné: Die Angelegenheit zwischen ihr und mir ist noch nicht bereinigt. Ich habe Schritte unternommen, die Rechnung auszugleichen.«

»Das war nicht anders zu erwarten.«

»Ich habe ihre Vernichtung angeordnet.«

Kostaki nickte. Soviel gebot die Ehre.

»Hoher Herr«, winselte Orlando, »wo ich doch nun der Justiz des Prinzgemahls gedient habe, darf ich ...«

»Ihr Pfahl wird spitz sein, Vardalek«, versprach er. »Und er wird auf Ihr Herz gerichtet sein. Ein rascher Tod.«

»Danke, Hauptmann Kostaki.«

»Und auf einen kurzen Pfahl, so daß Sie auf ihn herabblicken können, werde ich jenen warmblütigen Wurm spießen lassen, der Sie verraten hat.«

»Hoher Herr«, kreischte Orlando, der seinen Mund aus der Hand des Gardisten befreit hatte. »Bitte, ich, Herr, ich …«

Kostaki wandte sich zu dem Männlein um und blickte es voller Abscheu an. Orlandos Gesicht war eine tränenüberströmte Fratze der Angst.

»Und der Pfahl, der seine Gedärme spießt, wird stumpf sein.«

16

Am Wendepunkt

27. SEPTEMBER

Auf meine Lucy folgte Mina. Sowie dem Grafen Dracula sein erster Sproß genommen war, richtete er alle Aufmerksamkeit auf die Gemahlin seines Sachwalters. Ich bin der festen Überzeugung, daß er Mrs. Harker bereits ins Visier genommen hatte, als er noch Lucy seine Aufwartungen machte. Die beiden Frauen weilten gemeinsam in Whitby, als er an Land ging. Er betrachtete sie wie ein Schmauser zwei fette Pasteten. Ich habe versucht, jene Aufzeichnungen zu rekonstruieren, die in Purfleet den Flammen zum Opfer fielen, und muß mich nun zu guter Letzt dem Tagebucheintrag zuwenden, den vorzunehmen mir verwehrt war. In der Nacht des 2. Oktober 1885 wurde ein großer Fels in den Teich gestoßen; heute leben wir mit der Woge, die dieser Fels verursacht hat – allein, sie ist zur Flutwelle herangewachsen.

Während Van Helsing unserer kleinen Versammlung einen Vortrag über die Gewohnheiten des gemeinen Vampirs hielt, bestrebte sich der Graf, Mina Harker zu verführen. Wie vor ihr Lucy hatte er sie auserkoren, zweierlei Zwecken zu dienen: seinen Durst zu stillen und zu seinem neuen Sproß zu werden. Seine Sendung war von Beginn an eine missionarische gewesen; er war begierig, so viele wie nur möglich zu verwandeln, Soldaten für sein Heer zu rekrutieren. Wir machten die Irrenanstalt zu unserer Festung und verrammelten uns hinter dicken Mauern und Eisenstäben, als könnten diese den Vampir fernhalten. Überdies nahmen wir Mina und ihren Gatten bei uns auf. Van Helsing wußte wohl, daß der Graf die Frau verfolgen würde, und holte all den religiösen Klimbim wieder hervor, der uns schon in Lucys Fall von so geringem Nutzen gewesen war.

Einen ersten Hinweis auf das Eindringen des Grafen erhielt ich, als ein Wärter herbeigeeilt kam und mir berichtete, daß Renfield wohl von einem Unfall betroffen worden sei. Ich stürzte in sein Zimmer und fand den Irren auf der linken Seite in einer glitzernden Blutlache liegend. Als ich ihn herumdrehen wollte, bemerkte ich, daß er schreckliche Verletzungen erlitten hatte; es herrschte keinerlei Harmonie mehr zwischen den einzelnen Körperteilen, wie sie selbst bei lethargischem Geisteszustand noch festzustellen ist. In Schlafrock und Pantoffeln versuchte Van Helsing, dem Patienten das Leben zu retten, doch es war hoffnungslos. Von seinem Herrn und Meister verraten, tobte und schäumte er. Quincey und Art kamen herbei, ihn ruhigzustellen. Während Van Helsing eine Trepanation vorbereitete, versuchte ich ihm einen Schuß Morphiums zu injizieren. Renfield schlug die Zähne tief in meine Hand. Nach all den Monaten, die er damit zugebracht hatte, Vögeln die Köpfe abzubeißen, waren seine Kiefer kräftig. Hätte ich sie damals sogleich behandelt, wäre meine Hand heute womöglich noch zu gebrauchen. Aber es war eine ereignisreiche Nacht, und als die Sonne aufging, hatte ich Purfleet verlassen, kaum gesünder, fürchte ich, als der arme tote Renfield.

Haspelnd berichtete er uns von dem Versuch, sich von seinem Herrn und Meister loszusagen. Er hatte sich wohl ein wenig in Mrs. Harker verliebt, und der Zorn ob ihrer Behandlung durch den Grafen machte seine Loyalität an den Vampir zunichte. Es lag eine Spur Eifersucht in seinem Widerstand, würde ich meinen, als neide er Dracula die Fähigkeit, Mina langsam das Leben auszusaugen. Sein Zustand wechselte zwischen manischer Raserei und erstaunlicher Gefälligkeit. Wie ich ihn Art und Quincey zeigte, entsann er sich sogleich, daß er Godalmings Vater für den Windham vorgeschlagen hatte, und benutzte die Gelegenheit, Quincey von den Schönheiten des Staates Texas zu berichten, doch wußte er von Harker nur Abschätziges zu sagen und war zudem von Eifersucht auf den Sachwalter nachgerade besessen. Uns allen – auch dem vermeintlich fachkundigen Van Helsing – zuvorkommend, stellte Renfield eine Diagnose über Minas Zustand. »Sie war nicht mehr sie selbst«, sagte er. »Sie kam mir vor wie Tee, den man verwässert hat. Ich mache mir nichts aus den Anämischen; ich mag sie mit viel Blut in den Adern, und das ihre schien zur Gänze ausgelaufen ... Er hatte ihr das Leben ausgesaugt.«

Am frühen Abend hatte Renfield vom Grafen, offenbar in entmaterialisierter, dunstähnlicher Gestalt, Besuch erhalten. Der Sklave hatte seinen Meister zu erdrosseln versucht und war mit unglaublicher Wucht gegen die Wand geschmettert worden. »Das Schlimmste wissen wir jetzt«, sagte Van Helsing. »Er ist hier, und wir kennen seine Absicht. Vielleicht ist es noch nicht zu spät.« Da wir ein wichtigeres Leben als das Renfields zu retten hatten – eine Ansicht, die vom Patienten selbst bekräftigt wurde –, verwarf Van Helsing sein Vorhaben, zu operieren. Er bat uns, dieselben Waffen aufzunehmen, derer wir uns bereits gegen Lucy bedient hatten. Unsere kleine Versammlung schlich den Flurgang hinunter nach dem Schlafzimmer der Harkers, gerade so wie die Gefolgsleute des gehörnten Ehemannes in einer französischen Farce. »O weh, o weh, daß die liebe Madame Mina nun auch noch leiden muß«, klagte Van Helsing, während er sein Kruzifix wie einen heidnischen Fetisch von einer Hand zur anderen wandern ließ. Er wußte wohl, daß es ungleich schwerer werden würde, einem Ältesten bei Nacht gegenüberzutreten, wenn seine Kräfte ihren Höhepunkt erreichten, als eine geistesschwache Neugeborene bei Tage zu vernichten.

Vor der Tür der Harkers machten wir halt. Quincey sagte: »Sollen wir sie wirklich stören?« Jenen Quincey Morris, den ich von unserer Korea-Expedition her kannte, hätte nicht der geringste Skrupel angewandelt, in finsterer Nacht ins Zimmer einer jungen Dame zu platzen, wenngleich er wohl gezögert hätte, wäre er, wie jetzt, gewiß gewesen, daß der Gatte ebenjener Dame bei ihr sich befand. Die Tür war regelrecht verschlossen, und so stemmten wir alle unsere Schultern dagegen. Mit lautem Krachen flog sie auf, und wir stürzten beinahe kopfüber ins Zimmer. Der Professor schlug zu Boden, und ich schaute über ihn hinweg, während er sich auf Hände und Knie erhob. Der Anblick, welcher sich mir bot, ließ mich erstarren. Ich spürte, wie sich meine Nackenhaare sträubten.

Der Mond schien so hell, daß selbst durch den dicken gelben Vorhang noch ausreichend Licht ins Zimmer fiel. Auf dem Bett neben dem Fenster lag Jonathan Harker; sein Gesicht war gerötet, und sein Atem ging schwer. Auf der Vorderkante des zweiten Bettes kniete seine Frau. Neben ihr stand ein großer, hagerer Mann, in Schwarz gekleidet. Sein Gesicht war von uns fortgewandt, doch im selben Augenblick, da wir ihn sahen, erkannten wir den Grafen. Mit der Linken hatte er Mrs. Harkers Hände umfaßt und hielt sie mit ausgestrecktem Arm weit von sich; seine Rechte umgriff ihren Nacken und drückte sie mit dem Gesicht an seine Brust. Ihr weißes Nachtzeug war blutbefleckt, und ein schmales Rinnsal lief die nackte Brust des Mannes hinab, die unter seinem aufgeplatzten Hemd zum Vorschein kam. Minas Haltung gemahnte in grauenvoller Weise an die eines Kätzchens, dem ein Kind die Nase in die Milchschale stößt, um es zum Trinken zu zwingen.

Sowie wir ins Zimmer stürzten, wandte der Graf den Kopf, und ein diabolischer Ausdruck schien sich seiner zu bemächtigen. Mit einem heftigen Stoß warf er sein Opfer wie aus großer Höhe auf das Bett zurück, drehte sich um und sprang auf uns los. Unterdessen hatte sich der Professor aufgerafft und reckte ihm eine seiner Hostien entgegen. Der Graf hielt jäh inne, ebenso wie Lucy vor der Gruft. Immer und immer weiter wich er von uns, die wir mit hocherhobenen Kruzifixen auf ihn eindrangen. Auf solch rechtschaffene Christenmenschen, wie wir es waren, wäre John Jago wahrlich stolz gewesen. Wir hatten den Vampir in die Enge getrieben und hätten ihm womöglich den Garaus machen oder ihn in die Flucht schlagen können, wären wir nicht ins Schwanken geraten. Vor mir befand sich der Beweis, daß

Dracula Van Helsings Vertrauen in die zerstörerische Kraft religiöser Symbole teilte, doch mein eigener Glaube schwand dahin. Lieber hätte ich eine Pistole in der Hand gehalten oder Quinceys Bowie-Messer oder gar eines meiner inzwischen versilberten Skalpelle. Dem Grafen mit billigem Kirchenschmuck und einer bröckligen Oblate gegenüberzutreten, erschien mir damals, und tut es auch heute noch, wie pure Narretei. Als sich mein Zweifel regte, ließ ich das Kruzifix zu Boden fallen. Und als eine mächtige schwarze Wolke den Mond verdunkelte, vernahm ich schreckliches Gelächter. Quincey entzündete das Gas mit einem Streichholz, und das Licht flammte auf. Nun, da alle Schatten gebannt waren, stand der Graf vor uns, und Blut sickerte aus der Wunde in seiner Brust. Ich hatte erwartet, Dracula das Blut von Mrs. Harker trinken zu sehen, nicht *vice versa*.

»Was sagt man dazu?« sprach der Graf, wobei er sich gelassen das Hemd knöpfte und die Halsbinde zurechtzog. »Dr. Seward, wenn mich nicht alles täuscht. Und Lord Godalming. Mr. Morris aus Texas. Und Van Helsing. Natürlich, Van Helsing. Professor, nicht wahr, oder Doktor? Das scheint niemand recht zu wissen.«

Ich war erstaunt, daß er uns mit Namen ansprach, wenngleich er selbstverständlich viele Quellen kannte, Erkundigung über uns einzuziehen: Harker, Renfield, Lucy, Mina. Ich hatte erwartet, seiner Stimme eigne das mit schwerem Akzent beladene Krächzen eines Attila, welcher im Englischen nicht sehr gewandt ist. Statt dessen sprach er in kultivierter, wohlgewählter Manier. In der Tat überstieg seine Herrschaft über unsere Sprache bei weitem die eines Abraham Van Helsing oder Quincey P. Morris, um nur zwei zu nennen.

»Ihr glaubt mich überlisten zu können, ihr mit euren bleichen Gesichtern, aufgereiht wie Schafe beim Schlächter. Das sollt ihr noch bereuen, jeder einzelne von euch. Eure geliebten Frauen gehören mir schon jetzt; und durch sie und andere sollt auch ihr mir gehören. Als meine Kreaturen, die meinen Geboten folgen und mir zu Helfershelfern werden, wenn ich Nahrung suche.«

Mit wütendem Gebrüll stieß Van Helsing dem Grafen seine Hostie entgegen, doch mit unglaublicher Gewandtheit tat Dracula einen Schritt beiseite, so daß der Professor ein zweites Mal hinschlug. Wieder lachte der Graf, ein grausiges Glucksen, das tief aus seiner Kehle drang. Ich stand starr vor Schreck, und mein Herz pochte wie mit Skorpionen übersät. Auch Art regte sich nicht. Allein unserer Tatenlosigkeit haben wir es zu verdanken, daß wir drei Jahre später beide – gewissermaßen – noch am Leben sind.

Quincey, der wie eh und je die Tat vor den Gedanken setzte, stürzte sich auf Dracula und stach ihn ins Herz. Ich hörte das Bowie-Messer darin versinken, als dringe es in Kork. Wie der Graf rückwärts gegen die Wand taumelte, stieß Quincey des Sieges gewiß ein lautes Juchhei hervor. Doch die Klinge war aus einfachem Stahl, weder aus Holz, das ihm das Herz durchbohren konnte, noch aus Silber, welches ihn vergiftet hätte. Der Vampir nahm das Messer aus seiner Brust, als zöge er es aus einer Scheide. Der Hieb verblieb in seinem Hemd, schloß sich jedoch sogleich im Fleische. Quincey sprach: »Da scheißt doch glatt der wilde Esel im Galopp«, als ihm Dracula zu Leibe rückte. Der Graf gab Quincey sein Messer zurück; er stieß es ihm am Adamsapfel in die Kehle und sog flüchtig an der Wunde, die daraufhin ausfloß.

Unser tapferer Freund war tot.

Dann hob der Graf den ohnmächtigen Harker auf, als sei er leicht wie eine Feder. Mina stand an seiner Seite, ihre Augen glasig, wie mit Arznei nachgerade überfüllt, Kinn und Busen blutbefleckt. Dracula küßte die Stirne des Sachwalters und hinterließ ein blutiges Mal.

»Er war mein Gast«, erklärte er, »aber er hat meine Gastfreiheit mißbraucht.«

Er blickte auf Mina, als stünde er mit ihrem Geiste im Verkehr. Sie fauchte ihn an, ebenso erschreckend wie die neugeborene Lucy, und erteilte seinem Vorhaben ihren unheiligen Segen. Sie verwandelte sich schnell. Mit einem jähen Knacken brach er Harker das Genick, das in seinen mächtigen Händen ruhte. Er stach einen Daumennagel in die pulsierende Ader an Harkers Hals und bot sie dessen Gemahlin dar. Mina strich sich mit beiden Händen das Haar aus dem Gesicht, beugte sich vor und begann das Blut zu schlürfen.

Ich half dem Professor auf die Beine. Er bebte vor Zorn, sein Gesicht war rot von Blut, und Schaum stand ihm vor dem Mund. Er sah aus wie einer jener Wahnsinnigen im anderen Flügel des Hauses.

»Nun«, sagte der Graf, »lasset mir und den meinen unseren Frieden.«

Art war bereits aus dem Türeingang zurückgetreten. Ich folgte ihm und zog Van Helsing mit mir. Er grollte halblaut vor sich hin. Mrs. Harker ließ den leblosen Körper ihres Gatten auf den Teppich fallen, er rollte gegen das Bett und starrte uns mit offenen Augen an. Vom Flurgang sahen wir, wie Dracula die arme Mina an sich zog und sein Gesicht an ihre Kehle preßte; mit harten Fingernägeln zerrte er an ihrem Hemd, strich durch ihr langes, wirres Haar.

»Nein«, sagte Van Helsing, »nein.«

Art und ich mußten all unsere Kraft aufwenden, um den Gelehrten zurückzuhalten. Wir wandten uns fort, doch Van Helsing beobachtete gebannt, wie sich Dracula von Mina nährte. Was er dort im Zimmer der Harkers erblickte, war ein persönlicher *affront*.

Ein Mann in schmutzigem, gestreiftem Schlafzeug stürzte von einer Stiege in den Flurgang; er schleifte eine Frau bei den Haaren hinter sich her und schwang ein offenes Rasiermesser. Es war Louis Bauer, der Würger vom Pimlico Square. Ein Haufen anderer folgte, schleppte sich wankend durch die Dunkelheit. Jemand sang mit rauher und doch wohlklingender Stimme eine Hymne, alsbald von tierähnlichem Winseln begleitet. Eine bucklichte Gestalt bahnte sich durch die Menge einen Weg nach vorn. Es war Renfield. Sein Rückgrat war gebrochen und verkrümmt, Gesicht und Rumpf eine blutige Masse.

»Herr und Meister«, kreischte er, »ich will büßen …«

Die wogenden Leiber drängten ihn vorwärts. Er hätte eigentlich längst tot sein müssen, doch ist der Wahnsinn wohl imstande, Menschen mit den schrecklichsten Verletzungen auf den Beinen zu erhalten, wenn auch nur für die Dauer eines Anfalls. Er hatte die Insassen befreit. Renfield sank auf die Knie und wurde von seinen irrsinnigen Genossen überrollt. Bauer gab ihm mit einem Tritt in sein kaputtes Kreuz den Rest. Irgendwo im Haus war ein Feuer ausgebrochen. Und ich vernahm grauenvolle Schreie, die entweder von umhertobenden Patienten stammten oder vom Personal, das ihren erhitzten Zorn zu spüren bekam.

Ich wandte mich nach Art um, doch er war verschwunden. Ich habe ihn seither nicht wieder gesehen. Ich schlang meinen gesunden Arm um Van Helsing und zog ihn von dem Pöbelhaufen fort. Der Graf hatte von Mina abgelassen, trat aus dem Zimmer der Harkers und brachte die Insassen mit einem Blick zum Schweigen, ebenso wie er dem Rufe nach imstande war, sich Wölfe und anderes wildes Getier zu unterwerfen.

Ich zerrte Van Helsing nach der Hintertreppe, die auch Art genommen haben mußte. Er leistete Widerstand, murmelte noch immer von geweihten Hostien und nicht-toten Blutsaugern vor sich hin. Ein anderer an meiner Statt würde ihn vielleicht im Stich gelassen haben, doch trieb mich plötzlich eine Kraft, die mir zuvor wohl angestanden hätte. Ich allein trug Schuld daran, daß Lucy zwiefach vernichtet worden war, Quincey und Harker ihr Leben hatten lassen müssen, Mina dem Grafen nun als Sklavin diente. Selbst Renfield hatte ich auf dem Gewissen: Er war meiner Obhut anvertraut, und ich hatte ihn zu einem Experiment mißbraucht, ebenso wie er es mit seinen Spinnen und Insekten getan hatte. Ich setzte all meine Hoffnung in Van Helsing, ganz so, als sei er meiner Seele Rettung, als könne sein Leben den Tod der anderen sühnen.

Mina, die nun neben den Grafen trat, befand sich auf dem Höhepunkt ihrer Verwandlung. Wie ich höre, ist dieser Prozeß recht unbeständig, was die Dauer seiner Inkubation betrifft. Im Falle Mrs. Harkers ging er mit rasender Schnelligkeit vonstatten. Es fiel schwer, in dieser neugeborenen Buhlerin, der man das Nachtzeug vom wollüstigen weißen Leib gerissen hatte, die prüde, praktische Schullehrerin aus dem unteren Mittelstand zu erkennen, der ich kaum einen Tag zuvor das erstemal begegnet war.

Mit gewaltiger Kraftanstrengung gelang es mir, den Professor zu überwältigen. Er erschlaffte, und ich brachte ihn nach der Treppe. Ich beeilte mich, als würden wir verfolgt, doch niemand war uns auf den Fersen. Art hatte allem Anschein nach eines der Pferde aus dem Stall genommen und es verabsäumt, die sprichwörtliche Türe hinter sich zu schließen, denn mehrere Tiere wanderten frei auf den Wiesen umher. Schon schlugen Flammen aus den Fenstern im Parterre der Irrenanstalt von Purfleet. Ich schmeckte den Rauch in der Luft. Wie entlaufene Geisteskranke flohen wir in die Wälder, ohne den wüsten schwarzen Schatten der Carfax-Kapelle eines weiteren Blickes zu würdigen. Wir hatten eine verheerende Niederlage erlitten. Das ganze Land lag vor Graf Dracula, reif zur blutigen Ernte.

Wir verbrachten Tage und Nächte in den Wäldern. Van Helsing hatte Herz und Verstand verloren, und meine Hand war nur mehr eine schmerzende Keule. Wir fanden ein Loch, das uns geringen Schutz vor den Elementen bot, und verbargen uns darin, schreckten bei jedem Laut zusammen. Selbst bei Tag war unsere Furcht so groß, daß wir uns nicht zu regen wagten. Der Hunger wurde zur Qual. Es kam so weit, daß Van Helsing Erde zu essen versuchte. Wenn ich denn in Schlaf sank, wurde ich von den immergleichen Träumen heimgesucht, Träumen von meiner geliebten Lucy.

Sie fanden uns vor Wochenfrist. Mina Harker führte sie an, in Hosen und eine meiner alten Tweedjacken gekleidet, das Haar unter eine Mütze hochgesteckt. Die kleine Rotte von Neugeborenen bestand aus verwandelten Patienten und einem Wärter. Sie hatten sich zu einer Suchmannschaft formiert, welche die Befehle des Grafen ausführte, während dieser sein Hauptquartier von Purfleet nach Piccadilly verlegte. Sie ergriffen Van Helsing, fesselten ihn und banden ihn auf ein Pferd, um ihn nach der Kapelle zu verbringen. Sein Schicksal ist allzu bekannt, als daß man es abermals zu erzählen brauchte, und allzu schmerzvoll ist die Erinnerung daran.

Ich blieb allein mit Mina. Die Verwandlung hatte sich bei ihr auf andere Weise ausgewirkt als bei ihrer Freundin. Lucy war sinnlicher und halsstarriger geworden, Mina hingegen strenger und entschlossener. Sie schickte sich in ihr Los als verlorene Seele Draculas und empfand ihren neuen Zustand als Befreiung. Zu Lebzeiten war sie stärker gewesen als ihr Gatte, stärker als die meisten Männer. Die Verwandlung hatte sie noch stärker gemacht.

»Lord Godalming ist einer von uns«, sagte sie.

Ich glaubte, sie wollte mich auf der Stelle töten, wie sie es auch mit ihrem törichten Gatten getan hatte. Oder mich zu einem der ihren machen. Ich stand auf, schob meine schmutzige, geschwollene Hand tief in meine Tasche, in der Hoffnung, all dem, was nun kommen mochte, mit Würde zu begegnen. Ich suchte nach angemessenen letzten Worten. Sie trat ganz nah an mich heran, ein Lächeln zerfurchte ihre Wangen, und ihre spitzen Zähne schimmerten hell und weiß im Mondlicht. Bald war meine Angst verflogen, und ich zupfte an meinem Kragen, spürte die Nachtluft an meinem bloßen Hals.

»Nein, Doktor«, sagte sie und ging in die Dunkelheit davon, ließ mich allein im Wald zurück. Ich zerrte an meinen Kleidern und weinte.

17

Silber

Vor einer Schenke an der Ecke Wardour Street boten sich diskret zwei Gassendirnen feil. Beauregard erkannte ihren stummen Beschützer als den *dacoit* aus Limehouse wieder, der seine Tätowierungen unter einem langen Samtmantel verborgen hielt. Wo auch immer er in dieser Stadt, in dieser Welt sich hinbegab, dem feingesponnenen Netz der Schattenmenschen konnte er nicht entkommen. Zwar tat der *dacoit* gerade so, als habe er ihn nicht bemerkt, doch wußten die Mädchen offenbar sofort, daß sie ihn nicht zu behelligen hatten.

Die Adresse befand sich in der D'Arblay Street: ein unscheinbares Lädchen zwischen der Werkstatt eines Kunsttischlers und dem Geschäft eines Juweliers. Im Schaufenster des Tischlers stand eine Auswahl von Totenkisten aufgereiht, die von einfachen Brettertruhen bis zu prachtvoll gearbeiteten Stücken reichte, welche selbst einem Pharao alle Ehre gemacht hätten. Ein Neugeborenen-Paar stand staunend vor einem besonders schönen Sarg, groß genug für eine ganze Familie und pomphaft genug, die Gattin eines Ratsherrn aus der Provinz vor Neid erblassen zu machen. In der Auslage des Juweliergeschäfts befand sich eine ganze Ansammlung von Edelsteinen und Ringen, die in Form und Zeichnung Fledermäusen, Totenköpfen, Skarabäen, Dolchen, Wolfsschädeln oder Spinnen nachempfunden waren; Flitterwerk, wie es jene Neugeborenen bevorzugten, die sich als Gruftikusse zu betiteln pflegten. Andere nannten sie auch Murgatroyds, nach der Familie aus der Oper *Ruddigore,* welche die Brut ein Jahr zuvor im Savoy Theatre mit beachtlichem Erfolg pasquilliert hatte.

Die Bewohner von Soho waren weitaus exzentrischer als ihre armseligen Verwandten in Whitechapel. Die Murgatroyds waren in der Hauptsache damit befaßt, für ihren Schmuck Sorge zu tragen. Viele der Frauen, die nach Sonnenuntergang hervorkamen, stammten aus dem Ausland: aus Frankreich, Spanien oder gar China. Sie bevorzugten an Sterbehemden gemahnende Kleider, dicke Spinnwebschleier, scharlachrote Lippen und Nägel sowie hüftlange, schwarzglänzende Locken. Ihre Courschneider folgten der Mode, wie sie von Lord Ruthven vorgegeben wurde: hoch taillierte, unerhört knapp sitzende Kniehosen, schlotterige georgianische Manschetten, rüschenbesetzte scharlachrote oder schwarze Hemden, im Nacken bebänderter Kopfputz mit weißgefärbten Strähnen darin. Nicht wenige Vampire, insbesondere die Ältesten, betrachteten jene, die mit Fledermausumhang und fingerlosen schwarzen Handschuhen im Dunkel eines Gottesackers umherkreuchten, ebenso wie ein Gentleman aus Edinburgh einen Yankee betrachten mochte, dessen Großvater mütterlicherseits aus Schottland gebürtig ist und der sich nun in Kilt und Tartanschärpe hüllt, einer jeden Bemerkung ein Zitat von Burns oder Scott voranschickt und eine Vorliebe für *haggis* und Dudelsäcke hegt. »Basingstoke«, murmelte Beauregard vor sich hin, jenes Gilbertsche Zauberwort aussprechend, das dem Vernehmen nach selbst den von tiefster Trübsal befallenen Murgatroyd in die gelinde Mittelmäßigkeit der Vorstädte zurückzuholen vermochte.

Er betrat Fox Mallesons *établissement*. Der Laden war leer, Tische und Regale fortgeschafft. Das Fenster war mit grüner Farbe übertüncht. Ein rauhbeiniger Vampir saß wachsam neben der Türe zu den Werkstätten. Beauregard zeigte dem Neugeborenen seine Karte; dieser erhob sich, überlegte einen Augenblick, dann stieß er die Tür auf und bedeutete ihm mit einem Nicken, er solle eintreten. Der dahinter liegende Raum stand voller geöffneter Teekisten, in denen, unter Mengen von Stroh, ein ganzes Sortiment von Silberzeug lagerte: Tee- und Kaffeekannen, Tafelbestecke, Kricketpokale, Sahnekännchen. Auf Tabletts gehäuft erblickte er die Überbleibsel von Ringen und Halsbändern, denen man gewaltsam die Steine herausgebrochen hatte. Eine schwere Ringfassung erweckte seine Aufmerksamkeit; die ausgestochene Vertiefung in ihrer Mitte gähnte ihn an wie eine leere Augenhöhle. Er fragte sich, ob Fox Malleson mit dem benachbarten Juwelier assoziiert sein mochte.

»Willkommen, Mr. B.«, sagte der kleine alte Mann, der hinter einem Vorhang hervortrat. Gregory Fox Malleson hatte so viele Kinne, daß zwischen Mund und Kragen nichts als wabbelnder Pudding zu sehen war. Er wirkte aufgeräumt und freundlich und trug eine schmutzige Schürze, schwarze Samtschoner über den Ärmeln und eine Schutzbrille mit grüngefärbten Gläsern, die er auf die Stirn geschoben hatte.

»Es ist mir immer wieder eine Freude, einen Gentleman aus dem Diogenes Club begrüßen zu dürfen.«

Er war Warmblüter. Als Silberschmied blieb ihm kaum etwas anderes übrig. Der Neugeborene vor der Türe hätte nicht gewagt, ins Innere von Fox Mallesons Fabrik vorzudringen. Die Silberteilchen in der Luft wären in seine Lunge gelangt und hätten ihn zu einem schleichenden Tod verurteilt.

»Ich glaube, was wir für Sie besorgt haben, wird Ihnen gefallen. Kommen Sie, kommen Sie, hier entlang, hier entlang …«

Er zog den Vorhang beiseite und gewährte Beauregard Einlaß in die Werkstätten. Über einer Lage glühender Schmiedekohlen standen Tiegel, angefüllt mit mattglänzendem Flüssigsilber. Ein linkischer Lehrjunge schmolz soeben die Amtskette eines Bürgermeisters ein, gab sie Glied um Glied in einen Tiegel.

»Verteufelt schwer, heutzutage Rohstoffe zu beschaffen. Bei all den neuen Vorschriften und Gesetzen. Aber wir machen das schon, Mr. B., o ja, wir machen das. Auf unsere Weise.«

Auf einer Werkbank kühlten Silberkugeln aus wie Mehlküchlein auf einem Backblech.

»Eine Bestellung des Palasts«, sagte Fox Malleson voller Stolz. Er nahm eine Kugel zwischen Daumen und Zeigefinger. Seine Fingerspitzen waren mit harten Brandschwielen bedeckt. »Für die Karpatische Garde des Prinzgemahls.«

Beauregard fragte sich, wie *nosferatu*-Soldaten ihre Pistolen laden mochten. Entweder hatten sie warmblütige Burschen oder aber dicke Handschuhe.

»Eigentlich taugt Silber für Pistolenkugeln nicht sehr viel. Zu weich. Die beste Wirkung erzielt man mit einem Kern aus Blei. Silbermantelgeschosse nennt man so etwas. Sie explodieren in der Wunde. Das pustet jedem das Licht aus, einerlei ob Warmblüter oder Vampir. Äußerst unangenehm.«

»Eine kostspielige Waffe, nehme ich an?« fragte Beauregard.

»So ist es, Mr. B. Reid hat uns darauf gebracht. Ein amerikanischer Gentleman namens Reid ist der Ansicht, Kugeln müßten so teuer sein. Zur Erinnerung daran, daß das Leben ein Reichtum ist, den man nicht allzu leichtfertig verplempern sollte.«

»Ein bewunderswerter Gedanke. Erstaunlich für einen Amerikaner.«

Fox Malleson war dem Rufe nach der beste Silberschmied von ganz London. Da seine Profession eine Zeitlang überaus geringes Ansehen genoß, hatte man ihn in Pentonville eingesperrt. Doch sein Geschick war unverzichtbar. Macht beruht am Ende immer auf der Fähigkeit zu töten; demnach müssen die Mittel zu töten jederzeit bereitstehen, wenn auch nur wenigen Auserwählten.

»Schauen Sie sich diese Arbeit an«, sagte Fox Malleson und hob ein Kruzifix in die Höhe. Auch ohne die Juwelen ließ sich mit Leichtigkeit erkennen, daß ein Künstler diese Christusfigur erschaffen hatte. »Sein Martyrium spiegelt sich wider in den verrenkten Gliedern.«

Beauregard untersuchte das Bildnis. Einige – unter ihnen offenbar auch der Prinzgemahl – fürchteten das Kreuz wahrhaftig, doch die meisten Vampire waren gleichgültig gegen religiöse Artefakte. Manche Murgatroyds machten sich einen Spaß daraus, mit ihrer Immunität zu prunken, indem sie elfenbeinerne Kruzifixe als Ohrringe trugen.

»Papistische Albernheiten, natürlich«, sagte Fox Malleson mit einem Anflug von Trauer in der Stimme. Er reichte das Kruzifix seinem Lehrjungen, der es in den Tiegel gab. »Dennoch, manchmal fehlt mir das Kunsthandwerk. Kugeln und Klingen sind ja gut und schön, aber sie sind eben nur Funktion. Von Form keine Rede.«

Beauregard war im Zweifel. Die Kugeln sahen aus wie Reihen winziger Soldaten mit spitzen Helmen, glänzend und gefällig.

»Deshalb bereitet mir eine Bestellung wie die Ihre auch solche Freude, Mr. B. Solche Freude.«

Fox Malleson nahm ein langes, schmales Bündel von einem Gestell. Es war in grobes Tuch geschlagen und mit Schnur umwickelt. Der Silberschmied liebkoste es, als sei es Excalibur und er der Ritter, in dessen Obhut es sich bis zur Rückkehr von König Artus befindet.

»Möchten Sie es sich ansehen?«

Beauregard löste die Schnur und schlug das Tuch zurück. Sein Stockdegen war poliert und nachgebessert worden. Das Holz glänzte schwarz mit einem Stich ins Rötliche.

»Eine wunderbare Arbeit, Mr. B. Wer dieses Stück geschaffen hat, war ein Künstler.«

Beauregard drückte den Schnäpper und zog den Degen heraus. Er legte die hölzerne Scheide beiseite, hielt die Klinge in die Höhe und drehte sie, so daß sie den roten Schein der Glut zurückwarf. Es funkelte, blitzte und tanzte.

Das Gewicht war unverändert, die Balance perfekt. Der Degen war leicht wie eine Weidenrute, doch schon die leiseste Regung des Handgelenks wurde zu einem mächtigen Hieb. Beauregard ließ ihn pfeifend durch die Luft sausen und lächelte zufrieden.

»Wunderschön«, bemerkte er.

»O ja, Mr. B., wunderschön. Wie eine vornehme Dame, wunderschön und von allerfeinstem Schliff.«

Beauregard ließ den Daumen langsam über die glatte, kalte Fläche der Klinge gleiten.

»Ich möchte Sie um einen Gefallen bitten«, sagte der Silberschmied. »Benutzen Sie ihn nicht, um damit Wurst zu schneiden.«

Beauregard lachte. »Mein Wort darauf, Fox Malleson.«

Er nahm den Stock und schob den versilberten Degen mit einem Klicken in die Scheide. Nun, da er wußte, daß er es mit allem und jedem aufnehmen konnte, fühlte er sich sicherer in Whitechapel.

»Und nun, Mr. B., müssen Sie sich ins Giftregister eintragen.«

18

Monsieur le Vampire

»Kommen Sie schnell, Miß Dee«, sagte Rebecca Kosminski. »Lily geht es gar nicht gut.«

Das besonnene kleine Vampirmädchen geleitete Geneviève durch die Straßen, fort von der Hall. Sie besorgte ihren Botengang mit peinlicher Sorgfalt. Unterwegs befragte Geneviève das Mädchen über sich und ihre Familie. Rebecca gab nur widerstrebend Antworten, welche den Schluß nahelegten, sie befände sich in Umständen, deretwegen sie zu bedauern sei. Die Neugeborene war schon jetzt von unabhängigem Charakter. Sie kleidete sich wie eine kleine Erwachsene und verweigerte die Auskunft, als Geneviève sich nach ihren Lieblingspuppen erkundigte. Sie war über ihren kindlichen Körper hinausgewachsen. Die gemeinste Frage, die man ihr überhaupt stellen konnte, lautete: »Was würdest du gern werden, wenn du groß werden könntest?«

In den Minories bemerkte Geneviève erneut, daß ihr in einigem Abstand jemand folgte. Während der letzten Nächte hatte sie immer wieder die Anwesenheit von etwas gespürt, das sie nicht recht zu fassen vermochte. Etwas Gelbes, das hüpfte.

»Sind Sie schon sehr alt, Miß Dee?« wollte Rebecca wissen.

»Ja. Sechzehn warmblütige Jahre und seit vierhundertundsechsundfünfzig Jahren in Finsternis.«

»Sind Sie eine Älteste?«

»Ich glaube schon. Mein erster Ball war 1429.«

»Werde ich eine Älteste?«

Das war nicht allzu wahrscheinlich. Nur wenige Vampire wurden älter als gewöhnliche Sterbliche. Falls Rebecca ihr erstes Jahrhundert überdauerte, würde sie höchstwahrscheinlich auch noch einige hundert Jahre länger leben. Höchstwahrscheinlich.

»Wenn ich eine Älteste werde, will ich so sein wie Sie.«

»Das überlege dir genau, Rebecca.«

Sie kamen zur Eisenbahnbrücke, und unter den Bögen erblickte Geneviève einen wirren Haufen von Männern und Frauen. Das Ding außer Sehweite hat ebenfalls angehalten, dachte sie bei sich. Sie glaubte etwas Uraltes zu spüren, das jedoch nicht wirklich tot war.

»Hier, Miß Dee.«

Rebecca nahm ihre Hand und führte sie zu der Gruppe, die sich um Cathy Eddowes geschart hatte. Diese hockte in der Gosse und hielt Lilys Kopf auf ihren Schoß gebettet. Die beiden Neugeborenen sahen gar nicht gut aus. Cathy war noch magerer als einige Nächte zuvor. Ihr Hautausschlag bedeckte nun auch Wangen und Stirn. Der Schal, den sie um den Kopf gewickelt trug, konnte das Ausmaß ihrer Blessuren nicht verhehlen. Die Schaulustigen ließen Geneviève passieren, und Cathy lächelte zu ihr hinauf. Lily hatte einen Anfall erlitten, und nur das Weiße ihrer Augen war zu sehen.

»Beinah hättse ihrne Zunge verschluckt, die ahme Kleine«, sagte Cathy. »Da hab' ich ihr 'n Daumen reingesteckt.«

»Was fehlt Lily denn?« fragte Rebecca.

Geneviève legte dem Kind die Hand auf und spürte, daß es zitterte. Die Knochen regten sich unter der Haut, als wollte sein Gerippe neue Form annehmen, seinen Leib entstellen.

»Ich weiß nicht recht«, gestand Geneviève. »Sie versucht, ihre Gestalt zu wechseln, ist darin aber nicht allzu geschickt.«

»Ich würde auch gern die Gestalt wechseln, Miß Dee. Dann wäre ich ein Vogel oder eine große Katze …«

Geneviève sah Rebecca an und ließ die Neugeborene einen Blick auf Lily werfen. Rebecca verstand.

»Vielleicht sollte ich doch lieber warten, bis ich älter bin.«

»Ein kluger Gedanke, Rebecca.«

Ein Murgatroyd aus dem West End hatte sich einen Spaß daraus gemacht, Lily zu verwandeln. Geneviève beschloß, sich auf die Suche nach dem Neugeborenen zu begeben und ihm einzuschärfen, daß er die Verantwortung für sein allein gelassenes Kind in Finsternis zu tragen habe. Wenn er nicht gehorchen wollte, mußte sie ihn anderweitig überzeugen, nie wieder Verschwendung zu betreiben mit seinem Dunklen Kuß. Vorsicht, dachte sie bei sich. Derlei Gedanken hätten dem Alten Testament entstammen können.

Um Lilys Arm war es immer noch sehr schlecht bestellt. Er war zu einer vollkommenen Fledermausschwinge herangewachsen, welk und tot. Die Membrane spannte sich zwischen knöchernen Speichen. Eine winzige, nutzlose Hand sproß aus einem Rippenknoten.

»Sie wird niemals fliegen können«, sagte Geneviève.

»Was sollen wir tun?« fragte Rebecca.

»Ich bringe sie nach der Hall. Vielleicht kann Dr. Seward ihr helfen.«

»Iss wohl nich mehr viel Hoffnung, hä?«

»Hoffnung gibt es immer, Cathy. Einerlei, wie sehr man leidet. Du solltest den Doktor ebenfalls aufsuchen. Das habe ich dir schon einmal gesagt.«

Cathy verzog das Gesicht. Sie fürchtete Ärzte und Spitäler, mehr noch als Polizisten und Gefängnisse.

»Sapperment«, fluchte jemand. »Was in drei Teufels Namen ist denn das?«

Geneviève wandte sich um. Die Menge verschwand im Nebel. Sie blieb mit Cathy, Lily und Rebecca allein. Etwas kam näher, aus dem trüben Dunst hervor.

Endlich würde sie jenem Ding gegenübertreten, das ihr all die Zeit gefolgt war. Sie stand auf und blickte um sich. Der Brückenbogen war an die zwanzig Fuß hoch; ein schwerbeladener Wagen paßte mit Leichtigkeit hindurch. Das Ding kam denselben Weg, den auch sie genommen hatte, von Aldgate herunter. Zunächst hörte sie es nur, wie den langsamen Schlag einer Trommel. Das Ding sprang wie ein Gummiball, jedoch mit einer unnatürlichen Langsamkeit, als sei der Nebel eine Wand aus Wasser. Seine Umrisse wurden sichtbar. Es war groß und trug eine bequastete Mütze. Es war mit einem langen gelben Gewand angetan, dessen riesige Ärmel von seinen ausgestreckten Armen baumelten. Vor langer Zeit war es ein Chinese gewesen. Und es trug immer noch Pantoffeln an seinen kleinen Füßen.

Rebecca starrte auf das Vampirding.

»Das«, sagte Geneviève, »ist ein Ältester.«

Es hüpfte weiter vorwärts, als trüge es wie Spring-Heel'd Jack Sprungfedern unter den Sohlen. Geneviève erblickte ein Gesicht wie von einer ägyptischen Mumie mit haueräh nlichen Fangzähnen und langem Schnurrbart. Der Chinese landete einige Yards entfernt und ließ die Arme sinken. Seine messerbewehrten Hände klapperten wie Scheren. Er war der älteste Vampir, den Geneviève je zu Gesicht bekommen hatte; er mußte seine Runzeln im Laufe unzähliger Jahrhunderte erworben haben.

»Was wollt Ihr von mir?« fragte sie zunächst auf mandarinisch, ehe sie ihre Worte auf kantonesisch wiederholte. Zwar war sie gute zwölf Jahre lang in China umhergereist, doch waren seither eineinhalb Jahrhunderte vergangen. Sie hatte die meisten ihrer Sprachen verlernt.

»Cathy«, sagte sie, »bring Rebecca und Lily nach der Hall. Hast du verstanden?«

»Ja, Ma'm«, sagte die Neugeborene. Sie war vor Schreck wie gelähmt.

»Jetzt gleich, wenn's beliebt.«

Cathy stand auf, drückte Lily an ihre Schulter und nahm Rebecca bei der Hand. Das Dreigespann trabte unter dem Bogen hindurch, lief im Geschwindschritt um den Bahnhof Fenchurch Street herum und wieder hinauf nach Aldgate und Spitalfields.

Geneviève blickte den alten Vampir an. Sie verließ sich auf das Englische. Irgendwann kam der Zeitpunkt, da die Ältesten sich nicht mehr der Sprache zu bedienen brauchten, sondern einfach die Gedanken ihres Gegenübers lasen.

»Nun ... jetzt sind wir allein.«

Es machte einen Satz und landete unmittelbar vor ihren Füßen. Es kehrte ihr das Gesicht zu, legte die Arme auf ihre Schultern. Muskeln wanden sich wie Würmer unter der dünnen, ledrigen Haut. Obgleich es die Augen geschlossen hielt, konnte es sehen.

Sie ballte die Hand zur Faust und versetzte ihm einen Schlag in die Herzgegend. Der Hieb hätte ihm eigentlich die Rippen zertrümmern müssen; statt dessen verspürte sie ein Gefühl, als habe sie gegen einen gigantischen Granitdämonen ausgeholt. In China gab es sonderbare Blutsverwandtschaften. Sie verbiß sich den Schmerz, wand sich aus der Umklammerung des Vampirs, hob ein Bein, rammte ihren Absatz in seinen stahlharten Bauch, trat zu und stieß sich fort. Die Hände wie Sprungfedern von sich gestreckt, landete sie auf dem Pflaster jenseits der Brücke. Im Lichtkegel einer Straßenlaterne kauerte sie nieder, als könne der ihr Schutz bieten. Dann sprang sie auf und wandte sich um. Der chinesische Vampir war verschwunden. Entweder hatte er ihr nicht wirklich Schaden zufügen wollen, oder er spielte nur mit seiner Beute. Sie wußte, was sie für wahrscheinlicher zu halten hatte.

19

Der Poseur

Lord Ruthven stand auf einem Podest. Eine Hand lag, zur Faust geballt, streng an seine von Rüschen überbordende Hemdbrust gepreßt, während die andere auf einem imposanten Bücherstapel ruhte. Godalming bemerkte, daß der Carlyle des Premierministers noch nicht bis zum letzten Bogen aufgeschnitten war. Ruthven trug einen nachtschwarzen, an Kragen und Taschen mit Schnurbesatz versehenen Gehrock. Ein Zylinder mit geschwungener Krempe thronte auf seinem Kopf; seine Miene war nachdenklich. Das Porträt würde ›Der Erhabene‹ heißen oder einen ähnlich ehrfurchtheischenden Titel tragen. Mylord Ruthven, der Vampir-Staatsmann.

Ein jedes Mal, wenn Godalming einem Maler Modell stand, überkam ihn unversehens das dringende Bedürfnis, sich zu kratzen, zu blinzeln oder zu zucken. Ruthven hingegen besaß die seltene Gabe, einen ganzen Nachmittag lang reglos dazustehen, geduldig wie eine Eidechse, die auf einem Stein in der Sonne darauf wartet, daß ein fetter Happen sich in Reichweite ihrer hervorschnellenden Zunge begebe.

»Welch ein Jammer, daß uns das Wunder der Fotografie versagt bleibt«, erklärte er, scheinbar ohne die Lippen zu bewegen. Godalming hatte einige Versuche gesehen, das Abbild eines Vampirs auf fotografische Platten zu bannen. Die Resultate gerieten recht verschwommen, und das Objekt erschien, wenn überhaupt, als verwischte Silhouette mit leichenblassen Zügen. Die Spiegel betreffenden Gesetze der Physik standen in gewisser Weise auch dem fotografischen Prozeß entgegen.

»Aber nur ein Maler vermag den inneren Menschen einzufangen«, sagte Ruthven. »Der menschliche Genius wird mechanisch-chemischen Gaunereien ewig überlegen sein.«

Bei dem zu Gebote stehenden *artiste* handelte es sich um Basil Hallward, den Porträtmaler der vornehmen Gesellschaft. Mit geschickter Hand warf er eine Reihe von Skizzen aufs Papier, Vorstudien für das lebensgroße Bildnis. Wenngleich eher Modeheld denn begnadeter Künstler, hatte doch auch er seine Sternstunden. Selbst Whistler rang sich bisweilen ein paar freundliche Worte zu seinem Frühwerk ab.

»Godalming, wieviel wissen Sie über diese Silver-Knife-Sache?« fragte Ruthven mit einemmal.

»Die Whitechapel-Morde? Drei bislang, wenn mich nicht alles täuscht.«

»Gut, immer auf der Höhe. Exzellent, mein Junge.«

»Ich werfe lediglich hin und wieder einen Blick in die Zeitung.«

Hallward entließ den Premierminister, und Ruthven sprang – begierig, die Skizzen zu betrachten, welche der Maler an seine Brust drückte – von seinem Podest.

»Nun kommen Sie, nur einen klitzekleinen Blick«, beschwatzte ihn Ruthven mit nicht unbeträchtlichem Charme. Zuweilen konnte er ein rechter Spaßvogel sein.

Hallward zeigte ihm seinen Zeichenblock, und nachdem Ruthven diesen durchgeblättert hatte, bekundete er seine Zustimmung.

»Sehr schön, Hallward«, bemerkte er. »Ich glaube, Sie haben mich tatsächlich getroffen. Godalming, sehen Sie nur, sehen Sie sich diesen Ausdruck an. Ist er mir nicht wie aus dem Gesicht geschnitten?«

Godalming pflichtete Ruthven bei. Der Premierminister war entzückt.

»Sie sind viel zu neu geboren, um Ihr Gesicht schon jetzt vergessen zu haben, Godalming«, sagte Ruthven, indem er seine Wangen befingerte. »Als mein Blut, wie das Ihre, kaum erkaltet war, da schwor ich mir, daß es so weit nie kommen werde. Aber ach, die Vorsätze der Jugend. Dahin, dahin, dahin!«

Von der Philosophie wechselte Ruthven unversehens zur Naturwissenschaft. »Es ist recht eigentlich falsch, daß Vampire über kein Spiegelbild verfügen. Allein, der Spiegel möchte gleichsam beständig nicht *das* spiegeln, was hier heraußen in der Welt ist.«

Godalming hatte wie alle Neugeborenen Stunden damit zugebracht, voller Verwunderung in einen Rasierspiegel zu starren. Die einen verschwanden gänzlich, die anderen erblickten eine allem Anschein nach leere Kleidergarnitur. Godalmings Abbildung war nichts weiter als ein schwarzer Klecks, wie die Fotografien, welche Ruthven soeben erwähnt hatte. Die Spiegel-Frage wurde gemeinhin als das unergründlichste aller Geheimnisse erachtet, die sich um die Nicht-Toten rankten.

»Wie dem auch sei, Godalming... Silver Knife? Diese blutgierige Bestie. Er geht allenfalls nach unsereins auf Raub aus, nicht wahr? Schlitzt Kehlen auf und durchbohrt Herzen?«

»So sagt man wenigstens.«

»Ein furchtloser Vampirmetzler, wie unser alter Gefährte Van Helsing?«

Godalmings Gesicht brannte wie Feuer; wenn er noch erröten konnte, so geschah es in diesem Augenblick.

»Pardon«, sagte der Premierminister ohne jede Heuchelei. »Ich hatte keineswegs die Absicht, dieses Thema aufzuwerfen. Es muß sehr schmerzvoll für Sie sein.«

»Das Blatt hat sich gewendet, Mylord.«

Ruthven machte eine flatternde Handbewegung. »Sie haben Ihre Verlobte an Van Helsing verloren. Da Sie durch ihn mehr Leid erfahren mußten als selbst Fürst Dracula, sei Ihnen Ihre Ignoranz vergeben und vergessen.«

Godalming entsann sich, wie er auf den Pflock eingehämmert hatte, wie Lucy fauchend und blutspeiend gestorben war. Ein unnützer, sinnloser Tod. Lucy wäre eine der ersten Damen bei Hofe gewesen, wie Wilhelmina Harker oder die karpatischen Mätressen des Prinzgemahls. Er hätte sie ohnehin verloren.

»Sie haben allen Grund, das Andenken des Holländers

zu verfluchen. Eben deshalb möchte ich, daß Sie meine Interessen im Falle Silver Knife vertreten.«

»Ich verstehe nicht recht.«

Ruthven war auf das Podest zurückgekehrt und hatte seine frühere Pose wieder eingenommen. Mit flinken Fingern führte Hallward die Einzelheiten einer großen Skizze aus.

»Der Palast hat Interesse an der Sache genommen. Unsere werte Königin ist außer sich. Ich habe eine persönliche Mitteilung von Vicky erhalten. ›Der Mörder ist gewiß kein Engländer‹, lautet ihre Folgerung, ›und ist er es doch, so ist er gewiß kein Gentleman.‹ Überaus scharfsinnig.«

»Whitechapel ist eine berüchtigte Brutstätte für Ausländer, Mylord. Die Königin hat womöglich nicht ganz unrecht.«

Ruthven lächelte spöttisch. »Blech, Godalming, Blech. Zwar würden wir alle uns nur zu gern davon überzeugen lassen, daß ein Engländer außerstande sei, solch abscheuliche Untaten zu vollbringen, doch ist dies beileibe nicht der Fall. Sir Francis Varney ist schließlich ebenso Engländer. Nur geht unser Mörder höchst wählerisch zu Werke, was seine nächtlichen Chirurgie-Experimente anbetrifft.«

»Sie meinen, der Täter ist Arzt?«

»Diese Theorie ist erstens nicht besonders neu und zweitens ohne jeden Belang. Nein, von Bedeutung ist einzig und allein, daß wir es mit einem Vampirmetzler zu tun haben. Einem mörderischen Irren, wie wir wohl annehmen dürfen, der jedoch ausschließlich Vampire metzelt. Angesichts der delikaten Situation, in der wir uns befinden, wandelt er auf Messers Schneide. Das Volk mag seine Taten noch so sehr mißbilligen und Zeter und Mordio schreien, gleichwohl gibt es welche, die Silver Knife als gesetzeslosen Helden feiern, als einen Robin Hood der Gosse.«

»Welcher Engländer wollte dem wohl Glauben schenken?«

»Haben Sie die Zeit vergessen, als Sie noch warmen Blutes waren? Wie es Ihnen erging, als Sie Van Helsing mit Hammer und Pflock über den Friedhof von Kingstead folgten?«

Godalming verstand.

»Das beste wäre – obgleich ich eine solche Tat natürlich keineswegs gutheißen kann –, wenn unser Verrückter mit seinem Silbermesser einer warmblütigen Bordelliere zu Leibe rückte und somit den Beweis erbrächte, daß er vor nichts, aber auch gar nichts haltmacht. Gesetzt den Fall, er genießt die Sympathien der Leute, würden sich diese bei einem solchem Schritt auf einen Schlag verflüchtigen.«

»Wohl wahr.«

»Doch selbst dieses mein erhabenes Amt verleiht mir nicht die Macht, Einfluß auf den Geist eines schwachköpfigen Schlächters zu nehmen. Es ist ein Jammer.«

»Was schlagen Sie vor?«

»Tun Sie sich ein wenig um, Godalming. Wir haben bereits wertvolle Zeit verloren. Vielerlei interessierte Parteien haben sich auf die Fährte unseres Mannes gesetzt. Dem Vernehmen nach frequentieren die Karpater die gerichtlichen Untersuchungen der Morde und bummeln in üblen Spelunken umher. Und selbst einer Ihrer Bekannten, ein gewisser Charles Beauregard, ist im Auftrag unserer eher geheimen Dienste tätig geworden.«

»Beauregard? Er ist nichts weiter als ein Federfuchser ...«

»Er ist Mitglied des Diogenes Club, und der Diogenes Club genießt hohes Ansehen.«

Godalming bemerkte, daß eine winzige Lippenfalte zwischen seinen Zähnen stak, biß zu und schlürfte begierig einen Tropfen seines eigenen Blutes. Dergleichen wurde ihm allmählich zur Gewohnheit.

»Beauregard wandelt neuerdings auf geheimnisvollen Abwegen. Ich bin seiner Verlobten das eine oder andere Mal begegnet. Seine Nachlässigkeit hat ihr einige Ungelegenheiten bereitet.«

Ruthven lachte. »Stets der lockenköpfige Wüstling, was, Godalming?«

»Ganz und gar nicht«, log Godalming.

»Wie dem auch sei, behalten Sie Beauregard im Auge. Was man mir von ihm berichtet, geht über Quisquilien nicht hinaus; was wiederum den Schluß nahelegt, daß es sich bei ihm um ein glänzendes kleines Werkzeug handelt, das Admiral Messervy und seine Mannen um keinen Preis aus der Hand zu geben bereit sind.«

Er konnte sich beim besten Willen nicht vorstellen, daß Beauregard überhaupt wußte, wo sich Whitechapel befand. Andererseits war er in Indien gewesen. Godalming hatte von Penelope bisweilen wunderliche Andeutungen zu hören bekommen, Andeutungen, die sich nunmehr zu dem unscharfen Bild eines Mannes formten, der so ganz anders war als jener fade Geselle, den er von Florence Stokers *soirées noires* her kannte.

»Wie dem auch sei, wir erwarten Sir Charles Warren binnen einer halben Stunde. Ich werde ihm die Hölle heiß machen und ihn von der Wichtigkeit zu überzeugen versuchen, diese Affäre zu einem raschen und befriedigenden Ende zu bringen. Danach beabsichtige ich, Sie dem Commissioner aufzubürden.«

Insgeheim war Godalming voller Stolz. Indem er seinem Premierminister einen solchen Dienst erwies, vermochte sich ein kluger Neugeborener womöglich schnell voranzubringen.

»Godalming, hiermit erhalten Sie Gelegenheit, das Fragezeichen hinter Ihrem Namen endgültig auszulöschen. Bringen Sie uns Silver Knife, und es wird sein, als hätten Sie Abraham Van Helsing nie gekannt. Wenigen wird die Möglichkeit zuteil, ihre Vergangenheit über Bord zu werfen.«

»Ich danke Ihnen, Herr Premierminister.«

»Und vergessen Sie nicht, unsere Interessen sind einzig in ihrer Art. Wird der Mörder zur Rechenschaft gezogen, so soll uns das nur recht und billig sein. Worauf es in diesem Falle jedoch ankommt, hat mit dem leidigen Schicksal einiger ausgeweideter *demi-mondaines* nicht das geringste zu schaffen. Wenn diese Sache vorüber ist, möchten wir den Mörder geächtet sehen und nicht verehrt.«

»Ich glaube, ich verstehe nicht ganz.«

»Dann werde ich es Ihnen erklären. Vor zehn Jahren ließ

in Neu Mexiko ein Neugeborener der Leidenschaft die Zügel schießen und begann kopflos zu morden. Ein Warmblüter namens Patrick Garrett bestückte seine Schrotflinte mit sechzehn Silberdollars und pfefferte das Herz des Neugeborenen mit messerscharfen Splittern. Bei dem Opfer handelte es sich um einen gewissen Henry Antrim, auch bekannt als William Bonney, einen blödsinnigen Blutsauger, der sich sein Schicksal redlich verdient hatte. Bald darauf gerieten allerhand Geschichten in Umlauf, und Schundromane verbreiteten sich über seine Jugend und seine romantische Ausstrahlung. Billy the Kid, so nennen sie ihn heute, Billy Blood. Garstige Morde und erbarmungswürdige Verbrechen sind vergessen, und der amerikanische Westen hat seinen Vampirhalbgott, der wacker die Prärie durchreitet. In den Scharteken steht zu lesen, wie er liebliche Jungfrauen rettete, die ihm zur Belohnung bereitwillig ihre Dienste antrugen, wie er arme Bauern gegen reiche Viehbarone verteidigte, wie er nur zum Mörder wurde, um den Tod seines Vaters in Finsternis zu rächen. Nichts als Humbug, Godalming, nichts als schöne Lügen für die Presse. Billy Bonney war eine solch niedere Kreatur, daß er sogar sein eigenes Pferd zur Ader ließ, doch heute ist er ein wahrer Held. Das wird in diesem Falle nicht geschehen. Wenn Silver Knife auf seinen Pfahl gehievt wird, will ich einen toten Irren und keine unausrottbare Legende.«

Godalming hatte verstanden.

»Warren und die anderen möchten Silver Knife nur für Jahr und Tag unschädlich machen. Ich hingegen wünsche ihn auf alle Zeit vernichtet.«

20

New Grub Street

Der September neigte sich dem Ende zu. Es war der Morgen des 28. Seit Lulu Schön, am 17. des Monats, hatte Silver Knife nicht mehr gemordet. Whitechapel war indes so sehr von Polizisten und Reportern übervölkert, daß der Schlächter von Scheu befallen sein mochte. Es sei denn, wie manche spekulierten, er war entweder Polizist oder Reporter.

Die Sonne stand am Himmel, und die Straßen waren wie leergefegt. Der Nebel hatte sich einstweilen gelichtet und gewährte ihm einen kalten, klaren Blick auf jenen Ort, der ihm zum zweiten Zuhause geworden war. Beauregard mußte gestehen, daß er kaum einen Pfifferling dafür gegeben hätte, weder tags noch nachts. Wieder lag eine fruchtlose Schicht in Begleitung zum Groll gereizter Kriminalbeamter hinter ihm, und er war zum Umfallen müde. Wollte man Fachleuten Glauben schenken, so war die heiße Spur recht bald erkaltet. Womöglich war der Mörder seinem eigenen Wahn erlegen und hatte das Messer gegen sich selbst gerichtet. Oder er befand sich mit dem Dampfschiff auf dem Wege nach Amerika oder Australien. Nicht mehr lange, und die ganze Welt würde nachgerade wimmeln von Vampiren.

»Vielleicht hat er ja einfach *aufgehört*«, hatte Sergeant Thick zu bedenken gegeben. »So was kommt vor. Und nun lacht er sich jedesmal ins Fäustchen, wenn er irgendwo einen Gendarmen stehen sieht. Vielleicht hat ihm das Messer kein rechtes Vergnügen mehr bereitet, vielleicht will er sein Geheimnis ganz für sich bewahren.«

Das schien Beauregard wenig plausibel. Den Obduktionen nach zu urteilen, bereitete es Silver Knife durchaus

Vergnügen, Vampirfrauen zu verstümmeln. Wenngleich er seine Opfer nicht nach herkömmlicher Manier geschändet hatte, so handelte es sich dennoch um Verbrechen eindeutig geschlechtlicher Natur. Dr. Phillips, der Polizeiarzt von Abteilung H, neigte insgeheim zu der Vermutung, daß der Mörder am Ort seines Verbrechens die Sünde Onans praktiziere. Nur wenig gab es im Zusammenhang mit diesem Fall, was einem schicklichen Charakter nicht ausgesprochen ekelhaft erschienen wäre.

»Mr. Beauregard.« Eine Frauenstimme riß ihn aus seinen Gedanken. »Charles?«

Eine junge Person mit schwarzem Hut und Rauchglasbrille schritt quer über die Straße zu ihm hin. Obgleich es nicht regnete, reckte sie einen schwarzen Schirm, sich zu beschatten. Ein Windstoß erfaßte ihn, er kippte zur Seite, und die Sonne fiel auf ihr Gesicht.

»Nanu, Miß Reed!« rief Beauregard verwundert aus. »Kate?«

Das Mädchen lächelte geschmeichelt.

»Was führt Sie in diese abscheuliche Gegend?«

»Der Journalismus, Charles. Wissen Sie nicht mehr? Ich schreibe.«

»Aber natürlich. Ihr Aufsatz über die Folgen des Streiks der Zündholzverkäuferinnen in ›Aus dem Nähkästchen‹ war beispielhaft. Radikal, wohlgemerkt, doch von außerordentlicher Vollendung.«

»Dies ist wahrscheinlich das erste und einzige Mal, daß ich die Worte ›von außerordentlicher Vollendung‹ im Zusammenhang mit meiner Wenigkeit zu hören bekommen werde, dennoch danke ich Ihnen für das Kompliment.«

»Sie unterschätzen sich, Miß Reed.«

»Mag sein«, entgegnete sie nachdenklich, ehe sie auf ihre eigentliche Angelegenheit zu sprechen kam. »Ich bin auf der Suche nach meinem Onkel Diarmid. Sind Sie ihm vielleicht begegnet?«

Soviel Beauregard wußte, war Kates Onkel einer der führenden Köpfe der Central News Agency. Bei der Polizei genoß er hohes Ansehen, da man ihn für einen der wenigen gewissenhaften Journalisten hielt, die das weite Feld des Verbrechens beackerten.

»In letzter Zeit nicht. Ist er hier? Einer Geschichte wegen?«

»*Der* Geschichte wegen. Silver Knife.«

Kate war unruhig und nervös; sie hielt eine männisch anmutende Dokumentenmappe umklammert, deren Wert dem eines Totems gleichzukommen schien. Ihr Schirm war so groß, daß sie ihn kaum zu bändigen vermochte.

»Sie sehen so verändert aus, Miß Reed. Haben Sie etwas mit Ihrem Haar angestellt?«

»Nein, Mr. Beauregard.«

»Merkwürdig. Ich hätte schwören können ...«

»Vielleicht haben wir uns seit meiner Verwandlung nicht gesehen.«

Schlagartig wurde ihm bewußt, daß sie ein *nosferatu* war. »Ich bitte um Vergebung.«

Sie zuckte mit den Achseln. »Keine Ursache. Viele meiner Freundinnen haben sich verwandelt, müssen Sie wissen. Mein – wie sagt man doch gleich? – Vater in Finsternis hat zahlreiche Nachkommen. Mr. Frank Harris, der Redakteur.«

»Ich habe von ihm gehört. Er ist ein Freund Florence Stokers, nicht wahr?«

»Das war einmal, wenn mich nicht alles täuscht.«

Ihr Gönner – ein Mann, der dafür berühmt war, mit denselben Menschen, die er zunächst vor aller Welt verteidigte, kurz darauf zu brechen – genoß einen Ruf als berüchtigter Schwerenöter. Kate war eine unbefangene junge Frau; Beauregard begriff sogleich, was Mr. Frank Harris, der Redakteur, an ihr so anziehend finden mochte.

Sie mußte einen wichtigen Auftrag zu erfüllen haben, wenn sie sich, trotz des schweren Sonnenschirms, schon bald nach ihrer Verwandlung bei Tage aus dem Hause wagte.

»Nicht weit von hier ist ein Café, in dem sich die Reporter treffen. Es ist womöglich nicht das angemessenste Lokal für eine junge Dame ohne Begleitung, aber ...«

»Dann, Mr. Beauregard, müssen Sie mich begleiten, ich habe nämlich etwas bei mir, das ich Onkel Diarmid sofort übergeben muß. Ich hoffe, Sie halten mich nicht für vorlaut oder vermessen. Ich würde Sie nicht darum bitten, wenn es nicht so dringend wäre.«

Kate Reed war immer schon blaß und dünn gewesen. Die Verwandlung hatte ihr einen gesünderen Teint verliehen. Beauregard spürte ihre Willensstärke und war nicht im mindesten geneigt, sich ihr zu widersetzen.

»Sehr wohl, Miß Reed. Hier entlang ...«

»Nennen Sie mich Kate, Charles.«

»Aber gern, Kate.«

»Wie geht es Penny? Ich habe sie nicht mehr gesehen, seit ...«

»Ich leider auch nicht. Sie ist vermutlich nicht sehr gut auf mich zu sprechen.«

»Das wäre nicht das erstemal.«

Beauregard runzelte die Stirn.

»O bitte, verzeihen Sie, Charles. Das wollte ich nicht sagen. Ich bin zuweilen ein schrecklicher Tölpel.«

Das entlockte ihm ein Lächeln.

»Hier«, sagte er.

Das Café de Paris befand sich in der Commercial Street, unweit der Polizeiwache. Einst hatte man hier Markthelfern und Polizei-Constables Aalpasteten und riesige Kannen Tee aufgetragen, nun war es voller Männer mit gezwirbelten Schnurrbärten und karierten Anzügen, die um Schlag- und Verfasserzeilen stritten. Das Lokal war bei der Presse indes nur deshalb so beliebt, weil der Wirt eine jener neuartigen Telefon-Apparaturen hatte installieren lassen. Diese gestattete es den Reportern, um die Kleinigkeit von einem Penny mit ihrer Schriftleitung zu konferieren, ja sogar ganze Artikel per Draht zu übermitteln.

»Willkommen in der Zukunft«, sagte Beauregard und hielt Kate die Türe auf.

Sie sah, was er meinte. »O wie wunderbar.«

Ein zorniger kleiner Amerikaner im zerknitterten weißen Anzug und mit einem Strohhut, der noch aus dem vorigen Jahrhundert stammen mochte, hielt Hörer und Sprechmuschel des Gerätes in Händen und brüllte auf einen unsichtbaren Redakteur ein.

»Aber wenn ich's Ihnen doch sage«, schrie er laut genug, jenes Wunder der modernen Technik überflüssig zu machen, »ich habe ein Dutzend Zeugen, die Stein und Bein schwören, daß Silver Knife ein Werwolf ist.«

Der Mann am anderen Ende brüllte zurück, so daß der aufgebrachte Reporter Atem schöpfen konnte. »Anthony«, schallte es aus dem Hörer, »das ist doch keine *Nachricht*. Wir arbeiten für ein *Nachrichten*blatt, wir sollen *Nachrichten* bringen!«

Der Reporter rang mit der Apparatur, beendete das Gespräch und reichte sie an einen verschreckten Neugeborenen weiter, der die Schlange der Wartenden anführte.

»Jetzt sind Sie an der Reihe, LeQueux«, sagte der Amerikaner. »Vielleicht haben Sie mehr Glück mit Ihrer läppischen Theorie vom dampfgetriebenen Automaten.«

LeQueux, dessen Artikel Beauregard im ›Globe‹ gelesen hatte, drehte die Kurbel des Telefons und sprach flüsternd mit dem Fräulein vom Amt.

In einer Ecke spielten ein paar lose Buben mit Murmeln, während Diarmid Reed am offenen Feuer hofhielt. Er sog an einer Pfeife und gab einem kleinen Kreis schwerarbeitender Grub-Street-Skribenten einige Weisheiten mit auf den Weg.

»Freunde, eine Geschichte ist wie eine Frau«, sagte er. »Man kann ihr nachstellen und ihrer habhaft werden, aber zum Bleiben zwingen kann man sie nicht. So manches Mal geht man auf ein Heringsfrühstück ins Speisezimmer hinunter, und sie hat sich aus dem Staub gemacht.«

Beauregard hustete, um Reeds Aufmerksamkeit auf sich zu lenken, aus Furcht, daß dieser sich vor seiner Nichte in Verlegenheit bringen könnte. Reed blickte auf und grinste.

»Katie«, sagte er ohne den geringsten Anflug von Bedauern ob seiner unschicklichen Metapher. »Setz dich her und trink ein Täßchen Tee mit mir. Und Beauregard, nicht wahr? Wo haben Sie meine nachtschwärmerische Nichte nur gefunden? Doch wohl hoffentlich in keinem der Bordelle dieser Gegend. Ihre arme Mutter meinte immer schon, sie werde unsere Familie noch einmal ins Verderben stürzen.«

»Onkel, es ist wichtig.«

Er bedachte sie mit einem liebevollen, wenngleich zweifelnden Blick. »Ebenso wichtig wie deine Geschichte über das Frauenwahlrecht?«

»Onkel, selbst wenn du mit meinen Ansichten in dieser Frage nicht übereinstimmst, wirst du doch zugestehen müssen, daß es sehr wohl eine Nachricht ist, wenn Massen von Menschen, unter ihnen die größten und klügsten im Lande, für ebendiese Ansichten auf die Straße ziehen. Insbesondere wenn der Premierminister sich ihrer nicht anders zu erwehren weiß als durch den Einsatz seiner Karpater.«

»Laß hören, Mädchen«, sagte der Mann mit dem Strohhut.

Kate reichte Beauregard den Schirm und öffnete die Schnalle ihrer Dokumentenmappe. Sie legte ein Papier auf den mit Teetassen und Aschbechern übersäten Tisch.

»Das ist gestern angekommen. Wohlgemerkt, du selbst hast mich dazu verdonnert, die Post zu öffnen.«

Reed studierte das Papier eingehend. Es war mit einer spinnenartigen roten Handschrift bedeckt.

»Hast du das schnurstracks zu mir gebracht?«

»Ich habe dich die ganze Nacht gesucht.«

»Braver kleiner Vampir«, sagte ein Neugeborener mit gestreiftem Hemd und gewichsten Schnurrbartspitzen.

»Halten Sie die Klappe, D'Onston«, sagte Reed. »Meine Nichte trinkt nicht Blut, sondern Druckerschwärze. Sie hat Nachrichten in den Adern, wo bei Ihnen warmes Wasser fließt.«

»Gibt's was Neues?« unterbrach LeQueux sein Telefongespräch.

Reed ließ die Frage unbeantwortet. Er suchte in seinem Rock nach einem Penny und zitierte einen der Buben zu sich.

»Ned, geh zur Polizeiwache und suche jemanden über dem Rang eines Sergeant. Du weißt schon.«

Das scharfsichtige Kind setzte eine Miene auf, als sei es bestens im Bilde, was die unendliche Vielfalt und die Gewohnheiten von Polizisten anbetraf.

»Sag ihm, die Central News Agency habe einen Brief erhalten, der *anscheinend* von Silver Knife persönlich stammt. Halte dich genau an meine Worte.«

»Anschneidend?«

»Anscheinend.«

Der barfüßige Merkur fischte den aufschnellenden Penny aus der Luft und jagte davon.

»Ich sage euch«, begann Reed, »Knaben wie Ned gehört die Welt von morgen. Das zwanzigste Jahrhundert wird unsere wildesten Fantasien noch übersteigen.«

Niemand wollte jetzt Gesellschaftstheorien lauschen. Alle wollten nur den Brief sehen.

»Vorsicht«, mahnte Beauregard. »Ich vermute, dies ist ein Beweisstück.«

»Gut gebrüllt, Löwe. Also, zurück mit euch, Jungens, macht mir ein wenig Platz.«

Reed hielt den Brief mit spitzen Fingern und las ihn ein zweites Mal.

»Eines ist sicher«, sagte er, als er geendet hatte. »Mit Silver Knife ist es vorbei.«

»Was?« rief LeQueux.

»›*Es wird wohl recht sein, wenn ich Ihnen meinen Künstlernamen nenne*‹, heißt es im Postskriptum.«

»Künstlername?« fragte D'Onston.

»›*Jack the Ripper*‹. Die Unterschrift lautet: ›*Ganz der Ihrige, Jack the Ripper*‹.«

D'Onston sagte den Namen halblaut vor sich hin, ließ ihn sich auf der Zunge zergehen. Andere fielen in den Chor mit ein. The Ripper, Jack the Ripper. Jack. The Ripper. Ein Schauer erfaßte Beauregard.

Kate war's zufrieden und blickte bescheiden auf ihre Stiefelspitzen.

»Beauregard, hätten Sie wohl die Güte?«

Reed reichte ihm den Brief, was den konkurrierenden Zeitungsschreibern ein neidisches Brummen entlockte.

»Lesen Sie vor«, meinte der Amerikaner. In einem kleinen Anfall von Selbstgewißheit versuchte Beauregard den Brief vorzutragen.

»›*Werter Meister*‹«, begann Beauregard. »Die Handschrift ist flüchtig und spitz, deutet jedoch auf einen gebildeten Menschen hin, der das Schreiben gewohnt ist.«

»Schluß mit dem Redakteursgeplänkel«, meinte LeQueux, »geradeheraus damit.«

»Ich höre dauernd, die Polypen haben mich geschnappt, aber so leicht mach ichs‹ – ohne Apostroph – ›*so leicht mach ichs denen nicht. Ich hab' gelacht, wie sie so gescheite Mienen aufsetzen und erzählen, sie wären auf der rechten Spur ...*‹«

»Kluger Junge«, sagte D'Onston. »Da rückt er Lestrade und Abberline aber gehörig den Kopf zurecht.«

Alle gemahnten den Störenfried zur Ruhe.

»›Der Witz von wegen Silver Knife hat mir einen wahrhaften Lachkrampf eingetragen. Ich fahre auf Blutsauger los und werd so lang welche aufschlitzen, bis ich ins Kittchen wandere. Die Letzte ist mir wirklich prächtig geraten. Ich hab' der Dame nicht mal Zeit zum Schreien gelassen. Wie könnten sie mich da schnappen. Ich tu' meine Arbeit gern und will wieder damit anfangen. Sie werden bald mehr von mir und meinen drolligen Spielchen hören.«

»Entarteter Abschaum«, platzte D'Onston heraus. Beauregard konnte nicht anders, als ihm beizupflichten.

»Beim letztenmal hab' ich was von dem echten roten Zeug in einer Ingwerbierflasche aufgefangen, um damit zu schreiben, aber es wurde dick wie Leim und ich kanns nicht benutzen. Rote Tinte tuts hoffentlich auch. Haha. Beim nächstenmal werd' ich der Dame die Ohren abschneiden und sie den Polypen schicken, nur so aus Jux und Dollerei ...‹«

»Nur so aus Jux und Dollerei? Soll das ein Witz sein?«

»Unser Mann ist ein Komiker«, sagte LeQueux. »Ein zweiter Grimaldi.«

»›Halten Sie diesen Brief zurück, bis ich wieder an die Arbeit gehe, dann geben Sie ihn schnell heraus.‹«

»Klingt ganz nach meinem Redakteur«, meinte der Amerikaner.

»›*Mein Messer ist so hübsch scharf und silbrig, daß ich gleich wieder an die Arbeit gehen will, wenn sich eine Gelegenheit bietet. Viel Glück.*‹ Und, wie Reed schon sagte: ›*Ganz der Ihrige, Jack the Ripper. Es wird wohl recht sein, wenn ich Ihnen meinen Künstlernamen nenne.*‹ Sowie ein zweites Postskriptum. ›*Ich konnte den Brief nicht eher zur Post geben, weil ich mir erst die ganze rote Tinte von den Händen waschen mußte, zum Teufel damit. Bisher kein Glück. Jetzt heißt es plötzlich, ich wär Arzt, haha.*‹«

»Haha«, sagte ein zorniger alter Mann vom ›Star‹. »Von wegen haha. Dem gäb ich ordentlich Haha, wenn er hier wäre.«

»Woher wissen wir eigentlich, daß er keiner von uns ist?« fragte D'Onston augenrollend und wischte sich den Schnurrbart wie ein Schurke im Melodram.

Ned kehrte mit Lestrade und zwei Constables zurück, die schnauften, als sei statt einer bloßen Mitteilung der Mörder höchstpersönlich im Café de Paris eingetroffen.

Beauregard reichte dem Inspektor den Brief. Während er las und sich seine Lippen stumm bewegten, debattierten die Journalisten aufgeregt.

»Nichts weiter als ein schlechter Scherz«, meinte jemand. »Irgendein Possenreißer, der uns einen Streich zu spielen versucht.«

»Ich glaube, er ist echt«, hielt Kate dagegen. »Es ist etwas Schauriges daran, das mir authentisch zu sein scheint. All diese scheinheiligen Scherze. Er trieft nachgerade vor perverser Freude. Als ich ihn öffnete, ja noch bevor ich ihn gelesen hatte, verspürte ich ein dunkles Gefühl von Bosheit, Einsamkeit, ja Zielbewußtheit.«

»Wie dem auch sei«, sagte der Amerikaner. »Es ist eine Nachricht. Und niemand wird uns daran hindern können, sie zu drucken.«

Lestrade hob die Hand, als wolle er etwas einwenden, ließ sie jedoch wieder sinken, noch ehe er den Mund aufgetan hatte.

»Jack the Ripper, ha«, stieß Reed hervor. »Wir hätten es selbst nicht besser treffen können. Das alte Silver-Knife-Alias war ihm offenbar nicht gut genug. Endlich haben wir einen anständigen Namen für den Kerl.«

21

In memoriam

29. September

Heute begab ich mich nach dem Friedhof von Kingstead, um wie in jedem Jahr ein Blumengebinde niederzulegen. Lilien, was sonst? Seit Lucys Vernichtung sind auf den Tag genau drei Jahre vergangen. Das Grab trägt das Datum ihres ersten Todes, und ich allein – so glaubte ich wenigstens – entsinne mich des Tages, an dem Van Helsing seinen Kreuzzug antrat. Es steht schwerlich zu erwarten, daß der Prinzgemahl ihn zu einem staatlichen Feiertag ausrufen wird.

Als ich vor kaum drei Jahren aus den Wäldern kam, fand ich das Land verwandelt vor. Auf Monate hinaus, in deren Verlauf der Graf in seine gegenwärtige Position aufstieg, rechnete ich in jedem Augenblick damit, niedergestreckt zu werden. Zweifellos würde der Eindringling, der sich so sehr an der öffentlichen Hinrichtung Van Helsings hatte ergötzen können, schließlich seine Klaue nach mir ausstrecken und mich zerschmettern. Am Ende, als meine Furcht nur mehr ein dumpfes Pochen war, hatte ich mich, wie ich annahm, in den wimmelnden Massen verloren, die unseren neuen Herrn und Meister so sehr faszinierten. Vielleicht hatte er – in seiner teuflischen Grausamkeit, für die er ja berühmt ist – aber auch beschieden, daß es eine angemessenere Strafe sei, mir mein Leben zu lassen. Schließlich bin ich dem Prinzgemahl keine allzu große Bedrohung. Seit damals scheint mir das Leben wie ein Traum, ein Nachtschatten dessen, was eigentlich hätte sein sollen …

Noch immer träume ich von Lucy, träume viel zu oft von ihr. Von ihren Lippen, ihrer blassen Haut, ihrem Haar, ihren Augen. Häufig schon haben meine Träume von Lucy mir nächtliche Ergüsse eingetragen. Feuchte Lippen und feuchte Träume …

Ich habe mir Whitechapel für meine Arbeit ausgesucht, weil es der schäbigste Bezirk der Stadt ist. Von jenem falschen Schein, der nach Meinung vieler Draculas Herrschaft erst erträglich macht, ist hier nichts zu sehen. Wo Vampirschlunzen an jeder Ecke um Blut betteln und die Straßen mit berauschten oder toten Männern übersät sind, zeigt sich das wahre, wurmzerfressene Antlitz all dessen, was er angerichtet hat. Zwar fällt es mir schwer, inmitten so vieler Blutsauger nicht die Beherrschung zu verlieren, doch ist mein Wille ungebrochen. Früher einmal war ich Arzt, Spezialist für die Verwirrungen des Geistes. Nun bin ich Vampirmetzler. Meine Aufgabe ist es, das korrupte Herz der Stadt herauszuschneiden.

Das Morphium macht sich bemerkbar. Der Schmerz läßt nach, und meine Sehkraft wächst. Heute nacht werde ich den Dunst mit scharfem Blick durchdringen. Ich werde den Vorhang zerfetzen und mich der Wahrheit stellen.

Der Nebel, der London im Herbst wie ein Leichentuch umhüllt, wird immer dichter. Wie ich höre, ist allerlei Ungeziefer – Ratten, wilde Hunde, Katzen – prächtig am Gedeihen. In einigen Vierteln sind selbst mittelalterliche Krankheiten wieder aufgekeimt. Ganz so, als sei der Prinzgemahl eine brodelnde Kloake, aus der immerzu Abschaum sich ergießt, als beobachte er mit wölfischem Grinsen, wie sein Reich von Siechtum überquillt. Der Nebel hilft, die Grenzen zwischen Tag und Nacht zu verwischen. In Whitechapel ist an vielen Tagen in der Tat kein Sonnenstrahl zu sehen. Wie oft schon haben wir mit ansehen müssen, wie ein Neugeborener bei Tage dem Wahnsinn verfiel, weil ihm das trübe Licht das Hirn versengte?

Heute war der Himmel erstaunlich klar. Ich verbrachte den Morgen damit, schwere Sonnenbrände zu behandeln, indem ich sie großzügig mit Wieke bedeckte. Geneviève nimmt sich der schlimmsten Fälle an, erklärt ihnen, daß es gemeinhin Jahre braucht, Widerstandskraft gegen das Sonnenlicht zu entwickeln. Es ist nicht leicht, Geneviève als das zu betrachten, was sie tatsächlich ist; doch bisweilen, wenn der Zorn in ihren Augen funkelt oder ihre Lippen unwissentlich spitze Zähne entblößen, geht der Schein der Menschlichkeit dahin.

Der Rest der Stadt mag ruhiger sein, ist jedoch kein bißchen besser. Ich kehrte auf eine Portion Schweinefleischpastete und einen Krug Bier im Spaniards ein. Hoch über der Stadt, mit Blick hinunter auf das nebelverhangene Londoner Becken, aus dem die eine oder andere Giebelspitze hervorragte, hoffte ich mir einbilden zu können, es sei alles wie zuvor. Wider die Kälte mit Schal und Handschuhen gewappnet, saß ich im Freien, nippte an meinem Ale und dachte an dieses und jenes. In der Düsterkeit des Nachmittags paradierten vornehme Neugeborene mit rotglühenden Augen und blasser Haut über Hampstead Heath dahin. Es schickt sich unterdessen sehr, der Mode zu folgen, wie die Königin sie vorgibt, und der Vampirismus ist – nach einigen Jahren der Ächtung – auch in der besseren Gesellschaft höchst willkommen. Hübsch herausgeputzte Mädchen mit Hüten strömen, die elfenbeinernen Zahndolche ziemlich hinter japanischen Fächern verborgen, an schattigen Nachmittagen nach der Heath hinaus, die schwarzen Sonnenschirme hoch über den Kopf erhoben. Lucy wäre wohl eine von ihnen, hätten wir sie nicht vernichtet. Ich sah sie schwatzen wie aufgescheuchte Ratten, Kinder abküssen mit kaum verhohlenem Durst. Es ist wahrhaftig kein Unterschied zwischen ihnen und den blutsaugerischen Dirnen von Whitechapel.

Ich ließ meinen halbvollen Trinkkrug stehen und legte den Rest des Wegs nach Kingstead zu Fuß zurück, hielt den Kopf gesenkt und die Hände tief in den Manteltaschen vergraben. Das Tor stand offen, unbewacht. Seit das Sterben aus der Mode geraten ist, liegen die Kirchhöfe brach. Auch die Kirchen werden achtungslos behandelt, wenngleich es bei Hofe folgsame Erzbischöfe gibt, die verzweifelt bestrebt sind, Anglikanismus und Vampirismus in Einklang zu bringen. Zu Lebzeiten mordete der Prinzgemahl zur Verteidigung des Glaubens. Er wähnt sich auch jetzt noch einen Christenmenschen. Die königliche Hochzeit im vergangenen Jahr war eine pomphafte Schaustellung der Hochkirche, die Pusey und Keble gewiß in Entzücken versetzt hätte.

Wie ich den Friedhof betrat, konnte ich mich der Erinnerung nicht erwehren, die so klar und schmerzvoll in mir aufstieg, als wäre es vergangene Woche erst geschehen. Ich redete mir ein, daß wir ein Ding vernichtet hatten, nicht das Mädchen, das ich liebte. Als ich ihr den Hals durchtrennte, fand ich meine Berufung. Meine Hand tat verteufelt weh. Ich habe versucht, meinen Gebrauch des Morphiums einzuschränken. Zwar weiß ich, daß ich mich in ordentliche Behandlung begeben sollte, doch bin ich der festen Überzeugung, daß ich die Schmerzen brauche. Ihnen verdanke ich meine Entschlossenheit.

Während die ersten Veränderungen vor sich gingen, begannen die Neugeborenen die Gräber von verstorbenen Verwandten zu öffnen, in der Hoffnung, sie mit Hilfe der Osmose ins Vampirleben zurückholen zu können. Ich mußte auf meine Schritte achten, den schlundartigen Löchern zu entgehen, die ihre fruchtlosen Bemühungen hinterlassen hatten. Hier heroben war der Nebel lichter, wie ein Schleier aus Musselin.

Es bereitete mir keinen geringen Schreck, vor der Gruft der Westenras eine Gestalt zu erblicken. Eine schlanke junge Frau im mit falschem Pelz besetzten Mantel und einem rotbebänderten Strohhut, der auf ihrem festgesteckten Haar thronte. Als sie mich kommen hörte, wandte sie sich um. Ich erhaschte einen Blick aus ihren rotglühenden Augen. Im Gegenlicht besehen, hätte sie die dem Grab entstiegene Lucy sein können. Mein Herz machte einen Satz.

»Sir?« sagte sie, erschrocken über mein Erscheinen. »Wer mag das sein?«

Die Stimme gehörte einer Irländerin, sie klang ungebildet, unbeschwert. Es war nicht Lucy. Ohne den Hut zu lüften, nickte ich ihr zu. Die Neugeborene hatte etwas Vertrautes an sich.

»Nanu«, sagte sie, »wenn das nicht Dr. Seward von der Hall ist.«

Ein später Sonnenstrahl spießte den Nebel, und die Vampirfrau wich zurück. Ich erkannte ihr Gesicht.

»Kelly, nicht wahr?«

»Marie Jeanette, Sir«, sagte sie. Allmählich gewann sie ihre Fassung wieder, und es gelang ihr, erst geziert, dann zögerlich zu lächeln, sich in meine Gunst zu setzen. »Wollen Sie den Toten die Ehre erweisen?«

Ich nickte und legte mein Blumengebinde nieder. Sie hatte das ihre an der Türe zur Gruft dargebracht, ein billiges Bouquet, das sich neben meiner kostspieligen Achtungserweisung winzig ausnahm.

»Kannten Sie das junge Fräulein?«

»Ja.«

»Sie war schön«, sagte die Kelly. »Bildschön.«

Ich konnte mir beim besten Willen keinen Begriff davon machen, in welcher Verbindung diese grobknochige Nutte zu meiner Lucy gestanden haben mochte. Sie war frischer als die anderen, und doch nichts weiter als eine gemeine Hure. Wie die Nichols, die Chapman und die Schön …

»Sie hat mich verwandelt«, erklärte die Kelly. »Sie hat mich eines Nachts, wie ich vom Besuch bei einem Herrn nach Hause ging, auf der Heath angetroffen und in ein neues Leben entlassen.«

Ich sah mir die Kelly etwas genauer an. Wenn sie tatsächlich Lucys Sproß war, bestätigte sie eine Theorie, von der man mir erzählte, welche besagt, daß die Nachkommen von Vampiren ihren Eltern in Finsternis mit der Zeit immer ähnlicher sehen. Ihr kleiner roter Mund und ihre kleinen weißen Zähne hatten durchaus etwas von Lucys Zartheit an sich.

»Sie hat mich verwandelt, wie der Prinzgemahl auch sie verwandelt hat. Ich gehöre also beinahe zur königlichen Familie. Die Königin ist meine Tante in Finsternis.«

Sie kicherte. Die Hand in meiner Tasche war wie in Feuer getaucht, eine geballte Faust, durchdrungen von geballtem Schmerz. Die Kelly kam mir nun so nahe, daß ich trotz ihres Parfüms die Fäulnis ihres Atems riechen konnte, und sie strich über meinen Mantelkragen.

»Das ist ein guter Stoff, Sir.«

Geschwind wie eine Schlange küßte sie meinen Hals, und mir stockte das Herz. Auch jetzt noch finde ich keinerlei Erklärung oder Entschuldigung für die Gefühle, die mich dabei überkamen.

»Wenn ich Sie nur verwandeln dürfte, warmblütiger Herr, gehörten auch Sie zur königlichen Familie.«

Ich stand stocksteif, wie sie sich an mir rieb, ihre Hüfte an mich drückte, die Hände über meine Schultern, meinen Rücken gleiten ließ.

Ich schüttelte den Kopf.

»Ihr Pech, Sir.«

Sie trat zurück. In meinen Schläfen hämmerte das Blut, und mein Herz raste wie der Gewinner des Wessex Cup. Die Gegenwart dieser Kreatur verursachte mir Übelkeit. Hätte das Skalpell in meiner Tasche gesteckt, würde ich ihr das Herz aus der Brust gerissen haben. Doch andere Gefühle bemächtigten sich meiner. Sie sah so sehr wie jene Lucy aus, die mich in meinen Träumen heimsucht. Ich wollte etwas sagen, brachte aber nur ein Krächzen heraus. Die Kelly verstand. Sie hatte offenbar Erfahrung. Der Blutsauger wandte sich lächelnd um und schlich abermals an meine Seite.

»Darf es vielleicht was anderes sein, Sir?«

Auf mein Nicken begann sie, mir die Kleider zu lösen. Sie zog meine Hand aus der Tasche und bedauerte mich ob meiner Wunde. Voller Zartgefühl kratzte sie den Schorf herunter und leckte mit wollüstigem Schaudern. Zitternd blickte ich mich um.

»Hier wird uns schon niemand stören, Doktor, Sir …«

»Jack«, stieß ich hervor.

»Jack«, sagte sie, vom Klang des Wortes angetan. »Ein schöner Name.«

Sie raffte ihre Röcke bis über die Strümpfe hoch, band sie um ihre Taille, sank auf die Erde nieder und brachte sich in Stellung, mich zu empfangen. Sie sah aus wie Lucy.

Genau wie Lucy. Ich blickte eine kleine Ewigkeit auf sie hinab und hörte Lucys Stimme rufen. Das Herz wollte mir vor Schmerz zerspringen. Schließlich hielt ich es nicht mehr aus, stürzte mich auf die Dirne, öffnete meine Kleider und spießte sie regelrecht. In der Flur vor Lucys Grab beschälte ich die Kreatur, das Gesicht mit Tränen überströmt, ein greuliches Brennen im Leib. Ihr Fleisch war kalt und weiß. Sie drängte mich, mich zu verströmen, half mir beinahe wie eine säugende Mutter ihrem Kind. Nachher nahm sie mich naß in ihren Mund und ließ mich – mit exquisiter, peinigender Vorsicht – ein wenig zur Ader. Es war sonderbarer noch als Morphium, eine Ahnung von buntschillerndem Tod. In Sekundenschnelle war es vorüber, doch schien der Akt der Vereinigung mit dem Vampir sich im Gedächtnis über Stunden hinzuziehen. Fast regte sich in mir der Wunsch, mit meinem Samen möge auch das Leben aus mir weichen.

Während ich mich zuknöpfte, wandte sie den Blick beinahe bescheiden fort. Ich spürte die Macht, die sie nun über mich besaß, die Macht der Bezauberung, die ein Vampir über sein Opfer sich verschafft. Ich bot ihr Geld, doch mein Blut war ihr genug. Sie sah mich zärtlich, mitleidsvoll beinahe an, ehe sie mich verließ. Ach, hätte ich doch das Skalpell bei mir gehabt.

Ehe ich daranging, diesen Eintrag vorzunehmen, besprach ich mich mit Geneviève und Druitt. Sie müssen die Nachtschicht übernehmen. Wir sind zu einem Privatlazarett geworden, und ich will, daß Geneviève – die eine bessere Ärztin ist, als ich sie mir jemals wünschen könnte, obgleich ihr zur Ausübung der Arzneikunst recht eigentlich die Befugnis fehlt – hier ist, wenn ich fort bin. Insbesondere die kleine Lily Mylett hat es ihr angetan. Ich fürchte, Lily wird das Wochenende nicht überstehen.

Die Fahrt zurück nach Kingstead ist nur mehr eine nebelhafte Erinnerung. Ich saß in einem Omnibus und schaukelte im Rhythmus des Fuhrwerks, während mir immer wieder alles vor den Augen verschwamm. In Korea beredete mich Quincey in Experimentierlaune, eine Opiumpfeife zu versuchen. Es war eine ähnliche, doch weitaus sinnlichere Empfindung. Eine jede Weibsperson, die ich erblickte, vom hüpfenden goldhaarigen Kind bis hin zur altersgrauen Krankenwärterin, begehrte ich auf vage, unbestimmte Weise. Zwar war ich gewiß zu erschöpft, meinem Begehren nachzugeben, dennoch quälte es mich, als krabbelten winzige, freßgierige Ameisen über meine Haut.

Nun bin ich zitterig, nervös. Das Morphium hat mir allzu wenig Erleichterung verschafft. Seit der letzten Entbindung ist schon zuviel Zeit verstrichen. In Whitechapel ist es gefährlicher geworden. Allerorten kreuchen sie umher, wähnen Silver Knife in jedem Winkel. Mein Skalpell liegt auf dem Schreibtisch, schimmerndes Silber. Blank wie ein Spiegel. Man sagt, ich sei verrückt. Man begreift nicht, was meine Absicht ist.

Als ich von Kingstead zurückkehrte, konnte ich in meinem Taumel nicht umhin, mir etwas einzugestehen. Wenn ich von Lucy träume, dann nicht von jenem warmblütigen Mädchen, das ich liebte. Wenn ich von Lucy träume, dann träume ich von Lucy, dem Vampir.

Es geht auf Mitternacht. Ich muß hinaus.

22

Leb wohl, kleiner Vogel mein

Der Direktor hatte ihr die Nachtschicht übertragen, was Druitt in finstere Laune versetzte. Als Geneviève an Lilys Bett zu wachen wünschte, begann Druitt zu murren und gab ihr unverhohlen zu verstehen, wenn sie sich mit diesem Fall befassen wolle, solle sie doch ihm die Oberaufsicht anvertrauen. In dem kleinen Raum im Erdgeschoß, wo die Schlafstatt des Kindes sich befand, erteilte Geneviève ihm Anweisungen. Druitt stand bequem und tat gerade so, als hörte er nicht, wie Lilys Lunge schnarrte. Mit jedem Atemzug ertönte ein langgezogenes, qualvolles Röcheln. Schwester Amworth, die frisch angeworbene Krankenwärterin, umschwirrte die Patientin und brachte ihre Decken in Ordnung

»Ich wünsche, daß entweder Sie oder Morrison sich ständig im Foyer aufhalten«, erklärte ihm Geneviève. »In den vergangenen Nächten wurden wir von einer wahren Menschenflut überrollt, und ich wünsche niemanden im Hause, der hier nichts zu schaffen hat.«

Druitt legte die Stirn in Falten. »Sie verblüffen mich. Wir sind doch wohl für alle …«

»Selbstverständlich, Mr. Druitt. Dennoch sind immer einige darunter, die nichts weiter im Sinn haben, als uns zu schröpfen. Wir besitzen Arzneien, andere Dinge von Wert. Man hört immer wieder von Diebstählen. Und im Falle, daß ein hochgewachsener chinesischer Gentleman vorstellig wird, würde ich mich freuen, wenn Sie ihm den Zutritt verwehren könnten.«

Er begriff nicht; sie hoffte, man mußte es ihm nicht begreiflich machen. Sie konnte sich eigentlich nicht recht vorstellen, daß der Mann die hüpfende Kreatur zu bändigen vermochte, wenn diese sich abermals auf ihre Fährte setzte. Der Älteste war nur ein weiteres sie bedrängendes Problem, das unbedingt der Lösung harrte.

»Sehr wohl«, sagte Druitt und ging. Sie bemerkte, daß sein einziger guter Rock entlang des Saumes Fäden schlug und an den Ellbogen beinahe durchgescheuert war. In diesen Kreisen kam gute Kleidung einer Rüstung gleich. Sie bewahrte den Ehrenmann vor einem Absturz in ungeahnte Tiefen. Montague John Druitt hatte mit den Abgründen des Lebens vermutlich mehr als nur flüchtige Bekanntschaft geschlossen. Zwar benahm er sich gegenüber Geneviève stets höflich, doch etwas hinter seiner Zurückhaltung machte ihr angst. Er war Schullehrer gewesen und hatte dann halbherzig ins Fach des Sachwalters gewechselt, ehe er nach Toynbee Hall gekommen war. In keiner seiner selbstgewählten Professionen hatte er es zu höheren Weihen gebracht. Sein besonderes Interesse galt der Erhebung öffentlicher Subskriptionen zur Gründung des ersten Krikketclubs von Whitechapel. Er wollte eine Mannschaft bilden, indem er talentierte Spieler von der Straße aufsammelte und ihnen die Regeln und Finten jenes Sports beibrachte, dem er, wie so viele seiner Landsleute, mit fast religiöser Verehrung begegnete.

Lily begann eine rotschwarze Masse auszuhusten. Die neue Wärterin – ein Vampir mit einiger Erfahrung – wischte dem Kind über den Mund und drückte auf seine Brust, um die Verstopfung zu beseitigen.

»Mrs. Amworth? Was ist das?«

Die Wärterin schüttelte den Kopf. »Das kommt von ihrem Blut, Ma'm«, sagte sie. »Da können wir nicht viel machen.«

Lily lag im Sterben. Eine der warmblütigen Wärterinnen hatte ihr ein wenig Blut gespendet, doch es half alles nichts. Das Tier, zu dem sie hatte werden wollen, nahm von ihr Besitz, und dieses Tier war tot. Lebendes Gewebe verwandelte sich Zoll für Zoll in ledriges, lebloses Fleisch.

»Es braucht eine Menge geistiges Geschick«, sagte die Amworth, »um die Gestalt zu wechseln. Wenn man sich in etwas verwandeln will, muß man sich dieses Etwas in allen Einzelheiten *vorstellen* können. Es ist wie mit einer Zeichnung: Jede Kleinigkeit muß stimmen. Die Anlagen hat sie im Blut, aber den Kniff zu meistern, ist nicht leicht.«

Geneviève war froh, daß die von Chandagnacs Geblüt ihre Gestalt nicht wechseln konnten. Die Amworth strich Lilys Flügel glatt, als sei er eine Decke. Geneviève betrachtete den unförmigen Auswuchs wie die Pastellzeichnung eines Kindes; er war verkrümmt, wollte nicht recht zusammenpassen. Lily schrie, in ihrem Innern wüteten brennende Schmerzen. Sie war blindlings auf die Straße hinausgelaufen, und die Sonne hatte der Neugeborenen die Augen ausgebrannt. Der tote Flügel sog das Mark aus ihren Schenkelknochen, die, von Muskelfleisch umhüllt, knirschend zerbröckelten. Die Amworth hatte ihr Schienen angelegt, doch auch dies vermochte ihren Tod allenfalls hinauszuzögern.

»Es wäre eine Gnade«, sagte die Amworth, »ihr das Sterben zu erleichtern.«

Seufzend pflichtete Geneviève ihr bei. »Wenn wir doch nur auch ein Silbermesser hätten.«

»Silbermesser?«

»Wie der Mörder, Mrs. Amworth.«

»Ein Reporter hat mir heute abend erst erzählt, daß der Mörder einen Brief an alle Zeitungen geschrieben hat. Er will, daß man ihn von nun an Jack the Ripper nennt.«

»Jack the Ripper?«

»Ja.«

»Was für ein alberner Name. Daran wird sich doch kein Mensch je erinnern. Er heißt nun einmal Silver Knife, und Silver Knife wird er auch bleiben.«

Die Amworth stand auf und strich über den Saum ihrer knielangen Schürze. Der Fußboden in dem kleinen Raum war nicht gekehrt. Sie führten einen ständigen Kampf, die Hall sauberzuhalten. Sie war schließlich nicht als Spital gedacht.

»Mehr können wir nicht tun, Ma'm. Ich muß mich um

die anderen kümmern. Mit ein wenig Glück können wir vielleicht das Auge des kleinen Chelvedale retten.«

»Gehen Sie nur, ich bleibe bei ihr. Jemand muß schließlich auf sie achtgeben.«

»Jawohl, Ma'm.«

Die Wärterin ging, und Geneviève kniete an ihrer Statt neben dem Bettchen nieder. Sie ergriff Lilys menschliche Hand und drückte sie fest. Auch jetzt noch war nicht-tote Kraft in den Fingern des Kindes, und es reagierte. Geneviève redete sanft auf das Mädchen ein, in Zungen, die Lily unmöglich verstehen konnte. In einem düsteren Winkel ihres Schädels nistete der Geist einer Französin des Mittelalters, welcher bisweilen zum Vorschein kam.

Indem sie mit ihrem leiblichen Vater umhergezogen war, hatte sie trotz ihrer kurzen Lebensspanne gelernt, die Sterbenden zu pflegen. Ihr Vater, der Feldscher, versuchte selbst jene Männer noch zu retten, die ihr Kommandant ohne viel Federlesens bei lebendigem Leib begraben hätte, um sich ihrer zu entledigen. Der Schlachtfeldgestank von verfaultem Fleisch erfüllte nun auch dieses Zimmer. Sie besann sich auf die lateinischen Tiraden der Priester und überlegte, ob Lily einer Religion angehören mochte. Sie hatte nicht daran gedacht, einen Geistlichen an ihr Sterbebett zu rufen.

Von allen Geistlichen der nächste war zweifellos John Jago, doch der Kreuzfahrer Christi würde sich gewiß weigern, einem Vampir die letzte Ölung zu erteilen. Dann war da noch Reverend Samuel Barnett, der Pfarrer von St. Jude's und Gründervater von Toynbee Hall, seines Zeichens Ausschußmitglied und Sozialreformer, der unermüdlich für die Räumung der Lasterhöhlen innerhalb der ›sündhaften Viertelmeile‹ stritt. Sie entsann sich, wie er sprudelnd und mit zornesrotem Gesicht gegen den Weiberbrauch gewettert hatte, bei Raufereien den Oberkörper zu entblößen. Obgleich Barnett keineswegs die vernunftlosen Vorurteile eines John Jago hegte, stand er Geneviève überaus argwöhnisch gegenüber und hatte ihre Motive, sich der Wohlfahrtsbewegung des East End anzuschließen, sogar öffentlich in Frage gestellt. Sie konnte es den Kriegern Gottes nicht verdenken, daß sie ihr mißtrauten. Jahrhunderte, ehe Huxley den Begriff geprägt hatte, war sie bereits Agnostikerin gewesen. Als sie bei Dr. Seward wegen ihres derzeitigen Postens vorstellig geworden war, hatte er gefragt: »Sie sind weder Temperenzlerin noch Kirchenfrau, was sind Sie?« Schuldig, hatte Geneviève gedacht.

Sie sang die Lieder ihrer längst vergangenen Kindheit. Sie wußte nicht, ob Lily hören konnte. Der wächserne rote Ausfluß, der aus ihren Ohren trat, deutete darauf hin, daß sie ebenso taub war wie blind. Dennoch vermochte der Klang – vielleicht die Schwingungen der Luft oder der Hauch ihres Atems – die Patientin zu besänftigen.

»Toujours gai«, sang Geneviève mit krächzender Stimme, und heiße, blutige Tränen strömten über ihre Wangen, *»toujours gai …«*

Lily schwoll der Hals wie einer Kröte, und brackiges Blut von braunschlierigem Scharlachrot quoll aus ihrem Mund. Geneviève drückte auf die Schwellung und hielt den Atem an, um den Geruch des Todes abzuwehren. Sie drückte fester, und Lied, Erinnerung und Gebet gingen in ihrem Kopf wirr durcheinander und brachen schließlich über ihre Lippen. Obgleich sie wußte, daß sie nicht gewinnen konnte, begann sie zu kämpfen. Jahrhundertelang hatte sie dem Tod getrotzt; nun forderte die große Finsternis dafür ihren Zoll. Wie viele Lilys hatten eines frühen Todes sterben müssen, im Ausgleich für das lange Leben der Geneviève Dieudonné?

»Lily, mein Liebes«, suchte sie das Mädchen zu beschwören, »mein Kind, Lily, mein teurer Schatz, meine Lily, meine Lily …«

Die geblendeten Augen des Kindes sprangen auf. Vom Licht getroffen, verschrumpfte eine milchige Pupille zu einem winzigen Punkt. Trotz ihrer Schmerzen brachte sie beinahe ein Lächeln zuwege.

»Ma-ma«, sagte sie, ihr erstes und letztes Wort. »Mma …«

Rose Mylett, oder wer auch immer die Mutter des Kindes sein mochte, war nicht auffindbar. Der Matrose oder Markthelfer, der seine vier Pence verschleudert hatte, um sie zu zeugen, wußte wahrscheinlich nicht einmal, daß sie gelebt hatte. Und der Murgatroyd aus dem West End – dem Geneviève nachspüren und *weh tun* wollte – frönte unterdessen anderen Gelüsten. Nur Geneviève war hier.

Lily wand sich in Zuckungen. Blutige Schweißperlen bedeckten ihr Gesicht.

»Mma ...«

»Ich bin es, deine Mutter, Kind«, sagte Geneviève. Sie hatte weder Kinder noch Nachkommen. Da sie bei ihrer Verwandlung jungfräulich gewesen war, hatte sie den Dunklen Kuß niemals weitergegeben. Doch war sie diesem Kind eher noch eine Mutter als die warmblütige Rose, eher noch ein Vater in Finsternis als der Murgatroyd ...

»Ich bin es, Mama, Lily. Mama hat dich lieb. Bei mir bist du wohl aufgehoben ...«

Sie nahm Lily aus dem Bettchen und schloß sie in die Arme, drückte sie fest an sich. Die Knochen in der schmalen Brust des Mädchens regten sich. Geneviève preßte den zerbrechlichen kleinen Kopf an ihren Busen.

»Da ...«

Geneviève zog ihr Hemd auseinander und ritzte sich mit dem Daumennagel leicht die Brust. Sie fuhr zusammen, als ihr Blut hervorsickerte.

»Trink, trink, mein Kind ...«

Genevièves Blut, von Chandagnacs reinem Geblüt, konnte Lily vielleicht heilen, wusch vielleicht das Erbübel von Dracolas Grabesfäule heraus, machte sie vielleicht wieder gesund . ..

Vielleicht, vielleicht, vielleicht.

Sie preßte Lilys Kopf an ihre Brust und führte den Mund des Mädchens zu der Wunde. Es schmerzte, als bohrte ihr jemand eine eisige Silbernadel durch das Herz. Liebe und Schmerz waren eins. Ihr hellrotes Blut benetzte Lilys Lippen.

»Ich lieb' dich, kleiner Vogel mein ...«, sang Geneviève.

Ein würgender Laut drang aus Lilys Kehle.

»Leb' wohl, kleiner Vogel mein, ich fliege wieder fort ... «

Lilys Kopf glitt von Genevièves Brust. Das Gesicht des Mädchens war blutverschmiert.

»... denn bleib' ich hier ...«

Der Flügel des Kindes flatterte, ein konvulsivisches Zukken, das Geneviève aus dem Gleichgewicht warf.

»... wird zum Kerker mir ...«

Das Gaslicht schimmerte wie ein blauer Mond durch die dünne Haut des Flügels und zeichnete die Silhouette eines Flechtwerks sich verlaufender Adern.

»... der goldne... Käfig... dort.«

Lily war tot. In einem Anfall von Verzweiflung warf Geneviève das Leichenbündel auf das Bett und heulte. Ihr Hemd war durchweicht von ihrem unnützen Blut. Das nasse Haar klebte ihr im Gesicht, geronnene Bluttränen in den Augen. Sie wollte, sie hätte an Gott geglaubt, und sei es, um ihn zu verfluchen.

Fröstelnd trat sie einen Schritt zurück. Sie rieb sich die Augen und strich ihr Haar in den Nacken. Auf einem Tischchen stand eine Wasserschüssel. Sie wusch sich das Gesicht, blickte auf die feine Maserung des Holzrahmens, in dem sich einst ein Spiegel befunden hatte. Als sie sich umwandte, bemerkte sie, daß Leute ins Zimmer gekommen waren. Ihre Schreie hatten offenbar beträchtliche Aufregung verursacht.

Arthur Morrison stand mit Mrs. Amworth in der offenen Tür. Andere warteten auf dem Flurgang. Leute von draußen, von der Straße, Warmblüter und *nosferatu*. Morrison war wie vom Donner gerührt. Sie wußte, daß sie scheußlich aussah. Im Zorn veränderte sich ihre Miene.

»Wir dachten, Sie sollten es sofort erfahren, Geneviève«, sagte Morrison. »Es hat wieder einen Mord gegeben. Wieder eine Neugeborene.«

»In Dutfield's Yard«, posaunte jemand die brühheißen Nachrichten heraus, »gleich um de Ecke vonner Berner Street.«

»Lizzie Stride, dabei hatse sich man letzte Woche ers' verwandelt. Nich' mals ihrne Zähne warn schon richtich raus. 'n aufgeschossenes Mädel, un' so was von fidel.«

»'n Hals hatter se durchgeschnitten, hä?«

»Der langen Liz.«

»Stride. Gustafsdotter. Elizabeth.«

»Von ei'm Ohr zum andern. *Ratsch!*«

»Die hat vielleich 'n Krach geschlaang. Gescheuert hatse 'm eine.«

»Der Ripper is gestört worn, 'vor er feddich war.«

»So'n Kerl mit 'm Gaul.«

»Der Ripper?«

»Louis Diemschütz, so eina von die Sozi-Schweine ...«

»Jack the Ripper.«

»Louis is man zufällich vorbeigekomm'. Grad in dem Moment, wie Jack der Lizzie ihrne Kehle aufgeschlitzt hat. Der hat man hunnertprozentich dem seine mistige Visaasch gesehn. Aber hunnertprozentich.«

»Jack the Ripper nennt er sich ja jetz. Silver Knife is doud un' begrahm.«

»Wo ist Druitt?«

»Nix wie Zungdrescher, so 'ne Sozi-Schweine. Überall müssense ihrne dämliche Nase rinstecken.«

»Ich hab' den Burschen heut abend nicht gesehen, Miß.«

»Immer feste geeng 'ne Königin. Ich sach's euch, das sinn alles Juden. Un' 'nem Itzich trau ich kein Zoll übern Weech.«

»Wetten, der is *selbs'* 'ne Hakennase. Wollnwa wetten?«

»Der Ripper läuft man immer noch frei rum. Aber die Polypen sind 'm auf 'n Fersen. Bei Sonnaufgang hamse seine Leiche.«

»Wenn's denn 'n Mensch is.«

23

Kopflose Hühner

Es war, als ob die Stadt in Flammen stünde!

Als der Aufschrei sich erhob, saß Beauregard im Café de Paris. Im Gefolge von Kate Reed und einigen anderen Reportern begab er sich eilends nach der Polizeiwache. Die Straße war ein einziges Durcheinander von grölenden Gestalten. Ein vermummter Tölpel mit einem guten Dutzend Kruzifixe um den Hals zerschlug in trunkenem Taumel Fenster und brüllte, das göttliche Gericht sei nahe und Vampire seien Dämonen aus dem Pfuhl der Hölle.

Sergeant Thick hielt die Stellung. Für den Kriminalbeamten zweifellos ein Abstieg, dennoch ein verantwortlicher Posten. Lestrade befand sich offenbar am Tatort, und Abberline stand außer Dienst. Kate stürzte zur Tür hinaus, nach Dutfield's Yard, Beauregard hingegen entschloß sich zum Bleiben.

»Noch können wir nichts unternehmen, Sir«, meinte der Sergeant. »Ich habe ein Dutzend Männer abgestellt, die jetzt blindlings durch den Nebel tappen.«

»Aber der Mörder ist doch gewiß voller Blut?«

Thick zuckte mit den Achseln. »Nicht, wenn er vorsichtig ist. Oder einen Wendemantel trägt.«

»Wie belieben?«

Thick öffnete seinen grauen Tweedmantel und gewährte Beauregard einen Blick auf das Innere aus kariertem Tuch. »Er läßt sich nach außen kehren. Man kann ihn auf beiden Seiten tragen.«

»Nicht dumm.«

»Ich kann Ihnen sagen, eine verfluchte Drecksarbeit ist das, Mr. Beauregard.«

Zwei uniformierte Constables schleiften den Fensterstürmer herein. Thick riß dem um sich schlagenden Mann die Mehlsackkapuze vom Kopf und erkannte einen von Jagos furchtlosen Rittern der Christenheit. Der Sergeant wich vor der Whiskyfahne des Kreuzfahrers zurück.

»Die gottlosen Blutsauger sollen ...«

Thick knäulte die Kapuze zusammen und stopfte sie dem Vandalen in den Mund.

»Sperrt ihn ein, damit er seinen Rausch ausschlafen kann«, befahl er den Constables. »Über die Anklage unterhalten wir uns morgen, wenn die Krämer aus dem Bett sind und sehen, welchen Schaden er angerichtet hat.«

Zum erstenmal befand Beauregard sich in unmittelbarer Nähe, wenn der Mörder sein blutiges Geschäft verrichtete, konnte jedoch ebensowenig etwas dagegen ausrichten, als wenn er friedlich in Chelsea zu Bett gelegen hätte.

»Kopflose Hühner, Sir, das sind wir«, sagte Thick. »Rennen immerzu im Kreis.«

Beauregard hob seinen Stockdegen; er wollte, der Ripper wäre hervorgetreten und hätte sich dem Kampf gestellt.

»Ein Täßchen Tee, Sir?« fragte Thick.

Noch ehe Beauregard dem Sergeant danken konnte, schob sich ein warmblütiger Constable atemlos zur Tür herein. Keuchend nahm er seinen Helm ab.

»Was ist denn nun schon wieder, Collins? Die nächste Katastrophe?«

»Er hat noch einmal zugeschlagen, Sarge«, platzte Collins heraus. »Zwei Fliegen mit einer Klappe. Zwei in einer Nacht.«

»Was?!«

»Zuerst Liz Stride bei der Berner Street, und nun eine Schwalbe namens Eddowes am Mitre Square.«

»Am Mitre Square. Das ist nicht unser Revier. Da sollen die Jungens von der City ran.«

Die Grenzlinie zwischen den Zuständigkeitsbereichen von Metropolitan und City Police verlief quer durch den Bezirk. Diese hatte der Mörder nach seinem ersten Verbrechen überschritten.

»Es hat ganz den Anschein, als wollte er uns regelrecht Hörner aufsetzen. Demnächst verstümmelt er sie gleich vor Scotland Yard und hinterläßt dem Commissioner ein Billett in Scharlachrot.«

Beauregard schüttelte den Kopf. Wieder ein Leben dahin. Hierbei ging es um mehr als einen Auftrag des Diogenes Club. Unschuldige Menschen wurden ermordet. Er mußte dringend etwas unternehmen.

»Constable Holland von der City hat's mir erzählt. Er meinte, diese Eddowes –«

»Catherine mit Namen, schätze ich. Ein bekanntes Gesicht in dieser Gegend. Die hat mehr Zeit in unserer Ausnüchterungszelle verbracht als daheim, wo immer sie auch gehaust haben mag.«

»Ja, ich hab' mir schon gedacht, daß es Cathy ist«, erwiderte Collins und hielt inne, eine ärgerliche Miene aufzusetzen. »Jedenfalls, Holland sagt, diesmal hat das Schwein ganze Arbeit geleistet. Nicht wie bei Liz Stride, bloß schnell die Kehle aufgeschlitzt und dann ab durch die Mitte. Er ist wieder ganz der alte und hat sie richtig ausgeweidet.«

Thick fluchte.

»Ach Gott, die Ärmste«, sagte Collins. »Sie war zwar eine schauderhafte alte Streune, aber sie hat doch keinem je was zuleid getan. Nichts Schlimmes wenigstens.«

»Ach Gott, wir Ärmsten, würde ich meinen«, entgegnete Thick. »Wenn wir ihn jetzt nicht schleunigst zu fassen kriegen, wird das Leben als Gendarm in dieser Gegend kein Zuckerschlecken.«

Beauregard wußte, daß Thick recht hatte. Ruthven würde das Rücktrittsgesuch eines hohen Beamten, der wahrscheinlich Warren hieß, entgegennehmen; und der Prinzgemahl mußte aller Voraussicht nach gewaltsam daran gehindert werden, ein paar untergeordnete Polizisten zu pfählen, *pour encourager les autres*.

Ein zweiter Bote erschien. Es war Ned, der kleine Sturmwind aus dem Café de Paris. Beauregard hatte ihm zuvor einen Shilling gegeben und ihn somit in den Dienst des Diogenes Club gestellt.

Thick funkelte ihn an wie ein menschenfressender Riese, und das Kind kam ein gutes Stück von ihm entfernt zum Stehen. Der Junge war so begierig gewesen, Beauregard eine Nachricht zu überbringen, daß er es in seinem Überschwang gewagt hatte, den Fuß in eine Polizeiwache zu setzen. Nun machte sich seine Nervosität bemerkbar; er schlich ebenso behutsam dahin wie eine Maus in einer Katzenzüchterei.

»Miß Reed hat gemeint, Sie solln sofort nach Toynbee Hall komm'. 's is dringend.«

24

Lebendig seziert

Mit verweinten Augen schlug sie Lily in ein Laken. Der Leichnam begann bereits zu faulen, die Gesichtshaut dorrte wie die Schale einer Orange, die zu lang in einem Korb gelegen hat. Das Mädchen mußte mit Ätzkalk bedeckt und in ein Armengrab verbracht werden, ehe der Geruch vollends unerträglich wurde. Wenn das Tuch verschnürt war, würde Geneviève einen Totenschein ausstellen, ihn Jack Seward zur Unterschrift vorlegen und einen Akteneintrag über den Sterbefall anfertigen müssen. Für jeden Freund, den sie verlor, wuchs eine Eisperle an ihrem Herzen. Es war nicht schwer, sich in ein gleichgültiges Monstrum zu verwandeln. Noch ein paar Jahrhunderte, und sie könnte es leicht mit Vlad Tepes aufnehmen: getrieben allein von der Gier nach Macht und einem Schuß heißen Blutes in der Kehle.

Eine Stunde vor Tagesanbruch erreichte sie die Nachricht. Ein Pennbruder, dem man mit einem Rasiermesser den Arm bis auf die Knochen aufgeschnitten hatte, wurde eingeliefert; seine Begleiter wußten fünf verschiedene Versionen der Geschichte zu erzählen. Jack the Ripper sei gefaßt und werde auf der Polizeiwache festgehalten, wenngleich man seine Identität geheimhalte, da er dem Königshaus angehöre. Jack habe vor aller Augen ein ganzes Dutzend ausgeweidet und sei seinen Verfolgern dank der Sprungfedern, die er an den Stiefeln trage, durch einen Satz über eine zwanzig Fuß hohe Mauer entkommen. Jacks Schädel sei aus reinem Silber, seine Arme blutbefleckte Sicheln, sein Atem verheerendes Feuer. Ein Constable setzte sie über die nackten Tatsachen in Kenntnis. Jack hatte – erneut – getötet. Erst Elizabeth Stride. Und nun Catherine

Eddowes. *Cathy!* Sie war entsetzt. Die andere Frau war ihr, soweit sie sich erinnerte, nicht bekannt.

»Sie ist letzten Monat erst bei uns gewesen«, sagte Morrison. »Liz Stride. Sie war im Begriff, sich zu verwandeln, und brauchte Blut, um weiterleben zu können. Sie würden sich bestimmt an sie erinnern, wenn Sie sie gesehen hätten. Sie war groß und kam aus dem Ausland, aus Schweden, wenn mich nicht alles täuscht. Seinerzeit gewiß eine schöne Frau.«

»Jetzt metzelt er schon zwei aufs Mal«, meinte der Constable. »Fast muß man ihn dafür bewundern, den Satansbraten.«

Zum zweiten- oder drittenmal strömten sie hinaus, und die Menge vor der Hall zerstreute sich. Geneviève war mit der Stille der Dämmerung allein. Nach einer Weile häuften sich die Schreckenstaten zu einem grauenvollen Einerlei. Lily hatte sie ausgeblutet. Sie fühlte nichts. Nicht einmal Trauer über den Tod von Liz Stride oder Cathy Eddowes.

Als die Sonne aufging, fiel sie in leichten Schlummer. Sie war es leid, für alles und jedes Sorge tragen zu müssen. Sie wußte, wie es kommen würde. Es war mit jedem Mord schlimmer geworden. Ein Trupp hysterischer, in Tränen aufgelöster Huren hatte in der Hall um Geld gebettelt, um der Todesfalle Whitechapel zu entfliehen. In Wahrheit war der Bezirk längst eine Todesfalle gewesen, ehe der Ripper seine Messer versilbert hatte.

In ihrem Halbtraum war Geneviève zurückgekehrt in ihre warmblütigen Jahre; das Herz brannte ihr vor Zorn und Schmerz, und ihre Augen quollen über von bitteren, gerechten Tränen. Ein Jahr vor dem Dunklen Kuß hatte sie heiße Zähren über die Nachricht aus Rouen vergossen. Die Engländer hatten Jeanne d'Arc als Hexe verleumdet und verbrannt. Mit vierzehn Jahren verschwor sich Geneviève der Sache des Dauphin. Es war ein Krieg unter Kindern, den ihre Vormünder zu blutigen Exzessen trieben. Jeanne starb noch vor ihrem neunzehnten Geburtstag, Dauphin Karl war keine zwanzig; selbst Heinrich von England war ein Kind. Sie hätten ihren Streit mit Hilfe eines Kreisels beilegen sollen statt mit Armeen und Belagerungen. Nicht nur die Knabenkönige waren gefallen, sondern auch ihre Fürstenhäuser. Das heutige Frankreich, ein Land, welches ihr ebenso fremd war wie die Mongolei, hatte nicht einmal mehr einen Monarchen. Wenn in den deutschen Adern Königin Viktorias immer noch das englische Blut Heinrichs des Vierten strömte, war womöglich auch ein gut Teil der Welt davon befallen, bis hin zu Lily Mylett und Cathy Eddowes, John Jago und Arthur Morrison.

Aus der Aufnahme drang – *neuerlicher* – Lärm herauf. Geneviève rechnete fest damit, daß es im Verlauf des Tages weitere Verletzte geben würde. Infolge der Morde käme es zu Straßenschlachten, forderten die Bürgerwehren ihre Opfer, verlegte man sich am Ende gar auf die Lynchjustiz *à l'américaine* …

Vier uniformierte Polizisten standen im Flurgang; sie trugen etwas Schweres, das in Wachsleinwand geschlagen war, in ihrer Mitte. Lestrade knabberte an seinen Schnurrbartspitzen. Die Constables hatten sich einen Weg durch die aufgebrachte Menge schlagen müssen. »Wie wenner sich über uns lustich machen wollte«, sagte einer von ihnen, »alle hetzter sie geeng uns auf.«

Im Schlepptau der Polizei befand sich ein neugeborenes Mädchen mit einer Rauchglasbrille auf der Nase, das in seiner schmucklosen Kleidung nachgerade ausgehungert wirkte. Geneviève hielt sie für eine Reporterin.

»Sie müssen sofort ein Zimmer räumen, Mademoiselle Dieudonné.«

»Inspektor –«

»Reden Sie nicht lange, machen Sie. Eine der beiden lebt noch.«

Sie begann ihre Belegliste zu durchforsten, als ihr einfiel, welches Zimmer leerstand.

Ächzend unter ihrer grobschlächtigen Last folgten sie ihr zu Lilys Zimmer, und Geneviève ließ sie ein. Sowie sie das kleine Bündel fortgenommen hatte, bugsierten die Beamten ihr Gepäck an seine Stelle und schlugen die Wachsleinwand zurück. Hagere Beine plumpsten über das Ende des Bettchens, und unter dem Rocksaum kamen löchrige Strümpfe zum Vorschein.

»Mademoiselle Dieudonné, darf ich Sie mit Liz Stride bekannt machen?«

Die Neugeborene war groß und dünn, hatte hohle, mit *rouge* verschmierte Wangen und zerzaustes schwarzes Haar. Das Baumwollhemdchen unter ihrer offenen Jacke war vom Kragen bis zur Hüfte blutgetränkt. Der Ripper hatte ihr die Kehle von einem Ohr zum anderen aufgeschlitzt. Die klaffende Wunde reichte bis hinunter auf die Wirbelsäule und wirkte wie das breite Grinsen eines Clowns. Sie röchelte, während ihre durchtrennten Röhren zusammenzuwachsen versuchten.

»Der gute Jackie hatte wohl zuwenig Zeit«, erklärte Lestrade. »Da hat er sich dann Cathy Eddowes vorgeknöpft. Dieses warmblütige Schwein.«

Liz Stride versuchte zu schreien, bekam jedoch keine Luft aus der Lunge hinauf in ihre Kehle. Ein leiser Hauch wisperte aus ihrer Wunde. Bis auf ihre spitzen Schneidezähne war ihr Mund ein gähnendes Loch. Ihre Glieder zuckten wie galvanisierte Froschschenkel. Zwei Constables mußten ihre ganze Kraft aufbieten, sie niederzudrücken.

»Halten Sie sie fest, Watkins«, sagte Lestrade. »Halten Sie ihren Kopf still.«

Einer der Constables versuchte, Liz Strides Kopf zu fassen, doch sie schüttelte ihn so heftig, daß ihre noch kaum verheilte Wunde aufriß.

»Das übersteht sie nicht«, meinte Geneviève. »Sie ist so gut wie vom Platz.«

Ein älterer oder stärkerer Vampir hätte womöglich überlebt – Geneviève selbst hatte Schlimmeres erlitten –, doch Liz Stride war eine Neugeborene und viel zu spät verwandelt worden. Seit Jahren schon ging sie dem Tod entgegen, vergiftete sie ihren Leib mit schlechtem Gin.

»Sie soll es ja auch nicht überstehen, sie soll nur endlich eine Aussage machen.«

»Inspektor, ich weiß nicht, ob sie überhaupt sprechen kann. Ich glaube, ihre Stimmbänder sind durchtrennt.«

Lestrades Rattenaugen blitzten. Liz Stride war der erste Trumpf, den er gegen den Ripper ausgeteilt bekommen hatte, und den wollte er sich nicht nehmen lassen.

»Ihren Verstand hat sie wohl auch verloren, das arme Ding«, sagte Geneviève. Nichts in den roten Augen deutete auf Intelligenz hin. Alles Menschliche, was diese Neugeborene besessen hatte, war fortgebrannt.

Die Tür wurde aufgestoßen, und Leute drängten ins Zimmer. Lestrade wandte sich um, »Hinaus!« zu brüllen, doch der Befehl blieb ihm im Halse stecken.

»Mister Beauregard, Sir«, sagte er.

Der vornehm gekleidete Mann, den Geneviève bei der Untersuchung des Falles Lulu Schön gesehen hatte, betrat, gefolgt von Dr. Seward, den Raum. Im Flurgang standen noch mehr Menschen: Krankenwärterinnen und Pfleger. Die Amworth schob sich zur Tür herein und postierte sich an der Wand. Geneviève wollte, sie hätte einen Blick auf die Neugeborene geworfen.

»Inspektor«, sagte Beauregard. »Darf ich ...«

»Es ist mir immer wieder ein Vergnügen, dem Diogenes Club behilflich zu sein«, erwiderte Lestrade. Sein Tonfall erweckte den Anschein, als bereite es ihm ungleich größeres Vergnügen, sich Ätznatron in die Augen zu streuen.

Der Mann grüßte das neugeborene Mädchen mit einem Nicken und nannte sie bei ihrem Namen: »Kate.« Mit gesenktem Blick trat sie beiseite. Geneviève wollte einen Besen fressen, wenn sie nicht in Beauregard verliebt war. Höflich, aber bestimmt drängte er sich mit einer eleganten Bewegung zwischen die Constables. Er schlug den Umhang über seine Schultern, um sich Bewegungsfreiheit zu verschaffen.

»Gütiger Himmel«, sagte er. »Kann man denn so gar nichts tun für dieses arme Ding?«

Geneviève war gegen alle Gewohnheit beeindruckt. Beauregard war der erste, der es offenbar für wert befand, etwas für statt gegen eine Person wie Liz Stride zu unternehmen.

»Zu spät«, erklärte Geneviève. »Sie versucht, sich zu

neuem Leben zu erwecken, aber ihre Verletzungen sind zu schwer, ihre Kraftreserven zu mager ...«

Das zerfetzte Fleisch rings um Liz Strides offene Kehle bebte, vermochte sich jedoch nicht recht zu schließen. Die Zuckungen kamen nun regelmäßig.

»Dr. Seward?« bat Beauregard den Arzt um seine Meinung.

Der Direktor näherte sich der bockenden, mit Armen und Beinen schlegelnden Frau. Geneviève hatte seine Rückkehr nicht bemerkt, vermutete jedoch, daß ihn die Neuigkeiten nach der Hall gelockt hatten. Abermals bemerkte Geneviève, welchen Ekel – den er zumeist im Zaum zu halten vermochte – er wider Vampire hegte.

»Ich fürchte, Geneviève hat ganz recht. Das arme Geschöpf. Ich habe oben noch ein wenig Silbersalz. Damit könnten wir ihr das Sterben erleichtern. Das wäre die gnädigste Lösung«

»Erst soll sie mir einige Fragen beantworten«, fuhr Lestrade dazwischen.

»Um Himmels willen, Mann«, entgegnete Beauregard. »Sie ist ein Mensch und kein Indiz.«

»Die nächste wird wohl auch ein Mensch sein, Sir. Womöglich können wir die nächste retten. Die nächsten.«

Seward legte Liz Stride die Hand auf und blickte ihr in die Augen, die aussahen wie rote Murmeln. Er schüttelte den Kopf. Mit einemmal war die verletzte Neugeborene von einer gewaltigen Kraft besessen. Sie schleuderte Constable Watkins fort und stürzte sich mit aufgerissenem Schlund auf den Direktor. Geneviève stieß Seward beiseite und duckte sich, um Liz Strides messerscharfen Krallen zu entgehen.

»Sie wechselt die Gestalt«, schrie Kate.

Liz Stride bäumte sich auf und zog mit gekrümmtem Rückgrat die Gliedmaßen ein. Ihr Gesicht wuchs aus zu einer wolfsartigen Schnauze, und Haarbüschel entsprossen ihrer nackten Haut.

Seward kroch im Krebsgang nach der Wand zu. Lestrade rief seine Männer zurück. Beauregard griff in seinen

Umhang. Kate schob sich einen Fingerknöchel in den Mund.

Liz Stride versuchte, sich in einen Wolf oder Hund zu verwandeln. Wie Mrs. Amworth gesagt hatte, war es nicht leicht. Dazu bedurfte es enormer Konzentration und eines starken Selbstbewußtseins. Nicht eben die Mittel, über die ein mit Gin verhangener Geist oder eine Neugeborene im Todeskampf reichlich verfügte.

»Mordsapperment«, rief Watkins aus.

Liz Strides Unterkiefer ragte hervor wie der eines Krokodils, zu groß, um eigentlich an ihren Schädel zu passen. Das rechte Bein und der rechte Arm schrumpften zusammen, während die linke Seite aufschwoll und sich rings um die Knochen Muskelstränge bildeten. Ihr blutgetränktes Kleid zerriß. Die Wunde an ihrer Kehle begann zu heilen, und frische gelbe Zähne schimmerten an den Rändern des Einschnitts. Ein klauenbewehrter Fuß schnellte hervor und fuhr in Watkins uniformierte Brust. Belfernde Schreie drangen aus dem Loch im Hals des Zwitterwesens. Es machte einen Satz zwischen den Polizisten hindurch und vollführte eine unbeholfene Landung. Dann kroch es über den Boden und schlug mit mächtigen, messerscharfen Krallen nach Seward.

»Aus dem Weg«, befahl Bauregard.

Der Mann vom Diogenes Club hielt einen Revolver in der Hand. Mit dem Daumen spannte er den Hahn und nahm sein Ziel sorgfältig aufs Korn. Liz Stride wandte sich um und blickte auf den Lauf der Waffe.

»Das hat doch keinen Sinn!« rief die Amworth.

Liz Stride sprang auf. Beauregard drückte ab. Sein Schuß traf sie ins Herz und schleuderte sie rückwärts gegen die Wand. Leblos stürzte sie auf Dr. Seward, und allmählich gewann ihr Körper seine frühere Gestalt zurück.

Geneviève blickte Beauregard fragend an.

»Eine Silberkugel«, erklärte er gleichgültig.

»Charles«, hauchte Kate, von Ehrfurcht überwältigt. Geneviève glaubte, das Mädchen wolle jeden Augenblick in Ohnmacht fallen, doch das tat es keineswegs.

Seward stand auf und wischte sich das Blut aus dem Gesicht. Seine Lippen waren nur mehr ein weißer Strich, und er bebte vor kaum verhohlenem Abscheu.

»Nun, jetzt haben Sie das Werk des Rippers vollendet, soviel ist sicher«, murmelte Lestrade.

»Mir soll's recht sein«, sagte Watkins, in dessen Brust eine blutende Wunde klaffte.

Geneviève beugte sich über den Leichnam, um Liz Strides Tod zu bestätigen. In einer letzten Zuckung schnellte – halb Mensch, halb Wolf – ein Arm hervor, und scharfe Klauen krallten sich in Sewards Hosenaufschlag.

25

Eine Wanderung in Whitechapel

»Ich glaube, zum Schluß war sie frei vom Delirium«, sagte er. »Sie wollte uns etwas mitteilen.«

»Was denn?« fragte Geneviève. »Daß der Mörder ... Sydney Beinkleid heißt?«

Beauregard lachte. Nur wenige Nicht-Tote besaßen Humor.

»Wohl kaum«, entgegnete er, »aber vielleicht lautet sein Name Stiefel.«

»Oder er ist Stiefelmacher.«

»Ich habe sicheren Grund zu der Annahme, daß John Pizer als Täter nicht in Frage kommt.«

Die Tote war mit einem Karren nach der Leichenhalle verbracht worden, wo die Geier von Medizin und Presse sie begierig erwarteten. Kate Reed befand sich im Café de Paris und gab per Telefon ihre Geschichte durch, nachdem Beauregard sie strikt angewiesen hatte, seinen Namen aus dem Spiel zu lassen. Es wäre schlimm genug, die Aufmerksamkeit auf den Diogenes Club zu lenken, seine größte Sorge aber galt Penelope. Er konnte sich ihre Reaktion lebhaft vorstellen, wenn bekannt würde, welche Rolle er während der letzten Minuten Liz Strides gespielt hatte. Dies war ein anderer Teil der Welt, ein anderer Teil der Stadt, ein anderer Teil seines Lebens. Penelope hatte hier keinen Platz und hätte es wahrscheinlich vorgezogen, seine Existenz zu ignorieren.

Er legte den Weg von der Berner Street zum Mitre Square zu Fuß zurück. Die Vampirfrau von Toynbee Hall schlenderte neben ihm dahin; die fahle Sonne machte ihr offenbar nicht annähernd so sehr zu schaffen wie am gestrigen Tage Kate. Bei Licht besehen erschien ihm Geneviève

Dieudonné als recht anziehendes Geschöpf. Sie war gekleidet wie eine Neue Frau, trug eine enganschließende Jacke, ein schmuckloses Kleid, feste, flache Stiefel, Baskenmütze und einen hüftlangen Umhang. Wenn Großbritannien im nächsten Jahr ein neues Parlament gewählt hätte, wäre sie gewiß für das Frauenwahlrecht eingetreten; und sie würde wohl nicht für Lord Ruthven gestimmt haben.

Sie erreichten den Schauplatz des Eddows-Mordes. Der Mitre Square war ein eingehegtes Areal an der Großen Synagoge, der nur über zwei schmale Wege zu erreichen war. Die Zugänge hatte man durch Seile abgesperrt, und ein warmblütiger Polizist bewachte den blutigen Ort des Verbrechens. Ein paar Schaulustige streiften umher und brannten offenbar darauf, auf die Liste der Verdächtigen gesetzt zu werden. Ein orthodoxer Jude mit Schläfenlocken und bauchlangem Bart versuchte einige dieser unerwünschten Subjekte vom Portal der Synagoge zu vertreiben.

Beauregard hob das Seil und ließ Geneviève passieren. Er zeigte dem Polizisten seine Karte, und dieser salutierte. Geneviève sah sich auf dem düsteren Platz um.

»Der Ripper ist offenbar recht gut zu Fuß«, sagte sie.

Beauregard warf einen Blick auf seine Savonnette. »Wir haben seine Zeit um fünf Minuten unterboten, aber wir wußten auch, wohin wir wollten. Er hat wahrscheinlich nicht eben die kürzeste Strecke genommen, insbesondere wenn es in seiner Absicht lag, die Hauptstraßen zu meiden. Er suchte vermutlich nur nach einem Mädchen.«

»Und einem ruhigen Plätzchen.«

»Sehr ruhig kann ich es hier nicht finden.«

Hinter den Fenstern zum Hof waren Gesichter zu erkennen. Man beobachtete, was unten vor sich ging.

»In Whitechapel sind die Leute recht bewandert in der Kunst, Dinge zu übersehen.«

Geneviève durchmaß den kleinen, eingefriedeten Hof, als wollte sie die Atmosphäre dieses Ortes in sich aufsaugen.

»Hier ist es perfekt; ruhig und doch nicht allzu abgeschieden. Ideal, will man in freier Luft der Hurerei nachgehen.«

»Sie sind nicht wie andere Vampire«, bemerkte er.

»Nein«, pflichtete sie bei. »Das will ich hoffen.«

»Gehören Sie zu denen, die man als Älteste bezeichnet?«

Sie klopfte auf ihr Herz. »Hier herinnen bin ich süße sechzehn, aber geboren wurde ich 1416.«

Beauregard schien verwirrt. »Dann sind Sie also nicht ...«

»Nicht vom Geblüt des Prinzgemahls? Allerdings. Mein Vater in Finsternis war Chandagnac, seine Mutter in Finsternis war Lady Melissa d'Acques und –«

»Dann haben Sie mit alldem« – er breitete den Arm aus – »nichts zu schaffen?«

»Wir alle haben mit alldem zu schaffen, Mr. Beauregard. Vlad Tepes ist ein übles Monstrum, und seine Nachkommen verbreiten seine üble Krankheit. Die arme Frau, die Sie heute morgen gesehen haben, war ein gutes Beispiel für all das, was von seinem Geblüt zu erwarten ist.«

»Sie arbeiten also als Ärztin?«

Sie zuckte mit den Achseln. »Im Laufe der Jahre habe ich mich in vielen Fächern versucht. Ich war Hure, Soldatin, Sängerin, Geografin und Ganovin. Was immer mir am gelegensten erschien. Derzeit kommt mir die Medizin sehr gelegen. Mein Vater, mein leiblicher Vater, war Arzt, und ich war sein Lehrling. Elizabeth Garrett Anderson und Sophia Jex-Blake sind nicht die ersten Frauen, die als Ärztinnen praktizieren, müssen Sie wissen.«

»Seit dem fünfzehnten Jahrhundert hat sich vieles geändert.«

»Das ist mir durchaus bekannt. Ich habe darüber in ›The Lancet‹ gelesen. Ich halte nicht sehr viel von Blutegeln, es sei denn in ausgesuchten Fällen.«

Beauregard fand Gefallen an diesem alten Mädchen. Geneviève war ganz anders als die – nicht-toten wie warmblütigen – Frauen, die er kannte. Sei es aus Notwendigkeit oder aus freien Stücken, Frauen schienen immerzu abseits zu stehen und hinter vorgehaltener Hand zu tuscheln, schritten jedoch nie zur Tat. Er mußte an Florence Stoker denken, die vorgab, all die gescheiten Leute, welche sie unentwegt bewirtete, auch zu begreifen, und ein jedes Mal ihren Verdruß bekundete, wenn etwas nicht nach ihrem Wunsch geriet. Und Penelope, die ihre Gleichgültigkeit zu einer heiligen Sache erhob und darauf beharrte, man möge ihren armen Kopf nicht mit unschönen Einzelheiten behelligen. Selbst Kate Reed, eine neugeborene Neue Frau, gab sich damit zufrieden, das Leben aufzuschreiben, statt es zu leben. Geneviève Dieudonné hingegen war mehr als eine bloße Zuschauerin. Sie erinnerte ihn ein wenig an Pamela. Pamela war immer ganz erpicht, ja *begierig* gewesen, an allem teilzuhaben.

»Geht es bei dieser Angelegenheit um Politik?«

Beauregard dachte sorgfältig nach, ehe er ihr eine Antwort gab. Er wußte nicht, wieviel er ihr verraten sollte.

»Ich habe Erkundigungen über den Diogenes Club eingezogen«, sagte sie. »Sie sind so etwas wie eine Regierungskanzlei, nicht wahr?«

»Ich diene der Krone.«

»Woher rührt Ihr Interesse an der Sache?«

Geneviève stand an der Stelle, wo Catherine Eddowes gestorben war. Der Polizist wandte den Blick fort. Den roten Striemen nach zu urteilen, die vom Kragen beinahe bis zum Ohr hinaufreichten, hatte sich ein Vampir an ihm gütlich getan.

»Die Königin persönlich hat ihrer Betroffenheit Ausdruck verliehen. Wenn sie anordnet, wir sollen einen Mörder fassen, dann ...«

»Der Ripper könnte ein Anarchist gleich welcher Parteifarbe sein«, überlegte sie. »Oder aber ein verblendeter Vampirhasser.«

»Letzteres ist gewiß.«

»Warum ist sich alle Welt so sicher, daß der Ripper Warmblüter ist?« fragte Geneviève.

»Die Opfer waren allesamt Vampire.«

»Das sind viele. Die Opfer waren ebenso allesamt Frauen, allesamt Prostituierte, allesamt arm und hilflos. Es ließen sich allerlei Verbindungen zwischen ihnen herstellen. Der Ripper geht ihnen immer an die Kehle; das ist typisch für einen *nosferatu.*«

Der Polizist wurde allmählich unruhig. Geneviève machte ihn nervös. Beauregard vermutete, daß er nicht der einzige war, auf den sie solch eine Wirkung ausübte.

Er widersprach ihrer Theorie. »Soviel wir aus den Obduktionen ersehen konnten, wurden die toten Frauen weder gebissen noch zur Ader gelassen. Im übrigen wirkt das Blut eines Vampirs auf einen anderen Vampir nicht eben anziehend.«

»Das stimmt nicht ganz, Mr. Beauregard. Wir werden zu dem, was wir sind, weil wir das Blut eines anderen Vampirs getrunken haben. Es geschieht zwar nicht allzu häufig, aber wir zapfen einander durchaus an. Manchmal beweist ein kleiner Tyrann seine Vormachtstellung innerhalb der Gruppe, indem er von seinen Anhängern den Blutzoll fordert. Manchmal ist Vampirblut das einzige Heilmittel für die von verdorbenem Geblüt. Und manchmal ist der wechselseitige Aderlaß natürlich nichts weiter als ein Geschlechtsakt, wie bei gewöhnlichen Menschen auch ...«

Beauregard errötete ob ihrer Offenheit. Das Gesicht des Polizisten glühte, und er rieb seine brennenden Wunden.

»Vlad Tepes' Blut ist befleckt«, fuhr sie fort. »Nur ein rechter Dummkopf würde aus einer solchen Quelle trinken. Aber London ist voller kranker Vampire. Der Ripper könnte leicht einer von ihnen sein, oder aber ein grollender Warmblüter.«

»Ebenso könnte er es jedoch auf das Blut der Frauen abgesehen haben, weil er selbst nicht-tot werden will. In ihren Adern strömt ein Jungbrunnen. Wenn es sich bei unserem Ripper um einen kranken Warmblüter handelt, ist er womöglich verzweifelt genug, derlei Maßnahmen zu ergreifen.«

»Es gibt weitaus bequemere Möglichkeiten, zum Vampir zu werden. Was natürlich viele mit nicht ungesundem Mißtrauen erfüllt. Ihr Einwand hat durchaus seine Berechtigung. Aber warum so viele Opfer? *Eine* Mutter in Finsternis würde vollauf genügen. Und warum Mord? Jede dieser Frauen hätte ihn für einen Shilling bereitwillig verwandelt.«

Sie kehrten dem Platz den Rücken und ließen sich nach der Commercial Street zurücktreiben. Der ganze Fall kreiste um diese Straße. Sowohl Annie Chapman als auch Lulu Schön waren in einer ihrer Seitengäßchen ums Leben gekommen. Die Polizeiwache, von der aus die Ermittlungen geführt wurden, befand sich dort, das Café de Paris und nicht zuletzt auch Toynbee Hall. Irgendwann im Laufe der vergangenen Nacht mußte der Ripper die Commercial Street überquert haben, ja, war auf seinem Weg nach Limehouse und den Docks womöglich gar mit einem blutverschmierten Messer in der Manteltasche ihre Verlängerung südlich der Whitechapel High Street, die Commercial Road, entlanggebummelt. Hartnäckig hielt sich das Gerücht, der Mörder sei ein Seemann.

»Vielleicht ist er auch nur ein einfacher Verrückter«, gab Beauregard zu bedenken, »der ebensowenig über ein Anliegen verfügt wie ein Orang-Utan mit einem Rasiermesser.«

»Glaubt man Dr. Seward, so handelt es sich bei Geisteskranken keineswegs um einfache Gemüter. Obgleich ihre Taten sinnlos und willkürlich erscheinen mögen, unterliegen sie doch immer einem System. Betrachten Sie die Angelegenheit von einem Dutzend verschiedener Warten, und schließlich werden Sie beginnen zu verstehen, werden Sie die Welt mit den Augen eines Geisteskranken sehen.«

»Und dann können wir ihn fassen?«

»Oder wie Dr. Seward sagen würde, ›heilen‹.«

Sie passierten einen Anschlagzettel, auf dem die Namen all jener Angeklagten verzeichnet waren, die man neuerdings öffentlich auf Holzspiere gespießt hatte. Tyburn war ein einziger Wald von gepfählten Dieben, Stutzern und Meuterern.

Beauregard dachte nach. »Ich fürchte, für diesen Geisteskranken gibt es nur eine Heilmethode.«

An der Ecke Wentworth Street sahen sie, daß sich in der Goulston Street Polizisten und Beamte versammelt hatten, unter ihnen auch Lestrade und Abberline. Der Haufen drängte sich um einen hageren Mann mit jämmerlichem Schnurrbart und hohem Zylinder. Es war Sir Charles Warren, der Commissioner der Metropolitan Police, den man in einen verächtlichen Winkel seines Bezirkes gezwungen hatte. Der Pulk stand im Eingang eines Blockes neuerbauter Musterwohnungen.

Mit dem Vampirmädchen im Schlepptau begab sich Beauregard gemessenen Schrittes zu der Gruppe. Es schienen wichtige Dinge diskutiert zu werden. Lestrade machte ihnen Platz, damit sie hinzutreten konnten. Beauregard war erstaunt, Lord Godalming unter den zivilen Würdenträgern anzutreffen. Der Neugeborene trug einen großen Hut, der sein Gesicht in Schatten hüllte, und paffte an einer Zigarre.

»Wer ist dieser Mann?« fragte Sir Charles mürrisch und deutete auf Beauregard, ohne Geneviève eines Blickes zu würdigen, als sei sie seiner Beachtung nicht wert. »Scheren Sie sich weg, Kamerad. Dies ist eine rein dienstliche Angelegenheit. Hopphopp, fort mit Ihnen!«

Sir Charles hatte sich seinen Ruf im Kaffern-Krieg erworben und war es daher gewohnt, jeden Menschen, der keinen ordentlichen Rang bekleidete, wie einen Eingeborenen zu behandeln.

Godalming erklärte: »Mr. Beauregard vertritt den Diogenes Club.«

Die Morgensonne trieb dem Commissioner die Tränen in die Augen, und er unterdrückte seine Verärgerung. Beauregard begriff sogleich, weshalb die Polizisten seine Gegenwart übel aufnahmen, scheute sich jedoch nicht, Warrens Verlegenheit gehörig auszukosten.

»Nun gut«, meinte Sir Charles. »Ich brauche mich Ihrer Diskretion hoffentlich nicht eigens zu versichern?«

Hinter dem Rücken des Commissioners verzog Lestrade angewidert das Gesicht. Sir Charles verlor das Wohlwollen seiner eigenen Männer.

»Halse«, sagte Lestrade, »zeigen Sie uns, was Sie gefunden haben.«

Am Türstock lehnte der Deckel einer Packkiste. Constable Halse nahm die provisorische Schutzverkleidung fort. Eine Ratte, die auf die Größe eines Rugby-Balles aufgeschwollen war, schnellte hervor und schoß zwischen den auf Hochglanz polierten Schuhen des Commissioners hindurch; ihr Quieken klang, als kraspelten rostige Nägel über eine Schiefertafel. Der Constable legte einen verschmierten Kreideschriftzug frei, der sich grauweiß von den schwarzen Mauersteinen abhob.

DEN VAMPYREN
WIRD KEINE SCHULD FÜR NICHTS
GEGEBEN WERDEN

»Also ist den Vampiren offenbar für irgend etwas die Schuld zu geben«, folgerte der Commissioner scharfsinnig.

Halse hielt ein blutverschmiertes, ehemals weißes Stück Stoff in die Höhe. »Das lag im Eingang, Sir. Es ist Teil einer Schürze.«

»Die Eddowes trägt die andere Hälfte«, sagte Abberline.

»Sind Sie sicher?« fragte Sir Charles.

»Das wird noch überprüft. Aber ich komme geradewegs aus der Leichenhalle in der Golden Lane, und ich habe den Rest der Schürze gesehen. Dieselben Flecke, derselbe Riß. Sie passen zusammen wie die Stücke eines Vexierspiels.«

Sir Charles knurrte wortlos vor sich hin.

»Könnte der Ripper nicht einer von uns sein?« fragte Godalming, womit er Genevièves früheren Grübeleien Ausdruck verlieh.

»Einer von Ihnen«, murmelte Beauregard.

»Der Ripper versucht ganz offensichtlich, uns in die Irre zu führen«, warf Abberline ein. »Er ist ohne Zweifel ein gelehrter Mann, der uns glauben machen möchte, er sei völlig ungebildet. Nur ein Schreibfehler und dazu eine doppelte Verneinung, wie sie nicht einmal der blödsinnigste Höker gebrauchen würde.«

»Und der Brief von Jack the Ripper?« fragte Geneviève.

Abberline dachte nach. »Ich schätze, das war ein gerissener Heißsporn vom ›Whitechapel Star‹, der uns diesen albernen Dummejungenstreich nur gespielt hat, um die Auflage zu steigern. Dies ist eine andere Handschrift, und sie stammt gewiß vom Ripper. Sie ist einfach zu nahe beim Tatort, als daß es sich um einen bloßen Zufall handeln könnte.«

»Die Kritzelei hat sich gestern also noch nicht hier befunden?« wollte Beauregard wissen.

»Der Streifenbeamte kann das beschwören.«

Constable Halse pflichtete dem Inspektor bei.

»Wischen Sie es fort«, sagte Sir Charles.

Niemand rührte sich.

»Das wird zu Pöbeljustiz, Aufruhr und Straßentumulten führen. Wir sind immer noch nur wenige, die Warmblüter aber sind viele.«

Der Commissioner nahm sein Schnupftuch und scheuerte die Kreide fort. Niemand protestierte gegen die Vernichtung von Beweisen, wenngleich Beauregard keineswegs entging, daß die Kriminalbeamten verstohlene Blicke wechselten.

»Na bitte«, sagte Sir Charles. »Manchmal scheint es mir, als müßte ich alles selbst erledigen.«

Beauregard bemerkte eine engstirnige, leidenschaftliche Impulsivität, die in Lucknow oder Rorke's Drift als beherzte Kühnheit hätte durchgehen mögen, und plötzlich begriff er, weshalb Sir Charles Entscheidungen zu treffen vermochte, wie sie im Blutsonntag ihren Höhepunkt gefunden hatten.

Die Würdenträger zerstreuten sich, kehrten in die wohlige Wärme ihrer Wagen und Clubs zurück.

»Werde ich Sie und Penny bei den Stokers treffen?« fragte Godalming

»Wenn diese Sache beendet ist.«

»Empfehlen Sie mich Ihrer Penny.«

»Aber gewiß doch.«

Godalming folgte Sir Charles. Nur die Constables aus

dem East End blieben zurück, um das Durcheinander zu beseitigen.

»Man hätte es fotografieren müssen«, meinte Halse. »Es war ein Indiz, verflucht, ein Indiz.«

»Ruhig Blut, mein Freund«, erwiderte Abberline.

»Also«, sagte Lestrade. »Bei Sonnenaufgang sollen die Zellen aus allen Nähten platzen. Schaffen Sie mir jede Stiefelnutte, jeden Louis, jeden Schläger, jeden Beutelschneider herbei. Unter welchem Vorwand auch immer. Irgend jemand weiß etwas, und früher oder später wird dieser Jemand reden.«

Das würde dem Limehouse-Ring gar nicht gefallen. Überdies befand Lestrade sich im Irrtum. Beauregard kannte das Londoner Verbrechergewerbe gut genug, um zu wissen, daß ein jeglicher Ganove ihm unverzüglich Mitteilung erstatten würde, wenn sich auch nur der geringste Hinweis auf die Identität des Rippers ergäbe. Er hatte verschiedene Telegramme erhalten, in denen man ihm bedeutete, welche Fährte sich als fruchtlos erweisen würde. Das Schattenimperium hatte bereits mehrere Spuren verworfen, die Scotland Yard mit ungebrochenem Eifer verfolgte. Der Gedanke, daß die Verbrecher von Limehouse über einen höheren Prozentsatz hochrangiger Verstandeskünstler verfügten als jene, die sich soeben in der Goulston Street versammelt hatten, erfüllte ihn mit einer gewissen Beunruhigung.

Er ging mit Geneviève nach der Commercial Street zurück. Es war schon spät am Nachmittag, und er hatte seit über sechsunddreißig Stunden kein Auge mehr zugetan. Zeitungsjungen riefen Extrablätter zum Verkauf aus. Nach dem Brief mit der Unterschrift des Mörders und zwei weiteren Morden hatte die Gier nach Neuigkeiten ihren Gipfelpunkt erreicht.

»Wie denken Sie über Warren?« fragte Geneviève.

Beauregard hielt es für das beste, ihr seine Meinung vorzuenthalten, doch sie hatte ihn in einem Nu gänzlich durchschaut. Sie gehörte also zu *jener* Spezies Vampir, und er würde achtgeben müssen, was er in ihrer Gesellschaft dachte.

»Ich auch«, sagte sie. »Zweifellos der falsche Mann für diesen Posten. Ruthven müßte das eigentlich wissen. Trotz alledem, immer noch besser als ein irrsinniger Karpater.«

Verwirrt äußerte er eine Vermutung. »Wenn man Sie so reden hört, könnte man meinen, Sie hegten gewisse Vorurteile gegen Vampire.«

»Mr. Beauregard, ich bin umringt von den Nachkommen des Prinzgemahls. Zwar ist es zu spät, mich zu beklagen, nur steht Vlad Tepes schwerlich für die Besten meines Schlages. Niemand bringt einem ausgearteten Juden oder Italiener größeres Mißfallen entgegen als ein Jude oder Italiener.«

Als die Sonne unterging, bemerkte Beauregard, daß er mit Geneviève allein war. Sie nahm ihre Mütze ab.

»Ja«, sagte sie und schüttelte ihr honigfarbenes Haar, »so ist es besser.«

Geneviève schien sich wie eine Katze in der Sonne zu recken. Er spürte förmlich, wie ihre Kraft wuchs. Ihre Augen funkelten ein wenig, und ihr Lächeln bekam etwas nachgerade Verschlagenes.

»Übrigens, wer ist Penny?« wollte sie wissen.

Beauregard fragte sich, was Penelope wohl treiben mochte. Seit ihrer Auseinandersetzung vor einigen Tagen hatte er sie nicht mehr zu Gesicht bekommen.

»Miß Penelope Churchward, meine Verlobte.«

Zwar vermochte er Genevièves Miene nicht recht zu deuten, doch hatte er den Eindruck, als verengten sich ihre Augen um eine Nuance. Er versuchte, an nichts zu denken.

»Ihre Verlobte? Das wird nicht von Dauer sein.«

Er war entsetzt über ihre Unverfrorenheit.

»Verzeihen Sie, Mr. Beauregard. Aber Sie dürfen mir glauben, ich weiß es genau. Nichts ist von Dauer.«

26

Grübeleien und Verstümmelungen

2. Oktober

Ich spüre ihren heißen Atem im Nacken. Hätte Beauregard ihr nicht den Garaus gemacht, so hätte mich die Stride identifiziert. Auch andere müssen mich gesehen haben, wie ich meinen nächtlichen Geschäften nachging: Zwischen der Stride und der Eddowes lief ich in panischem Schrecken durch die Straßen, blutbesudelt und mit einem Skalpell in der Faust. Beinahe wäre ich ihnen ins Netz gegangen. Ich hatte mir eben an der Stride zu schaffen gemacht, als ein Karren vorüberdonnerte. Das Pferd schnaubte wie der Teufel. Ich nahm Reißaus, in der Gewißheit, die Karpatische Garde sei mir auf den Fersen. Es grenzt an ein Wunder, aber der Fuhrmann hat mich nicht gesehen. Laut ›Times‹ handelte es sich bei der ›Person aus Porlock‹ um Louis Diemschütz, einen jener jüdischen Sozialisten, die im Internationalen Arbeiterbildungsverein zusammenkommen. Bei der Eddowes hatte ich mehr Glück. Ich hatte mich so weit beruhigt, daß ich mit ihr einen Handel anfangen konnte. Sie kannte mich und vertraute mir. Besser hätte ich es gar nicht treffen können. In ihrem Fall war die Entbindung ein Erfolg.

Wahrlich, ich halte die Entbindung der Eddowes für meine bis *dato* größte Tat. Nachdem ich sie vollbracht hatte, war ich die Ruhe selbst. Um meine Verfolger auf eine falsche Spur zu setzen, hinterließ ich an einer Mauer eine Mitteilung. Ich ging nach der Hall zurück, wechselte in Windeseile meine Kleider, so daß ich dem Eintreffen der Polizei gefaßt entgegensehen konnte. In *toto* habe ich gute Arbeit geleistet, was die Unannehmlichkeiten mit der Stride betrifft. Mit Augenmaß und Silberkugel hat Beauregard mein Werk vollendet. Ich habe mich schon seit Monaten nicht mehr so wohl gefühlt wie jetzt. Der Schmerz in meiner Hand hat nachgelassen. Ich frage mich, ob dies nicht auf den Aderlaß zurückzuführen ist. Seit die Kelly sich von mir genährt hat, geht der Schmerz stetig zurück. Ich habe unsere Akten nach der Kelly durchforscht und eine Adresse unweit der Dorset Street entdeckt. Ich muß sie dringend ausfindig machen und noch einmal um ihre Gefälligkeit ansuchen.

Unterdessen kursieren so viele, von törichten Noten an die Presse angefeuerte Märchen über den Ripper, daß ich mich dahinter unbemerkt verstecken kann, auch wenn bisweilen ein Gerücht der Wahrheit unerfreulich nahe kommt. Schließlich heiße ich *wahrhaftig* Jack.

Heute gestand mir ein Patient, ein ungebildeter Einwanderer namens David Cohen, daß er Jack the Ripper sei. Ich übergab ihn der Polizei, und er wurde in einer Zwangsjacke nach Colney Hatch verbracht. Lestrade zeigte mir einen Aktendeckel voll mit ähnlichen Geständnissen. Die Schwachsinnigen stehen Schlange, um sich meiner Entbindungen zu rühmen. Und irgendwo dort draußen sitzt auch der Briefschreiber glucksend über seiner törichten roten Tinte und seinen neckischen Späßen.

›Ganz der Ihrige, Jack the Ripper‹? Ist der Briefschreiber womöglich jemand, den ich kenne? Weiß er vielleicht etwas von mir? Nein, er begreift sie nicht, meine Mission. Ich bin kein irrsinniger Possenreißer. Ich bin ein Chirurg, der krankhaftes Gewebe entfernt. Das hat mit ›Jux und Dollerei‹ nicht das geringste zu tun.

Geneviève bereitet mir große Sorgen. Bei anderen Vampiren ist das Gehirn in eine Art von rotem Nebel gehüllt, nicht jedoch bei ihr. In ›The Lancet‹ las ich einen Artikel von Frederick Treves, in dem er über das Wesen des Geblütes spekuliert und sich mit allergrößter Diskretion in Andeutungen darüber ergeht, daß dem vom Prinzgemahl ins Land getragenen königlichen Geschlecht etwas Unreines anhaften möchte. Viele von Draculas Nachkommen sind verbogene, selbstzerstörerische Kreaturen, zerrüttet von ihren die Gestalt wechselnden Leibern und unbezähmbaren Begierden. Alle Welt weiß, wie schlecht es um das königliche Blut bestellt ist. Geneviève hingegen besitzt einen Verstand so scharf wie ein Skalpell. Manchmal weiß sie sogar, was Menschen denken. In ihrer Gegenwart versuche ich, mich auf meine Patienten, auf Listen und Stundenpläne zu besinnen. Doch hat jegliche Ideenassoziation ihre Tücken: Bei der Behandlung der Wunden einer Neugeborenen, die von einem Fuhrwerk überrollt worden war, kamen mir jene Wunden ins Gedächtnis, die ich anderen Neugeborenen beigebracht habe. Nein, nicht Wunden. Einschnitte. Chirurgische Einschnitte. Es liegt kein Haß, kein Groll in dem, was ich tue.

Bei Lucy beherrschte mich die Liebe. Dies hingegen ist beherrscht allein vom Kaltsinn einer medizinischen Operation. Van Helsing hätte das verstanden. Ich muß an die Kelly denken, an die bestialischen Augenblicke, die wir gemeinsam verbrachten. Sie ist meiner, der wahrhaften Lucy ja so ähnlich. Wenn ich mir die zärtlichen Empfindungen auf meiner Haut ins Gedächtnis rufe, bekomme ich einen trockenen Mund. Ich werde erregt. Die Bisse, welche die Kelly mir zugefügt hat, beginnen zu jucken. Das Jucken ist Schmerz und Lust zugleich. Mit dem Jucken rührt sich ein Verlangen, ein kompliziertes Verlangen. Es ist ganz anders als die simple Sucht nach Morphium, die mich befällt, wenn der Schmerz gar unerträglich wird. Es ist ein Verlangen nach den Küssen der Kelly. Doch dieses Verlangen birgt viel mehr, unzählige Begierden.

Ich weiß, daß ich das Rechte tue. Ich habe recht getan, Lucy zu retten, indem ich ihr den Kopf abtrennte, und ich habe recht getan, die anderen zu entbinden. Die Nichols, die Schön, die Stride, die Eddowes. Ich tue recht. Aber ich werde damit aufhören. Ich bin Nervenarzt, und die Kelly war mir Grund genug, den Blick von neuem auf mich selbst zu richten. Ist mein Verhalten denn tatsächlich so anders als das Renfields, der kleine Tode sammelte, wie ein Geizhals Pennies hortet? Der Graf machte eine Abnormität aus ihm, wie er auch mich in ein Monstrum verwandelt hat. Und ich bin ein Monstrum. Jack the Ripper, Saucy Jack, Red Jack, Bloody Jack. Man wird mich in eine Reihe stellen mit Sweeney Todd, Sawney Bean, Mrs. Manning, dem ›Gesicht am Fenster‹ und Jonathan Wild: endlos wiedergekäut in ›Famous Crimes: Past and Present‹. Schon jetzt gibt es Schauerromane; bald wird man mir Varieté-Nummern widmen, sensationelle Melodramen, ein Konterfei aus Wachs in der Schreckenskammer Mme Tussauds. Dabei wollte ich ein Monstrum vernichten und nicht selbst zum Monstrum werden.

27

Dr. Jekyll und Dr. Moreau

»Meine liebe Mlle Dieudonné«, begann die Note, die der schätzenswerte Ned ihr überbracht hatte, »ich habe im Zusammenhang mit unseren Ermittlungen einen Besuch zu machen und wüßte gern einen Vampir bei mir. Könnten Sie sich den heutigen Abend zur Verfügung halten? Man wird Ihnen einen Wagen nach Whitechapel schicken. Später mehr. Beauregard.«

Wie es sich ergab, befand sich Charles Beauregard persönlich im Wagen, frisch rasiert und gekleidet, einen Hut auf dem Schoß und einen Stock an seiner Seite. Er schien sich allmählich die Gewohnheiten der Vampire zu eigen zu machen, die bei Tage schliefen und bei Nacht auf Raub ausgingen. Er nannte dem Kutscher eine Adresse in der Stadt. Vergnüglich schaukelnd ließ der Hansom das East End hinter sich.

»Nichts wirkt so beruhigend wie das Innere eines Hansom«, verkündete Charles. »Er ist wie eine Miniaturfestung auf Rädern, ein Hort des Trostes in der Finsternis.«

Da ihr Begleiter allem Anschein nach eine poetische Ader hatte, war Geneviève dankbar, bei der Auswahl ihrer Kleidung mit allergrößter Sorgfalt vorgegangen zu sein. Zwar würde man ihr schwerlich Einlaß in den Palast gewähren, doch erregte ihr Aufzug wenigstens nicht den Verdacht, sie sei dem männlichen Geschlecht feindlich gesinnt. Sie hatte sich mit einem Samtumhang und dem dazu passenden Halsband abgeplagt und reichlich Zeit darauf verwendet, ihr Haar zu bürsten, das sie nun offen um die Schultern trug. Jack Seward fand das *arrangement* ›entzükkend‹, und da ihr die Freuden eines Spiegels verwehrt blieben, mußte sie sich auf sein Wort verlassen.

»Sie erscheinen mir verändert heute abend«, bemerkte Charles.

Sie lächelte, krampfhaft bemüht, ihre Zähne zu verbergen. »Ich fürchte, das liegt an diesem Kleid. Ich kann kaum atmen.«

»Ich dachte, Sie brauchten nicht zu atmen.«

»Das ist ein weitverbreiteter Irrtum. Auf gewisse Weise verstehen es die Ignoranten, gänzlich unvereinbare Ansichten aufrechtzuerhalten. Einerseits sind Vampire daran zu erkennen, daß sie nicht zu atmen brauchen. Andererseits verfügen Vampire über den widerlichsten Atem, den man sich nur vorstellen kann.«

»Sie haben selbstverständlich recht. Daran habe ich noch nie gedacht.«

»Wir sind natürliche Lebewesen, wie alle anderen auch«, erklärte sie. »Mit Magie haben wir nichts zu schaffen.«

»Und was die Sache mit den Spiegeln anbetrifft?«

Auf diese Frage kam es ein jedes Mal heraus, die Sache mit den Spiegeln. Dafür hatte niemand eine Erklärung.

»Vielleicht ist doch ein klein wenig Magie dabei«, sagte sie, indem sie dies mit Daumen und Zeigefinger anschaulich zu machen suchte. »Nicht mehr als ein Hauch.«

Charles lächelte, was er nur selten tat. So sah er gleich viel besser aus. Charles Beauregard hielt sich verschlossen. Zwar konnte sie keineswegs Gedanken lesen, doch war sie überaus empfindsam. Charles schien immerzu darauf bedacht, seine Gedanken für sich zu behalten. Ein Kniff, der sich nicht von selbst erlernte; offenbar hatte sein Leben im Dienste des Diogenes Club ihn diese Fähigkeit gelehrt. Sie hatte ganz den Eindruck, als sei der höfliche Gentleman an ihrer Seite ein alter Hase, was das Bewahren von Geheimnissen anging.

»Haben Sie schon die Zeitungen gelesen?« fragte er. »Es hat eine neuerliche Mitteilung von Jack the Ripper gegeben. Eine Postkarte.«

»›*Dieses Mal doppelter Erfolg*‹«, zitierte sie.

»Ganz recht. ›*Hatte keine Zeit, der Polizei die Ohren mitzunehmen.*‹«

»Hat er denn nicht versucht, Cathy ein Ohr abzuschneiden?«

Charles hatte sich Dr. Gordon Browns Bericht offenbar genauestens eingeprägt. »Es gab eine derartige Verletzung, aber sie ist vermutlich im Eifer des Gefechts entstanden. Ihr Gesicht war beträchtlich verstümmelt. Selbst wenn es sich bei unserem Briefschreiber nicht um den Mörder handelt, so verfügt er doch womöglich über eine eingeweihte Quelle.«

»Wie zum Beispiel einen Zeitungsschreiber?«

»Das wäre eine Möglichkeit. Daß die Briefe an die Central News Agency gesandt wurden und demzufolge allen Zeitungen zur Verfügung stehen, ist ungewöhnlich. Es gibt wohl kaum einen Menschen, der nicht unmittelbar mit der Presse assoziiert ist und dennoch weiß, was eine Nachrichtenagentur ist. Wären die Briefe an ein bestimmtes Journal gesandt worden, würden nur wenige Zeitungsschreiber aus diesem *coup* ihren Profit ziehen können.«

»Und ebenfalls unter Verdacht geraten?«

»Exakt.«

Unterdessen waren sie in der Stadt angekommen. Breite, hell erleuchtete Straßen; Häuser, zwischen denen sogar Bäume und Rasenflächen Platz fanden. Hier war alles sehr viel sauberer. Wenngleich Geneviève an einem Square drei auf Pfähle gespießte Leichname erblickte. Kinder spielten in den Büschen rings um die Gepfählten Versteck, rotäugige kleine Vampire, die, sowie sie ihre feisten Spielgefährten ausfindig machten, einander mit spitzen Zähnen zärtliche Zwicke versetzten.

»Wen werden wir aufsuchen?« fragte sie.

»Einen Mann, der Ihnen bestimmt gefallen wird. Dr. Henry Jekyll.«

»Der Naturforscher? Er war bei der Untersuchung des Falles Lulu Schön zugegen.«

»Eben jener. Er kennt keine Götter außer Darwin und Huxley. Keinerlei Magie findet den Weg über seine Schwelle. Und wo wir schon einmal von Dr. Jekylls Schwelle sprechen, will ich hoffen, daß wir nämliche erreicht haben.«

Der Wagen hielt. Charles stieg aus und half ihr herunter. Sie vergaß nicht, ihr Kleid zusammenzuraffen und sich aufzurichten, als er sie aus dem Wagen hob. Er befahl dem Kutscher zu warten.

Sie befanden sich an einem Platz, welcher umringt war von hübschen alten Häusern, die jedoch überwiegend bessere Tage gesehen haben mochten und deren Räumlichkeiten nun an Leute von allerlei Rang und Stand vermietet waren: Landkartenstecher, Architekten, Karpater, Winkeladvokaten und die Kommissionäre obskurer Handelsunternehmungen. Das Gebäude gleich neben dem Eckhaus hingegen schien von nur einer Partei bewohnt. Als sie an der Eingangstüre angekommen waren, die einen stolzen Hauch von Reichtum und Luxus verströmte – wenngleich sie nun im Dunkeln lag und allein durch die Lünette erhellt wurde –, klopfte Charles. Ein ältlicher Diener öffnete. Charles präsentierte ihm seine Karte, die ihm freien Zugang zu jeglicher Behausung oder Institution des Landes zu gewähren schien.

»Und das ist Miß Dieudonné«, erklärte Charles, »die Älteste.«

Der Diener nickte und geleitete die Besucher in eine geräumige, komfortable Halle voller kostbarer Eichenschränke; sie war mit Steinplatten ausgelegt und wurde nach Landhausart von einem hellen, offenen Feuer beheizt.

»Dr. Jekyll befindet sich in Gesellschaft des anderen Gentleman im Laboratorium, Sir«, sagte der Diener. »Ich werde Sie melden.«

Er verschwand in einen anderen Flügel des Hauses und ließ Geneviève und Charles in der Halle zurück. Im Dunkeln konnte sie besser sehen. Seltsame Formen und Farben flackerten im Widerschein des Feuers über die polierten Eichenschränke und warfen unruhige Schatten an die niedrige Decke.

»Dr. Jekyll hält offenbar nicht allzuviel von elektrischem Licht«, bemerkte sie.

»Das Haus ist eben alt.«

»Ich hatte eigentlich erwartet, einen Mann der Wissenschaft inmitten schimmernder Zukunftsapparate vorzufinden und nicht im trüben Dunkel der Vergangenheit.«

Charles stützte sich achselzuckend auf seinen Stock. Der Diener kehrte zurück und führte sie in den hinteren Teil des Hauses. Sie durchquerten einen bedachten Innenhof und kamen zu einem hellerleuchteten Gebäude, das unmittelbar an die Rückseite von Dr. Jekylls Haus grenzte. Eine mit rotem Boi bezogene Tür stand offen, und Stimmen waren zu hören.

Charles trat beiseite und ließ ihr den Vortritt. Das Laboratorium war ein hoher, an einen Operationssaal gemahnender Raum; die Wände waren mit Büchergestellen und Karten bedeckt, und allenthalben standen Tische und Bänke, auf denen sich ein kompliziertes Wirrwarr aus Retorten, Brennern und Reagenzgläsern befand. Es roch stark nach Seife. Andere Gerüche waren wohl nicht einmal mehr durch fleißiges Scheuern zu beseitigen.

»Danke, Poole«, sagte Jekyll und entließ seinen Diener, der sich allem Anschein nach voller Erleichterung ins Haupthaus zurückzog. Sein Herr hatte sich bei ihrem Eintreten angeregt mit einem breitschultrigen, vorzeitig ergrauten Mann unterhalten.

»Willkommen, Mr. Beauregard«, sagte Jekyll. »Und Miß Dieudonné.«

Er machte eine leichte Verbeugung und wischte sich eine Substanz von den Händen, die sonderbare Schmierflecke an seiner Lederschürze hinterließ.

»Das ist mein Kollege Dr. Moreau.«

Der weißhaarige Mann hob die Hand zum Gruß. Geneviève wußte sofort, daß sie Dr. Moreau nicht mögen würde.

»Wir haben soeben über das Blut gesprochen.«

»Ein hochinteressantes Thema«, wagte Charles sich vor.

»In der Tat. Überaus interessant. Dr. Moreau vertritt radikale Ansichten, was die Klassifizierung des Blutes betrifft.«

Die beiden Wissenschaftler hatten vor einer Bank gestanden, über die ein Stück Wachstuch ausgebreitet war. Auf dem Tuch verstreut lag ein Durcheinander aus Staub und Knochenfragmenten, die den schemenhaften Umriß eines Menschen bildeten: ein krummes Stück, das wohl eine Stirn gewesen sein mochte, einige gelbe Zähne, ein paar Stäbe, die an Rippen gemahnten, und eine große Menge bröckliger rotgrauer Materie, die Geneviève zu ihrem Bedauern nicht zum erstenmal erblickte.

»Das war ein Vampir«, meinte sie. »Ein Ältester?«

Ein gewöhnlicher Neugeborener wäre nicht derart zerfallen. Chandagnac hatte sich in Asche wie diese verwandelt. Zum Zeitpunkt seiner Vernichtung war er über vierhundert Jahre alt gewesen.

»Wir hatten Glück«, erklärte Jekyll. »Graf Vardalek hatte sich eines Vergehens wider den Prinzgemahl schuldig gemacht und wurde hingerichtet. Sowie ich von der Sache erfuhr, suchte ich um seine sterblichen Überreste an. Diese Gelegenheit hat sich als unschätzbar erwiesen.«

»Vardalek?«

Jekyll machte eine wegwerfende Handbewegung »Ein Karpater, wenn mich nicht alles täuscht.«

»Ich kannte ihn.«

Jekyll schien seinem wissenschaftlichen Enthusiasmus für einen Augenblick entrissen. »Ich bin zutiefst betrübt, bitte verzeihen Sie meinen Mangel an Schicklichkeitsgefühl ...«

»Keine Ursache«, erwiderte sie, während sie sich vorstellte, wie das grellgeschminkte Gesicht des Ungarn sich über die Schädelreste spannte. »Wir waren nicht eben befreundet.«

»Wir müssen die Physis der Vampire studieren«, sagte Moreau. »Sie ist von außerordentlichem Interesse.«

Charles sah sich im Laboratorium um, warf hie und da einen Blick auf die im Gange befindlichen Experimente. Kotiger Schlamm tropfte in einen Becher unmittelbar vor seiner Nase und verzischte dort zu violettem Schaum.

»Sehen Sie«, wandte sich Jekyll an Moreau. »Das Präzipitat reagiert normal.«

Der weißhaarige Wissenschaftler gab keine Antwort. Offenbar hatte Jekyll eine seiner Theorien widerlegt.

»Unsere Angelegenheiten«, begann Charles, »sind nicht so sehr wissenschaftlicher als vielmehr kriminalistischer Natur. Wir verfolgen die Whitechapel-Morde. Die Sache Jack the Ripper.«

Jekyll schwieg.

»Haben Sie womöglich selbst Interesse an dem Fall genommen? Einer gerichtlichen Untersuchung beigewohnt oder dergleichen?«

Jekyll bejahte, sagte jedoch weiter nichts.

»Haben Sie bestimmte Schlüsse ziehen können?«

»Über den Mörder? Nicht sehr viele. Ich bin der festen Überzeugung, daß ein jeder von uns, befreit man ihn von den Zwängen zivilisierten Verhaltens, zu jeglicher Ausschweifung imstande ist.«

»In seinem tiefsten Innern ist der Mensch ein Tier«, sagte Moreau. »Dann liegt seine verborgene Kraft.«

Moreau ballte seine behaarten Hände zu Fäusten. Geneviève war gewiß, daß der Wissenschaftler über enorme Körperkräfte verfügte. Es lag beinahe etwas Affenartiges in seiner Konstitution. Es wäre ihm ein leichtes, jemandem die Kehle durchzuschneiden oder eine eilige Sektion vorzunehmen, eine Silberklinge in renitentes Fleisch zu treiben, Knochen entzweizusägen.

»Mein Interesse«, fuhr Jekyll fort, »gilt zuallererst den Opfern. Den Neugeborenen. Die meisten von ihnen gehen dem sicheren Tod entgegen, müssen Sie wissen.«

Derlei war Geneviève durchaus nicht neu.

»Vampire sind aller Möglichkeit nach unsterblich. Doch sind sie trotz ihrer Unsterblichkeit in höchstem Maße anfällig. Etwas in ihrem Innern treibt sie zur Selbstzerstörung.«

»Insbesondere jene, die ihre Gestalt zu wechseln in der Lage sind«, sagte Moreau. »Sie drehen die Uhr der Evolution zurück, sie sind ein Atavismus. Die Menschheit befindet sich am Scheitelpunkt der Parabel irdischen Lebens; der Vampir hingegen stellt gleichsam den Schritt hinaus über den Bug des Schiffes dar, den ersten Fehltritt auf dem Pfad der Rückkehr zur Barbarei.«

»Dr. Moreau«, erwiderte Geneviève, »wenn ich Sie recht

verstehe, so könnte ich dies wohl als Beleidigung begreifen.«

Jekyll fuhr dazwischen. »Aber, aber, Miß Dieudonné, nicht doch. Sie sind der interessanteste Fall, den man sich nur vorstellen kann. Ihre fortwährende Existenz ist der beste Beweis dafür, daß Vampire keineswegs einen Rückschritt auf der Leiter der Evolution zu bedeuten brauchen. Ich würde Sie zu gern einmal umfassend untersuchen. Es ist durchaus denkbar, daß in Ihnen die Menschheit zur Perfektion gereift ist.«

»Mir ist ganz und gar nicht danach, jemandem zum Ideal zu dienen.«

»Und ebenso wird es auch bleiben, bis Sie in einer perfekten Welt Ihr Dasein führen. Wenn es uns gegeben wäre, jene Faktoren zu bestimmen, die einen Ältesten von einem Neugeborenen unterscheiden, könnten wir womöglich viele Leben retten.«

»Neugeborene sind wie junge Schildkröten«, sagte Moreau. »Zu Hunderten schlüpfen sie aus dem Ei, doch nur wenigen gelingt es, aus dem Sand ins Meer zu kriechen, ohne einem Seevogel zum Opfer zu fallen.«

Charles hörte aufmerksam zu, gestattete ihr, die Wissenschaftler auszufragen. Sie konnte sich beim besten Willen nicht vorstellen, was er von ihnen zu erfahren hoffte.

»Ohne Ihrer durchaus schmeichelhaften Vermutung widersprechen zu wollen, bei meiner Wenigkeit handele es sich um die Erfüllung eines göttlichen Plans, ist unter Wissenschaftlern doch zweifellos die Auffassung verbreitet, daß Vampire keineswegs eine abgesonderte Spezies der Menschheit darstellen, sondern vielmehr einen parasitären Auswuchs unseres Stammbaums, der allein kraft eines Lebensmittels zu existieren vermag, das er unseren warmblütigen Verwandten wegstiehlt?«

Von einem Augenblick zum anderen war der sanftmütige Jekyll beinahe rot vor Zorn. »Ich bin zutiefst enttäuscht, daß Sie solch antiquierte Ansichten hegen.«

»Ich hege sie lediglich, Doktor. Ich würde ihnen jedoch keinesfalls besondere Pflege angedeihen lassen.«

»Sie möchte Sie doch nur zu einem Disput herausfordern, Harry«, erklärte Moreau.

»Natürlich, verzeihen Sie. Um Ihnen eine einfache Antwort zu geben: Vampire sind ebensowenig Parasiten, nur weil sie sich von Menschenblut ernähren, wie Menschen Parasiten sind, nur weil sie sich vom Fleisch des Rindviehs ernähren.«

Geneviève kitzelte der Rote Durst in der Kehle. Sie hatte die letzten Tage verschlafen, und wenn sie nicht so bald wie möglich neue Nahrung fand, schwand ihre Kraft dahin.

»Manche von uns pflegen Ihresgleichen als ›Vieh‹ zu bezeichnen. Jener staubige Herr dort drüben war dafür berühmt, sich dieses Wortes zu befleißigen.«

»Das ist durchaus verständlich.«

»Vardalek war ein überhebliches Karpaterschwein, Doktor. Ich kann Sie versichern, daß ich seine Verachtung für die Warmblüter keineswegs teile.«

»Freut mich zu hören«, warf Charles ein.

»Haben Sie eigentlich niemals versucht, den Dunklen Kuß zu empfangen?« fragte sie. »Im Namen der Forschung wäre dies gewiß ein logischer Schritt.«

Jekyll schüttelte den Kopf. »Wir möchten das Phänomen in größerem Maße untersuchen. Der Vampirismus mag ein geeignetes Mittel gegen den Tod darstellen, in neun von zehn Fällen ist er jedoch auch ein tödliches Gift.«

»In Anbetracht der lebenswichtigen Bedeutung dieses Forschungsgebietes hat man diesen Aspekt bislang sträflich vernachlässigt«, setzte Moreau hinzu. »Dom Augustin Calmet wird noch heute als mustergültiger Quellentext herangezogen …«

Calmet war der Verfasser einer *Abhandlung über die Vampire Ungarns und der umliegenden Gebiete,* die erstmals im Jahre 1746 erschienen war, einer Sammlung zweifelhafter Vorfälle und deftig ausgeschmückter Volkssagen.

»Selbst der selige, zu Unrecht in Verruf geratene Van Helsing war im Herzen ein Anhänger Calmets«, sagte Jekyll.

»Die Herren sind demnach bestrebt, zum Newton beziehungsweise Galileo des Vampirismus-Studiums aufzusteigen?«

»Ein guter Ruf hat nicht das geringste zu bedeuten«, entgegnete Moreau. »Den kann sich jeder Narr erkaufen. Betrachten Sie doch nur einmal die Royal Society, und erkennen Sie ihre Mitglieder, Warmblüter wie Nicht-Tote, als jenes lose Pack kahlköpfiger Paviane an, das sie tatsächlich sind. In der Wissenschaft zählt allein der Beweis. Und den werden wir schon bald erbracht haben.«

»Den Beweis wofür?«

»Für das Vermögen des Menschen, es zur Perfektion zu bringen, Miß Dieudonné«, sagte Jekyll. »Sie tragen einen angemessenen Namen. Womöglich sind Sie uns in der Tat von Gott gegeben. Wenn wir alle sein könnten wie Sie ...«

»Wenn wir alle Vampire wären, von wem sollten die Vampire sich ernähren?«

»Nun, wir würden Afrikaner und Südsee-Insulaner importieren«, meinte Moreau, als wollte er einen Dummkopf davon überzeugen, daß der Himmel blau sei. »Oder Tiere niederer Ordnung zu menschlicher Gestalt heranzüchten. Wenn Vampire imstande sind, ihre Gestalt zu wechseln, so vermögen dies zweifellos auch andere Kreaturen.«

»Es gibt Vampire in Afrika, Dr. Moreau. Fürst Mamuwalde ist dort durchaus hoch angesehen. Und selbst in der Südsee habe ich Brüder und Schwestern ...«

Geneviève sah ein unheilvolles Licht in Dr. Jekylls Augen schimmern. Sein *pendant* spiegelte sich in den begierigen Blicken Dr. Moreaus: die Lust des Prometheus, das Verlangen nach einer alles verzehrenden Flamme des Wissens.

»Welch eine kalte, finstere Stille wäre doch die Perfektion«, sagte Geneviève. »Ich denke mir, eine allumfassende Vervollkommnung käme dem Tod recht nahe.«

28

Pamela

»Es scheint, als hätte ich mit einemmal ein warmherziges, ja beinahe zärtliches Gefühl für Dom Augustin Calmet entwickelt«, sagte Geneviève. Beauregard zeigte sich überaus belustigt.

Auf dem Weg zurück nach Whitechapel saß sie im Wagen dicht neben ihm. Clayton, den Beauregard für die ganze Nacht angeworben hatte, kannte ihr Ziel. Seit seinem unfreiwilligen Ausflug nach Limehouse zog Beauregard es vor, sich von einem Fuhrmann durch London kutschieren zu lassen, der, wie er wußte, dem Diogenes Club zu Diensten stand.

»Viele brillante Männer wurden von ihren Zeitgenossen für geisteskrank gehalten.«

»Ich habe keine Zeitgenossen«, erwiderte sie. »Mit Ausnahme von Vlad Tepes, dem ich allerdings nie begegnet bin.«

»Können Sie mir trotzdem folgen?«

Genevièves Augen leuchteten. »Aber natürlich, Charles ...«

Sie hatte sich die Gewohnheit zu eigen gemacht, ihn beim Vornamen zu nennen. Unter anderen Umständen wäre ihm dies vielleicht unziemlich erschienen, doch war es widersinnig, bei einer Frau, die zehnmal seine Urgroßmutter hätte sein können, auf der von der Etikette vorgeschriebenen Anrede zu bestehen.

»Es wäre doch möglich, daß es sich bei den Morden um Experimente handelt«, fuhr sie fort. »Wenn Dr. Knox eine Leiche benötigte, scherte es ihn keinen grünen Heller, woher er sie bekam; Dr. Jekyll und Dr. Moreau benötigen die Leichname von Nicht-Toten, warum also sollten sie so sehr darüber erhaben sein, sie auf den Straßen Whitechapels einzuernten?«

»Vor einigen Jahren war Moreau in einen Vivisektionsskandal um einen gehäuteten Hund verwickelt. Eine überaus widerwärtige Geschichte.«

»Typisch. Unter seinem weißen Kittel steckt nichts weiter als ein Höhlenmensch.«

»Und er verfügt über nicht geringe Körperkraft. Und großes Geschick im Umgang mit dem Ochsenziemer, sagt man. Er hat sich reichlich durch die Welt geschlagen.«

»Aber daß er unser Mörder ist, glauben Sie nicht?«

Es erfüllte Beauregard mit gelindem Erstaunen, daß sie ihm derart zuvorgekommen war. »Nein. Schließlich genießt er einen Ruf als genialischer Chirurg.«

»Und Jack the Ripper weiß zwar um das Körperinnere, wühlt sich aber mit der Finesse eines volltrunkenen Schweineschlächters durch die Eingeweide.«

»Genau.«

Er war es gewohnt, seine Gedankengänge erläutern zu müssen. Es war erfrischend, wenn nicht gar ein wenig beunruhigend, jemanden bei sich zu wissen, der mit ihm Schritt zu halten vermochte.

»Würde er absichtlich stümperhaft zu Werke gehen, um den Verdacht von sich abzulenken?« fragte sie und gab sich sogleich eine Antwort: »Nein. Wenn Moreau toll genug wäre, zu Experimentierzwecken zu morden, würde er seine Beute nicht durch vorsätzliche Unachtsamkeit aufs Spiel setzen. Wenn er unser Ripper wäre, würde er seine Opfer entführen und an einen geheimen Ort verbringen, um sie in Muße operieren zu können.

Die Mädchen wurden alle dort getötet, wo man sie auch gefunden hat?«

Beauregard nickte. »Und zwar rasch, in Raserei. Nicht nach ›wissenschaftlicher Methode‹.«

Die Vampirfrau knabberte an ihrer Unterlippe und bot einen Augenblick lang das vollkommene Ebenbild eines ernsten sechzehnjährigen Mädchens in einem Kleid, das wie für eine ältere, leichtfertigere Schwester geschneidert war. Dann regte sich ihr uralter Verstand aufs neue.

»Sie haben also Dr. Jekyll in Verdacht?«

»Er befaßt sich mit der Chemie des Lebens, ist aber kein Anatom. Ich bin zwar nicht eben Fachmann auf diesem Gebiet, plage mich jedoch zuweilen mit seinen Artikeln ab. Er hegt mitunter sonderbare Ansichten. *Über die Zusammensetzung des Vampir-Gewebes* lautet der Titel seines neuesten Werkes.«

Geneviève sann über diese Möglichkeit nach. »Das ist allerdings kaum denkbar. Im Vergleich zu Moreau wirkt er so ... *harmlos*. Er erinnert mich an einen Geistlichen. Und er ist alt. Ich kann mir beim besten Willen nicht vorstellen, daß er bei Nacht durch die Straßen streicht; zudem verfügt er schwerlich über die enorme Kraft, die der Ripper besitzen muß.«

»Dennoch könnte etwas daran sein.«

Sie überlegte einen Augenblick. »Ja, Sie haben ganz recht. Es könnte etwas daran sein. Ich glaube zwar nicht, daß Henry Jekyll der Ripper ist. Und doch haftet ihm etwas Merkwürdiges an.«

Beauregard war zutiefst erfreut, seinen Verdacht bestätigt zu finden. »Man wird ihn im Auge behalten müssen.«

»Charles, gebrauchen Sie mich als Bluthund?«

»Ich fürchte, ja. Haben Sie etwas dagegen?«

»Wuff wuff«, machte sie kichernd. Wenn sie lachte, entblößten ihre Lippen grauenhafte, spitze Zähne. »Sie dürfen mir keinesfalls vertrauen. Ich war einmal der festen Überzeugung, bis zum Winter sei der Krieg vorüber.«

»Welcher Krieg?«

»Der Hundertjährige.«

»Immerhin.« Er lachte.

»Eines Jahres schließlich hatte ich recht. Aber da bekümmerte es mich schon nicht mehr. Wenn mich nicht alles täuscht, war ich damals in Spanien.«

»Sie stammen doch eigentlich aus Frankreich. Warum leben Sie dann nicht auch dort?« fragte er.

»Damals gehörte Frankreich zu England. Darüber war es doch zum Krieg gekommen.«

»Also standen Sie auf unserer Seite?«

»Ganz und gar nicht. Aber das war vor langer Zeit, in einem anderen Land, und jenes Mädchen ist seit langem tot.«

»Whitechapel ist ein sonderbarer Ort, um auf jemanden wie Sie zu treffen.«

»Ich bin nicht die einzige Französin in Whitechapel. Die Hälfte aller *filles de joie* von der Straße nennt sich ›Fifi La Tour‹.«

Er lachte abermals.

»Ihre Familie stammt doch wohl ebenfalls aus Frankreich, *Monsieur Beauregard,* und Sie wohnen in Cheyne Walk.«

»Einem Carlyle war das gut genug.«

»Ich bin Carlyle einmal begegnet. Und nicht nur ihm. Den Großen und Guten, den Schlechten und Rechten. Früher habe ich befürchtet, jemand könnte mich aufspüren, indem er all die Memoiren, in denen ich über die Jahrhunderte Erwähnung fand, zueinander in Beziehung setzt. Aufspüren und vernichten. Früher schien mir dies das Schlimmste, was überhaupt geschehen konnte. Meine Freundin Carmilla wurde aufgespürt und dann vernichtet. Sie war ein recht rührseliges Mädchen, lebte in schrecklicher Abhängigkeit von ihren warmblütigen Liebhabern, dennoch verdiente sie es keineswegs, gespießt und enthauptet zu werden, um schließlich in einem Sarg voll mit ihrem eigenen Blut zu schwimmen. Aber ein so finsteres Schicksal brauche ich heutzutage wohl nicht mehr zu fürchten.«

»Was haben Sie in all den Jahren nur getrieben?«

Sie zuckte mit den Achseln. »Ich weiß nicht. Vielleicht habe ich mich auf der Flucht befunden? Vielleicht habe ich gewartet? Versucht, das Rechte zu tun? Was meinen Sie, bin ich ein guter Mensch? Oder ein schlechter?«

Sie erwartete keine Antwort. In ihrer Mischung aus Melancholie und Bitterkeit wirkte sie durchaus amüsant. Vielleicht war dies ihre Art, das Leben zu meistern. Wahrscheinlich zerrten die Jahrhunderte an ihr wie die Ketten an Jacob Marley.

»Kopf hoch, altes Mädchen«, sagte Beauregard. »Henry Jekyll hält Sie für geradezu perfekt.«

»Altes Mädchen?«

»Das sagt man so.«

»Hm«, erwiderte Geneviève traurig. »Aber trifft es nicht den Nagel auf den Kopf? Ich bin schließlich ein altes Mädchen.«

Welches Gefühl weckte sie in ihm? In ihrer Nähe war er nervös und auch erregt. Ihm war, als ob er sich in Gefahr befände, dabei hatte er sich jahrelang darin geübt, selbst unter Beschuß ruhig Blut zu bewahren. Wenn er mit Geneviève beisammen war, schien es, als teilten sie ein Geheimnis. Was hätte wohl Pamela von ihr gehalten? Sie hatte einen wachen Verstand besessen; selbst als der Tod sie zum Duell forderte, glaubte sie seinen Lügen nicht. Als es auf das Ende zuging, versuchte er ihr weiszumachen, sie werde gesunden und wohlbehalten heimkehren können. Pamela wies all seine Versicherungen zurück und verlangte, er solle ihr zuhören. Es fiel Pamela nicht leicht zu sterben: Sie war voller Zorn, nicht auf den törichten Arzt, sondern auf sich selbst, voller Zorn darüber, daß ihr Körper sie und ihrer beider Kind im Stich gelassen hatte. Ihr Furor brannte wie Feuer. Als er ihre Hand ergriff, konnte er ihn spüren. Sie starb, noch ehe sie ihren Gedanken ausgesprochen hatte; seit jenem Tage quälte ihn die Frage, ob es etwas zu verstehen gab, die Frage, worum sich jener dringende Gedanke drehte, den Pamela zuletzt nicht mehr in Worte hatte pressen können.

»›Ich liebe dich.‹«

»Was?«

Genevièves Wangen waren mit Tränen betaut. Zum erstenmal schien sie jünger, als es ihr Gesicht vermuten ließ.

»Das wollte sie Ihnen sagen, Charles. ›Ich liebe dich.‹ Weiter nichts.«

Wutentbrannt ergriff er das Heft seines Stockdegens und schob mit dem Daumen den Haken beiseite. Ein Zoll schimmernden Silbers blitzte auf. Geneviève schnappte nach Luft.

»Es tut mir leid, es tut mir ja so leid«, sagte sie und schmiegte sich an ihn. »Ich tue so etwas sonst nicht, wirklich. Ich bin nicht neugierig. Aber ...« Sie weinte heiße Tränen, die ihren Samtkragen befleckten. »Es war so deutlich, Charles«, insistierte sie und schüttelte lächelnd den Kopf. »Ihre Gedanken wollten beinahe überfließen. Für gewöhnlich erhalte ich nur einen unbestimmten Eindruck. Eben jedoch habe ich zum erstenmal ein vollkommenes Bild vor mir gesehen. Ich *wußte*, was Sie fühlten ... o Gott, Charles, es tut mir ja so leid, ich wußte nicht, was ich tat, bitte, verzeihen Sie mir ... und was *sie* fühlte. Ihre Stimme war scharf und schneidend wie ein Messer. Wie hieß sie?«

»Pen ...« Er schluckte. »Pamela. Pamela, meine Frau.«

»Pamela. Ja, Pamela. Ich konnte ihre Stimme hören.«

Ihre kalten Finger klammerten sich um seine Hand, schlossen den Mechanismus seines Stockes. Genevièves Gesicht war seinem ganz nahe. In ihren Augenwinkeln schwammen rote Flecke.

»Nein, nein, nein. Sie haben all die Zeit an diesem Moment getragen und damit den Schmerz genährt. Er steckt in Ihnen, um gelesen zu werden.«

Er wußte, daß sie recht hatte. Er hätte wissen müssen, was Pamela gesagt hatte. Er hatte es nicht hören wollen. Beauregard war mit Pamela nach Indien gereist. Er wußte um die Gefahr und hätte seine Frau heimschicken sollen, als man feststellte, daß sie ein Kind unter dem Herzen trug. Doch es kam zu einer Krise, und sie insistierte darauf zu bleiben. Sie insistierte, und er ließ sie insistieren; er zwang sie nicht, nach England zurückzukehren. Seiner Schwäche war es zu verdanken, daß sie blieb. Er verdiente es nicht, ihre letzten Worte zu verstehen. Er verdiente es nicht, geliebt zu werden.

Geneviève lächelte ihn durch einen Tränenschleier an. »Niemand trägt Schuld an ihrem Tod, Charles. Sie war zwar zornig. Aber nicht auf Sie.«

»Ich habe nie daran gedacht ...«

»Charles ...«

»Nun, ich habe nie *bewußt* daran gedacht ...«

Sie hob einen Finger und legte ihn an seine Wange. Sogleich nahm sie ihn wieder fort und hielt ihn staunend in die Höhe. Eine Träne war daran. Er zog ein Schnupftuch hervor und wischte sich damit die Augen.

»Ich weiß, wogegen ihr Zorn sich richtete. Gegen den Tod. Ausgerechnet ich kann das verstehen. Ich glaube, ich hätte Ihre Frau gemocht, nein, ich hätte sie geliebt.« Geneviève führte ihren Finger an die Zunge, und sie durchfuhr ein leiser Schauer. Vampire konnten Tränen trinken.

Was Pamela von Geneviève gehalten hätte, war schwerlich von Bedeutung. Durchaus von Belang hingegen war, so erkannte er mit einem flauen Gefühl im Magen, was Penelope von ihr halten würde …

»Ich wollte wirklich nicht, daß es so weit kommt«, sagte sie. »Sie finden mich bestimmt schrecklich albern.«

Sie nahm sein Schnupftuch und tupfte sich damit die Augen. Sie blickte auf den feuchtgefleckten Stoff. »Nanu«, stieß sie hervor. »Salzwasser.«

Er war verwirrt.

»Für gewöhnlich weine ich Blut. Kein sehr erfreulicher Anblick. Nichts als Klauen und Zähne, wie ein rechter *nosferatu*.«

Nun nahm er ihre Hand. Allmählich verflog der Schmerz der Erinnerung; auf gewisse Art und Weise hatte er ihm Kraft gegeben.

»Geneviève, Sie unterschätzen sich. Ich weiß doch, daß Sie nicht wissen, wie Sie aussehen.«

»Ich entsinne mich eines Mädchens mit Entenfüßen und einem unförmigen Mund. Immerhin hatte sie hübsche Augen. Ich weiß nicht recht, aber ich glaube, sie war meine Schwester. Sie hieß Cirielle; sie ehelichte den Bruder eines französischen Feldmarschalls und starb als Großmutter.«

Ihre Geistesschärfe war zurückgekehrt, sie hatte sich wieder in der Gewalt. Allein die leichte Rötung ihres Halses verriet, daß sie etwas empfand, und die schwand dahin wie Eis in der Sonne.

»Inzwischen hat sich meine Familie bestimmt über den ganzen Erdball verbreitet, wie das Christentum. Auf diese oder jene Weise sind wahrscheinlich alle Lebenden mit mir verwandt.«

Er versuchte zu lachen, doch was sie sagte, war ihr voller Ernst.

»Ich kann mich nicht ausstehen, wenn ich in Tränen ausbreche, Charles. Verzeihen Sie, daß ich Sie in solche Verlegenheit gebracht habe.«

Beauregard schüttelte den Kopf. Irgend etwas zwischen ihnen bestand nicht mehr, doch wußte er nicht, ob es ein Band oder eine Mauer gewesen war.

29

Monsieur le Vampire II

Charles' Zähre prickelte ihr auf der Zunge. Sie hatte nicht von seinem Kummer kosten wollen, war jedoch unfähig gewesen, sich zu beherrschen. Infolge ihres hohen Alters wurde sie allmählich etwas wundersam und unergründlich. Die meisten Ältesten wurden verrückt. Wie Vlad Tepes. Von Charles hatte sie eine Perle der Erinnerung bekommen. Die Berührung einer zarten Hand, der Geruch des Blutes einer Sterbenden, Schmutz und Hitze eines fernen Landes, der wütende Kampf einer Frau um ihr Leben, um neues Leben in die Welt zu setzen. Fremde Gefühle, fremder Schmerz. Geneviève konnte nicht schwanger werden, konnte nicht gebären. Hieß das vielleicht, daß sie recht eigentlich gar nicht lebte? Daß sie recht eigentlich gar keine Frau war? Man sagte, Vampire seien geschlechtslos und ihre Zeugungsorgane ebenso funktional wie die Augen auf den Federn eines Pfaus. Zwar fand sie am Liebesakt – auf gewisse Weise – durchaus Vergnügen, doch vermochte diese Empfindung dem Vergleich mit einem Liebesbiß keineswegs standzuhalten.

All dies wegen einer Träne. Sie schluckte und leckte ihren Gaumen, bis der Geschmack der Erinnerung verschwunden war.

»Gleich sind wir bei Toynbee Hall«, sagte Charles.

Sie befanden sich am Spitalfields Market, in der Lamb Street, um die Ecke von der Commercial Street abzweigend. Der Markt, welcher bis Einbruch der Dämmerung geöffnet hatte, war hell erleuchtet und voller Menschen. Lärm und Geruch waren ihr wohlvertraut.

Der Wagen blieb schlagartig stehen. Geneviève wurde nach vorn geschleudert, gegen die hölzerne Blende, mit der die Front des Hansom verkleidet war. Charles bremste ihren Sturz und stützte sie, doch fand sie sich kniend in dem winzigen Fußraum wieder. Sie konnte nicht hinaussehen. Das Pferd wieherte hysterisch, während der Fuhrmann es mit einem »Ho!« und einem festen Ruck der Zügel im Zaum zu halten suchte.

Geneviève wußte sofort, daß etwas nicht stimmte.

Mit einem fürchterlichen Knacken fand das Wiehern jäh ein Ende. Der Kutscher fluchte, und den Umstehenden entfuhr ein Aufschrei des Entsetzens. Charles' Miene verriet keinerlei Empfindung. Er war ein Soldat, nur wenige Sekunden vor der Attacke. Seit Jahrhunderten schon beobachtete sie diesen Ausdruck in den Gesichtern todgeweihter Männer. Ihre Augenzähne glitten hervor und erregten einen Speichelfluß, zum Angriff ebenso wie zur Verteidigung bereit.

Vom Dach des Wagens her ertönte ein dumpfer Schlag. Sie blickte hinauf. Fünf gelbe Finger mit Nägeln wie gebogene Messer ragten durch das Holz. Sie krümmten sich wie knochengliedrige Würmer, und eine Faust riß rings um die Klappe einen Teil des Daches fort. Durch die splittrige Öffnung erblickte sie eine Falte gelber Seide. Ihr hüpfender Verfolger war zurückgekehrt. Ein runzliges Gesicht preßte sich gegen das Loch und riß den Schlund auf, in dem sich mehrere Reihen von Lampretenzähnen verbargen. Er wurde größer und größer, bis die Wangen barsten und mit schimmernden Muskeln bewehrtes Zahnfleisch entblößten. Der Älteste schnatterte, seine Lippen schrumpften, und vereinzelte Barthaare entsprossen rohem, feuchtglänzendem Fleisch.

Starke Klauen krallten sich in die Öffnung und brachen noch mehr Holz fort. Ganze Lagen gefirnißten Kutschholzes zerschellten jaulend wie eine gerissene Violinsaite.

Charles hatte den Stockdegen gezogen und suchte nach einer Gelegenheit, seinen Stoß anzubringen. Geneviève mußte dem Feind entgegentreten, ehe Charles bei dem Versuch, sich als ihr Beschützer aufzuspielen, ums Leben kam.

Sie stieß sich mit aller Kraft vom Boden des Wagens in die Höhe, ergriff die Ränder des Loches und zog sich hinauf. Sie brach durch den Spalt; die scharfen Kanten wurden stumpf an ihrer Haut und zerrissen ihr das gute Kleid. Der Wagen schaukelte unter dem Gewicht des Chinesen, der auf dem Kutschbock balancierte. Sie erblickte den Fuhrmann ein Dutzend Yards entfernt inmitten einer Ansammlung von Gaffern auf das Trottoir hingestreckt; er unternahm soeben einen halbherzigen Versuch, sich aufzurichten. Ein kalter Windstoß wehte ihr das Haar ins Gesicht und peitschte das Kleid um ihre Knie. Der Wagen krängte unter ihrer beider Last, allein das tote Pferd diente ihm als Anker.

»Herr«, richtete sie das Wort an den Vampir, »warum hadert Ihr mit mir?«

Der Chinese wechselte die Gestalt. Der Hals wurde ihm lang und länger, gliederte sich in stoppelbehaarte Insektenringe. Die Arme, die aus seinen glockenförmigen Manschetten ragten, waren mehrfach gebeugt und hatten menschliche Hände, groß wie Paddel. Der Kopf auf seinem Schlangenhals pendelte hin und her, und ein meterlanger Ringelzopf schlang sich um seine Schultern. Die *queue* endete in einem mit dem Haarseil verwobenen Dornenknäuel.

Weich und stachelig in einem, streifte etwas ihre Wange. Ein spinnwebenes Geschling, das dem Gesicht des Vampirs entwucherte. Während sie auf seine Hände achtgegeben hatte, war er ihr mit seinen verwachsenen Augenbrauen zu Leibe gerückt. Haare wie Präriegras zerkratzen ihr die Haut. Ein Rinnsal tröpfelte über ihre Stirn. Das Wesen hatte es auf ihre Augen abgesehen. Sie ballte die Faust, holte mit dem Unterarm gegen die Brauenschlange aus und wickelte sie mehrmals um ihr Handgelenk. Sie zog fest daran; dünne Fäden durchschnitten ihre Ärmel und umfingen ihr Handgelenk, doch der Vampir war aus dem Gleichgewicht gebracht.

Indem der Chinese vom Bock stürzte, riß er sie aus ihrer Hocke. Wie ein Fisch durchs Wasser glitt er durch die Luft und landete mühelos auf seinen gefederten Sohlen. Die Brauenschlange ließ von ihrem Arm ab. Mit den Füßen voran krachte Geneviève gegen eine Mauer. Dann stürzte sie aufs Pflaster. Der Aufprall hatte ihr die Knöchel gestaucht, und unter Schmerzen versuchte sie sich aufzurichten. Ihr Handballen versank in einer faulen Kohlkopfhälfte, sie glitschte aus und lag von neuem auf die Straße hingestreckt. Sie schmeckte Unrat. Vorsichtig erhob sie sich erst auf die Ellbogen, dann auf die Beine. Der Älteste hatte es mit einigem Geschick fertiggebracht, ihr weh zu tun, was für gewöhnlich nicht ganz einfach war. Gegen seine Macht war sie schwach wie ein kleines Kind.

Sie stemmte den Rücken gegen die Mauer und sammelte ihre Kräfte. Ihre Haut spannte sich, und ihr Gesicht begann zu glühen. Nägel und Zähne sprossen hervor, sprengten das Fleisch an Fingern und Kiefer. Sie schmeckte ihr eigenes Blut.

Sie befanden sich auf dem Markt, im schmutzigen Durchgang zwischen zwei Buden. Eine Reihe schwankender Rinderhälften säumte, an Eisenhaken baumelnd, den Fahrweg. Überall stank es nach dem Blut toter Tiere. Die Menge hatte einen Kreis gebildet, der den Ältesten zwar Platz zum Kämpfen einräumte, ihnen jedoch auch jeglichen Fluchtweg abschnitt.

Sie stieß sich von der Mauer fort und stürzte sich auf den Vampir. Ihre Hände streiften sein Gewand, als er, eine Viertelsekunde, ehe sie ihn erreichte, einen Schritt zur Seite tat. Als sie an ihm vorüberkam, stach er ihr seine spitzen Finger in die Flanke. Ihr Kleid hing in Fetzen, ihre Haut war durchbohrt. Sie klatschte gegen eine kalte Rinderhälfte und kollidierte rückwärts taumelnd mit einigen Zuschauern. Diese fingen sie auf und stießen sie unter lautem Juchhe erneut gegen den Chinesen hin. Es war wie ein Boxkampf mit bloßen Fäusten, bei dem die Menge die beiden Kontrahenten in einem fort gegeneinander hetzte. Bis entweder der eine oder der andere sich weigerte, noch einmal aufzustehen.

Sie hätte keinen roten Heller auf sich verwettet. Folgte

man dem Aberglauben, so konnte sie dem Angriff des Vampirs Einhalt gebieten, indem sie ein Gebet an Buddha auf einen Zettel schrieb und die Zauberformel an die Stirne des Chinesen heftete. Oder indem sie ihm Klebreis vor die Füße streute, ihn auf diese Weise an die Erde bannte, den Atem anhielt, so daß sie allen Nicht-Toten als unsichtbar erschien, und ihn mit einem gesegneten, blutgetränkten Draht in Stücke schnitt. Nichts von alledem schien nun von großem Nutzen.

Der Älteste breitete die langen Arme aus wie ein Kranich seine riesenhaften Schwingen und versetzte ihr einen Tritt unter das Kinn. Mit der Sandalenspitze spießte er ihren Unterkiefer und hob sie in die Höhe. Die Landung war schmerzhaft: Sie stürzte schwerfällig auf ein Tischgestell, wo in Mehl auf Wachspapier gereihte Nieren ausgebreitet waren. Die Böcke brachen unter ihrer Last, und sie lag abermals am Boden, inmitten dunkelroter Fleischklumpen. Eine Lampe rollte über das Pflaster, und eine rußige Flamme schoß aus einem Luftloch an ihrer Seite, als sie neben einer Glaskugel mit veilchenfarbenem Paraffinöl liegenblieb.

Sie blickte auf und sah, wie der Chinese sich ihr gemächlichen Schrittes näherte. Grüne Augen glühten in seinem Gesicht, das einer verdorrten Ledermaske glich. Er plazierte seine Tritte präzise wie ein Tänzer. Für ihn war dies ein Schauspiel, eine Demonstration. Wie ein Stierkämpfer heischte er Beifall, indem er sein Opfer zur Strecke brachte.

Im Rücken des Wesens regte sich etwas, und es hielt inne, spitzte wollüstig die ohnehin spitzigen Ohren. Charles machte sich an den Ältesten heran, sein Degen ein silberner Blitz. Wenn er ihm nur die Klinge in den Leib stoßen und das Herz durchbohren könnte …

Der Vampir beugte den Arm dreifach nach hinten, schloß seine Klauen um Charles' Handgelenk und wehrte den Degenhieb auf diese Weise ab. Als er Charles den Arm verrenkte, drehte sich der Degen wie der Zeiger einer Uhr, ohne die Gewänder des Chinesen auch nur zu streifen. Klirrend fiel der Degen aufs Pflaster. Der Vampir ließ

Charles einen Purzelbaum vollführen und stieß ihn dann samt seiner Waffe von sich. Ein mitleidvolles Raunen ging durch die Menge.

Geneviève versuchte sich aufzusetzen. Die Nieren waren wie nackte, tote Riesenschnecken: Sie barsten unter Genevièves Gewicht und befleckten sie mit ihrem Saft. Der Älteste wandte sich wieder zu ihr um und streckte einen knochigen Arm aus, dessen Ärmel wie von einer unmerklichen Brise gebläht schien. Aus den finsteren Tiefen seines Gewandes brach eine flirrende Wolke hervor, die größer und größer wurde, wie die fantastisch sich bauschenden Tücher eines Zauberkünstlers. Schwirrend und zitternd schwärmte die Wolke zu ihr hin. Eine Million winziger Schmetterlinge, buntschillernde Schönheiten, deren Flügel das Licht brachen wie eine Handvoll hingeworfener Diamantsplitter, fiel über sie her. Sie häuften sich auf den Nieren zusammen, verschlangen sie in einem Nu und machten sich über Genevièves Gesicht her, flatterten aufgeregt um die Fleischfetzen an ihrer Haut, zerrten an ihren Augenwinkeln.

Sie hielt den Mund fest geschlossen und schüttelte heftig den Kopf. Sie wischte sich mit den Handgelenken die Augen. Ein jedes Mal, wenn sie sich eines Schwungs entledigt hatte, sammelten sich die Schmetterlinge von neuem. Sie tastete nach der Lampe auf dem Pflaster und löschte mit Daumen und Zeigefinger die Flamme. Nachdem sie den zischenden Docht losgerissen hatte, leerte sie die Lampe über ihren Kopf aus. Die Schmetterlinge wurden fortgespült, und der stechende Geruch von Paraffinöl stieg ihr in die Nase. Ein Funke, und ihr Kopf würde zur Kerzenflamme. Sie strich tote Schmetterlinge aus ihrem Haar und warf die garstigen Dinger mit vollen Händen fort.

Der Älteste stand vor ihr. Er beugte sich zu ihr herab und hob sie an den Schultern in die Höhe. Sie baumelte von seiner Hand wie ein Stück Stoff. Sie erschlaffte. Ihre Zehen strichen über das Pflaster. Es mochte Belustigung sein, was sie dort im schmutzigen Smaragdgrün seiner uralten Augen erblickte. Sein nadelbewehrtes Maul näherte sich ihrem Gesicht, und sie roch seinen parfümierten Atem. Aus dem scharfzahnigen roten Schlund stach eine spitze, rohrförmige Zunge hervor wie der Rüssel einer Mücke. Er konnte sie aussaugen, sie als leere Hülle zurücklassen. Das Schlimmste jedoch wäre es, wenn sie am Leben bliebe.

Als sie wieder festen Boden unter den Füßen spürte, blickte sie zu dem Wesen hinauf. Sie warf den Kopf in den Nacken und entblößte demütig ihre Kehle. Die Zunge kam, sich wie eine Schlange windend, zu ihr hin gekrochen; ihre mit Wurmzähnen besetzte Öffnung pulsierte. Geneviève gewährte ihm einige Sekunden, um seinen Sieg gehörig auszukosten, dann packte sie ihn unmittelbar unter den Achselgruben. Ihre Nägel bohrten sich durch sein Gewand, bis sie auf seine nackten Rippen stießen. Mit offenem Mund reckte sie sich nach seinem Gesicht und biß zu. Sie erhaschte seine Zunge und schloß ihre Kiefer fest um das zuckende Fleisch. Ein pfefferiger Geschmack überschwemmte ihren Mund und würgte sie im Hals. Die Zunge setzte sich, stärker noch als eine Schlange, gegen ihren Biß zur Wehr. Sie spürte, wie das widerliche Ding pochte. Der Vampir kreischte vor Zorn. Er litt fürchterliche Schmerzen. Ihre Zähne drangen wie eine Säge durch Knorpel und Muskeln und trafen schließlich klackend aufeinander. Die Zungenspitze wand und krümmte sich in ihrem Mund. Sie spuckte sie aus.

Der Vampir wirbelte herum, und ein ölig-schwarzer Sturzbach brach aus seinem Mundloch und ergoß sich über sein Gewand. Er kreischte noch immer, mit jedem Blutschwall sprudelten neue Schreie aus seiner Gurgel hervor. Dieses Wesen würde sich gewiß nicht von ihr nähren. Hustend und spuckend wischte sie sich mit ihrem zerfetzten Ärmel die Lippen, um sich des Geschmackes zu entledigen. Ihr ganzer Mund war wie betäubt, und ihre Kehle brannte. Der Älteste wirbelte zu ihr herum und drosch von neuem blindlings auf sie ein. Seine Schläge trieben sie gegen die Mauer, und er begann sie zu traktieren wie ein Boxer, mit Hieben in den Bauch und ins Genick. In seinem Zorn plazierte er seine Schläge nun nicht mehr allzu präzise. Er besaß zwar Kraft, doch kein Geschick. Schmerzen wüteten überall in ihrem Körper. Er packte sie beim Schopf, wie er auch das Pferd gepackt haben mochte, und riß ihren Kopf zur Seite. Ihre Nackenknochen brachen, und sie heulte auf in ihrer Qual. Der Vampir stieß sie zu Boden und trat ihr in die Flanke. Dann sprang er auf ihre Rippen. Sie hörte ihre Knochen splittern.

Sie öffnete die Augen. Der Vampir blickte sie höhnisch an, bellend wie ein verletzter Seehund. Die untere Hälfte seines Gesichts war eine dampfende Masse aus Fleisch und Zähnen, die sich wiederherzustellen suchte. Blut und Speichel troffen auf Geneviève herab. Dann war er verschwunden, und andere Gesichter scharten sich um sie.

»Aus dem Weg«, hörte sie jemanden rufen. »So machen Sie doch Platz, um Himmels willen …«

Sie hatte Schmerzen. Ihre Rippen fügten sich, und jeder neue Atemzug linderte die fürchterlichen Stiche. Doch um ihr Genick war es geschehen. Ihre Knochen waren müde, ihr Blick von Rot getrübt. Sie wußte um den Schmutz, in dem sie lag, ihr blutverkrustetes Gesicht. Nun besaß sie nicht einmal mehr ein gutes Kleid.

»Geneviève«, sagte eine Stimme, »sehen Sie mich an …«

Ein Gesicht, ganz nahe. Charles.

»Geneviève …«

30

Der Groschen fällt

Da Beauregard es für das beste hielt, sie nicht zu bewegen, schickte er Clayton nach Toynbee Hall, um Dr. Seward zu verständigen. Unterdessen tat er, was in seiner Macht stand, um für ihr Wohlergehen zu sorgen. Man hatte einen Eimer mit leidlich sauberem Wasser aus einem Hydranten gefüllt; er nahm ein Tuch und reinigte ihr Gesicht von Schmutz und Blut.

Was es auch gewesen sein mochte, es war verschwunden, mit sonderbar hüpfenden Schritten davongetrabt. Beauregard wollte, sein Stockdegen hätte das Ding gespeilert. Zwar revidierte er allmählich seine Ansichten über Vampire, doch solch ein Monstrum hatte das Leben nicht verdient.

Er betupfte ihr Gesicht, und sie umklammerte seine Hand. Sie stöhnte bei jeder Regung ihrer gebrochenen Knochen. All dies gemahnte ihn an die letzten Augenblikke im Leben der Liz Stride. Und an Pamela. Beide waren sie verloren, beide hatte gnädiglich der Tod ereilt: Er war entschlossen, um Geneviève Dieudonné zu kämpfen. Wenn er es nicht einmal vermochte, ein Leben zu erhalten, wozu war er dann noch gut? Sie versuchte zu sprechen, doch er hielt sie zum Schweigen an. Er pflückte einen zerquetschten Schmetterling aus ihrem Haar und schnippte ihn fort. Ihr Kopf saß schief auf ihrem abgeknickten Hals, ein Knochen ragte unter der Haut hervor. Eine warmblütige Frau wäre längst tot gewesen.

Der Pöbel, der sich an dem Duell erfreut hatte, ging daran, die Marktbuden wieder aufzubauen. Ein paar Strolche bummelten umher, in der Hoffnung, daß sie noch mehr Blut zu sehen bekamen. Beauregard hätte den einen oder anderen von ihnen am liebsten mit einem Kung-Fu-Tritt niedergestreckt, und sei es nur, um den Umstehenden ein Schauspiel zu bieten.

Clayton kehrte mit einer kleinen, dicken Frau zurück. Es war Mrs. Amworth, die neugeborene Krankenwärterin. Ein zweiter Mann von der Hall, Morrison, befand sich bei ihnen; er trug eine Arzttasche in der Hand.

»Dr. Seward ist ausgegangen«, erklärte Mrs. Amworth. »Sie werden mit mir vorliebnehmen müssen.«

Die Krankenwärterin schob ihn sanft beiseite und ging neben Geneviève auf die Knie. Er hielt noch immer ihre Hand, und sie fuhr zusammen, als sich ihr Arm bewegte.

»Sie müssen loslassen«, sagte Mrs. Amworth.

Er ließ ihre Hand sinken und legte den Arm an ihre Seite.

»Schön, schön, schön«, murmelte Mrs. Amworth vor sich hin, während sie Genevièves Rippen betastete. »Die Knochen wachsen ordentlich zusammen.«

Hustend versuchte Geneviève sich aufzusetzen, sank jedoch sogleich wieder zu Boden.

»Ja, das tut weh«, girrte Mrs. Amworth, »aber nur so werden Sie wieder gesund.«

Morrison öffnete die Tasche und stellte sie griffrecht neben Mrs. Amworth hin. Sie holte ein Skalpell daraus hervor.

»Sie wollen sie doch nicht etwa aufschneiden?« fragte er.

»Nur ihr Kleid.«

Die Krankenwärterin schob Geneviève die Klinge an der Schulter in die *décolletage,* machte einen Schnitt den Arm entlang und nahm die Überreste ihres Ärmels fort. An Genevièves Oberarm waren violette Flecke, die Mrs. Amworth nun mit beiden Händen quetschte. Knackend sprang der Gelenkkopf in die Pfanne. Die schwarzblauen Quetschungen begannen zu verschwinden.

»Jetzt kommt das Schwerste«, sagte Mrs. Amworth. »Ihr Genick ist gebrochen. Wenn wir es nicht rasch wieder richten, wachsen die Knochen falsch zusammen, und wir müssen ihr noch einmal das Rückgrat brechen, damit sie in Ordnung kommt.«

»Kann ich behilflich sein?«

»Sie und Morrison nehmen Sie bei den Schultern und packen aus Leibeskräften zu. Sie, Kutscher, setzen sich auf ihre Beine.«

Clayton war entsetzt.

»Nun haben Sie sich doch nicht so. Sie wird es Ihnen danken. Vielleicht bekommen Sie sogar einen Kuß dafür.«

Der Kutscher ließ sich schwerfällig auf Genevièves Knien nieder. Beauregard und Morrison umklammerten ihre Schultern. Nur ihr Kopf war jetzt noch frei. Beauregard schien es, als versuchte Geneviève zu lächeln. Sie entblößte ihre fürchterlichen Zähne.

»Gleich wird es ein wenig weh tun, meine Liebe«, warnte Mrs. Amworth.

Die neugeborene Krankenwärterin hob Genevièves Kopf und schob ihr die Hände unter die Ohren, bis sie festen Halt gefunden hatte. Zunächst bewegte sie den Kopf ein wenig hin und her und zog Geneviève den Hals lang. Diese schloß fest die Augen und sog die kalte Nachtluft durch die Zähne, welche wie die beiden Hälften eines Fallgatters ineinandergriffen.

»Versuchen Sie zu schreien, meine Liebe.«

Die Patientin nahm sich den Rat zu Herzen und stieß einen langgezogenen Schmerzensschrei hervor, als Mrs. Amworth Genevièves Schädel mit einem festen Ruck auf deren Wirbelsäule zurückbugsierte. Dann setzte sie sich rittlings auf die Patientin, nahm deren Hals in den Würgegriff und preßte einen Wirbel nach dem anderen an seinen rechtmäßigen Platz. Beauregard sah, wieviel Kraft diese Behandlung die Wärterin kostete. Ihr sanftmütiges Gesicht war puterrot angelaufen, und die Fangzähne ragten ihr aus dem Mund. Trotz allem, was vorgefallen war, erregte die Verwandlung seinen Widerwillen.

Die vier erhoben sich, während Geneviève sich noch am Boden wand und krümmte. Ihr Geschrei war jetzt nur mehr ein schrilles Winseln. Sie schüttelte den Kopf, und ihr Haar peitschte ihr das Gesicht. Er glaubte Flüche in mittelalterlichem Französisch zu vernehmen. Sie rieb sich den Nacken und richtete sich auf.

»Nun, meine Liebe, brauchen Sie ein wenig Nahrung«, sagte Mrs. Amworth. Sie blickte sich um und nickte ihm zu.

Beauregard lockerte seine Halsbinde und knöpfte sich den Kragen auf. Dann erstarrte er. Er spürte seinen Puls bis in die Fingerspitzen. Ein Manschettenknopf löste sich und fiel zwischen Hemd und Gehrock. Den Rücken gegen eine Mauer gelehnt, setzte Geneviève sich auf. Ihre Miene wurde sanfter, der dämonisch gähnende Schlund verschwand, ihre Zähne aber blieben vergrößert, ragten hervor wie spitze Kieselsteine. Er stellte sich vor, wie sie den Mund an seine Halsschlagader setzte.

»Charles?« sagte jemand.

Er wandte sich um. Neben einem Stapel Kohlkisten stand Penelope. In ihrem Reisemantel mit pelzbesetztem Kragen und dem geschleierten Hut wirkte sie ungefähr so fehl am Platze wie ein Indianer im Unterhaus.

»Was machst du da?«

Er war sofort versucht, seine Halsbinde zu richten, doch wie er so ungeschickt umhertastete, löste sich zu allem Überfluß auch noch sein Kragen.

»Wer sind diese Leute?«

»Sie braucht Nahrung«, insistierte Mrs. Amworth. »Sonst erleidet sie womöglich einen Zusammenbruch. Sie ist ja völlig erledigt, das arme Ding«

Morrison hatte seinen Ärmel aufgekrempelt und bot Geneviève sein Handgelenk, an dem sich winzige verschorfte Wunden befanden. Sie strich ihr Haar aus dem Gesicht und saugte.

Angewidert die Nase rümpfend, wandte Penelope den Blick. »Charles, das ist höchst *unanständig!*«

Sie stieß mit der Stiefelspitze gegen einen Kohlkopf. Die Strolche, die sich hinter Penelope versammelt hatten, trieben halblaut ihre Scherze. Und obgleich bisweilen derbes Gelächter aufbrandete, schien es zu verhallen, ohne an ihr Ohr zu dringen.

»Penelope«, sagte er, »das ist Mademoiselle Dieudonné ...«

Geneviève drehte die Augen gen Himmel und blickte

Penelope an. Ein schmales Blutrinnsal trat aus ihrem Mundwinkel, rann Morrisons Handgelenk hinab und tröpfelte aufs Pflaster.

»Geneviève, das ist Miß Churchward, meine Verlobte …«

Penelope bemühte sich nach Kräften, nicht ein lautes ›Arrgh!‹ hervorzustoßen. Geneviève ließ von Morrisons Arm ab. Er band sich ein Schnupftuch um das Handgelenk und knöpfte seine Manschette zu. Mit blutverschmiertem Mund stand sie auf. Der zerrissene Ärmel hing in Fetzen von ihrer Schulter. Sie preßte sich das Mieder an die Brust und vollführte mit schmerzverzerrtem Gesicht einen Knicks.

Indessen hatten sich Polizisten unter die Zuschauer gemischt, und die Strolche liefen auseinander. Mit einemmal hatte das Marktvolk alle Hände voll zu tun, klaubte in seinen Buden umher, stemmte Kisten und feilschte um Preise.

Mrs. Amworth legte stützend einen Arm um Geneviève, doch diese wand sich mit sanfter Bestimmtheit aus der Umklammerung. Sie lächelte vor lauter Freude darüber, daß sie aufrecht stehen konnte. Beauregard hielt sie für leichtsinnig, sich nach solch schwerwiegenden Verletzungen sogleich zu nähren.

»Lord Godalming meinte, du seiest womöglich in der Nähe des Café de Paris in Whitechapel zu finden«, sagte Penelope. »Ich hatte gehofft, diese Auskunft würde sich als irreführend erweisen.«

Beauregard wußte, daß jeder Versuch einer Erklärung dem Eingeständnis einer Niederlage gleichkäme.

»Ich habe einen Wagen«, sagte sie. »Kommst du mit mir nach Chelsea zurück?«

»Ich habe dringende Geschäfte zu erledigen, Penelope.«

Sie bedachte ihn mit einem schiefen Lächeln, doch ihre Augen waren stahlblaue Punkte. »Ich werde mich nicht weiter nach deinen ›Geschäften‹ erkundigen, Charles. Ich weiß, was sich für mich geziemt.«

Geneviève wischte sich mit einem Zipfel ihres Kleides über den Mund. Gemeinsam mit Morrison und Mrs. Amworth zog sie sich diskret zurück. Clayton stand verwirrt herum, ein Kutscher ohne Kutsche. Er würde warten müssen, bis der Abdecker sich seines Pferdes angenommen hatte.

»Im Falle, daß du mich zu besuchen gedenkst«, fuhr Penelope fort und setzte ihm sogleich ein Ultimatum, »ich erwarte dich morgen nachmittag im Hause meiner Mutter.«

Sie wandte sich um und ging. Ein Markthelfer stieß einen Pfiff aus, und sie drehte den Kopf und brachte ihn mit eisigem Blick zum Schweigen. Kleinlaut schlich der Mann in den Schatten hinter einer Reihe von Rinderhälften. Mit winzigen Schritten trippelte Penelope davon, den Schleier tief vor das Gesicht gezogen.

Als sie verschwunden war, sagte Geneviève: »Das war also Penelope.«

Beauregard nickte.

»Sie hat einen schönen Hut«, bemerkte Geneviève. Einige der Umstehenden, unter ihnen auch Clayton und Mrs. Amworth, brachen in freudloses Gelächter aus.

»Nein, wirklich«, insistierte Geneviève, indem sie mit der Hand vor ihrem Gesicht herwedelte. »Der Schleier gibt ihm eine hübsche Note.«

Beauregard war wie ausgelaugt. Er versuchte zu lächeln, doch sein Gesicht schien tausend Jahre alt.

»Ihr Mantel ist auch nicht schlecht. All diese kleinen, glänzenden Knöpfe.«

31

Die berauschenden Rosen des Lasters

»Meinste, wir ham 'nen erledicht?« fragte Nell. Sie hockte auf dem Bett und bohrte einen langen Finger in den nackten Leib des Mannes. Sein Gesicht lag in den Kissen vergraben, und Halstücher fesselten Knöchel und Handgelenke an bronzene Bettpfosten. Die feinen, weißen Baumwollaken waren mit Flecken übersät.

Gedankenverloren kleidete Mary Jane sich an. Es war nicht leicht, sich ohne Spiegel einen Hut aufzusetzen.

»Mary Jane?«

»Marie Jeanette«, verbesserte sie. Sie liebte den Klang des Namens, als wäre er Musik. Sie hatte alles darangesetzt, ihren irländischen Akzent abzulegen, bis sie bemerkte, daß er den Männern gefiel. »Das geht jetzt schon bald ein ganzes Jahr so. Ich heiße Marie Jeanette, Marie Jeanette Kelly.«

»Kelly paßt aber nich besonders zu ›Marie Jeanette‹, Herzogin.«

»Ach was. Schnickschnack. Papperlapapp.«

»Der Kerl, der wo dir mit nach Parih genomm' hat, der hat uns kein' Gefalln getan.«

»*Dich* mitgenommen hat.«

»Soll nich wieder vorkomm', Herzogin.«

»Und red bloß nicht schlecht von meinem ›Onkel Henry‹. Das war ein vornehmer Herr. Und ist wahr scheint's immer noch einer.«

»Wenner nich grad an 'n Franzosen verreckt, die wo de ihm angehängt hast«, sagte Nell mit gespieltem Ernst.

»Halt gefälligst dein vorlautes Mundwerk.«

Endlich war Mary Jane mit ihrem Hut zufrieden. Sie bekümmerte sich sehr um ihr Äußeres. Zwar mochte sie eine

Kokotte sein, die sich in einen Vampir verwandelt hatte, doch würde sie sich gewiß nicht gehenlassen und zu einem schauerlichen Fuchsgesicht werden wie Nell Coles.

Die andere Frau saß auf dem Bett und betastete den Hals des Dichters, der klebrig war von seinem Blut.

»Wir ham 'nen erledicht, Mary Jane. So mausetot als wie der is, tut er sich bestimmt bald verwandeln.«

»Marie Jeanette.«

»Ja, un' ich bin Comtessa Eleonora Francesca von un'zu Speck un' Siffel.«

Mary Jane blickte an Algernon hinunter. Sein Leib war mit winzigen alten und neuen Bissen nachgerade übersät. Purpurrote Striemen zierten Rücken und Gesäß. Er hatte seine eigenen Ruten mitgebracht und sie ermuntert, ihn aus Leibeskräften durchzuhauen.

»Der ist ein alter Hase, Nell. Da braucht's schon ein bißchen mehr als wie 'ne Peitsche und paar Liebesbisse, den ollen Hurenbeutel kleinzukriegen.«

Nell tauchte einen Finger in das Blut, das sich in Algernons Rückenkreuz sammelte, und führte ihn an ihre rauhen Lippen. Mit jedem Mondaufgang wuchsen ihr neue Haare. Inzwischen mußte sie selbst Stirn und Wangen bürsten und strich ihr dichtes rotes Haar zu einer flammenden Mähne zurück. Sie war anders als die anderen, was ihren Geschäften wohl bekam. Ihre Kunden hatten einen eigenartigen Geschmack. Sie rümpfte die breite Nase, als sie von Algernons Blut kostete. Nell war eines jener Mädchen, die beim Trinken von ›Gefühlen‹ überwältigt wurden. Mary Jane war froh, daß es ihr nicht ebenso erging.

Nell verzog das Gesicht. »Schmeckt bitter«, sagte sie. »Was is 'n das überhaupts für'n Kerl?«

»Sein Freund hat mir gesagt, er wär Dichter.«

Ein vornehm gekleideter Herr hatte sie angeworben und ihnen den Wagen von Whitechapel nach Putney bezahlt. Das Haus lag fast schon auf dem Lande. Wie Mary Jane gehört hatte, war Algernon krank geworden und hatte sich nun zur Genesung an die frische Luft begeben.

»'n Haufen Bücher, was?«

Im Gegensatz zu Mary Jane konnte Nell weder lesen noch schreiben. Das kleine Schlafzimmer stand voller Büchergestelle.

»Ob er die alle selbs' geschrieben hat?«

Mary Jane nahm ein prachtvoll gebundenes Buch aus dem Gestell und schlug es auf.

»›*O Sohn Galiläas, dir ist's zu danken: Die Welt, sie ist ergraut an deinem Atem*‹«, las sie laut vor. »›*Von den Wassern Lethes wir tranken, an der Fülle des Todes wir uns labten.*‹«

»Hört sich hübsch an. Meinste, 's geht über uns?«

»Wohl kaum. Ich glaub, es geht über unsern Herrn Jesus.«

Nell verzog das Gesicht. Sie wand und krümmte sich vor dem Kruzifix und ertrug es nicht, wenn in ihrer Gegenwart der Name Christi fiel. Mary Jane hingegen ging zur Kirche, sooft sich die Gelegenheit ergab. Man hatte ihr erzählt, daß Gott alles verzieh. Schließlich war der Herr aus dem Grabe auferstanden und hatte die Menschen ermuntert, von seinem Blut zu trinken. Genau wie Miß Lucy.

Mary Jane stellte das Buch an seinen Platz zurück. Algernon begann zu schlucken, und Mary Jane hob seinen Kopf. Etwas steckte ihm im Hals. Sie machte ihn aufstoßen wie einen Säugling und ließ seinen Kopf wieder sinken. Ein rötlicher Fleck sickerte ins Kissen.

»Steig hernieder und erlöse uns von der Tugend, o Mutter der Pein«, sagte er deutlich vernehmbar. Dann verlor er von neuem das Bewußtsein und begann zu schnarchen.

»Hört sich doch noch recht lebendig an, oder?«

Nell lachte. »Ach, geh mir doch fort, du irländische Kuh!«

»Silber und Sichel mir Wunden schlagen, doch böse Worte kann ich ertragen.«

Die andere Frau knöpfte sich das Hemd über ihren pelzbewachsenen Brüsten.

»Kitzeln die ganzen Haare denn nicht?«

»Bis jetz' hat sich jedenfalls noch keiner beschwert.«

Der Dichter hatte lediglich eine ordentliche Tracht Prügel verabreicht haben wollen. Als sein Rücken mit Blut überströmt war, hatte er sich von ihnen beißen lassen. Für jeden anderen hätte das den sicheren Tod bedeutet. Danach war er ruhig gewesen wie ein Säugling

Seit ihrer Verwandlung machte Mary Jane nicht mehr allzuoft die Beine breit. Zwar wollten manche Männer es gern auf die altmodische Art, doch mochten die meisten nur gebissen und zur Ader gelassen werden. Schaudernd vor unsittlicher Lust dachte sie an das Gefühl zurück, als Miß Lucy sich an ihre Kehle gesetzt und mit winzigen Zähnen an ihrer Wunde genagt hatte. Dann der Geschmack von Lucys Blut, und das Feuer, welches sie durchströmte, sie verwandelte.

»Peinsame Mütter, soso«, sagte Nell und gürtete ihr Kleid um die mit dichtem roten Haar bewachsene Taille.

Mary Janes warmblütiges Dasein war ihr nur mehr nebelhaft im Gedächtnis. Sie war mit Henry Wilcox nach Paris gefahren; soviel wußte sie. An Irland und ihre Geschwister aber konnte sie sich beim besten Willen nicht entsinnen. Von ihren wenigen Bekannten hatte sie erfahren, daß sie von Wales nach England gekommen, in einem Freudenhaus im West End gehalten worden war und einen Ehemann begraben hatte. Dann und wann befiel sie eine flüchtige Erinnerung, wenn ihr ein vertrautes Gesicht begegnete oder sie ein altes Andenken entdeckte, doch ihr einstiges Leben war wie ein Kreidebild im Regen: verwischt und zerlaufen. Seit ihrer Verwandlung aber trübte nichts mehr ihren Blick, als ob ein schmutziges Fenster reingewaschen worden sei. Bisweilen, wenn ihr das gingeschwängerte Blut eines anderen in den Adern strömte, kam ihr altes Ich zum Vorschein, und sie fand sich kotzend in der Gosse wieder.

Nell beugte sich über Algernon, setzte die Lippen an einen Biß auf seiner Schulter und begann lautlos zu saugen. Mary Jane fragte sich, ob das Blut eines Dichters kräftiger sein mochte als das eines gewöhnlichen Menschen. Womöglich redete Nell demnächst nur noch in Versen und Reimen. Das wäre vielleicht ein Spaß.

»Nun laß ihn schon in Frieden«, sagte Mary Jane. »Der hat genug gehabt für seine Guinea.«

Lächelnd setzte Nell sich auf. Sie bekam allmählich gelbe Zähne, und ihr Zahnfleisch war ganz schwarz. Bald würde sie in den Dschungel von Afrika auswandern müssen.

»Daß der in Ernst 'ne Guinea blechen tut. Soviel Moos kann's doch gar nich geben inne Welt.«

»In unserer Welt jedenfalls nicht, Nell. Aber er ist nun mal ein feiner Herr.«

»Mit feine Herrn kenn ich mich aus, Mary Jane. Die meisten von den' sinn billich un' gemein, so wie 'ne Woche altes Schweineblut. Un' klamm wie 'n Rattenarsch dazu.«

Arm in Arm verließen sie das Zimmer und stiegen die Treppe hinab. Algernons Freund Theodore erwartete sie bereits. Er mußte wohl ein guter Freund sein, wenn er Mary Jane und Nell bis heraus nach Putney brachte und obendrein auch noch die ganze Zeit lang Achtung gab. Viele Menschen hätten dies als widerwärtig angesehen, doch Theodore war neu geboren und demnach liberal gesinnt.

»Wie geht es Swinburne?« fragte er.

»Er wird's überleben«, erwiderte Mary Jane. Die meisten Mädchen hatten für einen Kunden wie Algernon nichts als Verachtung übrig. Wenn sie einen makellos gekleideten Herrn erblickten, malten sie sich aus, wie er sich nackt vor Schmerzen wand und krümmte, und verlachten ihn, weil er eine ordentliche Tracht Prügel einer anständigen Partie vorzog. Mary Jane erging es anders. Vielleicht hatten sich mit ihrer Verwandlung auch ihre Empfindungen geändert, was die Dinge anbetraf, welche die Menschen miteinander trieben. Manchmal träumte sie davon, singenden Engeln die Kehlen zu öffnen und sie zu besteigen, wenn sie mit dem Tode rangen.

»Wie sehr er euch Frauen doch liebt«, sagte Theodore. »Er schwärmt von euren ›kalten, unsterblichen Händen‹. Sonderbar.«

»Er weiß eben, was ihm gefällt«, entgegnete Mary Jane. »Es ist schließlich nichts Schändliches dabei, eine Vorliebe für das Außergewöhnliche zu hegen.«

»Nein«, pflichtete Theodore ihr zögernd bei. »Ganz und gar nichts Schändliches.«

Sie standen im Empfangszimmer. An den Wänden hingen die Porträts berühmter Männer, und alles war voller Bücher. Mary Jane hatte sich ein Bild von den Champs-Elysées aus einer illustrierten Zeitschrift herausgeschnitten und es an die Wand ihres Zimmers in Miller's Court geheftet. Einst, als sie noch warmblütig gewesen war, hatte sie gespart für einen Rahmen, doch Joe Barnett, ihr damaliger Beschäler, entdeckte die Pennies in einem Krug und vertrank sie. Für ihre Geheimniskrämerei hatte er ihr ein blaues Auge geschlagen. Nach ihrer Verwandlung hatte sie Joe hinausgeworfen, nicht jedoch ohne ihm das Veilchen mit Zinsen heimzuzahlen.

Theodore gab ihnen jeder eine Guinea und geleitete sie hinaus zum Wagen. Mary Jane verstaute die Guinea sicher in ihrem Beutel, Nell hingegen mußte sie in die Höhe halten, so daß sich das Mondlicht in ihr spiegelte.

Mary Jane vergaß nicht, Theodore eine gute Nacht zu wünschen und zu knicksen, wie Onkel Henry es sie gelehrt hatte. Da manche Herren neugierige Nachbarn hatten, empfahl es sich, zu tun wie eine feine Dame. Ohne sie zu beachten, verschwand Theodore im Haus, noch ehe sie sich aufgerichtet hatte.

»Himmelarsch, 'ne ganze Guinea!« rief Nell aus. »Für 'ne Guinea hätt ich ihm glatt in die Schellen gebissen.«

»In die Kutsche mit dir, du ordinäres Flittchen«, schimpfte Mary Jane. »Was bildest du dir eigentlich ein?«

»Das will ich dann wohl gerne tun, Herzogin«, sagte sie und quetschte sich durch die Tür, wobei sie ihr Hinterteil kräftig hin und her schwang.

Mary Jane folgte ihr in den Wagen und setzte sich.

»He, du«, brüllte Nell den Fuhrmann an, »na' Haus, un'mach den Gäulen bißchen Dampf.«

Mit einem Ruck setzte sich die Droschke in Bewegung. Nell spielte noch immer mit ihrer Goldmünze. Sie hatte versucht, sie durchzubeißen. Nun polierte sie das gute Stück mit ihrem Halstuch.

»Die nächsten vier Wochen bin ich runter vonne Straße«, sagte sie und leckte sich die Fangzähne. »Ich zieh' rauf ins West End, such' mir 'nen Gardisten mit 'nem Schwengel wie 'n Feuerwehrschlauch un' saug dem Burschen den Saft aus den Adern.«

»Und wenn das Geld alle ist, stehst du wieder in der Gosse und legst dich in den Dreck, damit irgendein schwabbeliger Suffkopp dich besteigen kann.«

Nell zuckte mit den Achseln. »Ich glaub' kaum, daß ich 'n Prinz heiraten werd'. Genausowenig wie du, Marie Jeanette de Kelly.«

»Ich stell' mich nicht mehr auf die Straße.«

»Bloß weil über dem Bett, wo drin de vögeln tust, 'n Dach is, isses noch lang keine Kirche.«

»Keine Fremden mehr, soviel ist sicher. Nur noch Herren, die ich kenne.«

»Un' *wie* ich die kenne.«

»Du solltest auf mich hören. Wenn ich's dir doch sag', es ist nicht ungefährlich dieser Nächte auf der Straße. Solang der Ripper unterwegs ist.«

Nell blieb ungerührt. »In Whitechapel müßter bis in alle Ewichkeit jede Nacht 'ne Hur' abmetzeln, bis er an mich kommt. Es gibt Tausende wie uns, un' die wird's auch noch geben, wenn der längst inner Hölle schmort.«

»Er metzelt sie jetzt zwei aufs Mal.«

»Geh mir doch fort!«

»Du weißt genau, daß es stimmt, Nell. 's ist schon über eine Woche her, daß er sich an Cathy Eddowes und der Stride vergangen hat. Der kommt wieder.«

»Den will ich sehn, wenner so was bei mir probiern tut«, sagte Nell. Sie knurrte, und ihre Wolfszähne schimmerten. »Dem tät ich erst 's Herz rausreißen, un' dann tät ich das Scheißding fressen.«

Mary Jane mußte lachen. Doch es war ihr voller Ernst. »Das einzig Sichere ist, nur noch bekannte Herren zu bedienen, Nell. Kunden, die du kennst und denen du vertraust. Das beste wäre, einen Herrn zu finden, der dich aushält. Vorzugsweise außerhalb von Whitechapel.«

»Das einzigste, wo se mich halten täten, is der Zoo.«

Mary Jane war schon einmal *ausgehalten* worden. In Paris, von Henry Wilcox. Er war Bankier, ein wahrhafter Finanzkoloß. Er war ohne seine Gattin ins Ausland gegangen, und statt ihrer hatte Mary Jane die Reise mit ihm angetreten. Obschon er den Leuten weiszumachen suchte, daß sie seine Nichte sei, verstanden die Franzosen ihr kleines *arrangement* nur allzu gut. Als er weiterreiste, in die Schweiz, ließ er sie bei einem liederlichen alten Froschfresser zurück, an dem sie keinerlei Gefallen fand. Wie es sich ergab, hatte ›Onkel Henry‹ sie beim Kartenspiel verloren. Paris hatte ihr wohl gefallen, und doch war sie zurückgekehrt nach London, wo sie verstand, was die Leute sprachen, und außer ihr selbst niemand mit ihrem Leben spielte.

Als sie Whitechapel erreichten, graute bereits der Morgen. Zunächst hatte sie nicht gewußt, daß es für ihresgleichen tunlich war, aus der Sonne fortzubleiben, und so hatte sie sich die Haut verbrannt, bis diese barst und platzte. Sie hatte Hunde gerissen, um sich an ihrem Lebenssaft zu laben. Es hatte Monate gedauert, bis sie mit anderen Neugeborenen Schritt zu halten vermochte.

Als sie dem warmblütigen Kutscher Anweisungen erteilte, stellte sie mit heißem Schaudern fest, daß der Mann sich vor seinen Vampirpassagieren zu Tode fürchtete. Für vier Shilling Sixpence hatte sie von dem Gewürzkrämer McCarthy ein Zimmer unweit der Dorset Street gemietet. Ein gut Teil der Guinea würde sie für den Mietrückstand aufwenden müssen, damit McCarthy ihr vom Leibe blieb. Doch der Rest gehörte ihr allein. Vielleicht fand sie ja einen Bilderrahmer?

Als sie aus der Kutsche gestiegen waren, rollte diese rasch davon und ließ sie am Bordstein zurück. Nell begleitete die Flucht des Fuhrmanns mit zotigen Gebärden und heulte wie ein drolliges Tier. Selbst um die Augen und hinter den spitzen Ohren wucherte ihr roter Pelz.

»Marie Jeanette«, krächzte eine Stimme im Schatten. Jemand stand im Bogengang von Miller's Court. Der Kleidung nach zu urteilen, ein feiner Herr.

Sie lächelte, als sie die Stimme erkannte.

Dr. Seward trat aus dem Dunkel. »Ich habe die halbe Nacht auf dich gewartet«, sagte er. »Ich wollte –«

»Sie weiß genau, was Sie wollten«, fuhr Nell dazwischen, »un' Sie sollten sich was schäm'.«

»Wirst du wohl still sein, Pelzgesicht«, sagte Mary Jane. »So spricht man nicht mit einem Gentleman.«

Nell reckte ihre Schnauze in die Luft, zerrte ihr Halstuch zurecht und trottete, übertrieben schnaubend wie ein Varieté-Sternchen, davon. Mary Jane bat an ihrer Stelle um Entschuldigung.

»Wollen Sie nicht hereinkommen, Dr. Seward?«, fragte sie. »Bald geht die Sonne auf. Ich brauche meinen Schönheitsschlaf.«

»Mit dem größten Vergnügen«, sagte er. Nervös reckte er den Hals. Das hatte sie bei ihren Kunden schon des öfteren beobachtet. Wenn sie erst einmal gebissen waren, kamen sie immer wieder.

»Nun gut, dann folgen Sie mir.«

Sie führte ihn zu ihrem Zimmer und ließ ihn ein. Erste Sonnenstrahlen fielen durch das schmutzige Fenster auf die faltenlose Bettdecke. Sie schloß die Vorhänge.

32

Früchte des Zorns

Die Clique war erneut geschrumpft. Mr. Waverly fehlte, wenngleich niemand auch nur eine Silbe darüber verlor. Mycroft führte wiederum den Vorsitz. Sir Mandeville Messervy saß während der gesamten Befragung wortlos und mit eingefallenem Gesicht am Tisch. Auf welchen Pfaden Beauregard in Whitechapel auch wandeln mochte, er würde niemals von den geheimen Kampagnen erfahren, die seine Dienstherren in anderen Stadtvierteln verfolgten. In Limehouse hatte der Professor das Verbrechergewerbe als Schattengesellschaft bezeichnet; Beauregard wußte, daß es auf dieser Welt von Schattenimperien nachgerade wimmelte. Er genoß das Privilegium, wenn auch nur gelegentlich, einen Blick hinter die Kulissen werfen zu dürfen.

Er erzählte von seinen Unternehmungen seit der Sache Lulu Schön, ohne dabei etwas Wichtiges auszulassen, fühlte sich jedoch keineswegs verpflichtet, von den Dingen zu berichten, die sich in Claytons Kutsche unmittelbar vor der Attacke des Vampir-Ältesten zwischen ihm und Geneviève ereignet hatten. Insgeheim befand er sich nach wie vor im Zweifel darüber, was in jenem vertrauten Augenblick mit ihm vor sich gegangen war. Er konzentrierte sich auf die Tatsachen des Falles, behandelte ausführlich die Einzelheiten, die in der Presse Verbreitung gefunden hatten, und ergänzte diese durch eigene Anmerkungen und Eindrücke. Er sprach von Dr. Jekyll und Dr. Moreau, von Inspektor Lestrade und Inspektor Abberline, von Toynbee Hall und den Ten Bells, von der Polizeiwache Commercial Street und dem Café de Paris, von Silber und silbernen Messern, von Geneviève Dieudonné und Kate Reed. Mycroft lauschte aufmerksam seinen Ausführungen, nickte bedächtig, schürzte die fleischigen Lippen und stützte mit spitzen Fingern sein wabbeliges Kinn. Als Beauregard mit seinem Bericht zu Ende war, dankte ihm Mycroft und zeigte sich durchaus zufrieden mit dem Fortgang der Angelegenheit.

»Seit den Briefen ist der Mörder also unter dem Beinamen ›Jack the Ripper‹ bekannt?« fragte der Vorsitzende.

»In der Tat. Mit ›Silver Knife‹ ist es vorbei. Wer auch immer diesen Namen ersonnen haben mag, verfügt über ein beachtliches Maß an Genius. Man stimmt darin überein, daß es sich um einen Journalisten handeln müsse. Diese Burschen sind geschickt, was derlei einprägsame Phrasen anbetrifft. Die guten wenigstens.«

»Exzellent.«

Beauregard war verwirrt. Soviel er sehen konnte, hatte er nicht das geringste erreicht. Der Ripper hatte erneut gemordet. Zweimal, ungestraft. Seine Gegenwart hatte den Wahnsinnigen nicht im mindesten geschreckt, und die Bande, welche er in Whitechapel knüpfte, hatten wenig mit den Ermittlungen zu schaffen.

»Sie müssen diesen Mann fassen«, sagte Messervy; es waren seine ersten Worte, seit Beauregard die Sternkammer betreten hatte.

»Beauregard genießt unser vollstes Vertrauen«, entgegnete Mycroft dem Admiral.

Ächzend sank Messervy in seinen Lehnstuhl zurück. Er rang mit einer Pillenschachtel und warf sich etwas in den Mund. Beauregard vermutete, daß der ehemalige Vorsitzende eine Unpäßlichkeit erlitten hatte.

»Und nun«, sagte Beauregard mit einem Blick auf seine Savonnette, »möchte ich Sie bitten, mich zu entschuldigen. Ich muß in einer persönlichen Angelegenheit zurück nach Chelsea …«

Im Hause ihrer Mutter in der Caversham Street erwartete Penelope ihn bereits, erfüllt von kalter Wut. Sie erwartete eine Erklärung. Lieber hätte Beauregard sich ein zweites Mal dem chinesischen Ältesten gestellt, wenn nicht gar Jack the Ripper höchstpersönlich. Doch war er seiner Verlobten gegenüber eine ebenso feierliche Verpflichtung eingegangen wie gegenüber der Krone. Er hatte nicht die geringste Ahnung, wohin ihre Unterredung führen mochte.

Mycroft hob eine Augenbraue, als sei er überrascht, daß persönliche Angelegenheiten der Sache Eintrag tun konnten. Nicht zum erstenmal fragte sich Beauregard, von welchem Schlag die Männer waren, die dem Diogenes Club vorsaßen.

»Nun denn. Guten Tag, Beauregard.«

Sergeant Dravot befand sich nicht auf seinem Posten vor der Tür der Sternkammer. An seinem Platz stand ein warmblütiges Rauhbein mit wettergegerbtem Gesicht und den schwieligen Fingerknöcheln eines altmodischen Faustkämpfers. Beauregard stieg ins Foyer hinab und verließ den Diogenes Club. Er trat auf die Mall hinaus und fand den Nachmittag kühl und bedeckt. Erneut zog dichter Nebel herauf.

Es sollte ihm keine allzu großen Schwierigkeiten bereiten, eine Droschke ausfindig zu machen, die ihn nach Chelsea bringen würde. Als er sich umblickte, bemerkte er, daß die Straßen voller Leute waren. Er hörte dumpfe, regelmäßige Schläge. Eine Marschtrommel. Dann setzten die Bläser ein. Eine Kapelle kam die Regent Street herunter. Er wußte von keiner ordentlich angekündigten Parade. Bis zum Lord Mayor's Day war es noch fast ein Monat. Verärgert wurde ihm bewußt, daß die Kapelle es nicht eben leichter machen würde, einen Hansom zu bekommen. Der Verkehr würde eine Zeitlang unterbrochen sein. Penelope hatte dafür gewiß kein Verständnis.

Die Kapelle kam um die Ecke und marschierte die Pall Mall hinab zur Marlborough Street. Vermutlich zogen sie kreuz und quer durch die Straßen, um Gefolgsleute zu gewinnen und sich schließlich im St.-James-Park zu versammeln. Der uniformierte Kapellmeister an der Spitze der Parade trug ein riesiges St.-Georgs-Kreuz, die Standarte der Kreuzfahrer Christi. Das schmale rote Kreuz auf weißem Grund bauschte sich im Wind.

Nach der Kapelle kam ein Chor, zumeist Frauen in mittleren Jahren. Sie alle trugen lange weiße, mit einem roten Kreuz bestickte Gewänder. Sie sangen erst einen neuen Text zur Melodie von ›John Brown's Body‹ und gingen schließlich über zur ›Schlachthymne der Republik‹.

»In weißer Lilien Glanz ward Christ geboren überm Meer,
Vom Herrgott auserkoren, das Herz voll Stolz und Ehr';
Weil ER starb für unsere Sünden, kämpfen wir in der Freiheit Heer,
Und Gott geht uns voran ...«

Die Menschenmassen kamen nun von überall herbei. Die meisten der Zuschauer und sämtliche Marschierer waren Warmblüter, doch, von der Düsterkeit des Spätnachmittags herausgelockt, standen ein paar spöttelnde Murgatroyds auf dem Trottoir, flatterten mit ihren Fledermausumhängen und fauchten hinter rotgeschminkten Lippen. Sie waren in der Minderzahl und wurden von niemandem beachtet. Beauregard hielt ihr Hohnlachen für unklug. Potentielle Unsterblichkeit bedeutete mitnichten Unbesiegbarkeit.

Dem Chor folgte ein offener, sechsspänniger Wagen. In dessen Mitte, auf einem Podest, stand, umringt von ihm zutiefst ergebenen Anhängern, John Jago. Nach ihm kam ein regelrechter Pöbelhaufen mit Bannern, die heilige Sprüche zierten wie: ›Du sollst keinem Vampir sein Leben lassen‹, oder: ›Heiliges Blut, heiliger Kreuzzug.‹ Inmitten der Marschierer plagten sich zwei kräftige Kreuzfahrer mit einem zwanzig Fuß langen Pfahl, auf den eine Puppe aus Papiermaché gespießt war, ein neugeborener Guy Fawkes. Der Pfahl durchbohrte seine Brust, an der rings um die Wunde rote Farbe klebte. Er hatte rote Augen, übergroße Fangzähne und war in schwarze Lumpen gekleidet.

Die Murgatroyds verstummten. Beauregard wußte sofort, daß es zu einem Unglück kommen würde. Mit Ausnahme zweier berittener Polizisten war auf der Straße weit und breit kein Vertreter des Gesetzes zu entdecken. Eine Flut von Warmblütern erbrach sich auf die Straße. Ehe sich's Beauregard versah, wurde er von den Marschierern fortgerissen. Jago predigte wie üblich Haß und Höllenfeuer, und Beauregard wurde neben seinem Wagen her gestoßen. Sie trieben die Marlborough Street hinab zum Park. Auf offenem Gelände konnte er den Kreuzfahrern vielleicht entkommen.

Einer der Murgatroyds, ein blasser Adonis mit schwarzen Bändern im goldenen Haar, klaubte eine Handvoll Pferdemist aus der Gosse und warf sie mit beachtlicher Zielgenauigkeit, die einige Erfahrung als Ballmann beim Kricketspiel erkennen ließ, nach dem Prediger. Der Roßapfel zerplatzte in seinem Gesicht und färbte ihn braun wie ein Fakir. Einen Augenblick lang, zwischen zwei Tönen der Marschhymne, erstarrte die Menge wie auf einer Fotografie. Beauregard sah den Zorn in Jagos Augen lodern und eine Mischung aus Triumph und heraufdämmernder Furcht im Blick des Murgatroyd.

Mit einem Schrei so laut wie die Posaunen des Jüngsten Gerichts stürzten sich die Marschierer auf die Murgatroyds, eine Gruppe von vier oder fünf Neugeborenen. Geckenhaft in ihrer Kleidung, weibisch in ihren Bewegungen, kaltherzige Poseure von haltloser Lasterhaftigkeit: Sie vereinten all jene Makel auf sich, die man dem Vampir gemeinhin zuschrieb. Beauregard verspürte einen dumpfen Schlag im Rücken, als weitere Protestierer sich nach vorn hindurch zu dem Getümmel drängten. Jago fuhr unbeirrt in seiner Predigt fort und befeuerte den Zorn der Gerechten.

Die Straße war voller Blut. Als man ihn auf die Knie stieß, wußte Beauregard mit einemmal, daß er totgetrampelt werden würde, wenn er jetzt zu Boden schlüge. Hatte er so vielen Gefahren in so vielen Winkeln dieser Welt etwa nur widerstanden, um am Ende dem anonymen Londoner Pöbel zum Opfer zu fallen …?

Eine starke Hand schloß sich um seinen Arm und hievte ihn wieder auf die Beine. Sein Retter war Dravot, der Vampir aus dem Diogenes Club. Er sprach kein Wort.

»Da ist einer«, rief ein rothaariger Mann. Dravots Hand

schnellte hervor und schlug dem Mann die Zähne ein, schleuderte ihn ins Gedränge zurück. Als er ausholte, klaffte Dravots Jacke auf. Beauregard erblickte eine Pistole, die in einem Halfter unter der Achselgrube stak.

Er wollte dem Sergeant danken. Doch seine Stimme verlor sich im Geschrei. Und Dravot war verschwunden. Ein Ellbogen traf ihn am Kinn. Er kämpfte gegen die Versuchung an, den Streich mit einem Stockhieb zu vergelten. Er mußte um jeden Preis ruhig Blut bewahren. Es durfte nicht noch mehr Verletzte geben.

Die Menge teilte sich, und eine lärmende Gestalt mit Blut im Haar und im Gesicht taumelte durch das Spalier, geriet ins Straucheln und stürzte auf die Knie. Der Rock hing dem Murgatroyd in Fetzen vom Leib. Er riß den Mund auf, und unförmige Zahnstümpfe stachen daraus hervor. Es war derselbe Murgatroyd, der Jago mit Pferdemist beworfen hatte. Zwei Kreuzfahrer packten den Vampir bei den Schultern, und ein dritter stieß ihm eine abgebrochene Pfahlspitze in den Hals und rammte sie ihm bis hinunter durch die Brust. Die Menge wich zurück, als der Spieß ihn durchbohrt hatte. Vom Ende des Pfahls flatterte die Hälfte eines entzweigerissenen Banners. ›Tod den ...‹ Die hölzerne Spiere hatte das Herz des Murgatroyd verfehlt. Sie hatte ihn verletzen, aber nicht töten können. Er ergriff den Pfahl mit beiden Händen und zog ihn sich knurrend und blutspeiend aus dem Leib.

Auf der gegenüberliegenden Straßenseite erblickte Beauregard den St.-James-Palast. Die Leute klammerten sich an die Geländer, stiegen immer höher hinauf, um besser sehen zu können. Dravot saß rittlings auf der Balustrade. Er vermittelte einen überaus entschlossenen Eindruck. Jemand schnappte nach seinem Bein, doch er stieß ihn von der Brüstung.

Der verwundete Murgatroyd lief kreischend wie eine Todesfee kreuz und quer durch die Menge und warf die Leute zu Boden, als seien sie nichts weiter als Kleiderpuppen eines Damenschneiders. Beauregard war dankbar, daß er dem Laffen nicht im Wege stand. Jago schrie indessen, heulte giererfüllt nach Blut. Er klang viel mehr wie ein Vampir als all die Wesen, welche er verdammte. Der Prediger reckte den Arm, erhob die Faust gegen den St.-James-Palast und die kreidebleichen Kreaturen hinter den Geländern. Trotz des Lärms hörte Beauregard plötzlich das unverwechselbare Krachen einer Feuerwaffe. Eine blutrote Nelke explodierte an Jagos Revers. Er stürzte von seinem Wagen, und die Menge fing ihn auf.

Jemand hatte auf Jago geschossen. Als er abermals nach dem Geländer hinüberblickte, sah Beauregard, daß Dravot sich davongemacht hatte. Jago war blutüberströmt. Seine Anhänger preßten Lumpen gegen die Wunden in seiner Brust und an seinem Rücken. Die Kugel war offensichtlich glatt durch ihn hindurchgegangen, ohne größeren Schaden anzurichten.

»Meine Stimme werdet ihr nicht zum Schweigen bringen«, brüllte Jago. »Meine Sache werdet ihr nicht vom Erdboden vertilgen.«

Dann stürzte die Menge in den Park und zerstreute sich, verlief sich wie ausgegossene Flüssigkeit nach Horse Guards Parade und Birdcage Walk. Beauregard konnte wieder atmen. Es wurde in die Luft geschossen. Allenthalben waren Raufereien im Gange. Die Sonne sank.

Er begriff nicht, was er soeben mitangesehen hatte. Zwar glaubte er, Dravot habe auf Jago geschossen, konnte es jedoch nicht mit Bestimmtheit sagen. Wenn der Sergeant dem Kreuzfahrer hätte den Garaus machen wollen, wäre John Jago jetzt vermutlich tot, wäre Hirn und nicht nur Blut vergossen worden. Der Diogenes Club beschäftigte gewiß keine tolpatschigen, mit Blindheit geschlagenen Pistolenschützen.

Der Vampire wurden mehr. Die Murgatroyds waren geflohen, und an ihrer Statt betraten nun böse dreinblickende Neugeborene in Polizeiuniformen die Bühne. Ein karpatischer Constable ritt mit einem großen schwarzen Pferd eine Attacke quer durch die Menge und schwang seinen blutigen Säbel. Eine warmblütige Frau, in deren Schulter eine Wunde klaffte, lief mit gesenktem Kopf vorüber, einen

Säugling an die Brust geschmiegt. Die Kreuzfahrer hatten ihre kurzzeitige Überlegenheit eingebüßt; nicht mehr lange, und sie wären in die Flucht geschlagen.

Beauregard hatte Jago und Dravot aus den Augen verloren. Ein Pferd raste vorbei und streckte ihn zu Boden. Als er sich wieder hochgerappelt hatte, fand er seine Uhr zertreten. Das tat nun auch nichts mehr. Der Nachmittag war vorüber, und Penelope würde nicht länger warten.

»Tod den Toten«, schrie jemand.

33

Der Dunkle Kuß

Als die Straßen schließlich geräumt waren, lagen erstaunlich wenige Verletzte umher. Im Vergleich zum Blutsonntag war es ein unbedeutendes Scharmützel gewesen. Godalming, der im Gefolge von Sir Charles dahinschlich, wäre nie und nimmer auf den Gedanken gekommen, daß sich im St.-James-Park ein Aufruhr ereignet hatte. Bei ihnen befand sich Inspektor Mackenzie, ein mürrischer Schotte, der eifrig bemüht schien, dem Commissioner nicht in die Quere zu geraten. In jener ereignisreichen Stunde nach Einbruch der Nacht war ihnen Sir Charles wie ausgewechselt vorgekommen. Der gepeinigte, verquälte Bürokrat, dessen törichte Subordinierte außerstande waren, Jack the Ripper zu ergreifen, verschwand; an seine Stelle trat der alte Heereskommandeur, der unter Beschuß blitzschnelle Entscheidungen zu treffen vermochte. »Hier geht es um englische Männer und Frauen«, hatte Mackenzie gemurrt, »und nicht um blödsinnige Hottentotten.«

Allem Anschein nach hatten die Kreuzfahrer Christi unerlaubterweise eine Kundgebung abgehalten, um dem Parlament eine Petition zu überreichen. Sie verlangten, daß es bei Todesstrafe verboten werden solle, einer Person ohne deren Einverständnis Blut zu entziehen. Einige Vampire hatten sich unter die Kreuzfahrer gemischt, und gewaltsame Tumulte waren entbrannt. Ein Unbekannter hatte einen Schuß auf John Jago abgefeuert, von dem sich dieser nun in einem Gefängnishospital erholte. Mehrere einflußreiche Neugeborene gaben an, sie seien von warmblütigem Pöbel überfallen worden, und ein Murgatroyd mit Namen Lioncourt war außer sich vor Zorn, weil man ihm eine entzweigebrochene Fahnenstange durch seinen besten Anzug gestoßen hatte.

General Iorga, ein Kommandant der Karpatischen Garde, war in das Handgemenge geraten. Nun stand er neben Sir Charles und Godalming und betrachtete die Bescherung. Iorga war ein Ältester, der mit Küraß und langem schwarzem Umhang angetan einherstolzierte, als bewegte er sich auf seinem eigenen Grund und Boden. Sein Adjutant war ein ruritanischer Lebemann mit jugendlichem Antlitz namens Rupert von Hentzau, der sich einiges auf seine goldbesetzte Uniform zugute hielt und im Speichellecken ebenso bewandert schien, wie er dem Rufe nach mit dem Rapier umzugehen verstand.

Grimmig lächelnd bedachte Sir Charles die Männer, die er als Soldaten zu bezeichnen pflegte, mit Komplimenten.

»Wir haben einen bedeutenden Sieg errungen«, erklärte er Iorga und Godalming. »Ohne einen einzigen Verlust zu erleiden, haben wir den Feind in die Flucht geschlagen.«

Von einem Augenblick auf den anderen war ein Sturm losgebrochen und hatte sich schon wieder gelegt, ehe der Vorfall Wellen schlagen konnte. Iorga war zu Pferde kreuz und quer durch die Menge geritten und hatte den einen oder anderen kleinen Schaden angerichtet, doch Hentzau und seine Kameraden waren zu spät am Ort des Geschehens eingetroffen, um aus einer Rauferei ein Massaker werden zu lassen.

»Die Rädelsführer müssen umgehend gefaßt und gepfählt werden«, sagte Iorga. »Mitsamt ihren Familien.«

»So geht das nicht bei uns in England«, entgegnete Sir Charles, ohne nachzudenken.

In den Augen des Karpaters loderte hypnotischer Zorn. Was General Iorga anbetraf, so befanden sie sich nicht in England, sondern in einem Westentaschen-Königreich des Balkans.

»Jago wird wegen Sektierertums und Verstoßes gegen das Versammlungsverbot vor Gericht gestellt«, sagte Sir Charles. »Und seine Spießgesellen werden sich in Dartmoor wiederfinden und einige Jahre mit Steineklopfen zubringen müssen.«

»Jago hätte Devil's Dyke verdient«, warf Godalming ein.

»Zweifellos.«

Devil's Dyke war zu einem gut Teil die Erfindung von Sir Charles, welche auf der Idee beruhte, mit Hilfe eingeborener Kriegsgefangener die Zivilbevölkerung zusammenzutreiben, um zu verhindern, daß diese ihrem Kriegsvolk Unterstützung bot. Wie Godalming gehört hatte, schien, was man gemeinhin unter Zwangsarbeit verstand, im Vergleich zu den Gefangenenlagern wie eine sanfte Meeresbrise auf der Strandpromenade von Brighton.

»Was geschieht mit dem Burschen, der den Aufruhr angezettelt hat?« fragte Mackenzie.

»Mit Jago? Das sagte ich doch gerade.«

»Nein, Sir. Ich spreche von dem törichten Narren mit der Pistole.«

»Geben Sie ihm einen Orden«, meinte Hentzau. »Und dann schneiden Sie ihm die Ohren ab, zur Strafe für seine jämmerliche Schützenkunst.«

»Er muß selbstredend gefunden werden«, erwiderte Sir Charles. »Schließlich können wir uns nicht von christlichen Märtyrern auf der Nase herumtanzen lassen.«

»Unsere Ehre ist herausgefordert«, sagte Iorga. »Wir müssen Repressalien üben.«

Nicht einmal Sir Charles war solch ein Hitzkopf wie der General. Godalming zeigte sich erstaunt über den Unverstand des Ältesten. Mit der Anzahl der Lebensjahre stieg nicht unbedingt auch die Intelligenz. Inzwischen begriff er, weshalb Ruthven in solch verächtlichem Ton von der *entourage* des Prinzgemahls sprach. Iorga hatte einen Bauch wie eine Tonne und trug Schminke im Gesicht. Einmal, einen kleinen Augenblick nur, hatte Godalming das zornerfüllte Antlitz des Fürsten gesehen. Seit jenem Tag begegnete er den Karpatern mit unangemessener Ehrfurcht, erblickte er in jedem einzelnen von ihnen Größe und Grausamkeit ihres Führers. Es war einfach lächerlich. So sehr ein Rohling wie Iorga oder ein Haudegen wie

Hentzau den Grafen Dracula auch nachzuahmen suchte, sie waren doch nie mehr als ein schwacher Abklatsch des großen Originals und recht eigentlich ebenso läppisch wie der schlotterigste Murgatroyd von ganz Soho.

Er verabschiedete sich und überließ es dem General und dem Commissioner, das Durcheinander zu beseitigen. Die beiden hegten offenbar die Absicht, dümmlich umherzustehen und Mackenzie widersprüchliche Befehle zu erteilen. Als er am Buckingham-Palast vorüberkam, grüßte er die Karpater vor den Toren mit zum Hut erhobener Hand. Die gehißte Flagge zeigte an, daß Ihre Majestät und Seine Königliche Hoheit in ihrer Residenz weilten. Godalming fragte sich, ob der Prinzgemahl jemals an Lucy denken mochte.

Wo der Park an die Victoria Station grenzte, standen ein paar Pferdewagen voller armseliger Kreuzfahrer, die sich in Polizeigewahrsam befanden. Was Tumulte anbetraf, so war das Treiben des heutigen Abends allenfalls drittrangig zu nennen, befand Godalming.

Er pfiff, obgleich der Rote Durst ihm in der Kehle brannte. Es tat wohl, jung, reich und ein Vampir zu sein. Ganz London lag ihm zu Füßen, mehr noch als Ruthven oder Dracula. Zwar mochten sie Älteste sein, doch gab ihnen ebendies eigentlich das Nachsehen, wie Godalming mit einemmal erkannte. So sehr sie sich auch bemühten, sie würden immer hinter ihrer Zeit zurückbleiben. Sie waren historische Figuren, er hingegen war ein Mensch von heute.

Zu Anfang seiner Verwandlung hatte er sich unentwegt in Furcht befunden. Jede Nacht vermeinte er, der Prinzgemahl wolle ihn holen kommen und bestrafen wie Jonathan Harker und Van Helsing. Nun aber durfte er getrost darauf vertrauen, daß man ihm vergeben hatte. Er mochte Lucy Westenra vernichtet haben, doch hatte Dracula es auf weit wichtigere warmblütige Weiber abgesehen. Womöglich war er sogar dankbar, daß Godalming ihm den Sproß seiner ersten Tändelei in England vom Halse geschafft hatte. Es wäre ihm vermutlich nicht sehr lieb gewesen, eine nichttote Lucy zur Brautjungfer zu haben, welche die strahlende

Viktoria mit rotglühenden Blicken durchbohrte, während diese von ihrem ergebenen Premierminister durch den Mittelgang der Westminster-Abtei zum Altar geleitet wurde. In der königlichen Hochzeit hatten die Jubiläumsfeierlichkeiten des vergangenen Jahres ihren Höhepunkt gefunden. Die Verbindung der Witwe von Windsor mit dem Fürsten der Walachei einte eine von grundlegenden Veränderungen erschütterte Nation, die ebensogut in tausend Stücke hätte zerspringen können.

Um zwei Uhr in der Früh erwartete man ihn in der Downing Street. Geschäfte wurden inzwischen nur noch nachts getätigt. Danach, vor Tagesanbruch, war er zu einem Empfang in das Café Royal geladen, wo Lady Adeline Ducayne vornehmen Besuch willkommen hieß, die Gräfin Elisabeth Bathory. Da es sich bei den Bathorys um entfernte Verwandte der Draculas handelte, hofierte Lady Adeline die Gräfin, wo sie nur konnte. Zwar nannte Ruthven die Gräfin Elisabeth eine ›aufreizend degoutante Gossenkatze‹ und Lady Adeline ein ›dürres Gerippe, das vor kaum einem Menschenalter dem Sumpf entstiegen ist‹, und doch hatte er im Falle, daß wichtigere Dinge erörtert würden, auf Godalmings Anwesenheit bei der Gesellschaft insistiert.

Die nächsten sechs Stunden war er frei. Sein Roter Durst wuchs von Minute zu Minute. Es war angenehm, seinen Bedürfnissen die Befriedigung zu verweigern, denn dies steigerte die Lust auf neue Nahrung. Nach einem kurzen Zwischenhalt in seinem Haus am Cadogan Square, um Abendgarderobe anzulegen, wollte sich Godalming auf die Pirsch begeben. Mit den Freuden der Jagd war er bestens vertraut. Er hatte bereits das eine oder andere Opfer ausersehen und war fest entschlossen, eine der fraglichen Damen heute nacht zur Strecke zu bringen.

Seine Fangzähne bohrten sich in seine Unterlippe. Die Aussicht auf einen Beutezug setzte wohlvertraute leibliche Veränderungen in Gang. Sein Gaumen war feiner, sein Geschmack weiter gestreut. Seine aufgeschwollenen Zähne taten seiner Pfeifkunst Abbruch. ›Barbara Allen‹ wurde zu einer wunderlichen neuen Weise, die niemand mehr erkennen würde.

Am Cadogan Square näherte sich ihm eine Frau. Bei sich führte sie zwei kleine Mädchen, an Leinen, wie Hunde. Sie dufteten nach warmem Blut.

»Gnädiger Herr«, sagte die Frau mit ausgestreckter Hand, »möchten Sie wohl ...«

Godalming fand es widerwärtig, daß jemand so weit sinken konnte, das Blut seiner eigenen Kinder feilzubieten. Er hatte die Frau früher schon dabei beobachtet, wie sie unerfahrenen Neugeborenen die Münzen aus dem Beutel schnorrte, indem sie ihnen die verschorften Kehlen ihrer stinkenden Lumpenbälger bot. Unvorstellbar, daß ein Vampir, der älter war als eine Woche, an ihrem dünnen Blut Gefallen finden könnte.

»Scher dich weg, sonst rufe ich die Polizei.«

Krummbucklig schlich die Frau davon und zog ihre Kinder mit sich. Wie sie fortgezerrt wurden, wandten sich die beiden Mädchen nach ihm um und starrten ihn mit Tränen in den großen, hohlen Augen an. Ob die Frau sich frische Kinder suchen würde, wenn diese verbraucht waren? Einen Augenblick lang glaubte er, eines der Mädchen sei womöglich neu, und erwog die Möglichkeit, daß es sich bei dieser Frau nicht um ihre Mutter, sondern um eine neue, grauenvolle Sorte Kupplerin handelte. Er wollte sich einmal mit Ruthven über dieses Thema unterhalten. Der Premierminister war sehr beunruhigt, was die Ausbeutung von Kindern anbetraf.

Der Diener, den er vom Ring, dem Landsitz der Holmwoods, mitgebracht hatte, öffnete die Tür und nahm ihm Hut und Mantel ab.

»Eine Dame wartet im Salon auf Sie, Mylord«, meldete ihm der Lakai. »Eine Miß Churchward.«

»Penny? Was, um alles in der Welt, könnte sie von mir wollen?«

»Das hat sie nicht gesagt, Mylord.«

»Sehr schön. Vielen Dank. Ich werde mich ihrer annehmen.«

Er ließ den Mann in der Halle zurück und trat in den Salon. Penelope Churchward hockte artig in einem hohen Lehnsessel. Sie hatte zum Obst gegriffen – ein verstaubter alter Apfel, denn Speisen hielt er nur für seine seltenen warmblütigen Gäste bereit – und schälte es mit einem kleinen Messer.

»Penny«, rief er aus, »was für eine freudige Überraschung.«

Beim Sprechen hatte er sich mit einem scharfen Zahn versehentlich die Lippe geritzt. Wenn der rote Durst ihn überkam, mußte er auf seine Worte achten. Sie legte Apfel und Messer beiseite und schickte sich an, ihn zu begrüßen.

»Arthur«, sagte sie, indem sie aufstand und den Arm ausstreckte.

Sanft küßte er ihr die Hand. Sofort erkannte er, daß sie heute abend anders war als sonst. Etwas in ihrer Haltung ihm gegenüber trieb seit geraumer Zeit schon Knospen; nun stand es in voller Blüte. Seine Beute war zu ihm gekommen.

»Arthur, ich wünsche ...«

Ihre Stimme verlor sich, ihr Wunsch jedoch war unmißverständlich. Ihr Kragen stand offen, ihre Kehle war entblößt. Er erblickte eine blaue Ader unter ihrer weißen Haut und glaubte, sie pochen sehen zu können. Eine lose Haarsträhne fiel auf ihren Hals herab.

Mit wohlüberlegter Entschlossenheit gestattete sie ihm, sie zu umarmen. Sie neigte den Kopf zur Seite, und er küßte ihren Hals. Gewöhnlich stöhnte seine Beute auf, wenn er beim ersten Biß mit den Zähnen sachte ihre Haut durchbohrte. Penelope war willig und entspannt, gab aber keinen Laut. Als ihr Blut in seinen Mund quoll, riß er sie an sich. In diesem Moment der Vereinigung schmeckte er nicht nur ihr Blut, sondern auch ihren Geist. Er verstand ihren maßvollen Zorn und spürte, wie ihre Gedanken in geordnete Bahnen zurückfanden.

Er schluckte gierig, entnahm ihr mehr als nötig. Es war nicht leicht, von der Quelle zu lassen. Was Wunder, wenn so viele Neugeborene ihre erste Liebe töteten. Penelopes

Blut war vom Feinsten. Ungetrübt und rein floß es seine Kehle hinab wie honigsüßer Likör.

Sie legte ihre Hand auf seine Wange und stieß ihn von sich. Der Fluß versiegte, und er sog eisige Luft durch die Zähne. Nun gab es kein Halten mehr. Er hob sie von den Füßen und warf sie auf das Kanapee. Knurrend drückte er sie nieder und zerrte an ihrem Kragen. Ihr Hemd zerriß. Er murmelte eine Entschuldigung und stürzte sich auf sie. Mit den Lippen bekam er eine Falte an ihrem Brustansatz zu fassen. Ihr Blut machte ihn erbeben. Seine Zähne tauchten in den Biß an ihrem Hals, und Blut sickerte daraus hervor, als er an der Wunde nagte. Sie leistete nicht den geringsten Widerstand. Blut sprudelte in seinen Mund, und vor seinen Augen ereigneten sich violette Sonnenexplosionen. Es gab keine vergleichbare warmblütige Empfindung. Es war mehr als bloße Nahrung, mehr als ein Rauschgift, mehr als Liebe. Niemals hatte er sich lebendiger gefühlt als in diesem Augenblick ...

... er fand sich lautlos schluchzend vor dem Kanapee kniend wieder, mit seinem Kopf an ihrer Brust. Die vergangenen Minuten waren wie aus seinem Gedächtnis gesengt. Kinn und Hemd waren blutverschmiert. Elektrische Entladungen durchzuckten seine Adern. Sein Herz begann zu brennen, als es sich nach und nach mit Penelopes Blut füllte. Einen Moment lang verlor er beinahe die Besinnung. Sie setzte sich auf und hob sein Kinn. Er starrte sie verwirrt an. Tiefrote Wunden befanden sich an ihrem Hals und ihrer Brust.

Penelope bedachte ihn mit einem knappen, ruhigen Lächeln. »Das war also das Geheimnis«, bemerkte sie.

Sie half ihm auf das Kanapee wie eine Mutter, die ihr Kind für eine Fotografie in Positur setzt. Er richtete sich auf, spürte noch immer ihren Geschmack im Kopf und auf der Zunge. Sein Zittern ließ nach. Sie tupfte ihre Bißwunden mit einem Schnupftuch sauber, erschauerte in leiser Erregung. Dann knöpfte sie die Jacke über ihrem zerrissenen Hemd. Ihr Haar hatte sich gelöst, und sie brauchte einen Augenblick, es wieder in Ordnung zu bringen.

»Nun gut, Arthur«, sagte sie. »Sie haben bei mir Ihre Befriedigung gefunden ...«

Er brachte kein Wort heraus. Er war übersättigt, hilflos wie eine Schlange, die einen Mungo verdaut.

»... also werde ich den Tausch nun besiegeln und meine Befriedigung bei Ihnen suchen.«

Schimmernd lag das Schälmesser in ihrer Hand.

»Wenn mich nicht alles täuscht, geht es eigentlich recht leicht«, sagte sie. »Seien Sie ein Schatz, und wehren Sie sich nicht.«

Sie setzte ihm das Messer an die Kehle. Es drang mit Leichtigkeit durch seine feste Haut, doch er verspürte keinen Schmerz. Die Klinge war nicht versilbert. Der Schnitt würde binnen kürzester Zeit wieder verheilen.

»Arrgh«, machte sie.

Penelope unterdrückte ihren Ekel und preßte ihre winzigen Lippen auf die Öffnung an seinem Hals. Voller Entsetzen kam ihr zu Bewußtsein, was sie tat. Sie spreizte die Wundränder mit der Zunge und saugte ihm das Blut aus.

34

Vertrauensdinge

»Sie sollten sich oben ein wenig ausruhen«, sagte die Amworth. »Dann werden Ihre Knochen schneller wieder heil.«

»Warum sollte ich gesund werden?« fragte Geneviève. »Damit dieses hüpfende Ekel mir endgültig den Garaus macht?«

»Wie kommen Sie denn darauf?«

»Nun ja. Ich weiß zwar nicht, weshalb es mich vernichten möchte, aber ich weiß mit Bestimmtheit, daß es mich vernichten will. Glauben Sie mir, ich bin in China gewesen. Freiwillig geben sich diese Kreaturen nicht geschlagen. Sie lassen weder mit sich reden, noch lassen sie sich aufhalten. Ich könnte ebensogut auf die Straße hinausgehen und warten, bis es mich holen kommt. Dann geriete uns wenigstens niemand in die Quere.«

Unwillig erwiderte die Amworth: »Sie haben ihm beim letztenmal schwer zugesetzt.«

»Mir hat es weitaus übler mitgespielt.«

Es ging ihr kaum besser. Zuweilen ertappte sie sich dabei, wie sie den Kopf hin und her wandte, um ihr gebrochenes Genick auszuprobieren. Noch saß ihr der Kopf zwar auf den Schultern, doch überkam sie nicht selten das Gefühl, als wollte er jeden Augenblick herunterfallen.

Geneviève blickte sich im Vorlesungssaal um, der sich in ein Behelfslazarett verwandelt hatte. »Keine chinesischen Besucher?«

Die Krankenwärterin schüttelte den Kopf. Sie lauschte an der Brust eines kleinen neugeborenen Mädchens. Einen Moment lang glaubte Geneviève, es sei Lily. Dann fiel es ihr wieder ein. Die Patientin war Rebecca Kosminski.

»Ich wüßte zu gern, welcher der vielen Feinde, die ich mir gemacht habe, hinter alldem steckt.«

Der chinesische Vampir war ein Mietling. Im Fernen Osten wurden derlei Kreaturen allenthalben als Meuchelmörder gedungen.

»Ich nehme an, man wird es mir beizeiten verraten. Es wäre reine Verschwendung, mir zu verheimlichen, weshalb man mir den Kopf abreißen will.«

»Pssst«, machte die Amworth. »Sie machen dem Mädchen angst.«

Reumütig sah sie ein, daß die Krankenwärterin recht hatte. Rebecca blickte nachdenklich drein, doch ihre Augen waren zu winzigen Punkten zusammengeschrumpft.

»Es tut mir leid«, entschuldigte sie sich. »Ich habe nur Spaß gemacht, Rebecca, ein dummer Scherz.«

Rebecca lächelte. In ein paar Jahren würde sie einer solch plumpen Lüge kaum mehr Glauben schenken. Noch aber lebte das Kind in ihrem Innern fort.

Da man sie für die Zeit ihrer Genesung aller Pflichten entbunden hatte, kam Geneviève sich nutzlos vor. Sie bummelte noch ein wenig im Lazarett umher und schlenderte dann auf den Flurgang hinaus.

Das Direktorzimmer war verschlossen; Montague Druitt lauerte vor der Tür. Geneviève wünschte ihm einen guten Abend.

»Wo ist Dr. Seward?« fragte sie.

Druitt ließ sich nur widerwillig zum Sprechen bewegen. »Er ist ausgegangen, ohne eine Nachricht zu hinterlassen. Und das zu äußerst ungelegener Zeit.«

»Kann ich vielleicht behilflich sein? Wie Sie wissen, genieße ich das Vertrauen des Direktors.«

Druitt preßte die Lippen zusammen und schüttelte den Kopf. Er glaubte wohl, dafür kämen nur warmblütige Männer in Frage. Geneviève hatte nicht die leiseste Ahnung, was der Mann im Schilde führte. Er war eine der vielen ausgedörrten Seelen in Toynbee Hall; sie machte sich keine allzu großen Hoffnungen, mit ihm an einem Strang ziehen, geschweige denn ihm helfen zu können.

Sie ließ ihn allein auf dem Flurgang zurück und schlenderte in das Foyer hinaus, wo eine unwirsche Krankenwärterin einen unablässigen Strom von Simulanten in den Nebel zurückscheuchte, sich dann und wann jedoch erbarmte und jemanden mit einer augenscheinlich tödlichen Verletzung einließ.

Dr. Seward hatte sich in jüngster Zeit recht häufig außer Haus begeben. Vermutlich litt er großen Kummer. Wie sie alle. Trotz der Qualen, die ihre gebrochenen Knochen ihr bereiteten, wollte Geneviève der Tod Pamela Beauregards nicht aus dem Sinn. Jedermann verlor mitunter liebe Menschen. Im Laufe der Jahrhunderte hatte sie viele liebe Menschen verloren. Doch Charles hatte seinen Verlust noch nicht verschmerzt.

»Miß Dieudonné?«

Es war eine neugeborene Frau. Sie war von draußen hereingekommen. Sie war vornehm, wenn auch nicht allzu teuer gekleidet.

»Erinnern Sie sich noch an mich? Kate Reed?«

»Miß Reed, die Journalistin?«

»Genau. Von der Central News Agency.« Sie streckte die Hand aus; Geneviève schüttelte sie kraftlos.

»Was können wir für Sie tun, Miß Reed?«

Die Neugeborene ließ Genevièves Hand los. »Ich hatte gehofft, mit Ihnen sprechen zu können. Es geht um neulich nachts. Dieses chinesische Wesen. Die Schmetterlinge.«

Geneviève zuckte mit den Achseln. »Ich weiß nicht, ob ich Ihnen irgend etwas sagen kann, was Sie nicht bereits wissen. Das war ein Ältester. Bei den Schmetterlingen handelt es sich offenbar um eine Grille seines Geblüts. Gewisse deutsche *nosferatu* bezeigen eine ähnliche Vorliebe für Ratten, und Sie haben bestimmt von den Karpatern und ihren geliebten Wölfen gehört.«

»Warum richten sich diese Attacken ausgerechnet gegen Sie?«

»Wenn ich das nur wüßte. Ich bin tadellos durchs Leben gewandelt, habe nichts als gute Taten vollbracht und genieße die Wertschätzung all jener, deren Pfade zu kreuzen ich das Vergnügen hatte. Es ist mir unvorstellbar, wie ein Mensch im Grunde seines Herzens feindselige Gefühle gegen mich hegen könnte.«

Miß Reed schien die Ironie in ihrer Stimme entgangen zu sein. »Glauben Sie, der Überfall hat mit Ihrem Interesse an den Whitechapel-Morden zu tun?«

Daran hatte Geneviève noch gar nicht gedacht. Sie überlegte einen Augenblick. »Das möchte ich bezweifeln. Auch wenn man Ihnen Gegenteiliges berichtet haben sollte, bin ich für die Ermittlungen wohl kaum von Bedeutung. Die Polizei hat mich zwar darüber befragt, welche Folgen die Morde für diese Gegend haben könnten, aber weiter geht meine Beteiligung nun wirklich nicht ...«

»Und hat nicht auch Charles ... Mr. Beauregard sich bei Ihnen Rat geholt? Neulich nachts ...«

»Auch er hat lediglich mit mir gesprochen, weiter nichts. Wenn mich nicht alles täuscht, so schulde ich ihm Dank für die Ablenkung des Ältesten.«

Miß Reed brannte darauf, ihr Neuigkeiten zu entlocken. Geneviève hatte den Eindruck, daß sich die Journalistin viel mehr für Charles als für den Ripper interessierte.

»Und inwieweit ist Mr. Beauregard in die Ermittlungen verwickelt?«

»Das müssen Sie ihn schon selbst fragen.«

»Das würde ich gerne tun«, erwiderte Miß Reed. »Wenn ich nur wüßte, wo er steckt.«

»Er steckt gleich hier, Kate«, sagte Charles.

Er stand bereits seit einer Weile schweigend in der Ecke. Geneviève hatte nicht bemerkt, daß er das Foyer betreten hatte. Blinzelnd schob sich Miß Reed eine Rauchglasbrille auf die Nase. Ihre Haut zeigte die Blässe einer Neugeborenen, und doch vermeinte Geneviève auf ihren Wangen einen Hauch von Schamesröte zu entdecken.

»Ähm«, machte Miß Reed. »Guten Abend, Charles.«

»Ich bin gekommen, einer Kranken einen Besuch abzustatten, und finde sie wider Erwarten recht wohlauf.«

Charles verbeugte sich vor Geneviève. Miß Reeds Wißbegier war offenbar erschöpft.

»Danke für Ihre Mühe, Miß Dieudonné«, sagte sie. »Ich will Sie nun Ihrem Besucher überlassen. Guten Abend, Charles.«

Die Neugeborene flatterte in die Nacht hinaus.

»Was hatte es denn damit auf sich?«

Sie zuckte mit den Achseln, und sogleich fuhr ihr der Schmerz ins Genick. »Ich weiß nicht, Charles. Sind Sie mit Miß Reed bekannt?«

»Kate ist eine Freundin meiner ... eine Freundin von Penelope.« Bei der Erwähnung des Namens seiner Verlobten – an deren verschleiertes Gesicht und dennoch unverhohlen feindseligen Blick Geneviève sich noch sehr gut erinnerte – schüttelte Charles betrübt den Kopf. »Vielleicht hat sie mit Penelope gesprochen«, gab er zu bedenken. »Was mir bislang nicht vergönnt gewesen ist.«

Unwillkürlich regte sich Genevièves Interesse. Eigentlich hätte sie über diesen Dingen stehen müssen, doch machte ihre Mattigkeit sie zu einer törichten Klatschbase.

»Wenn mich nicht alles täuscht, sollten Sie Miß Churchward heute nachmittag einen Besuch abstatten.«

Charles bedachte sie mit einem schiefen Lächeln. »Sie täuschen sich keineswegs, aber die Umstände haben mir kurzerhand einen Strich durch die Rechnung gemacht. Im St.-James-Park kam es zu einem Aufruhr.«

Sie bemerkte, daß Charles ihre Hände ergriffen hatte, wie um sie nach Knochenbrüchen abzutasten.

»Bitte verzeihen Sie meine übertriebene Neugier, aber Ihre häuslichen Verhältnisse verwirren mich ein wenig.«

»Ach, tatsächlich«, sagte er pikiert.

»Ja. Gehe ich recht in der Annahme, daß es sich bei Miß Penelope Churchward um eine Verwandte von Miß Pamela Churchward, Ihrer ersten Frau, handelt?«

Charles' Gesicht verriet nicht die leiseste Regung.

»Ich würde sie für Schwestern halten, wenn dem nicht entgegenstünde, daß in diesem Falle, wie durch Mr. Holman Hunt und seine Miß Waugh eindrücklich bewiesen, Ihre Verlobung nach englischem Gesetz dem Inzest gleichkäme.«

»Penelope ist Pamelas Cousine. Sie sind zusammen aufgewachsen. Wie Schwestern, wenn Sie so wollen.«

»Sie beabsichtigen also, die Nennschwester Ihrer verstorbenen Frau zu ehelichen?«

Er wog seine Worte sorgfältig ab. »Das war in der Tat meine Absicht.«

»Erscheint Ihnen das nicht ein wenig sonderbar?«

Charles ließ ihre Hände los und wandte sich mit verdächtig unbewegter Miene von ihr fort. »Gewiß nicht sonderbarer als jede andere Heiratsvereinbarung.«

»Charles, ich möchte Sie keineswegs in Verlegenheit bringen, aber bedenken Sie, daß ich ... neulich nachts im Wagen ... ohne bösen Vorsatz eine gewisse, äh, gewisse Einsicht in Ihre Gefühle für Pamela, für Penelope ...«

Seufzend sagte Charles: »Geneviève, ich weiß Ihre Besorgnis durchaus zu schätzen, aber ich kann Sie versichern, daß dafür keinerlei Anlaß besteht. Einerlei welche Motive mich zu dieser Verlobung bewogen haben mögen, sie sind bedeutungslos geworden. Wenn mich nicht alles täuscht, so bin ich ohne eigenes Zutun von meinem Versprechen an Penelope entbunden.«

»Mein aufrichtiges Beileid.« Sie legte ihm die Hand auf die Schulter und kehrte ihn herum, so daß sie ihm in die Augen sehen konnte.

»Ihr Beileid ist völlig fehl am Platz.«

»Ich war neulich nachts vielleicht ein wenig vorschnell in meinem Urteil über Penelope. Sie müssen verstehen, ich war nicht recht bei Sinnen. Nahe daran, hysterisch zu werden.«

»Sie waren nur knapp dem Tod entronnen«, sagte Charles mitfühlend. »Nicht mehr Herrin Ihrer selbst.«

»Dennoch bedaure ich meine Worte, meine Andeutungen ...«

»Nein«, erwiderte Charles und blickte sie unverwandt an. »Sie hatten vollkommen recht. Ich habe mich unredlich gegen Penelope benommen. Ich empfinde nicht für sie, wie ein Mann für seine Ehefrau empfinden sollte. Ich habe sie lediglich benutzt, damit sie mir das Unersetzliche ersetzen möge. Bestimmt wird sie ohne mich glücklicher sein. Neulich erst verspürte ich so ein Gefühl ... ich weiß nicht recht, ein Gefühl, als ob ich einen Arm verloren hätte. Als wäre ich nicht ganz und gar ich ohne Pamela.«

»Sie meinen Penelope?«

»Ich meine *Pamela,* das ist ja das Fürchterliche.«

»Was haben Sie nun vor?«

»Irgendwann werde ich Penelope gegenübertreten und die Sache zwischen uns ins reine bringen müssen. Sie wird eine weitaus bessere Partie machen als mich. Ich habe wichtigere Dinge zu bedenken.«

»Wie zum Beispiel?«

»Wie zum Beispiel die Whitechapel-Morde. Außerdem will ich sehen, was ich tun kann, um Ihr Leben zu retten.«

35

Knall und Fall

»Nun sieh sich einer die an«, sagte von Klatka und deutete zum Wagen hinüber. »Die haben eine Heidenangst vor uns. Nicht übel, was?«

Von Klatka war ein wenig zu wohl in seiner Haut. Die Karpatische Garde war erst so spät in den Park gerufen worden, daß nichts zu tun blieb, außer ein paar scheeläugige Blicke auf die Meuterer zu werfen. Einen besseren Sieg konnte man sich gar nicht wünschen, überlegte Kostaki. Sie hatten reiche Beute gemacht und dennoch keinerlei Verluste erlitten. Die Polizei hatte die meisten Unruhestifter längst festgenommen und eingesperrt.

Zwischen den gitterähnlichen Latten des ersten Wagens lugten verängstigte Gesichter hervor. Frauen. Die meisten von ihnen trugen weiße Gewänder mit aufgesticktem rotem Kreuz.

»Kreuzfahrer Christi!« spöttelte von Klatka. »Narren!«

»Auch wir waren einmal Christen«, erwiderte Kostaki. »Als wir mit Fürst Dracula gegen den Türk zu Felde zogen.«

»Eine alte Schlacht, verehrter Kamerad. Jetzt gilt es, neue Feinde zu besiegen.«

Er näherte sich dem Wagen. Kläglich winselnd wichen die Gefangenen zurück. Von Klatka grinste und knurrte wie ein Hund. Eine Frau stieß erstickte Schreie aus, und von Klatka lachte. Besaßen diese Kreaturen denn gar keine Ehre?

Kostaki erblickte ein vertrautes Gesicht unter den umherlaufenden Polizisten. »Heil dir, Schotte«, rief er. »Freut mich, Sie hier zu treffen.«

Inspektor Mackenzie blickte von seiner Unterredung mit einem Schließer auf und sah Kostaki auf sich zukommen. »Hauptmann Kostaki«, erwiderte er den Gruß und hob salutierend die Hand an den Hut. »Ihnen ist ein rechter Spaß entgangen.«

Von Klatka stach mit dem Stock zwischen die Gitterstäbe des Wagens wie ein ungezogenes Kind im Zoo. Eine der Gefangenen sank in Ohnmacht, und ihre Genossinnen riefen Gott oder John Jago an, sie zu beschützen.

»Spaß?«

Mackenzie schnaubte verbittert. »So würden Sie es wohl nennen. Für Ihren Geschmack vielleicht zuwenig Blutvergießen, könnte ich mir denken. Keine Toten.«

»Ich habe keinen Zweifel, daß dieses Versäumnis beizeiten seine Wiedergutmachung erfahren wird. Es muß doch Rädelsführer geben.«

»Man wird bestimmt das eine oder andere Exempel statuieren, Hauptmann.«

Kostaki spürte das Unbehagen des Polizisten, seinen unterdrückten Zorn. Nur wenige Allianzen hatten tatsächlich Bestand. Es fiel diesem Mann gewiß nicht leicht, seine Pflicht mit seinem Gewissen in Einklang zu bringen. »Ich schätze Sie sehr, Inspektor.«

Der Schotte war erstaunt.

»Seien Sie auf der Hut«, fuhr Kostaki fort. »Wir leben in widrigen Zeiten. Niemand ist seines Postens sicher.«

Von Klatka steckte eine Hand in den Wagen und kitzelte ein verängstigtes Mädchen am Knöchel. Seine Faxen bereiteten ihm sichtliches Vergnügen. Er wandte sich zu Kostaki um und ersuchte grinsend um dessen Zustimmung.

Ein Vampir kam aus dem dunklen Park. General Iorga – ein Bramarbas *par excellence* – war versehentlich in den Aufruhr hineingeraten; nun stolzierte er einher, im Schlepptau jenen gönnerhaften Satansbraten Hentzau, als habe er soeben die Schlacht von Austerlitz gewonnen. Iorga grunzte, um von Klatkas Aufmerksamkeit auf sich zu lenken, und wurde mit einem Ehrengruß belohnt. Er gehörte zu jener Sorte Offizier, die seit unvordenklichen Zeiten in den Armeen der Lebenden wie auch Nicht-Toten anzutreffen ist und sich unablässig ihrer Wichtigkeit versichern muß. Wenn er nicht gerade seinen Vorgesetzten nach dem Munde redete, malträtierte er seine Subordinierten. Vierhundert Jahre war es her, daß er der Sache Draculas ewige Lehenstreue geschworen hatte, und ebensolange schon hegte er die heimliche Hoffnung, daß jemand den Pfähler auf einen seiner eigenen Pflöcke hievte. Der General wähnte sich selbst den König der Vampire. Was dies betraf, war er jedoch allein: Gegen den Fürsten war General Iorga ein Federgewicht.

»Heute nacht findet in der Kaserne eine Feier statt«, verkündete Iorga. »Die Garde hat erneut einen Triumph errungen.«

Angewidert zog Mackenzie sich den Hut tief ins Gesicht, wagte es aber nicht, dem General zu widersprechen, der sich offensichtlich das Verdienst um die Zerschlagung des Aufruhrs anheften wollte.

»Von Klatka«, sagte Iorga, »befreien Sie ein halbes Dutzend dieser warmblütigen Weiber, und schaffen Sie sie zur Kaserne.«

»Jawohl, *Sir*«, erwiderte von Klatka.

Die Gefangenen schrien und beteten. Von Klatka machte großes Aufhebens von seiner Schuldigkeit, indem er jede Frau lüstern beschielte und diese als zu alt und fett, jene als zu dünn und zaserig befand: Er rief den Hauptmann zu sich, um dessen Meinung einzuholen, doch Kostaki tat, als habe er ihn nicht gehört.

Iorga und Hentzau gingen mit flatterndem Umhang davon. Der General ahmte den Stil des Fürsten nach, war jedoch zu fett, sich derart herauszuputzen.

»Er erinnert mich an Sir Charles Warren«, meinte Mackenzie. »Stolziert durch die Gegend und brüllt Befehle ohne die geringste Ahnung, wie es hier draußen an der Front tatsächlich zugeht.«

»Der General ist ein ausgemachter Narr. Wie die meisten über dem Rang eines Hauptmanns.«

Der Polizist gluckste. »Wie die meisten über dem Rang eines Inspektors.«

»Da sind wir uns einig.«

Von Klatka traf seine Wahl, und der Schließer half ihm, die – zumeist jungen – Mädchen aus dem Wagen zu zerren. Zitternd klammerten sie sich aneinander. Ihre Kleider taugten nicht für eine kühle Nacht.

»Anständige, feiste Blutzeugen werden sie uns sein«, sprach von Klatka und zwickte das erste beste Mädchen in die Wange.

Der Schließer holte Handschellen und Ketten aus dem Wagen und begann die Auserwählten aneinanderzufesseln. Von Klatka versetzte einer von ihnen einen Klaps aufs Hinterteil und lachte wie ein ausgelassener Teufel. Das Mädchen fiel auf die Knie und betete um Erlösung. Von Klatka bückte sich und stieß ihr seine rote Zunge ins Ohr. Sie reagierte mit groteskem Ekel, und der Hauptmann schüttete sich aus vor Lachen.

»Sie, Sir«, wandte sich eine der Frauen an Mackenzie, »Sie sind doch warmblütig, helfen Sie uns, retten Sie uns ...«

Mackenzie war unbehaglich zumute. Er wandte den Blick fort, barg sein Gesicht erneut in Dunkelheit.

»Ich bitte um Verzeihung«, sagte Kostaki. »Dies geht gegen jegliche Vernunft. Azzo, schaffen Sie die Frauen zur Kaserne. Ich komme später nach.«

Von Klatka salutierte und zerrte die Mädchen von dannen. Er sang ein Hirtenlied, während er seine Herde davongeleitete. Das Quartier der Garde befand sich in der Nähe des Palastes.

»Sie sollten so etwas nicht mitansehen müssen«, sagte Kostaki.

»Das sollte niemand«, entgegnete der Polizist.

»Da mögen Sie recht haben.«

Die Wagen schaukelten davon, um die Gefangenen auf die Londoner Gefängnisse zu verteilen. Kostaki vermutete, daß die meisten auf einem Pfahl in Tyburn enden oder zur Zwangsarbeit nach Devil's Dyke verbracht würden.

Er war mit Mackenzie allein. »Sie müssen einer von uns werden, Schotte.«

»Ein widernatürliches Etwas?«

»Was ist denn widernatürlicher? Leben oder sterben?«

»Auf Kosten anderer zu leben.«

»Wer wollte sagen, ob nicht auch Sie auf Kosten anderer leben?«

Mackenzie zuckte mit den Achseln. Er zog eine Pfeife hervor und füllte sie mit Tabak.

»Sie und ich haben allerhand gemein«, sagte Kostaki. »Unser beider Länder haben ihre Unabhängigkeit verloren. Sie, ein Schotte, dienen der Königin von England, ich, ein Moldauer, folge einem walachischen Fürsten. Sie sind Polizist, ich bin Soldat.«

Mackenzie setzte seine Pfeife in Brand und schmauchte. »Sind Sie zuerst Soldat oder Vampir?«

Kostaki dachte nach. »Ich würde sagen, zuallererst bin ich Soldat. Und was sind Sie zuerst, Warmblüter oder Polizist?«

»Lebendig natürlich.« Sein Pfeifenkopf glühte.

»Sie fühlen sich Jack the Ripper also verwandter als, sagen wir, Inspektor Lestrade?«

Mackenzie seufzte. »*Touché*, Kostaki. Ich gestehe. Ich bin vor allem Gendarm und erst in zweiter Linie ein lebendiger Mensch.«

»Dann sage ich es noch einmal: Kommen Sie zu uns. Oder möchten Sie unsere Gabe allen Ernstes Prahlhänsen wie Iorga und Hentzau überlassen?«

Mackenzie überlegte. »Nein«, sagte er schließlich. »Tut mir leid. Vielleicht werde ich die Dinge anders sehen, wenn ich dem Tod nahe bin. Aber der Herrgott hat uns nicht als Vampire erschaffen.«

»Ich bin vom Gegenteil fest überzeugt.«

Nicht weit von ihnen erhob sich Geschrei. Männer brüllten, Frauen kreischten. Stahl traf klirrend auf Stahl. Etwas zerschellte. Kostaki nahm die Beine in die Hand. Mackenzie hatte Mühe, mit ihm Schritt zu halten. Der Lärm drang aus derselben Richtung, die von Klatka eingeschlagen hatte. Nach Atem ringend, faßte sich Mackenzie an die Brust. Kostaki ließ ihn hinter sich und hatte die Entfernung in Sekundenschnelle zurückgelegt.

Als er sich durch die Büsche geschlagen hatte, sah er, was geschehen war. Die Mädchen waren losgebunden, und von Klatka lag am Boden. Fünf oder sechs Männer mit schwarzen Mänteln und Halstüchern vor dem Gesicht hielten ihn fest, während ein Kerl mit weißer Kapuze von Klatka einen schimmernden Dolch in die Brust bohrte. Von Klatka schrie seine Verachtung heraus. Im Boden steckte eine Stange, an der das Banner der Kreuzfahrer Christi baumelte. Einer der maskierten Männer richtete eine Pistole auf Kostaki. Dieser sah das Mündungsfeuer und schickte sich an, ein weiteres Geschoß mit theatralischer Gebärde abzuwehren, als er einen gellenden Schmerz im Knie verspürte. Eine Silberkugel hatte ihn getroffen.

»Zurück, Vampir«, sagte der Schütze mit gedämpfter Stimme.

Mackenzie hatte sie erreicht. Kostaki wollte sich ins Getümmel stürzen, doch der Polizist hielt ihn zurück. Kostakis Bein war taub. Das giftige Geschoß stak fest in seinen Knochen.

Eine der befreiten Frauen trat gegen von Klatkas Kopf, ohne jedoch größeren Schaden anzurichten. Der Mann, der rittlings auf dem Vampir saß, hatte dessen Küraß losgerissen. Mit wenigen Schnitten seines Silbermessers legte er nun von Klatkas pochendes Herz frei. Einer seiner Kameraden reichte ihm etwas Ähnliches wie eine Kerze, die er von Klatka in die Brust rammte.

»Für Jago!« rief der vermummte Kreuzfahrer aus.

Ein Zündholz flammte auf, und die Kreuzfahrer ließen von ihrem Opfer ab und sprangen auseinander. Von Klatka lag in einem Meer von Blut. Er preßte seine Brust zusammen, und die Wunden schlossen sich. Die Kerze ragte zwischen seinen Rippen hervor, an ihrem Ende eine zischende Flamme.

»Dynamit!« schrie Mackenzie.

Ezzelin von Klatka griff nach der brennenden Lunte. Aber zu spät. Seine Faust schloß sich um die Flamme, just als diese sich auszudehnen begann. Ein greller Lichtblitz machte die Nacht zum Tag. Dann hoben ein starker Windstoß und ein lautes Krachen Kostaki und Mackenzie in die Luft. Die Explosion schleuderte Klumpen von Vampirfleisch und Fetzen der Rüstung Ezzelin von Klatkas in die Luft.

Kostaki rappelte sich hoch. Als erstes vergewisserte er sich, daß Mackenzie, der sich die sausenden Ohren hielt, keine ernsthaften Verletzungen erlitten hatte. Dann wandte er sich seinem gefallenen Kameraden zu. Von Klatkas Rumpf hatte es in tausend Stücke gerissen. Sein Kopf brannte, das Fleisch verfaulte schnell. Seine Überreste verströmten einen pestilenzialischen Gestank, und Kostaki mußte würgen.

Die Fahne der Kreuzfahrer Christi lag umgestürzt am Boden, mit brennenden Tupfen übersät.

»Die Vergeltung für den Anschlag auf Jago«, sagte Kostaki.

Mackenzie, der soeben den Kopf schüttelte, um seine Ohren von dem quälenden Klingeln zu befreien, merkte auf. »Höchstwahrscheinlich. Das Dynamit ist eine alte Lumperei der Fenier, und in Jagos Bande gibt es jede Menge Irländer. Dennoch ...« Er brachte seinen Gedanken nicht zu Ende. Männer kamen im Laufschritt auf sie zu. Karpater mit eilig angelegten Harnischen und gezogenen Schwertern, von der Explosion ins Freie gelockt.

»Was dennoch, Schotte?«

Mackenzie schüttelte den Kopf. »Der Sprecher, der Bursche mit dem Dynamit ...«

»Was ist mit ihm?«

»Ich hätte schwören können, daß er ein Vampir war.«

36

Das Alte Jago

»Es gibt Menschen auf dieser Welt, vor denen sich sogar Vampire fürchten«, sagte er, während sie die Brick Lane hinaufgingen.

»Ich weiß«, räumte sie ein.

Der Älteste verbarg sich im Nebel und wartete, bis seine Zunge nachgewachsen war. Dann würde er ihr ein drittes Mal zu Leibe rücken.

»Ich bin mit allen Teufeln in allen Kreisen der Hölle wohlvertraut, Geneviève«, sagte Charles. »Es geht lediglich darum, den rechten Dämon anzurufen.«

Sie hatte keinen Schimmer, wovon er sprach.

Er führte sie durch eines der schmalen, übelriechenden Gäßchen im schlimmsten Elendsquartier von ganz London. Dann und wann löste sich ein Ziegelstein aus den windschiefen Mauern und fiel aufs Pflaster. An jeder Ecke standen übelgesinnte Neugeborene und steckten die Köpfe zusammen.

»Charles«, sagte sie. »Wir sind im Alten Jago.«

Er pflichtete ihr schmunzelnd bei.

Sie fragte sich, ob er verrückt geworden sein mochte. In ihrem Aufzug – wollte sagen, nicht in Lumpen gekleidet – hätten sie ebensogut als wandelnde Plakate einherstolzieren können, welche die Aufschrift ›BERAUBT UND ERMORDET MICH‹ trugen. Rote Augen glommen hinter zerbrochenen Fensterscheiben. Kinder mit Barthaaren wie eine Ratte kauerten in Türeingängen und warteten darauf, sich um den Abfall größerer Raubtiere schlagen zu können. Je tiefer sie in dieses verrufene Viertel vordrangen, desto dichter wurde das Menschengewühl. Unwillkürlich mußte sie an Geier denken. Sie befanden sich nicht mehr in

England, sondern in einem Dschungel. Doch nicht die Orte waren böse, versuchte sie sich einzureden: sondern, was die Menschen daraus machten. Im Dunkel lachte etwas, und Geneviève schreckte zurück. Charles beruhigte sie und blickte sich, auf seinen Stock gestützt, um, als genieße er die frische Luft in Hampton Court.

Verkrümmte, bucklichte Gestalten lauerten in Hinterhöfen. Man konnte ihren Haß förmlich spüren. Im Jago endeten die schlimmsten Fälle: Neugeborene, deren Gestalt so sehr verändert war, daß sie nichts Menschliches mehr an sich hatten, derart niederträchtige Verbrecher, daß selbst andere Übeltäter ihre Gegenwart nicht dulden mochten. Eine Fahne der Kreuzfahrer Christi, deren Kreuz wie mit Blut gefärbt schien, hing aus einem Fenster. John Jagos Mission befand sich in dieser Gegend, wohin kaum ein Polizist je seine Schritte setzte. Niemand kannte den wahren Namen des komischen Heiligen.

»Was suchen wir?« fragte Geneviève halblaut.

»Einen Chinesen.«

Ihr Herz machte einen Satz.

»Nein«, besänftigte er sie, »nicht *den* Chinesen. In diesem Bezirk genügt vermutlich der erste beste Chinese.«

Ein stämmiger Neugeborener, über dessen nackter Brust sich Hosenträger spannten, trat aus dem Schatten einer Mauer, baute sich vor ihnen auf und blickte auf Charles herab. Sein Grinsen entblößte gelbe Fangzähne. Seine Arme waren mit Totenschädeln und Fledermäusen tätowiert. Nachdem Charles es vor ihren eigenen Augen mit Liz Stride aufgenommen hatte, war Geneviève gewiß, daß er den Vampir mit silberner Klinge oder Kugel leicht zu bezwingen vermochte. Er würde sich jedoch nicht allzu lange halten können, wenn das gute Dutzend Kumpane des Rauhbeins, das indes umherstand und sich mit schmutzigen Fingernägeln in den Zähnen stocherte, ihm zu Hilfe eilte.

»Nun denn«, begann Charles, seine Worte in die Länge ziehend wie ein regelrechter Narr aus Mayfair, »führen Sie mich zur nächsten Opiumhöhle, guter Mann. Je übler, desto besser, wenn Sie verstehen, was ich meine.«

Zwischen Charles' Fingern blitzte etwas auf. Eine Münze. Sie verschwand erst in der Faust des Rauhbeins und dann in seinem Mund. Er biß den Shilling entzwei und spuckte die beiden Hälften aus. Sie waren kaum aufs Pflaster geklirrt, als sich auch schon ein Pulk von Kindern um sie prügelte. Das Rauhbein blickte Charles unverwandt an, suchte seine neugewonnene Macht der Bezauberung über ihn auszuüben. Nach einer kleinen Weile – Geneviève wurde immer mulmiger zumute – wandte er sich ächzend fort. Charles hatte seine Prüfung bestanden. Mit einem Nicken deutete das Rauhhein auf einen nahe gelegenen Türeingang und latschte davon.

Vor dem Bogen, durch den man auf einen geschlossenen Hinterhof gelangte, hing an einer Schnur eine schmierige graue Decke. Eine schlanke Hand zog den behelfsmäßigen Vorhang beiseite, und eine warme Wolke parfümierten Rauchs wehte sie aus der Öffnung an. Wie Glühwürmchen erhellten Opiumpfeifen hohlwangige Gesichter. Ein warmblütiger Matrose mit schorfbedecktem Hals und leerem Blick wankte auf die Straße hinaus; seine Heuer war in traumseligem Rauch aufgegangen. Er konnte von Glück sagen, wenn er das Jago mitsamt seinen Seemannsstiefeln verlassen durfte.

»Da wären wir«, sagte Charles.

»Was machen wir hier?« fragte sie ihn.

»Am Netz rütteln, um die Aufmerksamkeit der Spinne auf uns zu lenken.«

»Wie schön.«

Eine junge Chinesin, zartgliedrig und neugeboren, kam aus dem Hof hervor. Die Rauhbeine hegten offenbar große Achtung vor ihr, was einiges besagen wollte. Sie trug einen blauen Pyjama und trippelte in Seidenpantoffeln über das schmutzige Pflaster. Ihre Haut schimmerte wie feines Porzellan. Ein festgeflochtener, schwarzglänzender Haarzopf reichte ihr bis zu den Knien. Charles verbeugte sich vor ihr, und sie erwiderte seinen Gruß, die Arme zum Willkommen ausgestreckt.

»Charles Beauregard vom Diogenes Club läßt sich Eurem Gebieter, dem Herrn der seltsamen Tode, bestens empfehlen.«

Das Mädchen schwieg. Geneviève schien es, als hätten sich einige der Müßiggänger davongestohlen und wichtigeren Dingen zugewandt.

»Ich zeige hiermit an, daß diese Frau, Geneviève Dieudonné, unter meinem Schutz steht. Ich bitte, keine weiteren Schritte gegen sie zu unternehmen, damit die freundschaftlichen Bande zwischen Eurem Gebieter und mir keinen Schaden nehmen.«

Das Mädchen überlegte einen Augenblick und antwortete dann mit einem jähen Nicken. Sie verbeugte sich abermals und zog sich hinter den Vorhang zurück. Geneviève vermochte die wabernden roten Punkte der Pfeifen selbst durch die dünne Decke zu erkennen.

»Ich denke, das sollte genügen«, sagte Charles.

Geneviève schüttelte den Kopf. Sie begriff nicht recht, was zwischen Charles und der neugeborenen Asiatin vorgegangen war.

»Ich habe Freunde in den sonderbarsten Positionen«, gestand er.

Sie waren allein. Selbst die Kinder waren verschwunden. Nachdem Charles jenen ›Herrn der seltsamen Tode‹ angerufen hatte, war die Straße wie leergefegt.

»Von nun an stehe ich also unter Ihrem Schutz, Charles?«

Er wirkte beinahe belustigt. »Ja.«

Sie wußte nicht, was sie davon halten sollte. Zwar fühlte sie sich auf gewisse Weise sicherer, und doch war sie ein wenig aufgebracht. »Ich glaube, ich habe Ihnen zu danken.«

»Keine schlechte Idee.«

Sie seufzte. »Das war alles? Kein Messen titanischer Kräfte, keine wundersame Vernichtung des Feindes, kein heroisches letztes Gefecht?«

»Nichts weiter als ein wenig Diplomatie. Das beste aller Mittel.«

»Und Ihr ›Freund‹ ist tatsächlich imstande, den Ältesten zurückzurufen, wie ein Jäger einen Hund bei Fuß ruft?«

»Zweifellos.«

Sie verließen das Jago, hin zu den ›sichereren‹ Gefilden von Whitechapel. Das Elendsquartier wurde allein von den infernalisch glühenden Kohlenpfannen in den Hinterhöfen erhellt, die das Dunkel in schwelendes Rot tauchten. Nun aber gingen sie wieder im beruhigenden Schein der zischenden Straßenlaternen dahin. Hier schien der Nebel beinahe freundlich.

»Die Chinesen glauben, daß, wenn man einen Menschen vor dem Tod bewahrt hat, man bis an sein Lebensende für diesen Menschen Sorge trägt. Charles, sind Sie bereit, diese Bürde auf sich zu nehmen? Ich bin schon sehr alt und habe die Absicht, noch einiges älter zu werden.«

»Geneviève, ich halte es für äußerst unwahrscheinlich, daß Sie meinem Gewissen zu einer allzu großen Last werden könnten.«

Sie blieben stehen, und sie blickte ihn an. Er vermochte sein affektiertes Amüsement kaum zu verbergen.

»Sie kennen mich bloß, wie ich jetzt bin«, sagte sie. »Ich bin nicht derselbe Mensch, der ich einmal gewesen bin oder der ich einmal sein werde. Der Zahn der Zeit kann uns äußerlich zwar nichts anhaben, aber innerlich ... ist das etwas ganz anderes.«

»Dieser Gefahr will ich mich gern aussetzen.«

Bis Tagesanbruch blieb ihnen kaum mehr eine Stunde, und sie wurde müde. Sie war immer noch schwach und hätte eigentlich gar nicht aus dem Hause gehen dürfen. Der Schmerz im Genick war schlimmer als zuvor. Die Amworth meinte, es müsse weh tun, wenn es richtig heilen sollte.

»Ich habe den Ausdruck schon einmal gehört«, sagte Geneviève.

»Den Ausdruck?«

»›Herr der seltsamen Tode‹. Der Träger dieses Titels wird, wenn auch nur selten, mit einem verbrecherischen *tong* in Zusammenhang gebracht. Sein Ruf ist nicht der beste.«

»Wie ich schon sagte, er ist ein Dämon aus der Hölle.

Aber wenn es um sein Wort geht, ist er ein wahrer Teufelskerl; er nimmt seine Verpflichtungen sehr ernst.«

»Er ist Ihnen verpflichtet?«

»So ist es.«

»Das heißt, Sie sind ihm verpflichtet?«

Charles schwieg. In seinem Kopf herrschte vollkommene Leere, bis auf das Bild eines Bahnhofsschildes.

»Sie tun das mit Absicht, nicht wahr?«

»Was?«

»An Basingstoke denken.«

Charles lachte. Und gleich darauf lachte auch sie.

37

Downing Street, hinter verschlossenen Türen

Godalming erschien verspätet zu seinem Termin. Seine sorgsam verbundene Schmarre pochte, ein Schmerz, der anders war als alles, was ihm seit seiner Verwandlung widerfahren war. Sein Kopf war trunken von Penelope, der alten, warmblütigen Penelope, nicht von der Neugeborenen, die er am Cadogan Square zurückgelassen hatte. Im Wagen sank er in einen leichten Dämmer, in dem er die Weitergabe seines Geblüts ein zweites Mal durchlebte. Zugleich blutgebläht und ausgedörrt, erinnerte er sich an den Dunklen Kuß. Als er selbst und als Penelope. Auch das würde vorübergehen.

In der Downing Street angekommen, wurde er wortlos ins Kabinett geleitet. In einem Nu war er stocknüchtern. Der Raum war bis auf den letzten Platz gefüllt. An Stelle einer Privataudienz bei Lord Ruthven fand eine allem Anschein nach wichtige Versammlung statt. General Iorga und Sir Charles Warren waren anwesend. Ebenso der Minister des Innern, Henry Matthews, sowie einige andere, gleichermaßen handverlesene Vampire. Sir Danvers Carew kaute mit dem ihm eigenen finsteren Blick an einer kalten Zigarre.

»Godalming«, sagte Ruthven, »setzen Sie sich. Lady Ducayne wird auf Ihre Gesellschaft wohl verzichten müssen. Wir erörtern soeben die Abscheulichkeiten des heutigen Abends.«

Verwirrt suchte sich Godalming einen Platz. Er hatte den zweiten Akt versäumt und mußte die losen Fäden nun wieder anknüpfen.

»Die Karpatische Garde wurde schmählich beleidigt«, sagte Iorga, »und verlangt nach Rache.«

»Na, na, na«, murmelte Matthews. Da man ihn gemeinhin nicht zu den fähigsten Männern der Regierung rechnete, wurde er bisweilen ungnädigerweise mit einem französischen Tanzmeister verglichen. »Bei der gegenwärtigen, überaus heiklen Lage wäre es äußerst unklug, derart die Zügel schießen zu lassen.«

Mit gepanzerter Faust spaltete Iorga das Tischblatt. »Unser Geblüt schreit nach Blut!«

Angewidert blickte Ruthven auf den Schaden, den der Karpater angerichtet hatte. Das feine Furnier war ruiniert.

»Wir werden keinen Übeltäter ungestraft davonkommen lassen«, versprach der Premierminister dem General.

»Das will ich meinen«, warf Sir Charles ein. »Wir rechnen zuversichtlich mit Festnahmen binnen der nächsten vierundzwanzig Stunden.«

»Wie Sie bei jeder sich bietenden Gelegenheit im Falle Jack the Ripper während der vergangenen Monate mit Festnahmen gerechnet haben«, schnaubte Matthews.

Der Minister des Innern haderte nicht zum erstenmal mit dem Commissioner; niemand hatte den bitteren Rechtsstreit hinsichtlich der endgültigen Verantwortung für das neugegründete Criminal Investigation Department der Metropolitan Police vergessen. Zunächst hatten beide die dynamischen Kriminalbeamten für sich beansprucht, in jüngster Zeit jedoch hatte das Interesse der zwei Herren spürbar nachgelassen; insbesondere, da die Whitechapel-Morde weiterhin der Aufklärung harrten.

Sir Charles geriet über Matthews' Sticheleien in Rage. »Wie Sie wohl wissen, Herr Minister, ist das Versagen der Polizei in dieser Angelegenheit vor allem Ihrer Weigerung zu verdanken, uns adäquate Geldmittel zu bewilligen, und nicht etwa –«

»Meine Herren«, sagte Ruthven ruhig. »Das steht hier nicht zur Debatte.«

Der Minister des Innern und der Commissioner sackten in sich zusammen und funkelten einander bösartig an.

»Warren«, wandte sich Ruthven an Sir Charles, »Sie befinden sich am ehesten in der Lage, den Standpunkt der Polizei in dieser Sache darzulegen. Ich bitte darum.«

Godalming hörte aufmerksam zu. Vielleicht bekam er so heraus, worum es eigentlich ging

Wie ein gemeiner Gendarm bei Gericht schlug Sir Charles sein Notizbuch auf und räusperte sich. »Gegen Mitternacht ereignete sich im St.-James-Park ein Vorfall ...«

»Kaum einige hundert Yards vom Palast entfernt!« fuhr Matthews dazwischen.

»... so ist es, in unmittelbarer Nähe des Buckingham-Palastes, wenngleich die königliche Familie sich zu keiner Zeit in Gefahr befand. Ein Offizier der Karpatischen Garde eskortierte eine Gruppe von Rebellen, die wir zuvor, während des Aufruhrs, in Gewahrsam genommen hatten.«

»Gefährliche Verbrecher!« platzte Iorga heraus.

»Das ist reine Vermutung. Die Berichte darüber gehen auseinander. Inspektor Mackenzie, ein Augenzeuge, bezeichnet die Gefangenen als ›eine Gruppe verängstigter junger Frauen‹.«

Iorga stöhnte.

»Eine Schar von Männern umzingelte den Offizier Ezzelin von Klatka und vernichtete ihn. Auf ganz besonders widerwärtige Weise.«

»Wie, wenn ich fragen darf?« erkundigte sich Godalming fasziniert.

»Sie stießen ihm eine Dynamitstange ins Herz und brachten diese zur Explosion«, sagte Ruthven. »Immerhin eine Neuerung.«

»Eine unschöne Bescherung«, ergänzte Sir Charles.

»Oder um eine neumodische Wendung zu gebrauchen: Hin und weg, dieser Karpater«, bemerkte Ruthven.

Iorga sah aus, als wolle ihm jeden Augenblick der Schädel platzen. Rings um seine Augen erschien eine zündelrote Schwellung. »Hauptmann von Klatka ist eines tapferen Todes gestorben«, knurrte er, »wie ein Held.«

»Kommen Sie, kommen Sie, Iorga«, meinte Ruthven. »Ein wenig Humor kann doch nicht schaden.«

»Wer waren die Übeltäter?« fragte Carew.

»Maskierte Männer«, antwortete Matthews. »Sie haben ein St.-Georgs-Kreuz bei dem Leichnam zurückgelassen.

Ganz offensichtlich waren Sir Charles' frühere Berichte über die Zerrüttung der Kreuzfahrer Christi in höchstem Maße fehlerhaft.«

»Manche betrachten diese Attacke als Vergeltung für den Anschlag auf John Jago«, erklärte Ruthven. »Unterdessen prangen an den Mauern der ganzen Stadt schmale rote Kreuze.«

»Mackenzie hält von Klatkas Mörder für einen Vampir«, sagte Sir Charles.

»Absurd«, rief Matthews. »Ihr steckt doch alle unter einer Decke, ihr Gendarmen, und bemäntelt eure Fehler mit einem Schleier von Lügen.«

»Halten Sie an sich, Matthews«, entgegnete Sir Charles. »Ich gebe lediglich die Aussage eines beobachtenden Beamten wieder. Ich für meinen Teil stimme durchaus mit Ihnen überein. Es ist höchst unwahrscheinlich, daß ein Vampir der Karpatischen Garde Böses wollte. Das hieße praktisch, die Hand gegen unseren geliebten Prinzgemahl zu erheben.«

»Ja«, sagte Ruthven. »Wohl wahr.«

»Was haben Sie bislang unternommen?« fragte Carew, wobei sich sein finsterer Blick in eine zornesrote Miene verwandelte.

Sir Charles seufzte. »Ich habe Order erteilt, jene Rädelsführer festzunehmen, die sich nach den Unruhen heute nachmittag immer noch auf freiem Fuß befinden.«

»Bei Sonnenaufgang sollen ihre Köpfe auf Pfählen stekken.«

»General Iorga, wir gehen nach rechtsstaatlichen Prinzipien vor. Zunächst einmal müssen wir die Schuld der Angeklagten feststellen.«

Iorga wischte derlei Nichtigkeiten mit einer unwirschen Handbewegung beiseite. »Bestraft sie alle, und laßt Gott über ihre Schuld urteilen.«

Sir Charles fuhr fort: »Wir kennen die Kirchen und Kapellen, in denen sich Jagos Anhänger versammeln. Sie werden allesamt durchsucht. Bis morgen nacht haben wir den Kreuzfahrern Christi das Handwerk gelegt.«

Ruthven dankte dem Commissioner. »Exzellent, Warren. Ich habe den Erzbischof persönlich ersucht, die Kreuzfahrer zu Ketzern zu erklären. Sie werden fortan nicht einmal mehr auf dem Papier die Unterstützung der Kirche genießen.«

»Wir müssen weitere Repressalien üben«, insistierte Iorga, »wenn wir der Fäulnis der Rebellion Einhalt gebieten wollen. Hundert sollen für von Klatka sterben.«

Ruthven erwog diese Möglichkeit, ehe er von neuem anhob. »Wenden wir uns nun dem eigentlichen Anlaß unseres Zusammentreffens zu. Selbst wenn es nicht zu neuerlichen Gewaltsamkeiten gekommen wäre, hätte ich Sie in einer der kommenden Nächte hierherzitiert. Es handelt sich nämlich keineswegs um einen Einzelfall. Wir haben es der Öffentlichkeit bislang vorenthalten können, doch vor einer Woche warf während eines ordentlichen Besuches in Lahore ein Attentäter eine Bombe auf Sir Francis Varney. Sie ist zwar nicht explodiert, doch konnte der Bube unerkannt in der Menschenmenge untertauchen. Zu allem Überfluß kam es heute morgen zu einer organisierten Meuterei in Devil's Dyke. Obgleich sie niedergeschlagen werden konnte, verfolgen wir die Spuren mehrerer gefährlicher Empörer kreuz und quer über die Sussex Downs.«

Sir Charles vermittelte einen geschlagenen Eindruck. Dies warf ein schlechtes Licht auf Scotland Yard. Und auf sein Regiment.

Ruthven fuhr fort: »*Silent enim leges inter arma,* wie schon bei Cicero geschrieben steht. Wenn die Waffen sprechen, schweigen die Gesetze. Womöglich muß die Habeas-Corpus-Akte außer Kraft gesetzt werden. Der Prinzgemahl hat bereits den Titel eines Lordprotektors angenommen und sich somit die konstitutionelle Bürde aufgeladen, die ehedem auf den Schultern unserer werten Königin lastete. Gleichwohl mag es ihm sinnvoll erscheinen, seine persönlichen Befugnisse noch zu erweitern. In einem solchen Falle würden wir, die wir in diesem Raum versammelt sind, die gesamte Regierung Großbritanniens und seines Empire repräsentieren. Wir wären Minister des Königs.«

Matthews wollte protestieren, doch er verstummte jäh. Wie auch Sir Charles war er ein Neugeborener und wurde in diesen Räumlichkeiten lediglich geduldet. Auf ihren Plätzen hätten ebensogut Vampir-Älteste sitzen können. Oder Nicht-Tote vom neuen Schlag, deren Lebensgewohnheiten mit denen eines Warmblüters nichts mehr gemein hatten. Mit einemmal begriff Godalming, wie nahe er der Macht gekommen war. Vielleicht würde er nun endgültig erfahren, zu welchem Zweck Lord Ruthven ihn herangezüchtet hatte.

Ein grimmig dreinblickender Vampir reichte dem Premierminister wortlos eine verschnürte Mappe. Godalming glaubte in ihm einen Angehörigen des Geheimdienstes zu erkennen.

»Vielen Dank, Mr. Croft«, sagte Ruthven und zerriß das Band. Mit Daumen und Zeigefinger zog er ein Papier hervor und schob es Sir Charles leichthin über den Tisch. »Dies ist eine Liste prominenter Persönlichkeiten, die im Verdacht stehen, wider die Krone zu konspirieren. Sie müssen noch vor Sonnenaufgang in Haft genommen werden.«

Stumm bewegten sich Warrens Lippen, während er die Liste überflog. Dann legte er sie vor sich hin, so daß Godalming Gelegenheit erhielt, einen flüchtigen Blick darauf zu werfen.

Die meisten Namen waren ihm bekannt: George Bernard Shaw, W. T. Stead, Cunninghame Graham, Annie Besant, Lord Tennyson. Andere wieder bedeuteten ihm wenig: Marie Spartali Stilman, Adam Adamant, Olive Schreiner, Alfred Waterhouse, Edward Carpenter, C. L. Dodgson. Es gab einige Überraschungen.

»Gilbert?« fragte Sir Charles. »Weshalb? Der Mann ist ebenso ein Vampir wie Sie oder ich.«

»Wie Sie vielleicht. Er pasquilliert uns unentwegt. Viele müssen schon beim Anblick eines Vampir-Ältesten unwillkürlich kichern. Meines Erachtens nicht eben eine Haltung, die es zu befördern gilt.«

Es war wohl kaum ein Zufall, daß der Name des bösen Baronets in der Oper *Ruddigore,* mit dem man eine bestimmte Spezies Vampir zu bezeichnen pflegte, Sir *Ruthven* Murgatroyd lautete.

Kopfschüttelnd studierte Matthews die Liste. »Und Gilbert ist beileibe nicht der einzige Vampir«, sagte er. »Sogar Soames Forsyte, mein Bankier, ist hier vertreten.«

Ruthven wirkte ausnahmsweise einmal nicht töricht und tändelhaft. Godalming erblickte kalte Stahlklauen im Samthandschuh des Murgatroyd.

»Ein Vampir ist ebenso des Verrates fähig wie ein Warmblüter«, erklärte Ruthven. »Jeder Mann und jede Frau auf dieser Liste hat sich einen Platz in Devil's Dyke redlich verdient.«

Sir Charles zeigte sich betroffen. »Devil's Dyke wurde nicht für Vampire erbaut.«

»Dann seien wir doch dankbar, daß uns der Tower von London zur Verfügung steht. Er wird in ein Vampirgefängnis umgewandelt werden. General Iorga, steht unter Ihrem Befehl ein Offizier, bei dem Sie sich gezwungen sahen, ihn gelegentlich seines grausamen Vorgehens gegen Untergebene wegen zur Rechenschaft zu ziehen?«

Iorgas Grinsen entblößte eine Reihe schimmernder, scharfgezackter Raubtierzähne. »Da fallen mir verschiedene ein. Graf Orlok ist für seine Ausschweifungen nachgerade berühmt.«

»Exzellent. Orlok wird zum Governor des Tower von London ernannt.«

»Aber der Mann ist eine tollwütige Bestie«, widersprach Matthews. »Er ist bei der Hälfte der Londoner Gesellschaft *persona non grata*. An ihm ist kaum mehr etwas Menschliches.«

»Genau der richtige Vampir für diesen Posten«, bemerkte Ruthven. »Darin besteht die Kunst des Regierens. Es findet sich für jeden eine Stellung Es gilt allein, Position und Charakter in Einklang zu bringen.«

Mr. Croft fertigte eine Notiz, entweder über die Ernennung des Grafen oder über den Widerspruch des Ministers. Godalming verspürte nicht das geringste Interesse, in Mr. Crofts Notizbuch Erwähnung zu finden.

»Und nun zu anderen Dingen. Warren, hier haben Sie einen Neuentwurf Ihrer Beförderungspolitik.«

Sir Charles schnappte nach Luft, als er das Papier gereicht bekam.

»Fürderhin werden ausschließlich Vampire in ein höheres Amt versetzt«, sagte Ruthven. »Diese Vorschrift besitzt in allen Bereichen des Staats- und Militärdienstes seine Gültigkeit. Ob die Warmblüter sich verwandeln oder bleiben, wo sie sind, tut nichts zur Sache. Wohlgemerkt, Warren, allein die *rechten* Vampire sind zu befördern. Ich erwarte von Ihnen, daß Sie Ihr Haus einer gründlichen Säuberung unterziehen.«

Ruthven wandte sich an den Minister des Innern und reichte auch ihm ein Dokument. »Matthews, dies ist ein Entwurf der Notstandsgesetze, die das Unterhaus am morgigen Abend verabschieden wird. Ich halte es für unverantwortlich, dem chaotischen Treiben während des Tages weiterhin mit einer solchen Laxheit zu begegnen, wie wir es bis *dato* praktiziert haben. Versammlungs-, Reise- und Handelsfreiheit werden eingeschränkt. Die Wirtshäuser werden nur mehr während der Nachtstunden geöffnet sein. Es ist hohe Zeit, die Uhr und den Kalender unseren Bedürfnissen entsprechend einzurichten, statt uns den Wünschen der Warmblüter zu beugen.«

Matthews schickte sich schweigend in sein Los. Sir Danvers Carew brummte, beinahe zufrieden. Es war an ihm, in Matthews' Fußstapfen zu treten, wenn Ruthven diesen zum Rücktritt nötigte.

»Wir sind gezwungen, rasch zu handeln«, verkündete Ruthven den Anwesenden. »Doch das hat durchaus sein Gutes. Wir müssen unseren entschiedenen Kurs beibehalten, einerlei, auf welchen Widerstand wir treffen werden. Aufregende Nächte liegen vor uns, und wir besitzen die einmalige Gelegenheit, uns die Welt zu unterwerfen. Wir sind der Wind aus dem Osten. Wir sind ein wütender Orkan. Nach uns wird dieses Land nicht mehr wiederzuerkennen sein. Wer da noch einhält oder zögert, den wird der Strom schnell mit sich reißen. Wie der Prinzgemahl gedenke ich, standhaft zu bleiben. Viele werden ausgelöscht sein, wenn über unserem neuen Reich der Mond aufgeht. Mr. Darwin hatte völlig recht: Nur die Tüchtigen werden überleben. Wir müssen sicherstellen, daß wir uns unter den Tüchtigsten der Tüchtigen befinden.«

38

Neugeboren

Art hatte Penelope im Salon zurückgelassen. Sie befand sich gleichsam in einer Ohnmacht, als er ihr erklärte, weshalb er so eilig fortmüsse. Es hatte mit dem Premierminister zu tun. Angelegenheiten von allergrößter Bedeutung und Dringlichkeit. Männersachen, so vermutete sie, die sie nicht zu scheren brauchten. Es schien, als spräche Art vom Ende eines langen Tunnels zu ihr, während ein starker Wind ihn anblies und seine Stimme davontrug. Dann war er verschwunden, und sie war mit sich allein …

… sie verwandelte sich. Es war ganz anders, als sie erwartet hatte. Man hatte ihr erzählt, es ginge schnell: ein rascher Schmerz, als würde ihr ein Zahn gezogen, gefolgt von einer Dämmerperiode, die der Verpuppungsphase eines Insekts vergleichbar sei, und schließlich ein neues Erwachen als Vampir.

Der glühende Schmerz, der überall in ihrem Körper wütete, war furchtbar. Mit einemmal brach heiß der Monatsfluß aus ihr hervor. Ihre Unterkleider waren blutgetränkt. Kate hatte sie eindringlich davor gewarnt, doch sie hatte es vergessen. Im Augenblick bot ihr die Aussicht, daß dies das letztemal sei, da derlei weibliche Unannehmlichkeiten sie heimsuchten, wenig Trost. Sie wußte, daß Vampirfrauen nicht menstruierten. Dieser Fluch war nun auf alle Zeit gebannt. Als Frau war sie tot …

… auf dem Diwan, wo Art sie genommen, wo sie ihn zur Ader gelassen hatte. Sie preßte sich ein Polsterkissen auf den Bauch. Noch den letzten Brocken Nahrung hatte sie aus ihrem Magen auf Arts Perserteppich befördert. Dann, als es ihr ein wenig besser ging, hatte sie Darm und Blase entleert. Nun wußte sie, warum Godalming es trotz aller Eile unternommen hatte, ihr zu bedeuten, wo sein verschwiegenes Örtchen sich befand. Während der Verwandlung gab ihr Körper alles Überflüssige von sich.

Sie fühlte sich fiebrig und leer, als hätte man ihr Innerstes nach außen gestülpt. Ihr Kiefer schmerzte, als die Zahnknospen sich öffneten und rauhe, kraspelnde Emaille zum Vorschein kam. Sie hatte die großen, spitzen Zähne des typischen Vampirs. Sie wußte, daß dieser Zustand nicht von Dauer war. Ihre Zähne würden sich verändern, wenn sie in Zorn oder Leidenschaft entbrannte. Oder, wie jetzt, peinigende Qualen litt. Um sich ihrer neuen Art der Nahrungsaufnahme anzupassen, wurden ihre Augenzähne zu Hauern.

Wie war sie nur auf diese aberwitzige Idee verfallen? Sie konnte sich kaum mehr erinnern.

Sie betrachtete ihre Hand. Sie sah die Sehnen und Adern unter ihrer Haut sich wie Würmer krümmen und winden. Ihre manikürten Nägel glichen rautenförmigen Dolchen. Hie und da wuchsen ihr borstige schwarze Haare. Ihre Finger waren geschwollen, und der Verlobungsring schnitt ihr ins Fleisch.

Sie versuchte sich zu konzentrieren.

Ihre Hand kam zur Ruhe und gewann ihre vertraute Gestalt zurück. Sie ließ die Zunge prüfend über ihre Zähne gleiten. Sie waren wieder klein, und das Gefühl, ihr Mund sei ein einziger Wald spitzer Staketen, war verschwunden.

Sie lag auf dem Rücken, und ihr Kopf baumelte über die Diwankante. Sie sah das Oberste zuunterst. Das lebensgroße Porträt von Arts Vater stand auf dem Kopf. Eine blaue Vase, aus der spitze Wedel weißen Präriegrases zu stürzen drohten, hing von der mit teurem Teppich ausstaffierten Zimmerdecke. Ein mit zaghaft verkehrten Blumen geschmückter Fries zierte die Wände. Aus der Scheuerleiste ragten kopfüber Gaslampen hervor, deren bläuliche Flammen gegen den getünchten Fußboden hin schossen.

Die Flammen wuchsen, bis sie nichts anderes mehr sehen konnte. Das Fieber hatte ihr Gehirn befallen. In den Flammen erblickte sie einen Mann und eine Frau in inniger Umarmung. Er trug Abendgarderobe, sie hingegen war nackt und blutverschmiert. Die Gesichter gehörten Charles und Pamela. Dann verwandelte sich das Gesicht ihrer Cousine in das ihre, und Charles wurde zu Art. Sie waren in Flammen gehüllt. Das Bild verweilte einen Augenblick, dann verschwamm es, bis die Gesichter nicht mehr zu erkennen waren. Sie brannten und verschmolzen miteinander, bildeten ein einziges pelzbewachsenes Antlitz mit vier Augen und zwei Mündern. Das geballte Feuergesicht wuchs und verzehrte sie mit Haut und Haaren.

»Penny bis in alle Ewigkeit«, hatte sie als Kind oftmals gerufen. »Lang lebe Penelope.«

Die Flamme war überall …

… unter jähem Schaudern erwachte sie. Ihr ganzer Körper kribbelte, und die Kleider zerkratzten ihr die empfindliche Haut.

Sie setzte sich auf und brachte ihr Aussehen in Ordnung. Die Erinnerung an die Verwandlung verblaßte schnell. Vorsichtig betastete sie Hals und Brust, konnte jedoch nicht die geringste Spur der Wunden entdecken, die Art ihr beigebracht hatte.

Der Raum war heller als zuvor, und sie richtete den Blick in einen schattigen Winkel. Sie sah die Dinge mit anderen Augen. Sie erkannte feinere Farbnuancen. Und konnte mehr Gerüche unterscheiden. Das *odeur* ihrer körperlichen Ausscheidungen war ihr deutlich wahrnehmbar, aber nicht unangenehm. Sie hatte den Eindruck, als seien all ihre Sinne geschärft. Ihre Zunge sehnte sich danach, Neues zu schmecken. Sie verlangte nach Experimenten.

Penelope erhob sich und tappelte auf bestrumpften Füßchen ins Badezimmer. Einen Spiegel gab es hier natürlich nicht. Sie legte ihre besudelten Kleider ab und säuberte sich mit dem zerknäulten Unterrock. Dann wusch sie sich von Kopf bis Fuß. In ihrem früheren Leben war sie nur selten gänzlich nackt gewesen. Ihr altes Ich schien wie ein

Traum. Sie war neu geboren. Als sie sauber war wie nur je eine Katze, verließ sie zufrieden das Badezimmer. Sie brauchte Kleider. Der Anzug ihrer warmblütigen Vergangenheit war nun nutzlos, von nutzlosem Blut durchweicht.

In einem der anderen am Flurgang gelegenen Räume regte sich etwas, und mit einemmal war sie hellwach. Sie ließ die Zunge über ihre spitzen Zähne gleiten. Eine Tür öffnete sich, und ein schmales Gesicht lugte daraus hervor. Entsetzt ob ihrer Nacktheit schluckte Arts Diener, zog den Kopf wieder ins Zimmer und verriegelte die Tür. Lachend krümmte sie die Finger und überlegte, ob sie die Tür aufsprengen sollte, um an das Mannsbild zu gelangen. Sie roch sein warmes Blut. *»Fee, fi, fo, fum«*, flüsterte sie, und ihre Stimme dröhnte laut in ihrem Kopf.

Hinter einer der Türen fand sie Arts Ankleidezimmer. Seine Morgengarderobe lag schon für ihn bereit. Früher war ihr Wuchs zumeist ein Hindernis gewesen. Ihre Mutter hatte sie angehalten, sich sooft wie möglich zu setzen und, ohne sich gebückt zu halten, ihre Erscheinung so zu ordnen, daß sie einen Mann nicht überragte. Nun jedoch kam ihre Größe ihr trefflich zustatten.

Sie schlüpfte in Arts Hemd und knöpfte es zu. Sie meisterte die Verzwacktheiten von Kragen und Manschetten ohne Mühe. Ihre Finger waren jetzt geschickter und vermochten jede Aufgabe mit Leichtigkeit zu lösen. Sie warf Arts Unterkleider beiseite, stieg in seine Hosen und machte sich so lange an den ungewohnten Trägern zu schaffen, bis sie die grotesken Gebilde auf ihre Schultern bugsiert hatte. Das Beinkleid schlabberte um ihre Hüften, und sie zog daran, bis es im Schritt behaglich saß, dann verkürzte sie die Hosenträger auf bequeme Länge. Sie fand eine Halsbinde und schlang sie um den viel zu weiten Kragen. Wams und Gehrock komplettierten das *ensemble.* Barfuß kehrte sie in den Salon zurück, wo sie sich verwandelt hatte. Ihre Schuhe lagen unter dem Diwan und paßten ihr wie eh und je. Sie machte gewiß eine stattliche Figur. Was wohl ihr Verlobter davon halten mochte?

Während sie sich mit den Fingern durch das Haar strich,

überlegte sie, ob sie etwas unternehmen sollte, das sie nicht allzu furchterregend aussehen ließ. Eigentlich jedoch scherte sie ihr Äußeres kein bißchen. Die tote Penelope wäre vor lauter Schreck in Ohnmacht gesunken. Doch mit der toten Penelope hatte sie nichts mehr gemein.

Sie verspürte brennenden Durst. Der Geschmack von Arts Blut erfüllte ihren Mund. Vergangene Nacht hatte sie ihn bitter und salzig gefunden. Nun aber war er süß und köstlich. Und brotnötig. Was nun? Was tun?

Sie wußte nicht, ob sie es fürchterlich geschickt anfing. Doch wenn selbst Kate Reed, die kaum imstande war, Tee aus einer Kanne zu gießen, ohne zuvor Mrs. Beeton zu befragen, es zum erfolgreichen Vampir zu bringen vermochte, würde sich Penelope, die Eroberin, von den Verwicklungen erst recht nicht entmutigen lassen.

In der Halle entdeckte sie einen Theatermantel mit rotem Seidenfutter. Er schien ihr nicht allzu schwer. Sie versuchte, einen von Arts Zylinderhüten aufzusetzen, doch er rutschte ihr bis auf die Ohren und nahm ihr die Sicht. Die einzige Kopfbedeckung an Arts Kleiderrechen, die ihren Zwecken diente, war eine karierte Stoffmütze mit Ohrenklappen. Zwar paßte sie schwerlich zu der Ausstattung, die sie sich angeeignet hatte, würde jedoch fürs erste genügen müssen. Wenigstens konnte sie auf diese Weise ihr Haar unter der Mütze verstecken. Manche Vampirmädchen schnitten sich das Haar kurz, wie ein Mann. Was ihr durchaus bedenkenswert erschien …

… draußen ging die Sonne auf. Sie hielt es für das beste, den Heimweg anzutreten und sich tags im Haus zur Ruhe zu legen. Kate hatte ihr erzählt, die Sonne könne einem Neugeborenen schweres Leid zufügen. Vermutlich würde sie sich in die ärgerliche und überaus erniedrigende Position begeben müssen, Kate aufzusuchen und sie um Rat in allerlei unvorhersehbaren Angelegenheiten zu bitten.

Als sie das Haus verließ, herrschte dichter Frühnebel. Gestern noch hätte sie die andere Seite des Cadogan Square beim besten Willen nicht erspähen können. Nun vermochte sie alles etwas leichter zu erkennen, obschon sie im Dunkeln besser sehen konnte als im Nebel. Wenn sie zu den dunstigen Wolken hinaufblickte, welche die Sonne verfinsterten, taten ihr die Augen weh. Sie zog sich die Mütze in die Stirn, damit der Schirm ihr Gesicht beschattete.

»Missy, Missy«, ertönte eine Stimme. Eine Frau mit zwei kleinen Kindern im Schlepptau kam aus dem Nebel auf sie zu.

Wieder verspürte sie den Durst – den Roten Durst, wie man ihn gemeinhin nannte –, ihr Mund war wie ausgetrocknet, und ihre Zähne prickelten. Ein Gefühl, das sich in nichts mit jenen Bedürfnissen vergleichen ließ, die sie als warmblütige Frau empfunden hatte. Ein überwältigendes Verlangen, das dem Bedürfnis zu atmen gleichkam.

»Missy …«

Vor ihr stand eine alte Frau mit ausgestreckter Hand. Sie trug einen schäbigen Kiepenhut und ein zerlumptes Halstuch. »Haben Sie Durst, Missy?« Die Frau grinste. Ein stinkender Pesthauch wehte aus ihrem zahnlückigen Schlund. Penelope roch die dicke Dreckkruste, mit der sie überzogen war. Wenn Fagin eine Witwe hatte, so stand diese nun vor ihr.

»Für Sixpence können Sie sich nach Herzenslust betrinken. An einer von meinen beiden Hübschen.«

Die Frau hob ein Bündel auf. Es war ein kleines Mädchen, Gesicht und Haar starrten vor Schmutz. Das Mädchen war blaß und, gleich einer Mumie, in einen langen Schal gewickelt. Als die Frau den Schal fortnahm, kam ein dünner, über und über mit Schorf bedeckter Hals zum Vorschein. »Nur Sixpence, Missy.«

Mit scharfen Krallen klaubte die Frau den Schorf vom Hals des Mädchens. Winzige Blutstropfen quollen hervor. Das Kind gab keinen Laut. Der Blutgeruch stieg Penelope in die Nase. Es war ein pikanter, durchdringender Duft. Sie *dürstete*.

Die Frau reichte ihr das kleine Mädchen. Penelope zögerte einen Moment ob solcher Vertraulichkeit. Zu Lebzeiten war sie jeder Berührung aus dem Weg gegangen, ganz besonders der Berührung durch Kinder. Nach Pamelas Tod hatte sie geschworen, sich niemals der Wollust eines Mannes hinzugeben, niemals Kinder zu gebären. Obgleich selbst ihr das schließlich etwas einfältig vorkam, bereitete der Gedanke an die Hochzeitsnacht ihr wenig Freude. Ihre Verlobung hatte mit derlei Dingen nichts zu schaffen. Was sie jedoch mit Art getrieben hatte, war mehr als nur ein Aderlaß, mehr als nur ein wirksames Mittel zur Verwandlung. Es hatte etwas Fleischliches an sich, abstoßend und aufregend in einem. Nun war es ihr angenehm, ja wünschenswert sogar.

»Sixpence«, wiederholte die Frau, und ihre Stimme verhallte, während Penelope gebannt auf den Hals des Kindes starrte.

Art ihr Blut trinken zu lassen, war ihr zunächst wie eine mißfällige Notwendigkeit erschienen. Bei seinem Biß hatte sie eine merkwürdige Erregung verspürt, die von einem Schmerz nur schwer zu unterscheiden war. Ihn zur Ader zu lassen, war eine anekelnde, wenngleich unumgängliche Obliegenheit gewesen; dieses Verlangen nun war anders. Die Verwandlung hatte etwas wachgerufen in Penelope. Als sie ihre Zunge in die offene Wunde legte, war ihr altes Ich vergessen, wirklich tot. Als das Blut in ihren Mund floß, erwachte die Neugeborene, zu der sie geworden war.

Sie hatte beschlossen, zum Vampir zu werden, weil sie es für angemessen hielt. Sie war auf Charles böse gewesen, wegen seiner Tändelei mit jener schauderhaften Ältesten und weil er es verabsäumt hatte, bei ihr zu erscheinen und sie ordentlich um Verzeihung zu bitten. Schändlich hatte er die warmblütige Penelope behandelt; vielleicht würde er seine Haltung ändern, wenn sie sich verwandelte. All dies war selbstverständlich völlig widersinnig.

Sie schluckte begierig, spürte, wie das Blut durch ihren Körper strömte. Es rann ihr nicht allein die Kehle hinab, sondern durchflutete ihr Zahnfleisch, ihr Gesicht. Sie spürte, wie es ihre Wangen aufschwellen ließ, in den Adern unter den Ohren pochte, ihre Augen ausfüllte.

»Genug jetzt, Missy. Sie murksen mir die Kleine ja gleich ab. Vorsicht.«

Die Frau wollte ihr das Kind entreißen, doch Penelope schüttelte sie ab. Ihr Durst war noch nicht gestillt. Das Wimmern des Kindes klang ihr in den Ohren; es lag etwas Forderndes in seinem schwachen Winseln. Das Mädchen wollte ausgesaugt werden, ebenso wie Penelope ihr Blut benötigte …

… endlich war es vorbei. Das Herz des Kindes schlug noch. Penelope ließ es auf das Trottoir hinunter. Das andere Mädchen – seine Schwester? – wickelte es rasch wieder ein.

»Einen Shilling«, sagte die Frau. »So viel kostet Sie einen Shilling.«

Penelope fauchte die kupplerische Schlunze an, spuckte durch ihre Fangzähne. Es würde ihr ein leichtes sein, sie vom Bauch bis zur Kehle aufzuschlitzen. Ihre Krallen waren lang genug.

»Einen Shilling.«

Die Frau blieb standhaft. Penelope erkannte eine Verwandte in ihr. Sie beide lebten mit einem Verlangen, das alle Bedenken zunichte werden ließ.

In ihrer Westentasche fand sie eine Uhr an einer Kette. Sie löste sie von ihrem Wams und warf sie nach der Kupplerin. Mit gekrümmten Fingern fischte die Frau ihren Lohn aus der Luft. Ihr Mund verzerrte sich zu einem ungläubigen Grinsen.

»Dank Ihnen vieltausendmal, Missy. Danke. Meine Mädchen stehen Ihnen jederzeit zu Diensten, Missy. Jederzeit.«

Penelope ließ die Frau am Cadogan Square zurück und ging in den Nebel davon, erfüllt von neugefundener Lebenskraft. Innerlich war sie so stark wie nie zuvor …

… trotz des Nebels fand sie sich mühelos zurecht. Das Haus der Churchwards lag nicht allzuweit entfernt, in der Caversham Street. Wie sie so dahinging, schien es ihr, als wisse in der ganzen Stadt nur sie allein, wohin ihr Weg sie führte. Sie hätte selbst mit geschlossenen Augen heimgefunden.

Das Blut des Mädchens machte sie benommen. Obschon sie selten mehr als ein Glas Wein zum Diner getrunken hatte, wußte sie, daß ihr jetziger Zustand einem Rausch recht nahe kam. Einmal hatten sie und Kate gemeinsam mit einem anderen Mädchen vier erstklassige Flaschen aus dem Keller ihres verstorbenen Vaters geleert. Nur Kate war nachher nicht von Übelkeit betroffen worden, ein Umstand, den mit stolzer Stimme zu betonen sie nicht müde wurde. Nun war ihr ebenso wie damals, wenngleich es diesmal nicht im Bauch rumorte.

Hier und da spürten die Leute, wenn sie sich ihnen näherte, und beeilten sich, ihr aus dem Weg zu gehen. Niemand verwandte auch nur einen Blick oder eine unlautere Bemerkung auf ihren sonderbaren Aufzug. Die Männer hüllten sich in Schweigen, was die Bequemlichkeit ihrer Kleidung anbetraf. Sie wähnte sich nachgerade seeräuberisch, wie Anne Bonney. Gewiß hatte nicht einmal Pam je ein derart erheiterndes Gefühl verspürt. Endlich war es Penelope gelungen, ihre Cousine an Glanz zu übertreffen.

Der Nebel wurde lichter, und der Mantel lastete schwer auf ihren Schultern. Schwindelnd blieb sie stehen. Ob das Mädchen ihr eine Krankheit übertragen hatte? Wie ein volltrunkener Stutzer klammerte sie sich an einen Laternenpfahl. Der Nebel hing in dünnen Fetzen. Eine Brise wehte vom Fluß herauf. Der Wind brachte den Geschmack der Themse mit sich. Alles ringsum schien sich zu drehen, als sich der Frühnebel langsam verzog. Am Himmel schwoll mitleidslos ein Feuerball, der seine Lichtfühler nach ihr streckte. Sie schlug sich eine Hand vor das Gesicht und spürte, wie ihr das helle Licht die Haut versengte. Ihr war, als schwebte ein riesiges Vergrößerungsglas über ihrem Kopf, das die Sonnenstrahlen bündelte, um sie zu verbrennen, wie ein kleiner Junge es mit einer Ameise tun würde.

Ihre Hand schmerzte. Sie war tiefrot, wie ein gesottener Hummer. Die Haut juckte fürchterlich und barst. Eine dunkle Rauchfahne stieg aus dem Riß hervor. Sie stieß sich fort von dem Laternenpfahl und lief über unsicheres Gelände davon. Ihr Mantel flatterte im Wind. Die Luft zerrte an ihren Fesseln wie sumpfiges Wasser. Sie hustete und spuckte Blut. Sie hatte dem Mädchen allzuviel entnommen und bezahlte nun den Preis für ihre Gier.

Die Sonne brannte lichterloh aufs Pflaster und tauchte alles in grellschimmerndes Knochenweiß. Selbst wenn sie die Augen fest geschlossen hielt, wollte ihr peinigendes Licht den Schädel sprengen. Schon glaubte sie, daß sie die Caversham Street nie und nimmer sicher erreichen werde. Sie würde ins Straucheln geraten, auf die Straße stürzen und sich in ein qualmendes Aschehäuflein verwandeln, begraben unter Arts faltenreichem Mantel.

Ihr Gesicht war angespannt, als klebte es an ihrem Schädel. Niemals hätte sie sich am ersten Tag, den sie als Neugeborene verbrachte, hinaus in die Sonne wagen dürfen. Jemand versperrte ihr den Weg, und sie stieß ihn grob beiseite. Sie war trotz allem stark und schnell. Sie lief gebeugt, die Sonne versengte ihr den Rücken, erhitzte ihren Leib selbst durch Mantel, Rock und Hemd. Steif und verschrumpft, entblößten ihre Lippen spitze Zähne. Jeder Schritt schmerzte, als hüpfte sie über einen Wald aus Rasierklingen dahin. Nichts dergleichen hatte sie erwartet …

… allein ihrem Instinkt war es zu danken, daß sie zu ihrer Straße, ihrer Haustüre gefunden hatte. Sie tastete ungeschickt nach dem Glockenzug und stemmte einen Fuß unter den Stiefelknecht, damit sie nicht aus dem Gleichgewicht geriet und rückwärts die Stufen hinunterstürzte. Wenn sie nicht sofort in den kühlenden Schatten des Hauses gelangte, mußte sie sterben. Sie lehnte sich gegen die Tür und hieb mit geballten Fäusten gegen das Holz.

»Mutter, Mutter«, krächzte sie. Sie hörte sich an wie ein steinaltes Weib.

Die Tür ging auf, und sie sank in die Arme von Mrs. Yeovil, ihrer Haushälterin. Doch die Bediente erkannte Penelope nicht und wollte sie gleich wieder ins grausame Tageslicht hinausstoßen.

»Nein«, sagte ihre Mutter. »Das ist Penny. Sehen Sie nur ...«

Mrs. Yeovil riß die Augen auf; in ihrem Schrecken erblickte Penelope ihr Abbild deutlicher als in nur je einem Spiegel.

»Grundgütiger«, rief die Bediente aus.

Mutter und Mrs. Yeovil halfen ihr in den Flurgang, und die Tür fiel krachend ins Schloß. Noch immer sickerte stechender Schmerz durch die buntfarbige Lünette, doch das Schlimmste lag nun hinter ihr. Träge hing sie in den Armen der beiden Frauen. Eine dritte Person befand sich auf dem Flurgang, sie stand in der Türe zum Gesellschaftszimmer.

»Penelope? Mein Gott, Penelope!« Es war Charles. »Sie ist verwandelt, Mrs. Churchward«, sagte er.

Einen kleinen Augenblick lang wußte sie, warum, wofür sie all das unternommen hatte. Sie wollte es ihm sagen, brachte jedoch nur einen Zischlaut über ihre Lippen.

»Nicht sprechen, Liebes«, sagte ihre Mutter. »Es wird alles wieder gut.«

»Schaffen Sie sie an einen dunklen Ort«, meinte Charles.

»In den Keller?«

»Ja, in den Keller.«

Er zog die Tür unter der Treppe auf, und die Frauen trugen sie hinab in den Weinkeller ihres Vaters. Hier war es stockfinster, und plötzlich spürte sie am ganzen Leib lindernde Kühle. Das Brennen ließ nach. Zwar litt sie noch immer Schmerzen, doch hatte sie nun nicht mehr das Gefühl, sogleich explodieren zu müssen.

»O Penny, meine arme Kleine«, sagte ihre Mutter, indem sie ihr eine Hand auf die Stirne legte. »Du siehst so ...«

Der Satz verhallte, und sie betteten Penelope auf den blitzblanken, kalten Stein. Sie wollte sich aufsetzen und Charles verfluchen.

»Ruh dich aus«, sagte er.

Sie preßten Penelope zu Boden, und sie schloß die Augen. Die Dunkelheit in ihrem Kopf war berstend rot.

39

Aus der Hölle

17. Oktober
Ich halte Mary Kelly aus. Sie ist meiner Lucy, der verwandelten Lucy, ja so ähnlich. Ich habe ihren Mietzins bis Monatsfrist bezahlt. Ich besuche sie, wann immer mir die Arbeit es gestattet, und dann frönen wir unserem absonderlichen Austausch von Körpersäften. Zwar erleide ich bisweilen Anfälle der Raserei, doch versuche ich mein Bestes, mich im Zaum zu halten.

George Lusk, der Vorsitzende des Sicherheitsausschusses, kam gestern zu mir in die Hall. Man hatte ihm eine halbe Niere übersandt, der eine Note mit der Überschrift ›AUS DER HÖLLE‹ beigefügt war, deren Verfasser behauptet, die Einlage entstamme einer der toten Frauen, vermutlich der Eddowes. *»Das andere Stück hab' ich gebraten und gegessen, es war sehr lecker.«* Welch entsetzliche Ironie, daß Lusk sogleich darauf verfiel, mir jene grausige Trophäe zu überbringen, da er das Fleisch von einem Kalbe oder einem Hunde wähnte und sich selbst das Opfer eines Schabernacks. Die Scherze über ›Jack the Ripper‹ geraten allmählich zur Epidemie, und seit die ›Times‹ einen von Lusk verfaßten Brief über die Morde zum Druck befördert hat, ist er einer ganzen Anzahl derartiger Possen zum Opfer gefallen. Während Lusk und Lestrade mir über die Schulter blickten, wühlte und stocherte ich in der Niere. Das Organ stammte zweifellos von einem Menschen und hatte in Alkohol verwahrt gelegen. Ich sagte Lusk, die Schelmerei sei aller Voraussicht nach das Werk eines Studenten der Medizin. Aus meiner Zeit im Bart's entsinne ich mich durchaus einiger Narren, die sich voller Begeisterung derlei infantilen und makabren Praktiken hingaben. Ein jedes Mal, wenn ich über die Harley Street flaniere, muß ich daran denken, wie der eine oder andere Arzt der feineren Gesellschaft, der damals seines Quartiers verwiesen wurde, einen zerstückelten Torso in seinem Bett zurückließ, damit die Wirtin ihn entdeckte. Eine Besonderheit, die ich sogleich bemerkte, war der Umstand, daß die Niere in der Tat mit ziemlicher Gewißheit einem Vampir entnommen war. Sie befand sich im fortgeschrittenen Zustand jener charakteristischen Austrocknung, von der ein Vampir nach dem wirklichen Tod befallen wird. Ich sah mich jedoch keineswegs genötigt, meine Vertrautheit mit den Innereien der Nicht-Toten näher zu erläutern.

Lestrade stimmte mit mir überein, und Lusk – meines Wissens ein rechter Quälgeist – war besänftigt. Wie mir Lestrade berichtet, werden die Ermittlungen in einem fort von derlei falschen Fährten behindert, als ob Jack the Ripper sich der Unterstützung einer ganzen Schar wackerer Soldaten versichert habe, welche bestrebt sind, ihn in einen schützenden Nebel der Verwirrung zu hüllen. Auch mir will es bisweilen scheinen, als sei ich durchaus nicht ohne Freunde, als wache eine unbekannte Macht über meine ureigenen Interessen. Nichtsdestoweniger bin ich der festen Überzeugung, daß mein Blatt fürs erste ausgereizt ist. Der ›doppelte Erfolg‹ – ein scheußlicher Ausdruck, den wir allein jenem lästigen Briefschreiber zu verdanken haben – hat mich einige Kraft gekostet, so daß ich meine nächtlichen Geschäfte eine Zeitlang ruhen lassen werde. Zwar tun sie immer noch not, doch ist es auf den Straßen zu gefährlich. Die Polizei ist gegen mich, und allerorten wimmelt es von Vampiren. Ich hoffe inständig, daß andere meine Arbeit fortführen werden. Einen Tag, nachdem John Jago verwundet wurde, fand ein Vampirgeck in Soho den Tod, indem man ihm einen Pfahl durchs Herz stieß und ihm ein St.-Georgs-Kreuz in die Stirne ritzte. Die ›Pall Mall Gazette‹ brachte einen Kommentar, dessen Schreiber die Vermutung äußert, der Whitechapel-Mörder sei in den Westen Londons fortgezogen.

Ich lerne viel von Mary Kelly. Auch über mich selbst.

Wenn wir in ihrem Bette liegen, sucht sie mir mit lieblichem Stimmchen weiszumachen, daß sie die Pirsch aufgegeben hat und sich nicht mehr mit anderen Männern trifft. Ich weiß, daß sie lügt, mache ihr deswegen jedoch keine Vorhaltungen. Ich öffne ihr rosiges Fleisch und verströme mich in ihr, und sie gleitet mit spitzen Zähnen in mich und läßt mich sanft zur Ader. Mein Leib ist mit Narben übersät, Narben, die jucken wie die Wunde, die Renfield mir in Purfleet beigebracht hat. Ich bin fest entschlossen, mich nicht zu verwandeln, nicht schwach zu werden.

Geld spielt keine Rolle. Die Kelly soll haben, was mir von meinem Vermögen noch geblieben ist. Seit ich nach Toynbee Hall gekommen bin, habe ich keinerlei Salär mehr erhalten und bin zudem in erheblichem Maße für die Anschaffung medizinischer Geräte und anderer Notwendigkeiten aufgekommen. Meine Familie hat immer reichlich Geld besessen. Keinen Titel zwar, doch immer Geld.

Ich habe die Kelly gebeten, mir von Lucy zu erzählen. Die Geschichte – und ich schäme mich dieser Erkenntnis keineswegs – erregt mich. Wenn ich mir aus der Kelly auch nichts mache, so muß ich doch Lucy zuliebe für sie sorgen. Die Stimme der Kelly ändert sich, der walisisch-irländische Singsang und die merkwürdig gouvernantenhafte Ausdrucksweise verschwinden, und Lucy, die weitaus weniger als ihr verhurter Sproß darauf bedacht war, was und wie sie etwas sagte, scheint zu sprechen. Die Lucy, an die ich mich erinnere, ist sauber, adrett und recht eigentlich ein kokettes Wesen. Irgendwo zwischen diesem verwirrenden, aber betörenden Mädchen und dem kreischenden Blutsauger, dem ich den Kopf absägte, stand die Neugeborene, welche die Kelly verwandelt hat. Draculas Sproß. Jedem weiteren Bericht von ihrer nächtlichen Begegnung auf der Heath fügt die Kelly neue Einzelheiten hinzu. Entweder wird ihr die Vergangenheit von Mal zu Mal lebendiger, oder sie erfindet sie mir zuliebe. Ich weiß nicht, welche der beiden Möglichkeiten mir aufreizender erscheinen möchte. Manchmal sind Lucys Avancen der Kelly gegenüber nichts weiter als zärtliche, verführerische, geheimnisvolle, leidenschaftliche Liebkosungen vor dem Dunklen Kuß. Dann wieder wird sie von Lucy brutal geschändet, zerfetzen nadelspitze Zähne Fleisch und Muskeln. Mit dem Spiel unserer Leiber illustrieren wir Kellys Erzählungen.

Ich habe die Gesichter der toten Frauen vergessen. Ich kenne nur noch das Gesicht der Kelly, und dies wird Lucy von Nacht zu Nacht ähnlicher. Ich habe der Kelly Kleider gekauft, wie Lucy sie besaß. Das Nachtgewand, welches sie anlegt, ehe wir uns paaren, ähnelt sehr dem Sterbehemd, in dem Lucy begraben wurde. Unterdessen trägt die Kelly das Haar, wie Lucy es zu tun pflegte. Bald, so wage ich zu hoffen, wird die Kelly zu Lucy geworden sein.

40

Die Rückkehr des Hansom

»Seit dem ›doppelten Erfolg‹ ist beinahe ein Monat vergangen, Charles«, überlegte Geneviève. »Vielleicht ist es ja vorbei?«

Beauregard schüttelte den Kopf. Ihre Bemerkung hatte ihn aus seinen Grübeleien gerissen. Er mußte immerzu an Penelope denken.

»Nein«, erwiderte er. »Nur das Gute findet von selbst ein Ende; dem Bösen muß man ein Ende setzen.«

»Da haben Sie natürlich recht.«

Die Dunkelheit war längst hereingebrochen, und sie befanden sich in den Ten Bells. Allmählich war ihm Whitechapel ebenso vertraut wie all die anderen Winkel dieser Erde, in die der Diogenes Club ihn entsandt hatte. Seine Tage brachte er unruhig schlafend in Chelsea zu, und des Nachts begab er sich mit Geneviève im East End auf die Jagd nach Jack the Ripper. Ohne Erfolg

Langsam beruhigten sich die Gemüter. Die Bürgerwehren, die noch zwei Wochen zuvor unheilstiftend und arglose Passanten behelligend durch die Straßen gestrichen waren, hatten Schärpe und Knüppel zwar nicht ade gesagt, brachten unterdessen jedoch mehr Zeit in Wirtshäusern zu als im Nebel. Nachdem sie einen Monat lang doppelt und dreifach hatten Dienst tun müssen, kehrten die Gendarmen allmählich zu ihren gewohnten Pflichten zurück. Schließlich hatten die Taten des Rippers nichts und niemanden daran gehindert, anderswo in der Stadt Verbrechen zu begehen. In Sichtweite des Buckingham-Palastes war es gar zu einer regelrechten Revolte gekommen.

Letzte Nacht hatte jemand einen Krug Schweineblut über das Porträt der königlichen Familie neben dem Tresen ausgegossen. Woodbridge, der Aufwärter, hatte den vaterlandslosen Trunkenbold hinausgeworfen, die Flecke an der Wand und dem Gemälde jedoch blieben. Das Gesicht des Prinzgemahls war eine verzerrte, rottriefende Fratze.

Die Kreuzfahrer gaben keine Ruhe. Da Jago im Gefängnis saß und die meisten seiner Anhänger sich entweder in Gewahrsam befanden oder aber im Untergrund verschwunden waren, hatte Scotland Yard geglaubt, die Bewegung werde verkümmern und dahingehen, doch erwies sie sich als ebenso widerspenstig wie seinerzeit die wahren christlichen Märtyrer. An den Mauern der ganzen Stadt prangten schmale rote Kreuze, die nicht nur Christus beschworen, sondern auch England. Beauregard waren Gerüchte zu Ohren gekommen, denen zufolge die Raben den Tower just am Abend von Graf Orloks Amtsantritt verlassen hatten und das Königreich als besiegt gelten durfte. Wenn das Land jemals eine Stunde höchster Not durchleiden mußte, so mochte diese nun gekommen sein. Die Artuslegende erlebte eine Renaissance, welche durch die Mißbilligung seitens der Regierung eher befördert denn behindert wurde. In den Reihen der Rebellen, die sich bislang allein aus Sozialisten, Anarchisten oder Protestanten rekrutierten, befanden sich nun auch allerhand britische Mystiker und Heiden. Lord Ruthven verbot die Werke Tennysons, allem voran seine *Königsidyllen,* und auch ehemals harmlose Schriften wie Bulwer-Lyttons *König Artus* oder *Die Verteidigung der Guinevere* von William Morris zierten den Index der verpönten Bücher. Mit jeder Proklamation rückte das neunzehnte Jahrhundert dem fünfzehnten ein wenig näher. Ruthven versprach allen Dienern der Krone neue Uniformen; Beauregard befürchtete, die Entwürfe könnten wie eine Livree geraten, so daß die Polizei bald Sturmhauben und Strumpfhosen sowie emblembesetzte Heroldsröcke über Lederkollern tragen würde.

Weder Geneviève – immerhin ein Mädchen aus dem fünfzehnten Jahrhundert – noch Beauregard tranken etwas, sondern begnügten sich damit, die anderen Gäste zu beobachten. Neben den benebelten Bürgergardisten war die Schenke voller Frauen, bei denen es sich entweder um echte Prostituierte oder aber verkleidete Polizeibeamte handelte. Dies war nur eine unter vielen albernen Strategien, die man zunächst belächelt, schließlich jedoch allen Widrigkeiten zum Trotz in die Tat umgesetzt hatte. Wenn man sie danach fragte, rangen Lestrade und Abberline verzweifelt die Hände und wechselten schleunigst das Thema. Gegenwärtig fand sich Scotland Yard durch einen gewissen Inspektor Mackenzie in große Verlegenheit gesetzt, der sich am Schauplatz des Verbrechens befunden und es dennoch nicht vermocht hatte, die Ermordung eines Angehörigen der Karpatischen Garde mittels einer Dynamitstange zu vereiteln und folglich – kaum überraschend – zur langen Liste derer gehörte, die unter rätselhaften Umständen verschwunden waren. Ein Rinnsal der Mißbilligung entsprudelte dem Urquell des Palastes, begoß den Premierminister und das Kabinett, überschwemmte mit wachsender Gewalt die unteren Schichten der Gesellschaft und schwoll auf den Straßen Whitechapels schließlich zu einem reißenden Strom heran.

Der chinesische Älteste hatte sich nicht wieder blicken lassen, und so konnte Beauregard es wenigstens zufrieden sein, daß er an des Teufelsdoktors Netz gerüttelt hatte. Er hatte angenommen, daß alles aus Asien stammende Böse dem Herrn der seltsamen Tode zu Diensten stand. Die Bestätigung dieser Vermutung gehörte zu den wenigen Erfolgen, die er in dieser Angelegenheit errungen hatte, was ihn jedoch keineswegs mit Stolz erfüllte. Ihm war nicht im mindesten daran gelegen, dem Limehouse-Ring einen über die bereits bestehende Verbindung hinausgehenden Gefallen zu schulden.

Innerhalb der herrschenden Clique des Diogenes Club war die Rede von offener Rebellion in Indien und im Fernen Osten. Ein Reporter der ›Civil and Military Gazette‹ hatte versucht, den Generalgouverneur zu ermorden. Varney war unter der einheimischen Bevölkerung wie auch unter seinen eigenen Soldaten und Beamten ebenso beliebt wie Kaiser Caligula. Nicht wenige Bewohner ihres Reiches stellten das Herrschaftsrecht der Königin in Frage, weil sie sehr wohl spürten, daß sie mit ihrer Wiedergeburt ihrem Gemahl die Krone übergeben hatte. Von Woche zu Woche wuchs die Anzahl der Gesandten, die sich vom britischen Königshof lossagten. Die Türken, deren Gedächtnis länger zurückreichte, als gemeinhin angenommen, verlangten wütend nach Entschädigung für jene Kriegsverbrechen, die Vlad Tepes zu Lebzeiten begangen hatte.

Beauregard versuchte Geneviève anzublicken, so daß sie es nicht bemerkte, so daß sie nicht in seine Gedanken zu dringen vermochte. Im Dämmerlicht wirkte sie geradezu lächerlich jung. Ob Penelope – deren Haut immer noch verbrannt war und die wie ein Säugling mit kleinen Schüssen Ziegenblutes ernährt werden mußte – je wieder in solcher Blüte stehen würde? Ob sie, selbst wenn sie vollkommen gesundete, wie Dr. Ravna ihm versichert hatte, je wieder sein würde wie früher? Penelope war zum Vampir geworden, und der neue Geist, welcher in luzideren Augenblicken durchzuschimmern pflegte, war ihm fremd. Doch auch vor Geneviève mußte er auf der Hut sein. Es war schon nicht ganz leicht, seine Gedanken im Zaum zu halten, es war jedoch unmöglich, einem Vampir volles Vertrauen zu schenken.

»Sie haben recht«, sagte sie. »Er spukt immer noch dort draußen herum. Er hat nicht aufgegeben.«

»Vielleicht ist der Ripper ja auf Urlaub?«

»Oder anderweitig verhindert.«

»Manche sagen, er sei Schiffskapitän. Er könnte sich auf einer Seereise befinden.«

Geneviève dachte angestrengt nach und schüttelte dann den Kopf. »Nein. Er ist noch hier. Das spüre ich.«

»Sie klingen ganz wie dieser Hellseher, Lees.«

»Auch das ist Teil meiner Persönlichkeit«, erklärte sie. »Der Prinzgemahl wechselt die Gestalt, und ich ahne gewisse Dinge. Das hat mit unserem Geblüt zu tun. Über allem liegt ein Nebel, und dennoch spüre ich, daß der Ripper irgendwo dort draußen lauert. Er ist noch nicht am Ende.«

»Dieses Lokal behagt mir nicht«, sagte er. »Lassen Sie

uns gehen und sehen, ob wir uns nützlich machen können.«

Sie erhoben sich, und er legte ihr den Umhang um die Schultern. Woodbridges Sohn stieß einen Pfiff aus, und Geneviève, die ebenso galant zu poussieren vermochte wie Penelope, wenn die Laune sie befiel, warf ihm über die Schulter ein kokettes Lächeln zu. In ihren Augen war ein seltsames Funkeln.

Sie waren wie Polizisten durch Whitechapel patrouilliert und hatten jedermann befragt, der auch nur in entferntester Verbindung zu den Opfern oder deren Umgang gestanden haben mochte. Beauregard wußte mehr über Catherine Eddowes oder Lulu Schön als über seine eigene Familie. Indem er die Bruchstücke ihres Lebens durchforstete, wurden sie ihm immer greifbarer. Waren sie zunächst nichts als Namen im Polizeibericht gewesen, so schienen sie ihm jetzt beinahe wie alte Freunde. Die Presse bezeichnete die Opfer als ›Straßendirnen der niedrigsten Sorte‹, und die ›Police Gazette‹ schilderte sie als blutgierige alte Vetteln, die ihr Schicksal nachgerade herausgefordert hatten. Wenn er sich jedoch mit Geneviève, Georgie Woodbridge oder Sergeant Thick besprach, erwachten die Frauen zum Leben. Wie elend und hilflos auch immer sie gewesen sein mochten, sie waren trotz alledem empfindsame Kreaturen, welche die harsche Behandlung, die sie bis über den Tod hinaus erleiden mußten, keineswegs verdienten.

Von Zeit zu Zeit flüsterte er den Namen ›Liz Stride‹ vor sich hin. Niemand sonst – schon gar nicht Geneviève – brachte das Thema je zur Sprache, doch war er sich durchaus bewußt, daß er das Werk des Rippers an ihr vollendet hatte. Er hatte sie von ihrem Elend befreit wie einen Hund. Aber vielleicht wollte ein Vampir seine Seele ja gar nicht auf diese Weise geläutert sehen. Die epochale Frage lautete: Wie sehr muß ein Mensch sich verändern, bis er kein Mensch mehr ist? So sehr wie Liz Stride? Oder Penelope? Oder gar Geneviève?

Wenn sie nicht gerade eine der unzähligen falschen

Fährten verfolgten, die sich Nacht für Nacht auftaten, wanderten sie ziellos umher in der Hoffnung, auf einen Mann mit einem großen Sack voller Messer und Finsternis im Herzen zu stoßen. Wenn man es recht bedachte, war es widersinnig und absurd. Doch hatte diese Prozedur durchaus ihr Gutes. Sie hielt ihn fern von der Caversham Street, wo Penelope mit allerlei wunderlichen Leiden kämpfte. Er befand sich immer noch im Ungewissen, was seine Verpflichtungen ihr gegenüber anbetraf. Mrs. Churchward hatte erstaunliches Rückgrat bewiesen, indem sie ihr neugeborenes Mädchen pflegte. Nachdem ihr bereits eine Nichte genommen worden war, die sie wie eine Tochter großgezogen hatte, war sie nun fest entschlossen, ihrem leiblichen Kind alles erdenklich Gute angedeihen zu lassen. Beauregard konnte sich des Eindrucks nicht erwehren, daß seine Verbindung mit den Churchward-Mädchen nicht im mindesten zu deren Vorteil geraten war.

»Machen Sie sich keine Vorwürfe«, sagte Geneviève. Allmählich gewöhnte er sich an ihre unberufenen Einmischungen. »Lord Godalming ist es, den man mit Silberketten durchhauen sollte.«

Soviel Beauregard wußte, hatte Godalming die arme Penelope verwandelt und hernach sich selbst überlassen, worauf sie durch ein gröbliches Versehen sich der mörderischen Sonne ausgesetzt und beflecktes Blut getrunken hatte.

»Was mich betrifft, so halte ich Ihren adeligen Freund für ein ausgesprochenes Schwein.«

Beauregard hatte Godalming, der mit dem Premierminister auf sehr vertrautem Fuße stand, seither nicht gesehen. Wenn diese Angelegenheit beendet war, würde er seinen Streit mit Arthur Holmwood ausfechten. Wie Geneviève ihm erklärte, gebot es schon der Anstand einem treusorgenden Vater in Finsternis, bei seinem Sproß zu verbleiben und dem Neugeborenen während der Verwandlung zur Seite zu stehen. Obgleich die Etikette dies von alters her vorschrieb, hatte Godalming sich moralisch dazu offenbar keineswegs verpflichtet gefühlt.

Sie stießen die Flügel der ornamentverglasten Türe auf und traten hinaus. Beauregard fröstelte in der Kälte, doch Geneviève wehte durch den eisigen Nebel dahin, als handele es sich um die heitere Frühlingssonne. Er mußte sich unentwegt ins Gedächtnis rufen, daß dieses aufgeweckte Mädchen kein Mensch war. Sie befanden sich in der Commercial Street, unweit von Toynbee Hall.

»Ich würde gern auf einen Sprung hineinschauen«, sagte Geneviève. »Seit Jack Seward ein neues Liebchen hat, vernachlässigt er seine Pflichten.«

»Liederlicher Bursche«, bemerkte er.

»Ganz und gar nicht. Er ist bloß rastlos, ja besessen. Ich bin froh, daß er ein wenig Ablenkung gefunden hat. Er befindet sich seit Jahren am Rande eines Nervenzusammenbruchs. Es hat ihm arg zugesetzt, wie Vlad Tepes seinerzeit in England eintraf. Er spricht zwar nicht gern darüber – schon gar nicht mit mir –, aber man hat mir die eine oder andere Geschichte über ihn erzählt.«

Auch Beauregard waren verschiedene Gerüchte zu Ohren gekommen. Von seiten Lord Godalmings, so seltsam es auch scheinen mochte, wie auch seitens des Diogenes Club. Sewards Name hatte in Verbindung mit dem Abraham Van Helsings Erwähnung gefunden.

Ein Stück die Straße hinab stand ein vierräderiger Wagen; das Pferd stieß schnaubend Dampf durch die Nüstern. Beauregard erkannte den Kutscher sogleich wieder. Zwischen Schal und Mützenschirm leuchteten dunkle Mandelaugen.

»Was ist?« fragte Geneviève, als sie seine plötzliche Anspannung bemerkte. Sie befürchtete immer noch, daß der chinesische Älteste sie unvermittelt anspringen und ihr die Luftröhre herausreißen könnte.

»Flüchtige Bekannte«, erwiderte Beauregard.

Der sanfte Schwung, mit dem der Schlag geöffnet wurde, kräuselte den Nebel. Beauregard wußte, daß sie umzingelt waren: der Landstreicher, der in einem Durchgang auf der anderen Straßenseite kauerte; der Faulenzer, der wegen der Kälte die Arme um sich schlang; ein Dritter, der kaum sichtbar im Schatten des Tabakladens lauerte; ja vielleicht sogar die hochmütige Vampirfrau, die in viel zu guten Kleidern *en route* zu einem Stelldichein an ihnen vorüberparadierte. Mit dem Daumen öffnete er den Haken am Heft seines Stockdegens, obschon er bezweifelte, daß er es mit allen zugleich aufnehmen konnte. Geneviève brauchte seine Hilfe nicht, wenngleich es ihm unrecht erschien, sie noch tiefer in die Sache hineinzuziehen.

Man würde vermutlich Rechenschaft von ihm verlangen wegen des schleppenden Fortgangs seiner Ermittlungen. Vom Standpunkt des Limehouse-Ringes aus besehen, verschlimmerte sich die Lage mit jeder neuerlichen Polizeirazzia und ›Notstandsverordnung‹.

Jemand beugte sich aus dem Fuhrwerk und winkte sie zu sich heran. Zögernden Schrittes trat Beauregard näher.

41

Lucy macht einen Besuch

Sie machte winzige Schritte, damit ihre Röcke nicht über den Boden schleiften. Wie jede Dame war sie von peinlicher Genauigkeit, was die Wahrung der Etikette anbetraf. Ihre neuen Kleider, die sie mit Johns Geld erworben hatte, waren noch ein wenig steif und kratzig. Kaum ein Passant, der ihr auf ihrem abendlichen Spaziergang begegnete, hätte wohl jene Mary Jane Kelly wiederzuerkennen vermocht, die ihm so vertraut war. Sie fühlte sich beinahe wie damals in Paris, frisch wie eine junge Rose, befreit von ihrer traurigen Geschichte.

In der Commercial Street half ein feiner Herr einer hübschen Vampirfrau in eine Kutsche. Mary Jane blieb stehen und bewunderte das Pärchen. Es bereitete dem Herrn nicht die geringste Mühe, der Frau nach Hofmanier die Cour zu machen, eine jede seiner Gesten war präzise und perfekt; selbst der männische Aufzug, den dieser Nächte viele Neugeborene favorisierten, konnte die Schönheit des Mädchens nicht verhehlen. Ihre Haut schimmerte strahlend weiß, ihr Haar war honigfarbene Seide. Der Kutscher gab seinem Gaul die Peitsche, und der Wagen klapperte davon. Nicht lange, dann würde auch sie nur noch mit der Kutsche reisen. Die Fuhrleute würden den Hut vor ihr ziehen. Feine Herren sprängen herbei, um ihr den Schlag zu öffnen.

Sie stand vor der Tür von Toynbee Hall. Als sie sich zuletzt hierherbegeben hatte, war ihr Gesicht von einem unglücklichen Stich Sonnenlichts kohlrabenschwarz verbrannt gewesen. Dr. Seward – seinerzeit noch nicht ihr John – hatte sie sorgfältig zwar, doch ohne übermäßiges Interesse untersucht, als prüfe er ein angehendes Rennpferd auf seine Tauglichkeit. Er hatte ihr einen Schleier und Bettruhe verordnet. Heute kam sie nicht als Bittstellerin, sondern um einen Besuch zu machen.

Als sie es müde geworden war, daß ihr niemand öffnete, stieß sie zaghaft die Türe auf. Sie trat ins Foyer und blickte sich um. Eine Oberin sauste im Laufschritt an ihr vorüber, eine Rolle Bettzeug an die Brust gepreßt. Mary Jane machte »Hm«, um ihre Aufmerksamkeit auf sich zu lenken. Ihr Hüsteln, das zu einem leisen, damenhaften Laut bestimmt gewesen war, kam hervor als kehliges, beinahe vulgäres Räuspern. Sie hätte vor Scham im Erdboden versinken mögen. Die Oberin blickte ihr ins Gesicht und schürzte die Lippen, als wüßte sie augenblicklich um all den nichtswürdigen Schmutz aus Mary Jane Kellys Vergangenheit.

»Ich möchte zu Dr. Seward«, sagte Mary Jane, indem sie auf jedes Wort, auf jede Silbe allergrößte Mühe verwandte.

Die Oberin setzte ein mißfälliges Lächeln auf. »Und wen darf ich melden?«

Mary Jane hielt einen Augenblick inne und erwiderte: »Miß Lucy.«

»Lucy, nichts weiter?«

Mary Jane zuckte mit den Achseln, als sei ihr Name ohne jeden Belang. Sie scherte sich keinen Deut um die Anstellerei der Oberin und hielt es nur für ziemlich, sie in ihre Schranken zu verweisen. Schließlich war sie nichts weiter als eine gewöhnliche Bediente.

»Miß Lucy, wenn Sie mir folgen möchten …«

Die Oberin schob sich durch eine Innentür und hielt sie mit ihrem fettgepolsterten Steiß geöffnet. Mary Jane gelangte auf einen nach Seife duftenden Flurgang und wurde eine nicht allzu reinliche Stiege hinaufgeführt. Auf der Treppenruhe im ersten Stockwerk angekommen, deutete die Oberin kopfnickend auf eine Tür.

»Dr. Seward ist dort drinnen, Miß Lucy.«

»Tausend Dank.«

Trotz ihrer Fleischesfülle versuchte die Oberin einen unbeholfenen, impertinenten Knicks. Ein garstiges Lachen unterdrückend, schlumperte sie davon, schleppte sich eine zweite Treppe hinauf und ließ die Besucherin allein zurück. Mary Jane hatte gehofft, sie würde angemeldet, begnügte sich nun jedoch damit, eine Hand aus ihrem Muff zu ziehen und an die Tür der Amtsstube zu klopfen. Eine polternde Stimme rief etwas Unverständliches, und Mary Jane trat ein. John stand, vertieft in einen Stapel von Papieren, neben einem anderen Mann an seinem Schreibtisch. John würdigte sie keines Blickes, der zweite Mann hingegen – ein wohlgekleideter junger Bursche, bei dem es sich jedoch keineswegs um einen Gentleman handelte – sah auf und schien enttäuscht.

»Nein«, sagte er, »Druitt ist es nicht. Wohin mag es Monty bloß verschlagen haben?«

John ließ den Finger an einer Tabelle von Ziffern hinabgleiten, die er im Kopf zusammenrechnete. Zwar vermochte Mary Jane durchaus mit Zahlen umzugehen, konnte sie jedoch nie recht addieren: daher auch ihre Schwierigkeiten, was den Mietzins anbetraf. Schließlich hatte John seine Rechnung beendet, kritzelte etwas auf ein Blatt Papier und sah auf. Als er sie erblickte, vermittelte er den Eindruck, als habe man ihm hinterrücks das stumpfe Ende eines Treibhammers über den Schädel gezogen. Es schien ihr unerklärlich, und doch traten ihr brennende Tränen in die Augen, die sie krampfhaft zurückzuhalten suchte.

»Lucy«, sagte er tonlos.

Der junge Mann richtete sich auf, strich abwartend mit den Fingerknöcheln über sein Revers und machte sich bereit, der Dame vorgestellt zu werden. John schüttelte den Kopf, als wollte er die beiden Hälften eines zerbrochenen Ornaments zusammenfügen, die jedoch um keinen Preis aneinanderpassen wollten. Mary Jane fragte sich, ob sie nicht einen fürchterlichen Fehler begangen haben mochte.

»Lucy«, sagte er ein zweites Mal.

»Dr. Seward«, begann der junge Mann, »Sie sind überaus nachlässig.«

Unvermittelt gewann John die Fassung zurück und tat nun so, als sei ihr Besuch etwas nachgerade Alltägliches. »Ich bitte um Verzeihung«, sagte er. »Morrison, das ist Lucy. Meine … äh, eine Freundin der Familie.«

Mr. Morrison bedachte sie mit einem hintergründigen Lächeln, wie um ihr zu bedeuten, daß er durchaus im Bilde sei. Mary Jane glaubte ihn bereits zu kennen; womöglich wußte der junge Mann am Ende gar um ihre wahre Identität. Sie ließ ihn ihre Hand ergreifen und neigte verschämt den Kopf. Ein Fehler, wie sie sogleich bemerkte; sie war eine Dame und kein Küchenmädchen. Sie hätte einen Handkuß Mr. Morrisons mit widerstrebendem Lächeln entgegennehmen müssen, gerade so, als sei er das niedrigste Lebewesen auf Erden und sie Prinzessin Alexandra. Für solch einen Fehltritt hätte Onkel Henry sie den Rohrstock spüren lassen.

»Ich fürchte, ich bin schrecklich beschäftigt«, sagte John.

»Einer unserer treuen Gehilfen ist verschollen«, erklärte Mr. Morrison. »Sie sind auf Ihren Wegen nicht zufällig einem gewissen Montague Druitt begegnet?«

Der Name bedeutete ihr nichts.

»Das hatte ich befürchtet. Ich möchte ohnehin bezweifeln, daß Druitt allzusehr in Ihr Fach schlägt.«

Mary Jane tat, als habe sie keinen Schimmer, was Mr. Morrison meinte. John spielte geistesabwesend mit einem chirurgischen Instrument. In ihr keimte der Verdacht, daß es sich bei diesem Gesellschaftsbesuch um kein sehr wohlbedachtes Unterfangen handelte.

»Wenn Sie mich entschuldigen möchten«, sagte Mr. Morrison. »Sie haben gewiß einiges zu besprechen. Gute Nacht, Miß Lucy. Dr. Seward, wir unterhalten uns später.«

Mr. Morrison zog sich zurück und ließ sie mit John allein. Sowie die Tür ins Schloß gefallen war, trat sie ganz nahe an ihn heran, preßte ihre Hände gegen seine Brust, ihr Gesicht an seinen Kragen, ihre Wange an den weichen Stoff seiner Weste.

»Lucy.« Es war ihm zur Gewohnheit geworden, den Namen laut vor sich hin zu sagen. Er blickte Mary Jane an und sah das zwiefach gestorbene Mädchen auf dem Friedhof von Kingstead.

Seine Hände klammerten sich um ihre Taille, wanderten dann den Rücken hinauf und umfaßten schließlich ihren

Hals. Er drückte zu und stieß sie auf Armeslänge von sich. Seine Daumen gruben sich in das Fleisch unter ihrem Kinn. Wäre sie warmblütig gewesen, hätte es ihr weh getan. Ihre Zähne wurden spitz. John Sewards Blick war finster, seine Miene war ihr wohlvertraut. Dieses Aussehen hatte er oftmals schon angenommen, wenn sie beieinander waren. Es war Ausdruck seines viehischen inneren Triebes, der wilden Bestie, die in jedem Manne wütete. Da blitzte ein sanftmütiger Funke auf in seinen Augen, und er ließ von ihr ab. Er zitterte. Er wandte sich fort und stützte sich auf seinen Schreibtisch. Sie strich ein paar lose Haarsträhnen zurück und ordnete ihren Kragen. Seine grobe Umklammerung hatte ihren Roten Durst erregt.

»Lucy, du darfst nicht ...«

Er winkte ab, doch sie ergriff ihn von hinten, weitete ihm den Kragen und löste seine Halsbinde.

»... hierherkommen. Dies ist ...«

Sie befeuchtete seine alten Wunden mit der Zunge und öffnete sie dann mit einem sachten Biß.

»... ein anderer Teil ...«

Sie saugte begierig. Ihre Kehle brannte. Sie schloß die Augen und sah nichts als rote Finsternis.

»... meines Lebens.«

Sie ließ einen Augenblick von seinem Hals ab, käute ihren Handschuh und öffnete die winzigen Schildpattknöpfe an ihrer Manschette mit den Zähnen. Sie befreite ihre rechte Hand und spie den hauchdünnen Stoff aus. Ihre Finger waren nun so lang, daß ihre Nägel die Nähte auftrennten. Knöpfe sprangen ab, als sie die Hand unter seine Kleider gleiten ließ. Eifrig darauf bedacht, ihn nicht zu schneiden, liebkoste sie sein warmes Fleisch. John stöhnte leise, traumverloren.

»Lucy.«

Der Name spornte sie an, erfüllte ihr Verlangen mit Zorn. Sie zerrte an seinen Kleidern und biß erneut zu, tiefer diesmal.

»Lucy.«

Nein, dachte sie und umklammerte ihn fester, Mary Jane.

Ihr Kinn und ihr Hemd waren feucht von seinem Blut. Sie vernahm ein heiseres Würgen und spürte, wie er einen Schrei zu unterdrücken suchte. Immer und immer wieder wollte er Lucys Namen über die Lippen bringen, doch sie schnürte ihm die Kehle ab, brachte ihn mit Gewalt zum Schweigen. In diesem Augenblick, in dieser unbändigen Leidenschaft war er ihr John. Nachher würde sie sich den Mund abtupfen und wieder zu der Lucy seiner Träume werden. Er würde seine Kleider ordnen und sich in Dr. Seward zurückverwandeln. Jetzt jedoch waren sie beide ganz sie selbst; Mary Jane und John, vereint in Fleisch und Blut.

42

Das gefährlichste Wild

»Geneviève Dieudonné«, stellte Beauregard sie vor, »Colonel Sebastian Moran, ehemals bei den I. Bangalore-Pionieren, Verfasser von *Großwild im westlichen Himalaya* und unverändert einer der größten Schurken weit und breit …«

Der Neugeborene in der Kutsche war ein grimmig dreinblickender Rohling mit wild gesträubtem Schnurrbart, der sich in seinem Gesellschaftsanzug offenbar nicht allzu behaglich fühlte. Zu Lebzeiten hatte er gewiß über die frische Sonnenbräune eines ›alten Indienkenners‹ verfügt, dank der Hautsäcke jedoch, die sich wie Giftdrüsen unter seinem Kinn blähten, ähnelte er nunmehr einer Viper.

Moran brummte etwas, das als Begrüßung gelten mochte, und befahl ihnen, die Kutsche zu besteigen. Beauregard zögerte zunächst, dann tat er einen Schritt zurück, um Geneviève den Vortritt zu lassen. Kein ungeschickter Zug, befand sie. Wenn der Colonel Böses im Schilde führte, würde er zuallererst den Mann im Auge behalten, den er als Bedrohung erachtete. Der Neugeborene hielt es wohl kaum für möglich, daß sie um viereinhalb Jahrhunderte stärker war als er. Wenn es zum Schlimmsten kam, konnte sie ihn mit Leichtigkeit in Stücke reißen.

Geneviève setzte sich Moran gegenüber, und Beauregard nahm neben ihr Platz. Moran klopfte gegen das Dach. Als sich der Wagen in Bewegung setzte, kippte das schwarzvermummte Bündel neben dem Colonel nach vorn, so daß er es aufrichten und in das Polster drücken mußte.

»Ein Freund?« erkundigte sich Beauregard.

Moran schnaubte. Unter dem schwarzen Tuch verbarg sich ein Mensch, der entweder tot oder bewußtlos war.

»Was würden Sie davon halten, wenn ich Ihnen sagte, daß dies der echte Jack the Ripper ist?«

»Ich würde Ihnen vermutlich glauben müssen. Wenn mich nicht alles täuscht, jagen Sie seit jeher ausschließlich das gefährlichste Wild.«

Morans Grinsen entblößte Reißzähne wie die eines Tigers. »Die Jagd nach Jägern. Der einzig nennenswerte Sport.«

»Man sagt, Sie könnten Quatermain und Roxton mit der Flinte nicht das Wasser reichen, und niemand sei ein besserer Jäger als der Russe mit dem Mongolenbogen.«

Der Colonel wischte diese Vergleiche unwirsch beiseite. »Alles Warmblüter.«

Mit steif ausgestrecktem Arm suchte Moran das ungelenke Bündel am Vornüberfallen zu hindern. »Wir unternehmen diesen Jagdausflug auf eigene Faust«, sagte er. »Der Ring hat damit nichts zu schaffen.«

Beauregard dachte nach.

»Seit dem letzten Vorfall ist beinahe ein Monat vergangen«, meinte der Colonel. »Saucy Jack ist am Ende. Wahrscheinlich hat er sich mit einem seiner eigenen Messer die Kehle durchgeschnitten. Aber damit geben wir uns nicht zufrieden, hab' ich recht? Damit die Dinge ihren gewohnten Gang gehen können, müssen wir den Leuten zeigen, daß Jack ein für allemal am Ende ist.«

Sie befanden sich unweit des Flusses. Die Themse verströmte einen beißenden, fauligen Gestank. Der gesamte Schmutz und Kot der Stadt gelangte in den Fluß und wurde von dort über die sieben Weltmeere verbreitet. Der Unrat aus Rotherhithe und Stepney trieb nach Shanghai und Madagaskar.

Moran ergriff das schwarze Grabtuch und riß es fort. Darunter kam ein fahles, blutverschmiertes Gesicht zum Vorschein.

»Druitt«, entfuhr es Geneviève.

»Montague John Druitt, wenn ich mich nicht irre«, sagte der Colonel. »Ein Kollege von Ihnen, der äußerst sonderbaren nächtlichen Gewohnheiten frönt.«

Das entsprach nicht ganz der Wahrheit. Druitts blutverkrustetes linkes Auge öffnete sich. Er hatte eine gehörige Tracht Prügel bezogen.

»Die Polizei hatte ihn bereits zu Beginn der Ermittlungen unter Verdacht«, sagte Beauregard zu Genevièves Erstaunen, »gelangte aber zu dem Schluß, daß er als Täter nicht in Frage kommt.«

»Er hatte leichten Zugang«, wandte Moran ein. »Toynbee Hall liegt fast genau im Mittelpunkt der geometrischen Figur, die sich aus den Schauplätzen der Morde ergibt. Er paßt hervorragend in das Bild, das sich das Volk vom Täter macht: ein spinnerter Geck mit bizarren Wahnideen. Ich bitte vielmals um Vergebung, Ma'am, aber niemand glaubt im Ernst, daß ein gebildeter Mensch sich allein aus christlicher Nächstenliebe unter Schlunzen und Bettler begibt. Und niemand wird etwas dagegen haben, wenn Druitt die Schuld für die Metzelei einer Handvoll Huren auf sich nimmt. Er gehört ja nun nicht eben zur königlichen Familie, hab' ich recht? Zudem besitzt er für keinen der Morde ein Alibi.«

»Sie pflegen offensichtlich gute Beziehungen zum Yard?«

Moran verzog den Mund erneut zu einem wilden Grinsen. »Dann darf ich Ihnen und Ihrer Freundin also meine allerherzlichsten Glückwünsche aussprechen?« fragte er. »Haben Sie Jack the Ripper gefaßt?«

Beauregard hielt inne und dachte lange nach. Geneviève war verwirrt; allmählich wurde ihr bewußt, wieviel man ihr verheimlicht hatte. Druitt versuchte zu sprechen, brachte jedoch kein Wort über seine zerschlagenen Lippen. Die Kutsche war von kupferigem Blutgeruch erfüllt, und Genevièves Mund war wie ausgedörrt. Sie hatte schon viel zu lange keine Nahrung mehr zu sich genommen.

»Nein«, sagte Beauregard schließlich. »Druitt kommt nicht in Frage. Er spielt Kricket.«

»Ich kenne so manchen Strolch, der Kricket spielt. Das spricht keineswegs gegen die Tatsache, daß er ein dreckiger Mörder ist.«

»In diesem Falle schon. Am Morgen nach dem zweiten, vierten und fünften Mord befand sich Druitt jeweils auf dem Spielfeld. Am Morgen nach dem ›doppelten Erfolg‹ gewann er fünfzig Läufe und machte gleich zwei Schläger ›aus‹. Ich kann mir kaum vorstellen, wie er das hätte schaffen können, wenn er die ganze Nacht lang auf den Beinen gewesen wäre, um Frauen zu ermorden.«

Moran zeigte sich unbeeindruckt. »Sie reden schon genauso schlau daher wie dieser verdammte Detektiv, den man nach Devil's Dyke verbracht hat. Nichts als Indizien, Beweise und Folgerungen. Der gute Druitt wird heute abend Selbstmord begehen, wird sich die Taschen mit Steinen füllen und ein Bad in der Themse nehmen. Sein Leichnam wird wohl den einen oder anderen Kratzer abbekommen haben, ehe er gefunden wird. Aber bevor er zur Tat schreitet, wird er ein Geständnis hinterlassen. Und seine Handschrift wird der jener verfluchten, schwachsinnigen Briefe verteufelt ähnlich sehen.«

Moran versetzte Druitt einen Hieb, so daß dieser mit dem Kopf nickte.

»Das wird nicht viel wert sein, Colonel. Was ist, wenn der echte Ripper von neuem zu morden beginnt?«

»Huren gehen nun mal vor die Hunde, Beauregard. Dergleichen kommt recht häufig vor. Und wo wir einen Ripper gefunden haben, werden wir auch einen zweiten finden.«

»Lassen Sie mich raten. Pedachenko vielleicht, den russischen Agenten? Die Polizei hat ihn ja durchaus eine Weile als Täter in Betracht gezogen. Oder Sir William Gull, den Leibarzt der Königin? Dr. Barnardo? Prinz Albert Viktor? Walter Sickert? Oder vielleicht einen portugiesischen Seemann? Es ist ein leichtes, jemandem ein Skalpell in die Hand zu drücken und ihn die Rolle des Mörders spielen zu lassen. Aber dem Morden wird man auf diese Weise kaum Einhalt gebieten können ...«

»Ich hatte Sie nicht für so wählerisch gehalten, Beauregard. Es bereitet Ihnen offenbar Freude, Vampiren zu dienen oder ...« – er bedachte Geneviève mit einem jähen Nikken – »… den Umgang mit ihnen zu pflegen. Noch mögen Sie warmblütig sein, aber Ihr Blut wird von Stunde zu Stunde kälter. Ihr Gewissen scheint Sie nicht daran zu hindern, dem Prinzgemahl zu dienen.«

»Ich diene der Königin, Moran.«

Der Colonel lachte auf, verstummte jedoch sofort, als ein rasiermesserscharfer Lichtblitz das Innere der Kutsche erhellte und er Beauregards Stockdegen an der Kehle spürte.

»Auch ich kenne einen Silberschmied«, sagte Beauregard. »Genau wie Jack.«

Druitt stürzte von der Sitzbank, und Geneviève fing ihn auf. Aus seinem Stöhnen schloß sie, daß er innere Verletzungen erlitten hatte.

Morans Augen glommen rot im Dunkel. Die versilberte Stahlschneide lag kalt an seiner Kehle, ihre Spitze bohrte sich in seinen Adamsapfel.

»Ich werde Druitt verwandeln«, sagte Geneviève. »Anders ist er nicht zu retten, dazu sind seine Verletzungen zu schwer.«

Beauregard nickte ihr zu; seine Hand war eisern. Sie biß in ihr Handgelenk und wartete, bis Blut aus der winzigen Wunde quoll. Wenn Druitt ausreichend von ihrem Blut trank, während sie ihn zur Ader ließ, konnte die Verwandlung beginnen.

Sie war ohne Nachkommen geblieben. Ihr Vater in Finsternis hatte ihr einen guten Dienst erwiesen, und sie wollte nicht zu einem liederlichen Narren werden wie Lilys Murgatroyd oder Lord Godalming.

»Noch ein Neugeborener«, schnaubte Moran. »Wir hätten von Anfang an wählerischer zu Werke gehen sollen. Das werden mir allmählich zu viele Vampire.«

»Trinken Sie«, girrte Geneviève.

Was wußte sie eigentlich von Montague John Druitt? Wie sie selbst war auch er kein studierter Arzt, sondern ein in der Arzneikunst recht und schlecht bewanderter *amateur*. Sie hatte nicht den leisesten Schimmer, weshalb ein Mann von Rang, der zudem über ein nicht unbeträchtliches Einkommen verfügte, Toynbee Hall seine Dienste antrug. Er war weder ein besessener Philanthrop wie Seward noch ein Mann der Religion wie Booth. Geneviève hatte seine helfende Hand als selbstverständlich angenommen; nun mußte sie die Verantwortung für ihn übernehmen, vielleicht sogar auf alle Zeit. Wenn er zu einem Monstrum wurde wie Vlad Tepes oder Colonel Sebastian Moran, so trüge sie die Schuld daran. Wie auch am Tod all jener Menschen, die Druitt töten würde. Er hatte zu den Verdächtigen gehört: Selbst wenn Druitt in der Tat unschuldig war, so hatte er doch etwas an sich, das durchaus dafür sprach, daß er der Ripper war.

»Trinken Sie.« Mit Mühe brachte Geneviève die Worte über ihre Lippen. Es tropfte rot von ihrem Handgelenk.

Sie hob die Hand an Druitts Mund. Ihre Augenzähne glitten aus den Kieferscheiden, und sie senkte den Kopf. Der beißende Geruch von Druitts Blut stieg ihr in die Nase. Er wurde von einem Krampf geschüttelt; die Zeit drängte. Wenn er nicht sofort von ihrem Blut trank, mußte er sterben. Sie legte ihr Handgelenk sanft an seine zerquetschten Lippen. Er wich zitternd zurück.

»Nein«, lehnte er ihr Geschenk röchelnd ab, »nein ...«

Ein Schauer des Abscheus packte ihn. Dann starb er.

»Nicht jeder möchte ewig leben«, bemerkte Moran. »Welch eine Verschwendung.«

Geneviève beugte sich blitzschnell nach vorn und versetzte dem Colonel eine schallende Ohrfeige, mit der sie Beauregards Stock beiseite fegte. Als sie sah, wie Morans glutrote Pupillen zusammenschrumpften, wußte sie, daß er sich vor ihr fürchtete. Sie war noch immer voller Begierde, verspürte qualvollen Roten Durst. Das befleckte Blut des toten Druitt konnte sie nicht trinken. Nicht einmal Morans Blut, das aus zweiter oder dritter Hand stammen mochte, konnte sie trinken. Doch sie konnte ihren Zorn lindern, indem sie ihm das Fleisch in Fetzen vom Gesicht riß.

»Rufen Sie sie zurück«, plapperte Moran.

Mit einer Hand packte sie seine Kehle, die andere schwebte drohend in der Luft. Sie hielt ihre mit scharfen Krallen bewehrten Finger zu einer Pfeilspitze gebündelt, die Morans Gesicht mit Leichtigkeit hätte durchbohren können.

»Das lohnt nicht«, sagte Beauregard. Seine Worte löschten die Weißglut ihrer Wut, und sie hielt inne. »Er ist vielleicht nichts weiter als ein Wurm, aber er hat Freunde, Geneviève. Freunde, die Sie sich nicht zum Feind machen sollten. Freunde, die Ihnen bereits hinreichend zugesetzt haben.«

Ihre Zähne glitten ins Zahnfleisch zurück, und ihre scharfen Fingernägel nahmen ihre frühere Gestalt an. Zwar gelüstete es sie immer noch nach Blut, doch hatte sie sich wieder in der Gewalt.

Beauregard hob seinen Degen, und Moran befahl dem Kutscher anzuhalten. Das Selbstvertrauen des neugeborenen Colonels war dahin, und er zitterte, als sie aus dem Wagen stiegen. Ein blutiges Rinnsal lief seine Wange hinab. Beauregard schob den Degen in die Scheide, und Moran schlang sich einen Schal um den geschundenen Hals.

»Quatermain hätte nicht mit der Wimper gezuckt, Colonel«, sagte Beauregard. »Gute Nacht, und empfehlen Sie mich dem Professor.«

Morans Gesicht verschwand im Dunkel. Dann setzte sich die Kutsche in Bewegung und sauste in den Nebel davon. Geneviève schwirrte der Kopf. Sie waren an den Ausgangspunkt ihrer kleinen Reise zurückgekehrt und befanden sich nun ganz in der Nähe der Ten Bells. In der Schenke war es keineswegs ruhiger geworden, seit Beauregard und Geneviève sie verlassen hatten. Vor der Tür stolzierten Frauen auf und ab und boten sich den Passanten feil.

Genevièves Mund schmerzte, und ihr Herz pochte. Sie ballte die Hände zu Fäusten und versuchte die Augen zu schließen.

Beauregard hob sein Handgelenk an ihren Mund. »Hier, nehmen Sie sich, was Sie brauchen.«

Vor lauter Dankbarkeit schlotterten ihr die Knie. Sie wäre beinahe in Ohnmacht gesunken, doch in einem Nu war der Nebel in ihrem Kopf verflogen, und sie konzentrierte sich auf ihr Verlangen.

»Danke.«

»Nicht von Bedeutung.«

»Da wäre ich mir nicht so sicher.«

Sie biß ihn sachte und entnahm ihm eben genug, den Roten Durst zu stillen. Sein Blut rann ihre Kehle hinab, besänftigte sie, verlieh ihr neue Kraft. Als es vorüber war, fragte sie, ob es für ihn das erstemal gewesen sei, und er nickte.

»Nicht unangenehm«, bemerkte er gleichgültig.

»Es braucht durchaus nicht so formell zu sein«, erwiderte sie. »Beim nächstenmal.«

»Gute Nacht, Geneviève«, sagte er und wandte sich fort. Er ging in den Nebel davon und ließ sie allein zurück, mit seinem Blut an ihren Lippen.

Sie wußte ebensowenig über Charles Beauregard, wie sie über Druitt gewußt hatte. Er hatte ihr nie anvertraut, aus welchem Grunde er sich so sehr für den Ripper interessierte. Oder weshalb er weiterhin seiner Vampirkönigin diente. Mit einemmal befiel sie leichtes Unbehagen. Jeder schien eine Maske zu tragen, eine Maske, hinter der sich alles mögliche verbergen konnte …

Alles.

43

Des Fuchses Loch

Der Wundarzt hatte es nicht vermocht, sämtliche Silbersplitter aus seinem Knie zu schneiden. Bei jedem Schritt verspürte er brennende Schmerzen. Manche Vampire waren imstande, verlorene Glieder neu zu bilden, ebenso wie einer Eidechse der Schwanz nachwuchs. Kostaki gehörte nicht zu ihnen. Seit geraumer Zeit schon lebte er verborgen hinter einer toten Maske; bald mochte er zu allem Überfluß auch noch gezwungen sein, wie ein Pirat auf einem Holzbein einherzustapfen.

Zwei blutige Gelbschnäbel, scharfsichtige, neugeborene Rabauken, traten schwankend aus dem Schatten einer morschen, feuchten Mauer und versperrten den Ausgang des winzigen Hofes. Er blickte sie funkelnden Auges an und fletschte die Zähne, suchte sie durch Anstarren aus der Fassung zu bringen. Ohne ein Wort zogen sie sich ins Halbdunkel zurück und ließen ihn passieren.

Er trug keine Uniform. Mit großem Hut und weitem Umhang angetan, humpelte er verstohlen durch den nächtlichen Nebel. Die Nachricht hatte auf eine Adresse im Alten Jago gelautet, ein Bezirk, der sich zu Witechapel verhielt wie Whitechapel zu Mayfair.

»Moldauer«, ertönte eine leise Stimme. »Hier drüben.«

In der lichtlosen Mündung eines Gäßchens erblickte Kostaki den Inspektor. »Freut mich, daß wir uns treffen, Schotte.«

»Wenn Sie es sagen.«

Mackenzies Mantel war ein einziges Sammelsurium aus Löchern und Flicken, und seine Wangen waren mit wochenalten Bartstoppeln bedeckt. Soviel Kostaki wußte, hatte den Inspektor in neuerer Zeit niemand mehr zu Gesicht bekommen. Seine Kumpane waren sehr um seine Sicherheit besorgt. Man nahm an, daß er infolge einer undiplomatischen Äußerung nach Devil's Dyke verbracht worden war.

»Ein hübsches Bettlerpaar geben wir ab«, sagte Mackenzie, indem er den schmutzigen, weiten Mantel enger um seine Schultern raffte.

Kostaki grinste. Es freute ihn, daß sich der Warmblüter nicht in einem Konzentrationslager befand. »Wo haben Sie gesteckt?«

»Hauptsächlich in dieser Gegend«, erwiderte Mackenzie. »Und in Whitechapel. Die Fährte führt hier herum in sein Loch.«

»Welche Fährte?«

»Die unseres maskierten Fuchses mit dem Dynamit. Ich verfolge seine Spur seit jener Nacht im Park.«

Kostaki dachte an den blitzhellen Pistolenschuß und die dunklen Augen unter der Kapuze. Die zischende Dynamitstange in von Klatkas Brust, einen Augenblick nur vor der Explosion. Den klumpigen, roten Regenguß. »Sie haben den Mörder ausfindig gemacht?«

Mackenzie nickte.

»Wie ich sehe, hat sich Scotland Yard seinen Ruf wohl verdient.«

Mackenzies Miene war bitter. »Scotland Yard hat damit nichts zu schaffen. Weder Warren noch Anderson oder Lestrade. Sie waren mir im Wege. Also habe ich auf eigene Faust ein wenig nachgeforscht.«

»Der einsame Jäger?«

»Ganz recht. Warren hat zwar darauf bestanden, nach einem Kreuzfahrer Christi Ausschau zu halten, aber so dumm bin ich nicht. Sie waren doch dabei, Kostaki. Sie müssen sich erinnern. Der Mann mit der Kapuze. Er war ein Vampir.«

Die dunklen Augen. Womöglich rotgerändert. Kostaki hatte sie nicht vergessen.

»Und besagter Vampir hält sich hier, in dieser Absteige, versteckt.« Mackenzie blickte auf. In dem Logierhaus, das dem Gäßchen gegenüberlag, brannte ein Licht. Ein Zimmer im dritten Stockwerk. Schatten huschten über den verschossenen Musselinvorhang. »Ich habe ihn Tag und Nacht beobachtet. Man nennt ihn ›Danny‹ oder den ›Sergeant‹. Ein überaus interessanter Bursche, unser Fuchs. Er pflegt erstaunlichen Umgang.«

Mackenzies Augen leuchteten. Kostaki erkannte den Stolz des siegreichen Jägers.

»Sind Sie sicher, daß er unser Mann ist?«

»So sicher, wie zwei mal zwei vier ist. Und Ihnen wird es nicht anders ergehen. Wenn Sie ihn sehen, seine Stimme hören.«

»Wie haben Sie ihn aufgespürt?«

Mackenzie lächelte erneut und legte einen Finger an die Nase. »Ich habe seine Fährte aufgenommen. Dynamit und Silber sind nicht leicht zu beschaffen. Es gibt nur wenige nennenswerte Quellen. Ich habe auf Trumpf gesetzt und mich in den irländischen Schenken umgehört. Ohne Zweifel hat er seine Finsterlinge unter den Feniern angeworben. Wenn es darangeht, reinen Tisch zu machen: Ich kenne die meisten mit Namen. Binnen achtundvierzig Stunden hatte ich eine Beschreibung des Sergeant. Dann stieß ich auf ein paar unanfechtbare Tatsachen, die wie Brotkrumen allenthalben verstreut lagen.«

Das Licht wurde gelöscht. Kostaki wich tiefer in die Gasse zurück und zog Mackenzie mit sich.

»Gleich werden Sie sehen«, sagte der Schotte. »Gleich werden Sie ihn sehen.«

Eine windschiefe Tür wurde aufgezogen, und ein Vampir trat aus dem Haus. Es war der Mann, den Kostaki im Park gesehen hatte. Sein aufrechter Gang war unverkennbar. Ebenso die Augen. Obschon er alte Kleider und eine zerbeulte Schiebermütze trug, ließen seine stocksteife Haltung und der gewichste Schnurrbart den ehemaligen Soldaten der Britischen Armee erahnen. Der Vampir blickte sich um und starrte einen furchterregenden Lidschlag lang in die finstere Gasse. Dann sah er auf seine Taschenuhr. Hurtigen Schrittes marschierte der Sergeant von dannen.

Mackenzie atmete erleichtert auf.

Als die Schritte des Vampirs verhallt waren, sagte Kostaki: »Das war er.«

»Ich habe keinen Augenblick daran gezweifelt.«

»Weshalb haben Sie mich dann hierherzitiert?«

»Weil ich Ihnen voll und ganz vertrauen kann. Wir haben schließlich eine Übereinkunft, Sie und ich.«

Kostaki wußte, wovon Mackenzie sprach.

»Wir müssen dem Sergeant folgen, seine Verbündeten ausmachen und dieser Verschwörung ein für allemal ein Ende setzen.«

»Und da bekommt die Sache auch schon einen Haken. Männer wie Sir Charles Warren oder Ihr General Iorga verabscheuen Überraschungen. Ihnen ist es lieber, wenn der Übeltäter aus den Reihen ihrer Verdächtigen stammt. Nicht selten verwerfen sie eindeutige Beweise, weil diese einer fixen Idee zuwiderlaufen, die sie irrtümlich zu der ihrigen gemacht haben. Sir Charles hat bestimmt, daß der Dynamitverschwörer einer von Jagos Kreuzfahrern sein müsse und kein Vampir.«

»Aber unter Vampiren hat es immer schon Verräter gegeben.«

»Unser Sergeant ist ein Sonderfall, davon bin ich fest überzeugt. Noch tappe ich im dunkeln, was das Ausmaß seiner Umtriebe betrifft. Und doch bin ich gewiß, daß er als bloßes Werkzeug weitaus größerer Mächte fungiert. Mächte, die womöglich größer sind als alles, was ein einfacher Polizist und ein Soldat zu bezwingen in der Lage sind.«

Sie verließen ihr Versteck und traten vor das Haus des Sergeanten. Es bedurfte keiner großen Worte. Sie wollten nun die Tür aufbrechen und die Räumlichkeiten des Mörders einer Durchsuchung unterziehen.

Während Mackenzie die Straße im Auge behielt, sprengte Kostaki mit festem Griff das Schloß. Im Alten Jago war derlei weder ungewöhnlich noch verdächtig. Ein Seemann mit ausgestülpten Taschen torkelte im Zickzack an ihnen vorüber, den Blick von Gin oder Opium vernebelt.

Sie schlüpften in das Logierhaus und erklommen drei

schmale, steile Treppenfluchten. Neugierige Augen lauerten im Dunkel hinter Türspionen, dennoch blieben sie unbehelligt. Sie gelangten zu dem Zimmer, wo das Licht gebrannt hatte. Kostaki brach ein zweites Schloß auf, das ein gutes Stück solider war, als er es in einem solchen Loch vermutet hätte, und sie befanden sich im Innern.

Mackenzie entzündete einen Kerzenstummel. Der Raum war blitzsauber, von beinahe soldatischer Ordnung. Das Bettuch über der schmalen Pritsche war stramm wie die Bauchmuskeln eines Ringers. Auf einem Pult lag Schreibwerkzeug, sorgfältig aufgereiht wie für eine militärische Inspektion.

»Ich habe berechtigten Grund zu der Annahme, daß unser Fuchs nicht nur der Mörder Ezzelin von Klatkas ist«, verkündete Mackenzie, »sondern auch der scheinbare Attentäter, der John Jago eine Kugel auf den Pelz gebrannt hat.«

»Das leuchtet nicht recht ein.«

»Einem Soldaten vielleicht nicht. Für einen Gendarmen aber ist das ein alter Hut. Sie hetzen beide Parteien gegeneinander auf, setzen sie aufeinander an wie Hunde. Dann lehnen Sie sich bequem zurück und genießen das Schauspiel.«

Mackenzie durchforstete die Papiere auf dem Pult. Neben dem Löschhorn standen ein frisches Faß roter Tinte und ein kleiner Krug voller Schreibfedern.

»Haben wir es etwa mit einer Anarchistenrotte zu tun?«

»Ganz im Gegenteil, würde ich meinen. Sergeanten haben nicht das Zeug zum Anarchisten. Dazu fehlt es ihnen an Fantasie. Sergeanten dienen. Auf den Schultern von Sergeanten läßt sich ein Weltreich errichten.«

»Dann befolgt er also lediglich Befehle.«

»Selbstverständlich. Die ganze Angelegenheit verströmt ein wenig den *haut-goût* des *ancien régime,* finden Sie nicht auch?«

Kostaki hatte eine Eingebung. »Sie hegen offenbar Bewunderung für diesen Mann. Oder doch zumindest für seine Sache?«

»Das wäre dieser Nächte reichlich unklug.«

»Dennoch ... «

Mackenzie lächelte. »Ich wäre ein Heuchler, wollte ich von Klatka betrauern oder gar Mitleid für John Jago empfinden.«

»Und wenn nun nicht von Klatka das Opfer gewesen wäre, sondern ...«

»Sie? Dann verhielte sich die Sache vielleicht etwas anders. Wohlgemerkt, vielleicht. Der Sergeant hätte zwischen Ihnen und Ihrem Kameraden wohl kaum einen Unterschied gemacht. Weiter vermag ich den Gedanken seiner Brotherrn nicht zu folgen.«

Kostaki dachte einen Augenblick nach. »Ich werde wahrscheinlich mein Bein verlieren.«

»Das tut mir ausgesprochen leid.«

»Was gedenken Sie gegen den Sergeant zu unternehmen? Oder wollen Sie ihn weiterhin seiner geheimnisvollen Sache dienen lassen?«

»Ich sagte Ihnen doch bereits, ich bin Gendarm mit Leib und Seele. Sowie ich über Beweise verfüge, die Warren unter keinen Umständen leugnen kann, werde ich sie ihm vorlegen.«

»Danke, Schotte.«

»Wofür?«

»Für Ihr Vertrauen.«

Auf dem Pult befand sich eine große Anzahl loser Blätter, die mit einer Hieroglyphen ähnelnden Kurz- oder Geheimschrift bedeckt waren.

»Nanu«, rief Mackenzie aus, »was haben wir denn da?« Er hielt den mit Bleistift verfaßten Entwurf eines Briefes in die Höhe. Er war unverschlüsselt. »Lestrade wird krank werden vor Neid«, sagte er. »Und Fred Abberline erst. Kostaki, sehen Sie nur ...«

Kostaki warf einen Blick auf den Brief. Er hub an mit den Worten »*Werter Meister*« und schloß: »*Ganz der Ihrige, Jack the Ripper.*«

44

Am Hafen

Der Leichnam war bei Cuckold's Point, in der Flußbiegung von Limehouse Reach, ans Ufer gespült worden. Drei Männer waren vonnöten gewesen, ihn aus dem quatschenden Schlamm zu ziehen und auf dem ersten besten Kai niederzulegen. Noch ehe Geneviève und Morrison eintrafen, hatte jemand sich die Mühe gemacht, dem leblosen Körper einen Anschein von Würde zu verleihen, indem er seine schlaffen Glieder entwirrte und die tropfnassen, schmutzstarrenden Kleider notdürftig in Ordnung brachte. Um das Zartgefühl der Werftarbeiter und Dockbummler nicht zu beleidigen, wurde eine Segeltuchbahn über den Toten ausgebreitet.

An Hand der Gravur im Deckel seiner Taschenuhr und, erstaunlich genug, einer auf seinen Namen ausgeschriebenen Bankanweisung hatte man ihn bereits identifiziert. Dennoch kamen sie nicht umhin, die Identität des Leichnams formell zu bestätigen. Als der Constable das Segeltuch lüftete, stießen vereinzelte Zuschauer übertriebene Ekellaute aus. Erschrocken wich Morrison zurück und wandte sich fort. Die Fische hatten Druitts Gesicht angefressen; trotz der leeren Augenhöhlen und des teuflischen Grinsens seiner bloßen Zähne erkannte Geneviève ihn sogleich an Haaransatz und Kinn.

»Er ist es«, sagte sie.

Der Constable ließ das Tuch sinken und dankte ihnen. Morrison bestätigte Genevièves Aussage. Ein Wagen stand bereit, um den Leichnam fortzubringen.

»Ich glaube, er hatte Familie in Bournemouth«, erklärte Morrison dem Polizisten. Pflichtschuldig machte sich der Constable eine Notiz.

Der Colonel hatte Wort gehalten. Druitts Taschen waren mit Steinen vollgestopft; zwar hatte man ihm keinen Abschiedsbrief untergeschoben, die Folgerung jedoch war unausweichlich. Ein zweiter Mörder trieb fröhlich sein Unwesen: Diesmal allerdings würde die Polizei mitnichten einen Feldzug gegen ihn eröffnen, setzte der Diogenes Club gewiß keinen seiner Spürhunde auf ihn an. Was war am Ripper schon Besonderes? Fünfzig Yards im Umkreis des Flusses gab es wenigstens ein Dutzend gleichermaßen grausamer, ruchloser Gesellen. Der Whitechapel-Mörder war aller Voraussicht nach ein Irrer; Moran und seinesgleichen konnten nicht einmal dies als Entschuldigung anführen. Mord gehörte schlechtweg zu ihrem *répertoire.*

Als man Druitt auf den Wagen hievte, hatte das Schauspiel ein Ende. Die Bummler und Müßiggänger machten sich auf zum nächsten Spektakel, und die Polizisten widmeten sich wieder ihren Pflichten. Geneviève und Morrison blieben an der Kaimauer zurück. Sie gingen nach der Rotherhithe Street, wo sich Reepschlägerwerkstätten, Schenken, Seemannsunterkünfte, Speditionsbüros und Bordelle aneinanderreihten. Dieses Viertel Londons schien wie aus Tausendundeiner Nacht, wie ein Basar im lichten Nebel. Hundert verschiedene Sprachen gingen wirr durcheinander. Allenthalben wimmelte es von Chinesen, und ein jedes Seidenrascheln erfüllte Geneviève mit Grauen.

Plötzlich stand eine verschleierte Gestalt vor ihr. Eine Vampirfrau im schwarzen Pyjama. Sie machte eine reumütige Verbeugung, und ihr Schleier teilte sich. Geneviève erkannte das chinesische Mädchen aus dem Alten Jago, das für den Herrn der seltsamen Tode gesprochen hatte.

»Dieses Unrecht wird nicht ungesühnt bleiben«, sagte sie. »Sie haben das Wort meines Herrn.«

Dann war das Mädchen verschwunden.

»Was hatte es denn damit auf sich?« fragte Morrison.

Geneviève zuckte mit den Achseln. Das Mädchen hatte mandarinisch gesprochen. Wenn man Charles Glauben schenken wollte, so gab es keinen Zweifel, daß Colonel Moran die Folgen seiner Taten zu spüren bekommen würde. Wenn er jedoch büßen mußte, dann nicht für einen brutalen Mord, sondern für einen *unnötigen* brutalen Mord.

Das Mädchen war im Getümmel untergetaucht.

Geneviève hegte keineswegs die Absicht, sogleich nach der Hall zurückzukehren. Sie wollte Charles ausfindig machen, weniger jedoch um seinetwillen als vielmehr, um sich nach dem Wohlergehen seiner glücklosen Verlobten zu erkundigen. Penelope Churchward, deren Bekanntschaft gemacht zu haben sie sich nicht recht freuen konnte, hatte ihre Besorgnis erweckt. Unzählige wurden in den feurigen Schlund der Hölle geworfen. Wie viele würde sie vor ihrem Schicksal bewahren können? Druitt nicht, so viel stand fest. Ebensowenig Lily Mylett. Oder Cathy Eddowes.

Morrison redete vertraulich auf sie ein. Sie hatte ihm nicht zugehört und bat ihn um Verzeihung.

»Es geht um Dr. Seward«, wiederholte er. »Ich habe Angst, daß er sich vollends zum Narren macht mit seiner Lucy.«

»Lucy?«

»So nennt sie sich wenigstens.« Morrison gehörte zu der Handvoll Menschen, die Jack Sewards geheimnisumwobener Geliebten begegnet waren. Sie hatte ihn nicht zu beeindrucken vermocht. »Wenn mich nicht alles täuscht, so ist sie uns durchaus bekannt. Wenn auch unter anderem Namen und in abgerissenen Kleidern.«

»Jack ist seit jeher viel zu unnachgiebig gegen sich selbst. Vielleicht vermag diese *amour* ihn ja von seiner permanenten Erschöpfung zu kurieren.«

Morrison schüttelte den Kopf. Es bereitete ihm sichtlich Mühe, seinen Gedanken Ausdruck zu verleihen.

»Sie haben doch gewiß keine gesellschaftlichen Einwände gegen das Mädchen? Ich hatte eigentlich angenommen, derlei Dinge hätten wir hinter uns gelassen«, sagte Geneviève.

Morrison schaute verdutzt drein. Da er selbst aus bescheidenem Hause stammte, hätte seine Arbeit ihn Verständnis für die Lage noch der Niedrigsten und Schandbarsten unter seinen Mitmenschen gelehrt haben müssen. »Mit Dr. Seward stimmt etwas nicht«, insistierte er. »Äußerlich erscheint er ruhiger und gelassener denn je. Innerlich aber hat er sich nicht mehr in der Gewalt. Manchmal vergißt er sogar unsere Namen. Oder weiß nicht, in welchem Jahr wir uns befinden. Ich glaube, er träumt sich gleichsam in eine arkadische Zeit zurück, vor der Ankunft unseres Prinzgemahls.«

Geneviève sann darüber nach. Sie fand Jack neuerdings verschlossener als sonst. Zwar war er ihr gegenüber nie so offenherzig gewesen wie zum Beispiel gegenüber Charles oder Arthur Morrison, doch hatte er in den vergangenen Wochen kaum noch etwas von sich preisgegeben, als sei sein Herz mit Bleiplatten verrammelt, die ebenso solide waren wie der Schrank, in dem er seine kostbaren Wachszylinder aufbewahrte.

Sie blieben stehen, und Geneviève ergriff Morrisons Hand. Bei der Berührung seiner Haut explodierten winzige Erinnerungen. Noch floß ein wenig von Charles' Blut in ihren Adern, und im Geiste sah sie nebelhafte Bilder ferner Länder. Wie durch ein Fliegenfenster erblickte sie ein schmerzverzerrtes Antlitz, das seiner verstorbenen Gattin zu gehören schien.

»Arthur«, sagte Geneviève, »der Wahnsinn ist wie eine Seuche. Wie das Böse ist er überall. Da uns nicht allzu viele Mittel in die Hand gegeben sind, dem Abhilfe zu schaffen, müssen wir lernen, mit ihm zu leben, ihn uns zunutze zu machen. Die Liebe ist immer auch eine Art von Wahnsinn. Und wenn Jack in dieser verdrehten Welt sein Plätzchen findet, wem soll es schaden?«

»Sie heißt nicht Lucy. Ich glaube, sie hatte einen irländischen Namen … Mary Jean, Mary Jane?«

»Schwerlich ein Beweis niederträchtiger Perfidie.«

»Sie ist ein Vampir.« Als ihm schwante, was er soeben gesagt hatte, hielt Morrison inne. Beschämt versuchte er, den Schaden wiedergutzumachen. »Ich meinte … Sie verstehen …«

»Ich weiß Ihre Besorgnis durchaus zu schätzen«, erwiderte sie, »und in gewissem Maße teile ich Ihre Befürchtungen. Aber ich weiß wirklich nicht, was wir in dieser Sache unternehmen könnten.«

Morrison war innerlich zerrissen. »Dennoch«, sagte er, »mit Dr. Seward stimmt etwas nicht. Wir müssen etwas unternehmen. Irgend etwas.«

45

Trink, trink, mein liebliches Geschöpf

Seit ihrer Berührung war Beauregard wie ausgewechselt. Zwei Tage nun schon quälten ihn die fürchterlichsten Träume. Träume, in denen Geneviève, bisweilen in Gestalt einer mit nadelspitzen Fangzähnen bewehrten Katze, gierig von seinem Blut schlürfte. So stand es wohl in seinen Sternen. Nach Lage der Dinge wäre er früher oder später ohnehin von einem Vampir angezapft worden. Allein der Güte des Geschicks war es zu danken, daß er freiwillig von seinem Blut gespendet hatte, statt mit Gewalt zum Aderlaß gezwungen zu werden. Wenigstens war ihm größeres Glück beschieden als Penelope.

»Charles«, sagte Florence Stoker, »ich rede nun seit beinahe einer Stunde auf Sie ein, und ich behaupte, Sie haben nicht ein Wort verstanden. Es ist Ihnen deutlich anzusehen, daß Sie in Gedanken im Krankenzimmer sind. Bei Penelope.«

Bösen Gewissens beließ er Florence in ihrem Glauben. Eigentlich hätte er an seine Verlobte denken *müssen.* Wie sie so im Salon saßen und warteten, kamen sie sich töricht und unnütz vor. Florence stürzte eine winzige Tasse Tee nach der anderen hinunter. Dann und wann platzte Mrs. Churchward mit nichtssagenden Neuigkeiten ins Zimmer, und Mrs. Yeovil, die Haushälterin, brachte immer wieder frischen Tee. In seine Gedanken vertieft, schenkte Beauregard ihnen keinerlei Beachtung. Zwar hatte Geneviève ihm Blut entnommen, nicht jedoch ohne dafür ihrerseits etwas zu geben. Vor seinem inneren Auge zerfloß und verlief ihr Bild wie Quecksilber.

Penelope stand in der Obhut Dr. Ravnas, des berühmten Spezialisten für Nervenleiden. Als Vampir hatte er sich auf dem Gebiet der Nicht-Toten-Medizin einen beträchtlichen Ruf erworben. Just in diesem Augenblick war er bei der Kranken und probierte es mit einer neuen Behandlungsmethode.

Da Beauregard sich seit der vorvergangenen Nacht nur mehr in einem Dämmer befand, hatte er seine Pflichten in Whitechapel vernachlässigt. Penelopes Gebrechlichkeit bot ihm eine ebenso willkommene wie fadenscheinige Entschuldigung. In Gedanken war er unentwegt bei Geneviève. Zu seinem Entsetzen verspürte er den Wunsch, sie möge ihn abermals zur Ader lassen. Nicht allein um ihren Durst an seinem offenen Handgelenk zu stillen, sondern zur vollkommenen Vereinigung im Dunklen Kuß. Geneviève hätte zu allen Zeiten als außerordentliche Frau gegolten. Gemeinsam vermochten sie Jahrhunderte zu überdauern. Die Verlockung war beträchtlich.

»Die Hochzeit werden wir dann wohl absagen müssen«, meinte Florence. »Jammerschade.«

Obschon sie keine Gelegenheit zu einer Aussprache gefunden hatten, nahm Beauregard an, daß seine Verlobung mit Penelope nicht mehr bestand. Er hielt es für das beste, die Sache auf privatem Wege auszufechten. Zwar hatte sich, so hoffte er, recht eigentlich niemand eines Vergehens schuldig gemacht, doch waren weder er noch Penelope dieselben als zu jener Zeit, da sie ihr Übereinkommen getroffen hatten. Er steckte ohnehin in Schwierigkeiten, und eine Klage wegen Bruchs des Eheversprechens konnte er am allerwenigsten gebrauchen. Zwar stand dergleichen schwerlich zu erwarten, doch war Mrs. Churchward eine altmodische Frau, die durchaus dem Irrglauben erliegen mochte, daß ihre Tochter beleidigt worden sei.

Genevièves Lippen waren kühl, ihre Berührungen sacht, ihre Zunge wie die einer Katze, lieblich und rauh zugleich. So zärtlich, so behutsam hatte sie von seinem Blut getrunken, daß eine betörende Empfindung ihn durchströmte, die ihn von einem Augenblick zum anderen süchtig werden ließ. Er fragte sich, was sie einstweilen treiben mochte.

»Ich verstehe nicht, was Lord Godalming sich dabei gedacht hat«, fuhr Florence fort. »Sein Benehmen ist höchst sonderbar.«

»Das sieht Art aber gar nicht ähnlich.«

Ein beinahe unmenschlicher Schrei drang durch die Zimmerdecke, gefolgt von einem Wimmern. Florence verzog das Gesicht, und Beauregard stockte das Herz. Penelope litt Schmerzen.

Der Fall Jack the Ripper schleppte sich ergebnislos dahin. Das Vertrauen, welches sowohl der Diogenes Club wie auch der Limehouse-Ring in seine Fähigkeiten als Agent und Detektiv gesetzt hatten, war womöglich übel angebracht. Schließlich hatte er nicht allzuviel erreicht.

Er hatte ein persönliches Entschuldigungsschreiben des Professors erhalten, in welchem dieser ihm versicherte, daß Colonel Moran für seine Einmischung zur Rechenschaft gezogen worden sei. Zudem hatte ihn ein eigentümliches Billett aus dünnem, mit grüner Tinte beschriebenem Pergament erreicht, dessen Verfasser ihm versprach, daß Mr. Yam, den Beauregard sogleich als den chinesischen Ältesten ausmachte, Mlle Dieudonné nicht weiter belästigen werde. Allem Anschein nach hatte man eine Vereinbarung getroffen, die zu erfüllen sich der Herr der seltsamen Tode jedoch nicht länger genötigt sah. Beauregard mußte an eine Meldung denken, auf die er beim Durchblättern der ›Times‹ gestoßen war. Im Hause Dr. Jekylls hatte ein sonderbarer Überfall, ein quasi umgekehrter Einbruch stattgefunden. Offenbar hatte eine unbekannte Person sich Zutritt zu seinem Laboratorium verschafft und fünfzig goldene Sovereigns über der Asche des Vampir-Ältesten verstreut, die der Wissenschaftler untersuchte.

»Manchmal wäre es mir lieber, ich hätte noch nie von Vampiren gehört«, meinte Florence. »Das habe ich Bram auch immer gesagt.«

Beauregard pflichtete ihr unwillig bei. Es läutete an der Tür, und er hörte Mrs. Yeovil am Salon vorübertrippeln, um den Besucher einzulassen.

»Noch eine mitfühlende Seele, nehme ich an.«

Gestern war Kate Reed, Penelopes neugeborene Skribentenfreundin, hereingeschneit und hatte eine halbe Stunde lang hilflos und verschämt umhergestanden, murmelnd ihr Mitgefühl bekundet und sich dann unter einem Vorwand eilig davongestohlen. Sie hatte Penelope schwerlich ein gutes Beispiel gegeben.

Die Haustür wurde aufgezogen, und eine wohlvertraute Stimme erklärte: »Es tut mir leid, aber ich habe keine Karte.«

Geneviève. Ehe er sich's versah, war er auch schon auf den Beinen und im Flurgang; Florence folgte auf dem Fuße. Geneviève stand auf der Schwelle.

»Charles«, sagte sie. »Ich dachte mir, daß ich Sie hier finden würde.«

Sie trat vor Mrs. Yeovil hin und streifte ihren grünen Umhang ab. Die Haushälterin hängte ihn auf.

»Charles«, stieß Florence hervor. »Sie sind überaus nachlässig.«

Er entschuldigte sich und machte sie miteinander bekannt. Geneviève stellte ihr bestes Benehmen vor, indem sie Florence' Hand ergriff und einen passablen Knicks vollführte. Mrs. Churchward war heruntergekommen, um den Neuankömmling in Augenschein zu nehmen. Beauregard machte auch sie bekannt.

»Wie ich höre, benötigen Sie einen Arzt, der mit den Schwächen der Nicht-Toten vertraut ist«, wandte sich Geneviève ohne Umschweife an Penelopes Mutter. »Ich verfüge über einige Erfahrung auf diesem Gebiet.«

»Dr. Ravna von der Harley Street ist bei uns, Miß Dieudonné. Ich halte seine Dienste für durchaus angemessen.«

»Ravna?« Ihr Unmut war ihr deutlich anzusehen.

»Geneviève!« bat Beauregard.

»Es läßt sich nicht höflicher ausdrücken, Charles. Ravna ist ein Aufschneider und Scharlatan. Er ist seit kaum einem halben Jahr Vampir, und schon geriert er sich wie der Calmet unserer Epoche. Mit Jekyll oder Moreau wären Sie wahrhaftig besser bedient, obgleich ich mir von ihnen nicht einmal eine Eiterbeule öffnen lassen wollte.«

»Dr. Ravna kommt mit den allerbesten Empfehlungen«, hielt Mrs. Churchward dagegen. »Er verkehrt in den vornehmsten Häusern.«

Geneviève machte eine wegwerfende Geste. »Auch die feinste Gesellschaft kann sich irren.«

»Ich glaube kaum ...«

»Mrs. Churchward, Sie müssen mich zu Ihrer Tochter lassen.«

Sie starrte Penelopes Mutter unverwandt an. Beauregard spürte die ungeheure Überzeugungskraft ihres Blikkes. Die Wunde an seinem Handgelenk juckte. Gewiß hatte jedermann bemerkt, wie oft er sich an seiner Manschette zu schaffen machte.

»Nun gut«, lenkte Mrs. Churchward ein.

»Betrachten Sie es als freundschaftliches Angebot«, sagte Geneviève.

Sie ließ Florence und Mrs. Yeovil zurück und folgte Mrs. Churchward in Beauregards Begleitung die Treppe hinauf. Als Mrs. Churchward die Tür zum Krankenzimmer öffnete, wehte ein grauenhafter Gestank auf den Flurgang hinaus. Der Geruch des Todes und Vergessens. Das Zimmer war mit schweren Vorhängen verdunkelt, allein ein Fischschwanzbrenner tauchte das Bett in fahles Licht.

Dr. Ravna stand hemdsärmelig über die Patientin gebeugt und setzte ihr mit einer Zange ein sich windendes schwarzes Etwas an die Brust. Das Bettzeug war zurückgeschlagen, und Penelopes Hemd stand offen. An Bauch und Busen klebte ein halbes Dutzend schwarzer Stummel.

»Blutegel!« stieß Geneviève entsetzt hervor.

Beauregard suchte seinen Ekel zu unterdrücken.

»Verfluchter Narr!« Geneviève stieß den Spezialisten beiseite und legte Penelope eine Hand auf die Stirn. Die Haut der Patientin glänzte gelblich. Sie hatte rote Ringe um die Augen, und ihr nackter Leib war mit brennenden Malen übersät.

»Das unreine Blut muß geschröpft werden«, erklärte Dr. Ravna. »Sie hat von einer giftigen Quelle getrunken.«

Geneviève zog ihre Handschuhe aus. Sie pflückte einen

Egel von Penelopes Brust und warf ihn in eine Schale. Systematisch und ohne die geringste Spur von Abscheu entfernte sie das schneckenähnliche Getier. Blutstropfen quollen aus den Wunden, welche die Sauger in die Haut geschnitten hatten. Dr. Ravna begann zu protestieren, doch Geneviève brachte ihn mit starrem Blick zum Schweigen. Als sie fertig war, breitete sie die Bettdecke über Penelope und steckte sie am Halse fest.

»Narren wie Sie haben genug Unheil angerichtet«, fuhr sie Dr. Ravna an.

»Meine Referenzen sind vom Feinsten, junge Dame.«

»Ich bin nicht jung«, gab sie zurück.

Penelope war bei Bewußtsein, konnte jedoch allem Anschein nach nicht sprechen. Ihre Augen schnellten hin und her, und sie ergriff Genevièves Hand. Ungeachtet der offensichtlichen Symptome ihrer Krankheit war mit Penelope ein Wandel vor sich gegangen. Ihre Züge hatten sich um eine Nuance verändert, ihr Haaransatz ging leicht zurück. Sie sah aus wie Pamela.

»Ich hoffe nur, Ihre Blutegel haben nicht auch den letzten Rest ihres Verstandes zunichte gemacht«, wandte sich Geneviève an Dr. Ravna. »Sie war bereits krank, und Sie haben sie bedrohlich geschwächt.«

»Können wir denn gar nichts tun?« fragte Mrs. Churchward.

»Sie braucht Blut«, sagte Geneviève. »Wenn sie verdorbenes Blut getrunken hat, braucht sie reines Blut als Gegenmittel. Der Aderlaß war nicht nur nutzlos, sondern verheerend. Ohne Blut verkümmert ihr Gehirn. Ein Schaden, der womöglich nicht mehr wiedergutzumachen ist.«

Beauregard knöpfte seine Manschette auf.

»Nein«, wies Geneviève sein unausgesprochenes Angebot zurück. »Ihr Blut wird ihr nichts helfen.«

Was dies betraf, ließ sie sich nicht beirren. Beauregard fragte sich, ob ihre Motive ausschließlich medizinischer Natur sein mochten.

»Sie braucht eigenes oder aber anverwandtes Blut. Moreau hat vollkommen recht. Es gibt verschiedene Blutgruppen. Unter uns Vampiren ist das seit Jahrhunderten bekannt.«

»Eigenes Blut?« fragte Mrs. Churchward. »Ich verstehe nicht ganz.«

»Oder aber das Blut eines Verwandten. Mrs. Churchward, wären Sie wohl damit einverstanden ...«

Mrs. Churchward vermochte ihren Ekel nicht zu verbergen.

»Sie haben sie schon einmal gesäugt«, erklärte Geneviève. »Nichts anderes verlange ich von Ihnen.«

Penelopes Mutter war von Grausen ergriffen. Sie hielt die Hände gekreuzt an ihre Brust gepreßt.

»Wäre Lord Godaming ein echter Gentleman, hätte er uns dies erspart«, sagte Geneviève zu Beauregard gewandt.

Penelope fletschte die Fangzähne und fauchte. Mit baumelnder Zunge schnappte sie blutlechzend nach Luft.

»Ihre Tochter wird es überleben«, redete Geneviève auf Mrs. Churchward ein. »Aber alles, was ihr Wesen ausmacht, würde womöglich ausgelöscht, und Ihnen bliebe nichts als eine leere Hülle, ein Wesen voller Begierde, doch ohne jeden Verstand.«

»Sie sieht aus wie Pamela«, sagte Beauregard.

Geneviève schaute besorgt drein. »Teufel auch! Penelope schrumpft innerlich, wechselt ihre Gestalt, richtet sich zugrunde.«

Penelope wimmerte, und Beauregard verdrückte eine Träne. Der Geruch, die erstickende Hitze im Zimmer, der verzagte Arzt, die siechende Patientin. All dies war ihm wohlvertraut.

Mrs. Churchward näherte sich dem Bett. Geneviève nickte ihr aufmunternd zu und ergriff ihre Hand. Sowie sie Mutter und Tochter zusammengeführt hatte, trat sie einen Schritt zurück. Penelope streckte die Hände aus und umarmte ihre Mutter. Schaudernd vor Ekel löste Mrs. Churchward ihren Kragen. Die Patientin setzte sich im Bett auf und preßte die Lippen auf den Hals ihrer Mutter.

Mrs. Churchward erstarrte vor Schreck. Ein rotes Rinnsal lief Penelopes Kinn hinab und befleckte ihr Nachtzeug. Geneviève setzte sich auf das Bett, strich Penelope über das Haar und sprach ihr mit ruhiger Stimme Mut zu.

»Vorsicht«, sagte sie. »Nicht so viel.«

Dr. Ravna ließ seine Blutegel zurück und stahl sich heimlich davon. Beauregard hingegen blieb, obgleich er sich wie ein Eindringling vorkam. Mrs. Churchwards Miene entspannte sich, und ihr Blick bekam nachgerade etwas Traumverlorenes. Beauregard wußte nur zu gut, wie sie empfand. Er umklammerte mit festem Griff sein Handgelenk und schob die steifleinene Manschette über seine Bißwunden hinunter. Geneviève machte Penelope von der Kehle ihrer Mutter los und drückte sie sacht in die Kissen zurück. Ihre Lippen waren scharlachrot, und ihr Teint schimmerte rosig. Ihr Gesicht schien voller, beinahe ebenso lebendig wie zuvor.

»Charles«, befahl Geneviève mit schneidender Stimme. »Hören Sie auf zu träumen.«

Mrs. Churchward schwankte am Rande einer Ohnmacht. Beauregard stützte sie und half ihr in einen Sessel.

»Nie hätte ich … gedacht …«, stammelte sie. »Meine arme, arme Penny.«

Beauregard war gewiß, daß sie ihre Tochter nun ein wenig besser verstand.

»Penelope«, versuchte Geneviève die Aufmerksamkeit der Kranken zu gewinnen. Penelopes Blick wanderte ziellos umher, und ihre Lippen bebten. Sie leckte den letzten Rest des Blutes fort. »Miß Churchward, hören Sie mich?«

Penelope antwortete mit einem behaglichen Schnurren.

»Sie brauchen jetzt Ruhe«, sagte Geneviève.

Penelope nickte, lächelte und ließ flatternd die Lider sinken.

Geneviève wandte sich zu Mrs. Churchward um und schnippte mit den Fingern. Penelopes Mutter schreckte aus ihrem Tagtraum hoch. »In zwei Tagen machen Sie das noch einmal, haben Sie verstanden? Unter Aufsicht. Sie dürfen sich von Ihrer Tochter nicht zuviel Blut entnehmen lassen. Und damit hat es dann auch schon ein Ende. Sie darf keinesfalls abhängig von Ihnen werden. Wenn sie sich ein zweites Mal von Ihnen nährt, wird ihr das wieder auf die Beine helfen. Danach muß sie alleine für sich sorgen.«

»Wird sie es überleben?« fragte Mrs. Churchward.

»Die Ewigkeit kann ich ihr zwar nicht versprechen, aber wenn sie sich vorsieht, wird sie unser Jahrhundert wohl überdauern können. Vielleicht sogar unser Jahrtausend.«

46

Kaffernkrieg

Nacht für Nacht schickte Sir Charles Constables mit Farbtöpfen aus, um die am Tage durch Jagos Krieger Christi angebrachten Kreuze von allen in Sichtweite des Yard gelegenen Mauern zu tilgen. Bei Sonnenaufgang aber erschienen die schmalen roten Zeichen von neuem, war eine jede hinlänglich weiße Wand zwischen Whitehall Place und Northumberland Avenue damit beschmiert. Godalming beobachtete, wie der Commissioner seiner jüngsten Abordnung von *amateur*-Anstreichern Befehle zubellte.

Muntere Müßiggänger standen, in dicke Mäntel und Schals gehüllt, umher: feindliche Eingeborene, im Begriff, das Fort zu attackieren. Es gehörte zweifellos zu den klügeren Maßnahmen Warrens, den Yard gegen eine etwaige Bestürmung zu wappnen, indem er für eine ausreichende Anzahl von Gewehren sorgte und Türen und Fenster haltbar machen ließ. Sowie die Sache sich vom Polizeilichen ins Militärische verschob, hatte der Commissioner Anwandlungen von wahrhafter Tüchtigkeit, die bisweilen herzerquickend wirken konnten. Ein guter Soldat, doch jämmerlicher Polizist; so lautete das Urteil über Sir Charles Warren.

Der Nebel war, dichter denn je, zurückgekehrt. Selbst Vampire fanden ihn undurchdringlich. Obgleich sie im Dunkeln sehen konnten, befähigte sie das keineswegs, sich auch in dieser schwefelgelben Suppe zurechtzufinden. Godalming wachte im Auftrag des Premierministers über Sir Charles. Der Commissioner verlor zusehends den Halt. Bei seinem nächsten Zusammentreffen mit Ruthven beabsichtigte Godalming, Warrens Entlassung vorzuschlagen. Da Matthews bereits seit Monaten den Kopf von Sir Charles forderte, wäre der Minister des Innern – dessen Stuhl ebenfalls beträchtlich wankte – fürs erste besänftigt.

Irgendwie war es Jagos Leuten gelungen, ihr Kreuz an das Hauptportal des Yard zu malen. Godalming hegte den Verdacht, daß Jago unter den warmblütigen Gendarmen einige Anhänger gefunden hatte. Wer auch immer Sir Charles im Amt nachfolgen mochte, würde zunächst eine Säuberung in den Reihen des Fußvolks unternehmen müssen, ehe er die Ordnung wiederherstellen konnte.

Das St.-Georgs-Kreuz schien ein naheliegendes Symbol für die Rebellen, war es doch gleichzeitig das Kruzifix, dem ein Vampir der Sage nach nicht die Stirne bieten konnte, sowie die Fahne jenes neuen England, dessen Zügel der Prinzgemahl in Händen hielt.

»Es ist unerträglich.« Sir Charles tobte. »Ich bin von Strolchen und Stümpern umgeben.«

Godalming schwieg. Die Strafe für das unbefugte Bemalen von Wänden und Schmieren von Parolen lag dieser Nächte bei fünf Peitschenhieben, die *coram publico* verabreicht wurden. Wenn es so weiterging, dauerte es nicht mehr lange, und derlei mindere Vergehen wurden mit sofortiger Pfählung oder dem Abhauen der schuldbeladenen Hand geahndet.

»Matthews, dieser Tölpel, mit seiner Pfennigfuchserei«, fuhr Sir Charles fort. »Wir brauchen mehr Männer auf der Straße. Soldaten.«

Niemand außer Godalming schenkte dem Commissioner Beachtung. Dessen Untergebene gingen ungerührt ihren Geschäften nach und scherten sich nicht weiter um die Zornesausbrüche ihres Kommandeurs. Der stellvertretende Commissioner Dr. Anderson hatte seinen Wanderurlaub in der Schweiz verlängert, während Chefinspektor Swanson sich in der Kunst der Mimikry übte und den Kopf aus der Schußlinie zu befördern suchte, bis die Schlacht geschlagen war.

Ein schäbig gekleideter Mann trat zu Sir Charles und begann auf ihn einzureden. Sogleich war Godalmings Interesse geweckt. Er schlenderte bis auf Hörweite heran. Der

Zerlumpte hatte einen hinkenden Gefährten, der in einem guten Dutzend Yards Entfernung stehenblieb. Bei besagtem Gefährten handelte es sich um einen älteren Vampir, dem jeden Augenblick das Fleisch vom Schädel zu fallen drohte. Godalming vermutete, daß er der Karpatischen Garde angehörte. Er war jedenfalls kein Engländer.

»Mackenzie!« schrie Sir Charles. »Was hat das alles zu bedeuten? Wo sind Sie gewesen?«

»Auf Fährtensuche, Sir.«

»Sie haben Ihre Pflichten vernachlässigt. Sie sind Ihres Ranges enthoben und werden mit strengen Strafmaßnahmen rechnen müssen.«

»Sir, so hören Sie ...«

»Und wie Sie aussehen, Sie sind eine Schande für die ganze Mannschaft! Eine verfluchte Schande!«

»Sir, schauen Sie sich das an ...« Mackenzie, der den Rang eines Inspektors zu bekleiden schien, reichte dem Commissioner ein Blatt Papier.

»Schon wieder so ein verflixter, schwachsinniger Brief!« stieß Sir Charles wütend hervor.

»Allerdings, doch unvollendet und nicht abgeschickt. Ich kenne den Verfasser.«

Nun gab es für Godalming keinen Zweifel mehr, daß es sich um eine wichtige Sache handelte. Sir Charles' Augen bekamen einen unheilverkündenden Glanz. »Sie wissen, wer Jack the Ripper ist?«

Mackenzie lächelte verschlagen. »Das habe ich nicht gesagt. Aber ich weiß, wer unter diesem ›Künstlernamen‹ Briefe fabriziert.«

»Dann suchen Sie Lestrade. Es ist sein Fall. Er wird Ihnen gewiß dankbar sein, daß Sie einen weiteren irrsinnigen Quälgeist eliminieren konnten.«

»Dies ist von überragender Bedeutung. Es betrifft die Sache neulich nachts im Park. Es betrifft eigentlich alles. John Jago, die Dynamitverschwörer, den Ripper ...«

»Mackenzie, Sie reden wirr!«

Was Godalming anbetraf, befanden sich beide Polizisten am Rande des Wahnsinns. Dieses Blatt Papier jedoch war womöglich Gold wert. Er trat hinzu und warf einen Blick darauf.

»›*Ganz der Ihrige, Jack the Ripper*‹«, las er laut vor. »Ist das dieselbe Handschrift wie bei den anderen?«

»Darauf wette ich zehn Guineas«, sagte Mackenzie. »Und ich bin Schotte.«

Eine kleine Menge hatte sich um sie versammelt. Uniformierte und auch einige der Müßiggänger drängten neugierig heran. Selbst Mackenzies Vampir-Ältester gesellte sich zu ihnen. Ein neugeborener Constable war hinter Mackenzie in Habachtstellung gegangen.

»Sir Charles«, sagte Mackenzie, »es ist ein Vampir. Hier geht es um eine Verschwörung. Eine Dynamitverschwörung. Ich habe guten Grund zu der Annahme, daß wir vom ersten Tage an genasführt wurden. Höchste Stellen nehmen großes Interesse an dem Fall.«

»Ein Vampir! Unsinn. Machen Sie den Kreuzfahrern die Hölle heiß, dann werden Sie Ihren Mann schon finden. Und ich verspreche Ihnen, er ist ein warmblütiger Wicht.«

Mackenzie rang verzweifelt die Hände. Ihm war, als wäre er mit dem Kopf gegen eine Mauer des Starrsinns gerannt.

»Sir, haben Sie schon einmal vom Diogenes Club gehört?«

Sir Charles wurde leichenblaß. »Wollen Sie mich zum Narren halten, Mann?«

Godalming war fasziniert. Der Diogenes Club war Charles Beauregards Geschäftsadresse, und Beauregard hatte in dieser Angelegenheit überall die Hand im Spiel. Es war durchaus möglich, daß der Schotte eine echte Spur gefunden und seinen Fang bis in den Bau hinein verfolgt hatte.

»Sir Charles«, sagte er. »Ich denke, wir sollten Inspektor Mackenzies Bericht *in camera* hören. Womöglich stehen wir kurz vor der Lösung mehrerer Rätsel.«

Er blickte erst dem Commissioner, dann dem Inspektor ins Gesicht. Beide schienen wild entschlossen, sich keinesfalls dem Willen des anderen zu beugen. Neben Mackenzie befand sich der Karpater, die roten Augen auf Sir Charles geheftet. Hinter ihnen stand, dunkeläugig und mit dichtem Schnurrbart, der kampfbereite Constable.

Eine seiner ›Einsichten‹ machte Godalming schwindlig, und mit einemmal wußte er, daß der Constable ebenso falsch war wie eine Sieben-Pfund-Note.

Mit lautem Getöse explodierte ein Feuerball. Die Leute liefen schreiend auseinander. Farbbeutel zerplatzten an aus Portlandstein gehauenem Simswerk. Wohlgezielte Wurfgeschosse schlugen Fensterscheiben in Stücke. Schüsse knallten, und eine Frau kreischte. Alle versuchten sogleich, sich zu Boden zu werfen. Der Karpater stieß mit Godalming zusammen, und dieser schwankte unter dem Gewicht, in dem Bemühen, sich auf den Beinen zu halten. Der falsche Polizist ließ eine Hand hinter den Rücken wandern. Etwas blitzte auf. Godalming brach zusammen und sank auf das schmutzige Pflaster. Der Karpater wälzte sich von ihm herunter. Mächtig fluchend schwenkte Sir Charles einen Revolver.

Mackenzie holte tief Luft und hielt den Atem an. Er fiel auf die Knie, öffnete den Mund und verdrehte die Augen. Der Brief des Rippers wurde von einem Windstoß erfaßt und wirbelte einige Yards weit durch die Luft, bis er mit der beschriebenen Seite wie ein Plakat an einer nassen Mauer kleben blieb. Mackenzie keuchte, und aus seinem Mund floß Blut. Der Karpater wollte ihm aufhelfen. Als er die Hand vom Rücken des Inspektors nahm, war sie blutverschmiert.

Jemand versetzte Godalming einen Tritt gegen den Kopf. Polizeipfeifen schrillten. Sir Charles, der sich im dichten Kampfgewühl von Afrika zu wähnen schien, hatte das Heft wieder fest in der Hand, erteilte Befehle und ließ seine Constables strammstehen, indem er wild mit dem Revolver fuchtelte.

Von der Aufregung hervorgelockt, strömten Hilfstruppen aus dem Portal des Yard. Viele von ihnen schwenkten Gewehre: Sir Charles sah seine Männer gern bewaffnet, auch wenn die Vorschriften dies nicht erlaubten. Der Commissioner gab Anweisung, den Aufstand des Pöbels niederzuschlagen. Knüttelschwingend prügelte ein Peloton von Polizisten auf die verbliebenen Müßiggänger ein und trieb sie gegen das Themseufer hin. Unter den Constables erblickte Godalming den Neugeborenen, der Mackenzie erstochen hatte; soeben ließ er seinen Knüppel auf den Kopf eines Geistlichen herniedersausen. Die Gendarmen trieben den lärmenden Haufen in den Nebel. Der Attentäter war entwischt.

Mackenzie lag bäuchlings auf das Pflaster hingestreckt und regte sich nicht mehr. Der dunkle Fleck an seinem Rücken war ein deutliches Indiz dafür, daß man ihn mit einem treffsicheren Hieb ins Herz getötet hatte. Der Karpater stand mit blutbeflecktem Messer und versteinerter, lebloser Miene über ihn gebeugt.

»Nehmen Sie diesen Mörder fest«, befahl Sir Charles den umstehenden Constables.

Die drei neugeborenen Gendarmen zögerten. Godalming fragte sich, ob sie den Ältesten bezwingen konnten. Der Karpater warf verächtlich das Messer fort und streckte die Hände aus. Einer der Polizisten gehorchte und schloß der Ordnung halber Handschellen um die Gelenke des Ältesten. Der hätte sie mit Leichtigkeit zu sprengen vermocht, ließ sich jedoch gefügig in Gewahrsam nehmen.

»Sie schulden uns eine Erklärung«, sagte Sir Charles und reckte einen Finger, als wollte er den Vampir dazu herausfordern, ihn abzubeißen.

Die Constables schafften den Karpater fort.

»So ist's recht«, sagte der Commissioner und ließ den Blick über das verlassene Schlachtfeld wandern. Die Straßen waren geräumt. Farbe rann die Mauern hinab. Allenthalben lagen Wurfprojektile und die eine oder andere Haube eines Constables über das Pflaster verstreut, doch der Friede war wiederhergestellt. »So schmeckt mir das. Disziplin und Ordnung, Godalming. Nichts anderes brauchen wir. Nur nicht die Zügel schleifen lassen.«

Sir Charles ging, gefolgt von einigen seiner Männer, gemessenen Schrittes in seine Amtsstube zurück. Zwar waren die Eingeborenen fürs erste abgewehrt, doch hörte Godalming jetzt schon, wie die Urwaldtrommeln von neuem Kannibalen zusammenriefen. Er verweilte einen Augenblick im Nebel, und die Gedanken überschlugen sich in seinem Kopf. Von allen Anwesenden wußte nur er – und der Attentäter –, was tatsächlich vorgefallen war. Seine Fähigkeiten erreichten allmählich ihr volles Ausmaß und gewährten ihm die Einsichten und Empfindungen eines Vampirs, den man noch nicht als Ältesten bezeichnen mochte, der jedoch gewiß kein Neugeborener mehr war. Er vermochte das Chaos unter der ruhigen Oberfläche zu sehen. Lord Ruthven hatte ihm bedeutet, nach einem Vorteil Ausschau zu halten und diesen erbarmungslos zu nutzen. Wenn er es geschickt anstellte, konnte er aus seinem Wissen ungeheuren Vorteil ziehen.

47

Mr. Beauregard und die Liebe

Er stand mit hinter dem Rücken verschränkten Händen am offenen Kamin und genoß die wohltuende Wärme. Nach dem kurzen Spaziergang von der Caversham Street heim nach Cheyne Walk war er durchgefroren bis auf die Knochen. Bairstow hatte frühzeitig ein Feuer angefacht, und im Salon herrschte eine anheimelnde Atmosphäre.

Geneviève wanderte im Zimmer umher wie eine Katze, die sich mit ihrem neuen Heim vertraut zu machen sucht, wollte einen jeden Gegenstand, auf den sie bei ihrem Rundgang stieß, prüfen, betasten, schmecken beinahe, ehe sie ihn wieder an seinen Platz legte und zurechtrückte.

»Ist das Pamela?« fragte sie, indem sie die letzte Fotografie in die Höhe hielt. »Sie war bildschön.«

Beauregard stimmte ihr zu.

»Die meisten Frauen würden sich wohl nicht gern fotografieren lassen, wenn sie guter Hoffnung sind. Sie fänden das womöglich unanständig«, sagte sie.

»Pamela war anders als die meisten Frauen.«

»Zweifelsohne, dem Einfluß nach zu urteilen, den sie auf ihre Hinterbliebenen ausübt.«

Beauregard hatte den Zwischenfall keineswegs vergessen.

»Sie wollte allerdings nicht, daß Sie Ihr Leben unnütz vertun«, sagte sie und stellte die Fotografie zurück. »Und sie hätte gewiß auch nicht gewollt, daß ihre Cousine ihre Gestalt annimmt.«

Beauregard wußte keine Antwort. Geneviève ließ seine Verlobung in einem ungünstigen Licht erscheinen. Penelope und er hatten sowohl sich selbst als auch einander betrogen. Dennoch verspürte er gegen Penelope, Mrs. Churchward oder Florence Stoker nicht den geringsten Groll. Die Schuld lag ganz allein bei ihm.

»Hin ist hin«, fuhr Geneviève fort. »Niemand weiß das besser als ich. Ich habe Jahrhunderte der Vergessenheit übergeben.«

Sie krümmte rasch den Rücken und parodierte eine tattrige alte Schachtel. Dann richtete sie sich wieder auf und strich sich eine Haarsträhne aus der Stirn.

»Wie geht es weiter mit Penelope?« fragte er.

Sie zuckte mit den Achseln. »Das läßt sich nicht mit Gewißheit sagen. Ich glaube, sie wird es überleben, und ich vermute, sie wird wieder ganz sie selbst. Vielleicht sogar zum erstenmal sie selbst.«

»Sie mögen sie nicht besonders, nicht wahr?«

Sie unterbrach ihre Wanderung und legte nachdenklich den Kopf schief. »Ich bin wohl eifersüchtig.« Sie ließ die Zunge über ihre hellschimmernden Zähne gleiten. Plötzlich bemerkte sie, daß sie ihm näher gekommen war, als die Etikette es erlaubte. »Andererseits ist sie wohl keine allzu liebenswürdige Person. In jener Nacht in Whitechapel, nach meinem Kampf gegen den Ältesten, schien sie mir nicht eben freundlich. Diese schmalen Lippen, dieser stechende Blick.«

»Ist Ihnen eigentlich bewußt, welche Überwindung es sie gekostet haben muß, sich in solch ein Viertel zu begeben? Um mich ausfindig zu machen? Es ging gegen alles, was man sie gelehrt hat, alles, woran sie jemals glaubte.«

Er vermochte es noch immer kaum zu fassen, daß die alte Penelope sich tatsächlich auf eigene Faust aus dem Haus gewagt hatte und noch dazu an einen Ort gefahren war, den sie gleichsam auf einer Stufe mit den Abgründen der Hölle wähnte.

»Sie hat mit Ihnen abgeschlossen«, sagte sie unumwunden.

»Ich weiß.«

»Nun, da sie neu geboren ist, wird sie Ihnen schwerlich eine brave kleine Ehefrau sein können. Sie wird sich alleine in der Nacht zurechtfinden müssen. Vielleicht hat sie sogar das Zeug zu einem vortrefflichen Vampir, was auch immer das bedeuten mag.« Sie legte ihre Hand an sein Revers, und ihre spitzen Nägel bohrten sich in den Stoff. Die Hitze des Kaminfeuers wurde ihm beinahe unangenehm. »Komm, küß mich, Charles.«

Er zögerte.

Sie lächelte, und ihre ebenmäßigen Zähne schienen fast normal. »Keine Sorge«, sagte sie. »Ich beiße nicht.«

»Lügnerin.«

Sie kicherte, und er küßte sie sanft auf den Mund. Sie schlang ihre Arme um ihn und glitt mit der Zunge über seine Lippen. Sie kehrten dem Kaminfeuer den Rücken und ließen sich, ein wenig unbeholfen, auf dem Diwan nieder. Er fuhr mit den Fingern durch ihr Haar.

»Verführst du mich, oder verführe ich dich?« fragte sie. »Ich weiß nicht recht.«

Bisweilen trat in den unpassendsten Augenblicken ihr Humor zum Vorschein. Er streichelte ihre Wange mit dem Daumen. Sie küßte sein Handgelenk, berührte die verschorften Wunden mit der Zunge. Ein Schlag durchzuckte ihn. Er spürte ihn bis hinunter in die Fußsohlen.

»Spielt das eine Rolle?« entgegnete er.

Sie preßte seinen Kopf in ein Kissen, so daß er zur Decke blickte, und küßte seinen Hals.

»Ich kann dir wahrscheinlich nicht die Art von Liebe bieten, die du gewohnt bist«, sagte sie. Ihre Zähne waren unterdessen spitzer und länger geworden.

Das Hemd war ihr aus dem Rock gerutscht und stand nun offen. Sie war von hübschem, schlankem Wuchs. Auch seine Kleider hatten sich gelöst.

»Dasselbe könnte ich dir sagen.«

Sie lachte, ein kehliges Männerlachen, und schnappte sacht nach seinem Hals. Das Haar fiel ihr ins Gesicht, strich über seinen Mund und kitzelte ihn in der Nase. Seine Hände glitten unter ihr Hemd und liebkosten ihr den Rücken und die Schultern. Er spürte die vampirische Kraft der Muskeln unter ihrer Haut. Mit den Zähnen pflückte sie die Knöpfe aus Kragen und Hemd und spie sie quer durch das

Zimmer. Er versuchte sich auszumalen, wie Bairstow sie im Verlauf der nächsten Wochen einen nach dem anderen finden würde, und lachte.

»Was ist so komisch?«

Er schüttelte den Kopf, und sie küßte ihn abermals, auf Mund, Augen und Hals. Er fühlte, wie sein Blut pulsierte. Nach und nach, unter allerlei Liebkosungen, entledigten sie einander der vier oder fünf Kleiderschichten, die man gemeinhin für ziemlich hielt.

»Wenn du glaubst, du verrichtest hier eine Herkulesarbeit«, sagte sie, als er an ihrem Unterzeug erneut auf eine Reihe von Haken gestoßen war, »hättest du einmal versuchen sollen, um eine hochwohlgeborene Dame des ausgehenden fünfzehnten Jahrhunderts zu freien. Es grenzt beinahe an ein Wunder, daß meine Generation überhaupt Nachkommen zuwege gebracht hat.«

»In heißerem Klima bereitet all das weniger Schwierigkeiten.«

»Weniger Schwierigkeiten bedeuten aber noch lange nicht größeres Vergnügen.«

Sie legten sich nieder und wärmten einander.

»Du hast ja lauter Narben«, sagte sie und zeichnete den Schmiß unterhalb seiner Rippen mit dem Fingernagel nach.

»Im Dienst der Königin erworben.«

Sie entdeckte zwei Schußwunden in seiner rechten Schulter, wo die Kugel ein- und ausgetreten war, und leckte die längst verheilte Schmarre unter seinem Schlüsselbein.

»Was machst du eigentlich genau für Ihre Majestät?«

»Auf halbem Weg zwischen Diplomatie und Krieg liegt der Diogenes Club.«

Er küßte ihre Brüste, grub die Zähne zärtlich in ihr Fleisch.

»Du hast überhaupt keine Narben. Nicht einmal ein Muttermal.«

»Äußerlich bleibe ich unversehrt.«

Ihre Haut war blaß und rein, beinahe haarlos. Sie legte

sich zurecht, um ihm das Eindringen zu erleichtern, und biß auf ihre schwellende Unterlippe, während er sich behutsam über sie schob.

»Na also«, sagte sie. »Endlich.«

Er glitt in sie und seufzte erleichtert auf. Ihn mit Armen und Beinen umklammernd, reckte sie den Kopf und hieb die Zähne sanft in seinen Hals.

Ihm war, als ob eisige Nadeln ihn durchbohrten, und einen Lidschlag lang befand er sich in ihrem Geist. Sie war unermeßlich. Die Spur ihrer Erinnerung verlor sich in der trüben Ferne wie die Bahn eines Sterns in einer entlegenen Galaxie. Er spürte, wie er sich in ihr bewegte, schmeckte sein Blut auf ihrer Zunge. Dann war er wieder ganz er selbst. Ihn schauderte.

»Sag halt, Charles«, flüsterte sie, und Blutstropfen schimmerten zwischen ihren Zähnen. »Wenn es weh tut, sag halt.«

Er schüttelte den Kopf.

48

Der Tower von London

Ein Brief unter dem Siegel Lord Ruthvens genügte, ihm eine Audienz zu verschaffen. Der Abstieg über die steingewandete Treppe schien dem neugeborenen Yeoman Warder beträchtliche Mühe zu bereiten, während Godalming ihm federleichten Schrittes folgte. Es fiel ihm schwer, seine Energien im Zaum zu halten. Er hätte platzen können vor lauter Aufregung. Die Wache war ihm geistig wie auch körperlich unterlegen. Allmählich erst begriff er das ganze Ausmaß seiner neuen Fähigkeiten. Er war noch nicht an seine Grenzen gestoßen.

Bald nach Einbruch der Dunkelheit war er auf einem Spaziergang durch den Hyde Park einer ihm flüchtig bekannten jungen Dame begegnet. Sie hieß Helena Soundso und hatte bisweilen Florence' *soirées noires* besucht, zumeist in Begleitung eines jener dümmlichen Schauspielerfreunde Mrs. Stokers. Zunächst bannte er sie mit seinem Blick. Dann geleitete er sie zu einem bequem gelegenen Aussichtshäuschen und zwang sie, ihre Gewänder abzustreifen. Hernach öffnete er ihr die Halsschlagader und saugte sie fast aus. Als er sie verließ, war sie am Leben – noch.

Nun war er erfüllt von Helenas köstlichem Geschmack. Mit jeder neuen Explosion in seinem Schädel erfuhr er mehr über das warmblütige Mädchen. Ihr armseliges Leben gehörte ihm. Jeder Schuß Blutes machte ihn stärker.

Über ihnen befand sich der White Tower, der älteste Teil der Festung. Ganz in der Nähe lag die Cell of Little Ease, eine Kammer von vier Fuß Größe im Quadrat, die dergestalt beschaffen war, daß ein Gefangener weder stehen noch liegen konnte. In ihr hatten Gegner der Krone wie

Guy Fawkes auf ihre Hinrichtung gewartet. Selbst die weniger unangenehmen Räumlichkeiten waren nichts weiter als Käfige aus Stein, die eine Flucht unmöglich machten. Die massiven Holztüren waren mit winzigen Gittern versehen. Aus so mancher bewohnten Zelle drang das Stöhnen und Ächzen der Verdammten an Godalmings Ohr. Die Gefangenen waren dem Verhungern nahe. Viele unter ihnen hatten ihre Adern angebissen und sich schlimme Wunden zugefügt. Graf Orlok war dafür berüchtigt, daß er gegen seinesgleichen mit äußerster Härte vorging, ihren Verrat mit einer Gefangenschaft bestrafte, die nichts anderes bedeutete als einen langen, langsamen Tod.

Kostaki saß in einer dieser Zellen hinter Schloß und Riegel. Godalming hatte Erkundigungen über den Gardisten eingezogen. Er war ein Ältester und hatte Dracula bereits zu Lebzeiten gedient. Seit seiner Verhaftung war kein Wort mehr über seine Lippen gekommen.

»Hier, Sir.«

Der Yeoman Warder, der in seiner buffonesken Uniform ein wenig albern wirkte, zog seinen Schlüsselring hervor und öffnete die drei soliden Schlösser. Als er seine Laterne absetzte, um die schwere Tür in Angriff zu nehmen, tanzte sein riesiger Schatten über die Steinquader hinter ihm.

»Das genügt«, wandte sich Godalming an die Wache, indem er die Zelle betrat. »Ich werde rufen, wenn ich fertig bin.«

In der Düsternis erblickte Godalming brennende rote Augen. Weder der Gefangene noch er selbst benötigten eine Laterne.

Kostaki hob den Kopf und sah seinen Besucher an. Godalming vermochte in seinem zerfurchten Gesicht beim besten Willen keinen Ausdruck zu entdecken. Zwar war es keineswegs von Fäulnis befallen, doch klebte es an seinem Schädel wie altes Leinen, steif und modrig. Nur seine Augen ließen auf einen Funken Leben schließen. Der Karpater lag an eine strohgedeckte Feldbettstelle gebunden. Eine ledergepolsterte Silberschelle umschloß seinen gesunden Knöchel, und eine massive Kette aus Silber und Eisen fesselte ihn an einen in die Mauer eingelassenen Ring. Ein Bein des Ältesten war zu nichts mehr zu gebrauchen, und ein Wulst aus besudelten Bandagen lag um sein zerschmettertes Knie. Der Gestank von verdorbenem Fleisch erfüllte die Zelle. Eine Silberkugel hatte den Ältesten getroffen. Kostaki hustete. Das Gift strömte in seinen Adern, breitete sich aus. Ihm blieb nicht mehr viel Zeit.

»Ich war dort«, verkündete Godalming. »Ich habe gesehen, wie der scheinbare Polizist Inspektor Mackenzie umgebracht hat.«

Kostakis rote Augen blieben starr.

»Ich weiß, daß man Sie fälschlich des Mordes bezichtigt. Sie haben es allein Ihren Feinden zu verdanken, daß Sie in diesem Dreckloch sitzen.« Mit ausgestrecktem Arm wies er in der niedrigen, fensterlosen Zelle um sich. Sie hätte ebensogut ein Totengrab sein mögen.

»Ich habe sechs Jahrzehnte im Château d'If verbracht«, erwiderte Kostaki. »Im Vergleich dazu ist dieses Quartier recht komfortabel.« Seine Stimme war unverändert kräftig und erstaunlich laut in dem beengten Raum.

»Wollen Sie mit mir sprechen?«

»Das habe ich doch soeben getan.«

»Wer war er? Der Polizist?«

Kostaki hüllte sich in Schweigen.

»Bedenken Sie, daß ich Ihnen helfen kann. Ich stehe in der Gunst des Premierministers.«

»Mir kann niemand mehr helfen.«

Durch die Fugen zwischen den Steinplatten sickerte Wasser herauf. Hier und da war der Boden mit grünweißem Moos bewachsen. An Kostakis Bandagen befanden sich ähnliche Schimmelflecke.

»Nein«, erklärte Godalming dem Ältesten, »die Lage ist zwar sehr ernst, aber noch ist die Schlacht nicht verloren. Wenn wir die Pläne unserer Widersacher durchkreuzen könnten, ließe sich daraus nicht geringer Vorteil ziehen.«

»Vorteil? Ihr Engländer habt nichts anderes im Kopf als euren Vorteil.«

Godalming war stärker als diese fremdländische Bestie,

von schärferem Verstand. Er vermochte das Blatt so zu wenden, daß er als unbestrittener Sieger aus ihrem Duell hervorging. »Wenn ich den Polizisten finde, kann ich eine Verschwörung gegen den Prinzgemahl aufdecken.«

»Das hat der Schotte auch gesagt.«

»Steckt der Diogenes Club dahinter?«

»Ich weiß nicht, wovon Sie sprechen.«

»Mackenzie hat so etwas erwähnt. Kurz vor seinem Tod.«

»Der Schotte machte nicht allzu viele Worte.«

Kostaki würde ihm verraten, was er wußte. Dessen war Godalming sicher. Er konnte förmlich mitansehen, wie sich die Zahnräder im Kopf des Ältesten zu drehen begannen. Er wußte, wo er den Hebel anzusetzen hatte.

»Mackenzie hätte bestimmt gewollt, daß die Sache aufgeklärt wird.« Zustimmend senkte Kostaki den wuchtigen Schädel. »Der Schotte hat mich zu einem Haus in Whitechapel geführt. Er war einem Neugeborenen auf den Fersen, den sie den ›Sergeant‹ oder ›Danny‹ nennen. Am Ende hat ihn sein eigener Fuchs zur Strecke gebracht.«

»Also ist dieser Mann Mackenzies Mörder?«

Kostaki nickte und deutete auf seine Wunde. »Jawohl, derselbe, dem ich dieses zu verdanken habe.«

»Wo in Whitechapel?«

»Die Gegend heißt das Alte Jago.«

Er hatte davon gehört. Alle Spuren in dieser Angelegenheit schienen nach Whitechapel zu führen: wo Jack the Ripper mordete, wo John Jago seine Reden schwang, wo nicht selten Agenten des Diogenes Clubs auftauchten. Morgen nacht wollte Godalming sich aufmachen, den finstersten Teil Londons zu erkunden. Er war gewiß, daß dieser Sergeant dem Vampir, in den Arthur Holmwood sich verwandelt hatte, nicht das Wasser reichen konnte.

»Nur Mut, alter Knabe«, sprach Godalming dem Ältesten zu. »Wir werden Sie auf schnellstem Wege hier herausholen.«

Er trat auf den Korridor und rief den Yeoman Warder herbei, die Zellentüre zu verriegeln. Durch die Gitterstäbe sah er, wie Kostaki die roten Augen schloß und sich auf seiner Pritsche niederlegte.

Unter einem Bogen am Ende des Flurgangs stand ein hochgewachsener, bucklichter *nosferatu* im langen, abgerissenen Gehrock. Mit seinem aufgeschwollenen Schädel, den spitzen Ohren und hervorstehenden Hauern gemahnte er Godalming an ein Nagetier. Seine tränenden Augen saßen in schwarzen Höhlen, die Schatten auf seine Wangen warfen, und schnellten unentwegt hin und her. Selbst seinen Mitältesten war die Gegenwart des Grafen Orlok, eines entfernten Verwandten des Prinzgemahls, nicht recht geheuer. Seine grausige Gestalt erinnerte sie fortwährend daran, wie wenig sie noch mit den Warmblütern gemein hatten.

Orlok trippelte den Korridor entlang. Nur seine Füße schienen sich zu bewegen. Sein Körper hingegen war steif wie eine Wachsfigur. Als er bei Godalming angekommen war, sträubten sich seine geschwungenen Augenbrauen wie die Barthaare einer Ratte. Er verströmte einen weniger strengen, dafür aber um so fauligeren Geruch als Kostakis Zelle.

Godalming grüßte den Governor, ohne Orloks welke Klaue zu schütteln. Orlok spähte in Kostakis Zelle, indem er, die Hände links und rechts der Tür gegen den kalten Stein gepreßt, sein Gesicht nah an das Gitter drückte. Der Yeoman Warder wich vor seinem Kommandeur zurück. Orlok stellte nur selten Fragen, stand jedoch in dem Ruf, mühelos Antworten zu erhalten. Er wandte sich von der Zelle fort und blickte Godalming aus lodernden Augen an.

»Er schweigt beharrlich«, erklärte Godalming dem *nosferatu.* »Hartnäckiger Bursche. Er wird vermutlich hier verrotten.«

Orloks Hai-Ratten-Hasen-Zähne schabten über seine Unterlippe, was bei ihm bereits als Lächeln gelten mochte. Godalming beneidete keinen der Gefangenen, die der Obhut dieser Kreatur anvertraut waren.

Der Yeoman Warder geleitete ihn zum Hauptportal hinauf. Über dem Tower graute der Morgen. Noch immer zitterte Godalming von dem Blut, welches er Helena entnommen hatte. Er verspürte den Drang, den Heimweg im Laufschritt zurückzulegen oder unter dem Traitor's Gate hindurchzutauchen und ein Bad in der Themse zu nehmen.

»Wo sind denn die Raben?« fragte er.

Der Yeoman Warder zuckte mit den Achseln. »Fort, Sir. So sagt man.«

49

Paarungsgewohnheiten des gemeinen Vampirs

Sein Haus war faszinierend, und seine Bücher und Bilder bestätigten ihre Vermutungen. In der Bibliothek entdeckte Geneviève ein Pult, auf dem sich mit Lesezeichen versehene Bände türmten. Charles hegte mannigfaltige Interessen; gegenwärtig beschäftigte er sich mit *Ein moderner Apostel und andere Gedichte* von Constance Naden, *Nach London* von Richard Jefferies, *Die wahre Geschichte der Welt* von Lucian de Terre, *Versuche über den Nutzen von Bildung und Erziehung* von Mark Pettison, *Die Wissenschaft von der Ethik* von Leslie Stephen und *Das unbekannte Universum* von Peter Guthrie Tait. Zwischen seinen Büchern fand Geneviève gerahmte Fotografien von Pamela, einer Frau mit markanten Zügen und einer präraffaelitischen Haarmähne. Sämtliche Bilder zeigten Charles' Gattin im Sonnenschein, zufrieden in sich ruhend, während alle anderen steif posierten.

Auf einem Regal fand sie Feder und Tinte und überlegte, ob sie eine Nachricht hinterlassen sollte. Sie nahm die Feder zur Hand, aber ihr fiel nichts ein, was der Mitteilung wert gewesen wäre. Wenn Charles aufwachte, würde sie fort sein, doch das bedurfte keiner Entschuldigung. Er wußte, was es hieß, seinen Pflichten nachzukommen. Schließlich schrieb sie nichts weiter, als daß sie abends in der Hall zu finden sei. Vermutlich würde er nach Whitechapel zurückkehren und ihr einen Besuch abstatten wollen. Es gab immerhin einiges zu besprechen. Nach kurzem Zögern setzte sie die Worte ›In Liebe, Geneviève‹ unter das Briefchen, der Akzent ein winziger Schnörkel über ihrer schwungvollen Signatur. Die Liebe selbst bereitete ihr kein allzu großes Kopfzerbrechen; das Reden darüber indes zehrte an ihren Nerven.

Nach zwei vergeblichen Versuchen gelang es Geneviève zu guter Letzt, einen Droschkenkutscher zu finden, der bereit war, ein Vampirmädchen ohne Begleitung von Chelsea nach Whitechapel zu befördern. Obgleich ihr Ziel sich keineswegs außerhalb des recht willkürlich festgelegten Viermeilenradius befand, den kein Hansom je verlassen durfte, verlangten die Kutscher oftmals ein zusätzliches Entgelt, wenn sie eine Fuhre machen sollten, deren Bestimmungsort in jener östlichen Richtung lag.

En route versuchte sie, schläfrig gemacht vom sanften Schlingern der Räder und einem Gefühl satter Zufriedenheit, nicht über Charles und die Zukunft nachzudenken. Im Laufe ihres langen Lebens hatte sie so viele Liebschaften durchlitten, daß sie genau wußte, was sie von einem gemeinsamen Dasein zu erwarten hatten. Charles stand in der Mitte der Dreißig. Sie würde unverändert sechzehn bleiben. In fünf oder zehn Jahren würde alle Welt sie für seine Tochter halten. In dreißig oder vierzig Jahren wäre er tot; insbesondere wenn sie sich weiter von ihm nährte. Wie so viele Vampire hatte sie, unter tätiger Mithilfe ihrer Opfer, all jene zugrunde gerichtet, die ihr ans Herz gewachsen waren. Der einzige Ausweg blieb, ihn zu verwandeln; als seine Mutter in Finsternis würde sie ihm ein neues Leben schenken und ihn schließlich an die weite Welt verlieren wie alle Eltern ihre Kinder.

Sie überquerten den Fluß. Und die Stadt wurde lauter, enger, voller.

Zwar gab es Vampirpaare, ja sogar Vampirfamilien, doch hielt sie derlei für äußerst unklug. Nach einigen Jahrhunderten strebten sie danach, zu einem Wesen mit zwei, wenn nicht mehreren Leibern zu verschmelzen, die einander die Lebenskraft aussaugten, bis sie ihrer Individualität verlustig gingen. Sie standen in dem Ruf, noch grausamer und ruchloser zu sein als selbst die Grausamsten und Ruchlosesten unter den nicht-toten Räubern und Banditen.

Es war ein kalter, grauer Morgen. Der November hatte Einzug gehalten, und Halloween und Guy Fawkes' Night waren ohne größere Feierlichkeiten vorübergegangen. Der

Nebel war so dicht, daß kein Sonnenstrahl die Straßen erhellte. Die Droschke kam nur langsam voran.

Dieses Mal hatte sich die Welt tatsächlich verändert. Die Vampire lebten nicht länger im verborgenen. Sie und Charles würden keineswegs einzig sein in ihrer Art, ja nicht einmal etwas Besonderes. Ihre kleine Tändelei wiederholte sich gewiß in tausend Spielarten im ganzen Land. Vlad Tepes hatte nicht bedacht, welche Verwicklungen sein Aufstieg zur Macht nach sich ziehen würde. Wie ein zweiter Alexander hatte er den Knoten zerschlagen; nun lagen die losen Enden verstreut am Boden, ohne Sinn und Zweck.

Letzte Nacht, mit Charles, das war kein bloßer Aderlaß gewesen. Trotz ihres Kummers berauschte sie sein Blut. Sie konnte ihn noch immer schmecken, noch immer in sich spüren.

Der Kutscher öffnete die Klappe und sagte ihr, dies sei die Commercial Street.

50

Vita brevis

Er hegte keineswegs die Absicht, in einem Hansom vorzufahren und im abscheulichsten Winkel Londons umherzubummeln, als unternähme er einen Spaziergang über Piccadilly. Es gab ohnehin kaum einen Kutscher, der eine Fahrt ins Alte Jago wagte, aus Angst, sein Messing könne den Glanz verlieren, sein Fuhrlohn gestohlen und sein Zugpferd ausgeblutet werden. Schon bei seinem letzten Besuch in Whitechapel, im Gefolge von Sir Charles, hatte Godalming bemerkt, wie übervölkert dieses Viertel war. Es bedurfte womöglich wochenlanger harter Arbeit, seinen Sergeant ausfindig zu machen, finden aber würde er den Mann gewiß. Nun, da Mackenzie tot war und Kostaki im Gefängnis saß, hatte er bei seiner Jagd keine Rivalen mehr zu fürchten. Er allein wußte um die Identität der Beute.

Während er über die Commercial Street dahinschlenderte, pfiff Godalming die Arie ›Geisterstund' hat Gold im Mund‹ aus der Oper *Ruddigore.* Es bereitete ihm einige Mühe, die für einen Intimus Lord Ruthvens politisch nicht eben geschickt gewählte Melodie aus dem Gedächtnis zu rekonstruieren. Überdies würde man ihm, wenn er erst einmal unumstößliche Beweise für eine Verschwörung des Diogenes Club gegen den Prinzgemahl besaß, solcherlei Fehltritte zweifellos nachsehen. Seine einstige Verbindung zu Van Helsing würde aus seiner Akte getilgt. Er könnte sich sein Amt aussuchen. Arthur Holmwood befand sich auf dem Weg nach oben.

Sein nächtliches Sehvermögen hatte sich merklich verbessert. Seine Fähigkeit zur Wahrnehmung stieg von Nacht zu Nacht. Der Nebel, der die Leute auf der Straße umhüllte, war für ihn nichts als ein schwacher Schleier. Er konnte eine unendliche Anzahl winziger Geräusche, Geschmäcker und Gerüche unterscheiden.

Selbst wenn Ruthven ewig lebte, schien es unwahrscheinlich, daß er sich für alle Zeit die Gunst des Prinzgemahls bewahren konnte. Er war einfach zu launenhaft für einen Mann in seiner Position. Eines Tages würde er in Ungnade fallen. Wenn jener Tag gekommen war, würde dies Godalming in die Position versetzen, sich von seinem Gönner loszusagen. Wenn nicht gar dessen Amt zu übernehmen.

Früher oder später benötigte er frisches Blut. Seine Begierde wuchs mit der Wachheit seiner Sinne. Hatte er es einst linkisch und tölpelhaft angestellt und die warmblütigen Bordellieren erst überrumpeln müssen, ehe er seine aufgeschwollenen, peinigenden Zähne in sie schlagen konnte, war es ihm nun fast ein leichtes, Warmblütern seinen Willen aufzuzwingen. Er brauchte seine Auserwählte nur noch kraft seiner Gedanken zu sich zu befehlen, und schon kam sie herbei und entblößte ihm zum Vergnügen ihren Hals. Es lief wie am Schnürchen und erfüllte ihn mit außerordentlichem Entzücken. Er verfeinerte seine Methode, so daß er die Wonnen des Aderlasses nach Herzenslust genießen konnte.

Es war an der Zeit, weitere Frauen zu verwandeln, wie Penelope Churchward. Er würde Konkubinen, Stubenhilfen, Dienstmädchen benötigen. Jeder Älteste von Rang und Ansehen hatte Gefolge, willfährige Nachkommen, die den Interessen ihres Herrn und Meisters dienten. Zum erstenmal fragte er sich, wie es der neugeborenen Penny wohl ergangen sein mochte. Sie hatte ihm einen Anzug gestohlen. Er mußte sie ausfindig und sich gefügig machen.

»Art?« ertönte die Stimme eines gebildeten Mädchens. »Nanu, das ist doch Lord Godalming, oder?«

Beim Anblick des Mädchens fiel er aus allen Wolken. Ihm war, als würde er von einem Berggipfel in einen schlammigen Graben hinabgezerrt; es schmerzte, sich nach solch kolossalen Aussichten mit derlei lachhaften Lappalien abgeben zu müssen.

»Miß Reed«, schnurrte er, »was für eine freudige Überraschung.«

Kate Reed blickte ihn verwundert, ja beinahe entsetzt an. Er erwog, sie zur Ader zu lassen, war dafür aber noch nicht bereit. Vampirblut wirkte berauschend. Nur wahrhafte Älteste konnten sich allein von diesem Saft ernähren, indem sie von ihren Vasallen den Blutzoll forderten. Noch mangelte es ihm an Kraft, doch Kate hatte gewiß das Zeug zu einer passablen Vasallin. Zweifellos von schwachem Charakter, ließe sie sich im kommenden Jahrhundert mit Leichtigkeit zu einer fügsamen Anhängerin formen.

Das Mädchen schaute verwundert drein; der Kopf wollte ihr vor Abscheu überquellen. »Pardon«, sagte sie, »da habe ich mich wohl geirrt.«

Sie hatte sich verändert seit ihrer Verwandlung. Godalming hatte Kate Reed gefährlich unterschätzt. Sie hatte ihn mühelos durchschaut. Seine Gedanken standen ihm gleichsam ins Gesicht geschrieben oder beherrschten ihn so sehr, daß selbst eine armselige Neugeborene sie mit Leichtigkeit entziffern konnte. Er mußte sich in acht nehmen. Das Mädchen ging rasch davon, lief beinahe. Sie würde sich seinen Gefälligkeiten in naher Zukunft nicht sehr aufgeschlossen zeigen. Gleichviel, er hatte Zeit. Eines Tages würde er sie besitzen. Soviel stand fest.

Er begann von neuem zu pfeifen, doch die Melodie klang schrill und falsch in seinen Ohren. Zornig mußte er sich eingestehen, daß Kate Reed ihn aus der Fassung gebracht hatte. Er war so sehr mit seinen neuen Fähigkeiten und Empfindungen beschäftigt, daß er die Maske abgeworfen hatte, die er nicht erst seit seiner Verwandlung trug. Er hatte sein wahres Gesicht preisgegeben, und das war unverzeihlich. Sein Vater, sein leiblicher Vater, hätte ihm eine ordentliche Tracht Prügel dafür verabreicht, daß er sich auf derart eklatante Weise in die Karten hatte sehen lassen.

Er wollte Menschen um sich haben, in der Menge untertauchen. Gegenüber befand sich eine Schenke, die Ten Bells. Vielleicht ließe sich dort ein Frauenzimmer finden. Er ging quer über die Straße hin, wich einem Karren aus und zwängte sich durch die Wirtshaustür …

… obgleich sich der eine oder andere Warmblüter unter den Gästen befand, wurden die Ten Bells vorwiegend von Vampiren frequentiert. Godalming widerstand den dürftigen Verlockungen eines Humpens Schweineblut und schloß statt dessen Bekanntschaft mit zwei neugeborenen Huren. Abgesehen von seiner Beute würde ihn jedermann für einen sensationslüsternen Murgatroyd aus dem West End halten. Angetan mit seinem üppigsten Rüschenhemd und einer überaus knapp sitzenden Jacke, erweckte er den Anschein eines blutgierigen, hohlköpfigen Poseurs.

Die Huren hießen Nell und Marie Jeanette; sie waren von Gin und Schweineblut ordentlich benebelt. Nell schien am ganzen Leib mit Haaren bewachsen, selbst ihr Gesicht war mit ruppigen, roten Borsten überwuchert. Bei Marie Jeanette handelte es sich um eine Irländerin mit vernunftwidrigen Ansprüchen und neuen Kleidern. Sie war beinahe hübsch zu nennen und hatte für den späteren Abend eine Verabredung getroffen, vermutlich mit einem wohlbegüterten Verehrer. Während sie sich lediglich die Zeit vertrieb, befand Nell sich offenkundig auf der Pirsch und gab sich allergrößte Mühe, ihr Interesse zu bekunden, indem sie dann und wann seine imposante Erscheinung und ausnehmende Geistesschärfe lobte. Er tat sein Bestes, den Eindruck eines volltrunkenen, affektierten Idioten zu vermitteln.

Nell entwarf die scheinbar verlockende Aussicht auf ein fideles Dreigespann. Sie schlug vor, sich gemeinsam in ihr nahe gelegenes Zimmer zu begeben, wo er sich mit beiden Huren zugleich vergnügen und all seine Wünsche in einem Bette befriedigen könne. Unentwegt strich ihre zottige Wange wie ein Pinsel über sein Gesicht, und ihr animalischer Moschusgeruch stieg ihm in die Nase.

»Du muß' mich bloß richtich pinseln, Artie«, sagte sie, indem sie mit der Hand über den Pelz an ihrem Arm fuhr, der sich jedoch sogleich von neuem sträubte. »Je nachdem, wie de's am liebsten magst.«

Er blickte sich in der Schenke um und sah einen Mann am Tresen stehen, der dem Schankraum den Rücken zukehrte. In einer Woge der Erregung überfiel Godalming die Erkenntnis. Er schmiegte sich so dicht an Nells Hals, daß sein Gesicht im Schatten lag. Mit einem Humpen Schweineblut in der Hand wandte der Mann sich um, stemmte einen Absatz hinter die Fußleiste und ließ forschende Blicke durch den Schankraum streifen. Es war der Sergeant. Er nahm einen tiefen Schluck aus seinem Glas, worauf er sich die blutigen Reste mit dem Handrücken aus dem Schnurrbart wischte. Zwar trug er an Stelle seiner Polizeiuniform einen karierten Anzug, dennoch gab es nicht den geringsten Zweifel.

»Der Mann dort am Tresen«, sagte Godalming, »mit dem albernen Schnurrbart. Hast du den schon mal gesehen? Sieh nicht so auffällig hin.«

Wenn Nell bemerkt hatte, daß er mit einemmal doppelt so intelligent war wie zuvor, jedoch allenfalls halb soviel Interesse an ihr zeigte, so nahm sie diesen Wandel ohne Murren hin. Sie wußte um die besonderen Bedürfnisse ihrer Freier. Wie eine brave kleine Spionin warf sie einen bemerkenswert verstohlenen Blick auf den Sergeant und flüsterte Godalming zu: »Der is hier Stammgast. Danny Dravat.«

Obschon ihm der Name nichts bedeutete, verspürte er ein erregendes Kribbeln im Bauch. Seine Beute hatte ein Gesicht und einen Namen. Godalming hatte Dravot so gut wie im Sack.

»Ich dachte, ich kenne ihn aus der Armee«, sagte er.

»Soviel ich weiß, war er in Indien. Oder Afghanistan?«

»Ein Sergeant, möchte ich wetten.«

»So nennse'n manchmal.«

Marie Jeanette hörte aufmerksam zu. Sie fühlte sich womöglich wie das fünfte Rad am Wagen, während sie ihren saumseligen Courmacher erwartete.

»Soll ich 'n rüberholen?« fragte Nell.

Godalming betrachtete Dravots rotfunkelnde Augen. Obgleich sie scharfsinnig und verschlagen wirkten, schien er ihn nicht zu bemerken. »Nein«, antwortete er der Hure. »Ich habe ihn mit jemandem verwechselt.«

Dravot leerte seinen Humpen und verließ die Ten Bells. Godalming wartete einen Augenblick, bis auch er sich erhob und die beiden Huren ihrem Schicksal überließ. Sie wären gewiß verwirrt, würden sich früher oder später jedoch dem nächsten Kunden zuwenden. Huren stellten keinerlei Bedrohung dar.

»He, wo willste 'n hin?« protestierte Nell.

Den Betrunkenen vorspielend, schwankte er von dannen.

»Komischer Kauz«, meinte Nell zu Marie Jeanette.

Just als er die Tür erreicht hatte, wurde sie aufgezogen. Godalming stieß den Neuankömmling beiseite und schlüpfte auf die Straße hinaus. Dravot marschierte mit flinken Schritten davon, nach dem Alten Jago zu. Godalming wollte soeben die Verfolgung aufnehmen, als sich eine Hand auf seine Schulter legte.

»Art?«

... ausgerechnet ihm, ausgerechnet Jack Seward mußte er begegnen! Der Doktor hatte sich sehr verändert. Obgleich warmen Blutes, wirkte er zehn Jahre älter mit seinem verwitterten Gesicht, dem grausträhnigen Haar und der blassen Haut. Seine Kleider waren einst vornehm gewesen, doch fehlten unterdessen ein paar Knöpfe, und die Schmutzflecke machten sie nicht eben besser.

»Um Gottes willen, Art, was ...?«

Dravot blieb stehen und begann ein Gespräch mit einem Messerschleifer. Godalming dankte der göttlichen Vorsehung und überlegte, wie er seinen lästigen alten Freund so schnell als möglich wieder loswerden könnte.

»Sie sehen ...« Außerstande, einen Satz zu Ende zu bringen, schüttelte Seward den Kopf und grinste. »Mir fehlen die Worte.«

Godalming erkannte sofort, daß Seward nicht bei Sinnen war. Als er ihn zuletzt gesehen hatte – in Purfleet, wie er als warmblütiger Narr Dracula keck herausgefordert und schließlich um sein Leben hatte fliehen müssen, während seine Gefährten zurückblieben, sich wider den Grafen zu behaupten –, war Seward zwar nervös, doch durchaus bei Verstand gewesen. Nun war er ein gebrochener Mann, der nicht mehr richtig tickte, wie eine Uhr, die ganze Stunden übersprang und bisweilen für einige Minuten rückwärts lief.

Dravot war in seine Unterhaltung mit dem Messerschleifer vertieft. Der Mann gehörte gewiß zu den Verschwörern.

»Sie sind ein Vampir!« rief Seward aus.

»Offensichtlich.«

»Wie er. Wie Lucy.«

Godalming mußte an Lucys Schreie denken, als er den Pflock in ihren Leib getrieben hatte. An das grausige Knirschen des Nackenknochens, während ihr Van Helsing und Seward den mit Knoblauch gefüllten Kopf absägten. Sein alter Zorn kehrte zurück. »Nein, nicht wie Lucy.«

Dravot setzte seinen Weg fort. Godalming schob sich zögernd an Seward vorbei. Wenn er sich ihm im Laufschritt näherte, würde der Sergeant bemerken, daß man ihn verfolgte, und die nötigen Maßregeln ergreifen, sich seinem Jäger zu entziehen. Ohne Seward noch eines Blickes zu würdigen, setzte er sich in Bewegung. Obgleich er tat, als schlendere er dahin, schlug er einen gemessenen Gang an, den Blick fest auf Dravot geheftet. In einem Nu hatte der Doktor ihn eingeholt und trippelte jetzt neben ihm über die Straße, wobei er spitze Schreie ausstieß, um seine Aufmerksamkeit auf sich zu lenken, wie ein zudringlicher Bettelmönch. Hinter ihnen war noch jemand aus den Ten Bells gekommen und rief nach Seward. Es war Marie Jeanette. Seward hatte seit ihrer letzten Begegnung wahrhaftig seine Gewohnheiten geändert.

»Art, warum haben Sie sich verwandelt? Nach allem, was er uns angetan hat, warum …?«

Dravot stahl sich in eine Seitenstraße. Wahrscheinlich hatte der Aufruhr den Argwohn des Sergeanten erweckt.

»Art, warum …?«

Seward war der Hysterie nahe. Godalming stieß ihn fauchend beiseite. Er mußte diesen Quälgeist loswerden. Der Doktor stürzte rückwärts gegen einen Laternenpfahl und sank angstvoll und entsetzt zu Boden.

»Lassen Sie mich in Frieden, Jack.«

Der Doktor bebte, alte Ängste kehrten zurück. Godalming hörte, wie Marie Jeanettes Stiefel rasch zu ihnen hin über das Pflaster klapperten. Gut. Die Hure würde ihm Seward vom Leibe halten. Er wandte sich fort und folgte Dravot. Der Sergeant hatte kehrtgemacht und verließ das Jago quer über den Marktplatz nach Aldgate zu. Verdammt. Sie befanden sich auf offenem Gelände. Er würde den Neugeborenen überholen müssen, um ihn zu bezwingen. Godalming hatte einen mit Silber geladenen Revolver. Er brauchte Dravot lebend, und doch war er bereit, den Sergeanten nötigenfalls zum Krüppel zu schießen, um ihn dingfest zu machen. Je schwerwiegender seine Verletzungen, desto begieriger würde er seine Spießgesellen preisgeben. Dravot hielt den Schlüssel in der Hand. Wenn es ihm gelänge, ihn dem Sergeanten zu entreißen, lag eine glänzende Zukunft vor Godalming. Er war sich seiner Fähigkeiten, seiner Stärke sicher. Seine krummen Fangzähne lagen bequem in den Furchen, die sie in seinen Mund gegraben hatten. Fortan würde er sich keine Bißwunden mehr zufügen.

Godalming jagte Sergeant Danny Dravot durch das labyrinthische Straßengewirr rings um den Marktplatz. Selbst wenn er seine Beute aus den Augen verlor, schien es ihm, als habe sie eine glühende Fährte im Nebel hinterlassen. Godalming vernahm das durchdringende Donnern seiner Stiefeltritte selbst einige Straßen entfernt. Dies war nicht ganz ungefährlich. Der Sergeant hatte bei der Ermordung Inspektor Mackenzies bemerkenswerten Kaltsinn an die Nacht gelegt. Er dachte an Kate Reed und prüfte sein Selbstvertrauen. Ein zweites Mal würde er sich nicht demütigen lassen, nur weil er seine eigenen Kräfte überschätzte.

Vorsichtig folgte er Dravot. Sie hatten den Marktplatz hinter sich gelassen und wanderten nun zur Commercial

Street zurück. Godalming bog in die Dorset Street, doch der Sergeant war verschwunden. Von dieser Straße zweigte eine Reihe winziger Gäßchen ab. Der Fuchs hielt sich aller Voraussicht nach in einer von ihnen versteckt. Unter einem Bogengang kräuselte sich der Nebel. Godalming war gewiß, daß er den Burschen in die Enge getrieben hatte. Der einzige Fluchtweg aus dem Gäßchen führte durch eines der Logierhäuser.

Pfeifend und von seinem bevorstehenden Sieg berauscht, spazierte er hurtigen Schrittes auf das Gäßchen zu. Er war bereit, seine großartige Kraft unter Beweis zu stellen. Er wollte den Neugeborenen mit Fäusten traktieren und nur zum Revolver greifen, um die Sache zu einem gütlichen Abschluß zu bringen. Er mußte um jeden Preis dartun, daß er dem geringeren Vampir weit überlegen war.

Am Ende der Dorset Street erschien ein Paar und kam eilends näher. Seward und seine Hure. Sie spielten keine Rolle. Es wäre sogar von Nutzen, diese Angelegenheit unter Zeugen zu erledigen. Jack Seward würde zu guter Letzt doch noch Arthur Holmwoods Zwecken dienen.

»Jack«, sagte er. »Ich habe einen Verbrecher gefaßt. Bleiben Sie hier stehen und halten Sie den ersten besten Polizisten an, der Ihnen begegnet.«

»Ein Verbrecher!« stieß Marie Jeanette hervor. »Grundgütiger, in Miller's Court?«

»Ein rücksichtsloser Mensch«, erklärte er ihnen. »Ich bin ein Agent des Premierministers, unterwegs in einer dringenden Regierungsangelegenheit.«

Sewards Miene war finster. Marie Jeanette vermochte mit der Entwicklung nicht recht Schritt zu halten.

»Ich wohne in Miller's Court«, sagte die Hure.

»Wer ist der Mann?« wollte Seward wissen.

Godalming spähte angestrengt in den Nebel. Er vermeinte den Sergeant sehen zu können, der im Hof auf ihn wartete.

»Was hat er getan?«

Godalming wußte, wie man diese Narren am leichtesten beeindrucken konnte. »Er ist der Ripper.«

Marie Jeanette schnappte nach Luft und schlug sich die Hand vor den Mund. Seward sah aus, als habe ihm jemand einen Schlag in die Magengrube versetzt.

»Lucy«, sagte der Doktor, indem er eine Hand in seinen Mantel schob, »tritt zurück.«

Godalmings Selbstvertrauen bekam einen Riß. Dravot besaß die Stirn, ihn in Miller's Court zu locken. Seward und Marie Jeanette waren nichts als Schmeißfliegen, die es zu vertreiben galt. Er hatte ein Schicksal zu besiegeln. Doch irgend etwas war faul.

»Sie haben sie Lucy genannt«, sagte er. »Sie heißt nicht Lucy.«

Er wandte sich zu Seward um, der blitzschnell den Arm hob und sich auf ihn stürzte. Godalming verspürte einen heftigen Silberstoß in seiner Brust. Etwas Scharfes drang in seinen Körper, glitt rasch und leicht zwischen die Rippen.

»Und der Mann dort drinnen«, sagte Seward und deutete mit einem Nicken in den Hof …

Rasende Schmerzen sprengten Godalming die Brust. Er war in Eis gepackt und doch durchbohrt von einer weißglühenden Nadel. Alles verschwamm vor seinen Augen, ein wirres Kreischen klang ihm in den Ohren, und langsam schwanden ihm die Sinne.

»... er heißt nicht Jack.«

51

Im Herzen der Finsternis

Mitternacht war lange vorbei. Geneviève ließ sich in Jacks Sessel nieder und betrachtete das Durcheinander von Papieren, mit denen sein Schreibtisch übersät war. Bei ihrer Rückkehr hatte Morrison ihr von fünf Krisenfällen berichtet, welche sich seit ihrem Fortgang am gestrigen Nachmittag ereignet hatten. So taktvoll wie möglich hatte der junge Mann ihr zu verstehen gegeben, sie vernachlässige ihre Pflichten ebensosehr, wie der Direktor dies in jüngster Zeit getan habe. Das hatte sie zutiefst getroffen. Sie mußte dringend etwas unternehmen. Jack war mit seinem Vampirliebchen auf und davon, während sie sich mit Charles herumgetrieben hatte.

Die Hall veränderte sich zusehends. Mit Druitts Tod waren die Stundenpläne hinfällig geworden. Hatte das Institut einst pädagogischen Zwecken dienen sollen, so war davon nun nicht mehr viel zu spüren. Da die Infirmary aus allen Nähten platzte, geriet die Hall allmählich zum Spital. Aus Vorlesungssälen wurden Krankenzimmer. Nachdem man Jacks Aufmerksamkeit von seinen persönlichen Interessen auf andere Dinge hatte lenken können, genehmigte er die Einstellung weiterer Sanitäter. Nun standen sie vor dem Problem, aus qualifizierten Leuten einen Ausschuß zur Prüfung neuer Bediensteter bilden zu müssen. Wie immer fehlte es an Geld. Wer sich zuvor als großherzig erwiesen hatte, schien sich nun anderen Dingen zu widmen. Oder hatte sich verwandelt. Vampire waren für ihre Herzlosigkeit berühmt.

Geneviève war hin und her gerissen zwischen der rasch nachlassenden Erregung, die Charles' Blut in ihr wachgerufen hatte, und den tausend brennenden Problemen von

Toynbee Hall. Neuerdings nahm ihr Leben viel zu verschlungene Wege, nahmen Nichtigkeiten ihre Zeit viel zu sehr in Anspruch. Wichtige Dinge hingegen hatte sie versäumt.

Sie erhob sich und wanderte im Zimmer umher. An einer Wand standen Jacks medizinische Lehrbücher und Akten aufgereiht. In der Ecke, unter einer Glasglocke, befand sich sein geschätzter Phonograph. Als amtierende Direktorin hätte dies ihr Zuhause sein müssen. Statt dessen hatte sie sich nach Chelsea und ins Alte Jago fortgestohlen. Nun überlegte sie, wen sie eigentlich gejagt hatte, den Ripper oder Charles Beauregard.

Sie stand an dem winzigen Fenster, das auf die Commercial Street hinausging Dichter Nebel lag tief über der Straße, ein schäumender, fahlgelber Ozean, der plätschernd gegen die Häuser schlug. Für einen Warmblüter war die Novemberkälte schneidend wie ein Rasiermesser. Oder ein Skalpell.

Der Ripper hatte seit dem letzten Septemberwochenende nicht mehr gemordet. Sie hoffte inständig, daß er endgültig untergetaucht war. Vielleicht hatte Colonel Moran ja recht gehabt, vielleicht war Montague Druitt tatsächlich Silver Knife gewesen? Nein. Ausgeschlossen. Und doch hatte Moran in jener Nacht etwas gesagt, das sie nicht vergessen konnte.

Gegenüber der Hall stand, gehüllt in einen schwarzen Umhang, ein Mann allein im wallenden Nebel. Ebenso wie sie kämpfte er offenbar mit inneren Zweifeln. Es war Charles.

Moran hatte gesagt, die Hall befände sich inmitten einer geometrischen Figur, einer Figur, die sich aus den Schauplätzen der Morde leicht ersehen ließe.

Mit unvermittelter Entschlossenheit überquerte Charles die Straße, und vor ihm teilte sich der Nebelvorhang.

52

Lucy zum letzten

Verdammt noch mal, sie war, wer sie sein wollte. Wie auch immer die *Männer* sie haben wollten. Mary Jane Kelly. Marie Jeanette. Onkel Henrys Nichte. Miß Lucy. Wenn es sein mußte, sogar Ellen Terry.

John saß an ihrem Bett. Sie erzählte ihm wieder einmal, wie sie verwandelt worden war. Von jener Nacht in Hampstead Heath, als seine teure Lucy ihr den Dunklen Kuß gegeben hatte. Nun aber erzählte sie ihm die Geschichte, als ob sie Lucy sei und Mary Jane ein anderer Mensch, eine nichtswürdige Hure ...

»Mir war so kalt, John, mich dürstete so sehr, ich fühlte mich so *neu* ... «

Es fiel ihr nicht allzu schwer, ihm Lucys Empfindungen zu schildern. Auch sie hatte jene blindwütige Angst verspürt, als sie aus dem Totenschlaf erwachte. Jenen ungeheuren, grenzenlosen Durst. Nur war Lucy, pietätvoll aufgebahrt und betrauert, in einer Gruft erwacht. Mary Jane hingegen hatte auf einem Karren gelegen, um wenige Minuten später zusammen mit anderen Leichen, für deren Bestattung niemand Sorge tragen wollte, in eine Kalkgrube geworfen zu werden.

»Sie war nichts als eine irländische Hure. Eine unbedeutende Person, John. Aber ihr Leib war warm und weich, voller Leben. In ihrem zarten Hals hämmerte das Blut.«

Mit hängendem Kopf hörte er ihr zu. Sie hielt ihn für wahnsinnig. Doch er war ein Gentleman. Und er war gut zu ihr, gut für sie. Immerhin hatte er sie vor jenem sonderbaren Gecken beschützt. Der Wahnsinnige mit seinem Gerede über Jack the Ripper hatte sie bedroht, und John Seward war ihm in den Weg getreten. Nie hätte sie damit gerechnet, daß er sie so kühn verteidigte.

»Das Blut der Kinder hatte nicht genügt, John. Mein Durst war fürchterlich, zehrte mich auf.«

Ihre neuen Begierden hatten Mary Jane verwirrt. Es vergingen Wochen, bis sie sich damit zurechtgefunden hatte. Aber all das erschien ihr nur mehr wie ein Traum. Nach und nach vergaß sie Mary Janes Erinnerungen. Sie war Lucy.

Mit geschickter Hand strich John das Hemd über ihrer Brust zurecht. Er war ganz der umsichtige Liebhaber. Zuvor, als er dem Gecken mit dem Messer zu Leibe rückte, hatte sie eine neue Seite an ihm entdeckt. Als er zustach, hatte seine Miene sich verändert. Als er ihr erklärte, nun sei sie gerächt, wußte sie, daß er von Lucy sprach. Der Geck hatte Lucy vernichtet. Doch mit seinem Tod war jener Teil der Geschichte aus Johns Gedächtnis getilgt. Vielleicht würde sie mehr darüber erfahren, je weiter Mary Jane verschwand und sich in Lucy verwandelte. Während Lucys Erinnerungen von ihr Besitz ergriffen, versank Mary Jane langsam in einem dunklen Ozean.

Da Mary Jane ohnedies völlig unbedeutend war, durfte sie sich glücklich schätzen, auf diese Weise zu ertrinken. In der kalten, dunklen Tiefe wäre es ihr ein leichtes, als Mary Jane einzuschlafen und als Lucy wieder zu erwachen.

Doch im Grunde ihres Herzens ...

Obgleich es ihr schwerfiel, mit der Entwicklung Schritt zu halten, versuchte sie ihr Bestes. John war ihre einzige Hoffnung, diesem ärmlichen Zimmer, diesem Hexenkessel zu entfliehen. Irgendwann würde sie ihn überreden, sie in einem besseren Viertel der Stadt unterzubringen. Sie würde vornehme Kleider und Bediente haben. Und beredte Kinder mit reinem, süßem Blut.

Für sie gab es nicht den geringsten Zweifel, daß der Geck den Tod verdient hatte. Er war wahnsinnig gewesen. Niemand hatte sich in Miller's Court versteckt gehalten und auf ihn gewartet. Danny Dravot war nicht der Ripper. Er war nichts als ein gewöhnlicher Soldat, der unentwegt

Lügengeschichten erzählte über all die Heiden, die er erschlagen hatte und all die Negerschlunzen, mit denen er ins Bett gegangen war.

Als Lucy dachte sie daran zurück, wie Mary Jane angsterfüllt ihren Hals umklammert hielt. Lucy entschlüpfte ihrer Gruft.

»Ich brauchte sie, John«, fuhr sie fort. »Ich brauchte ihr Blut.«

Gelehrtenhaft und reserviert saß er an ihrem Bett. Nachher wollte sie ihm Befriedigung verschaffen. Und sie wollte von ihm trinken. Mit jedem Tropfen, den sie von ihm trank, löste Mary Jane sich weiter auf und wurde zu Lucy. Es mußte an seinem Blut liegen.

»Das Verlangen war ein Schmerz, ein Schmerz, wie ich ihn nie zuvor verspürt hatte. Er nagte an meinem Leib, erfüllte mein armes Hirn mit rotem Fieber ...«

Seit ihrer Wiedergeburt fand sie für den Spiegel in ihrem Zimmer keinerlei Verwendung mehr. Und da sich niemand je die Mühe machte, ihr Porträt zu zeichnen, geschah es leicht, daß sie ihr Gesicht vergaß. John hatte ihr Bilder von Lucy gezeigt, auf denen sie aussah wie ein kleines Mädchen in den Kleidern seiner Mutter. Wenn sie sich ihr Gesicht vor Augen rief, sah sie nur noch Lucy.

»Ich bedeutete ihr, den Weg zu verlassen«, sagte sie, indem sie den Kopf von den Kissen erhob und ihr Gesicht nah an das seine brachte. »Ich sang halblaut vor mich hin und winkte ihr zu. Ich *wünschte* sie zu mir, und sie kam ...«

Sie streichelte seine Wange und legte ihren Kopf an seine Brust. Sowie sie sich auf die Melodie besonnen hatte, fiel ihr auch der Text wieder ein. *›Nur ein Veilchen pflückte ich von meiner Mutter Grab.‹* John hielt den Atem an; er schwitzte leicht. Eine jede Faser seines Körpers war bis zum äußersten gespannt. Je weiter sie in ihrer Erzählung fortfuhr, desto mehr dürstete es sie nach ihm.

»Ich sah rote Augen vor mir und hörte eine Stimme nach mir rufen. Ich verließ den Weg, sie erwartete mich schon. Die Nacht war furchtbar kalt, und doch trug sie nur ein weißes Hemd. Ihre Haut schimmerte weiß im Mondlicht. Ihr –«

Sie stockte. Sie sprach wie Mary Jane und nicht wie Lucy. Mary Jane, mahnte sie eine innere Stimme, sei vorsichtig …

John stand auf, stieß sie sanft von sich und durchquerte das Zimmer. Er stützte sich auf ihren Waschtisch und sah in den Spiegel, als glaubte er dort etwas Verborgenes zu entdecken.

Mary Jane war verwirrt. Ein Leben lang hatte sie den Männern gegeben, was die von ihr verlangten. Nun war sie tot, und nichts hatte sich geändert. Sie trat hinter John und schlang die Arme um ihn. Bei ihrer Berührung fuhr er überrascht zusammen. Er hatte sie nicht kommen sehen.

»John«, girrte sie, »komm ins Bett, John. Wärme mich.«

Anders als zuvor stieß er sie grob von sich. Sie war sich ihrer vampirischen Kräfte nicht bewußt. Da sie noch immer ein schwaches Mädchen zu sein glaubte, war sie tatsächlich schwach.

»Lucy«, sagte er tonlos, nicht an sie gewandt …

Sie spürte Zorn in sich aufkeimen. Der jämmerliche Rest von Mary Jane, die sich in jenem dunklen Ozean verzweifelt über Wasser zu halten suchte, explodierte. »Ich bin nicht deine verfluchte Lucy Westenra«, schrie sie. »Ich bin Mary Jane Kelly, und dafür brauche ich mich nicht zu schämen.«

»Nein«, sagte er, faßte in seine Jacke und griff fest zu, als er gefunden hatte, was er suchte, »du bist nicht Lucy …«

Das Silbermesser steckte noch in seiner Tasche, als sie erkannte, wie töricht sie gewesen war, dies nicht früher schon bemerkt zu haben. Ihre Kehle schmerzte leicht. Wo er sie durchgeschnitten hatte.

53

Jack ex machina

Am Pult im Foyer saß eine warmblütige Oberin und verschlang begierig *Thelma,* das neueste Werk der Marie Corelli. Soviel Beauregard wußte, war die Prosa der gefeierten Schriftstellerin seit ihrer Verwandlung noch schlechter geworden. Nur wenige Vampire besaßen schöpferische Fähigkeiten, da sie all ihre Energie darauf verwandten, ihr nicht-totes Leben zu verlängern.

»Wo ist Mademoiselle Dieudonné?«

»Sie vertritt den Direktor, Sir. Sie wird in Dr. Sewards Dienstzimmer sein. Soll ich Sie melden?«

»Danke, nicht nötig.«

Stirnrunzelnd fügte die Oberin der heimlichen Beschwerdeliste, auf der sie notierte, ›Was mit dem Vampirmädchen alles nicht stimmt‹, einen weiteren Punkt hinzu. Beauregard war einen Moment lang überrascht, Zeuge ihrer unverblümten, sauertöpfischen Gedanken geworden zu sein, stieß diese Überlegungen jedoch beiseite, als er die Treppe zum Direktorzimmer hinaufstieg. Die Tür stand offen. Geneviève war keineswegs erstaunt, ihn zu sehen. Sein Herz machte einen Satz, als er daran dachte, wie sie ganz nahe bei ihm gewesen war, an ihre weiße Haut und ihren roten Mund.

»Charles«, sagte sie.

Sie stand inmitten eines Durcheinanders von Papieren an Sewards Schreibtisch. Ihm war ein wenig unbehaglich zumute. Nach allem, was zwischen ihnen beiden vorgefallen war, wußte er nicht, wie er sich in ihrer Gegenwart verhalten sollte. Sollte er sie küssen? Da sie hinter dem Schreibtisch stand, konnte die Umarmung leicht linkisch ausfallen, es sei denn, sie käme ihm entgegen. Unstet sah er sich im Zimmer um, als eine Apparatur, die sich zum Schutz vor Staub unter einer Glasglocke befand, seinen Blick fesselte. Sie bestand aus mehreren Messinggehäusen, an denen ein großes, trompetenähnliches Rohr befestigt war.

»Das ist ein Edison-Bell-Phonograph, nicht wahr?«

»Jack benutzt ihn für medizinische Aufzeichnungen. Er hat ein Faible für solch versponnene Spielereien.«

Er wandte sich um. »Geneviève ...«

Plötzlich war sie nahe bei ihm. Er hatte nicht bemerkt, daß sie hinter dem Schreibtisch hervorgekommen war. Sie küßte ihn flüchtig auf die Lippen, und wieder spürte er sie in sich, in seinem Geist. Ihm zitterten die Knie. Vermutlich der Blutverlust.

»Keine Sorge, Charles«, sagte sie lächelnd. »Ich wollte dich nicht behexen. In ein bis zwei Wochen werden die Symptome nachlassen. Glaub mir, ich habe meine Erfahrungen mit dem Zustand, in dem du dich befindest.«

»*Nunc scio quid sit Amor!*« zitierte er Vergil. Jetzt begreife ich, was Liebe ist. Er vermochte keinen klaren Gedanken zu fassen. Allerlei Einsichten flatterten wie Schmetterlinge in seinem Kopf umher, waren jedoch beim besten Willen nicht zu packen.

»Charles, mir ist da etwas eingefallen«, sagte sie. »Eine Bemerkung von Colonel Moran über den Ripper.«

Nur mit allergrößter Willensanstrengung gelang es ihm, sich auf diese dringliche Angelegenheit zu konzentrieren.

»Warum ausgerechnet in Whitechapel?« fragte sie. »Warum nicht in Soho oder im Hyde Park oder wo auch immer? Weder Vampirismus noch Prostitution sind auf diesen Bezirk beschränkt. Der Ripper geht hier auf die Jagd, weil es für ihn am bequemsten ist, weil er hier *lebt*. Irgendwo ganz in der Nähe ...«

Er begriff sofort. Seine Verwirrung war wie weggeblasen.

»Ich habe unsere Unterlagen durchgesehen«, sagte sie, indem sie auf einen der Aktenstapel klopfte, die sich auf dem Schreibtisch türmten. »Alle Opfer sind irgendwann einmal hier eingeliefert worden.«

Er hatte Morans Überlegung nicht vergessen.

»Alle Spuren führen nach Toynbee Hall«, erwiderte er. »Druitt hat hier gearbeitet, du tust es noch, die Stride wurde hierhergebracht, alle Morde ereigneten sich im unmittelbaren Umkreis dieses Hauses. Du hast gesagt, alle toten Frauen seien hier gewesen …«

»Ja, im Lauf des letzten Jahres. Vielleicht hatte Moran wirklich recht. Vielleicht war Druitt wirklich der Täter. Seit seinem Tod hat es keine Morde mehr gegeben.«

Beauregard schüttelte den Kopf. »Es ist noch nicht vorbei.«

»Wenn Jack doch nur hier wäre.«

Er ballte eine Hand zur Faust. »Dann hätten wir den Mörder.«

»Nein, ich meine Jack Seward. Er hat die Frauen allesamt behandelt. Er könnte wissen, ob sie irgend etwas gemein hatten.«

Als er der vollen Bedeutung ihrer Worte gewahr wurde, blitzte ein Funke auf in seinen Augen. Mit einemmal *wußte* er die Lösung …

»Sie hatten Seward gemein.«

»Aber –«

»*Jack* Seward.«

Obschon sie den Kopf schüttelte, sah er, daß sie sogleich begriffen hatte, daß sie derselben Überzeugung war wie er. Sie dachten angestrengt nach. Er kannte ihre Gedanken, sie kannte seine. Beiden fiel ein, wie Elizabeth Stride ihre Klauen in Sewards Knöchel geschlagen hatte. Sie hatte in der Tat versucht, ihnen etwas mitzuteilen. Sie hatte die Krallen ausgestreckt, um ihren Mörder zu identifizieren.

»Ein Arzt«, sagte Geneviève. »Einem Arzt vertrauten sie. Nur so konnte er sich mühelos an sie heranmachen, selbst als die Panik überhandzunehmen drohte …«

Indem sie das Vergangene *revue* passieren ließ, kamen ihr tausend winzige Einzelheiten in den Sinn. Unzählige kleine Rätsel waren mit einemmal gelöst. Zahllose Dinge, die Seward gesagt oder getan hatte. Seine Ansichten, seine Abwesenheit. Für alles gab es eine Erklärung.

»Dabei hat man es mir klipp und klar gesagt: ›Mit Dr. Seward stimmt etwas nicht‹«, fuhr sie fort. »Schimpf und Schande über mich, daß ich nicht darauf gehört habe, Schimpf und Schande, Schande, Schande …« Sie schlug sich die Fäuste vor die Stirn. »Da kann ich nun in Herz und Seele anderer Menschen blicken und ignoriere selbst Arthur Morrison. Ich bin die schlimmste Närrin, die je auf Gottes Erdboden wandelte.«

»Gibt es hier Tagebücher?« fragte Beauregard, um ihrem Anfall von Selbstbezichtigung ein Ende zu setzen. »Persönliche Aufzeichnungen, Notizen, irgend etwas dieser Art? Wahnsinnige wie Seward verspüren häufig das zwanghafte Bedürfnis, Andenken, Erinnerungsstücke aufzubewahren.«

»Seine Akten habe ich durchgesehen. Sie enthalten nur das Übliche.«

»Verschlossene Schubladen?«

»Nein. Nur das Phonographen-Schränkchen. Die Wachswalzen sind sehr staubempfindlich.«

Beauregard packte kräftig zu und riß mit einem Ruck den Deckel von der Apparatur. Er zerrte an der verriegelten Schublade in der Konsole. Das fragile Schloß brach. Die Walzen lagen in wohlgeordnet aufgereihten Metallhülsen, deren Etiketten säuberlich mit Tinte beschriftet waren.

»*Chapman*«, las er laut vor, »*Nichols, Schön, Stride/Eddowes, Kelly, Kelly, Kelly, Lucy …*«

Geneviève trat neben ihn und entnahm der Lade weitere Walzen. »Und hier … *Lucy, Van Helsing, Renfeld, Lucys Grab.*«

Van Helsing war jedermann ein Begriff; Beauregard wußte sogar, daß es sich bei Renfield um den ersten Jünger handelte, den der Prinzgemahl in London hatte an sich binden können. Aber …

»Kelly und Lucy. Wer sind die beiden? Bislang unbekannte Opfer?«

Während Geneviève abermals die Papiere auf dem Schreibtisch durchsah, beantwortete sie Beauregards Frage. »Mit Lucy ist vermutlich Lucy Westenra gemeint, der erste englische Sproß von Vlad Tepes. Dr. Van Helsing hat sie vernichtet, und Jack Seward steckte mit Van Helsing unter einer Decke. Er hatte immerfort Angst, die Karpatische Garde könnte ihn holen kommen. Es scheint fast so, als ob er sich hier verborgen gehalten hätte.«

Beauregard schnippte mit den Fingern. »Art war mit von der Partie. Lord Godalming. Er wird uns dazu gewiß Näheres verraten können. Jetzt fällt es mir wieder ein. Lucy Westenra. Als sie noch warmblütig war, bin ich ihr einmal begegnet, bei den Stokers. Sie verkehrte auch in dieser Gesellschaft.«

Ein hübsches, wenngleich recht albernes Mädchen, das ihn an Florence in jungen Jahren erinnerte. Alle Männer verzehrten sich nach ihr. Pamela hatte sie nicht leiden mögen, Penelope hingegen – damals noch ein Kind – war ganz vernarrt gewesen in das Mädchen. Plötzlich wurde ihm bewußt, daß seine frühere Verlobte ihr Haar wie Lucy frisierte, wohl damit sie ihrer Cousine nicht allzu ähnlich sah.

»Jack hat sie geliebt«, sagte Geneviève. »Deshalb hat er sich dem Zirkel um Van Helsing angeschlossen. Was damals passiert ist, hat ihn offenbar um den Verstand gebracht. Ich hätte es wissen müssen. Er nennt *sie* Lucy.«

»Sie?«

»Seine Vampirmätresse. Eigentlich hat sie einen anderen Namen, aber so nennt er sie.«

Geneviève stöberte im Schubfach eines massiven Aktenschranks, blätterte die Aktendeckel mit flinken Fingern durch.

»Was diese Kelly anbetrifft«, sagte sie, »nun, wir führen in unseren Büchern jede Menge Frauen namens Kelly. Aber nur eine davon entspricht den Anforderungen unseres Freundes Jack.«

Sie reichte ihm ein Blatt Papier mit der ausführlichen Krankengeschichte einer Patientin. Kelly, Mary Jane. 13 Miller's Court.

Geneviève war aschfahl. »Genau so heißt sie«, sagte sie. »Mary Jane Kelly.«

54

Bindegewebe

Geneviève Dieudonné und Charles Beauregard verließen Toynbee Hall am 9. November des Jahres 1888 gegen vier Uhr *ante meridiem.* Es würde Stunden dauern, bis die Sonne aufging, und der Mond verbarg sich hinter Wolken. Obgleich der Nebel sich etwas gelichtet hatte, war er dicht genug, selbst einen Vampir in seiner Nachtsicht zu behindern. Dennoch gelangten sie rasch an ihr Ziel.

Geneviève und Beauregard gingen die Commercial Street hinab, bogen bei der Britannia, einer Schankwirtschaft, nach Westen in die Dorset Street und suchten die Adresse, unter der sie Mary Jane Kelly anzutreffen hofften. In Miller's Court gelangte man durch einen engen, gemauerten Bogengang auf der Nordseite der Dorset Street zwischen Nummer 26 und einem Kramladen.

Da sie es für einen Vagabunden hielten, schenkte keiner der beiden dem zerlumpten Subjekt, das in der Mündung des Gäßchens kauerte, besondere Beachtung. Die Dorset Street wurde hier herum gemeinhin ›Dosset Street‹ genannt, wegen der vielen Landstreicher und Bettler, welche die Logierhäuser oder *doss houses* in diese Gegend lockten. Es war durchaus nicht ungewöhnlich, daß, wer die vier Pence für ein Bett nicht aufzubringen vermochte, im Freien nächtigte. In Wirklichkeit handelte es sich bei dem Subjekt um Arthur Holmwood – Lord Godalming-, und der schlief keineswegs.

Es dauerte ein Weilchen, bis Geneviève und Beauregard herausgefunden hatten, welche Tür ihnen Zutritt zu Nummer 13 gewährte, einem im Parterre gelegenen Zimmer an der Rückseite von Nummer 26. Ein schmaler, rotglühender Lichtstreifen auf der Schwelle wies ihnen den Weg.

Die Viertelstunde hatte noch nicht geschlagen. Zum Zeitpunkt ihrer Ankunft war Dr. John Seward bereits seit über zwei Stunden am Werk. Die Tür von 13 Miller's Court war unverschlossen.

55

Hölle, Tod und Teufel

»Hölle, Tod und Teufel!« fluchte Charles, nach Atem ringend. Andernfalls wäre Geneviève über sein erstaunliches Vokabular gewiß empört gewesen, nun aber konnte sie nicht umhin, ihm beizupflichten.

Der ölige Geruch des Blutes einer Toten traf sie wie eine Pistolenkugel in den Magen. Sie mußte sich am Türrahmen festhalten, damit sie nicht in Ohnmacht fiel. Dies war beileibe nicht der erste Schauplatz eines Mordes, den sie zu Gesicht bekam; sie hatte blutgetränkte Schlachtfelder gesehen, Pesthäuser, Folterkammern, Hinrichtungsstätten. Doch nichts von alledem war so abscheulich wie Miller's Court Nummer 13.

Jack Seward kniete inmitten eines Trümmerhaufens, der kaum noch als menschliches Wesen zu erkennen war. Er arbeitete emsig vor sich hin; Schürze und Hemdsärmel des Doktors waren rotgefärbt. Sein Silberskalpell schimmerte im Flammenschein.

Mary Kellys Zimmer war winzig: ein Bett, ein Stuhl und ein Kamin. Es gab kaum Platz, sich ungehindert darin zu bewegen. Jack hatte das Mädchen wüst seziert. Fleischfetzen lagen über Bett und Fußboden verstreut, und die Wände waren bis zu einer Höhe von drei Fuß mit Blut beschmiert. Die billigen Musselinvorhänge waren über und über mit Flecken von der Größe eines Halfpennys gesprenkelt. An der schmutzfleckigen Spiegelfläche klebten karmesinrote Spritzer. Auf dem Feuerrost brannte ein Kleiderbündel, und die rote Glut der Flammen versengte die nachtempfindlichen Augen Genevièves.

Jack schien nicht allzu beunruhigt ob ihres Eindringens. »Bin gleich fertig«, sagte er, während er aus den formlosen Überresten eines Gesichts vorsichtig etwas hervorzog. »Ich muß sichergehen, daß Lucy tot ist. Van Helsing meint, sie müsse wirklich tot sein, damit ihre Seele Ruhe finden kann.«

Er sprach keineswegs hochfahrend, sondern vollkommen ruhig. Er verrichtete sein grausiges Geschäft mit chirurgischer Präzision. Er schien an nichts anderes zu denken.

»So«, sagte Jack. »Sie ist entbunden. Gott hat Erbarmen.«

Charles zog seinen Revolver hervor und legte an. Seine Hand zitterte. »Lassen Sie das Messer fallen, und treten Sie zurück«, befahl er.

Jack legte das Messer auf die Bettdecke, stand auf und wischte sich die Hände an einem blutgetränkten Zipfel seiner Schürze ab.

»Sehen Sie nur, wie friedlich sie daliegt«, sagte Jack. »Schlaf wohl, meine geliebte Lucy.«

Mary Jane Kelly war wirklich tot, daran gab es für Geneviève nicht den geringsten Zweifel.

»Es ist vorbei«, sagte Jack. »Wir haben ihn geschlagen. Wir haben den Grafen besiegt. Nun kann sich die Seuche nicht weiter ausbreiten.«

Geneviève brachte kein Wort heraus. Ihr Magen ballte sich wie eine Faust. Jack blickte sie an, als sähe er sie zum erstenmal.

»Lucy«, stieß er erschrocken hervor. Er sah nicht sie, nicht dieses Zimmer. »Lucy, ich habe es allein für dich getan ...«

Als er sich bückte, um sein Skalpell vom Boden aufzuheben, schoß Charles ihm in die Schulter. Jack wirbelte herum, griff mit den Fingern ins Leere und prallte gegen den Kaminsims. Er stemmte seine behandschuhte Hand gegen die Wand und sank mit eingeknickten Knien und geducktem Kopf zu Boden. An den Kamin gekauert, preßte er die Finger auf seine Wunde. Die Kugel hatte seine Schulter glatt durchschlagen und ihm jegliche Mordlust geraubt.

Geneviève nahm hastig das Skalpell vom Bett. Da die Silberklinge ihr Juckreiz verursachte, hielt sie es an dem emaillierten Heft. Unglaublich, wieviel Unheil ein solch winziges Messer anzurichten vermochte.

»Wir müssen ihn von hier fortschaffen«, sagte Charles. »Der Pöbel würde ihn in Stücke reißen.«

Geneviève half Jack auf die Beine. Sie und Charles nahmen ihn in ihre Mitte, und mit vereinten Kräften schleppten sie ihn zur Tür hinaus. Seine Kleider waren speckig von geronnenem Blut.

Der Morgen nahte, und mit einemmal überfiel Geneviève die Müdigkeit. Selbst die kalte Luft vermochte das Pochen in ihrem Kopf nicht zu vertreiben. Das Bild, welches sich ihr in Miller's Court Nummer 13 geboten hatte, war auf ihre Netzhaut gebannt wie eine Fotografie auf Papier. Sie würde den Anblick niemals mehr vergessen können, dessen war sie gewiß.

Jack leistete keinen Widerstand. Er würde mit ihnen bis zur nächsten Polizeiwache kommen, wenn nicht gar bis in die Hölle.

56

Lord Jack

In Mary Jane Kellys Zimmer war es drückend heiß gewesen; die Kühle des Gäßchens wirkte ernüchternd. Sowie sie das Schlachthaus verlassen hatten, wurde Beauregard bewußt, daß, obgleich des Rätsels Lösung nun gefunden war, er sich in einem Dilemma befand. Die Frauen waren tot, Seward rettungslos dem Wahnsinn verfallen. Welcher Gerechtigkeit wäre gedient, wenn man ihn Inspektor Lestrade übergab? Wessen Interessen sollte Beauregard weiter vertreten? Die Sir Charles Warrens vielleicht, indem er der Polizei das Verdienst an der Verhaftung zukommen ließ? Oder die des Prinzgemahls, indem er neuerlich einen bezwungenen Feind den Pfählen vor dem Palast überantwortete?

»Er hat mich gebissen«, rief sich der Ripper einen unbedeutenden Zwischenfall ins Gedächtnis, »der Wahnsinnige hat mich gebissen.« Seward streckte seine geschwollene, behandschuhte Hand aus. Blut sickerte durch das Leder.

»Vlad Tepes wird ihn unsterblich machen, damit er ihn auf immer und ewig foltern kann«, meinte Geneviève.

Jemand kam aus dem Kramladen und blieb im Bogengang stehen. Beauregard erblickte rote Augen im Dunkel, und er erkannte die Silhouette eines vierschrötigen Mannes im karierten Ulster mit einem Bowler auf dem Kopf. Wieviel hatte dieser Vampir gesehen? Er trat in das Gäßchen.

»Nicht schlecht, Sir. Sie haben Jack the Ripper ein Ende bereitet.«

Sergeant Dravot aus dem Diogenes Club.

»Es waren von Anfang an zwei Mörder, die gemeinsame Sache machten, Sir«, sagte Dravot. »Wir hätten es wissen müssen.«

Die Welt begann sich abermals zu drehen, und die Pflastersteine unter seinen Füßen stürzten ins Leere. Beauregard hatte keinen Schimmer, wo das alles enden sollte.

Dravot bückte sich und riß eine zerlumpte Decke von einem Menschenbündel, das in einem Winkel kauerte. Ein totes, weißes Antlitz starrte zu ihnen herauf, die Lippen wie zu einem letzten Knurren verzerrt.

»Godalming!« stieß Beauregard hervor.

»Lord Godalming, Sir«, ergänzte Dravot. »Er steckte mit Dr. Seward unter einer Decke. Letzte Nacht sind sie in Streit geraten.«

Beauregard vermochte die Stücke dieses Vexierspiels noch nicht recht aneinanderzufügen. Er ging neben der Leiche in die Knie. An Godalmings Hemdbrust befand sich ein großer schwarzer Blutfleck. Inmitten dieses Flecks erblickte Beauregad eine ausgefranste Wunde, unmittelbar über dem Herzen.

»Seit wann wissen Sie von all dem, Dravot?«

»Sie haben die beiden Ripper gefaßt, Sir. Ich habe lediglich für Ihr Wohlergehen gesorgt. Die Clique hat mir den Posten Ihres Schutzengels übertragen.«

Geneviève stand ein wenig abseits und umklammerte Jack Sewards Arm. Ihr Gesicht lag im Schatten.

»Und Jago? Waren Sie das?« fragte Beauregard.

Dravot zuckte mit den Achseln. »Das ist eine andere Geschichte, Sir.«

Beauregard erhob sich, indem er seinen Stock zwischen die Pflastersteine stieß, und wischte sich die Knie sauber. »Es wird einen fürchterlichen Skandal geben. Godalming war hoch angesehen. Er genoß einen Ruf als Mann mit Zukunft.«

»Sein Name wird vollständig ausgelöscht werden, Sir.«

»Und er war ein Vampir. Das wird einige Aufregung verursachen. Es wurde allgemein angenommen, der Ripper sei Warmblüter.«

Dravot nickte.

»Die Clique wird bestimmt entzückt sein«, fuhr Beauregard fort. »Dies wird eine Menge Leute in Verlegenheit bringen. Die Sache wird Folgen haben. Da werden einige ihren guten Ruf verlieren und den Hut nehmen müssen. Der Premierminister wird ziemlich töricht aussehen.«

Genevièves Stimme klang bitter. »Das ist ja alles recht schön, meine Herren. Aber was machen wir mit Jack?«

Dravot und Beauregard sahen erst sie an, dann Seward. Der Ripper lehnte an der Gassenmauer. Seine Miene war von ermüdender Ausdruckslosigkeit. Blut tröpfelte aus seiner Schulterwunde.

»Er hat völlig den Verstand verloren«, sagte Geneviève. »Was auch immer ihm Leib und Seele zusammengehalten haben mag, es ist nicht mehr.«

»Vielleicht wäre es das beste, wir überließen Mr. Beauregard die Ehre.«

Geneviève blickte Dravot mit kaum verhohlenem Abscheu an. Beauregard blieb keine Wahl. Seine Geschicke hatten andere geführt. Er stand kurz vor der Erfüllung seiner Pflicht. Voller Verdruß erkannte er, daß er wenig mehr getan hatte, als Hürden auf einer ihm vorgegebenen Bahn zu überspringen.

»Hoch mit ihm«, sagte Beauregard. »An die Wand.«

Genevièves Hand lag an Sewards Kehle, und sie fuhr die Krallen aus. »Charles«, erwiderte sie. »Du brauchst es nicht zu tun. Wenn es denn sein muß, kann ich ...«

Er schüttelte den Kopf. Sie konnte ihm nicht helfen. Bei Liz Stride war es ebenso gewesen. Er hatte sie vor weiterem Leid bewahren wollen. »Laß nur, Geneviève«, sagte er. »Halt ihn fest.«

Sie wußte, was er vorhatte, und willigte ein. Sie nahm ihre Hand von Sewards Hals. »Leben Sie wohl, Jack«, sagte sie. Er machte nicht den Anschein, als ob er begriffen hätte.

Beauregard zog seinen Stockdegen. Der klirrende Laut ließ die leisen Nachtgeräusche schlagartig verstummen. Auf Genevièves Nicken bohrte Beauregard die Klinge geradewegs durch Sewards Herz, bis ihre Spitze kraspelnd gegen die Ziegelmauer stieß. Beauregard zog den Degen heraus und schob ihn wieder in die Scheide. Seward brach leblos zusammen. Er sank neben Godalming zu Boden. Zwei Ungeheuer auf einen Streich.

»Gute Arbeit, Sir«, meinte Dravot. »Sie haben die Mörder in die Enge getrieben, und Dr. Seward ist in Raserei verfallen. Er hat seinen Verbündeten vernichtet, und Sie haben ihn im Zweikampf bezwungen.«

Es erzürnte Beauregard, wie ein Schuljunge behandelt zu werden, der von seinen Kameraden eine Ausflucht eingetrichtert bekommt.

»Und was ist mit mir?«

Beauregard und Dravot blickten auf Geneviève.

»Bin ich vielleicht ein ›loses Ende‹? Wie Jack, wie Godalming? Wie das arme Mädchen dort drinnen?« Mit einem Kopfnicken deutete sie auf Mary Jane Kellys Tür. »Sie haben tatenlos mit angesehen, wie er sie hingemetzelt hat, nicht wahr?«

Dravot schwieg.

»Entweder Sie oder Jack haben Godalming umgebracht. Dann, als Sie um die wahre Identität des Rippers wußten, hielten Sie sich im verborgenen und überließen das Mädchen seinem Schicksal. Eine saubere Sache. Auf diese Weise brauchten Sie sich nicht die Finger schmutzig zu machen.«

Dravot zögerte. Beauregard war gewiß, daß der Sergeant eine mit Silberkugeln bestückte Pistole bei sich trug.

»Wir sind gerade zur rechten Zeit gekommen«, fuhr sie fort, »um einen Schlußstrich unter die Angelegenheit zu ziehen.« Geneviève hielt Sewards Skalpell in ihrer ausgestreckten Hand. »Wollen Sie es vielleicht hiermit versuchen? Das wäre doch nur recht und billig.«

»Geneviève«, sagte Beauregard. »Ich verstehe nicht ganz …«

»Nein, wie solltest du auch. Armer Charles. Unter Blutsaugern wie Godalming und Kreaturen wie Dravot bist du nichts als ein verirrtes Lamm. Wie auch Jack Seward eines war.«

Beauregard starrte Geneviève lange an, ehe er sich zu Dravot umwandte. Nötigenfalls wollte er sie mit seinem

Leben verteidigen. Seine Loyalität an den Diogenes Club hatte durchaus ihre Grenzen.

Der Sergeant war verschwunden. Jenseits des Bogenganges teilte sich der Nebel. Bald würde die Sonne aufgehen. Geneviève trat vor ihn hin, und er schlang die Arme um sie. Die Welt war wieder im Lot. Gemeinsam waren sie der Fixpunkt.

»Was hat sich hier zugetragen«, fragte sie, »was hat sich hier wirklich zugetragen?«

Er wußte es noch nicht.

Ermattet verließen sie Miller's Court und traten auf die Dorset Street hinaus. Gegenüber machten zwei Constables schwatzend ihre Runde. Geneviève stieß einen Pfiff aus, um ihre Aufmerksamkeit auf sich zu lenken. Das ohrenbetäubende Trillern war kein menschlicher Laut. Es durchbohrte sein Trommelfell wie eine Nadel. Die Gendarmen eilten mit gezücktem Knüttel herbei.

»Der Held bist du«, flüsterte sie ihm zu.

»Weshalb?«

»Du hast keine andere Wahl.«

Die Polizisten standen vor ihnen. Sie sahen schrecklich jung aus. Einer der beiden war Collins, den Beauregard bei seiner Unterredung mit Sergeant Thick kennengelernt hatte. Collins erkannte Beauregard und salutierte halbherzig.

»In dieser Gasse liegt eine tote Frau«, erklärte Beauregard. »Und zwei ebenso tote Mörder. Jack the Ripper ist nicht mehr.«

Collins blickte erschrocken drein. Dann grinste er. »Ist es vorbei?«

»Es ist vorbei«, antwortete Beauregard voller Überzeugungskraft, doch ohne jede Überzeugung.

Die beiden Constables stürzten in Miller's Court. Kurz darauf kamen sie wieder hervor und bliesen kräftig in ihre Pfeifen. Bald würde es in dieser Gegend von Polizisten, Journalisten und Sensationssüchtigen nur so wimmeln. Beauregard und Geneviève würden ihre Geschichte bis zur Erschöpfung wiederholen müssen.

Vor seinem geistigen Auge sah Beauregard den Ripper

in dem kleinen Hinterzimmer neben den blutigen Überresten Mary Jane Kellys knien. Geneviève schauderte es ebenso wie ihm. An dieses Bild würden sie sich ein Leben lang erinnern.

»Er war wahnsinnig«, sagte sie, »und für seine Taten nicht verantwortlich.«

»Aber«, fragte er, »wer ist denn dann verantwortlich?«

»Das Wesen, das ihn in den Wahnsinn getrieben hat.«

Beauregard richtete den Blick gen Himmel. Die letzten Mondstrahlen schienen durch den lichten Nebel auf sie herab. Ihm war, als habe er eine riesenhafte schwarze Fledermaus über das Angesicht des Mondes flattern sehen.

57

Daheim bei unserer werten Königin

Netley ließ das Gespann die Peitsche spüren. Der imposante Wagen hatte die schmalen Sträßchen Whitechapels durchstreift wie ein Panther das Labyrinth von Hampton Court, anstatt wie sonst geschwind und elegant dahinzufliegen. Auf den breiteren Hauptstraßen der Stadt kam er rasch voran. Die tadellose Federung des Fuhrwerks wiegte Geneviève ohne das leiseste Knarren von Holz und Eisen in einen sanften Dämmer. Das vergoldete Wappenschild, das wie eine rotgüldene Narbe an dem polierten schwarzen Schlag prangte, zog allenthalben feindselige Blicke auf sich. Trotz des verschwenderischen *intérieurs* fand Geneviève keine Ruhe. Mit ihren schwarzen Lederpolstern und dezenten Messinglampen gemahnte die königliche Kutsche sie allzusehr an einen Leichenwagen.

Sie fuhren über die Fleet Street, vorbei an den ausgebrannten und mit Brettern vernagelten Geschäftsräumen der größten Periodika des Landes. Heute nacht herrschte kein Nebel, gleichwohl blies ein scharfer Wind. Zwar gab es unverändert Zeitungen, doch hatte Ruthven sämtliche Redakteursposten mit willfährigen Vampiren besetzt. Selbst glühende Royalisten bekamen die schnöde Bekräftigung der neuesten Gesetze oder die endlosen Lobgesänge auf die königliche Familie allmählich über. Selten nur wurde ein Artikel abgedruckt, der, in Verbindung mit gewissen intimen Kenntnissen, tatsächlich das Zeug zu einer Nachricht hatte, wie beispielsweise eine kürzlich in der ›Times‹ erschienene Notiz über Colonel Sebastian Moran und dessen Ausschluß aus dem Bagatelle Club auf Grund seiner übernatürlichen, insbesondere die einigermaßen unorthodoxe Manipulation der Karten betreffenden Fähigkeiten am Whist-Spieltisch, welche durch den rätselhaften Verlust seiner beiden kleinen Finger nunmehr stark beeinträchtigt schienen.

Als sie an den Gerichtshöfen vorüberkamen, wehte eine Wolke von Flugblättern über die finsteren Trottoirs des Strand. Passanten – selbst jene, die an Hand ihrer Kleidung unschwer als Angehörige der höheren Stände zu erkennen waren – hoben die Papiere eilends auf und stopften sie in ihre Manteltaschen. Ein Constable tat sein Bestes, so viele Zettel wie nur möglich aufzusammeln, doch sie regneten aus einer nächtlichen Mansarde herab wie Herbstlaub. Da sie von Hand in Kellerlöchern gefertigt wurden, waren sie unmöglich auszumerzen: Wie viele Häuser auch geräumt, wie viele Schmierer auch verhaftet wurden, der vielköpfige Geist des Widerstands blieb ungebrochen. Kate Reed, eine Verehrerin Charles Beauregards, war zu einer der glühendsten Leuchten der oppositionellen Presse aufgestiegen. Versteckt im Untergrund, hatte sie sich einen Ruf als ›Engel der Rebellion‹ erworben.

In Pall Mall angekommen, brachte Netley – der Geneviève ein recht fahriger Bursche zu sein schien – den Wagen vor dem Diogenes Club zum Stehen. Kurz darauf wurde der Schlag geöffnet, und Charles stieg zu ihr in die Kutsche. Nachdem er sie mit kalten Lippen auf die Wange geküßt hatte, nahm er ihr gegenüber Platz, als verbäte er sich weitere Vertraulichkeiten. Er trug einen makellosen Abendanzug mit einer blühenden weißen Rose im Knopfloch, und das scharlachrote Futter seines Umhangs floß über das schwarze Polster wie vergossenes Blut. Als der Schlag geschlossen wurde, blickte sie aus dem Fenster und sah die verstockte Miene des schnurrbärtigen Vampirs von Miller's Court.

»Gute Nacht, Dravot«, wünschte Charles dem Bedienten des Diogenes Club.

»Gute Nacht, Sir.«

Dravot stand in Habachtstellung am Bordstein und unterdrückte mühsam einen Ehrengruß. Die Kutsche mußte einen Umweg nehmen, um zum Palast zu gelangen. Seit nahezu einer Woche blockierten Kreuzfahrer die Mall; die Reste der Barrikaden versperrten den Fahrweg, und große Teile der St.-James-Street waren aufgerissen, die Pflastersteine als Wurfgeschosse verwendet worden.

Charles' Stimmung war gedämpft. Seit der Nacht des 9. November hatte Geneviève ihn mehrmals getroffen und war sogar in die geheiligte Sternkammer des Diogenes Club vorgelassen worden, um bei einer geheimen Anhörung der herrschenden Clique ihre Aussage zu machen. Charles hatte man vorgeladen, damit er über den Tod von Dr. Seward, Lord Godalming und nicht zuletzt auch Mary Jane Kelly berichte. Das Tribunal tat sich schwer bei dem Beschluß, welche Wahrheiten der breiten Öffentlichkeit vorenthalten und welche ihr preisgegeben werden sollten. Der Vorsitzende, ein warmblütiger Diplomat, der allen Veränderungen trotzig die Stirn geboten hatte, hörte sie geduldig an, fällte aber kein Urteil, da jedes Gran einer Erkenntnis entscheidenden Einfluß hatte auf die Taktik dieses Clubs, der oftmals mehr war als ein Club. Geneviève fragte sich, ob es sich bei diesen Räumlichkeiten um ein Refugium für die Pfeiler des *ancien régime* oder eine Brutstätte der Aufrührer handeln mochte. Neben Dravot fanden sich nur wenige Vampire unter den Mitgliedern des Diogenes Club. Sie wußte, daß Charles für ihre Diskretion hatte bürgen müssen. Andernfalls hätte ihr der Sergeant vermutlich einen Besuch abgestattet, mit einer Garotte aus Silberdraht bewaffnet.

Sowie sich der Wagen in Bewegung setzte, beugte sich Charles nach vorn und ergriff ihre Hände. Er fixierte sie mit todernstem Blick. Er und sie waren vor zwei Nächten erst beisammen gewesen, privatim. Sein Kragen verbarg die Spuren ihres Stelldicheins.

»Gene, ich flehe dich an«, sagte er, »erlaube mir, die Kutsche vor dem Palast anzuhalten, damit du aussteigen kannst.« Seine Finger bohrten sich in ihre Handflächen.

»Das ist doch Unsinn, Liebling. Ich fürchte mich nicht vor Vlad Tepes.«

Er ließ von ihr ab und lehnte sich zurück; sein Kummer war ihm deutlich anzusehen. Früher oder später würde er sich ihr anvertrauen. Sie hatte lernen müssen, daß Charles' Begierden vielfach im Widerspruch zu seinen Pflichten standen. Eben jetzt galt seine Begierde ihr. In welcher Richtung seine Pflichten lagen, vermochte sie noch nicht recht zu erkennen.

»Darum geht es nicht. Es …«

… die Unordnung, in der er Mycroft vorfand, erweckte in Beauregard den Eindruck, als habe der Schlußakt des Schauspiels nun begonnen. Bei ihrer diesmaligen Zusammenkunft bestand die Clique allein aus Mycroft.

Der Vorsitzende spielte mit dem Skalpell. »Das berühmte Silbermesser«, sagte er nachdenklich, während er mit dem Daumen über die Klinge fuhr. »So scharf.«

Er legte das Messer beiseite und stieß einen Seufzer aus, der seine wabbeligen Wangen erzittern ließ. Er hatte einiges von seinem erstaunlichen Gewicht verloren, und obgleich seine Haut allmählich erschlaffte, waren seine Augen scharf wie eh und je.

»Man hat Sie in den Palast geladen. Erweisen Sie unserem Freund im Dienst der Königin die Ehre. Sie brauchen sich nicht vor ihm zu fürchten. Er ist der freundlichste Bursche, den man sich nur vorstellen kann. Eine Spur *zu* freundlich, um ehrlich zu sein.«

»Ich habe allerhand Gutes über ihn gehört.«

»Prinzessin Alexandra selig war ihm seinerzeit sehr zugeneigt. Arme Alex.« Mycroft türmte seine fetten Finger übereinander und bettete sein Kinn auf dieselben. »Wir verlangen einiges von unseren Leuten. Es gibt verteufelt wenig Lorbeeren zu ernten in dieser heillosen Angelegenheit, aber wir müssen sie zu einem Ende bringen.«

Beauregard blickte auf das schimmernde Messer.

»Wir dürfen kein Opfer scheuen«, setzte Mycroft hinzu.

Beauregard dachte an Mary Jane Kelly. Und all jene, die in diesem Fall ihr Leben hatten lassen müssen, die einen nichts als Namen in der Zeitung, die anderen erstarrte Gesichter: Seward, Jago, Godalming, Kostaki, Mackenzie, von Klatka.

»Wir alle würden tun, worum wir Sie bitten«, insistierte Mycroft.

Beauregard wußte, daß er die Wahrheit sprach.

»Leider gibt es nicht mehr viele von uns.«

Sir Mandeville Messervy wartete auf seine Hinrichtung wegen Hochverrats, ebenso andere Würdenträger, unter ihnen der Dramatiker Gilbert, der Finanzkoloß Wilcox, die Erzreformerin Beatrice Potter und der radikale Redakteur Henry Labouchère.

»Eines will mir dennoch nicht einleuchten, Herr Vorsitzender. Wie sind Sie auf mich verfallen? Was habe ich getan, was nicht auch Dravot hätte tun können? Sie haben mich durch das Labyrinth irren lassen, obgleich er sich immerzu in meiner Nähe aufhielt. Er hätte all das auf eigene Rechnung zuwege bringen können.«

Mycroft schüttelte den Kopf. »Dravot ist ein guter Mann, Beauregard. Wir haben es vorgezogen, Sie in Unkenntnis darüber zu belassen, welche Rolle er bei unseren Plänen spielt, es sei denn ...«

Beauregard schluckte die bittere Pille ohne Murren.

»Aber Dravot ist eben nicht wie Sie. Er ist kein *Gentleman.* Was er auch tut, er würde niemals, *niemals* zur königlichen Audienz geladen werden.«

Endlich hatte Beauregard begriffen ...

... zwei karpatische Gardisten in vollem Wichs hatten Geneviève die gravierte Einladung in den Palast persönlich überbracht: Martin Cuda, der den Kopf gesenkt hielt und vorgab, sie nicht wiederzuerkennen, sowie Rupert von Hentzau, ein ruritanischer Lebemann, dessen gesucht sardonisches Lächeln sich fortwährend in ein grausiges Lachen zu verwandeln drohte. Obgleich sie als mehr oder minder dauerhaft amtierende Direktorin von Toynbee Hall nun alle Hände voll zu tun hatte, konnte sie die Zitation der Königin unmöglich ignorieren. Vermutlich wollte man sie für ihren Beitrag zur Beendigung der Laufbahn Jack the Rippers loben. Eine private Ehrung zwar, aber dennoch eine Ehrung.

Man hatte ihre Namen aus dem Spiel gelassen. Charles hatte darauf beharrt, daß die Polizei den Ruhm für sich in Anspruch nehmen solle. Die Öffentlichkeit lebte in dem Glauben, daß Constable Collins auf Seward und Godalming gestoßen sei, als diese das Zimmer verließen, wo sie Mary Jane Kelly gemeinschaftlich verstümmelt hatten. Eilends herbeigerufene Hilfstruppen hatten Miller's Court abgeriegelt, und in dem Durcheinander waren die beiden Mörder ums Leben gekommen. Entweder hatten sie einander den Garaus gemacht, um dem Pfahl zu entgehen, oder aber die entsetzten, aufgebrachten Polizisten hatten sie auf der Stelle vernichtet. Da sie wußten, wie die Gesetze in London neuerdings gehandhabt wurden, gaben die meisten letzterer Erklärung den Vorzug, wenngleich Mme Tussauds Schreckenskammer ihren Besuchern eine bis hin zu den Kleidern lebensechte Nachbildung der beiden Ripper offerierte, die einander ausweideten.

Sir Charles Warren hatte sein Amt bei Scotland Yard mit einem Posten in Übersee vertauscht, und Caleb Croft, ein Ältester und dem Rufe nach ein Leuteschinder, hatte seinen Platz eingenommen. Lestrade und Abberline wandten sich anderen Fällen zu. Die Stadt machte Jagd auf einen neuen Wahnsinnigen, einen warmblütigen Mörder von barbarischer Gemütsart und Erscheinung namens Edward Hyde. Er hatte zunächst ein kleines Kind zu Tode getreten und hernach ein ehrgeizigeres Ziel in Angriff genommen, indem er einen entzweigebrochenen Spazierstock ins Herz des neugeborenen Parlamentsabgeordneten Sir Danvers Carew stieß. Doch auch wenn Hyde gefaßt wäre, ließe der nächste Mörder nicht lange auf sich warten, und der nächste, und der nächste …

Als sie den Trafalgar Square passierten, war das Innere des Wagens mit einemmal von rotflirrendem Flammenschein erfüllt. Obgleich die Polizei alles tat, die Freudenfeuer zu löschen, gelang es den Aufrührern immer wieder, sie von neuem zu entzünden. Heimlich wurden Holzabfälle herbeigeschafft, und selbst Kleidungsstücke dienten als Brennstoff. Da die Neugeborenen unter einer nachgerade abergläubischen Angst vor Feuer litten, schlugen sie einen weiten Bogen um die Brände. Die Aufständischen prügelten sich mit der Polizei, während die Löschmannschaften einen halbherzigen Versuch unternahmen, ihre Wasserschläuche auf die Flammen zu richten. Captain Eyre Massey Shaw, der beliebte Leiter der Londoner Feuerwehr, war kürzlich aus dem Amt entfernt worden, weil er sich angeblich geweigert hatte, etwas gegen die Feuersbrunst am Trafalgar Square zu unternehmen. Dr. Callistratus, ein finsterer Transsylvanier ohne bemerkenswerte Erfahrung und bar jeglichen Interesses, was die Brandbekämpfung anbetraf, wurde als sein Nachfolger benannt, war dem Vernehmen nach allerdings außerstande, seine Amtsstube zu betreten, da Berge von Rücktrittsgesuchen ihm den Zutritt versperrten. Geneviève blickte hinaus auf die Berge lodernder Holzscheite rings um die Bronzelöwen; die Flammen schlugen an der Nelson Column hinauf und schwärzten diese bis zu einem Drittel ihrer Höhe mit Ruß. Dereinst zum Gedenken an die Opfer des Blutsonntags entfacht, hatten die Feuer unterdessen eine andere Bedeutung. Aus Indien verlauteten Gerüchte, denen zufolge sich eine neuerliche Meuterei ereignet hatte. Sir Francis Varney war von Sepoys aus der Roten Festung von Delhi geschleift und vor die Mündung eines seiner Geschütze gebunden worden. Nachdem sie ihm eine Mixtur aus Alteisen und Silbersalzen durch die Brust geschossen hatten, verbrannten sie Varney auf dem Scheiterhaufen, bis nichts weiter von ihm übrigblieb als ein Häuflein Asche und Knochen. Zahlreiche britische Soldaten und Beamte hatten sich den einheimischen Rebellen angeschlossen. Wollte man den Flugblättern Glauben schenken, deren Quellen zweifellos in höchsten Positionen zu suchen waren, so erlebte Indien eine offene Revolte, und auch in Afrika und Asien machte sich Unruhe breit.

Es wurden Plakate geschwenkt und Parolen geschrien. DER RIPPER SCHLITZT WEITER lautete eine Wandschmiererei. Auch jetzt noch erhielten Presse, Polizei und Prominenz mit roter Tinte verfaßte Briefe, deren Unterzeichner sich ›Jack the Ripper‹ nannte. Anders als zuvor riefen sie die Warmblüter auf, sich gegen ihre Vampirherren zu verbünden, oder bedrängten britische Neugeborene, sich fremdländischen Ältesten zu widersetzen. Wenn ein Vampir ermordet wurde, bekannte sich ›Jack the Ripper‹ zu der Tat. Da Charles sich in Schweigen hüllte, hegte Geneviève den Verdacht, daß viele der Briefe aus dem Diogenes Club stammten. In den heiligen Hallen der Schattenregierung spielte man ein gefährliches Spiel. Selbst wenn ein Wahnsinniger zum Helden aufstieg, hatte das seinen Zweck. Wem Jack the Ripper als Märtyrer galt, der verehrte Jack Seward, welcher mit dem Silbermesser gegen die übermächtigen Vampire zu Felde zog. Wem Jack the Ripper als Monstrum galt, der verschmähte Lord Godalming, jenen hochmütigen Nicht-Toten, welcher sich gemeiner Frauen entledigte, die er für Abschaum hielt. Mit jeder Wiederholung bekam die Geschichte eine neue Bedeutung und der Ripper ein anderes Gesicht. Was Geneviève betraf, so gehörte dieses Gesicht Danny Dravot, der, die Finger mit blutroter Tinte befleckt, tatenlos zusah, wie Mary Jane Kelly hingemetzelt wurde.

Die öffentliche Ordnung in der Stadt stand kurz vor dem Zusammenbruch. Und das nicht nur in Whitechapel und Limehouse, sondern auch in Whitehall und Mayfair. Je schwerer der Druck der Behörden auf den Leuten lastete, desto größer wurde ihr Widerstand. Einer neuen Mode folgend, schwärzten sich warmblütige Londoner aller Klassen nunmehr wie Bänkelsänger das Gesicht und nannten sich ›Eingeborene‹. Fünf Heeresoffiziere waren von einem Kriegsgericht zum gemeinschaftlichen Tode durch den Pfahl verurteilt worden, weil sie sich geweigert hatten, ihren Männern zu befehlen, das Feuer auf eine friedliche Versammlung falscher Mohren zu eröffnen.

Nach einigen Unterhandlungen und den lauten Pöbeleien einer schwarzgesichtigen Matrone durfte Netley den Wagen durch den Admiralty Arch chauffieren. Der Kutscher wünschte sich gewiß, er hätte das Emblem, welches den Schlag seines Gefährtes schmückte, übertünchen können.

Als Vampir vom reinen Geblüt Chandagnacs betrachtete Geneviève das Geschehen, wie immer, aus einer gewissen Distanz. Zwar war es ihr, nach Jahrhunderten der Heuchelei, zunächst eine Erleichterung gewesen, sich nicht mehr als Warmblüter ausgeben zu müssen, doch hatte der Prinzgemahl den meisten Nicht-Toten das Dasein ebenso erschwert wie jenen Lebenden, die er als Vieh zu titulieren pflegte. Auf jeden adeligen Murgatroyd, der in einem Palais residierte und über einen Harem willfähriger Blutsklavinnen verfügte, kamen zwanzig wie Mary Jane Kelly, Lily Mylett oder Cathy Eddowes, die wie zu allen Zeiten elendiglich vegetierten und denen ihre Vampirattribute Sucht und Siechtum eintrugen statt Macht und neuer Möglichkeiten …

… er hatte den Churchwards mit Geneviève einen Besuch abgestattet. Penelope war nicht mehr bettlägerig. Sie saß im verdunkelten Salon in einem Rollstuhl, eine buntkarierte Wolldecke über die Knie ausgebreitet. Wo sich zuvor der Bauerntisch befunden hatte, stand nun, auf Rüstböcke gelagert, ein neuer, mit weißem Atlas ausgeschlagener Sarg.

Penelope wurde von Tag zu Tag kräftiger. Ihr Blick war ungetrübt. Sie sprach kaum ein Wort.

Auf dem Kaminsims bemerkte Beauregard eine Fotografie Godalmings, der neben einer Topfpflanze vor Atelierkulissen steif posierte, umrahmt von schwarzem Crêpe.

»Er war in gewisser Weise mein Vater«, erklärte Penelope.

Geneviève verstand, wie Beauregard nie würde verstehen können.

»War er wirklich solch ein Monstrum?« fragte Penelope.

Beauregard sagte ihr die Wahrheit. »Ich fürchte, ja.«

Penelope lächelte beinahe. »Gut. Das freut mich. Dann werde auch ich zum Monstrum werden.«

Sie saßen beisammen, ohne ihre Tassen auf dem kleinen Tischchen auch nur anzurühren, während allmählich die Dunkelheit hereinbrach …

... das Fuhrwerk rollte flugs den Bird Cage Walk hinunter nach dem Buckingham-Palast. Entlang der Straße hingen Aufständische, in kreuzförmigen Käfigen angekettet; die meisten von ihnen waren tot. Während der letzten drei Nächte hatte im St.-James-Park ein offener Kampf zwischen Warmblütern und Nicht-Toten getobt.

»Schau«, sagte Charles betreten, »dort ist Van Helsings Kopf.«

Geneviève reckte den Hals und erblickte den kümmerlichen Klumpen auf der Spitze einer Pike. Hier und da wurde gemunkelt, Abraham Van Helsing sei am Leben, befände sich in der Gewalt des Prinzgemahls, hoch über der Stadt, wo er die Herrschaft Draculas über London mitansehen müsse. Das war eine Lüge; von Van Helsing war nichts übriggeblieben als ein mit Fliegendreck beschmutzter Schädel.

Das Haupttor ragte drohend in die Finsternis empor, die Eisenstäbe waren mit neumodischem Stacheldraht umwikkelt. Karpater in nachtschwarzen, rotgeschlitzten Uniformen zogen die riesigen Gatter auf wie einen leichten Seidenvorhang, und die Kutsche schlüpfte hindurch. Geneviève fühlte mit Netley, der zweifellos schwitzte wie ein verschrecktes Schwein auf einem Ball der Indien-Beamten. Der Palast sandte, von Wachtfeuern und elektrischen Glühlampen erhellt, schwarze Rauchschwaden gen Himmel, seine Fassade wie ein Ebenbild von Moloch dem Verschlinger.

Charles' Miene verriet nicht die leiseste Regung, doch in seinem Kopf überschlugen sich die Gedanken. »Du kannst im Wagen bleiben«, beschwor er sie. »Hier bist du sicher. Ich komme gut allein zurecht. Es wird bestimmt nicht lange dauern.«

Geneviève schüttelte den Kopf. Nachdem sie Vlad Tepes über Jahrhunderte gemieden hatte, wollte sie sich nun dem stellen, was sich hinter den Palastmauern verbarg.

»Gene, ich bitte dich.« Ihm brach beinahe die Stimme.

Zwei Nächte zuvor war sie mit Charles zusammengewesen, hatte mit sanfter Zunge Blut aus den Wunden an seiner Brust geleckt. Unterdessen kannte und verstand sie seinen Körper. Sie hatten sich geliebt. Sie kannte und verstand ihn.

»Worüber machst du dir solche Sorgen, Charles? Wir sind Helden, wir haben von Fürst Dracula nichts zu befürchten. Ich bin älter als er.«

Der Wagen hielt vor dem maulähnlichen Portikus, und ein Lakai mit Perücke öffnete den Schlag. Geneviève stieg zuerst aus; das leise Knirschen der glatten Kieselsteine unter ihren Schuhen gab ihr ein behagliches Gefühl. Charles folgte; nervös und angespannt wie eine Bogensehne, raffte er sich den Umhang um die Schultern. Sie ergriff seinen Arm und schmiegte sich an ihn, doch er fand keine Ruhe. Voller Ungeduld harrte er der Dinge, die er im Palast vorfinden würde, doch hinter seiner Ungeduld verbarg sich abgrundtiefes Grauen.

Jenseits des Palastzauns hatte sich eine Menschenmenge versammelt. Schaulustige spähten in Erwartung der Wachablösung verdrossen durch die Gitterstäbe. Unweit des Tors erblickte Geneviève ein bekanntes Gesicht, die Chinesin aus dem Alten Jago. Sie stand neben einem großen, betagten Asiaten, der etwas Heimtückisches an sich hatte. Hinter ihnen, im Schatten, stand eine noch größere, noch betagtere asiatische Gestalt, und unvermittelt spürte Geneviève, wie die Schrecken der Vergangenheit erneut von ihr Besitz ergriffen. Als sie abermals hinsah, waren die Chinesen verschwunden, doch das Herz schlug ihr bis zum Hals. Charles hatte ihr noch immer nicht erzählt, was hinter seinem Handel mit dem mörderischen Ältesten steckte.

Der Lakai, ein Vampirjüngling mit goldfarbenem Gesicht, geleitete sie die breite Treppe hinauf und stieß mit seinem langen Stab an die Flügeltüren hin. Sie öffneten sich wie von einem stummen Mechanismus angetrieben und gaben den Blick frei auf das Marmorgewölbe einer weitläufigen Empfangshalle.

Da das einzige gute Gewand, das sie besaß, zuschanden war, hatte sie ein neues schneidern lassen müssen. Heute trug sie es zum erstenmal, ein schlichtes Ballkleid ohne Tournüren, Flitter oder Falbeln. Obschon sie bezweifelte, daß Vlad Tepes allzusehr auf äußeren Schein bedacht war, glaubte sie, der Königin Eindruck machen zu müssen. Sie kannte die Familie noch aus deren Zeit als Kurfürsten von Hannover. Aus ihren warmblütigen Tagen war ihr nur ein kleines goldenes Kruzifix geblieben, das sie, anders als sonst, an der letzten einer langen Reihe immer neuer Ketten um den Hals trug. Ihr leiblicher Vater hatte es ihr zum Geschenk gemacht, da es, wie er meinte, von der *Pucelle* gesegnet worden sei. Obgleich sie dies bezweifelte, hatte sie es über die Zeit gerettet. Oftmals schon hatte sie ein ganzes Leben – Haus, Hof, Garderobe, Grundbesitz, Vermögen – hinter sich gelassen und nur das Kreuz behalten, welches die Jungfrau von Orléans vermutlich nie zu Gesicht bekommen hatte.

Ein Windstoß teilte einen dreißig Fuß hohen, durchscheinenden Seidenvorhang, und sie trat mit Charles durch die Öffnung. Ihr war, als würde sich ein riesenhaftes Spinnennetz entfalten, die ahnungslose Fliege anzulocken. Diener erschienen im Gefolge einer Vampirhofdame, und Charles und Geneviève wurden ihrer Umhänge entledigt. Ein Karpater, dessen maskenhaftes Gesicht mit rauhen Haarborsten bewachsen war, wachte darüber, daß Charles seinen Stock aushändigte. Silber war bei Hof nicht wohlgelitten. Sie trug keine Waffe bei sich, die sie hätte herausgeben können …

… er hatte alles versucht, sie davon abzubringen, ihn zu begleiten, ohne ihr jedoch zu verraten, welche Pflicht er zu erfüllen hatte. Beauregard wußte, daß er sterben würde. Sein Tod diente einem hohen Zweck, und er verspürte keine Furcht. Doch es zerriß ihm fast das Herz, wenn er darüber nachsann, was aus Geneviève werden mochte. Dies war schließlich nicht ihr Kreuzzug. Wenn sich eine Gelegenheit ergäbe, wollte er ihr zur Flucht verhelfen, und wenn es ihn das Leben kostete. Doch seine Pflicht wog mehr als ihrer beider Schicksal.

Als sie, von der Wollust ihrer Vereinigung erhitzt, beisammenlagen, sagte er ihr, was er seit Pamela keiner Frau mehr gesagt hatte.

»Gene, ich liebe dich.«

»Und ich dich, Charles.«

»Ich dich, was hat das zu bedeuten?«

»Liebe, Charles. Ich liebe dich.«

Und wieder spürte er ihre Lippen, und sie wälzten sich in wohligem Behagen …

… ein Armadill, dessen Hinterteil mit seinem eigenen Dreck verkrustet war, watschelte um ihre Füße. Vlad Tepes hatte den Regent's Park Zoo geplündert und ließ exotische Spezies ungehindert den Palast durchstreifen. Dieses arme, zahnlose Geschöpf zählte zweifellos zu seinen ungefährlicheren Schoßtieren.

Die Hofdame, welche sie durch die weite, kathedralenhafte Empfangshalle geleitete, trug eine schwarze Samtlivree mit dem königlichen Wappen über der Brust. In ihren enganschließenden karierten Beinkleidern und den kniehohen, mit Goldschnallen versehenen Stiefeln sah sie aus, als spiele sie die Hosenrolle in einem weihnachtlichen Feenstück. Obgleich niedlich anzuschauen, hatte ihr Gesicht jede Spur weiblicher Sanftheit verloren, die es zu ihren Lebzeiten besessen haben mochte.

»Sie haben mich offenbar vergessen, Mr. Beauregard«, sagte sie.

Charles erwachte verwirrt aus seinen Gedanken. Er betrachtete die Hofdame genauer.

»Wir sind uns vor einigen Jahren bei den Stokers begegnet«, erklärte sie. »Vor der Wende.«

»Miß Murray?«

»Die Witwe Harker. Wilhelmina. Mina.«

Geneviève wußte, wer diese Frau war: ein Sproß des Fürsten. Nach Jack Sewards Lucy die zweite britische Eroberung des Prinzgemahls. Wie auch Jack und Godalming hatte sie zu Van Helsings Gruppe gehört.

»Der grauenvolle Mörder war also niemand anders als

Dr. Seward«, sagte Mina Harker nachdenklich. »Wie auch Lord Godalming wurde er verschont, nur um zu leiden und andere leiden zu lassen. Wie wäre Lucy von ihren Bewerbern doch enttäuscht gewesen.«

Geneviève blickte hinein in Mina Harker und erkannte, daß die Frau dazu verurteilt war – sich selbst dazu verurteilt hatte –, mit den Folgen ihres Unvermögens zu leben. Ihr Unvermögen, Vlad Tepes zu widerstehen, das Unvermögen ihres Zirkels, den Eindringling in eine Falle zu lokken und zu vernichten.

»Ich hatte nicht damit gerechnet, Sie hier anzutreffen«, platzte Charles heraus.

»Als Bediente in der Hölle?«

Sie waren am Ende der Halle angekommen. Vor ihnen befanden sich weitere Türen. Mina Harker sah die beiden an, ihre Augen waren wie glühendes Eis. Sie klopfte gegen ein Paneel, und das Pochen ihrer Fingerknöchel hallte laut wie ein Revolverschuß durch den riesigen Saal ...

... Beauregard entsann sich der warmblütigen Mina Harker, die an der Seite von Florence, Penelope oder Lucy so offenherzig und natürlich wirkte und wie Kate Reed dem Glauben anhing, daß eine Frau einen Beruf ergreifen solle, mehr sein müsse als die bloße Zierde ihres Mannes. Doch jene Frau lebte nicht mehr, und diese blaßgesichtige Hofschranze war nichts weiter als ein fahler Schatten ihrer selbst. Ebenso ein Schatten wie Seward und nicht zuletzt auch Lord Godalming. Sie beide, der Prinzgemahl und jener Totenschädel auf der Pike, hatten eine Vielzahl zerstörter Existenzen auf dem Gewissen.

Die Flügeltüren öffneten sich mit lautem Knarren, und ein furchteinflößender Bedienter gewährte ihnen Einlaß in ein hellerleuchtetes Vorzimmer. Der buntfarbige Aufzug des Lakaien hob die zahlreichen grotesken Mißbildungen seines Körpers nachdrücklich hervor. Doch war er keineswegs das neugeborene Opfer eines tragischen Versuches, die Gestalt zu wechseln, sondern ein warmblütiger Mann, der seit seiner Geburt unter abscheulichen Gebrechen litt.

Seine Wirbelsäule war immens verkrümmt, und seinem Rücken entsprossen Auswüchse von der Größe eines Brotlaibes. Bis auf den linken Arm waren seine Glieder gedunsen und verdreht. Sein aufgeschwollener Schädel war mit knöchernen Knollen bedeckt, aus denen Haarbüschel hervorsprossen, und sein Gesicht lag fast gänzlich hinter warzigen Wucherungen versteckt. Obgleich Mycroft ihn darauf vorbereitet hatte, gab sein jammervoller Anblick Beauregard einen Stich ins Herz.

»Guten Abend«, sagte er. »Merrick, nicht wahr?«

Irgendwo in den verborgenen Tiefen von Merricks lehmichtem Gesicht bildete sich ein Lächeln. Er erwiderte den Gruß, was dank der Fleischwülste rings um seinen Mund jedoch kaum zu verstehen war.

»Wie geht es Ihrer Majestät heute abend?«

Obgleich Merrick keine Antwort gab, vermeinte Beauregard in den unergründlichen Massen seines Gesichts eine Regung zu erkennen. Eine Spur von Traurigkeit lag in seinem einäugigen Blick, und ein grimmiger Zug spielte um seine verwachsenen Lippen.

Beauregard reichte Merrick eine Karte und sagte: »Mit den besten Empfehlungen des Diogenes Club.« Der Mann hatte verstanden und neigte zustimmend den massigen Schädel. Auch er diente der herrschenden Clique.

Merrick geleitete sie über den Korridor. Krummbucklig wie ein Gorilla trieb er seinen Körper mit kraftvollen Bewegungen seines überlangen, in einer klumpigen Faust endenden Arms voran. Dem Prinzgemahl bereitete es offenbar Vergnügen, diese armselige Kreatur bei Hof zu halten. Beauregard empfand wachsende Abscheu vor dem Vampir. Merrick klopfte an eine Tür, die ihn doppelt und dreifach überragte …

… lächerlich spät erst erkannte sie, daß Charles mitnichten fürchtete, was auch immer er im Palast vorfinden mochte. Er fürchtete um sie, fürchtete um die Folgen dessen, was binnen kurzem geschehen würde. Er drückte ihre Hand.

»Gene«, sagte er, und seine Stimme war kaum mehr als

ein Flüstern, »wenn dir meinetwegen etwas zustößt, so tut es mir aufrichtig leid.«

Sie verstand nicht, was er damit meinte. Während sie sich noch bemühte, ihm zu folgen, beugte er sich zu ihr herab und küßte sie, auf den Mund, wie es sonst nur Warmblüter taten. Sie spürte seinen Geschmack auf ihrer Zunge, und die Erinnerung kehrte zurück …

… in der Dunkelheit klang ihre Stimme kühl.

»Dies könnte ewig währen, Charles. Ewig.«

Er mußte an seine Zusammenkunft mit Mycroft denken.

»Nichts währt ewig, mein Liebling …«

… er ließ den Kuß enden und trat einen Schritt zurück; Geneviève war verwirrt. Dann ging die Türe auf, und sie wurden zur königlichen Audienz vorgelassen.

Von zerbeulten Leuchtern und Lüstern spärlich erhellt, hatte sich der Thronsaal in einen wahrhaften Schweinestall verwandelt, wo es von Menschen und Tieren nur so wimmelte. Die ehemals eleganten Wandbehänge waren fleckig und zerrissen. Beschmutzte und geschändete Gemälde hingen merkwürdig schief oder lagen achtlos hinter Möbelstücken aufgestapelt. Lachende, schluchzende, grunzende, wimmernde und kreischende Kreaturen saßen über Diwans und Teppiche verstreut. Ein nahezu unbekleideter Karpater rang mit einem riesenhaften Affen; ihre Füße scharrten und schlitterten über die kotverschmierten Marmorfliesen. Der Gestank nach geronnenem Blut und Exkrementen war ebenso streng wie in Miller's Court Nummer 13.

Merrick meldete sie der Gesellschaft; es bereitete ihm sichtlich Mühe, ihre Namen herauszubringen. Jemand ließ auf deutsch eine schändliche Bemerkung über sein Leiden fallen. Grausige Lachsalven übertönten den Lärm, der auf den Wink einer tellergroßen Hand jäh verstummte. Die Geste gebot der Versammlung Einhalt; der Karpater stieß das Gesicht des Affen zu Boden und machte dem Muskelwettstreit ein frühzeitiges Ende, indem er dem Tier kurzweg das Rückgrat brach.

An der erhobenen Hand steckte ein gewaltiger Diamantring, der den glühenden Schimmer von sieben Feuern in sich barg. Geneviève hatte den Kohinoor sofort erkannt, den ›Berg des Lichts‹, den größten Edelstein auf Erden und zugleich das Herzstück jener Sammlung, welche als die Kronjuwelen bekannt war. Ihr Blick war wie gebannt von seinem hellen Schein und dem Vampir, dessen Finger er schmückte. Fürst Dracula saß, wuchtig wie ein aus Stein gehauenes Standbild, auf dem Thron, und sein monströs gedunsenes Gesicht war eine tiefrote, mit welkem Grau bekrönte Maske. Die blutverklebten Schnurrbartspitzen reichten ihm bis auf die Brust, das dichte Haar wallte ihm über die Schultern, und von seinem mit schwarzen Bartstoppeln besäten Kinn troff der Lebenssaft seines letzten Opfers. Er wog den Reichsapfel in der linken Hand, als sei dieser nicht größer als ein Tennisball.

Charles geriet beim Anblick seines Widersachers ins Wanken, der Gestank traf ihn wie ein Faustschlag in den Magen. Geneviève stützte ihn und sah sich um.

»Nie hätte ich mir träumen lassen ...«, murmelte er, »niemals ...«

Ein abgerissener, hermelinbesetzter schwarzer Samtumhang spannte sich um Draculas Schultern wie die Schwingen einer riesenhaften Fledermaus. Darunter kam sein nackter, über und über mit verfilzten Haaren bewachsener Leib zum Vorschein; eine dicke Kruste aus Schmutz und Blut bedeckte seine Brust und seine Glieder. Sein weißes Geschlecht mit einer Spitze, rot wie eine Natternzunge, lag schlaff in seinem Schoß. Sein Leib war blutgebläht, und die pulsierenden seildicken Adern am Hals und an den Armen traten deutlich hervor. Zu Lebzeiten war Vlad Tepes allenfalls von mittlerer Größe gewesen; nun jedoch war er ein Riese.

Ein rotgesichtiger Karpater in zerlumpter Uniform jagte ein warmblütiges Mädchen quer durch den Saal. Es war Rupert von Hentzau. Indem er ungeschickt dahinschlurfte, verschoben sich seine Schädelbeine und verzerrten sein Gesicht zu einer furchterregenden Fratze. Er brachte das

Mädchen mit einem weit ausholenden Klauenhieb zu Fall und riß ihr Hemd und Haut vom Leib. Dann schlug er ihr seine dreigelenkigen Kiefer in Rücken und Flanken, fraß von ihrem Fleisch und trank von ihrem Blut. Noch während er sich an ihr labte, wurde er zur wölfischen Bestie, streifte er Hosen und Stiefel ab, wurde sein Gelächter zu Geheul. Das Mädchen war sofort tot.

Draculas Lächeln entblößte gelbe Zähne, lang und dick wie zugespitzte Daumen. Geneviève blickte dem König der Vampire geradewegs ins Gesicht.

Die Königin kniete neben dem Thron; um ihren Hals lag ein nagelbesetztes Eisen, das durch eine massive Kette mit einem weiten Armband um Draculas Handgelenk verbunden war. Sie trug nichts als Hemd und Strümpfe; das braune Haar fiel ihr offen auf die Schultern, ihr Gesicht war blutverschmiert. Es war unmöglich, in dieser mißbrauchten, erbarmungswürdigen Gestalt die rundliche alte Frau wiederzuerkennen, die sie einst gewesen war. Geneviève hoffte inständig, daß die Königin den Verstand verloren hatte, befürchtete jedoch, daß sie wohl wußte, was rings um sie vorging. Viktoria wandte den Blick vom Opfer des Karpaters.

»Königliche Hoheiten«, sagte Charles, indem er sich verbeugte.

Ein enormer Furz räudigen Gelächters brach aus Draculas mit scharfgezackten Fangzähnen bewehrtem Maul. Der Pesthauch seines Atems erfüllte den Saal. Er roch nach Tod und Verwesung.

»Ich bin Dracula«, sagte er in erstaunlich akzentfreiem, flüssigem Englisch. »Und wer sind unsere hochwillkommenen Gäste, wenn ich fragen darf?«

... er befand sich im Auge eines Alptraumorkans. Doch sein Wille war eisern. Dieser Anblick machte ihn zu einem *iustum et tenacem propositi virum*, zu einem rechten Mann, der fest am Entschlusse hält. Später, wenn er dann noch lebte, würde er seiner Übelkeit vielleicht nachgeben. Nun aber, in diesem entscheidenden Moment, mußte er sich völlig in der Gewalt haben.

Obgleich er nie ein richtiger Soldat gewesen war, hatte er auf der Militärakademie wie auch im Felde die Kunst der Strategie erlernt. Ein Blick verriet ihm, wo im Thronsaal sich wer befand. Die meisten brauchten ihn nicht zu bekümmern, doch Geneviève, Merrick und, aus unerfindlichen Gründen, Mina Harker bereiteten ihm Sorge. Sie alle standen hinter ihm.

Der Mann und die Frau auf der Estrade nahmen seine ganze Aufmerksamkeit gefangen: die Königin, deren unübersehbare Qualen ihm das Herz zerreißen wollten, und der Fürst, der wohlgefällig auf dem Thron saß und sich an dem wüsten Chaos rings um ihn her ergötzte. Draculas Gesicht schien wie auf Wasser gemalt; bisweilen gefror es zu spiegelblankem Eis, zumeist aber war es im Fluß, in unablässiger Bewegung. Beauregard erblickte immer neue Gesichter unter der Oberfläche. Die roten Augen und die Wolfszähne blieben unverändert, während rings um die schroffen Wangen alles unaufhörlich die Gestalt wechselte und sich mal in eine haarige, nasse Schnauze, mal in einen knochigen, kahlen Totenschädel verwandelte.

Ein edel gekleideter Vampirjüngling, aus dessen Kragen ein wahrhafter Strauß von Spitze hervorbrach, erklomm die Estrade.

»Dies sind die Helden von Whitechapel«, erklärte er, wobei er sich mit einem Schnupftuch Luft zufächelte. Beauregard hatte den Premierminister sogleich erkannt.

»Ihnen allein haben wir die Vernichtung jener rücksichtslosen Mörder zu verdanken, welche als Jack the Ripper bekannt sind«, fuhr Lord Ruthven fort. »Dr. John Seward von schändlichem Angedenken und, äh, Arthur Holmwood, der furchtbare Verräter ...«

Der Fürst verzog das Gesicht zu einem grimmigen Lächeln, seine Schnurrbartspitzen knarrten wie Lederriemen. Ruthven, Godalmings Vater in Finsternis, war sichtlich verstimmt ob der Erinnerung an jene Schreckenstaten, deren sich sein Zögling in den Augen des Volkes mitschuldig gemacht hatte.

»Ihr habt uns brav und treu gedient, meine lieben Untertanen«, sagte Dracula, doch das Lob klang ganz wie eine Drohung ...

... indem Ruthven neben Fürst Dracula hintrat, machte er das Herrschertriumvirat komplett: die beiden Vampir-Ältesten und die neugeborene Königin. Vlad Tepes ließ nicht den geringsten Zweifel daran, wer an der Spitze dieser Dreieinigkeit der Macht stand.

Geneviève war Ruthven ein knappes Jahrhundert zuvor auf einer Reise durch Griechenland begegnet. Damals war er ihr wie ein Dilettant erschienen, der sich mit romantischen Tändeleien verzweifelt bei Laune zu halten suchte, weil die Ödnis eines langen Lebens ihn so sehr bedrückte. Als Premierminister nun hatte er seinen *ennui* gegen die Ungewißheit eingetauscht, da er wohl wußte, daß mit jeder neuen Beförderung auch die Wahrscheinlichkeit wuchs, dereinst in ungeahnte Tiefen hinabgestürzt zu werden. Sie fragte sich, ob denn niemand außer ihr die Furcht zu sehen imstande war, die sich wie eine Ratte an Lord Ruthvens Busen nährte.

Dracula musterte Charles eindringlich, wohlwollend beinahe. Geneviève spürte, wie das Blut ihres Geliebten in Wallung geriet, und bemerkte, daß sie die Zähne gefletscht und die Finger zu Klauen verkrümmt hatte. Sie zwang sich, vor dem Thron eine demütige Haltung anzunehmen.

Der Fürst wandte ihr seine Aufmerksamkeit zu und hob eine buschige Augenbraue. Eine Fülle verkrusteter Narben verzerrte seine sanften Züge.

»Geneviève Dieudonné«, sagte er und ließ sich den Namen auf der Zunge zerfließen, als wollte er den Silben dadurch neuen Sinn abringen. »Ich habe früher schon von Euch vernommen.«

Sie streckte ihre leeren Hände aus.

»Als ich diesen Ehrenplatz einnahm«, fuhr er, von ausladenden Gebärden begleitet, fort, »war Euer Name vielgerühmt. Es bedeutet Mühsal, mit den Wanderungen von unsereins Schritt zu halten. Hie und da empfing ich Nachricht über Euch.«

Der Fürst schien mit jedem seiner Worte weiter aufzuschwellen. Vermutlich blieb er nicht nur unbekleidet, weil er es so wollte, sondern weil Kleider seinem fortwährenden Wechsel der Gestalt nicht standzuhalten vermochten.

»Wenn mich nicht alles täuscht, so zähltet Ihr eine entfernte Verwandte meiner Familie unter Eure Freundinnen.«

»Carmilla? In der Tat«, entgegnete Geneviève.

»Eine zarte Blume, die wir schmerzlich vermissen.«

Geneviève nickte zustimmend. Die zuckersüße Besorgtheit dieses Monstrums verursachte ihr Übelkeit, schnürte ihr die Kehle zu. Ebenso zärtlich und gedankenlos wie ein Herr seinen alten Jagdhund tätschelt, streckte der Fürst die Hand aus und strich über das wirre Haar der Königin. Furcht loderte in ihrem Blick. Am Fuß der Thronestrade kauerte ein Häuflein mit Leichentüchern angetaner *nosferatu*-Weiber, die von Dracula verschmähten Ehefrauen. Allesamt Schönheiten, zerfetzten sie schamlos ihre Gewänder, so daß Glieder, Brüste und Lenden zum Vorschein kamen. Sie fauchten und gierten wie Katzen. Die Königin hatte offensichtlich schreckliche Angst vor ihnen. Dracula schloß seine gewaltigen Finger um Viktorias zerbrechlichen Schädel und drückte behutsam zu.

»Mylady«, fuhr er fort, »warum seid Ihr nicht schon früher an meinen Hof gekommen? Wir hätten Euch mit Freuden auf unserem schmerzlich vermißten Schloß Dracula in Transsylvanien oder diesem etwas moderneren Anwesen willkommen geheißen. Alle Ältesten sind uns willkommen.«

Draculas Lächeln war durchaus überzeugend, vermochte seine spitzen Zähne jedoch nicht zu verbergen.

»Bin ich Euch so zuwider, Mylady? Über Jahrhunderte seid Ihr von einem Ort zum anderen gezogen, in ewiger Furcht vor Euren warmblütigen Neidern. Wie alle Nicht-Toten wandeltet Ihr als Ausgestoßene auf dem Antlitz dieser Erde. Nennt Ihr das Recht? Geplagt von niederen Kreaturen, verweigerte man uns den Beistand der Kirche und den Schutz des Gesetzes. Ihr habt ebenso wie ich ein Mädchen, das Ihr liebtet, an Bauern mit gespitzten Pfählen und silbernen Sicheln verloren. Wahrhaftig, Tepes werde ich geheißen, und doch war es nicht Dracula, der das Herz der Carmilla Karnstein oder das der Lucy Westenra durchbohrte. Mit meinem Dunklen Kuß schenke ich ewiges, süßes Leben; die Silbermesser aber sind es, die den leeren, kalten Tod uns bringen, auf alle Zeit und immerdar. Doch die finsteren Nächte liegen hinter uns, und wir sind in die uns gebührende Stellung erhoben. Ich habe dies zum Wohle aller *nosferatu* getan. Vorbei die Zeit, da wir den Warmblütern unsere Natur verhehlten, vorbei die Zeit, da uns der Rote Durst das Hirn versengte. Tochter in Finsternis des Chandagnac, auch Ihr zieht daraus Euren Nutzen; und doch empfindet Ihr keine Liebe für Dracula. Ist das nicht überaus betrüblich? Verrät das nicht die Haltung einer überaus einfältigen und undankbaren Frau?«

Draculas Hand lag um Viktorias Hals, und mit dem Daumen streichelte er ihre Kehle. Die Königin blickte zu Boden.

»Wart Ihr nicht einsam, Geneviève Dieudonné? Und seid Ihr nun nicht unter Freunden? Unter Euresgleichen?«

Sie war fünfzig Jahre länger nicht-tot als Vlad Tepes. Als sie sich verwandelt hatte, war der Fürst ein Wickelkind gewesen, das bald darauf in ein Leben der Gefangenschaft entlassen werden sollte.

»Pfähler«, verkündete sie, »ich kenne nicht meinesgleichen.«

... während der Fürst noch funkelnden Auges auf Geneviève herabsah, trat Beauregard vor.

»Ich habe Euch ein Geschenk mitgebracht«, sagte er und griff in die Brust seines Fracks, »ein Andenken an unsere Tätigkeit im East End.«

Draculas Blick verriet die philiströse Besitzgier eines wahrhaften Barbaren. Trotz seiner hochtrabenden Titel war er kaum eine Generation von jenen tyrannischen Bergtölpeln entfernt, die er seine Vorfahren schimpfte. Nichts erfreute sein Fürstenherz so sehr wie hübsche Dinge. Grellschimmerndes Spielzeug. Beauregard zog ein Stoffbündel aus seiner Innentasche und schlug das Tuch zurück.

Silber flammte auf.

Eben noch hatten sich Vampire in düsteren Winkeln laut schmatzend am Fleisch von Knaben und Mädchen gütlich getan, nun aber war alles ruhig. Es war gewiß eine Illusion, doch die winzige Klinge strahlte, erhellte wie Excalibur *en miniature* den ganzen Saal. Wutentbrannt legte Dracula die Stirn in Falten, doch dann verwandelten Hohn und Belustigung sein Gesicht in eine breit grinsende Maske. Beauregard hielt Jack Sewards Silberskalpell in die Höhe.

»Bildet Ihr Euch etwa ein, mich mit diesem Nädelchen bezwingen zu können, Engländer?«

»Es ist ein Geschenk«, erwiderte Beauregard. »Doch es ist nicht für Euch bestimmt.«

Geneviève trat verwundert beiseite. Merrick und Mina Harker standen zu weit entfernt, um ihm gefährlich werden zu können. Die Karpater ließen von ihren Vergnügungen ab und bildeten einen Halbkreis um den Thron. Einige der Haremsfrauen erhoben sich, ihre lechzenden Mäuler troffen vor feuchtglänzendem Blut. Zwar befand sich niemand zwischen Beauregard und der Estrade, doch wenn er auch nur einen Schritt zu Dracula hin täte, würde er auf eine massive Mauer aus Knochen und Vampirfleisch stoßen.

»Sondern für meine Königin«, sagte Beauregard und warf ihr das Messer zu.

Die dahinschwirrende Silberklinge spiegelte sich in Draculas Augen, und in seinen Pupillen explodierte finsterer Zorn. Viktoria fischte das Skalpell aus der Luft .. .

... alles hatte nur dem einen Zweck gedient, Charles Zutritt zum Palast zu verschaffen, um hier und jetzt seine Pflicht erfüllen zu können. Geneviève spürte seinen Geschmack auf ihrer Zunge und verstand ...

... die Königin stieß sich die Klinge in die Brust, heftete sich das Hemd an die Rippen und durchstach ihr Herz. Es war rasch vorbei. Aus ihrer tödlichen Wunde schoß Blut. Mit einem Seufzer der Erleichterung stürzte sie von der Estrade und rollte, ihre rasselnde Kette hinter sich herziehend, die Stufen hinab. *Sic transit Victoria Regina.*

Der Premierminister bahnte sich einen Weg zwischen den Haremsfrauen hindurch, indem er die Harpyien grob beiseite stieß, und umklammerte den Leib der Königin. Ihr Kopf sank nach hinten, als er das Skalpell mit einem heftigen Ruck herauszog. Ruthven preßte eine Hand auf ihre Wunde, als könne er sie allein kraft seines Willens ins Leben zurückbefördern. Es war zwecklos. Mit dem Silbermesser in der Hand erhob er sich. Als seine Finger zu qualmen begannen, schrie er auf vor Schmerz und schleuderte das Skalpell weit von sich. Umringt von Draculas Ehefrauen, deren Gesichter sich in rachgierige Fratzen verwandelt hatten, fing der wie ein Murgatroyd herausgeputzte Premierminister mit einemmal zu schlottern an.

Beauregard wartete auf die Sintflut.

Der Prinz, welcher nun kein Gemahl mehr war, sprang auf; sein Umhang bauschte sich wie eine Gewitterwolke. Riesige Hauer brachen aus seinem Mund, und seine Hände wurden zu Bündeln scharfgeschliffener Speere. Seine Macht hatte einen Schlag erlitten, von der sie sich nie wieder erholen würde. Albert Edward, Prinz von Wales, war jetzt König; und sein Stiefvater, der ihn nach Paris in ein zwar angenehmes, doch gänzlich unsinniges Exil hatte verbringen lassen, hatte auf ihn keinen allzu großen Einfluß. Das Empire, das Dracula an sich gerissen hatte, würde sich gegen ihn erheben.

Wenn Beauregard jetzt starb, hatte er genug getan.

Dracula hob eine Hand, die nutzlose Kette baumelte von seinem Handgelenk, und deutete auf Beauregard. Unfähig zu sprechen, versprühte er Gift und Galle.

Mit der Königin war auch die Großmutter Europas gestorben. Sieben ihrer Kinder waren noch am Leben, vier von ihnen Warmblüter. Dank Heirat und Sukzession verbanden sie die übrigen Königshäuser Europas. Selbst wenn man Bertie beseitigen ließe, gab es hinreichend Anwärter auf den Thron. Welch feine Ironie des Schicksals, daß der

König der Vampire von einem schnatternden Haufen gekrönter Bluter gestürzt werden konnte.

Beauregard trat den Rückzug an. Plötzlich stocknüchtern, versammelten sich die Vampire. Die Haremsfrauen und Gardeoffiziere. Die Frauen fielen als erste über ihn her, rissen ihn zu Boden und schlugen ihm die Krallen in den Leib ...

... obschon Charles bemüht gewesen war, Schaden von ihr abzuwenden, indem er ihr die Pläne des Diogenes Club verheimlichte, hatte sie trotzköpfig darauf beharrt, Dracula in seinem Drachennest aufzusuchen. Nun würden sie wahrscheinlich beide sterben müssen.

Draculas Frauen stießen sie beiseite. Mit blutverschmierten Klauen und Mäulern machten sie sich an Charles zu schaffen. Sie konnte die messerscharfen Küsse, mit denen die Frauen ihm Hände und Gesicht zerfetzten, förmlich spüren. Sie zerrte eine von ihnen – eine steirische Schlampe namens Gräfin Barbara de Cilly zu Graz, wenn Geneviève nicht alles täuschte – aus dem Getümmel hervor und schleuderte die kreischende Kreatur quer durch den Saal. Geneviève fletschte die Zähne und fauchte das gefallene Mädchen wütend an.

Ihr Zorn verlieh ihr neue Kraft.

Sie schritt zu dem tobenden Haufen hin, unter dem Charles begraben lag, und kämpfte ihn frei, indem sie wild auf die Weiber einhieb und ihre Nägel in sie bohrte. In ihrem Nest waren die Höflinge schwach und bis zum Rande voll mit Blut. Es bereitete ihr keine allzu große Mühe, Draculas Frauen beizukommen. Wie die anderen Furien schrie und spuckte Geneviève, riß büschelweise Haare aus und hackte nach roten Augen. Charles war blutüberströmt, aber er lebte. Sie kämpfte um ihn wie eine Wolfsmutter um ihre Jungen.

Die Höllenhexen taumelten rückwärts, fort von Geneviève, was ihr ein wenig Luft verschaffte. Charles befand sich, nach wie vor benommen, an ihrer Seite. Hentzau, der Hauptkämpe Draculas, ging vor ihnen in Stellung. Obgleich die untere Hälfte seines Körpers menschlich war, hatte er die Zähne und Klauen eines Tieres. Er ballte eine Hand zur Faust, und ein Knochenende glitt aus seinem Fingerknöchel hervor. Es wurde lang, starr und spitz.

Sie tat einen Schritt nach hinten, begab sich außer Reichweite des knöchernen Rapiers. Die Höflinge wichen zurück und bildeten, wie die Zuschauer bei einem Boxkampf, einen Kreis. An seine tote Königin gefesselt, verfolgte Dracula das ungleiche Duell. Hentzau wirbelte herum und ließ seinen Degen, beinahe zu schnell fürs bloße Auge, durch die Luft sirren. Sie vernahm das Flüstern der Klinge und bemerkte kurz darauf, daß in ihrer Schulter eine Wunde klaffte und ein rotes Rinnsal ihre *décolletage* befleckte. Sie ergriff einen Fußschemel, hob ihn sich zum Schutz vor das Gesicht und parierte damit den nächsten Ausfall. Hentzau durchschnitt Bezug und Polsterung und trieb die Spitze seines Degens in das Holz. Als er sie wieder herauszog, quoll Roßhaar aus dem Riß hervor.

»Duell mit möblierter Dame, hä?« spöttelte Hentzau.

Er hieb nach Genevièves Gesicht, und etliche ihrer Lokken schwebten zu Boden. Von der Tür her kam ein Aufschrei, und irgend etwas landete vor Charles' Füßen auf den Marmorfliesen …

… die erstickte Stimme gehörte John Merrick. Der Stockdegen lag zum Greifen nahe. Die arme Kreatur hatte ihn einem Lakai entrissen. Beauregard konnte es kaum fassen, daß er seine Königin tatsächlich überdauert hatte. Ihm war, als lebte er ein Leben nach dem Tode.

Der Gardist, aus dessen Gerippe ein Rapier hervorgesprossen war, rückte Geneviève zu Leibe. Hentzau schien als warmblütiger Mann keinen Schuß Pulver wert, war aber jetzt flink auf den Beinen, hatte Muskeln wie ein Springpferd und einen Armdegen, mit dem er seiner Widersacherin mühelos den Kopf hätte abtrennen können.

Beauregard nahm seinen Stock, zog die versilberte Klinge aus dem Schaft und wog die Waffe in der Hand. Plötzlich begriff er, wie dem Ruritanier zumute war.

Mit einem gelinden Schlag fegte Hentzau der Vampirfrau den Schemel aus der Hand. Grinsend tat er einen Schritt zurück, um ihr mit einem letzten Hieb das Herz zu durchbohren. Beauregard ließ seinen Degen auf Hentzaus Arm herniedersausen, schob die Spitze seiner Klinge unter den Kiefer des Gardisten, stach sie durch dessen rauhen Pelz und ritzte die Haut unter dem Kinn bis auf den nackten Knochen.

Der Ruritanier heulte auf in seiner Silberqual und wendete sich gegen Beauregard. Er holte zum Angriff aus; seine Degenspitze stieß herab wie eine Wasserjungfer. Obschon er fürchterliche Schmerzen leiden mußte, ging er überaus behend zu Werke. Beauregard parierte eine rasche Folge von Attacken. Er sah den Hieb kommen. Plötzlich war ihm, als ob ein Angelhaken zwischen seinen Rippen steckte. Wie er – Bruchteile von Sekunden, ehe die messerscharfe Klinge ihm den Garaus machen konnte – zurückzuweichen suchte, rutschte er auf dem glatten Marmorboden aus. Er schlug der Länge nach hin, in der *Gewißheit*, daß Hentzau sich auf ihn stürzen und ihm die Schlagader durchtrennen würde, damit die Haremsfrauen aus seinen sprudelnden Wunden trinken konnten.

Hentzau hob seinen Armdegen wie eine Sichel; die Klinge sauste schwirrend herab. Beauregard wußte, daß sie ihm den Hals durchschneiden würde. Er dachte an Geneviève. Und Pamela. Mit letzter Kraft gelang es ihm, den Arm zu heben, um den tödlichen Hieb abzuwehren. Seine schweißnasse Hand umklammerte das schlüpfrige Heft seines Degens.

Ein schwerer Stoß ließ ihn am ganzen Leib erzittern. Hentzaus Arm traf auf Beauregards Silber. Der Gardist taumelte rückwärts. Sein Armdegen fiel als lebloser Klumpen zu Boden, säuberlich unterhalb des Ellbogens abgetrennt. Eine Blutfontäne schoß hervor, und Beauregard wälzte sich zur Seite.

Er sprang auf die Beine. Der Gardist packte seinen Armstumpf und geriet ins Straucheln. Sein Gesicht nahm menschliche Züge an, verlor von einem Augenblick zum anderen alle Haare. Sowie Hentzaus Geheul sich in ein ersticktes Schluchzen verwandelt hatte, hallte ein lautes Klirren durch den Saal. Beauregard und Geneviève wandten sich in die Richtung, aus der es gekommen war.

Prinz Dracula stand auf der Estrade. Er hatte sich die Kette der Königin vom Arm gerissen und sie zu Boden geworfen …

… als er von seinem Podest herabstieg, trat Dampf aus seinen Nasenlöchern. Über Jahrhunderte hinweg hatte er sich als höheres, der Menschheit überlegenes Wesen begriffen; nicht wie er von selbstsüchtigen Fantasien geblendet, wußte Geneviève, daß sie nichts weiter war als eine Zecke im Pelz der Warmblüter. In seinem aufgeblähten Zustand schien der Prinz beinahe lethargisch.

Geneviève drückte Charles an sich und wandte sich zur Tür. Vor ihnen stand der Premierminister. In dieser Gesellschaft wirkte er zivilisiert, ja blutleer.

»Aus dem Weg, Ruthven«, fauchte sie.

Ruthven überlegte, was er tun sollte. Da die Königin nun wirklich tot war, würde manches anders werden. In ihrer Verzweiflung ergriff Geneviève ihr Kruzifix. Sichtlich erstaunt, suchte Ruthven ein Lachen zu unterdrücken. Er hätte sie am Verlassen des Palastes hindern können, doch – ganz der Staatsmann – zögerte er einen Augenblick, ehe er schließlich beiseite trat.

»Sehr klug, Mylord«, raunte sie ihm zu.

Ruthven zuckte mit den Achseln. Er wußte, daß das Empire am Boden lag. Vermutlich würde er sich fortan auf sein Überleben konzentrieren. Die Ältesten waren in der Überlebenskunst bewandert.

Merrick hielt ihnen die Tür auf. Im Vorzimmer trafen sie auf eine bestürzte Mina Harker, starr vor Schreck. Alles war eifrig bemüht, mit den raschen Veränderungen Schritt zu halten. Einige Höflinge hatten es aufgegeben und wandten sich wieder ihren Vergnügungen zu.

Draculas Schatten wuchs, sein Zorn umfing sie wie ein Nebel.

Geneviève half Charles aus dem Thronsaal. Sie leckte ihm das Blut vom Gesicht und tastete nach seinem Herzschlag. Gemeinsam würden sie mächtig einherreiten auf diesem Sturm.

»Ich konnte es dir nicht sagen«, versuchte er ihr zu erklären.

Sie brachte ihn zum Schweigen.

Merrick verriegelte die Tür und stemmte seinen gewaltigen Rücken dagegen. Er stieß ein langgezogenes Heulen aus, das sie als ›Fort hier!‹ deutete. Von innen donnerte etwas gegen die Tür, und eine klauenbewehrte Hand schlug oberhalb von Merricks Kopf, zwölf Fuß hoch über dem Boden, ein Loch in das Paneel. Die Hand ballte sich zur Faust und vergrößerte die Öffnung. Die Tür erbebte, als würde ein Nashorn sich dagegenwerfen. Eine der Angeln platzte krachend aus dem Holz.

Sie grüßte Merrick zum Abschied und humpelte mit Charles davon …

… er zwang sich, nicht zurückzublicken.

Im Laufen hörte Beauregard, wie die Türe hinter ihnen barst und Merrick von herabstürzendem Holz und stampfenden Fußtritten zermalmt wurde. Einer unter vielen malträtierten Helden, deren schnelles Schicksal keine Zeit zur Trauer ließ.

Sie schleppten sich vorbei an Mina Harker und gelangten in den Empfangssaal, der von Vampiren in Livree bevölkert war. Ein Dutzend verschiedener Gerüchte machte hier die Runde.

Geneviève zog ihn mit sich fort.

Er hörte die donnernden Schritte ihres Verfolgers. Trotz des Stiefelgeklappers vernahm er deutlich einen Flügelschlag. Eine Bö von riesenhaften Schwingen streifte ihn.

Verwirrte Wachen ließen sie durch das Palastportal …

… ihr Herz raste. Die Kutsche war selbstredend verschwunden. Sie würden sich zu Fuß durchschlagen und in der Menge untertauchen müssen. In der volkreichsten

Stadt der Welt konnte es nicht allzu schwierig sein, sich zu verstecken.

Während sie noch die breite Treppe hinunterstolperten, näherte sich im Eilschritt ein Kader von Karpatern; ihre Säbel klirrten. Ihr Anführer war der General, hinter dessen Rücken man sich nichts als Witze über ihn erzählte: Iorga.

»Schnell«, rief Geneviève, »der Prinzgemahl, die Königin! Sonst ist alles verloren!«

Iorga schien gar nicht erfreut über die Nachricht, daß ein Unbekannter seinem Generalissimus ans Leder wollte, und suchte eine entschlossene Miene aufzusetzen. Der Kader stürmte im Laufschritt durch das Portal, just als Draculas Gefolgschaft hinaus ins Freie drängte. Bis die Karpater wußten, wie ihnen geschah, wären sie längst durch das Tor.

Charles, dessen Kraft allmählich dahinschwand, wischte sich mit dem Ärmel das Gesicht. Sie nahm seinen Arm, und hinkend rannten sie fort von dem lärmenden Gewimmel.

»Gene, Gene, Gene«, murmelte er, den Mund voller Blut.

»Schsch«, machte sie und zerrte ihn vorwärts. »Wir müssen uns beeilen.«

... Warmblüter wie Nicht-Tote strömten aus allen Himmelsrichtungen herbei. Der Palast wurde gleichzeitig verteidigt und gestürmt. Im Park sang ein Chor von Protestierern Hymnen und versperrte einer Feuerspritze den Weg. Überall in den Anlagen liefen Pferde frei umher und wirbelten Kieselwolken auf.

Er mußte Atem schöpfen. Seinen Arm fest umklammernd, ließ Geneviève ihn innehalten. Als er stehenblieb, spürte er, welch eine derbe Tracht Prügel er bezogen hatte. Er stützte sich auf seinen bloßen Degen und sog gierig kalte Luft in seine Lungen. Er litt an Geist und Körper. Ihm war, als sei er im Thronsaal gestorben und nun als ektoplasmische Form zurückgekehrt, befreit von der Last irdischen Fleisches.

Vor ihnen erklommen Menschen die Tore des Palastes. Unter dem Gewicht der Massen schwangen sie auf und schlugen zwei Gardisten zu Boden. Dieser Aufruhr konnte kaum gelegener kommen. Der Diogenes Club trug Sorge für die Seinen. Oder der Limehouse-Ring hatte sich für Beauregard ins Mittel geschlagen. Oder aber er wurde getragen von den Fluten der Geschichte, und dies war nichts weiter als ein glücklicher Zufall.

Fackeln und hölzerne Kruzifixe schwenkend, drängte eine Schar rauhbeiniger Gesellen in den Hof, die Gesichter mit verkohltem Kork bemalt. An ihrer Spitze marschierte eine Nonne von winziger, biegsamer Gestalt, unter deren Schleier ein Antlitz wie eine chinesische Kamee zum Vorschein kam. Sie rief ihre Anhänger herbei und deutete gen Himmel.

Eine Dunkelheit, finsterer als die schwärzeste Nacht, senkte sich über die Menge. Auf allem lastete ein gigantischer Schatten. Ein rotes Mondenpaar schien aus der Düsternis herab. Schleppende Flügelschläge ließen die Luft erzittern und zwangen die Menschen zu Boden. Die Fledermausgestalt füllte den Himmel über dem Palast.

Einen Augenblick lang herrschte völlige Stille. Dann erhob jemand die Stimme gegen die Gestalt. Andere stimmten ein. Fackeln und Kieselsteine wurden in die Höhe geschleudert, doch ohne Erfolg. Schüsse wurden abgegeben. Der riesige Schatten schwang sich auf.

Iorgas Männer, die sich nach ihrem würdelosen Sturz neu formiert hatten, fielen nun über die Menge her und hauten wild mit ihren Säbeln um sich. Sie schlugen den Pöbel ohne Mühe zurück. Beauregard und Geneviève wurden mit dem Strom durch das Haupttor gerissen. Trotz des großen Krawalls war der Schaden gering. Die chinesische Nonne verschwand als erste in der Nacht, dann zerstreuten sich auch ihre Anhänger.

Als sie das Tor passiert hatten, gestattete Beauregard sich einen Blick zurück. Der Schatten hatte sich auf dem Dach des Buckingham-Palastes niedergelassen. Eine dämonische Gestalt blickte vom First herab und raffte ihre

Schwingen um sich wie einen Mantel. Beauregard fragte sich, wie lange der Prinz sich wohl noch auf seiner Stange halten mochte.

Große Feuer loderten in den Nachthimmel empor. Die Nachricht würde sich rasch verbreiten, sie war der Funke, der das Pulverfaß zur Explosion zu bringen vermochte. In Chelsea, Whitechapel und Kingstead; in Exeter, Purfleet und Whitby; in Paris, Moskau und New York: In ihrer Folge würde sich die Welt verändern. Aus dem Park drang lautes Geschrei herüber. Düstere Gestalten tanzten und rangen miteinander ...

... sie verspürte einen Anflug von Bedauern: Ihre Stellung war verloren. Da sie nicht nach Toynbee Hall zurückkehren konnte, würden andere ihre Arbeit fortführen müssen. Ob mit oder ohne Charles, ob hier oder im Ausland, ob vor aller Augen oder im verborgenen, sie wollte noch einmal von vorn anfangen, sich ein neues Leben aufbauen. Nichts mit sich nehmen außer dem Kruzifix ihres Vaters. Und einem guten, wenn auch leicht beschmutzten Kleid.

Sie war überzeugt, daß die Kreatur auf dem Palastdach sie und Charles trotz ihrer Nachtaugen und ihres erhabenen Ausgucks nicht sehen konnte. Je weiter sie sich von ihr entfernten, desto kleiner wurde sie. Sowie sie den aufgespießten Kopf Abraham Van Helsings hinter sich gelassen hatten, blickte Geneviève zurück und sah nichts als Finsternis.

Nachbemerkung und Dank des Autors

Als ich elf war, durfte ich eines Abends länger aufbleiben und mir im Fernsehen Tod Brownings Dracula-Verfilmung mit Bela Lugosi aus dem Jahr 1930 anschauen. Ich kann nicht genug betonen, welch enorme Auswirkungen dieses Ereignis auf den weiteren Verlauf meines Lebens hatte. Demnach gilt mein Dank zuallererst meinen Eltern Bryan und Julian Newman, die sich meine bizarren Interessen während meiner Teenagerzeit und darüber hinaus gefallen lassen mußten. Zu meinen ersten Schreibversuchen gehörte ein kaum zwei Seiten langes Bühnenstück nach Motiven des Films, das im Herbst 1970 in Tony Collins' Theaterkurs an Dr. Morgan's Grammar School seine Uraufführung erlebte, bei der ich nicht nur als Autor, sondern auch als Regisseur und Hauptdarsteller fungierte. Nach mehrmaliger Lektüre von Bram Stokers Roman schließlich lief ich mir die Hacken krumm, um möglichst keinen Dracula-Film mehr zu verpassen. Ich hatte sogar einen Aurora-Modellbausatz von Lugosi in der Rolle des Grafen, der im Dunkeln leuchtete *(›Frightning Lightning Strikes!‹).* Von jenen Freunden, die unter meiner Manie zu leiden hatten, sich Filme mit mir anschauten und dies zum Teil noch heute tun, danke ich besonders Alex Dunn *(Frankenstein Junior),* Rodney Jones *(Dracula braucht frisches Blut),* Dean Skilton *(Blacula)* und Brian Smedley *(Dracula jagt Minimädchen).* Was die späten siebziger und frühen achtziger Jahre betrifft – als ich endlich Gelegenheit bekam, Murnaus *Nosferatu* zu sehen und Neuverfilmungen mit Louis Jourdan, Klaus Kinski, Frank Langella und George Hamilton miteinander zu vergleichen –, so bin ich David Cross *(Plan 9 aus dem Weltall),* Steve Roe *(Les Jeux de la Comtesse Dolingen de Graz),* Stefan Jaworzyn *(Draculas Bluthochzeit und Frankenstein),* Nigel Floyd *(Monster Busters)* und Tom Tunney (Madeline Smiths größter Fan) zu Dank verpflichtet. Als ich mich im Februar 1989 in die ehemalige Aula von Dr. Morgan's Grammar School verirrte, war die Bühne für die alljährliche Schulaufführung hergerichtet, eine Bearbeitung von *Dracula,* was ich als persönliche Rechtfertigung betrachtete.

Zur Entstehung dieses Buches: Auf die Idee, der Dracula-Geschichte einen anderen Schluß zu geben, kam ich Anfang der achtziger Jahre – ich weiß noch, wie ich Neil Gaiman und Faith Brooker zirka 1984 davon erzählte –, und obwohl mir immer neue Figuren einfielen, wanderte der Entwurf zunächst einmal in die sprichwörtliche Schublade, bis Stephen Jones 1991 bei mir anfragte, ob ich nicht etwas für die Anthologie schreiben wolle, die er gerade zusammenstellte: *The Mammoth Book of Vampires.* Auf Steves Bitte hin beschloß ich, endgültig den Grundstein für *Anno Dracula* zu legen, da ich fand, in einem großen Buch der Vampire dürfe der König der Nicht-Toten nicht fehlen. Das Ergebnis war eine Novelle mit dem Titel ›Red Reign‹, die ich hierfür gnadenlos ausgeschlachtet – und, um dem Leser für sein Geld etwas zu bieten, geringfügig verändert – habe. In der Zwischenzeit hatte ich mich bei meiner Arbeit als Jack Yeovil für GW Books ohnehin bereits mit Vampiren beschäftigt und nicht nur ein System des Vampirismus entwickelt, das, gekreuzt mit dem Bram Stokers, Eingang in dieses Buch gefunden hat, sondern auch eine Geneviève, die gleichsam eine die Grenzen des Raum-Zeit-Kontinuums überschreitende Cousine der Geneviève dieses Romans darstellt. Ich möchte Bryan Ansell, Phil Gallagher, Neil Jones, Tom Kirby, Martin McKenna, Lindsey Patton und David Pringle für ihre Inspiration und Unterstützung dieser Seite meiner Arbeit danken; und wer sich für Geneviève und ihre Freunde und Verwandten interessiert, dem seien Jack Yeovils Romane *Drachenfels* und *Beasts in Velvet,* die Kurzgeschichten ›No Gold in the Grey Mountains‹ und ›Red Thirst‹ sowie der Band *Geneviève Undead* ans Herz gelegt, der die Novellen ›Stage Blood‹, ›The Cold Stark House‹ und ›Unicorn Ivory‹ enthält.

Natürlich hätte dieses Buch ohne Stokers *Dracula* unmöglich geschrieben werden können. Bei der Sichtung des umfangreichen Materials zu Stokers Leben und Werk stieß ich auf die Arbeiten vieler Experten, denen ich Wesentliches zu verdanken habe. Als überaus hilfreich erwiesen sich insbesondere *The Annotated Dracula* von Leonard Wolf und *Vampyres: Lord Byron to Count Dracula* von Christopher Frayling, die mir gänzlich neue Perspektiven zu diesem Thema eröffneten, nicht zu vergessen *The Vampire in Legend, Fact and Art* von Basil Copper, *Dracula's Brood* von Richard Dalby, *The Man Who Wrote Dracula* von Daniel Farson, *The Dracula Book* von Donald F. Glut, *The Dracula Centenary Book* von Peter Haining, *In Search of Dracula* von Raymond T. McNally und Radu R. Florescu, *The Rivals of Dracula* von Michel Parry, *The Seal of Dracula* von Barry Pattison, *The Vampire Cinema* von David Pirie, *The Penguin Book of Vampire Stories* von Alan Ryan, *The Vampire Film* von Alain Silver und James Ursini, *Hollywood Gothic: The Tangled Web of Dracula from Novel to Stage to Screen* von David J. Skal und *The Living and the Undead* von Gregory Waller. Als Quelle zahlloser historischer, literarischer und schmückender Details dienten mir darüber hinaus *Sherlock Holmes of Baker Street: A Life of The World's First Consulting Detective* und *The Annotated Sherlock Holmes* von W. S. Baring-Gould, das unentbehrliche *Jack the Ripper A to Z* von Paul Begg, Marrin Fido und Keith Skinner, *Oscar Wilde* von Richard Ellmann, *Tarzan Alive* und *Doc Savage: His Apocalyptic life* von Philip José Farmer, Steve Goochs englische Übersetzung der *Lulu-Tragödie* von Frank Wedekind, *Gilbert and Sullivan's London* von Andrew Goodman, *The Ripper File* von Melvin Harris, *The World of Sherlock Holmes* von Michael Harrison, *Murder and Moral Decay in Victorian Popular Literature* von Beth Kalikoff, *The Victorians* von Laurence Lerner, *The Time Traveller: The Life of H. G. Wells* von Norman und Jeanne Mackenzie, *Victorian Britain: An Encyclopedia* von Sally Mitchell, Arthur Morrisons Roman *A Child of the Jago* (mit einem biographischen Abriß von P. J. Keating) und *Imaginary People: A Who's Who of Modern Fictional Characters* von David Pringle. Mein besonderer Dank gilt Norman Mackenzie und Laurence Lerner; dies ist (nach *Jago*) der zweite Roman, der aus ihrem Seminar über ›Das spätviktorianische Aufbegehren‹ entstanden ist, das ich 1979 an der University of Sussex belegte. Von den freundlichen Menschen, die das Manuskript in seinen verschiedenen Stadien wohlwollend begutachteten, möchte ich vor allem Eugene Byrne – für seine detaillierte Kritik in bezug auf historische Fakten –, Steve Jones, Antony Harwood, Lucy Parsons und Maureen Waller danken.

Zur Datierung von *Dracula:* Stoker macht keinerlei Angaben darüber, in welchem Jahr die in seinem Roman geschilderten Ereignisse stattfinden sollen. Frayling folgert durchaus überzeugend, es handele sich um 1893,während Wolf und Haining für 1887 votieren. Keine dieser Alternativen ist jedoch tatsächlich befriedigend. Der 1897 erschienene Roman endet mit einem Gegenwartskapitel, das die eigentliche Geschichte sieben Jahre zuvor ansiedelt, obwohl zahlreiche Details – wie die Verwendung des erst 1892 geprägten Begriffs ›Neue Frau‹ oder die verhältnismäßig ausgefeilte Technik von Dr. Sewards Phonographen – dem eindeutig widersprechen. Ich habe mich – wie Jimmy Sangster, Terence Fisher und Hammer Films in ihrer Dracula-Adaption von 1958 für 1885 – entschieden und nach der Hälfte von Stokers 21. Kapitel den Zeitpfad gewechselt. Schon Dracula ist ein Parallelwelt-Roman, der in einer Zeit spielt, wo der gesellschaftliche und technische Fortschritt eine etwas raschere Entwicklung genommen hat als in der unseren, wo Chicksand Street und Piccadilly weitaus breiter sind als jene Straßen, mit denen wir uns begnügen müssen, und London sich in der Gegend um Hampstead Heath, vermutlich analog zu unserem Highgate Cemetery, eines Friedhofs mit dem schönen Namen Kingstead erfreut. Als Grundlage für meine Neuschreibung der Geschichte diente mir weniger die unsere als vielmehr Stokers Fantasiewelt, was mich in die Lage versetzte, Kate Reed, eine von Stoker für *Dracula* entworfene und letztlich wieder verworfene Figur, endlich einer breiten Öffentlichkeit präsentieren zu können. Die anderen wichtigen Autoren, die zur Erschaffung dieser Konsenswelt einen Beitrag geleistet haben, in der Dr. Jekyll und Dr. Moreau gemeinsam forschen oder die Inspektoren

Lestrade und Mackenzie in freundschaftlicher Konkurrenz ermitteln, sollten hinreichend bekannt sein, als daß sie weiterer Erklärungen bedürften. Angesichts der Bedeutsamkeit jedoch, die einige Nebenfiguren im Lauf der Zeit erlangten, möchte ich den geneigten Leser auf Alexandre Dumas *(The Pale-Faced Lady)*, Eric Count Stenbock (›The True Story of a Vampire‹, die ich in James Dickies Anthologie *The Undead* entdeckte), George A. Romero *(Martin)* und den altgedienten Anonymus (›The Mysterious Stranger‹) hinweisen, denen wir unsere karpatischen Helden Kostaki, Vardalek, Cuda und von Klatka verdanken. Die Eltern in Finsternis der anderen Vampire, die durch diese Seiten geistern, werden meine flüchtige Würdigung hoffentlich zu schätzen wissen und seien hiermit versichert, daß ich mein Möglichstes getan habe, ihrem Geblüt gerecht zu werden.

Wie üblich habe ich an dieser Stelle einigen Menschen zu danken, welche die Niederschrift dieses Romans freundschaftlich begleitet und den Text durch nächtliche Anrufe, Antworten auf unzählige bizarre Fragen, zunehmend chaotische Tischgespräche in merkwürdigen Lokalitäten und ihren im großen und ganzen erfreulichen Enthusiasmus bereichert haben, allen voran Susan Byrne, die mir rund um das 14. Kapitel über erhebliche Schwierigkeiten hinweghalf. Des weiteren danke ich Julie Akhurst, Pete Atkins, Clive Barker (für den Nachmittag, an dem ich mich in betrunkenem Zustand über den Umfang von *Imagica* beklagte), Sasha Barron, Clive Bennett, Anne Billson (endlich erschienen: ihr Vampirroman), Steve Bissette, Peter Bleach, Scott Bradfield, Monique Brocklesby (»mehr Blut, mehr Blut«), John Brosnan, Molly Brown (Kapitel 47!), Allan Bryce, Mark Burman, Ramsey Campbell, Jonathan Carroll, Kent Carroll, Dave Carson *(yer man)*, Tom Charity, Jeremy Clarke, John und Judith Clute (mehr Parechesen, bitte!), Steve Coram, Lynne Cramer, Stuart Crosskell, Colin Davis, Meg Davis, Phil Day, Elaine di Campo, Wayne Drew, Alex Dunn, Malcolm und Jax Edwards, Dennis und Kris Etchison, Chris Evans, Richard Evans, Tom FitzGerald, Jo Fletcher, Barry Forshaw, Christopher Fowler, Adrian und Ann Fraser, Kathy Gale (Wackelhündchen, Wackelhündchen), Steve Gallagher, David Garnett, Lisa Gaye, John Gilbert (für den Nachmittag, an dem ich mich in betrunkenem Zustand über ausbleibende Honorarzahlungen beklagte), Charlie Grant, Colin Greenland, Beth Gwinn, Rob Hackwill, Guy Hancock, Phil Hardy (Crouch End Luncheon Society), Louise Hartley-Davies, Elizabeth Hickling, Susannah Hickling, Rob Holdstock, David Howe, Simon Ings, Peter James, Trevor Johnstone, Alan Jones, Graham Joyce (Gähnendes Grauen in Leicester), Roz Kaveney, Joanna Kaye (schlanke, schwarze Schöne), Mark Kermode (tut mir leid, nix Linda Blair!), Leroy Kettle, Roz Kidd (für einen interessanten Nachmittag in Islington), Alexander Korzhenevski, Karen Krizanovich (hübsche Nase), Andy Lane (Hintergründe des Limehouse-Rings), Joe Lansdale, Stephen Laws (der in den Ten Bells ganz sicher Stammgast wäre), Christopher Lee (und Gitte, für zwei Wochen in einer anderen Stadt), Amanda Lipman, Paul J. McAuley (häufiger Komplize), Dave McKean, Tim Mander, Nigel Matheson, Dermot Mernaghan (für George Formby), Mark Morris, Alan Morrison (und Gowan, für die Fahrt zum Bahnhof), Cindy Moul (Küßchen), Sasha Newman, David Newton, Terry Pratchett, David Roper, Jonathan Ross, Nick Royle, Geoff Ryman, Clare Saxby, Trevor Showler, Adrian Sibley, Dave Simpson, Skipp 'n' Spector, Brian Stableford, Janet Storey (irgendwie), Dave und Danuta Tamlyn, Lisa Tuttle, Alexia Vernon, Karl Edward Wagner, Howard Waldrop (Ich bin's nicht wert!), Mike und Di Wathen, Sue Webster, Chris Wicking, F. Paul Wilson, Doug Winter, Miranda Wood, John Wrathall und allen Murgatroyds.

Wie es der Zufall will, unterzeichne ich dies am 3. Mai, dem gleichen Tag, an dem *Dracula* beginnt: mit der Ankunft Jonathan Harkers in Transsylvanien. Hier hat also alles angefangen ...

Kim Newman
Crouch End, 1992